Nuova Narrativa Newton

629

Tutti i personaggi di questo romanzo sono immaginari
e qualunque analogia con persone reali, esistenti o esistite,
è puramente casuale.

Titolo originale: *War God. Nights of the Witch*

Traduzione dall'inglese di Marco Bisanti
Prima edizione: ottobre 2015

Roma, Casella postale 6214

ISBN 978-88-541-8247-9

www.newtoncompton.com

Realizzazione a cura di Corpotre, Roma
Stampato nell'ottobre 2015 da Puntoweb s.r.l., Ariccia (Roma)
su carta prodotta con cellulose senza cloro gas provenienti da foreste
controllate e certificate, nel rispetto delle normative ecologiche vigenti

Graham Hancock

La guerra degli dèi

La profezia del Serpente Piumato

Newton Compton editori

A Santha

Le notti della strega

I mexica... non usavano mai il termine "azteco" per indicare
se stessi o le loro città stato, figurarsi poi il loro impero...
Al tempo della conquista spagnola, per parlare di loro,
gli invasori usavano (giustamente) il termine "mexica",
da cui il moderno nome di Messico.

Colin McEwan e Leonardo López Luján, *Moctezuma: Aztec Ruler* (2009)

I mexica erano il popolo più crudele e malvagio che si possa immaginare.

Padre Diego Duran, *Storia delle Indie della Nuova Spagna*
(prima edizione 1581)

Non fateli scappare... Nutriteli per bene; lasciateli ingrassare
per il sacrificio nel giorno in cui festeggiamo il nostro dio.
Si rallegri il nostro dio, loro gli appartengono.

Regole sacerdotali del 1519 circa, per il trattamento e la preparazione
delle vittime sacrificali nella capitale mexica di Tenochtitlan

PARTE PRIMA
18 - 19 FEBBRAIO 1519

CAPITOLO 1

Tenochtitlan (Città del Messico), giovedì 18 febbraio 1519

Montezuma amava le alture, anche perché stare nei luoghi alti significava ricordare a tutti che lui era il più importante e grande degli uomini e aveva potere di vita e di morte su tutto quello che vedeva da lassù. Fra le innumerevoli alture del suo impero, nessuna gli dava una sensazione più forte e prolungata di dominio, o maggiore conferma del suo primato, come la cima piatta della colossale piramide su cui stava appollaiato ora, a oltre novanta metri d'altezza su Tenochtitlan, la gloriosa capitale edificata su un'isola al centro di un grande lago, a sua volta nel cuore di un'immensa vallata cinta dai picchi innevati di altissime montagne.

Lo sguardo di Montezuma si staccò dai monti e dai vulcani – l'Iztaccihuatl e il Popocatépetl – coronati di neve e avvolti dal fumo.

Più in basso, il fitto manto di alberi che rivestiva pendii di antiche foreste si apriva a fondovalle in un gigantesco mosaico di lussureggianti campi verdi di granturco. Le piantagioni si spingevano fino a lambire il grande lago sulle cui rive fiorivano i paesi vassalli di Tacuba, Texcoco, Iztapalapa, Coyoacan, Atzcapotzalco, Tepeyac e molti altri, davanti alle sue pescose acque azzurre punteggiate dai colori accesi di giardini fioriti e frutteti galleggianti, solcate dalle scie delle canoe e percorse da imponenti strade sopraelevate.

Montezuma concesse al suo sguardo di seguire i vari raccordi che da sud, ovest e nord portavano a Tenochtitlan passando davanti a migliaia di case, interi quartieri e un grosso centro abitato che si stendeva fin sopra il lago su palafitte collegate da un reticolo perfettamente geometrico di canali intersecanti e congestionati dal viavai del traffico acqueo. I navigli passavano il testimone in terraferma a strade costeggiate da nobili dimore di pietra piene di fiori che sbocciavano sui tetti, inframmezzate da piazzette per i mercati, piramidi, templi e maestosi edifici pubblici sotto i quali ormai era difficile distinguere i contorni dell'isola su cui era stata fondata un tempo la capitale mexica.

Ancor più vicino, chiuso e riparato dalla città come il nido di un'aquila a difesa delle uova, stava l'immenso piazzale sacro, delimitato dal massiccio muro di cinta lungo settecento passi per lato, ciascuno orientato su uno dei punti cardinali e adorno di bronzi raffiguranti giganteschi serpenti blu e verdi, le fauci spalancate sui lunghi denti, le teste ornate di piume e di penne. Dal muro sbucavano quattro enormi porte, ciascuna al centro delle pareti nord, sud, est e ovest che davano sul lastricato in calcare lucido della grande piazza e si aprivano in linea esatta con le scalinate a nord, sud, est e ovest dell'imponente piramide. Con la sua base di trecento passi per lato, la piramide si ergeva al centro del piazzale su quattro diversi livelli, dipinti rispettivamente in verde, rosso, turchese e giallo, restringendosi sempre più fino a misurare cinquanta passi per lato sulla cima dove Montezuma esercitava il possesso del centro esatto del mondo. «Forza, Cuitláhuac», disse. «Vediamo cosa ci ispira il panorama stamattina».

Il giovane e docile fratello si fece avanti e lo raggiunse in cima alla scalinata nord, dove le falde del mantello scarlatto gli si agitarono al vento sui larghi piedi nudi. Montezuma aveva un abito viola, colore riservato al Supremo Signore dei mexica, calzava sandali d'oro e in testa portava il raffinato diadema del monarca, tempestato d'oro e diamanti e arricchito di piume preziose.

Erano entrambi alti e magri, ma guardare Cuitláhuac, pensò Montezuma, era come guardare in uno specchio di ossidiana difettoso, perché erano quasi uguali in tutto e per tutto: stessa corporatura, stessa fronte alta e piatta, stessi lucenti occhi marroni – più grandi e tondi di quanto non li avessero in genere i mexica – stessi zigomi scolpiti, stesso naso lungo e prominente, stesso mento fine e stesse labbra carnose piegate sdegnosamente agli angoli verso il basso. In Montezuma questi lineamenti erano come dovevano essere e nell'insieme gli conferivano un'aura di severa beltà e carisma divino, dando pieno fondamento alla possanza del suo nome che significava "Signore adirato". Nel povero Cuitláhuac invece erano tutti lievemente stonati, piegati, ricurvi e tozzi, non gli avrebbero mai conferito un aspetto regale o autoritario, né tantomeno l'avrebbero mai fatto essere all'altezza del suo nome che significava "Aquila sull'acqua" ma che, storpiando volutamente una sola sillaba, poteva significare invece "Cumulo di escremento".

Sembra molto più vecchio di me, pensò Montezuma contento del fatto che in realtà, a quarantotto anni, Cuitláhuac era di cinque più piccolo di lui. La cosa migliore del fratello però era la fedeltà: distaccato, privo d'ambizioni, dotato di scarsa fantasia, prevedibile e un po' ottuso; in quel disgraziato anno Uno della Canna, in cui minacciavano di manifestarsi pericoli da tempo vaticinati, erano doti inestimabili. Dopo lo stesso Montezuma e il suo vice Coaxoch, partito in quel momento per una missione sui monti di Tlaxcala, Cuitláhuac era il più alto in grado tra i signori del popolo e suo potenziale nemico, avendo anch'egli sangue reale. In ogni modo, non c'era alcun rischio che tentasse una scalata al potere. Anzi, Montezuma poteva contare ciecamente sul costante sostegno del fratello ogni volta che c'era in vista un problema o un disordine da sistemare.

Un brivido d'inquietudine superstiziosa lungo la schiena gli fece guardare con la coda dell'occhio l'alto edificio scuro che si ergeva alle loro spalle. Posto al centro della piattaforma sulla piramide, con la sua mitologica cresta di pietra traforata sul tetto e i feroci rilievi di serpenti, dragoni e scene di battaglie e sacrifici, il tempio di Huitzilopochtli, "Colibrì", era la casa del dio della guerra più temuto dai mexica, nonché divinità protettrice di Montezuma.

La guerra era un'attività santa e grazie a essa, sotto la guida di Huitzilopochtli, i mexica si erano evoluti in appena due secoli, da tribù errante e disprezzata senza fissa dimora, in padroni assoluti di un vasto impero che si stendeva dalla costa oceanica orientale a quella occidentale, dalla rigogliosa giungla nelle pianure del sud agli altipiani desertici del nord. Dopo aver soggiogato gli stati confinanti di Tacuba e Texcoco imbrigliandoli in un'alleanza di governo con Tenochtitlan, l'esercito mexica si era dato alla conquista di città, culture e popoli ancora più lontani come i Mixtechi, gli Huaxtechi, i Tolucani, i Cholulani, i Chalcani, i Totonachi e moltissimi altri. Uno a uno furono costretti a diventare tutti stati vassalli e a versare obbligatoriamente come tributo annuale immensi tesori in oro, gioielli, granturco, sale, cioccolato, pelli di giaguaro, cotone, schiavi e migliaia di altri beni, incluse miriadi di vittime per gli incessanti sacrifici umani richiesti dal Colibrì.

Questa avanzata altrimenti inarrestabile contava ormai solo poche sacche di resistenza. A tal proposito, gli ultimi fatti successi a Texcoco, città fondamentale nell'alleanza di governo, avevano fatto alquanto irritare Montezuma che aveva deciso di levare il trono a Ishtlil, il figlio maggiore dell'ultimo re Neza, e di rimpiazzarlo con Cacama, il figlio minore di Neza. La cosa si era resa necessaria perché Ishtlil aveva dato prova di essere un libero pensatore mostrando in vario modo il rifiuto della sua condizione di vassallo, mentre Cacama era remissivo e avrebbe fatto presumibilmente quanto gli si diceva. Sorprendendo tutti, però, l'impertinente Ishtlil si era rifiutato di accettare il colpo di Stato e aveva messo in piedi una rivolta, lasciando in mano a Cacama la città di Texcoco in riva al lago e le province a valle e facendo invece uscire dall'alleanza le province degli altipiani.

Era stata una vera e propria dichiarazione di guerra, cui erano già seguiti scontri sanguinari. Per punire l'affronto all'autorità e al suo prestigio, Montezuma aveva architettato un piano accurato per avvelenare Ishtlil. La sua morte sarebbe stata atroce e spettacolare, in tutti gli organi vitali si sarebbe diffusa una potente emorragia. Tuttavia, in modo piuttosto allarmante – poiché ciò significava che a Tenochtitlan c'era una spia molto capace – il principe ribelle era stato raggiunto in tempo da una soffiata. Ormai dunque era pronta una soluzione militare, certo, meno imponente della campagna parallela in corso sulle montagne dell'ostinato regno indipendente di Tlascala, l'altro principale attore della resistenza all'espansione del potere mexica.

A differenza di Texcoco dove, annientato Ishtlil, si sarebbero ripresi i normali rapporti con tutte le province, Montezuma era contento della testardaggine dei tlascaliani per la libertà, perché così poteva continuare a fargli guerra ogni volta che voleva finché non si fossero piegati alla sudditanza. L'obiettivo, confidato solo a Coaxoch prima di mandarlo in battaglia a capo di un imponente esercito di terra, era portare entro l'anno a Colibrì centomila vittime tlascaliane. La missione aveva avuto subito un gran successo e Coaxoch aveva già mandato intere schiere di prigionieri da far ingrassare per il sacrificio.

Essendo il dio della guerra, si pensava che Colibrì preferisse vittime maschili, così quattro delle cinque gabbie per l'ingrasso distribuite ai bordi del piazzale sacro e visibili dalla cima della grande piramide erano riservate esclusivamente agli uomini. Solo una aveva prigioniere donne. Stava nell'angolo più a nord del piazzale, all'ombra del muro di cinta, attigua al palazzo del defunto padre di Montezuma, Axayacatl. Il palazzo reale di Montezuma invece, di gran lunga più grande, coi suoi giardini enormi e il particolarissimo zoo con la Casa delle pantere, la Casa dei serpenti, la Casa degli uccelli da caccia e la Casa dei mostri umani, stava a est della grande piramide.

«Un panorama davvero rigenerante, eh, Cuitláhuac?», disse Montezuma.
«Certo, signore», rispose il fratello.
Più giù, ai piedi della scalinata nord, erano state radunate sotto la supervisione di Ahuizotl, il sommo sacerdote, le cinquantadue vittime per la cerimonia speciale di quella mattina. Erano tutti giovani maschi tlascaliani, i migliori, i più adatti, i più forti, i più belli e integri fra tutti i prigionieri mandati da Coaxoch.
Montezuma aveva l'acquolina in bocca. «Forse», disse, «oggi mi occuperò io stesso dei sacrifici».

CAPITOLO 2

Tenochtitlan, giovedì 18 febbraio 1519

Tozi aveva infilato in una tasca segreta della camicetta lurida due tubicini di foglie di *atl-inan* arrotolate, entrambe arricciate alla fine per tenere dentro il succo rosso appiccicoso della radice di *chalalatli*. La medicina, frutto di un baratto con un guardiano senza scrupoli in un angolo buio della gabbia per le femmine, era per il suo amico Coyotl e, sapendo bene con che facilità si sarebbero spezzate le foglie urtando qualcuno, Tozi mise una mano sopra la tasca per proteggerla mentre si faceva largo tra la folla di prigioniere.

Divisa in due ali comunicanti, ciascuna lunga cento passi e larga trenta, poste fra loro ad angolo retto come un braccio storto sullo spigolo nord del piazzale sacro, la gabbia per l'ingrasso ospitava appena quattrocento donne all'arrivo di Tozi, sette mesi prima. Adesso, dopo le ultime guerre di Montezuma con i tlascaliani, ne conteneva oltre duemila e ogni giorno continuavano ad arrivare orde di nuove prigioniere. La parte posteriore di entrambe le ali era di roccia viva e in quella zona del complesso sacro formava un tutt'uno col più grande muro di cinta. Il tetto piatto, anch'esso di pietra, era montato su file di giganti colonne di pietra. Sul lato interno, prospicente alla grande piramide, la gabbia era chiusa solo da una fila di colonne di pietra con delle sbarre in bambù in mezzo che riempivano il vuoto tra il pavimento e il soffitto.

Giunta più o meno in fondo all'ala nord, passaggio obbligato per l'ala ovest dove aveva lasciato Coyotl, Tozi si vide sbarrata la strada da un gruppo di cinque giovani tlascaliane. Quando fra le altre riconobbe Xoco, una tipa nerboruta, crudele e violenta, più grande di lei di un paio di anni, le venne un tuffo al cuore. Provò a scansarsi ma la folla era troppo densa e Xoco fece un balzo in avanti dandole un forte strattone sul petto con tutt'e due le mani. Tozi barcollò quasi fino a cadere ma altre due ragazze del gruppo la afferrarono e la spinsero di nuovo verso Xoco. Allora questa, lanciando un grosso urlo, le tirò un pugno allo stomaco cavandole il fiato dai polmoni. Tozi inciampò e cadde sulle ginocchia ma, pur continuando a lottare per cercare di respirare, non riuscì a frenare l'istinto di infilare una mano nella camicetta per controllare le foglie di medicina.

Xoco si accorse del movimento. «Che hai lì?», gridò col viso snaturato dall'avidità.

Tozi sentì il profilo dei tubicini con le dita. Sembravano piegati. Forse uno si era rotto. «Niente», disse ansimando mentre sfilava la mano. «Volevo… solo… volevo solo capire come mi hai ridotto… le costole».

«Bugiarda!», sbottò Xoco. «Tu nascondi qualcosa! Fammi vedere!».

Davanti alle altre quattro ragazze che ridevano di lei, Tozi inarcò la schiena, slegò i lacci della camicetta e mostrò il suo seno piatto da fanciullo. «Non ho niente da nascondere», rispose col fiato corto. «Guarda pure».

«Io vedo una *strega*», disse Xoco. «Una *strega* che fa la furba! E mi nasconde qualcosa».

Il resto della cricca emise un sibilo come un cesto di serpenti. «Strega!», confermarono. «Strega! È una strega!».

Tozi stava sempre in ginocchio ma un duro calcio alle costole la fece cadere sul fianco. Qualcuno le pestò la testa e lei, leggendo nella mente delle sue aguzzine, capì che non avevano intenzione di fermarsi. Avrebbero continuato a colpirla, a darle calci e pestarla fino a farla morire.

Allora decise di usare l'incantesimo dell'invisibilità e si calmò. Quell'incantesimo poteva ucciderla però, quindi doveva prima distrarle.

Rannicchiandosi tutta su se stessa a formare una palla, senza più badare a calci e pugni, iniziò a intonare un canto lugubre usando i toni più bassi della voce – *Hmm-a-hmm… hmm-hmm… Hmm-a-hmm-hmm… hmm-hmm* – aumentando via via il volume a ogni ripetizione di nota per evocare la nebbia della confusione mentale e della pazzia.

Nessuno poteva vederla, ma la nebbia si insinuò subito negli occhi e nelle menti delle ragazze facendo strillare Xoco che si girò infuriata verso le amiche tirando i capelli a una e graffiando la faccia a un'altra, interrompendo così l'aggressione a Tozi il tempo necessario per farla rimettere in piedi.

Mentre si allontanava barcollando, la ragazza continuò a sussurrare l'incantesimo dell'invisibilità, concentrandosi su se stessa per rallentare i battiti e immaginando di essere trasparente e libera come l'aria. Maggiore era l'intensità e il dettaglio con cui si raffigurava in quella forma, maggiore era la sensazione di svanire; meno sguardi ostili aveva addosso, meno difficile diventava penetrare la folla degli astanti.

L'incantesimo le aveva sempre fatto male.

Sempre.

Comunque non così tanto, se lo bloccava prima che finisse di contare fino a dieci.

Uno…

Si aprivano dei varchi e ci passava in mezzo.

Due…

Ormai nessun ostacolo solido poteva fermarla.

Tre…

Le sembrò di essere Ehecatl, dio del vento…

Quattro…

Quell'incantesimo era una vera tentazione. C'era un che di meraviglioso nel suo abbraccio. Arrivata a cinque però Tozi interruppe la magia, trovò un punto all'ombra e lentamente tornò di nuovo visibile, una semplice quattordicenne sudicia, sporca di muco e piena di pidocchi che stava zitta e si faceva gli affari suoi.

Controllando per prima cosa le tasche fu sollevata nel trovare i due tubicini di *chalalatli* per fortuna ancora integri.

Poi si toccò le costole e il viso, soddisfatta che non ci fosse nulla di rotto malgrado le botte.

La cosa migliore però, si rese conto, era che la sparizione non le era costata neanche lontanamente il prezzo che avrebbe potuto, anzi, aveva solo un mal di testa massacrante e lampi di luce e linee ondulate che le esplodevano a intermittenza davanti agli occhi. Da esperienze passate sapeva che il disturbo alla vista sarebbe scomparso presto, a differenza del mal di testa che ci avrebbe messo parecchi giorni a diminuire.

Prima di allora sarebbe stato un rischio riusare l'incantesimo.

A parte il fatto che non intendeva farlo assolutamente.

Scoppiò in una risata amara. *Strega?*, pensò. *Mica tanto!*

Tozi sapeva evocare la nebbia, leggere nella mente e a volte comandare le bestie selvatiche, ma una vera strega avrebbe saputo rendersi invisibile tanto a lungo da evadere dalla gabbia e lei non ne era capace. La formula dell'invisibilità era uno dei suoi primi ricordi di bambina, ma se spariva oltre la conta fino a dieci doveva pagare un prezzo altissimo.

L'ultima volta che aveva corso il rischio era stato il giorno in cui avevano preso sua madre in un agguato e l'avevano picchiata a morte davanti ai suoi occhi. Era successo una delle tante volte che i sacerdoti aizzavano le masse di Tenochtitlan facendole tremare di paura e odio per le streghe, e sua madre era una di quelle che avevano nominato. All'epoca Tozi aveva sette anni ed era scomparsa il tempo appena sufficiente per sfuggire alla folla scatenata e nascondersi, fermandosi prima di contare fino a trenta. L'incantesimo le aveva salvato la vita ma le aveva anche paralizzato gambe e braccia per un giorno e una notte interi, facendole venire una febbre rovente in tutto il corpo e bruciandole qualcosa nel cervello come se un'ascia non affilata le avesse spaccato il cranio facendole uscire il sangue dalle orecchie e dal naso.

Dopo quell'episodio si era arrangiata da sola vagando per le strade della grande città senza il coraggio di tentare altre sparizioni, nemmeno contando fino a cinque. Da quando però era stata arrestata con altri mendicanti dagli accalappiatori del tempio, finendo nella gabbia a ingrassare per il sacrificio, aveva ripreso a lavorarci sperimentando ogni giorno. Di tanto in tanto aveva provato anche a sparire, quei pochi istanti in cui ne aveva avuto più bisogno, cercando lentamente il modo di gestire la complicata magia che aveva cominciato a insegnarle la madre negli anni prima della tragedia. Un paio di volte si era anche sentita vicina alla soluzione, ma puntualmente le era subito sfuggita come un filo di fumo tra le mani.

Nel frattempo, qualcuno, come Xoco e la sua banda, aveva cominciato a sospettare qualcosa. Molto semplicemente, non riuscivano a capire come era possibile che Tozi non venisse mai scelta tra le vittime per il sacrificio durante le incursioni dei sacerdoti nella gabbia, e perché ogni volta prendessero sempre le altre lasciando stare quell'improbabile stracciona. Per questo pensavano alla stregoneria – e ovviamente avevano ragione – ma perché quel fatto le spingeva a farle del male?

Se non fosse stata tragica, la crudele stupidità di quelle ragazze sarebbe stata quasi divertente, pensò Tozi. Si erano completamente dimenticate che, appena fuori dal piazzale sacro, la normale occupazione giornaliera dei mexica nella loro capitale era cogliere la prima occasione per fare del male a tutte loro in modi crudelissimi, fino a ucciderle? Si erano dimenticate che prima o poi avrebbero marciato tutte sulla grande piramide per chinare la schiena sulla pietra dell'esecuzione dove gli avrebbero strappato il cuore con un coltello nero di ossidiana?

A quel pensiero Tozi fu presa da un'angoscia che le fece venire il batticuore. Non serviva poi tutta questa magia per diventare invisibili, bastava un po' di buon senso. Non esporsi. Non offendere nessuno. Non farsi notare. A un tratto però si accorse d'essere stata notata! Con la sparizione avrebbe dovuto sbarazzarsi di tutti, eppure una giovane donna che si era nascosta dietro le altre per assistere all'aggressione di Xoco era riuscita a seguirla. Poteva avere diciotto anni, forse venti, era alta e snella e aveva la pelle lucida, labbra carnose e sensuali, grandi occhi scuri e capelli neri lisci che le arrivavano quasi alla vita. Non sembrava una tlascaliana ed era più grande delle sodali di Xoco, ma Tozi non voleva correre rischi. Senza guardarsi indietro neanche una volta si tuffò di nuovo nella folla e prese a correre.

E correre.

E correre.

La donna non riuscì a tenere il passo – decisamente non era tlascaliana! – e Tozi la seminò in poco tempo correndo per tutta la gabbia, dal muro posteriore alle sbarre di bambù sullo spigolo fra le ali nord e ovest, e lì si confuse di nuovo tra le centinaia di donne radunate a fissare oltre le sbarre la ripida scalinata nord della grande piramide, dall'altro lato del piazzale di pietre lisce.

Anche se i sacrifici dell'alba erano già finiti, Tozi ebbe un brutto presentimento, qualcosa che aveva già fiutato altre volte nell'aria, le venne la pelle d'oca e le pulsazioni alla testa si fecero ancora più forti.

Da appena dieci giorni era finito l'anno vecchio, il *13-Tochtli*, il "Tredici-Coniglio" – l'ultimo nel segno del Coniglio – ed era iniziato il nuovo, l'*1-Acatl*, l'"Uno-Canna", che si ripresentava dopo cinquantadue anni, come accadeva a tutti e cinquantadue gli anni che ruotavano ognuno con un nome diverso nella danza del grande Calendario Circolare. L'Uno-Canna però era un anno speciale, aveva un che di terrificante per tutti i devoti al dio della guerra Colibrì e, ancor più, per gli stessi governanti mexica. Tutti sapevano che gli anni-Canna erano legati indissolubilmente a Quetzalcóatl, dio della pace e peggior nemico di Colibrì. Secondo un'antica profezia, anzi, Quetzalcóatl sarebbe tornato in uno degli anni della Canna.

In nahuatl, la lingua parlata dai mexica, il nome Quetzalcóatl significava "Serpente Piumato". Le vecchie leggende dicevano che era stato il primo re-divinità delle terre ormai dominate dai mexica. Nato in un anno della

Canna, si diceva che fosse stato un dio assai buono che, appena sentiva nominare la guerra, si portava le mani alle orecchie per non ascoltare. Secondo la tradizione era alto, aveva la pelle chiara, il viso rubicondo e una barba folta. Le leggende raccontavano anche di come Colibrì e Tezcatlipoca, l'altro dio violento il cui nome significava "Specchio fumante", avessero tramato contro Quetzalcóatl riuscendo a sbatterlo fuori dal Messico costringendolo a fuggire nell'oceano orientale su una zattera di serpenti. Anche questo era successo in un anno della Canna. Prima di lasciare la costa dello Yucatán, Quetzalcóatl aveva profetizzato il suo ritorno moltissimi anni dopo, sempre in un anno della Canna. Quando sarebbe venuto il tempo, disse, lui sarebbe tornato dalla costa orientale "su una barca che si muove da sola senza pagaie", mostrandosi in tutta la sua potenza per demolire i culti di Colibrì e Tezcatlipoca. Tutti i loro adepti sarebbero stati gettati nel Mictlan, l'oscuro regno dei morti, un re perfido sarebbe stato sconfitto e così sarebbe iniziata una nuova era in cui gli dèi avrebbero accettato di nuovo sacrifici in frutta e fiori interrompendo la richiesta di sangue umano.

Da dieci giorni si vociferava che per inaugurare quell'anno Uno-Canna stessero preparando un nuovo ciclo di sacrifici, uno spettacolare festival del sangue per placare e dare più forza a Colibrì contro il possibile ritorno di Quetzalcóatl. Pensando che questo spiegasse il caos di prigioniere ferme a guardare la piramide, Tozi decise che Coyotl avrebbe aspettato ancora un po' mentre lei cercava di scoprirne qualcosa in più. Continuando a tenere la mano sulla tasca dove c'erano le foglie di medicinale, scivolò in mezzo alla folla spingendosi fino a schiacciare il viso contro le sbarre.

Come al solito, l'impatto visivo della piramide la colpì con la forza di un pugno dritto in faccia. La posizione al centro della piazza, l'altezza vertiginosa, le orribili scintille dei riflessi solari, i quattro livelli dipinti rispettivamente in verde, rosso, turchese e giallo. Sulla piattaforma in cima, alto, stretto e scuro, come nel gesto di inghiottire la luce che gli piombava su dal cielo, stava il tempio di Colibrì.

Tozi restò senza fiato vedendo che c'era Montezuma in persona, agghindato in tutto il suo splendore in mezzo ai sacerdoti in tunica nera radunati intorno all'altare davanti al tempio. Meno sorprendente era la presenza di cinquanta, li contò – no, cinquantadue! – giovani tlascaliani magri e belli, ricoperti di pittura bianca, vestiti con abiti di carta, che arrancavano con passo pesante sui gradoni ripidi della scalinata nord.

Negli ultimi sette mesi aveva visto morire tantissima gente nei modi più orrendi e ingegnosi. Malgrado gli enormi sforzi per restare viva, temeva sempre di essere afferrata per un braccio dai sacerdoti e morire in qualsiasi momento. Eppure non riusciva a non soffrire ogni volta che vedeva gli altri scalare la piramide per andare a farsi uccidere, sussultava sempre quando il primo giovane arrivava in cima alla scalinata.

All'improvviso si udì un rullo di tamburo.

Quattro sacerdoti corpulenti gettarono la vittima di schiena sulla pietra assassina e si misero ognuno alle estremità di braccia e gambe, tirando per schiacciarlo ancor più sull'altare e allargargli il petto. Poi, con i goffi movimenti a scatto di un fantoccio, Montezuma si sporse minacciosamente su di lui stringendo un lungo pugnale di ossidiana scintillante al sole. Tozi l'aveva già visto fare altre volte, ma rimase inchiodata sul posto a guardare il Supremo Signore che alzava il pugnale e lo conficcava fino all'elsa nello sterno della vittima. Fece un taglio verso l'alto, rapido ma preciso. Quando trovò il cuore, lo recise con forza dalle arterie, lo strappò in mezzo a fiotti di sangue e lo posò ancora pulsante sul braciere davanti al tempio di Colibrì. Si sentì un gran sibilo, uno sfrigolio, e dalla cima della piramide si levò uno sbuffo di fumo e di vapore. Poi il corpo della vittima fu spostato facendolo rotolare sulla pietra e, quando gli abili sacerdoti gli si precipitarono ad amputargli braccia e gambe per il successivo smaltimento, Tozi sentì i suoni della carne squarciata e lacerata. Li vide portare la testa dentro il tempio, dove l'avrebbero montata nella rastrelliera per l'ostensione dei teschi. Alla fine, il tronco fu gettato e fatto ruzzolare e rimbalzare giù dai gradoni della piramide su cui rimase una scia di sangue lunga fino al piazzale, dove presto sarebbe stato raggiunto, e schiacciato in una catasta sempre più alta, dai resti indesiderati di tutti gli altri giovani agnellini che in quel momento si stavano inerpicando sulla scalinata nord.

Dopo sette mesi passati a vedere scene del genere, Tozi sapeva che la pila di tronchi umani sarebbe stata messa poi su delle carriole al calar della notte e data in pasto alle bestie feroci dello zoo di Montezuma.

I mexica erano dei mostri, pensò. Crudelissimi. Li odiava! Non sarebbe mai stata il loro agnellino!

Sottrarsi però era diventato sempre più difficile.

Tre micidiali fitte le fecero tremare la testa e una raffica abbagliante di lampi le esplose davanti agli occhi. Strinse i denti per frenare un urlo.

Non era solo il fatto che qualche altra prigioniera cominciava a notarla, anche se questo era già abbastanza pericoloso. Il vero problema era occuparsi di Coyotl, una responsabilità enorme che sapeva di non poter reggere ancora per molto in quelle condizioni. L'unica soluzione era trovare un modo per sparire contando oltre dieci senza scontare un crollo fisico fortissimo. Allora avrebbe potuto tirarli fuori di lì.

Tozi indietreggiò piano distogliendo per un attimo lo sguardo dalla piramide, distratta dal modo in cui il sole del mattino filtrava tra le sbarre di bambù della prigione creando strisce di ombra nera e strisce di luce viva e intensa, ricca di pulviscolo vorticante. A un tratto le sembrò di rivedere la donna alta e bellissima che le veniva incontro scivolando in quella caligine come un fantasma. Sbatté subito gli occhi e la donna sparì.

Chi sei?, pensò Tozi. *Sei una strega come me?* Sentì il terriccio freddo e compatto sotto i piedi e percepì il calore e gli odori delle altre prigioniere che la circondavano. Poi, come uno spirito maligno, arrivò una folata di vento da sud che sapeva di sangue e l'aria si riempì delle urla della successiva vittima di Montezuma.

Di solito il pugnale di ossidiana era brandito dal sommo sacerdote e Montezuma presenziava solo alle più importanti cerimonie di Stato. Doveva essere successo qualcosa di molto importante per convincerlo a esserci quella mattina.

Tozi girò le spalle alla piramide tremando e sgusciò in mezzo alla folla senza disturbare nessuno per tornare da Coyotl.

CAPITOLO 3

Santiago, Cuba, giovedì 18 febbraio 1519

Pepillo era arrivato a metà del più grande fra i due pontili che si allungavano sull'acqua del porto di Santiago. Era stordito e confuso dal continuo andirivieni di gente e dal rumore. Ogni attracco su entrambi i lati del pontile era occupato da caracche, caravelle e brigantini e su tutte le navi venivano caricate provviste a ritmo febbrile, quasi forsennato: sacchi di tapioca, botti di vino e acqua, fusti di carne sotto sale e pesce essiccato, maiali vivi che grugnivano per protesta, cavalli, artiglieria, frotte di uomini dallo sguardo truce...

Un marinaio ubriaco con la faccia da scimmia si allungò all'improvviso per afferrare uno dei due borsoni enormi di cuoio che si stava trascinando dietro. Il ragazzo si scansò, il marinaio perse l'equilibrio e cadde pesantemente sui ciottoli della banchina. «Piccolo bastardo», ruggì, «ora ti uccido».

«Per cosa?», squittì Pepillo indietreggiando e stringendo ancor più i borsoni.

Il marinaio fece leva su un ginocchio cercando di alzarsi fra orribili grugniti e si gettò in avanti barcollando a braccia tese. Pepillo era già scappato. Sentì la corsa del malintenzionato che si avvicinava rapido alle sue spalle, poi un improvviso cambio di passo e, voltandosi un attimo per guardare con la coda dell'occhio, vide l'ubriaco inciampare, perdere l'equilibrio e ruzzolare di nuovo a terra. Gli spettatori sempre più numerosi di quella scena lo presero in giro gridando fra risate sguaiate e il marinaio alzò gli occhi fulminando Pepillo con lo sguardo.

Corto, esile e mingherlino per i suoi quattordici anni, Pepillo continuava a sperare in un balzo di crescita che l'avrebbe reso alto, robusto e temibile. Quello, pensò – mentre il marinaio gli sputava addosso qualche bestemmia – sarebbe stato un momento perfetto per allungarsi di un paio di spanne e metter su una o due *arroba* di muscoli. Sarebbe stato bello se quella trasformazione gli avesse raddoppiato anche la grandezza delle mani quadruplicandone la forza. Non aveva nulla in contrario sulla peluria in faccia, anzi, forse una barba gli avrebbe dato anche un'aria importante.

Con le braccia doloranti e le dita indolenzite, Pepillo continuò a correre sgusciando tra la folla compatta che gremiva il pontile finché l'aggressore ubriaco non si vide più. Solo quando fu certo di non essere seguito si concesse una pausa per posare i due borsoni tremendamente pesanti, che cadendo fecero un frastuono metallico e sordo come se fossero pieni di martelli, coltelli e ferri di cavallo.

Che strano, pensò Pepillo. Non spettava a lui chiedersi perché il nuovo padrone viaggiasse con più ferraglia di un maniscalco, ma per la ventesima volta quella mattina fu costretto a reprimere la voglia di aprire i borsoni per dare un'occhiata.

Era solo uno dei tanti misteri che l'avevano travolto quel giorno dopo la recita delle preghiere mattutine, quando gli avevano detto che avrebbe lasciato il monastero per servire un frate sconosciuto, un certo padre Gaspar Muñoz, arrivato la notte prima dalla missione domenicana di Hispaniola. C'era stata una specie di controversia coi funzionari della Dogana, in seguito alla quale padre Muñoz era andato direttamente su un altro vascello ormeggiato al porto, una caracca di cento tonnellate chiamata *Santa María de la Concepción*. Per quanto ancora non credesse alla fortuna che gli era capitata, a quanto pare lui e il frate si sarebbero imbarcati in quel vascello per portare la fede cristiana in alcune Nuove Terre dell'ovest scoperte da poco. Pepillo doveva presentarsi a Muñoz a bordo della nave, dopo essere passato dalla dogana a prendere i quattro borsoni di cuoio con gli effetti personali del buon pastore che erano stati trattenuti lì.

Pepillo si scrocchiò le dita, lanciò uno sguardo d'odio ai borsoni e poi li raccolse di nuovo. Non essendo stato in grado di portarli tutti e quattro in una volta, ce n'erano ancora due identici per cui sarebbe dovuto tornare indietro dopo aver lasciato quelli.

Mentre camminava esaminò il molo immerso nell'andirivieni rumoroso della folla. Non c'era un alito di vento e l'aria afosa del mattino era impregnata da un puzzo stucchevole di pesce, marciume ed escrementi. Nel cielo azzurro senza nuvole che aveva sulla testa volteggiavano e strillavano gli uccelli marini. Dappertutto c'erano marinai e soldati con sacchi di provviste, attrezzi, armi sulle spalle. Si sentivano urlare in castigliano insulti, istruzioni, ordini.

Pepillo arrivò davanti a una caracca a tre alberi che si stagliava alla sua sinistra come il muro di una fortezza. I marinai stavano facendo scendere cinque massicci destrieri da cavalleria su una passerella traballante sul molo, dove a dirigere la manovra c'era un elegantissimo nobiluomo agghindato di tutto punto, con una criniera di capelli biondi che gli cadevano sulle spalle. Il ragazzo socchiuse gli occhi per leggere la targa sbiadita col nome della nave: *San Sebastián*. Poi, poco più in là sulla destra, quasi alla fine del pontile, vide una caracca ancora più grande, circondata di fiocchi, bighi e squadre di uomini che caricavano provviste. Si avvicinò. La nave aveva un cassero di poppa molto alto e il nuovo modello di prua abbassato per migliorare la manovrabilità del veliero contro vento. Dopo qualche altro passo riuscì a leggere il nome: *Santa María de la Concepción*.

Sul ponte, proprio davanti a lui, c'era una passerella inclinata. Stringendo trepidante i borsoni del padrone, Pepillo ci salì sopra.

«E tu chi sei? Cosa credi di fare qui?»

«Io… io…».

«Dimmi che sei venuto a fare!».

«Io… io…».

«Tu sei un vomito di cane».

Pepillo non seppe se ridere o incassare l'insulto. Il ragazzo che aveva davanti poteva avere uno o due anni più di lui, era più alto di oltre una spanna, aveva un torace molto più ampio e un'aria di gran lunga più temibile con quella sua testa lucida completamente rasata. Era anche nero come il catrame da cima a fondo.

Pepillo aveva già incontrato i negri, ma si era sempre trattato di schiavi. Questo non si comportava come uno schiavo ed era troppo grosso per farci a pugni, così si sforzò di ridere. «Ok, sì, certo», disse. Finse di asciugarsi le lacrime dalle risata. «Molto divertente…». Gli tese una mano: «Mi chiamo Pepillo…». Rise. «Pepillo Vomitino!». Altra risata. «E tu sei?»

«Melchiorre», disse l'altro, ignorando la mano allungatagli.

«Melchiorre», ripeté Pepillo. «Bene. Lieto di conoscerti». Ritirò imbarazzato la mano: «Senti… mi hai chiesto che faccio, è semplice. Sto cercando l'alloggio del mio padrone». Indicò i due grandi borsoni di cuoio che stava caricando a bordo della *Santa María de la Concepción* quando gli si era parato davanti Melchiorre. Li aveva posati sul ponte alla fine della passerella, proprio sotto il castello di prua. «Gli effetti personali del mio padrone», spiegò Pepillo. «È arrivato da Hispaniola stamattina, questi sono stati bloccati alla dogana. Devo portarglieli in cabina...».

Melchiorre fece una smorfia rabbiosa. C'era un che di feroce in quella reazione. Un certo odio. Forse anche qualcosa di più spaventoso. «Questo tuo padrone», sputò, «ha un nome?»

«Padre Gaspar Muñoz».

«Muñoz!». La smorfia aumentò, storcendosi in un ghigno.

«Sì, Muñoz. Lo conosci?»

«Ha le gambe a bacchetta, questo Muñoz? Come un corvo? Pancia un po' sporgente? Gli incisivi come se avesse succhiato troppo qualcosa che non doveva?».

Pepillo ridacchiò per quel bozzetto: «Non lo so», rispose. «Non l'ho mai visto».

«Eh?»

«Mi hanno assegnato a lui stamattina e...».

«Assegnato? Assegnato, hai detto. Che bella parola...».

«Mi hanno mandato direttamente alla dogana per i borsoni. Devo andarne a prendere ancora due...».

Pepillo fu distratto da un'ombra che gli fece alzare gli occhi e vide passare sulla testa un pesante cannone in ottone che volteggiava in un gioco di cime. Manovrandolo fra urla roche e un maggior stridore di carrucole, un gruppo di marinai lo fece entrare nelle profonde oscurità della stiva.

«È un longobardo», disse Melchiorre. Una nota di orgoglio gli incrinò la voce: «La nostra flotta ne ha tre. Con armi del genere si risolvono un mucchio di questioni».

«Ci aspettano un mucchio di questioni?»

«Scherzi?», sghignazzò Melchiorre. «Dopo quello che è successo l'anno scorso?».

Pepillo decise di non bluffare: «*Che cosa* è successo l'anno scorso?»

«La spedizione di Córdoba?».

Pepillo fece spallucce. Quel nome non gli diceva niente.

«Hernández de Córdoba stava a capo di una flotta di tre navi per esplorare le Nuove Terre, capire che affari si potevano fare lì e portare la parola di Cristo agli indiani. Aveva centodieci uomini con sé. Io ero uno di quelli». Melchiorre si interruppe. «Settanta di noi sono morti». Altra pausa. «Settanta! Lo stesso Córdoba è morto di ferite e per poco, sul ponte, non ci bastavano le mani per tornare via mare. Da allora a Santiago non si parla d'altro. Com'è che non ne sai niente?»

«Ho vissuto in monastero...».

«E allora?»

«Lì non arrivano molte notizie».

Melchiorre rise. Fu una risata grassa e naturale, come se fosse davvero divertito. «Sei un monaco?», domandò alla fine. «O una specie di frate?»

«Niente di tutto questo», disse Pepillo. «I domenicani mi hanno preso che ero orfano, mi hanno insegnato a leggere, a lavorare in magazzino e a far di conto».

«Ah, ecco perché ti hanno scelto per padre Muñoz».

«Non capisco».

«È il nostro inquisitore», spiegò Melchiorre. «Gli servono numeri e lettere e un assistente per tenere il conto di tutta la gente che deve bruciare». Il marinaio si chinò e avvicinò la bocca all'orecchio di Pepillo: «C'era anche Muñoz nella spedizione di Córdoba», sussurrò. «La gente dice che era il "sorvegliante di Dio". Ma sarebbe più giusto dire sorvegliante del diavolo! È stato lui a combinare tutto il casino».

Stando al racconto di Melchiorre, durante la spedizione di Córdoba, Muñoz aveva fatto così bene il "sorvegliante di Dio" in veste di inquisitore da bruciare e radere al suolo tutti i villaggi indiani e condannando tutti gli abitanti, in blocco – uomini, donne e bambini – all'atroce morte del rogo.

«Ma perché l'avrebbe fatto?», chiese Pepillo. Era scandalizzato.

«Noi gli portavamo la parola di Cristo», disse Melchiorre, «e loro accettavano la conversione, poi però ci spostavamo e alcuni tornavano a venerare i vecchi dèi». Abbassò il tono di voce: «In fondo, come biasimarli? Pensavano che non ci avrebbero più visti, invece noi tornammo e Muñoz stanò gli eretici e li bruciò...».

«Non gli ha dato una seconda occasione? Quella gente non conosceva la fede».

«Mai. A volte, prima li torturava per fargli fare i nomi di altri eretici e bruciare anche quelli. Ma non l'ho mai visto dare una seconda occasione a nessuno. Forse per questo ha attirato l'ira di Dio sulle nostre teste...».

«L'ira di Dio?»

«Migliaia di indiani rabbiosi accecati dalle sue crudeltà hanno scatenato l'inferno per vendicarsi. Abbiamo dovuto combattere per scappare da lì. Noi sopravvissuti... odiamo tutti Muñoz».

Con un fracasso assordante piombò sul ponte una rampa pesantissima con cui fecero salire a bordo una mezza dozzina di destrieri sudati e nervosi del reparto di cavalleria, diretti alle stalle improvvisate a poppa. Nitrivano in continuazione. Uno depositò pure un grosso mucchio di sterco. Sulle assi del ponte risuonavano gli zoccoli ferrati.

«Sei mai stato in mare?», domandò Melchiorre.

Pepillo disse che a sei anni aveva navigato con la missione domenicana dalla Spagna a Hispaniola e un'altra volta, a nove anni, nel tragitto molto più breve da Hispaniola a Cuba.

«E poi?».

Pepillo raccontò a Melchiorre che aveva vissuto gli ultimi cinque anni a Cuba, passando la maggior parte del tempo lì a Santiago ad aiutare il vecchio Rodriguez nella biblioteca del monastero, ad assistere fratello Pedro per la contabilità, a sbrigare commissioni per il quartiermastro Borges e a fare lavori saltuari per chiunque glielo chiedesse.

«Che palle», scappò a Melchiorre.

Pepillo ricordò quanto aveva desiderato la libertà dalla grigia routine di quella vita sognando di fuggire nella stiva di una nave e salpare per terre lontane. Ora, in modo del tutto imprevisto, sembrava che i suoi sogni si stessero per realizzare e tutto grazie al nuovo e ancora ignoto padrone, il sempre più misterioso padre Gaspar Muñoz. Melchiorre poteva anche avere ragione a dire che era un pessimo soggetto, ma per il momento Pepillo era solo arcicontento di essere a bordo di quella grande nave piena di vita, di sentire le assi del ponte sotto i piedi, udire le urla dei marinai fra le cime di manovra e il cigolio dei maestosi alberi e sapere che prestissimo sarebbe andato... da qualche parte.

Ovunque...

Ma non in biblioteca.

Urrà!

Lontano dalla cella senza finestre di don Pedro in cui faceva i conti.

Doppio urrà!

La *Santa Maria* era lunga più di trecento metri, tanto grande, pensò Pepillo, da fare da ammiraglia per quella che di certo era una spedizione molto importante. Standο alle altre navi – almeno altre dieci! – anch'esse cariche di provviste, armi e soldati in fila sul molo per imbarcarsi, non poteva esserci in ballo solo la diffusione della fede.

«Tutti questi preparativi», disse Pepillo. «Tanti soldati. A che servono? Dove siamo diretti?».

Melchiorre si grattò la testa. «Cioè, davvero non sai niente?»

«Te l'ho detto. Sono stato in monastero. Non so niente».

Melchiorre si drizzò in tutta la sua altezza e con un gesto teatrale puntò il dito verso ovest: «Se navighi per quattro giorni in quella direzione», disse, «arrivi alla terraferma che abbiamo esplorato l'anno scorso con Córdoba. È bellissima, sembra non finire mai. Ci sono montagne, fiumi navigabili, città enormi, terreni fertili, oro e un mare di cose preziose».

«E noi andiamo lì?»

«Sì, a Dio piacendo… È un'ottima terra. Possiamo arricchirci tutti lì».

Dopo aver avuto un atteggiamento decisamente ostile solo qualche istante prima, Melchiorre adesso sembrava già molto più simpatico. In quel mondo sconosciuto di navi e guerrieri, pensò Pepillo, era troppo sperare di aver trovato un amico?

«Ora magari pensi che diventiamo amici», disse Melchiorre. «Non perderci tempo. Non succederà mai».

«Non ci penso proprio», rispose Pepillo. Si sorprese di quanto riuscì a sembrare indignato e di quanto ci fosse rimasto deluso. «Non voglio essere tuo amico. Sei stato tu che hai iniziato a parlarmi». Raccolse i borsoni: «Dimmi solo da che parte andare per la cabina del mio padrone».

«Ti ci porto io», disse Melchiorre, «ma non seccarmi con la storia dell'amicizia».

«Senti, ho già detto che non voglio essere tuo amico! Ho molto da fare. Sicuramente anche tu…». Pepillo si interruppe, pensando che ancora non gliel'aveva chiesto. «A proposito, tu che ci fai qui?».

Melchiorre gonfiò visibilmente il petto: «Sono il valletto del *caudillo*», rispose.

«Il caudillo?»

«Cortés in persona».

Cortés… Cortés… Un altro nome che evidentemente doveva per forza conoscere.

«Mi ha comprato dopo la spedizione di Córdoba», continuò Melchiorre, «e poi mi ha dato la libertà».

«E tu sei rimasto con lui? Anche dopo che ti ha reso libero?»

«Perché no? È un grand'uomo».

Melchiorre aveva portato Pepillo in fondo alla nave e ora gli indicava le due porte gemelle dietro il ponte di comando sotto il cassero di poppa. «Noialtri dormiamo tutti sul ponte di coperta», disse, «queste invece sono le cabine del tuo e del mio padrone. In genere c'è una sola grande cabina privata con due porte, ma il mio padrone l'ha divisa in due per accontentare il tuo». Melchiorre lanciò uno sguardo diffidente in giro: «Muñoz non è ancora salito a bordo», disse tirando col naso. «Secondo me gli è successo qualcosa di brutto in città».

«Non è a bordo? Doveva arrivare prima dell'alba...».

«Non è un problema mio. Te l'ho detto, gli sarà successo qualcosa in città».

«Sembri pensare a qualcosa di cattivo... e misterioso».

«È il tuo padrone a essere cattivo». Melchiorre si avvicinò e abbassò la voce sussurrando: «C'è una cosa che devi sapere di lui...».

All'improvviso, però, Pepillo si ricordò del secondo paio di borsoni. «Me la dici dopo», lo interruppe. «Devo tornare subito alla dogana!». Posò a terra i borsoni che aveva in mano: «Puoi metterli nella cabina del mio padrone? Ti prego. Non ho nessuno a cui chiederlo».

Melchiorre annuì. «Stiverò i borsoni», disse, «e ora ti do un consiglio. Qualunque cosa vai a fare alla dogana, sbrigati. Cortés muore dalla voglia di partire». Abbassò ancor più la voce: «Stanotte hanno portato a bordo tantissime provviste. Per me, vuole fare uno scherzetto a Velázquez».

Velázquez! Ecco un nome che Pepillo conosceva. Diego de Velázquez, conquistatore e governatore di Cuba, l'uomo più potente dell'isola: quello che diceva era legge. «Il governatore?», chiese, capendo la figura da stupido che stava facendo, anche per come l'aveva detto. «C'entra pure lui in questa storia?»

«Certo che c'entra! È lui che ha dato il comando della spedizione a Cortés. Ha pagato tre navi di tasca sua».

«Allora perché Cortés vuole fargli uno scherzetto?».

Melchiorre lanciò di nuovo un paio di occhiate furtive in giro. «Dicono», sussurrò, «che Velázquez sta diventando invidioso. Pensa a tutto l'oro che Cortés troverà nelle Nuove Terre e lo vuole per sé. Secondo alcuni toglierà il comando a Cortés per sostituirlo con qualcuno che riesca a gestire meglio».

«Quindi non sa gestire Cortés?»

«Per niente! Cortés ha sempre fatto di testa sua».

«Allora perché gli ha affidato il comando?»

«In passato fra i due non correva buon sangue. Si dice che Cortés abbia messo incinta la nipote del governatore e poi non abbia voluto sposarla. È successo tutto un paio di anni fa, non conosco i dettagli, ma forse a Velázquez è dispiaciuto il modo in cui all'epoca trattò Cortés. L'ha sbattuto in prigione per otto mesi, minacciando di ucciderlo e perdonarlo solo quando si fosse deciso a sposare la ragazza. Forse gli ha dato la spedizione per addolcirlo un po'...».

Pepillo fischiò: «E ora vuole togliergliela?»

«Cortés non lo accetterà mai! Per me è capace di salpare con la flotta prima di completare il carico. Al momento l'incarico è nelle sue mani: se riesce a non farsi raggiungere dall'ordine che lo solleva dal comando, non infrange alcuna regola».

Pepillo sentì un morso di paura allo stomaco.

Era una paura nuova.

Aveva temuto il mondo nuovo della navigazione, ma ora aveva ancor più paura di un ritorno forzato alla vecchia prigione del monastero.

Si disse che stava facendo una figura ridicola, che questo caudillo di nome Cortés era ancora a metà delle operazioni di carico e che, per almeno altri tre giorni, era impossibile che la flotta fosse pronta all'imbarco. Muñoz, dopo tutto, non era ancora a bordo: possibile che la flotta salpasse senza il suo inquisitore? Eppure, Pepillo non riusciva a scrollarsi di dosso quella recondita paura. Urlando un grazie a Melchiorre, si precipitò giù dalla passerella di poppa sul molo, sbandò per evitare un venditore d'acqua, fece un giro per scansare il carretto di un macellaio, allungò le gambe e si mise a correre.

Era ancora intimidito dal caos e dalla baraonda sulle banchine e nel porto, ma era certo di saper ritrovare la strada per la dogana senza problemi. Doveva solo fare in senso inverso lo stesso percorso che aveva fatto al mattino.

A un certo punto si trovò la *San Sebastian* sulla destra e, avvicinandosi sempre più alla grande caracca, vide un araldo a cavallo sulla banchina che aspettava ai piedi di una passerella. Indossava la livrea scarlatta e oro del governatorato, mentre lo splendido cavallo nero aveva un drappeggio con lo stesso disegno.

Pepillo continuò a correre spingendo su braccia e gambe senza permettere a nulla di rallentarlo. Quando superò l'araldo di venti passi sentì invece come lo sparo di una cannonata, si girò e vide un altro cavaliere su un destriero ancora più grosso che dal ponte della *San Sebastian* scendeva dalla passerella al trotto. Il cavallo era bianco, come una visione leggendaria, e Pepillo riconobbe i capelli biondi al vento e l'abito elegante del nobiluomo che aveva visto prima di sfuggita. Allora il cavallo dell'araldo si impennò ed entrambi gli passarono davanti al galoppo, uno a destra, l'altro a sinistra, facendo tremare la terra sotto gli zoccoli ferrati e assordandolo con un fragore di tuono.

Pur con le gambe tremanti – per un attimo fu sicuro che i giganteschi cavalli l'avrebbero calpestato – il giovane continuò a correre verso la dogana, deciso a prelevare i borsoni del padrone e tornare alla *Santa María* nel minor tempo possibile.

Sentì qualcosa nell'aria, come la corda di un arco tesa fino al punto di rottura, o una violenta tempesta in arrivo.

Melchiorre aveva ragione.

La flotta era pronta a salpare.

CAPITOLO 4

Tenochtitlan, giovedì 18 febbraio 1519

Montezuma posò il pugnale di ossidiana, si asciugò il sangue dagli occhi e andò a prelevare l'ultima partita di vittime sulla scalinata nord.

Come pensava. Ne aveva uccise quarantuno e ne restavano undici.

Solo undici!

E il dio della guerra non accennava a mostrarsi più di quanto avesse fatto negli ultimi cinque anni.

Evidentemente aveva sbagliato a iniziare solo con cinquantadue vittime, anche se erano i migliori esemplari della riserva proveniente dalla guerra con i tlascaliani. I sacerdoti avevano detto che Colibrì avrebbe gradito quel numero, perché simbolo dell'intero ciclo di anni nel Calendario circolare. Ma se era vero, non ne avrebbe graditi molto di più cinquecentoventi?

Cominciò a venirgli in mente un'idea. Può darsi che il dio iniziasse a stancarsi delle vittime maschili? Può darsi che le femmine l'avrebbero convinto a mostrarsi?

Cinquecentoventi giovani turgide e fertili.

Montezuma si scrollò di dosso gli abiti imbrattati di sangue, li lasciò cadere a terra con violenza, si allontanò camminando solo in perizoma e raccolse il pugnale.

La vittima era già stata schiacciata sulla pietra sacrificale e ansimava terrorizzata, tremava in tutto il corpo, ruotava gli occhi in maniera forsennata. Non era un atteggiamento degno di un guerriero, così Montezuma si divertì prima a castrarlo e poi ad aprirlo dall'inguine allo sterno col pugnale, cavargli fuori qualche metro d'intestino, bucargli lo stomaco, frugare intorno ruotando l'arma nel groviglio delle budella e, alla fine, in un crescendo di urla, strappargli il cuore. Quando il cadavere fu fatto ruzzolare via schizzò verso l'alto un fiotto di sangue caldo che ricadde a terra con uno scroscio simile a un nubifragio.

Alcune vittime, aveva notato Montezuma, sembravano aver più sangue di altre. Chissà perché.

Uccise un altro uomo. Poi un altro. Tutto intorno alle dita con cui impugnava il pugnale gli restavano appesi dei grumi appiccicosi. Aveva sangue rappreso sugli occhi, sulla bocca e sul naso.

Si riposò un attimo mentre gli assistenti preparavano la vittima successiva e con un cenno chiamò Ahuizotl, il sommo sacerdote, che per gli occhi gialli e gonfi, la pelle piena di macchie, le narici aperte, i denti storti e gli osceni lineamenti di una scimmia somigliava in tutto e per tutto a uno dei curiosi e feroci mostri marini da cui aveva preso il nome. Il sommo sacerdote era l'uomo che faceva per lui, si vendeva ed era ben pagato, e ora lo raggiungeva a gran passi nella sua veste nera macchiata di sangue.

«Mi hai dato un pessimo consiglio», gli disse Montezuma. La voce era pacata ma nascondeva un deliberato velo di minaccia che sembrò spaventare Ahuizotl.

Pessimo come te, pensò Montezuma. *Pessimo come te. Potrei farti strangolare nel sonno.*

Ahuizotl abbassò lo sguardo: «Chiedo umilmente scusa alla Vostra Magnificenza se ho mancato in qualche modo. La mia vita è nelle vostre mani».

«La tua vita è sempre nelle mie mani...».

Ahuizotl cominciò a scoprire il petto ma Montezuma allungò una mano insanguinata per bloccarlo: «Risparmiami le scenate. Non voglio il tuo cuore. Non ancora, almeno». Alzò gli occhi e scrutò il sole alto nel cielo, prossimo allo zenit. «Il dio non si mostra», disse, «perché non gli abbiamo offerto un paniere adeguato di vittime. Mi aspetto che tu ponga rimedio, Ahuizotl. Torna qui fra due ore con cinquecentoventi giovani femmine da farmi uccidere».

«Cinquecentoventi!». La faccia afflitta di Ahuizotl disse tutto il suo stupore. «In due ore? Impossibile».

Montezuma addolcì la voce: «Perché l'istinto ti fa dire sempre "no", Ahuizotl?», domandò. «Impara a dire sì se vuoi che la luce del mio cospetto risplenda su di te».

«Sì, Magnificenza».

«Bene. Posso aspettarmi cinquecentoventi giovani donne?»

«Sì, Magnificenza».

«Più giovani sono, meglio è. Non devono essere per forza vergini. Vedi, non mi aspetto miracoli da te. Ma le voglio qui fra due ore».

Nel frattempo, testimone muta di quello scambio, ancora stirata contro la pietra sacrificale e in attesa del primo taglio, la vittima tremava.

Malgrado ciò, notò Montezuma soddisfatto, continuava a parlare fra sé cercando di tenere chissà come la situazione sotto controllo. Ci voleva coraggio. Alzò lo stiletto di ossidiana e lo affondò dritto nel petto nudo dell'uomo, beandosi delle sue urla al vedere salire brutalmente la lama che gli spaccava in due lo sterno e mostrava il cuore palpitante a cielo aperto.

«Guarda e sii felice, è il Supremo Signore dei mexica che ti prende la vita», sussurrò Montezuma. Poi tornò a concentrarsi sul taglio, ficcando il naso nella cavità aperta sul petto, vicinissimo al pugnale con cui tranciò i fitti vasi attorno al cuore pulsante in mezzo a fiumi di sangue, finché l'intero organo fremente e grondante non gli restò nelle mani e lui lo lanciò nel braciere dove sibilò alzando una colonna di fumo.

I sacerdoti fecero rotolare via il corpo; mentre ancora lo macellavano, fu trascinata subito un'altra vittima sulla pietra sacrificale.

Con la coda dell'occhio Montezuma vide che Ahuizotl lasciava la cima della piramide con tre suoi accoliti vestiti di nero, certamente per andare a raccogliere le donne che aveva reclamato per il sacrificio.

«Aspettate», li chiamò.

Ahuizotl si voltò a guardarlo.

«Prima delle donne», disse Montezuma, «portatemi la Carne degli Dei».

A volte, una o due ore prima di essere sacrificate, alle vittime che godevano di particolari favori si facevano mangiare i funghi chiamati *teonanácatl*, la "Carne degli Dei", che scatenavano terrificanti visioni di divinità e demoni.

Ancor più raramente, qualche fungo era assunto dallo stesso officiante.

Dopo aver ucciso l'ultimo dei cinquantadue giovani, si presentò un messo di Ahuizotl che aveva scalato la piramide per portare a Montezuma una sacca di lino con dentro sette grossi funghi, grandi quando una mano. Avevano la pelle grigio argento, simile alla pancia del pesce, che attorno al gambo assumeva sfumature blu e viola. Avevano un lieve profumo amaro di foresta.

Sette grossi *teonanácatl*, pensò Montezuma, erano una dose piuttosto pesante, pure spaventosa, ma era pronto a mangiarli tutti per avere un faccia a faccia con Colibrì, il dio della guerra dei mexica, di cui egli era il rappresentante sulla terra. Nei primi anni del suo regno, il dio si era fatto vivo tante volte in forma di voce eterea che gli parlava nella testa, presenziava a ogni sacrificio, gli dava ordini e lo guidava in tutte le decisioni che c'erano da prendere, ma col passar del tempo la voce era diventata sempre più flebile e distante e, negli ultimi cinque anni, col progressivo e lento avvicinarsi dell'anno Uno-Canna, non l'aveva mai più sentita.

I sacerdoti continuavano a ronzargli intorno ma Montezuma ordinò loro di allontanarsi, dicendo che aveva bisogno di due ore di pace assoluta prima di iniziare l'altra sessione di sacrifici.

Li guardò scendere in fila ordinata i gradoni. Quando ci fu il più assoluto silenzio si strappò via il perizoma fradicio e si avviò nudo verso il buio all'interno del tempio di Colibrì, stringendo la sacca di funghi in mano.

Il tempio, eretto sulla piattaforma in cima alla piramide, era un alto edificio di pietra. Le due stanze principali erano illuminate dalla luce spettrale delle fiamme che facevano scolare la cera dalle torce.

Montezuma mise un fungo in bocca e cominciò a masticare. Sapeva di morte, di marciume. Ne prese altri due ed entrò nella prima stanza.

Allineate ai muri laterali, infilzate da orecchio a orecchio su lunghi pali orizzontali, al loro posto in mezzo ad altri vecchi trofei, c'erano le teste grondanti dei cinquantadue uomini che aveva appena ucciso quella mattina. Ricordò alcune delle loro facce. Gli occhi sbarrati che lo fissavano. Le bocche paralizzate nell'ultimo grido.

Si fermò davanti a una testa, schiacciò la fronte sulla sua, scrutò in quegli occhi spenti e asciugò il sangue dagli zigomi alti e dalle labbra sottili.

Lo faceva sentire potente quel faccia a faccia con gente viva fino a qualche minuto prima.

Proseguì entrando nella seconda stanza.

Ed eccolo, maculato dallo strano gioco di luci e ombre delle torce tremolanti e delle finestrelle più in alto, cinto alla vita da un enorme serpente di perle e pietre preziose intrecciate, l'idolo tarchiato e massiccio di Colibrì. Scolpiti in puro granito, gli occhi, le zanne, i denti, gli artigli, le piume e le squame luccicavano di giada, avorio lucido, ossidiana e alcuni fra i più pregiati ori e diamanti; col pugno destro stringeva un nastro d'oro, col sinistro un fascio di frecce dorate e al collo gli pendeva una collana di cuori, mani e teschi umani. La bocca ringhiosa dell'idolo era imbrattata di sangue rappreso e pezzi di carne per i cuori mezzi carbonizzati delle vittime che i sacerdoti spingevano a forza nel contenitore fumante che c'era dall'altro lato.

Montezuma si sedette a terra a gambe incrociate davanti al grande idolo e lentamente, con metodo, mangiò tutti gli altri funghi.

Non successe niente per un bel pezzo. Poi, finalmente la voce eterea che pensava lo avesse abbandonato tornò a parlargli dentro la testa:

«Mi hai portato i cuori?», chiese la voce.

CAPITOLO 5

Tenochtitlan, giovedì 18 febbraio 1519

«Questa medicina è amara», si lamentò Coyotl. «Perché devo prenderla?»

«Perché te lo dico io», disse Tozi. «E l'ho pagata anche cara. Ti farà passare il dolore».

«Quanto cara, Tozi?». Il ragazzino, che doveva nascere mercante, faceva sempre domande su quello che riguardava il baratto o lo scambio.

«Molto, Coyotl». *Molto più di quanto immagini.* «Rimborsami prendendola tutta».

«Ma è schifosa, Tozi. Sa di... uggh... cacca di uccello!».

«Vuoi dire che sei un esperto di cacca di uccello?».

Coyotl ridacchiò: «Sa proprio di questa medicina che mi vuoi costringere a prendere». Malgrado le proteste, il ragazzino aveva già ingoiato quasi tutta la prima dose del nauseabondo succo rosso. Ora, comodamente steso a terra, gambe e braccia allungate, la testa sulla pancia di Tozi, finiva di prendere controvoglia il resto del farmaco.

Coyotl aveva sei anni. Stava nella gabbia delle donne e non con gli altri maschi perché quand'era in fasce i suoi genitori gli avevano tagliato i genitali, lasciandogli solo una fessura. L'avevano fatto come offerta a Tezcatlipoca, "Specchio fumante", Signore delle Cose vicine e della Notte. Ormai da quattro giorni, poi, gli stessi amorevoli genitori avevano offerto il resto del figlio al dio della guerra, Colibrì, che aveva il tempio in cima alla grande piramide, consegnandolo alla gabbia per l'ingrasso in attesa del sacrificio. Le altre donne lo avevano ignorato come facevano con tutti gli scherzi della natura e le persone strane, ma Tozi l'aveva preso sotto la sua ala ed erano diventati amici.

«Ora devi dormire!», gli disse. «Dai il tempo alla medicina di fare effetto».

«Dormire!». Coyotl si indignò moltissimo. «Non ci penso neanche». Ma già gli si chiudevano gli occhi da soli.

Tozi sedeva a gambe incrociate. Sbatté gli occhi, si grattò le tempie doloranti e sbadigliò. Aveva le vertigini, forse anche un po' di nausea. Pur avendo contato solo fino a cinque, la breve e intensa sparizione di prima l'aveva spossata più del previsto. Le cadde la testa in avanti, fu colta dal sonno e, come succedeva spesso, sognò sua madre, la strega. Nel sogno stavano ancora insieme, lei la consolava, le insegnava delle cose e poi, stranamente, le sussurrava all'orecchio: «Sveglia, sveglia...».

«Sveglia!».

Non era sua madre! Passato l'attimo di confusione tra il sogno e la realtà Tozi si ritrovò faccia a faccia con la bella giovane donna che l'aveva inseguita poco prima. «Tu...», iniziò.

Poi si morse la lingua.

Dietro la donna, a meno di cinquanta passi da loro, erano entrati nella gabbia quattro sacerdoti di Colibrì vestiti di nero e con le guardie armate al seguito che cominciavano a trascinare nuove vittime.

Anche se adesso erano indaffarati con le altre prigioniere, i sacerdoti marciavano dritto verso di loro.

«Ci farai uccidere?», disse la donna. Lo disse tra i denti, con un sussurro, la voce bassa e il tono deciso, pressante. «O ci farai sparire?».

Un'improvvisa fitta alla testa fece sobbalzare Tozi. «Ci farai?», disse quando le passò lo spasmo. «A chi?»

«A te, a me e al piccolo», rispose la donna. Tozi abbassò gli occhi su Coyotl, che si girò lamentandosi nel sonno. «Facci sparire come sai fare tu».

«Se sapessi sparire, credi che sarei ancora in prigione?»

«Non sono affari miei», disse la donna. «Stamattina però l'ho visto. Ti ho vista sbiadire. E poi non c'eri più».

La donna si era accovacciata accanto a lei, i lisci capelli neri le nascondevano la faccia, il corpo emanava un caldo e intenso odore di muschio e, per la seconda volta quel giorno, Tozi sentì il pericoloso richiamo di un legame, come se quell'estranea la conoscesse da sempre. Senza fare gesti inconsulti che avrebbero attirato troppo l'attenzione, si guardò intorno valutando bene il guaio in cui si trovavano e sintonizzandosi automaticamente sul caos frenetico della folla per cercare di trovare qualcosa da usare.

In qualunque caso, un'altra sparizione era impossibile. Si maledisse per avere già usato l'incantesimo quando le cose non erano tanto disperate.

Con quel dolore lancinante alla testa però, Tozi sapeva che non avrebbe potuto rischiare prima di un altro giorno almeno, forse due.

La gabbia era più che sovraffollata e l'improvviso arrivo dei sacerdoti a quell'ora insolita aveva scatenato una tempesta di paura. Molte prigioniere sapevano di non dover fuggire – era il modo più veloce per essere scelte per il sacrificio – ma in generale tutte tremavano e si tiravano indietro come davanti a una bestia feroce.

Tozi riconobbe in testa al gruppo il sommo sacerdote Ahuizotl, un anziano coriaceo con la pelle piena di chiazze, lo sguardo malvagio e un ghigno viscido. I rivoli appena rappresi di sangue che aveva dappertutto gli facevano luccicare la tunica nera e i capelli grigi, folti e lunghi fin sulle spalle, mentre i lineamenti ferini erano paralizzati in un'espressione di collera fragorosa. Scortato da tre assistenti altrettanto imbrattati di sangue, si aprì un varco nella ressa della gabbia selezionando le donne – tutte giovani – e indicandole con dei rabbiosi colpi di lancia. Le guardie armate sedavano immediatamente le proteste delle vittime che urlavano terrorizzate e le portavano via.

«Posso nascondere solo due persone», propose bruscamente Tozi, «tre non ce la faccio. O te, o il bambino».

La donna si ravviò i capelli e un raggio di sole, trafiggendo la prigione da una fessura sul tetto, catturò e fece scintillare le chiazze di giada e oro che aveva nelle iridi. «Devi salvare il bambino, ovviamente», rispose lei.

Risposta giusta.

«Ho detto una bugia», le sussurrò Tozi, «credo di poterci fare scappare tutti e tre. Almeno, ci provo».

«Ma...».

«Non muoverti. Qualunque cosa succeda, devi stare ferma. E non parlare».

Tozi alzò gli occhi al cielo. Ahuizotl si avvicinava in fretta, stava a meno di venti passi e continuava a designare vittime con affondi rabbiosi della lancia. Aveva preso un numero di vite infinito per Colibrì e Tozi percepì la ferocia del suo potere. Non sarebbe stato facile da sviare o confondere.

E nemmeno i ghigni crudeli e le dita lunghe e magre dei sacerdoti più giovani erano da sottovalutare.

Così la ragazza studiò i vari capannelli di prigioniere che pascolavano lì vicino e, provando un moto di vera gratitudine, le caddero gli occhi su

Xoco e altre due della sua banda. Erano un po' lontano, sulla sinistra, e stavano cercando come tutte di non attirare l'attenzione dei sacerdoti.

Tozi iniziò a intonare. «*Hmm-a-hmm-hmm... hmm-hm... Hmm-a-hmm-hmm... hmm-hmm*». Era un suono bassissimo, quasi impercettibile. Ma non importava a che volume lo si cantasse. Importava la sequenza delle note, il tempo della ripetizione e l'intenzione della cantante.

L'intenzione di Tozi era di salvare se stessa, il povero Coyotl e quella donna misteriosa e sconosciuta. Non le importava nulla di Xoco. «*Hmm-a-hmm-hmm... hmm-hm*», cantò. «*Hmm-a-hmm-hmm... hmm-hmm*». Continuò a tenere il tempo come le aveva insegnato la madre e si sentì avvolgere gradatamente dalla nebbia che, invisibile come un respiro, cambiava le percezioni e accendeva una scintilla nella mente di chiunque la toccasse. Le prigioniere cominciarono a inciampare, cadere, urtare le une sulle altre diventando sempre più aggressive e incoscienti mentre i sacerdoti di Colibrì si giravano di spalle chiedendosi a cosa fosse dovuto quel disordine. Poi la nebbia mentale si spostò su Xoco che, da accovacciata che era, scattò in piedi con un balzo e corse dritta alla carica di Ahuizotl. Il sacerdote fu troppo sorpreso per evitarla e, quando lei lo centrò con tutto il suo peso, andò al tappeto sbattendo la testa a terra.

Quando i sacerdoti saltarono addosso a Xoco per tenerla ferma, scoppiò il putiferio. La ragazza sembrava avere una forza sovrannaturale, ululava come un demonio. Non c'erano abbastanza guardie per sedare i tantissimi altri scontri che si accendevano uno dopo l'altro in mezzo alla folla.

«Ora usciamo di qui», disse Tozi. Prese in braccio Coyotl che dormiva ancora profondamente e fece segno alla donna di seguirla.

CAPITOLO 6

Regno di Tlascala, giovedì 18 febbraio 1519

Il pendio era scosceso, pieno di buche e ricoperto di erba alta leggera e soffice. Per questo Shikotenka si era spinto fin lì. A metà scalata aveva trovato una profonda fenditura nella roccia dove, strisciando col suo corpo asciutto e muscoloso, si era infilato al sorgere del sole per sottrarsi alla vista di chiunque e spiare i mexica che confluivano nel grande anfiteatro naturale che stava proprio sotto di lui. Erano quattro reggimenti al massimo dispiegamento di forza, ciascuno con un organico di ottomila uomini che il guerriero contò mentre passavano uno alla volta i valichi delle colline intorno come una terrificante e immensa macchina da guerra, grande quanto una città intera che si adunava lì col passare delle ore per portare morte e disordini a Tlascala.

Shikotenka era solo in perizoma e sandali, aveva folti capelli neri all'indietro sulla fronte, raccolti in lunghe trecce arruffate, e il petto, l'addome, le gambe e le braccia, ora tutti schiacciati contro la terra e la pietra della sua madrepatria, interamente segnati dalle cicatrici delle ferite riportate in battaglia negli scontri corpo a corpo coi mexica. A trentatré anni era già guerriero da diciassette. L'esperienza in mostra sulle pianure distese e impassibili del suo volto e la posa risoluta della grande bocca sensuale che mascheravano sia la crudeltà e il calcolo freddo di cui era capace, che il coraggio, la fermezza e i suoi ispirati voli di sconsiderata genialità avevano portato appena un mese prima alla sua elezione come re condottiero di Tlascala. Essendo un uomo d'azione non avrebbe mai delegato quella missione a un sottoposto. Da quello che sarebbe successo quel giorno e la notte seguente dipendeva la stessa sopravvivenza del suo popolo, perciò non aveva affidato il compito a nessun altro.

Con gli occhi socchiusi, osservò gli squadroni del primo reggimento nemico all'opera con corde e picchetti per marcare il perimetro di un grande cerchio in aperta pianura. Il cerchio fu poi diviso in quattro settori. In seguito, quando iniziarono ad arrivare gli altri, ciascun reggimento fu condotto al proprio settore all'interno del cerchio e gli uomini si misero subito a piantare tende di varie misure, da quelle piccole per due uomini a tendoni e padiglioni enormi, dove furono innalzati gli stendardi degli ufficiali in comando. Nel frattempo piccole e veloci squadre di esploratori battevano le colline vicine in cerca di spie e truppe imboscate. Gli uomini che perlustravano la macchia erano già passati cinque volte vicino al nascondiglio di Shikotenka.

Era possibile, si chiese, odiare tanto un intero popolo come lui odiava i mexica e, allo stesso tempo, ammirarli?

Per la loro organizzazione, per esempio. La loro solidità. L'efficienza. La volontà forte come l'ossidiana. L'assoluta, crudele e inflessibile dedizione al potere. Il talento infinito per la violenza.

Non erano tutte doti ammirevoli?

E poi l'impatto di vederseli lì, a decine di migliaia in assetto di guerra, faceva quasi perdere i sensi.

La sua postazione era a cinque tiri d'arco pieni dal confine del loro accampamento, eppure le narici gli si riempirono lo stesso dell'odore acre d'incenso di copale e sangue umano marcio, il fetore che circondava sempre i mexica come una minaccia formulata a metà ovunque facessero grandi raduni.

Dai reggimenti si alzava anche un baccano tremendo dovuto a tamburi, flauti e canti, al brusio di cinquantamila conversazioni e alle urla degli ambulanti chini sulle merci nei quattro mercati improvvisati che erano sorti in tutta la pianura come una strana vegetazione esotica.

Tra le migliaia di facchini, portatori d'acqua, schiavi personali e la schiera di civili al seguito, tra cui macellai e sarti, astrologi e medici, cuochi e tuttofare, insieme a un esercito parallelo di piacenti ragazze dalle vesti succinte, Shikotenka stimò che in totale nell'accampamento mexica dovevano essere circa in sessantamila. Malgrado gli stretti confini militari entro cui i reggimenti stavano montando le tende, l'impressione globale era di assistere al montaggio di una fiera di paese più che alla sosta di un grande esercito in marcia. Neanche le masse di soldati smentivano quell'impressione di allegria e vivacità, dato che i mexica premiavano il successo in battaglia con uniformi di piume, oro e tessuti sgargianti che luccicavano e brillavano al sole, formando tutte insieme sorprendenti onde e spirali di verdi, gialli, blu, rossi e viola scuro disseminate in mezzo a bianche distese accecanti.

Per i mexica, il valore di un uomo si basava più di tutto sul numero e sulla qualità dei prigionieri catturati vivi nella foga della battaglia e sacrificati a Huitzilopochtli, il loro spietato dio della guerra, un'entità depravata e abietta come nessun'altra, il cui nome significava in modo piuttosto contraddittorio "Colibrì".

Quelli che ancora non avevano fatto nessun prigioniero erano considerati dei principianti. Il loro scarso rendimento era segnalato da un'uniforme costituita solo da perizoma bianco e una giubba di protezione imbottita, liscia e senza maniche. In quell'esercito c'erano tantissimi principianti, notò con interesse Shikotenka, molto più del solito per una forza armata di quelle dimensioni.

Anche i guerrieri con più esperienza usavano la protezione ma era nascosta sotto uniformi più adatte al loro status.

Chi aveva preso due prigionieri indossava un copricapo alto a forma di cono e un corpetto intonato. I colori scintillanti di abito e cappello – per lo più cremisi o giallo, ma a volte anche celeste o verde scuro – si ottenevano con migliaia di minuscole piume accuratamente incollate a delle sottovesti di cotone. Gli uomini autorizzati a portare quell'uniforme di solito erano il blocco più consistente di qualunque esercito mexica, ma in tre dei quattro reggimenti che erano lì quel giorno sembravano molto meno dei principianti.

Dopo di loro c'erano i soldati che avevano fatto tre prigionieri. Shikotenka ne individuò tre compagnie, distribuite un po' in tutto l'esercito, riconoscibili dalla lunga armatura e dalle decorazioni a forma di farfalla che avevano sulla schiena, fatti di piume viola e verdi cucite su un supporto di vimini.

Salendo ancora nella gerarchia dell'onore, anch'essi presenti a macchia un po' ovunque fra le truppe, c'erano gli iscritti agli ordini del Giaguaro e dell'Aquila. Potevano essere di famiglia nobile, in certi casi inoffensivi ma addestrati alla guerra in una accademia importante, oppure comuni cittadini che avevano catturato quattro uomini in battaglia. I cavalieri del giaguaro indossavano pelli di giaguaro e tremendi elmetti di legno dipinti in colori accesi a forma di ringhianti teste di giaguaro. I cavalieri dell'aquila avevano corpetti di cotone ricamati con piume di aquile dorate e elmetti di legno a forma di testa di aquila.

Una massa di guerrieri con una caratteristica cresta di capelli in mezzo allo scalpo indicava la presenza di uomini con più di sei prigionieri all'attivo, che combattevano in coppia e, una volta cominciata la battaglia, avevano fatto voto di non ritirarsi mai.

Ancor più temibili erano i cuahchic, con lo scalpo tutto rasato se non per una treccia di capelli legata con un nastro rosso sull'orecchio sinistro. Ogni cuahchic aveva la testa dipinta metà blu e metà rossa o, in alcuni casi, metà blu e metà gialla. Anche loro avevano fatto almeno sei prigionieri ma avevano fatto anche venti gesti di chiaro valore in battaglia.

Shikotenka storse la bocca ricordando le volte che aveva già affrontato i cuahchic. Potendo evitare, avrebbe preferito non ritrovarseli davanti quella sera.

Ma avrebbe affrontato comunque qualsiasi cosa. Distolse la mente dai guerrieri dipinti e spostò lo sguardo al centro dell'accampamento. Squadre di facchini e operai si davano da fare fin dal mattino per mettere insieme l'immenso padiglione ondulato della Donna Serpente, comandante in capo di quel colossale esercito di terra che, ovviamente, era un uomo.

In realtà, per quanto si andasse indietro con la memoria, quel fatto restava un mistero irrisolto per tutti, perché l'ufficiale più alto in grado di tutto l'esercito dopo il Supremo Signore, la riverita Donna Serpente dei mexica, era ed era sempre stato un uomo.

Al momento la carica era ricoperta da Coaxoch, ormai all'alba dei cinquant'anni, spaventosamente grasso e con un rinomato passato da guerriero. Montezuma l'aveva nominato subito dopo essere diventato il Supremo, sedici anni prima, e da allora Coaxoch era rimasto il suo più vicino consigliere e confidente. Attaccare Coaxoch dunque era come attaccare Montezuma in persona e di conseguenza l'orgoglio dell'intero popolo mexica. Avrebbe scatenato una risposta immediata e, come sperava Shikotenka, avventata. Per questo si trovava su quel pendio erboso, stipato in quella fenditura rocciosa a guardare e a contare. Se gli dèi erano con lui e benedivano il suo piano, il nemico avrebbe subìto un colpo spettacolare.

Un movimento improvviso nel settore sud-ovest del campo catturò la sua attenzione. Socchiuse gli occhi. All'ombra di splendidi ombrelli in piume di quetzal, convergeva verso il centro una processione di nobili e cavalieri. Shikotenka aguzzò di nuovo la vista e stavolta distinse chiaramente fra le piume la sagoma panciuta di Coaxoch, stravaccato su una lettiga portata in spalla da una mezza dozzina di schiavi forzuti.

Nel corteo spiccavano quattro nobili di alto rango dalle splendide vesti, agghindati con elaborati copricapo di piume color arcobaleno e sontuose maschere in mosaico di giada. Sulle spalle, ritti sulla testa di oltre un braccio, portavano gli stendardi con la tripla drappella verde dei generali di reggimento. Shikotenka si morse il labbro per frenare il grido di avversione che gli stava uscendo di bocca appena riconobbe i figli di Coaxoch, promossi in guarnigione di parecchi gradi grazie all'influenza del padre su Montezuma e già famigerati per stoltezza e crudeltà. L'anno prima aveva incontrato e subito odiato Mahuizoh, il maggiore dei due, che guidava la delegazione mexica nei cosiddetti "negoziati di pace" con il suo popolo. Come poteva dimenticare i modi tronfi e prepotenti di quell'uomo che si era messo a urlare minacciando saccheggi e devastazioni se non fossero state soddisfatte le sue esorbitanti richieste sul pagamento dei tributi? Shikotenka pregò in silenzio gli dèi perché gli capitasse Mahuizoh sotto la lama quella notte.

Un altro movimento a nord-est gli segnalò una seconda processione che avanzava anch'essa verso il centro dell'accampamento. C'erano centinaia di sacerdoti combattenti con gli alti copricapi e i corpetti ricamati su uno sfondo di piume nere che raffiguravano il cielo notturno con disegni in piume bianche a rappresentare le stelle. Dietro di loro, legati da pesanti cavezze di legno strette al collo, si trascinavano un centinaio di prigionieri ricoperti di polvere di gesso e in precari abiti di carta bianca.

Le due processioni confluirono davanti al padiglione di Coaxoch. Lì, bruciando un grosso mucchio di copale, tra squilli di conchiglie e rulli di gong e tamburi, i sacerdoti prepararono l'altare su cui posarono un idolo di Colibrì intagliato in legno. Continuando a parlare con i figli che gli si erano fatti intorno, Coaxoch si sollevò su un gomito e si sporse a guardare dalla lettiga.

Shikotenka era certo che i prigionieri che stavano per sacrificare erano tutti tlascaliani come lui. A differenza delle schiere di altri regni liberi che un tempo prosperavano in quella regione, Tlascala infatti aveva sempre rifiutato le offerte di vassallaggio e il pagamento di esosi tributi annuali ai mexica in cambio della pace; di conseguenza, era bersaglio continuo delle incursioni militari di Montezuma. Gli attacchi servivano a punire la resistenza tlascaliana e dare ai popoli confinanti una dimostrazione pratica dei costi dell'indipendenza. L'intento principale però era garantire un pronto ricambio di prigionieri da sacrificare al pantheon sanguinario in cima al quale stava Colibrì, l'origine divina di tutta la violenza dei mexica, che si riteneva aver detto nella notte dei tempi: «La mia missione, il mio compito è la guerra. Veglierò e sarò contrario a ogni forma di popolo libero, senza pietà».

Negli ultimi tre mesi un'urgenza tremenda, un'incombente minaccia soprannaturale che richiedeva un'enorme quantità di offerte a Colibrì, aveva fatto toccare ai mexica vette di crudeltà mai raggiunte prima. Secondo le spie di Shikotenka, l'intera questione poteva essere collegata alla comparsa di una piccola compagnia di esseri misteriosi dalla pelle bianca, forse divinità, che erano approdati nelle terre dei maya qualche mese prima con immense barche che si muovevano da sole, senza pagaie, avevano combattuto e vinto una grande battaglia usando armi terribili e sconosciute e poi erano tornati nell'oceano da dove erano venuti. Per vari aspetti quello strano incontro richiamava le tante leggende sul Serpente Piumato, Quetzalcóatl, e sul suo profetizzato ritorno, cosa che doveva aver messo certamente paura a Montezuma, devoto invece a Colibrì, spingendolo a ritardare o persino evitare il compiersi della profezia offrendo sacrifici esagerati al dio della guerra. Al momento, quella era l'unica spiegazione possibile ma, alla luce della famosa natura superstiziosa di Montezuma, Shikotenka la riteneva piuttosto convincente e di certo avrebbe motivato l'improvviso richiamo dei trentaduemila guerrieri di Coaxoch da tutte le altre missioni e il loro dispiegamento al solo obbiettivo di raccattare enormi quantità di nuove vittime. Già avevano devastato una dozzina di città tlascaliane e acciuffato migliaia di giovani uomini e donne trascinandoli per centinaia di chilometri fino alle gabbie di Tenochtitlan, la capitale mexica, per farli ingrassare in attesa dell'olocausto. Come avevano sempre fatto i mexica però, un piccolo numero di prigionieri – come quei poveri disgraziati che ora stavano trascinando all'altare – dovevano restare con le truppe ed essere sacrificati nei luoghi di raccolta più importanti sull'itinerario di marcia.

Le conchiglie squillarono di nuovo e i tamburi in pelle di serpente iniziarono a rullare. Alle prime urla di dolore Shikotenka strinse i pugni, ma non poteva far niente per i suoi fratelli e le sorelle che ora soffrivano sotto la lama dei mexica. L'unica soddisfazione era il pensiero della sua squadra scelta di cinquanta guerrieri in attesa di ordini a un'ora di corsa più a sud.

Mentre lì si celebravano i sacrifici, si raccoglieva il sangue schiumato dal cuore e lo si faceva bere ai nobili più anziani, macellando i cadaveri delle vittime per poi cuocerli nella marmitta, frotte di manovali continuavano a dare gli ultimi ritocchi al padiglione della Donna Serpente. Ad ogni modo, solo dopo aver assistito alla morte dell'ultima vittima e bevuto la sua razione di sangue, nel secondo pomeriggio, Coaxoch acconsentì di essere portato nell'enorme struttura. Lì fu seguito da una dozzina di giovani e conturbanti schiave, strette in tuniche aderenti tessute in piume di pappagallo gialle e verdi. Poco dopo uscirono i portantini, mentre le donne rimasero dentro. Di tanto in tanto continuavano ad andare e venire altri schiavi con cose da mangiare e da bere.

Soffocando la rabbia, Shikotenka rimase fermo nella fenditura rocciosa senza muovere un muscolo, a osservare tutto quello che succedeva. Per un po' si perse nei suoi pensieri, calcolò le distanze, confrontò una serie di possibili strategie di ingresso e di uscita, cercando di capire come portare quella notte i suoi guerrieri dentro il padiglione di Coaxoch a fare più danno possibile.

Chiaramente ogni uomo doveva arrivare da un sentiero diverso. Gruppi di due o tre avrebbero attirato l'attenzione ma da soli, vestiti con varie uniformi da guerra rubate ai mexica, si sarebbero mescolati al meglio nell'immensa folla di guerrieri e seguaci dell'accampamento. Se tutto andava bene si sarebbero rivisti tutti davanti al padiglione accanto all'idolo di Colibrì per finalizzare un attacco travolgente che i mexica, troppo sicuri di sé, non si aspettavano e per cui non facevano nemmeno la guardia.

Questa era più o meno la parte facile del piano.

Le cose si facevano più difficili per la fuga, pensando che si sarebbero trovati nel cuore furibondo di un campo nemico in stato di allerta.

Shikotenka aveva comunque la massima fiducia nelle doti militari dei suoi cinquanta. Avevano il vantaggio della sorpresa e della velocità, erano organizzati al meglio, avevano sete di vendetta e amavano gli dèi. Avrebbero travolto la base dei mexica come un fiume in piena, uscendo e scappando nelle montagne prima che li potesse fermare chiunque.

Certo, li avrebbero seguiti.

Ma anche quello faceva parte del piano...

Il sogno a occhi aperti di vendetta fu interrotto da un suono.

Un piccolo suono stridulo e graffiante.

Shikotenka restò fermo immobile, paralizzato, pronto a tutto.

Scratch... scrap... scratch... scratch...

Proveniva da circa venti passi più in alto sul pendio e scendeva furtivamente verso di lui.

Scrap, scrap, scratch…

Era un uomo, pensò Shikotenka, un soldato con dei pesanti sandali da guerra; non un esploratore esperto, altrimenti non lo avrebbe sentito affatto, ma qualcuno tanto abile e determinato da aggirarlo passandogli sopra e arrivare tanto vicino senza farsi scoprire.

Era solo? O più su ce n'erano altri impossibili da sentire?

In quel caso, Shikotenka era spacciato.

Altrimenti, aveva ancora una possibilità.

Tirò fuori il pugnale.

CAPITOLO 7

Tenochtitlan, giovedì 18 febbraio 1519

Tozi portò la donna lontano dai sacerdoti e, passando veloce tra la folla, di nuovo al muro di pietra viva in fondo alla gabbia. Lì c'era una striscia di spazio libera, dove la gente non voleva finire schiacciata. Tozi si intrufolò in quel varco stringendo Coyotl. La donna le stava attaccata dietro.

«Che facciamo ora?», le chiese. Era tutta rossa ed eccitata.

«Da questa parte», disse Tozi.

La prigione era tanto grande che ci si poteva sparire dentro; e poi, Tozi aveva passato gli ultimi sette mesi a fare solo quello. Quindi, appellandosi a una grande esperienza, condusse la donna sulla rapida via di fuga che correva lungo il muro di fondo, lontano dai sacerdoti per confondersi alla fine tra la folla in un settore distante.

Trovò un posto libero a terra e si lasciò cadere con Coyotl che teneva la fronte sudata e calda di febbre sulla sua spalla.

La donna crollò accanto a loro. «Ottimo lavoro», disse a Tozi. «Fantastico, direi».

«Non ci ho fatti sparire come pensavi tu».

«Però hai fatto una cosa ancora più furba. Un'altra specie di magia. Come ti chiami?»

«Tozi...».

«Io Malinal», fece la donna. Poi, senza preavviso, si sporse in avanti e avvolse Tozi e Coyotl in un caldo abbraccio che durò un tempo imbarazzante. Quando li mollò, disse: «Siamo salvi ora?».

Tozi scosse la testa. «Non se ne andranno così facilmente dopo una rivolta del genere. Ci staranno addosso finché non trovano le capobanda e prenderanno molte altre vittime per il sacrificio». Detto questo mise giù Coyotl su un fianco e gli sistemò la mano a mo' di cuscino. Il bambino mormorò ma continuò a dormire.

«Dorme tantissimo, il piccoletto», osservò Malinal.

«Gli ho dato la radice di *chalalatli*», rispose Tozi, «per i dolori alla testa e la febbre».

«Ah, allora potrebbe succedere qualunque cosa, dormirebbe comunque... Certo, solo gli dèi sanno dove hai preso un farmaco del genere».

Tozi ignorò il commento. Allungò la mano e accarezzò il viso di Malinal, l'ampio ovale degli occhi, le labbra carnose, la pelle perfetta. «La tua forza è la bellezza», disse, «qui dentro però è uno svantaggio».

«Non...».

Tozi non gradì l'interruzione: «Dico sul serio. Essere bella ti mette in evidenza ed è pericoloso. La prima regola per restare vivi è non farsi notare».

Malinal allargò le mani: «Che dovrei fare allora?»

«Per prima cosa, ti tagliamo i capelli». Da una delle sue tasche segrete, Tozi tirò fuori una pietra scheggiata, lunga all'incirca quanto il dito medio di un uomo. La pietra aveva i bordi dentellati, affilati come un rasoio e appuntita all'estremità.

«E quella dove l'hai presa?», si stupì Malinal.

Tozi sogghignò. «Sono una cercatrice», disse, «e una custode». Fece segno a Malinal di sederle davanti.

La donna esitò.

«Non abbiamo TEMPO», gridò Tozi.

Malinal si sedette con aria arrendevole davanti a lei e porse la testa a Tozi che iniziò subito a tagliarle lunghe e folte ciocche di capelli. Una donna che passava di lì si fermò a pochi metri di distanza a fissare il crescente mucchietto di ciocche cadute. Aveva uno sguardo spento ed era paffuta come una *tortilla*, come tutte quelle che seguivano la ricca dieta della gabbia per l'ingrasso. «Posso prendere un po' di capelli?», domandò. Sembrava intontita, come se il cervello le fosse già morto, anticipando il sacrificio del corpo.

«Prendine quanti ne vuoi», disse Tozi.

I peli umani erano un bene prezioso nella gabbia: servivano a fare stracci e fili, e ci si riparavano i vestiti; si potevano usare per improvvisare cuscini. Per sfuggire al pugnale del sacrificio una prigioniera si era da poco impiccata con una corda di peli umani intrecciati. Perciò, in situazioni meno gravi di quella Tozi avrebbe difeso quel tesoro con i denti, oppure l'avrebbe barattato, ma quel giorno non c'era tempo. Quando si avvicinarono altre donne invitò tutte a servirsi da sole e quelle li raccolsero nei grembiuli e nei vestiti.

«Sei generosa coi miei capelli», disse Malinal.

«Non dobbiamo far trovare ai sacerdoti nemmeno una ciocca. Potrebbero pensare che qualcuno stia cercando di cambiare aspetto. Conosci un modo migliore per sbarazzarcene?».

Malinal rise: «Sei molto sveglia, Tozi. Parlami di te».

«Che vuoi sapere?»

«Per esempio, la città. Cominciamo così. Da dove vieni?»

«Oh, sono stata un po' ovunque».

«Un po' ovunque? Cioè? Sei mexica? Tlascaliana?»

«Non sono mexica. E non sono tlascaliana».

«Umm, un enigma. Mi piacciono gli enigmi. Parli il nahuatl come se fossi di qui. Però hai un certo... accento. Non è che sei tepanec? Acolhua? Xochimilca?»

«No, no».

«Sei proprio un mistero allora...».

Tozi ebbe una fitta fortissima alla testa. «Senti», disse, «sto a Tenochtitlan da quando ho cinque anni, ok? Mi ha portata qui mia madre. Non ho mai conosciuto mio padre. Mia madre è morta quando avevo sette anni. Mi disse che venivamo da Aztlán. È tutto quello che so».

Il regno incantato di Aztlán: non servivano altre spiegazioni. Era il luogo delle Sette Caverne di Chicomoztoc dove, stando alle voci, maestri dalla saggezza divina ed esperti di finissimi arti magiche si nascondevano dagli sguardi dell'uomo comune. Era la casa degli dèi, il mistico luogo d'origine dei mexica, dei tlascaliani e di tutti gli altri popoli che parlavano il nahuatl.

Ma nessuno veniva più da Aztlán. Erano secoli che non veniva più nessuno da Aztlán, forse millenni. Anzi, ormai nessuno aveva la più pallida idea di dove fosse quella città.

«Chi arrivava da Aztlán si faceva chiamare azteco», ricordò Malinal.

«Allora questo fa di me un'azteca», disse Tozi. Cercando poi di distogliere l'attenzione da sé, le chiese: «E tu? Di dove sei? Anche tu parli il nahuatl come se fossi di qui».

Malinal rise: «Ho un talento per le lingue ma la mia lingua madre è il maya».

Tozi aveva completato il taglio. «Allora, come sei finita qui?», le chiese tirandosi indietro per ammirare la sua opera.

Prima che Malinal potesse risponderle si accorsero entrambe che stava succedendo qualcosa in mezzo alla folla, si sentivano delle voci, poi un mormorio, un po' di scompiglio e delle urla. «Dobbiamo scappare di nuovo», disse Tozi. Si chinò per sollevare Coyotl ma Malinal fu più veloce: «Lo porto io. Tu fai strada».

Quando Malinal si aiutò col braccio per reggere il corpicino tutto ossa del bimbo, facendo in modo che la testa cadente le si appoggiasse sulla spalla destra, Coyotl si svegliò, la guardò dritto negli occhi e chiese con aria assonnata: «Chi sei tu?»

«Un'amica», rispose Malinal.

«Scusa, ma come faccio a saperlo?».

Tozi andò di fianco a Coyotl e gli scostò i capelli sudati dalla fronte. «Si chiama Malinal», gli disse. «È un'amica».

«Be'... Se Tozi dice che sei un'amica allora per me sei un'amica», si convinse il piccolo. Chiuse gli occhi, poggiò di nuovo la testa sulla spalla di Malinal e si riaddormentò di colpo.

Tozi andava spedita ma dopo duecento passi un movimento davanti a lei la bloccò. Sentì altre urla e poi un grido rauco, velato. Anche da lì si avvicinava una fila di sacerdoti! Cambiò direzione e si voltò a vedere se Malinal le stava ancora dietro con Coyotl ma, dopo altri cento passi, fu costretta a fermarsi di nuovo davanti ad altri sacerdoti e guardie. Evidentemente era in atto un rastrellamento di massa e le vittime venivano prelevate da ogni area della prigione.

Provò altre due volte in direzioni diverse ma sempre con lo stesso risultato. Attorno a loro si stringeva un anello di sacerdoti e guardie, non avevano scampo.

«Benissimo», disse Tozi. Con tutti quei sacerdoti in arrivo era inutile tentare con la nebbia. «Dobbiamo solo stare qui e non farci vedere...».

«Vuoi dire sparire?», disse fiduciosamente Malinal.

«Voglio dire non farci vedere». Tozi si guardò intorno. «Ci serve del fango», disse. «*Ora*».

Malinal sfregò il terreno secco con l'alluce. «Niente fango», disse.

Tozi sollevò la gonna, si accovacciò e fece un rigagnolo di urina. Quando ebbe finito infilò le dita nella pozza umida e iniziò a impastare qualche manciata di terra trasformandola in fango. Alzò la testa verso Malinal: «Preparati», disse, «questa è per te».

«Per me!», soffocò la voce Malinal. «Perché per me?»

«Perché io sono già abbastanza sporca. E anche Coyotl. La tua pelle invece finirà per farti notare. Dobbiamo sporcarti. È questione di vita o di morte. Ti sta bene?»

«Diciamo di sì».

«Allora mettiti giù e aiutami a fare altro fango».

Dopo aver ricoperto da cima a fondo Malinal di terra bagnata, averla messa su quel che restava dei suoi capelli, sfregata sulla fronte lasciando colare lunghe strisce sulla faccia, e imbrattate le parti scoperte di gambe e braccia, Tozi osservò la donna. «Molto meglio», commentò. «Sei un vero disastro...».

«Grazie...».

«Sei ancora stupenda naturalmente, ma sei lurida e puzzi da morire. Speriamo che basti».

Si udirono altre urla. Prelevarono una donna sconvolta e con lo sguardo allucinato che stava accanto a loro, un'altra gli sfilò davanti muovendosi a tentoni e sanguinando dalla testa. Tutte le prigioniere che avevano intorno mormoravano terrorizzate cercando di scappare senza farsi notare. «Che succede?», chiese Malinal. «Che abbiamo fatto?».

Tozi si mise a terra a gambe incrociate. «Non abbiamo fatto niente», disse. Sollevò la testa di Coyotl sul grembo e invitò Malinal a sedere accanto a lei.

I sacerdoti ormai erano a cinquanta passi e tagliavano la folla andando dritto verso di loro. Erano seguiti da squadre di guardie armate di pesanti mazze di legno che afferravano le vittime indicate e si allontanavano con loro, probabilmente per sacrificarle sul posto.

Tozi non voleva saperlo. «Pensa di essere brutta», sussurrò a Malinal. «Sei gobba e hai le rughe, il seno piatto, la pancia floscia, i denti cariati, il corpo pieno di foruncoli...».

«A cosa può servire...?»

«Fallo».

Quando arrivarono i sacerdoti, Tozi ebbe quasi un infarto vedendo di nuovo Ahuizotl in testa alla colonna. Dovevano esserci frotte di sacerdoti nella gabbia: era solo sfortuna o era una mente malefica a farla finire sempre davanti al vecchio assassino dallo sguardo penetrante? Con una certa soddisfazione notò che aveva ancora il lato sinistro della faccia gonfissimo per l'aggressione di Xoco e zoppicava usando la lancia come stampella. Attorno gli ronzavano quattro grosse guardie del corpo. Non avevano le mazze ma i *macuahuitl*, le spade di legno da combattimento filettate di ossidiana sui bordi, amate dai cavalieri mexica. Ovviamente, l'incidente di Xoco non si sarebbe potuto ripetere.

Ormai i sacerdoti stavano a quaranta passi, poi a trenta, poi a venti. Tozi iniziò a sussurrare l'incantesimo dell'invisibilità muovendo solo le labbra, ma per qualche secondo sperò con tutte le forze che bastasse il camuffamento; che, imbrattate e luride com'erano, Ahuizotl sarebbe passato davanti a loro senza notarle, che non dare affatto nell'occhio si sarebbe rivelata anzi la parte migliore del piano e che non ci sarebbe stato bisogno di rischiare la vita in un ricorso avventato alla magia.

Eppure, mentre il sommo sacerdote continuava ad avanzare e una sorta di attrazione, una connessione, sembrava spingerlo inesorabilmente verso di loro, Tozi vide che aveva puntato gli occhi su Malinal. A un tratto le fu chiaro che l'uomo aveva riconosciuto quella stupenda donna, seppur tosata e imbrattata di fango, che la conosceva benissimo e che l'aveva già scelta in mezzo alla folla da molto tempo.

Non c'era cascato. Non l'aveva bevuta. Era lì per lei!

Capendo che non c'erano alternative, Tozi si concentrò su se stessa, rallentò il battito insistente del suo cuore e immaginò di essere trasparente e libera come l'aria. Si accorse di tenere la mano di Malinal e la sentì rigida e calda. «Puoi farci sparire», sussurrò Malinal. «So che puoi…».

Ignorando un'altra fitta feroce alle tempie, Tozi si immerse nell'incantesimo pronunciando pianissimo le parole che non si potevano sentire, decisa a farcela più che mai.

CAPITOLO 8

Tlascala, giovedì 18 febbraio 1519

La fenditura rocciosa tagliava il fianco della collina quasi in linea orizzontale. Shikotenka si era ficcato lì dentro coi piedi fino a farsi inghiottire completamente e lasciando scoperti nella strettoia solo gli occhi per poter spiare l'esercito dei mexica.

Scratch… scratch… scrap…

Era confuso, non riusciva a spiegarsi come poteva essere stato scoperto in quell'ottimo nascondiglio, ma l'uomo furtivo e attento sul pendio poco sopra di lui non poteva essere lì per un altro motivo. Ormai l'unica cosa che importava era sapere se fosse solo o parte di una squadra.

«Ehi», si sentì, «laggiù, tu, rintanato in quel buco… Vuoi strisciare fuori e batterti per salvare la pelle?».

L'uomo parlava nahuatl, la lingua madre di mexica e tlascaliani, ma con la pronuncia lenta e strascicata e il tono beffardo tipici solo dell'alta nobiltà di Tenochtitlan. Doveva essere un bel damerino, intuì con fastidio Shikotenka, magari un principe, anche parente stretto di Montezuma. Questo non voleva dire che era più facile ucciderlo – i mexica aristocratici erano sottoposti a un eccellente addestramento fin dall'infanzia in tutte le arti marziali – ma poteva significare che tutto quel che sarebbe accaduto da lì in poi sarebbe stato vincolato a un antico codice cavalleresco.

La speranza di trovarsi davanti un nemico solo iniziava a farsi concreta. Shikotenka strinse fra i denti la lunga lama di pietra del suo pugnale, lasciando le mani libere per spingersi e uscire fuori dalla fenditura. Non aveva nessuna paura e uno slancio di energia iniziava a fargli vibrare tutto il corpo.

Il mexica riprese a parlare. «Perché non ti arrendi e la fai finita?», disse. «Se fossi in te ci penserei seriamente. Avrai la vita più facile e eviterai la tremenda lezione che dovrò darti se opporrai qualunque tipo di resistenza».

Più facile!, pensò Shikotenka.

Più corta voleva dire in realtà.

Se avesse pronunciato le semplici parole "mi arrendo" sarebbe stato obbligato a consegnarsi come prigioniero di quel mexica, secondo il codice d'onore che gli avrebbe impedito di tentare la fuga costringendolo invece al sacrificio in nome di Colibrì nel giorno fissato e a farsi strappare il cuore da quel tizio che avrebbe poi stufato la carne delle sue cosce per mangiarle con fagioli e peperoncini.

«Combattiamo», disse Shikotenka dalla fenditura.

«Ah-ah, la terra parla», disse il mexica.

«Ma ho due domande per te...».

«Un uomo in un buco che incontra un uomo con la lancia non è in condizione di fare domande».

«A meno che l'uomo con la lancia non sia un nobile e degno signore dei mexica... Ma forse mi sbaglio...».

«Io sono Guatemoc, nipote del Supremo Signore in persona. Sono abbastanza nobile e degno?».

Guatemoc!

Shikotenka aveva sentito moltissime voci su quel giovane. Si diceva che fosse una testa calda ma abile e coraggioso. Secondo alcuni, aveva catturato undici valorosi guerrieri in battaglia sacrificandoli poi a Colibrì, un numero impressionante. Di certo era lì per fare salire il conto a dodici.

«Volevo chiederti se eri solo», disse Shikotenka, «ma ora so la risposta. L'orgoglio del grande guerriero Guatemoc non gli permetterebbe mai di chiedere aiuto per catturare un nemico solitario».

«E chi è questo nemico solitario che mi parla da sotto terra?»

«Sono Shikotenka, figlio di Shikotenka».

Ci fu un lungo silenzio. «Shikotenka!», disse alla fine Guatemoc, «principe di Tlascala». Fischiò e disse tra sé: «Be', sono stupito, devo ammetterlo. Quando ti ho visto in mezzo alle rocce ho pensato che fossi solo una misera spia, buona al massimo per intrattenermi un paio d'ore. Invece salta fuori il prigioniero più alto in grado che abbia mai catturato. Sarai uno splendido sacrificio quando ti porterò al tempio».

«Quindi pensi di portami al tempio senza problemi», disse Shikotenka. «Pensi che mi batterai. La seconda domanda però è: se combattiamo e vinco io?»

«Tu? Vincere? Francamente, è molto improbabile».

«Quando uscirò da questo buco rischierò di essere visto dal tuo esercito.

Se combattiamo e ti uccido o ti faccio prigioniero, lo vedranno trentamila dei tuoi guerrieri. Non avrò alcuna possibilità di scappare».

«Dovrebbe importarmi?»

«Certo! Non ha senso invitarmi a combattere per salvarmi la pelle se verrò ucciso comunque, che vinca o no».

«Umm… credo di aver afferrato il punto».

Ci fu un altro minuto di silenzio, poi Guatemoc riprese. «A trenta passi sopra di noi c'è un avvallamento», disse. «Ci sono passato prima di scendere qui. È abbastanza profondo da nasconderci e non farci vedere. Se ora andassi lì, tu potresti seguirmi, cioè, voglio dire, strisciando sull'erba. Non ti vedrà nessuno e io non ti tradirò».

Shikotenka lo sentì arrancare e risalire la collina. Si sforzò di contare piano fino a dieci, poi si spinse fuori dalla fenditura uscendo allo scoperto.

CAPITOLO 9

Tenochtitlan, giovedì 18 febbraio 1519

A un certo livello di coscienza Montezuma sapeva di essere seduto a gambe incrociate a terra nel tempo di Colibrì, con le mani giunte sulla pancia. Sapeva di aver ancora la sacca di lino vuota in cui Ahuizotl gli aveva fatto avere i sette *teonanácatl*. Sapeva che alto su di lui, come nell'atto di chinarsi e divorarlo fra le ombre mostruose proiettate dalle fiamme tremolanti delle fiaccole, c'era l'idolo del dio splendente d'oro e di gioielli.

Con la mente però Montezuma era altrove, trasportato in un campo di battaglia disseminato di cadaveri. Stranamente – notò – tutti i morti erano guerrieri maya. Alcuni portavano ancora sui corpi disfatti i segni di zanne animali, altri erano tutti schiacciati e fracassati, c'erano decapitati, gente fatta a pezzi, calpestata o ridotta dalle fiamme in pezzi sparsi di carne e ossa irriconoscibili. In quella carneficina, Montezuma passeggiava coi piedi immersi nel sangue al fianco di Colibrì in persona.

Per manifestarsi, il dio aveva scelto le sembianze di un uomo forte e alto di mezz'età, bellissimo e imponente, coi capelli d'oro e un'abbagliante pelle luminosa. Indossava una tunica di piume di colibrì e una ghirlanda di cuori, mani e teschi umani. «È da molto che non parliamo», disse a Montezuma, «ma ho sempre vegliato su di te».

Il Supremo Signore di Tenochtitlan tremò: «Grazie, signore. Siete buono...».

«Sono deluso. Quando ti ho innalzato al trono, sedici anni fa, avevo riposto una grande fiducia nella tua capacità di trovare modi nuovi e intraprendenti di servirmi...».

«Mio signore, ho fatto tutto quello che era in mio potere...».

«NO!», tuonò Colibrì, «non hai fatto *assolutamente* tutto quello che era in tuo potere! Volevo sedici anni di cambiamenti. Mi hai dato sedici anni tutti uguali uno dopo l'altro».

«Ma non vi sono stato fedele, signore? Non ho continuato a portarvi i cuori?»

«Cuori?», disse Colibrì. «Immagino di sì». Sbadigliò mostrando i denti grossi e allineati. «E oggi? Abbiamo iniziato in modo orribile. Fammi indovinare cosa hai in serbo per me...». La lingua rossa e stranamente aguzza del dio uscì con un guizzò dalla bocca mentre gli occhi si alzarono fino a girarsi completamente e lasciare in vista solo le sclere bianche. «Ah... Quanto sei prevedibile... Vergini». Dilatò le narici e annusò l'aria. «I cuori di cinquecentoventi tenere verginelle».

Per un attimo Montezuma ebbe un terribile attacco d'ansia. «Non posso promettere che siano vergini, signore, anche se spero in qualche illibata...»

«Quindi nemmeno le vergini...». Le iridi del dio, nere come perle di ossidiana, tornarono visibili: «A cosa devo l'onore di questa *splendida* offerta?».

Montezuma fu trafitto dagli occhi scintillanti. Sembrava che gli inghiottissero l'anima. Alla fine trovò il coraggio di parlare. «Signore di tutte le vendette», disse, «due anni fa si sono iniziati a manifestare presagi oscuri, calamità inspicgabili, segni terribili... E ora è tornato l'anno della Canna».

Colibrì fece un altro sbadiglio cavernoso. «Parlami di questi presagi e di questi segni».

«Una grande colonna infuocata, signore, sembrava sanguinare fuoco, goccia dopo goccia, come una ferita aperta nel cielo. Era larga alla base e stretta in cima, ha brillato per un anno al centro esatto del cielo...».

«Ah», disse Colibrì. «Mio impetuoso messaggero... Ora magari mi parlerai del tempio colpito dalla saetta, vero?»

«In effetti, il tempio di Tezcatlipoca è stato colpito da una saetta, signore, si è scatenata una violenta bufera sul lago che ha rovesciato le acque addosso a metà delle case in città. È apparso un uomo con due teste. L'abbiamo catturato e imprigionato, ma è scomparso dalla prigione senza lasciare traccia. Di notte si sentiva piangere una donna che faceva il giro delle strade ma nessuno l'ha mai vista. Un pescatore ha trovato uno strano uccello. Me l'hanno portato. Era una specie di gru, con piume color cenere. Sulla testa aveva uno specchio bucato al centro come un fusaiolo e dentro lo specchio si riusciva a vedere il cielo di notte. Era mezzogiorno, signore! Mezzogiorno! Eppure vedevo benissimo *mamalhuaztli* e le altre stelle come nella notte più buia. Chiaramente ho fatto strangolare il pescatore...».

«Chiaramente...».

«Poi ho guardato di nuovo nello specchio. Le stelle erano sparite, la notte era sparita e ho visto una pianura lontana. Era attraversata da una legione di creature schierate in file, guerrieri con armi di metallo e armature di metallo. Alcuni sembravano umani ma avevano la barba e la pelle chiara, come i battaglioni di Quetzalcóatl descritti nelle nostre antiche scritture. Alcuni avevano anche i capelli d'oro come i vostri, signore. Altri sembravano mezzi uomini e mezzi cervi e correvano davanti a tutti velocissimi...».

«Ti ho mandato io quello specchio», disse Colibrì. «Ora ridammelo».

«Non posso, signore», disse Montezuma singhiozzando. «L'ho strappato dalla testa dell'uccello e l'ho distrutto».

«Quanto sei irascibile e violento, figlio mio».

«Non sopportavo le visioni che mi mostrava...».

«Ma le visioni erano fondate, no? Non sei venuto per questo oggi?».

Montezuma abbassò lo sguardo. «A un anno dalla distruzione dello specchio non ci sono stati altri segni. Ho iniziato a credere che tutto andasse bene, che il mio regno avrebbe prosperato di nuovo con la tua benedizione...».

Colibrì scoppiò in una aspra risata, simile al latrato di un coyote.

«...Quattro mesi fa invece», continuò Montezuma, «con l'avvicinarsi dell'Uno-Canna, ho avuto notizie dalla terra dei maya chontal. Dall'oceano orientale sono emerse delle creature sconosciute. Somigliavano agli umani ma avevano la barba e la pelle chiara come le creature che avevo visto nello specchio, signore... come i battaglioni di Quetzalcóatl! Indossavano armature di metallo e usavano potenti armi di metallo che sputavano fuoco. Dicevano di adorare un dio che era stato ucciso ed era tornato in vita, hanno costretto alcune tribù maya a venerarlo. Altre si sono rifiutate e c'è stata una gran battaglia. Quegli esseri erano poco più di un centinaio, signore, ma hanno sconfitto un esercito di diecimila soldati maya! Poi sono tornati a mare, sono saliti su tre montagne galleggianti e si sono fatti portare a est dal vento».

«Così non sapevi più cosa fare», disse Colibrì, «e volevi il mio consiglio. Hai pensato solo alle vittime e ai sacrifici per avere la mia indulgenza...».

«Ho fatto la guerra con i tlascaliani, con gli huezotzinchi, con i purepecha. Ho imposto altre tasse ai totonachi. I miei eserciti hanno portato tantissimi prigionieri a Tenochtitlan. Li abbiamo fatti ingrassare, li abbiamo preparati per voi. Giuro, signore, ho un trionfo di vittime pronte per il pugnale...».

«Cosa vuoi in cambio?»

«Notizie sulle creature emerse dall'oceano…».

«Non ti piacerà sentirle», disse Colibrì.

«Vi prego di darmele lo stesso, signore».

«D'accordo allora», disse il dio. «Queste creature erano i primi esploratori di un immenso esercito che arriverà dall'oceano orientale per spazzarti via. Fra non molto ti diranno che sono tornati nelle loro montagne galleggianti. Prima che finisca l'anno saranno alle porte di Tenochtitlan».

Era una cosa impensabile, intollerabile e straordinaria, eppure in un certo senso anche così inevitabile e annunciata da tempo immemore che a Montezuma vennero le vertigini. «Ho paura di loro, signore», confessò. «Sono dèi o uomini? Questo è l'Uno-Canna in cui si deve avverare l'antica profezia e il dio Quetzalcóatl si mostrerà nella sua potenza per marciare di nuovo su noi?».

Colibrì non diede una risposta diretta. Disse invece: «Non hai nulla da temere, io combatterò al tuo fianco… Ti farò vincere».

Montezuma toccò il cielo con un dito e improvvisamente si gonfiò di gioia e di fiducia. «Ditemi cosa devo fare…».

«Prima completa l'opera che hai iniziato», disse il dio e svanì come un sogno all'alba.

Montezuma alzò gli occhi.

Ahuizotl era entrato nel tempio. Aveva sottobraccio due fanciulle terrorizzate, una a destra, una a sinistra. «Le donne sono pronte, Magnificenza», disse con orrenda cattiveria. «I sacrifici possono iniziare».

CAPITOLO 10

Santiago, Cuba, giovedì 18 febbraio 1519

Malgrado i cinquantacinque anni e la solida reputazione, Diego de Velázquez, conquistatore e governatore di Cuba, sembrava sul punto di scoppiare in lacrime. Un rossore gli colorì il viso pallido mentre ogni movimento della testa sproporzionata gli faceva tremolare le guance ingrassate e appesantite dall'età.

«Ah, Pedro», disse, «amico *mio*». Mise una punta di minaccia sull'ultima parola e allungò il doppio mento con la barba accuratamente spuntata e piena di striature gialle per il tabacco. «Ho un affare in ballo». Le labbra per poco non gli sparirono in una linea crudele e sottile. «Devo sapere da che parte stai».

Tutti dicevano che la famigerata irascibilità di Velázquez era da attribuire a emorroidi grandi quanto chicchi d'uva. Era palesemente scomodo, seduto su un trono di mogano dietro un massiccio scrittoio quadrato altrettanto di mogano al centro di una sala per le udienze in cui rimbombava tutto a causa dell'alto soffitto di marmo. Pedro de Alvarado incontrava spesso il governatore ma mai lì, e mai con l'abito da cerimonia che invece indossava quel giorno. Probabilmente, pensò infastidito, le cose che gli erano capitate nelle ultime due ore – l'araldo, la convocazione, la galoppata dal porto al palazzo, l'attesa oltraggiosamente lunga in un corridoio afoso, piantonato a vista dalle guardie, quell'enorme sala formale con l'imponente arredo e persino l'abito ufficiale di Velázquez – facevano tutte parte di un'elaborata messa in scena ideata per incutergli timore.

Alvarado stava in piedi davanti al governatore dall'altra parte della scrivania, la mano destra aperta, le lunghe dita posate delicatamente sul cinturone della spada. Aveva trentatré anni, le spalle larghe e la stazza robusta ma agile per la sua naturale grazia di provetto spadaccino. Sulle spalle gli cadevano dei folti capelli biondi, mentre il labbro superiore era incorniciato da un paio di stravaganti baffi biondi, minuziosamente arricciati e incerati. Era un bell'uomo e, con il mento deciso, il naso lungo e dritto, gli splendidi occhi azzurri e la cicatrice di un duello che lui trovava piuttosto bella e gli correva dalla tempia destra all'angolo dell'occhio destro, aveva infranto molti cuori femminili. Era anche moderatamente ricco grazie ai terreni, alle miniere e agli schiavi indiani che negli ultimi cinque anni gli aveva assegnato Velázquez a Cuba.

«L'araldo mi ha detto che stai imbarcando la cavalleria pesante nella tua caracca... come si chiama...», disse a un tratto il governatore. «La *San Jorge*?». Strizzò l'occhio destro come per sintonizzarsi con la cicatrice di Alvaro.

«*San Sebastián*», corresse Alvarado. A che gioco giocava Velázquez? Davvero non ricordava?

«Oh, sì. Certo. La *San Sebastián*. Un'ottima nave, che la mia generosità ti ha aiutato a comprare. Allora, la mia domanda è...». Lunga pausa di silenzio. Di nuovo quello strano occhiolino. «Se la nostra spedizione nelle Nuove Terre ha come unico obiettivo il commercio e la perlustrazione, a cosa ti serve la cavalleria?».

Come se fosse imbarazzante sollevare la questione, Velázquez quasi sorvolò sull'ultima parola, mentre Alvarado si lanciò tranquillamente nella bugia che aveva concordato quella stessa mattina con Cortés e che già mezza flotta conosceva a memoria. «Autodifesa», disse. «L'anno scorso gli uomini di Córdoba hanno preso una bella batosta perché non avevano la cavalleria. Non ci faremo sorprendere nello stesso modo».

Velázquez si appoggiò allo schienale del trono e tamburellò sui braccioli con le dita paffute e ricoperte di anelli. «Voglio crederti, Pedro», disse. «Sei venuto con me da Hispaniola e a Cuba mi sei stato leale per tutti questi anni. Ma continuo a non capire perché stai imbarcando i cavalli o perché ne hanno visti salire allo stesso tempo altri sei a bordo della *Santa María*. Perché imbarcare i cavalli ora, se parti fra una settimana?».

Alvaro rispose col tono più zuccherino di sempre, come per rassicurare un amante: «I vostri informatori hanno assistito a una normalissima esercitazione, don Diego! Niente di più. Se ci serviranno i cavalli dobbiamo essere in grado di farli salire e scendere in fretta dalle navi senza spezzargli le gambe. Dovremo allenarci ogni giorno finché non salpiamo, la prossima settimana».

Ci fu un altro lungo silenzio, Velázquez sembrò rilassarsi. Alla fine fece un pessimo tentativo di sorriso. «Sapevo che non stavi facendo niente di male, Pedro», disse. «Ecco perché ti ho fatto chiamare. Mi serve un uomo di fiducia». Suonò un campanellino e da un varco nascosto dietro una tenda sbucò un nativo della tribù indiana dei taino avvolto in una tunica bianca che trascinava una sedia di legno. Attraversò la sala udienze con una strana camminata ondeggiante sbattendo i piedi nudi a terra, mise la sedia dietro Alvarado e si ritirò. Alvarado si sedette ma la vicinanza dell'indigeno gli fece accapponare la pelle. Per lui, quegli esseri non erano del tutto umani.

Velázquez allungò un braccio sotto la scrivania e con un grugnito tirò fuori una sacca di seta gonfia di monete, sciolse i cordoncini e inondò il ripiano facendoci tintinnare sopra il contenuto luccicante. Il fiume d'oro era pesante e splendeva. Senza volerlo Alvarado si sporse in avanti sulla sedia con gli occhi spalancati cercando di stimarne il valore.

«Cinquemila *pesos de oro*», disse Velázquez leggendogli quasi nel pensiero. «Sono tuoi se mi aiuti in una certa faccenda».

Cinquemila pesos! Una piccola fortuna! L'amore di Alvarado per l'oro era leggendario. Aveva l'acquolina in bocca: «Cosa vuoi che faccia?»

«Tu sei molto amico di don Hernando Cortés?»

«Sì, siamo amici. Fin da ragazzi».

«È quello che mi hanno detto. Ma la tua amicizia con Cortés è più importante della tua lealtà nei miei confronti?». Velázquez cominciò a infilare di nuovo i pesos d'oro nella sacca.

Gli occhi di Alvarado seguivano le monete. «Non capisco».

«Ha deciso di tradirmi», tuonò il governatore, «anche se gli ho voluto bene come a un figlio, Dio solo lo sa». Era di nuovo congestionato, come se dovesse scoppiare in lacrime. «Credimi, Pedro, quello che ho saputo ieri è stata una pugnalata al cuore, mille pugnalate al cuore».

Alvarado si finse sorpreso: «Cortés che vi tradisce? Non ci credo... Mi ha detto tante volte che vi è affezionato come a un padre».

«Parole, solo parole. Da fonti certe so che quando la flotta raggiungerà le Nuove Terre lui non agirà più come mio viceré ma si impadronirà della spedizione. Ormai è tardi per fermarlo! Per questo ho bisogno del tuo aiuto». Velázquez strinse i cordoncini della sacca e ci posò le mani sopra per fare capire ancora di chi era. «Prima però devo sapere... Posso fidarmi di te? Ho la tua parola? Mi consegnerai il tuo *amico* se te lo chiedo?»

«Gli amici vanno e vengono», disse facilmente Alvarado, «l'oro è una presenza costante. Se non vi fidate di me, fidatevi dell'oro...».

«Se farai *esattamente* quello che ti chiedo», disse Velázquez, «questa sarà tutta tua».

Alvarado si appoggiò allo schienale della sedia e restò con gli occhi fissi sulla sacca. «Chiedete», disse.

«Invita Cortés a cena sulla *San Sebastián* stasera, sul tardi. Diciamo… alle dieci? Trova una scusa, una cosa privata di cui vuoi parlargli. Fallo incuriosire…».

«Perché così tardi?»

«Meno gente in giro, meno intoppi per noi».

«E se ha già un impegno?»

«Niente, sposti l'invito a domani. Ma fai di tutto per convincerlo a venire stasera. Mangiate nella tua cabina. Fallo bere». Velázquez si frugò nell'abito e tirò fuori una fialetta di vetro con un liquido trasparente e incolore. «Versagli questa nel vino, prima. Nel giro di un'ora sarà… indisposto».

«Morto?»

«No! La voglio viva quella canaglia! Gli farà vomitare le budella, gli verrà la febbre e suderà come un cavallo, avrà la bava alla bocca. Poi, fai chiamare un medico, il dottor La Peña. Lo conosci, sì?».

Alvarado annuì. La Peña era uno stronzo. Si chiese quanto avesse chiesto a Velázquez per fargli fare quella parte.

«Verrà immediatamente», continuò il governatore. «A qualsiasi ora. Dopo aver visitato Cortés, dirà che non potrà curarlo a bordo della nave e che dovrà portarlo all'ospedale in città… Ci andranno con la stessa carrozza del dottore».

«Alla gente di Cortés non piacerà».

«Non avranno scelta. Il capo sarà malato, quasi moribondo…».

«Magari qualcuno vorrà seguirlo in città».

«Non importa. Quando la carrozza lascerà il porto, un distaccamento delle mie guardie aspetterà sul ciglio della strada. Chiunque seguirà Cortés verrà ucciso; lo porteranno davanti a me per l'interrogatorio; e tu, mio caro Pedro», Velázquez diede una carezza alla sacca, «sarai un uomo ancora più ricco di adesso».

«Avete pensato a tutto, don Diego».

Cogliendo forse un'ombra di sdegno nel tono di Alvarado, Velázquez si rabbuiò: «È scorretto ma è necessario», spiegò. «Cortés è diventato molto potente da quando gli ho affidato il comando della flotta. Se lo arresto davanti a tutti potrebbero esserci dei disordini…».

Alvarado si mostrò subito d'accordo. «Ha reclutato più di cinquecento uomini, li ha ingaggiati con mazzette, promesse e sogni di gloria. Farebbero di tutto per lui…».

«Ecco perché è pericoloso! Ecco perché bisogna estirparla ora questa piaga!».

«Però il vostro piano ha un grosso punto debole».

Velázquez si irritò: «Punto debole? Che punto debole?»

«Funzionerebbe solo se io fossi il tipo che tradisce Cortés per cinquemila pezzi d'oro».

A quel punto Velázquez si curvò in avanti con uno sguardo torvo che lo fece sembrare improvvisamente mostruoso. «E tu non sei quel tipo, vero?», disse.

Sembrava il momento perfetto per fare una scenata, così Alvarado balzò in piedi, scaraventò la sedia all'indietro e si sporse sulla scrivania con la mano destra sempre posata sul cinturone della spada. «Cinquemila pesos è una miseria per tradire un amico».

«Diecimila allora».

«Ventimila, non uno di meno».

Velázquez fece un suono gutturale: «Sono un bel gruzzolo».

«Ne perderete mille volte tanti se Cortés fa quello che temete voi».

Alvarado sapeva che l'idea di sborsare quella cifra enorme per il vecchio era quasi altrettanto orribile da concepire. Per un attimo temette di essersi spinto troppo oltre, di aver chiesto troppo. Poi però Velázquez si allungò di nuovo sotto la scrivania e con uno sforzo immenso tirò fuori tre sacche molto più grandi e le sistemò sul tavolo accanto alla prima. «Bene allora», disse tossendo. Sembrava che gli si fosse incastrato qualcosa in gola, «questi sono ventimila. Abbiamo un accordo?»

«Abbiamo un accordo», disse Alvarado. E subito dopo avvertì un pericolo, si voltò e trovò il soldato personale del governatore, guardia del corpo e sicario, un guerriero gigantesco di nome Zemudio, che gli stava col fiato sul collo in silenzio. Era grande come un portone di fienile, pelato come la luna piena e furtivo come un gatto. Stava a Cuba da meno di un mese, agli ordini diretti del governatore, e veniva dalle guerre italiane dove si era guadagnato una spaventosa reputazione. Nelle isole non si era ancora battuto con nessuno.

«Accidenti», fece Alvarado, seccato di dover allungare il collo come un bambino per guardare il muso duro e balordo di Zemudio. «Da dove salti fuori tu?». *Un'altra di quelle maledette porte dietro la tenda*, pensò. Lo studiò dalla testa ai piedi. Il bruto portava un'armatura leggera, brache fino al ginocchio e maglia smanicata, entrambe di cotone imbottito con centinaia di placchette d'acciaio dentro la fodera. Portava un'antiquata scimitarra con la lama straordinariamente lunga e pesante. Per quanto rozza e inadatta a un gentiluomo, se impugnata da una mano forte ed esperta, quell'arma simile a una sciabola poteva infliggere danni tremendi.

Per un attimo Alvarado incrociò e tenne lo sguardo fisso sull'uomo, soppesandone il carattere. Un paio di tolleranti occhietti marroni gli restituirono lo sguardo senza battere ciglio, inespressivi come bottoni e pieni di sciocca fiducia in se stessi.

Quando l'atmosfera minacciosa fra i due si fece palpabile Velázquez disse: «Tutto bene, Zemudio. Don Pedro e io abbiamo raggiunto un accordo».

L'enorme guardia del corpo fece subito un passo indietro.

Alvarado recuperò la sedia e si sedette. «C'era bisogno di tutto questo?», domandò. Avere addosso lo sguardo violento di Zemudio gli fece formicolare il collo e le spalle, ma non volle riconoscerlo.

«Non ero sicuro che ci saresti stato», disse il governatore. «In quel caso...». Fece un gesto eloquente della mano sotto la gola.

«Mi avreste fatto uccidere?»

«Certo. Ma ormai è acqua passata. Tu mi dai Cortés, io ti do questi ventimila pesos d'oro...».

«Chi comanderà la spedizione... fatto fuori Cortés?»

«Domanda pertinente», disse il governatore. Prese un foglio di pergamena da una fitta pila che aveva sulla scrivania, intinse una piuma d'oca in un calamaio e cominciò a scrivere con una grafia minuta e filiforme. Mentre la piuma grattava sulla pelle di vitello, Alvarado provò a leggere le parole alla rovescia ma non riuscì a distinguerle. Velázquez corrugò la fronte per la concentrazione e tirò fuori la punta della lingua fra le labbra come uno scolaro durante l'esame.

Quando il governatore ebbe finito, lesse quello che aveva scritto, asciugò la pagina e la conservò in un portadocumenti. Un gesto del dito bastò a fare arrivare al suo fianco l'impetuoso Zemudio. «Vai subito da Narváez. Dagli questa cartellina. Saprà cosa fare».

Quando la guardia del corpo mise la cartellina in una borsa di cuoio e uscì dalla stanza, Velázquez si rivolse ad Alvarado. «Ho scelto un uomo di cui posso fidarmi», disse. «Mio cugino Pánfilo de Narváez. Zemudio gli sta portando i miei ordini».

Narváez! Un perfetto idiota! Incompetente, vanaglorioso e stupido! L'esatto contrario di Cortés! Alvarado tenne questi pensieri per sé e invece chiese furbamente: «E il comandante in seconda?»

«Non so, pensavo a te, don Pedro, se sei d'accordo».

Alvarado non esitò: «Certo che sono d'accordo. Sarà un onore e un privilegio stare agli ordini di un grande capitano come Narváez».

Velázquez afferrò una delle sacche piene di soldi, si alzò dal trono e aggirò la scrivania di mogano. Si alzò anche Alvarado e il governatore gli allungò la borsa. «Un quarto della somma come anticipo», disse. «Avrai il resto alla consegna di Cortés». Abbracciò goffamente Alvarado e gli disse di tornare subito alla sua nave. «Manda l'invito a Cortés. Preparati per stanotte». Batté le mani e le grandi porte della sala udienze furono spalancate da due soldati con la maschera di ferro armati di asce da guerra a doppia lama.

Alvarado non tornò alla sua nave.

Superate le ultime guardie del governatore e accertandosi di non essere seguito, uscì dalle scuderie del palazzo in groppa al suo stallone bianco, Bucefalo, mise l'oro al sicuro nella bisaccia della sella e si lanciò al galoppo dietro Zemudio.

L'unica strada per arrivare alla tenuta di Narváez passava per i campi aridi fra le colline, parzialmente ricoperti di boschetti di acacie e inframmezzati da una serie di burroni poco profondi. La guardia del corpo aveva lasciato tracce che avrebbe potuto seguire anche un bambino, così Alvarado iniziò a intravedere presto le sue spalle larghe, la testa pelata e quell'aria – evidente persino da lontano – di inossidabile sicurezza.

Vediamo se te la cavi davvero, pensò Alvarado. Sfiorò appena con gli speroni i fianchi di Bucefalo; il possente cavallo da guerra si lanciò al galoppo come una freccia scoccata dalla balestra e la distanza iniziò ad accorciarsi sempre più in fretta.

CAPITOLO 11

Santiago, Cuba, giovedì 18 febbraio 1519

Dando un'occhiata al sole Pepillo capì che erano già passate le due del pomeriggio, forse erano quasi le tre. Aveva le ossa a pezzi e le braccia già indolenzite per il peso dei due borsoni di cuoio che aveva finalmente recuperato alla dogana dopo ore di caos e frustrazione passate fra cinque uffici diversi, tre diversi mucchi di scartoffie e una lunga attesa perché a un certo punto non si trovavano più i borsoni.

E ancora doveva portarli al molo!

Sospirò. C'era quasi un chilometro e mezzo da fare! Come se non bastasse, il secondo paio di borsoni era anche più pesante del primo, ma faceva lo stesso tipo di baccano, come se fossero pieni di oggetti metallici.

La strada era piena di gente che andava e veniva fra la città e il porto. In gran parte erano spagnoli ma c'era anche qualche indiano taino e, a un certo punto, Pepillo superò una fila di schiavi negri con indosso solo un perizoma, che marciavano sui pontili con enormi fascine in equilibrio sulla testa. Poi gli sfrecciò accanto una carrozza aperta e tirata da un paio di cavalli con a bordo una giovane nobildonna e il suo seguito di ridanciane dame di compagnia. Più avanti incrociò un bue che tirava lentamente un carretto. C'era tantissimo spazio libero per una persona col bagaglio ma, appena Pepillo cercò di scroccare un passaggio, dal palchetto saltò fuori un cane inferocito che lo minacciò tirando fuori i denti.

Così, il ragazzo si rassegnò a farsela a piedi. Aveva scarpinato di mattina, lo avrebbe fatto anche di pomeriggio, ma non sopportava i colpi che il borsone di destra continuava a dargli sullo stinco. Il mucchio di metallo che Muñoz gli aveva stipato dentro sembrava fatto apposta per fargli i lividi e lo sgambetto. «Argh!», sbottò all'ennesimo colpo del borsone. In uno scatto d'ira lo lasciò cadere e gli lanciò addosso l'altro.

Sbattendo a terra le fibbie del secondo borsone si ruppero e lo aprirono.

Dentro c'erano coltelli d'acciaio: coltelli minuscoli ma tanto affilati da tagliarsi al minimo tocco, coltelli curvi e dentellati, coltelli da macellaio grandi come spadini, coltelli simili a seghe, pugnali col filo dentato, stiletti, mannaie, chiodi, spiedi...

Pepillo sentì immediatamente di essere in pericolo. Santiago era una città violenta e piena di soldati e lì c'erano armi che chiunque avrebbe voluto. Accovacciandosi accanto al borsone, mentre si sforzava di chiuderlo, risistemava in fretta il contenuto e armeggiava con le fibbie, notò che dentro c'erano anche delle strisce di pelle essiccata con della peluria ancora attaccata. Che cosa strana!

Il giovane si guardò alle spalle e vide avvicinarsi una persona, una sagoma nera scintillante disegnata in controluce dal sole. Si sentì minacciato. I coltelli dovevano sparire! Con uno scatto ulteriore riuscì finalmente a chiudere e assicurare la fibbia nell'attimo in cui l'uomo gli si materializzò a fianco fermandosi proprio sopra di lui.

«Problemi?», chiese l'uomo. Era castigliano. Aveva una voce sottile, gradevole, pulita, ma dai toni alti e forse con qualche leggero difetto di pronuncia.

Pepillo alzò la testa e si rasserenò vedendo il saio da frate che indossava lo sconosciuto. Nessun furfante in cerca di coltelli! «Ho avuto un incidente, padre. Mi sono caduti i borsoni del mio padrone, uno si aperto ma ora sembra tutto in ordine».

Il frate aveva ancora il sole dietro e il viso completamente nascosto nell'ombra. «Sai cosa tiene il tuo padrone in questa borsa?», domandò.

Pepillo ebbe l'istinto di mentire: «No, padre, l'ho solo chiuso come potevo il più in fretta possibile».

«Devi ringraziare la Provvidenza, figliolo!», urlò il frate all'improvviso. Poi diede un brutto pugno in faccia a Pepillo mandandolo schiena a terra e balzò in avanti per dargli un calcio nelle costole. «*Questo per aver fatto cadere le mie borse*», gridò.

Mentre un dardo potentissimo gli esplodeva sul fianco, Pepillo capì quello che doveva intuire subito. Si era imbattuto proprio in padre Muñoz! E nel momento peggiore possibile! Padre Muñoz, che tornava da un giorno intero di misteriosa assenza in cui non doveva certo essergli capitato nulla di buono, come aveva detto Melchiorre.

Pepillo si raggomitolò restando immobile a terra per proteggersi e, quando vide il piedone sporco del padre con le unghie rotte e incrinate, saldo nelle cinghie metalliche dei robusti sandali chiodati, sussultò al solo pensiero di un altro calcio. Muñoz portava il saio nero dei frati domenicani, che per camminare si era tirato fino alle ginocchia bitorzolute mostrando così le caviglie e i polpacci scheletrici con una sparuta peluria nera e ombreggiati di piccole vene blu.

Gambe a bacchetta come un corvo, pensò Pepillo.

Vide anche la pancia un po' sporgente di cui gli aveva parlato Melchiorre. Gonfiava l'abito di lana del padre affacciandosi sulla corda che aveva attorno alla vita al posto della cinta.

Muñoz aveva trentacinque, quarant'anni, la pelle olivastra e il viso ben rasato, la fronte ampia e una fitta corona di capelli neri e unti attorno alla calotta rasata della chierica. Aveva i due incisivi superiori all'infuori, come aveva detto Melchiorre, che gli ritraevano il labbro superiore, rosso e umido in un ghigno fisso. Aveva un mento sfuggente e le guance piuttosto paffute che davano un'aria fiacca al viso, mentre il naso grosso e prominente e le narici larghe davano l'impressione opposta. Negli occhi c'era la stessa ambiguità. A prima vista erano accoglienti, gentili, increspati agli angoli da piccole rughe, ma quando si girarono per incrociare lo sguardo attonito di Pepillo, persero subito ogni sentimento diventando due fessure gelide.

Muñoz ritirò il piede. «Che hai da guardare?», sbraitò.

«Voi, padre», disse Pepillo. «Siete voi il mio padrone?»

«Così pare. Anche se ammetto di non sapere che farci con un nanerottolo come te».

«So leggere, padre, faccio il magazziniere, so contare…».

«Magnifico… magnifico… Sai anche portare le valigie?». Muñoz fece il giro per mettersi dietro Pepillo e gli diede un calcio sul sedere. «Be', le sai portare? Non sembra. A che servi, se non sai nemmeno portare le valigie?».

Pur con tutta la lingua sanguinante per un morso che si era dato, Pepillo fu orgoglioso di non essersi messo a urlare. Si rotolò lentamente sulla pancia, si sforzò di mettersi in piedi e raccolse i due borsoni.

Poteva farcela.

Trascinò in avanti il piede sinistro, poi il destro e il borsone gli diede un altro colpo sullo stinco. Sinistra, destra, colpo, di nuovo. Regolò l'andatura, schiacciò gli occhi e mise a fuoco la banchina lontana. Credette di vedere le aste di coltellaccio e gli alberi della *Santa María* e le alte murate della *San Sebastián*. Le navi erano ancora lontanissime ma non impossibili da raggiungere. Se fosse riuscito a mettere sempre un piede avanti all'altro, alla fine ci sarebbe arrivato.

Senza preavviso, Muñoz gli tirò un altro calcio. Stavolta il pesante sandalo che aveva al piede entrò in collisione con le natiche di Pepillo come un colpo di mazza, lo sollevò di peso da terra e lo mandò steso a faccia in giù costringendolo a mollare entrambi i borsoni. Il giovane cercò di rialzarsi ma Muñoz iniziò a giocherellare dandogli calci su braccia e gambe e facendolo ricadere più volte.

«Perché mi torturate?», domandò Pepillo.

Muñoz gli stava di sopra a gambe divaricate e gli sussurrò all'orecchio. «E questa me la chiami tortura? Ti faccio vedere io cos'è la tortura».

«Ma perché?». Per un attimo la tenacia di Pepillo si incrinò e il ragazzo si lasciò sfuggire un singhiozzo soffocato. «Cosa vi ho fatto?»

«Hai frugato nella mia valigia», disse Muñoz.

«Non è vero! Giuro!».

«Ti ho visto infilarci dentro le tue sporche mani».

«Vi sbagliate, padre...».

Pausa. Respiro pesante. «Giuralo sul Libro Sacro!».

Pepillo esitò più del necessario e in un lampo Muñoz lo girò a terra di schiena, allungò una lunga mano scheletrica, lo afferrò per le narici e gli fece un male cane stringendole con pollice e indice. Pepillo si rifiutò di urlare, ma dagli occhi gli uscivano fiumi di lacrime e il dolore continuava ad aumentare. Sentì qualcosa che si girava e si rompeva, più su, accanto al ponte del naso, e allora gli presero a scendere fiotti di sangue sul viso e fin dentro la bocca. Cominciò a biascicare, sentì il sangue scendere in gola e iniziò a tossire e soffocare. Che stupido! Affogava nel suo stesso sangue! Si sforzò di girare la testa per fare uscire e scolare il flusso a terra, ma Muñoz continuava a stringerlo per il naso fissandolo con una scintilla di follia negli occhi.

Pepillo ebbe conati di vomito e cominciò a sputacchiare ma dimenarsi gli procurava altro dolore, e comunque non aveva più un filo di energia in tutto il corpo. Cominciò a vedere appannato, fu travolto da una stanchezza tremenda e quasi non diventò sordo sentendo un forte suono di campane.

CAPITOLO 12

Tlascala, giovedì 18 febbraio 1519

Quando Shikotenka sgusciò fuori dalla fenditura era pronto a tutto: pugnale ben saldo in mano e ghigno sulle labbra. Per essere sicuri, con l'avversario avevano stabilito che la cosa sarebbe rimasta una questione d'onore tra cavalieri, anche se già in parte si teneva pronto a svenire per una randellata in testa. Da tempo aveva imparato l'amara lezione che, coi mexica di mezzo, era possibile ogni tipo di slealtà.

Guatemoc però non l'aveva tradito. Avvolto in uno scintillante mantello turchese in piume di *cotinga*, il principe risaliva la collina cantando spensieratamente, in modo discreto pur stonando qua e là, le parole di "Senti questa".

Ottima scelta per un canto. Noto sia ai mexica che ai tlascaliani, era stato composto dall'anziano padre di Shikotenka, Shikotenka il Vecchio, e nel testo ora ripreso da Guatemoc c'era un imbarazzante riferimento allo stesso Shikotenka: «Il mio figlioletto, gran condottiero, amato bene».

Guatemoc si guardò di sfuggita alle spalle e fece un ghigno beffardo a Shikotenka. «Attenzione», disse, «l'amato bene è emerso dalla tana. Striscia dietro di me, gran condottiero, l'erba alta ti nasconderà».

Guatemoc era più alto di Shikotenka di una testa intera, aveva le spalle più larghe, pesava di più ed era più giovane di cinque anni, forse ne aveva ventisette rispetto ai suoi trentatré. Indossava un elmetto di legno, dipinto d'oro, a forma di testa d'aquila. Il becco sporgente gli incorniciava il bel viso che ricordava anch'esso quello di un'aquila per il naso a uncino, la bocca crudele e lo sguardo vispo da predatore. Dall'elmetto gli scendevano sulle spalle i capelli neri. Nella mano destra, senza stringerla troppo, quasi distrattamente, aveva una lunga lancia con una lama di ossidiana a forma di foglia. Legato alla schiena, in un fodero di cuoio col solo manico sporgente sul colletto del mantello, portava il *macuahuitl*, lo spadone col filo di ossidiana che era la principale arma sia dei cavalieri mexica che di quelli tlascaliani. Shikotenka era andato lì a spiare non a combattere, perciò era senza spada, ma quello squilibrio non lo preoccupava più di tanto. Il *macuahuitl* uccideva gli avversari smembrandoli. Se Guatemoc l'avesse usato, non avrebbe certo chiuso lo scontro con un prigioniero vivo da offrire a Colibrì.

Shikotenka rimise il pugnale in mezzo ai denti e strisciando in silenzio sulla pancia solcò l'erba alta e soffice che ricopriva la gran parte del pendio. Avendo provato quella manovra migliaia di volte nelle esercitazioni, fu una sciocchezza aggirare il principe mexica e trovarsi davanti a lui.

Quando Guatemoc raggiunse l'avvallamento, Shikotenka era già sul posto.

«Non voglio nemmeno saperlo come hai fatto», disse Guatemoc. Stava all'inizio della radura erbosa in fondo all'avvallamento, a dieci passi da Shikotenka.

«Ho un ottimo addestramento militare».

«Se l'addestramento dei tlascaliani è ottimo, com'è che noi mexica vi superiamo quasi sempre in battaglia?»

«Forse perché vi riproducete come conigli e siete dieci volte più di noi», disse Shikotenka. «Nei rari casi in cui lo scontro è leale e il numero è lo stesso, vinciamo sempre noi tlascaliani».

Guatemoc sorrise ma senza alcuna ironia. «Io vedo un mexica e un tlascaliano qui», disse, «vediamo se la tua teoria funziona». Si tolse l'elmetto e lo posò a terra, mise giù la lancia e gettò via lo scintillante mantello turchese. Oltre al gran vantaggio del peso, Guatemoc aveva il torace ampio e muscoloso, la vita stretta e le poderose gambe scolpite di un atleta. Era senza armatura, aveva solo un perizoma bianco e i sandali da guerra. «Abbiamo anche la stessa tenuta», osservò. «Più leale di così!»

«Hai ancora il *macuahuitl*», gli fece notare Shikotenka.

«Ah, sì. Certo». Guatemoc si liberò dalla tracolla di cuoio che gli assicurava il fodero alla schiena e posò l'arma sull'erba. Con la stessa calma sfilò un lungo pugnale a doppia lama di selce dal fodero che aveva alla vita. «Pugnale con pugnale allora», disse.

«Pugnale con pugnale», disse Shikotenka. E fingendo un saluto sollevò la sua lama a doppio taglio. «Prima però dimmi una cosa», fece. «Levami una curiosità…».

«Certo».

«Come hai fatto a scoprirmi? Ho scelto bene quella fenditura. Ero ben nascosto. In teoria non potevi vedermi...».

«Sei fidanzato?»

«Cosa?», chiese Shikotenka. Non capiva l'improvviso cambio di argomento.

«Un amore. Ce l'hai?»

«Vuoi dire, una donna?»

«Sì. Anche un uomo, se ti piace il genere. Un amore. Qualcuno che ti ama».

«Be', sì. Ce l'ho...».

«Femmina? Maschio?».

Shikotenka rise. «Femmina».

«Il suo nome?»

«Zilonen».

«Bellissimo nome. È lei che mi ha detto dov'eri...».

Shikotenka lo prese come un insulto e iniziò a ribollirgli subito il sangue, ma Guatemoc alzò una mano pacificatoria: «Tranquillo, non volevo dire questo!».

«Che vuoi dire?»

«Non lo so, mi immagino una scena tenera. Dopo una notte di passione, Shikotenka e Zilonen si dicono addio. Shikotenka è un tipo coraggioso e deve partire per una missione pericolosa, spiare i mexica. Zilonen dice, "Metti questo talismano per me, amore", e gli da un amuleto d'argento che lei porta da quand'era piccola. Lo intreccia ai capelli di Shikotenka. "Ti proteggerà", dice».

Shikotenka si passò la mano sulla treccia di capelli. Pur avendolo dimenticato, il piccolo amuleto era sempre lì, sempre intatto, *sempre brillante*, proprio dove l'aveva messo sua moglie Zilonen. Era stato uno sciocco a non toglierlo subito, ma si era fatto prendere dal romanticismo. Ora capì che aveva messo la sua vita in pericolo. «Rifletteva il sole», disse.

«Come un segnale».

«Ho fatto un errore davvero stupido», ammise Shikotenka.

«E io ti ho trovato», disse Guatemoc. E mentre ancora parlava, senza il minimo preavviso o accenno alle sue intenzioni, senza nemmeno cambiare espressione del viso, si lanciò su Shikotenka per i dieci passi che li separavano col pugnale stretto nella mano destra, punta all'ingiù, facendo sibilare la lunga lama nell'aria in una serie di fendenti incrociati.

Shikotenka non si scompose. Era scampato a troppi scontri di pugnale per non sapere che la velocità, la forza e la tecnica andavano benissimo ma in realtà contava di più avere solo la pura e perfida volontà di fare il maggior male possibile al nemico. A detta di tutti, Guatemoc era valoroso e spietato in battaglia, ma Shikotenka sapeva che c'erano dei limiti al danno che voleva infliggergli quel giorno, se il suo primo pensiero era guadagnarsi l'onore portando un prigioniero vivo di alto rango al sacrificio.

Lui non aveva distrazioni del genere. Non avrebbe fatto prigioniero Guatemoc. L'unica cosa che voleva, il suo unico pensiero, era ucciderlo seduta stante e in silenzio, e continuare la missione. Quindi si scansò evitando l'assalto furioso e riprese in mano il pugnale trattenendosi da un immediato contrattacco, per aspettare invece il momento giusto.

«Dev'essere difficile per te», disse tanto per parlare mentre giravano in tondo.

Guatemoc reagì: «Difficile? Cosa?»

«Essere il guerriero migliore dell'esercito Coaxoch e vedersi scavalcare nel ruolo di generale da quei tromboni dei suoi figli».

«A loro piace quella roba», rise Guatemoc. «Io mi batto per l'onore, non per la carriera, e prendo ordini solo dal Supremo Signore».

«Oh, certo, tuo zio! Ma dimmi, come fa un valoroso mexica come te a sopportare la supremazia di *quel* pallone gonfiato in sottoveste? Cavolo, persino Coaxoch è meglio di lui!».

«Montezuma è il più grande Supremo Signore che abbia mai guidato il popolo mexica».

«Andiamo, Guatemoc! Non ci credi nemmeno tu, vero? Quel tipo è un imbecille. Io so che è un imbecille. Tu sai che è un imbecille. Perché non ammetterlo?»

«È un grande uomo».

«È un imbecille. E vi farà finire tutti nella merda se non vi sbarazzate presto di lui. È quello che fanno gli imbecilli».

«Non voglio più sentire i tuoi insulti schifosi al mio Signore!». Guatemoc alzò la mano fintando la mossa di lanciare il pugnale per neutralizzare Shikotenka con una ferita alla coscia.

Shikotenka allontanò la sua danza dalla lama. «Non è che sono vere le voci sul quella nobildonna di Achautli?», insinuò. Dalla faccia sembrava che avesse l'acido in bocca. «Almeno così si spiegherebbe la tua assurda lealtà».

«Osi parlare di mia madre!».

«Non io, Guatemoc, non io; qualsiasi voce a qualsiasi angolo di strada, qualsiasi mercante, qualsiasi fruttivendolo, qualsiasi scolaretto che si masturba parla di tua madre… dei lombi di tua madre…».

Guatemoc lo fulminò con lo sguardo. «Hai passato il limite!», lo avvertì.

«A quanto pare l'elasticità dei suoi lombi è famosa…».

«*Basta così!*», tuonò Guatemoc affondando il coltello con un gancio destro che fischiò davanti al collo di Shikotenka mancandolo di un dito. Shikotenka danzò allontanandosi di qualche altro passo. Il gusto del combattimento si faceva sempre più forte. «A quanto pare», disse, «la gran signora Achautli non se la faceva solo con tuo padre Cuitláhuac – povero cornuto! – quando sei stato concepito tu. Quella sgualdrina se la faceva anche col fratello, Montezuma. Cinque volte al giorno, mi hanno detto, quando poteva. Certo che gli sei leale! Non è solo tuo zio, è anche tuo padre!».

Non appena Guatemoc andò alla carica emettendo suoni soffocati e strozzati con il pugnale alto e pronto a sferrare un colpo violento alla testa del nemico, la memoria muscolare di Shikotenka, frutto di tante battaglie, prese il sopravvento sul tempo e lo rallentò. Il tlascaliano scivolò in avanti col piede sinistro, piantò la lama sul fianco scoperto dell'avversario, la girò in mezzo alle costole e la tirò su per parare l'attacco.

I pugnali si scontrarono restando agganciati una spanna sopra la testa di Shikotenka e i due uomini iniziarono a spingersi a vicenda coi muscoli tesi, grugnendo come animali. Shikotenka si trovò tanto vicino a Guatemoc da leggergli negli occhi la folle e crudele arroganza mexica sentendo anche il tipico puzzo metallico di sangue umano che aveva l'alito. *Di che fratello sarà*?, pensò. *Di quale sorella*?

Lo scontro coi pugnali era tutta questione di finte, così Shikotenka fece scaricare a Guatemoc tutto il maggior peso e l'altezza sull'incrocio delle lame facendolo intenzionalmente concentrare su quel punto. Aspettò… aspettò… finché sentì che l'asse di equilibrio si spostava e allora liberò di colpo la lama lasciando che lo slancio dell'omone lo spingesse dritto a terra. Guatemoc rotolò appena sfiorato il terreno, si rimise in piedi con un balzo e riprese a muoversi in cerchio ma più lentamente di prima, la ferita sul fianco gli sanguinava molto e solo allora sembrò accorgersi per la prima volta del danno.

Sul serio credeva ancora di poter catturare un prigioniero?

Il principe mexica fece un altro affondo e Shikotenka lo parò, slittò in avanti con la gamba sinistra, bloccò il ginocchio destro di Guatemoc dietro il suo ginocchio sinistro, passò tre volte la lama del pugnale sulla carne morbida dell'avambraccio destro di Guatemoc per neutralizzare il suo pugnale e, al culmine dell'azione, glielo piantò nel petto e nella gola per cinque volte in rapida successione – Tac! Tac! Tac! Tac! Tac!

In un attimo l'avvallamento si era trasformato nel mattatoio di un macellaio e Guatemoc giaceva con la schiena sull'erba.

Un gorgoglio lucente di sangue all'angolo della bocca, il debole su e giù del petto e il battito della grande arteria nel collo – rimasto miracolosamente intatto – dicevano che la vita era ancora attaccata al suo corpo.

Shikotenka si chinò col pugnale in mano sussurrando una breve preghiera di ringraziamento per il cuore ancora pulsante del nemico. Ilamatecuhtli, antica dea della terra e della morte, non aveva bisogno di templi o idoli: avrebbe sicuramente gradito un'offerta come quella.

Certo, la vittima non era più in ottimo stato…

Ma finché era viva poteva essere sacrificata.

Come gli inermi tlascaliani sacrificati quella mattina. L'odore del loro sangue era ancora appeso al respiro sempre più lento di Guatemoc.

Ripensando al massacro di prima e al suo ruolo di spettatore impotente, Shikotenka fu preso da un'ira fredda e implacabile. Si mise in posizione, pronto ad aprire in due lo sterno del principe, alzò il pugnale e, proprio quando stava per affondare il taglio, sentì un rantolo umido, soffocato salire dalla gola di Guatemoc e gli vide il corpo andare in preda alle convulsioni, con i talloni che martellavano forsennatamente sul terreno. Gli uscì un fiotto di sangue dalla bocca, fece un ultimo gemito rivoltante, smise di respirare, il battito dell'arteria sul collo rallentò fino a bloccarsi e lo spirito lo abbandonò.

Incredibile! Persino nella sconfitta quell'arrogante di un mexica aveva trovato un modo per sottrarsi alla debita vendetta di Tlascala! Sarebbe stato un atto di giustizia strappargli il cuore palpitante dal petto, ma ormai era troppo tardi.

Non aveva senso sacrificare i morti.

Stringendo ancora il pugnale, Shikotenka si lasciò cadere sulle ginocchia cercando di decidere cosa fare. Gli venne in mente che avrebbe potuto togliere il cuore a Guatemoc ugualmente e lasciarlo sull'erba accanto al cadavere. Sarebbe stato un forte segnale dello sprezzo tlascaliano nei confronti di Montezuma. Se i mexica avessero trovato il corpo nel giro di poche ore però, rischiava di far scattare la massima allerta nell'esercito con conseguenze potenzialmente disastrose sull'irruzione pianificata per quella notte, benché quel rischio rimanesse a prescindere da quello che avrebbe fatto ora Shikotenka. Con tutto quel sangue in giro sarebbe stato inutile cercare di nascondere il corpo: tanto valeva concedersi il piacere di infliggergli l'ultima umiliazione.

Sollevò di nuovo il pugnale e, di nuovo, lo abbassò.

Il fatto era che non gli dava alcun piacere l'idea di umiliare ancora Guatemoc.

Anzi, era il contrario.

Guardando il cadavere immobile, malridotto del principe, l'espressione serena del suo bel viso, quasi fanciullesca nella morte, Shikotenka sentì che…

Potrebbe essere mio fratello.

Potrebbe essere mio amico.

In realtà, Guatemoc era un mexica e apparteneva alla famiglia dell'odiato Supremo. Questi erano i suoi natali. Questo il suo destino. Ma aveva anche dato prova di coraggio, cavalleria, sagacia e ingenuità e, a modo suo, era stato anche divertente.

Col pugnale non era bravo quanto credeva, comunque.

Mugugnando dispiaciuto, Shikotenka si alzò, si guardò intorno e raccolse il *macuahuitl* di Guatemoc che giaceva lì accanto. Lo mise a tracolla, raggiunse a grandi passi l'orlo dell'avvallamento, si lasciò cadere sulla pancia e cominciò a strisciare furiosamente nell'erba alta verso la cima della collina a pochi tiri d'arco più su.

Risalì cauto il pendio e gli si riempirono le narici di polvere. Passò nuove depressioni del terreno e burroni che in alcuni punti lo nascondevano del tutto, mentre in altri la macchia era meno fitta e lo faceva sentire pericolosamente esposto.

Quando raggiunse la cima azzardò un'occhiata alle sue spalle e non vide niente che gli facesse dubitare di essere stato localizzato dall'esercito mexica in fondo. Scese dall'altro fianco della collina strisciando ancora qualche metro per assicurarsi di essere fuori dal campo visivo, poi si alzò e si mise a correre. Poco dopo aveva già fissato l'andatura sulle grandi falcate che gli avrebbero fatto coprire senza eccessivi sforzi gli oltre quindici chilometri di terreno impervio fino alla foresta dove si era nascosta la sua squadra.

Il morale gli tornò alle stelle.

Se le cose fossero andate secondo i piani avrebbe aspettato la sera per fare quella corsa, nascosto ai reparti di esploratori mexica dal favore delle tenebre.

La guerra però era l'arte dell'improvvisazione.

CAPITOLO 13

Tenochtitlan, giovedì 18 febbraio 1519

Andati via i sacerdoti, Malinal rimase stordita e in silenzio, non voleva parlare, cercava solo di trovare un senso a quello che le era appena accaduto, rivivendo i fatti scena per scena:

È seduta a terra accanto alla piccola sconosciuta, la potente Tozi. Le tiene la mano. Sa che Tozi sta sussurrando, ma lo fa pianissimo e pronuncia le parole così velocemente che si non riesce a distinguerle. Accanto a Tozi, dall'altro lato, con la testa nascosta nel suo grembo, Coyotl dorme il sonno degli innocenti quindi non si accorge dell'avanzata di Ahuizotl o delle intenzioni omicide che sprizzano da tutti i pori sul volto del sommo sacerdote.

Quello che ancora Malinal non ha detto a Tozi è che Ahuizotl la conosce – la conosce benissimo – e se la vede sicuramente selezionerà lei e chiunque stia con lei per il sacrificio. Si sente in colpa di far correre quel rischio ulteriore a Tozi e Coyotl, ma non ha alternative. Realisticamente, la sua unica speranza di rimanere viva è continuare a sfruttare le doti sorprendenti della ragazza e imparare dal suo intuito e dalla sua lunga esperienza in prigione.

Ormai però questo non conta, con Ahuizotl a pochi passi che zoppica verso di lei. Visto che ora usa la lancia come stampella, per scegliere le vittime da mandare sotto il pugnale punta l'indice della mano sinistra. Le seleziona con una concentrazione spietata, a volte si ferma a fissare una donna negli occhi mentre col dito la consegna alla morte, a volte la fa alzare e le fa fare degli esercizi prima di sceglierla come vittima o respingerla.

Ora è a meno di venti passi e, ovunque vada, davanti a lui si sollevano ondate di paura che terrorizzano la folla. Malinal ha gli occhi a terra e prega che in qualche modo possa passarle oltre, cerca di pensarsi brutta, si immagina col seno piatto, gobba, rugosa, piena di pustole e foruncoli, come le ha consigliato Tozi. È difficile, ha passato tutta la vita sapendo di essere bella, ma si sforza, inizia persino a crederci, quando invece si accorge di una specie di bruciore al centro della fronte. Un istinto più forte di lei le fa alzare la testa e vedere Ahuizotl che la fissa intensamente coi suoi occhi itterici da mostro marino scintillanti di cattiveria.

Si avvicina arrancando finché tra loro non restano che cinque passi ed è chiaro che lui non se l'è bevuta. Inutile cercare di nascondersi da un uomo malvagio come quello. La sua faccia cattiva si accende a intermittenza di un ghigno perfido e vittorioso. Alza il braccio sinistro, tira fuori il lungo dito ossuto e disegna nell'aria un cerchio che include Malinal, Tozi e Coyotl, consegnandoli tutti e tre alla morte.

Mentre le guardie si precipitano a catturarli, il sussurro di Tozi cambia tono e la sua voce sembra farsi più bassa e aspra, simile a un ringhio. All'improvviso Malinal si sente rizzare, crepitare e scintillare i capelli come per un fuoco acceso dentro di lei. Tozi e Coyotl hanno lo stesso attacco. In quell'attimo sembra formarsi attorno a loro uno schermo trasparente come un velo, come se stessero dentro una bolla.

Ahuizotl spalanca la bocca. Apre e chiude gli occhi più volte, instupidito. Li stropiccia col dorso delle mani. Ha lo sguardo di un uomo che sta sulla traiettoria di una tromba d'aria. Le quattro guardie sono stupefatte, confuse e incredule allo stesso modo. E hanno smesso tutte di avanzare.

Cosa vedono?

O non vedono?

Malinal può fare solo delle ipotesi finché Ahuizotl non lancia un unico e acutissimo strillo di pura frustrazione e si china in avanti appoggiandosi alla lancia. In maniera sbalorditiva passa attraverso lei e Tozi senza alcun impatto o collisione. Una delle guardie calpesta Coyotl e nemmeno in quel caso il bimbo si fa male. Tutti i sensi di Malinal le dicono che loro tre sono ancora a terra nella prigione. Eppure è avvenuta come una strana trasformazione e ormai loro sono impalpabili come la foschia di un mattino estivo.

Ahuizotl si guarda indietro ed è ovvio che non riesce a vederli. Sferza l'aria con la grossa lama della lancia tagliando per caso due volte il corpo di Malinal, ma lei non sente niente, non riporta alcuna ferita, e lui non percepisce la sua presenza.

Ora si sono radunati lì tantissimi sacerdoti. Hanno gli occhi tutti puntati dove si trovano ancora Malinal, Tozi e Coyotl ma nemmeno loro riescono a vederli.

Ahuizotl lancia occhiatacce ai suoi tirapiedi. «Dimmi cosa hai visto», ordina aggredendo un giovane sacerdote.

«Venerabile. Vi ho visto selezionare tre vittime. Poi sono sparite! Svanite davanti ai nostri occhi. È sicuramente un segno».

«Sbagliato!», strepita Ahuizotl. «Io non ho selezionato nessuna vittima. Nessuna vittima è sparita. Non c'è nessun segno...».

Il giovane sacerdote ha l'aria titubante: «Ma, venerabile, l'ho visto coi miei occhi... L'abbiamo visto tutti».

All'improvviso Ahuizotl affonda la lancia. Malgrado la gamba ferita è una stoccata energica e feroce a distanza ravvicinata. La pesante lama di selce si conficca nella gola del sacerdote e gli trapassa la vertebra alla base del cranio, quasi decapitandolo. «Tu non hai visto niente», dice Ahuizotl al cadavere. Fatica a rimuovere la lancia. «Non è sparita nessuna vittima».

Altri venti fra sacerdoti e guardie stanno a guardare immobili e Ahuizotl si gira lentamente sul posto impugnando la lancia grondante e guardandoli uno per uno. «Cosa avete visto voi?», domanda.

Uno alla volta, tutti rispondono di non aver visto niente.

«Molto bene», dice Ahuizotl. Batte le mani. «Non abbiamo ancora raggiunto la quota per il sacrificio del pomeriggio». Sorride e gli si vedono le gengive. «Forza, continuiamo».

Nonostante l'aria spavalda, Malinal vede un uomo spaventato.

Come è anche normale, visto che lei è miracolosamente sparita nel nulla, proprio quando ormai sembrava definitivamente nelle sue mani! Si starà chiedendo se è aiutata da un dio, dove riapparirà la prossima volta e con chi parlerà. La ragazza sa troppo bene che finché resta viva lui non si sentirà mai al sicuro.

Il sommo sacerdote riprende a farsi largo tra le prigioniere, decretandone a caso la morte con le sole stilettate del dito. Sul suo cammino si alzano le urla e i gemiti delle donne che vengono portate via dalle guardie. Ahuizotl non devia né a destra né a sinistra, traccia un solco dritto davanti a sé. Si muove in fretta, e in poco tempo è già lontano di cento passi, poi di duecento. Le urla si fanno più distanti. Poi cessano del tutto. Ahuizotl e il suo entourage non si vedono più, cade il silenzio.

Prima, ogni centimetro della gabbia era calpestato dal viavai di prigioniere; ora ne hanno prese così tante da lasciare dei vuoti e degli spazi liberi. È una fortuna che si sia creato un vuoto dove Malinal siede insieme a Tozi e Coyotl, perché a un tratto la magia finisce. Il ritmo dei sussurri di Tozi cambia, la strana scarica abbandona i loro capelli, lo schermo velato che li ha circondati e nascosti si ritrae, ed eccoli di nuovo lì.

Pensando a tutte quelle cose, Malinal rimase zitta un bel po' quando i sacerdoti se ne andarono.

Alla fine si girò verso Tozi. «Devo dirti una cosa», fece.

Fu allora che si accorse quanto fosse pallida e stremata Tozi e, per la prima volta, notò la striscia di sangue che dall'orecchio le era colato fino al collo.

CAPITOLO 14

Santiago, Cuba, giovedì 18 febbraio 1519

Quando Pepillo riacquistò i sensi sentì la voce di un uomo: «Andiamo, su, padre». Era una voce profonda con un leggero tono di rimprovero, piena di calma e fiduciosa autorità. «Un religioso non si comporta così in strada davanti a tutti. Il caldo vi ha dato alla testa? Avete perso la ragione?».

Con enorme senso di gratitudine e sollievo, Pepillo scoprì di esser stato liberato dalla tremenda morsa al naso. Si girò e si mise sulle ginocchia, la testa china, tossendo e scatarrando per liberare la trachea da un fiume di sangue e muco. Oltre i suoni che stava emettendo lui, sentì rispondere Muñoz a denti stretti: «Dove scelgo di punire il mio paggio non sono affari vostri, señor».

«Umm. Forse avete ragione. Ma voi siete un uomo di Dio, padre – un *uomo* – e questo ragazzo è poco più di un bambino, la Buona Novella non dice che il regno dei cieli è di quelli come lui?».

Pepillo respirava di nuovo liberamente. Gli scendeva ancora un po' di sangue dal naso ma non tanto da soffocarlo. Scattò subito in piedi e vide il suo salvatore in sella a un gran cavallo sauro che si stagliava su Muñoz e su di lui.

«"Non risparmiare al giovane la correzione"», tuonò di colpo Muñoz. «"Anzi, se lo batti con la verga, lo salverai dagli inferi"».

L'uomo sul cavallo annuì con la testa. «Proverbi 23», disse, «versetti 13 e 14… Ma preferisco comunque le parole di Cristo il Salvatore: "Chiunque scandalizza anche uno solo di questi piccoli che credono in me, sarebbe meglio per lui che gli fosse appesa al collo una macina da mulino, e fosse gettato negli abissi del mare…". Matteo 18:6, se ricordo bene».

«Voi osate rinfacciarmi le mie scritture!», sbottò Muñoz.

«La parola di Dio vale per tutti, padre».

Pepillo ormai adorava l'uomo sul cavallo, non solo perché l'aveva salvato da una lezione dolorosa, o perché aveva tanto sangue freddo da citare la

Bibbia a Muñoz, ma anche perché era magnifico e battagliero, di certo un gran signore. Aveva dei lunghi stivali di pelle, un pregiato spadone Toledo assicurato a un cinturone sul farsetto viola acceso, un mantello di velluto nero coi nodi e i bottoni d'oro e un grande medaglione d'oro appeso a una catena d'oro massiccio attorno al collo. In testa, piegato in modo sbarazzino, aveva un cappello di cuoio a tesa larga con un ciuffo di piume. Poteva avere trentacinque anni, ma aveva un fascino consumato da giramondo che lo faceva sembrare molto più grande, era abbronzatissimo e aveva un viso lungo, la fronte generosa e i capelli neri cortissimi, in stile militare. Una barbetta seguiva il profilo deciso della mascella fino a coprirgli il mento, mentre il labbro superiore si fregiava di un paio di lunghi baffi. Per quanto fosse sconcertante, i suoi occhi avevano misure, forme e colori diversi: il sinistro era grande, tondo e grigio; il destro era più piccolo, ovale e quasi nero per quanto era scuro.

«Certo che la parola di Dio vale per tutti», disse aspramente Muñoz, «ma molti non la meritano e pochissimi la comprendono davvero». Fece un segno a Pepillo. «Raccogli le borse, ragazzo. Abbiamo ancora tanta strada da fare».

Pepillo scattò agli ordini ma il cavallerizzo disse, «Aspetta!» e alzò la mano destra inguantata. Poi si rivolse a Muñoz. «Vedo che indossate l'abito domenicano, padre. Il monastero però è da quella parte», indicò la città, «da dove venite voi. Più avanti, qui ci sono solo navi».

Muñoz sospirò. «Infatti mi devo imbarcare su una di quelle navi. Sono l'inquisitore designato per la spedizione di Diego Velázquez che presto salperà per le Nuove Terre».

«Cioè, la spedizione di Hernando Cortés».

«No. È la spedizione di Diego Velázquez, governatore di quest'isola... È lui che l'ha ideata, finanziata e procurato le navi. Cortés è solo il capitano. Un dipendente».

L'uomo a cavallo lanciò uno sguardo gelido a Muñoz. «Sono molto più di un dipendente», disse, «ve ne accorgerete». Si levò il cappello e lo abbassò in segno di saluto: «Hernando Cortés, al vostro servizio. Velázquez mi ha detto del vostro arrivo. Vi ho riservato una cabina sulla mia nave ammiraglia».

«Allora sapevate chi ero fin dall'inizio!». Quell'affronto dipinse una smorfia rabbiosa sulla faccia di Muñoz. «Mi avete scambiato per uno stupido, señor».

«Vi stavo solo studiando, padre...».
«E che cosa avete imparato?»
«Che siete un uomo di Velázquez. Una cosa su cui riflettere».
«Non siamo tutti uomini di Velázquez?»
«Siamo tutti uomini del re e suoi leali sudditi, padre». Cortés guardò Pepillo e gli fece l'occhiolino con quegli occhi sfasati che gli davano un'aria particolarmente scaltra e allegra. «Passami quelle borse», disse. Indicò i ganci che pendevano da entrambi i lati della sua sella.
Pepillo ciondolò verso Muñoz chiedendogli il permesso, ma il domenicano disse ad alta voce: «No!». Si sentì una punta di panico nella sua voce.
«Assurdo!», disse Cortés e, spronando il cavallo per aggirare Muñoz, sollevò una nuvola di polvere chinandosi per afferrare i due borsoni e assicurarli alla sella. «Il mio valletto Melchiorre ve le farà trovare a bordo in attesa che il vostro paggio venga a recuperarle », disse al frate. Sfiorò di nuovo i fianchi del cavallo con gli speroni e galoppò verso il molo dove, in lontananza, la *Santa María de la Concepción* stava ancora completando il carico.
«Ma... ma... ma...». Pepillo aprì e chiuse la bocca stupefatto, non sapendo bene cosa aspettarsi ora.
Muñoz si girò verso di lui e lo fissò con uno sguardo orribile.

CAPITOLO 15

Cuba, giovedì 18 febbraio 1519

Zemudio stava in sella a un grosso hunter pezzato alto diciotto spanne. Oltre alle cortine di polvere alzate dai suoi zoccoli enormi c'erano le colline basse, i burroni poco profondi e i boschetti di acacia a fare da eccellente copertura per Alvarado, che così riuscì presto a guadagnare terreno senza esser visto.

Con la mano si toccò lo spadino e fu subito eccitato dal contatto con la guardia di anelli di metallo intrecciati che stava attorno all'elsa. L'arma era stata forgiata apposta per lui da Andrés Nuñez di Toledo, il più grande fabbricante di spade del mondo, a detta di molti. Negli anni Alvarado aveva commissionato a Nuñez undici lame, fra cui due spadoni a doppia impugnatura e tre daghe. Quello spadino aveva portato la collezione a dodici e gli era stato consegnato il giorno prima. Lunghissimo, leggero e flessibile, culminava in una micidiale punta a forma d'aculeo che secondo Nuñoz era in grado di infilzare la cotta di maglia più dura e bucare persino la corazza di piastre. A differenza di molte altre armi simili, progettate soprattutto o esclusivamente per gli affondi e le stoccate, quella spada aveva in più anche una forte e affilata lama a doppio taglio. La possibilità di combinare queste virtù la si doveva alle nuove tecniche di tempra del metallo conosciute solo da poche persone; Nuñez era una di quelle.

Bucefalo era molto più veloce del grosso hunter, la distanza si era ridotta a meno di un tiro di freccia e ancora Zemudio non si era guardato alle spalle. Alvarado estrasse lo spadino, felice di sentirne il peso nella mano, la alzò sopra la testa e si levò sulle staffe per aumentare la forza d'urto. Sperava di decapitare quell'uomo in un sol colpo. Se riusciva a mantenere quella posizione era sicuro che la nuova e singolare lama ce l'avrebbe fatta, altrimenti sarebbero arrivati presto a incrociare le spade, la sua lunga e sottile contro la massiccia scimitarra del campione.

Non aveva avuto ancora il tempo di provare lo spadino in uno duello del genere.

O contro un avversario tanto pericoloso.
Ma cos'era la vita senza rischi?
Alvarado si spinse a tre lunghezze da Zemudio, poi a due, poi a una, e di lì iniziò a studiarlo a fondo. Era impossibile che non sentisse il fragore degli zoccoli di Bucefalo e gli ansimi del suo respiro al galoppo. Eppure, nemmeno ora sembrava accorgersi di essere seguito!
Appena lo affiancò, il braccio di Alvarado iniziò ad abbassarsi per liberare una potente sferzata sul collo di Zemudio, ma in modo piuttosto fastidioso, all'ultimo istante, l'avversario era sparito. Con velocità e destrezza inaspettate l'uomo schivò il colpo abbassandosi sul grosso collo dell'hunter, facendo sibilare la lama sopra la sua testa e sferrando immediatamente un contrattacco con la cattivissima scimitarra che chissà come gli era miracolosamente spuntata in mano.
Alvarado fece scartare Bucefalo per evitare di essere tagliato in due e per un attimo perse velocità, riprendendo poi l'inseguimento a briglia sciolta. Evidentemente Zemudio non era stupido come sembrava. Doveva aver saputo fin dall'inizio di essere seguito e si era tenuto pronto all'attacco.
C'era persino il rischio che il campione si rivelasse un avversario temibile.
Sospirando per il fastidio di sciupare il buon cavallo, Alvarado spronò Bucefalo a uno scatto di velocità che l'altro animale non poteva eguagliare, arrivò a un metro dalla sua groppa, gli conficcò per un cubito di lunghezza con una forza tremenda lo spadino nell'ano e girò la lama facendola uscire di scatto.
Il risultato fu sorprendente.
In un attimo il grosso hunter impazzì e diventò ingovernabile, balzava, sgroppava e nitriva come un forsennato perdendo fiotti di sangue come per lo squarcio di un'arteria principale. Nemmeno Alvarado sarebbe riuscito a stare per molto in sella a quell'enorme bestia impazzita, tanto che, in pochi secondi, Zemudio fu disarcionato. Si andò a schiantare sulle sue stesse natiche muscolose, urlando di rabbia, sempre con la scimitarra in pugno e – notò soddisfatto Alvarado – sempre aggrappato alla borsa con dentro gli ordini di Velasquez per Narváez.
Alvarado fece roteare Bucefalo, gettò le redini su un ramo basso di un albero lì vicino e scese da cavallo.
Poco più in là, Zemudio si era già messo in piedi. Sembrava uscito illeso dalla caduta e aveva già alzato la scimitarra davanti a sé, pronto a far danno. «Quello che muore laggiù è un buon cavallo», disse. Aveva una

voce stranamente delicata e squillante. «Un ottimo cavallo. È stato con me in Italia. L'ho cavalcato in molte battaglie».

«Puoi cavalcarlo di nuovo all'inferno», disse Alvarado. E con un giro di polso, fece volare una goccia di sangue dalla punta dello spadino dritta sugli occhi di Zemudio.

CAPITOLO 16

Tenochtitlan, giovedì 18 febbraio 1519

Malinal era rimasta talmente assorta nei suoi pensieri da non notare affatto l'allarmante cambiamento di Tozi. Guardandola più da vicino vide che il sangue, ormai rappreso, le era uscito sia dalle orecchie che dal naso, dove lei aveva fatto un lieve tentativo di asciugarlo. Aveva gli occhi aperti ma non reagivano, come persi dietro cose che succedevano in un posto lontano, e il viso era diventato irriconoscibile, flaccido e inespressivo.

«Ce l'hai fatta!», sussurrò Malinal. «Ce l'hai fatta davvero!». Si allungò per abbracciare Tozi: «Ci hai reso invisibili! Ci hai salvati ancora!». La ragazza però sedeva ingobbita, sorda ai complimenti, muta e chiusa in se stessa. Tremava in tutto il corpo ed era bollente come per una febbre violenta. Passato un attimo, iniziò a emettere un gemito che quasi dallo stomaco risalì alla gola e le uscì dalla bocca in forma di grido soffocato.

Coyotl finora aveva ignorato tutto dormendo beatamente ma a quel punto alzò la testa dal grembo di Tozi e si mise a sedere. Vedendole il sangue attorno al naso e alle orecchie spalancò gli occhi. «Tozi!», urlò. «Che è successo? Perché sanguini?»

«Zitto!», bisbigliò Malinal con la voce inasprita dalla paura, sentendosi di nuovo in pericolo. La popolazione della gabbia si era ridotta di molto svuotando ampie zone prima affollatissime, ma ancora restavano parecchie prigioniere e purtroppo l'urlo di Tozi aveva attirato l'attenzione di due ragazze del gruppo che l'aveva aggredita quella mattina. Finora erano rimaste in silenzio, sedute a quaranta passi proprio davanti a loro, al margine di un grande gruppo di tlascaliane, ma ora si erano scatenate in un caos di indici e occhi puntati che non lasciava prevedere nulla di buono. Si avvicinarono con prudenza a una donna più anziana, che aveva il labbro inferiore e i lobi delle orecchie dilatati da anelli in ceramica blu, segno a Tlascala dello status di donna sposata, e iniziarono a parlarle in modo concitato.

«Uh-oh», sussurrò Coyotl. «A quelle ragazze Tozi non piace».

«Le conosci?»

«Ci perseguitano». Il ragazzetto sembrò inorgoglirsi, poi però si fece inquieto. «Tozi trova sempre il modo di sfuggirgli».

«Stamattina l'hanno picchiata mentre ti portava la medicina», disse piano Malinal. «Ma è stata furbissima e se l'è cavata…».

«Se la cava sempre», disse Coyotl malinconico. «Sempre».

Poi tutt'e due guardarono Tozi che rimase impassibile e, davanti al prezzo atroce che aveva avuto la loro sopravvivenza, Malinal si intristì profondamente. La giovane dura, risoluta, grintosa, magica e reattiva che le aveva salvato la vita e sapeva sempre cosa fare non c'era più. Al suo posto c'era un guscio inerme, ricurvo, chiuso e distaccato di ragazza dalla cui gola si sentiva uscire, debolissimo, un lamento basso e continuo, come di dolore o infelicità.

Pur stando seduta, con la coda dell'occhio Malinal vide il donnone tlascaliano scattare in piedi e andarle incontro nel breve tratto ormai sgombro della prigione. Sembrava sulla trentina, era alta, aveva le cosce enormi, i fianchi e le spalle grosse, le testa piccola e sproporzionata e una faccia magra e tesa, dai lineamenti affilati, che sarebbe stata ugualmente brutta abbinata a un corpo che pesava la metà del suo. Da come si atteggiava sembrava una di quelle a cui piaceva battersi. Si fermò con aria minacciosa davanti a Malinal, la guardò in cagnesco dall'alto e puntò un dito paffuto e aggressivo contro Tozi. «È amica tua?», domandò.

«Ci puoi giurare», disse Malinal. «Hai qualche problema?»

«Ho problemi con le streghe», disse la tlascaliana. Scagliò di nuovo il dito su Tozi. «E lei è una strega».

Malinal si mostrò indignata. «Strega? Che idea ridicola!». Aveva già pensato alla prossima mossa, così balzò in piedi, fece un passo per andare addosso all'altra donna e spinse la testa in avanti finché fra i loro occhi non furono distanti di nemmeno una spanna. «È solo una *bambina*», strillò Malinal. Mise grande enfasi sull'ultima parola. «Una *bambina* povera e malata!».

«Qui circola un'altra voce». La tlascaliana non sembrava affatto impietosita. Il labbro inferiore stirato in maniera assurda le penzolava sul mento lasciando scoperti all'ultima moda i denti anneriti e dandole un aspetto macabro e di permanente stupore. «C'è gente che dice che anche *tu* sei una strega», aggiunse con una punta di rancore nel tono di voce.

Malinal la buttò a ridere. «Quindi ora siamo in due!». Pregando che Tozi restasse calma e in silenzio il tempo necessario a trovarle un angolo della prigione in cui non l'avrebbero notata, si voltò a indicare Coyotl. «Ora mi dirai che anche il piccoletto è una strega».

Dopo essere rimaste finora naso contro naso, la tlascaliana indietreggiò di qualche passo. Sembrò pensarci un attimo. «Mi hanno detto che non è né maschio né femmina», disse pulendosi i denti con la lingua, «quindi, sì, è facile che sia una strega».

Le due ragazze che l'avevano aggredita quella mattina si erano fatte avanti in silenzio e ora affiancavano la donna più grande. La ragazza sulla sinistra, magra come un serpente a sonagli, fissava Tozi senza nascondere l'odio e la paura che provava. «Quella pericolosa è lei», avvertì. «Entra nella testa delle persone. Le fa impazzire».

«Meglio ucciderla ora», disse la seconda ragazza, «e non farci sfuggire l'occasione».

Le altre tlascaliane, forse quindici, forse venti, si erano staccate dal gruppo e si stavano avvicinando per assistere al dramma in corso. Fra pochissimo si sarebbero immischiate anche loro; Malinal sapeva di dover agire in fretta prima che qualcuno ci lasciasse la vita.

Si chinò, mise il braccio di Tozi intorno al collo e cercò di sollevarla, ma quel piccolo corpo sembrava aver messo le radici a terra. «Aiutami, Coyotl», brontolò Malinal, e il bimbo andò a reggere il gomito di Tozi. Non bastò nemmeno quello per spostarla; sembrava che facesse volutamente resistenza.

A quel punto successero tre cose in maniera velocissima.

Primo, l'energumena tlascaliana spostò di peso Malinal, si chinò su Tozi, le mise le braccia sotto le spalle e cercò di trascinarla ai suoi piedi.

Secondo, Tozi gridò di nuovo. Emise un suono spettrale – da vera strega, dové ammettere Malinal – tanto assordante da risvegliare tutti i morti del Mictlan. La tlascaliana la mollò come se avesse preso fuoco e inciampò all'indietro facendo il gesto del malocchio.

Terzo, Tozi si lasciò cadere sul fianco e cominciò a dimenarsi tirando calci a terra. Le venne la schiuma agli angoli della bocca, cominciò a battere i denti perdendo sangue dai morsi che si dava alle labbra e alla lingua, e iniziò a scuotere la testa da un lato all'altro sbattendola con violenza a terra e schizzando dalla bocca bave di schiuma rosa.

Coyotl non perse tempo. Strinse Tozi in una morsa appendendosi mani e braccia alla sua testa, le gambe attorno al corpo, e usò il suo corpicino tutti i modi che poteva per impedirle di farsi male da sola.

Malinal si voltò per affrontare le tlascaliane.

CAPITOLO 17

Cuba, giovedì 18 febbraio 1519

Zemudio abbassò la testa e la goccia di sangue di cavallo partita dalla punta dello spadino di Alvarado mancò gli occhi e gli finì sulla guancia e sull'orecchio.

«Non pensavo che ci cascassi, è un vecchio trucchetto», disse Alvarado. *Però preferivo battermi con te col sangue sugli occhi.* Girava lentamente in cerchio tenendo lo spadino con la punta appena sollevata. All'improvviso, esplodendo dal petto tutta l'aria che aveva, si lanciò in un affondo – ginocchio destro piegato, gamba sinistra distesa – balzando in avanti con una potenza inaudita e spostando l'intero peso del corpo sulla lama per farle trafiggere come un punteruolo l'armatura leggera di Zemudio e porre fine allo scontro, lì e adesso…

Se non che…

… Zemudio ruotò il polso e la pesante scimitarra urtò contro lo spadino affusolato deviando il colpo in una parata sorprendentemente agile e veloce. Sembrò voler completare il movimento con un colpo repentino alla pancia, che Alvarado era persino pronto a bloccare per poi contrattaccare, invece Zemudio lo sorprese di nuovo. Al posto della mossa prevedibile, abbassò la scimitarra, intrappolò lo spadino con la coscia destra, incastrandolo con le placche di metallo nella fodera dei calzoni che lo proteggevano dalla lama, fece un gran passo in avanti spingendo sul piede sinistro e con la potente mano sinistra agguantò – *Per Dio, com'era possibile?* – la folta chioma nera dietro la nuca di Alvarado. Successe tutto così in fretta, con tale forza e scioltezza, e una maestria assolutamente inimmaginabile per il bue che era quell'uomo, che Alvarado si ritrovò chino sul ginocchio sinistro di Zemudio a braccia e gambe divaricate, la testa tirata all'indietro per i capelli come un agnello da sgozzare e la grossa lama della scimitarra che già fendeva atrocemente l'aria diretta alla sua gola esposta.

Il colpo scese con una velocità impressionante ma Alvarado afferrò il braccio stranamente glabro e possente di Zemudio con la mano sinistra e fermò la lama a un dito appena dalla sua trachea. Il campione era talmente sicuro di sé da aver allentato la presa sullo spadino, forse perché era troppo lungo per rappresentare una minaccia a distanza ravvicinata. Alvarado però non pensava alla lama. Anche la pesante elsa incastonata nella treccia di anelli metallici sulla guardia era un'arma, così la afferrò da sotto e la sbatté senza pietà sull'inguine di Zemudio.

Clunk! Gli sembrò di aver piantato un forcone in un albero, non in un uomo, ma – «Uuuf!» – riuscì a strappare a Zemudio un gemito sufficientemente umano facendolo piegare in due e allentare la presa sui suoi capelli. Qualunque uomo normale a quel punto sarebbe stato costretto a rimanere piegato in due, frignando dal dolore, ansimando e facendosi uccidere senza problemi. Invece il mostro si drizzò subito con una faccia impassibile e riprese a far girare vorticosamente la scimitarra. Alvarado non riuscì a tenersi in equilibrio e inciampò. Fu un momento vergognoso ma in qualche modo, più per caso che intenzionalmente, finì per tagliare con la lama lo stinco destro di Zemudio e infilzargli il polpaccio passando tra i calzoni e l'orlo degli stivali.

Il contrattacco arrivò troppo in fretta per poterlo parare con lo spadino o bloccare con la sinistra, ma Alvarado era un ginnasta provetto e si cimentò in un disperato salto mortale all'indietro. Atterrò in piedi, in visibilio al pensiero di avercela fatta, e poi sentì esplodere un dolore atroce quando la grossa lama della scimitarra si attaccò al suo avambraccio sinistro come il morso di un'ascia su un albero. Solo dopo essere balzato indietro di cinque passi tenendo Zemudio a distanza di sicurezza con la punta dello spadino, Alvarado poté confermare di avere la mano sinistra ancora attaccata alla fine del braccio. Una spanna sopra il polso gli si era formata una piaga livida, aveva le dita tramortite dal colpo che, pensò, doveva essergli stato inferto col pesante e spesso manico della scimitarra. Riprendendo a girare in cerchio con Zemudio cercò di stringere il pugno e si accorse che non ci riusciva. Doveva essersi rotto il braccio sinistro, cosa alquanto irritante.

Il bruto digrignò i grossi denti gialli e fece un cenno verso l'arto ferito. «Fa male, femminuccia? Ti ho mollato un bel colpo, no?»

«Umm. Sì. Non posso negarlo». Alvarado gettò uno sguardo alla gamba di Zemudio e ai rivoli di sangue che gli scendevano dalla ferita, rimbalzavano sui pesanti stivali e cadevano in grosse gocce nella polvere. «Il primo punto però è mio, credo».

Zemudio lo ammise con un gesto, ma come a dire che non significava niente. «Ho ucciso diciassette uomini in un solo combattimento. A volte mi hanno cavato il sangue prima loro, a volte prima io. Alla fine non fa alcuna differenza. Muoiono sempre».

Alvarado si preoccupò di non mostrare sul volto il dolore fortissimo che sentiva al braccio. «Ti sei lasciato dietro un bel mucchio d'ossa», rispose. Quello che stava pensando però era: *Diciassette! Merda!* Era davvero colpito. Oltre agli indiani Taino di Hispaniola e Cuba, che aveva massacrato in quantità tali da perderne il conto, lui si era battuto in duello nove volte con altri uomini bianchi – sei spagnoli, un genovese, un tedesco e un russo molto impegnativo – uccidendoli tutti.

Ovviamente, se Zemudio vantava un totale di quasi il doppio, non poteva essere sincero; in realtà era una sorta di incognita, non essendosi mai battuto prima con nessuno nelle isole. Però era arrivato dall'Italia con una certa reputazione e Alvarado aveva già visto abbastanza per credere che fosse meritata. Zemudio era un guerriero astuto, esperto e abile, non era affatto il sicario stupido e presuntuoso che sembrava.

Mentre i contendenti si muovevano in cerchio, nessuno dei due ancora pronto a impegnarsi in un nuovo attacco, il dolore straziante che sentiva al braccio sinistro, ormai moscio e inutilizzabile, continuava a punzecchiare Alvarado come una moglie ansiosa in cerca d'attenzioni.

Non aveva paura. Aveva sentito parlare spesso di quel sentimento osservandone gli effetti sugli altri, ma non l'aveva mai conosciuto di persona e non lo conobbe in quell'occasione.

Però aveva una mente pratica e, nell'istante in cui si era rotto il braccio, le probabilità di vincere lo scontro si erano ribaltate contro di lui. Per quanto improbabile, adesso poteva anche essere sconfitto e allora Zemudio l'avrebbe affettato con la scimitarra come un macellaio che prepara il maiale.

Mentre era alle prese con quell'immagine nauseante, Alvarado iniziò a delineare una strategia che avrebbe sicuramente avuto l'approvazione di Cortés. «Ehi, Zemudio», disse guardando lungo il filo dello spadino, «quando ti paga Velázquez?».

L'uomo si rabbuiò: «Non sono affari tuoi».

«Duecento pesos all'anno più vitto e alloggio?», ipotizzò Alvarado. «Trecento al massimo?».

Dallo sguardo di quell'uomo fu subito chiaro che erano di meno. Molto meno. «Oh, povero… Cento? Solo cento? Un guerriero abile e dotato come te, e l'uomo più ricco di Cuba ti dà solo cento pesos all'anno?». Si interruppe, come per un'improvvisa illuminazione, un'intuizione, un'idea totalmente nuova, e aggiunse: «Lavora per me invece! Ti do cinquecento pesos all'anno, vitto e alloggio, più una parte del bottino che faremo nelle Nuove Terre. Se la spedizione va bene diventi ricco. Che ne dici?»

«Dico che sai solo parlare, femminuccia». Zemudio agitò la scimitarra in avanti costringendo Alvarado a fare un balzo all'indietro. «Dico che sei un codardo che cerca di comprarmi perché sa che ormai è spacciato…».

«Risposta scontata. Che altro direbbe un porco a cui si gettano le perle?». Detto questo, Alvarado si fece avanti con una serie di affondi esplorativi per saggiare da che lato superare la scimitarra rotante, senza portare mai a segno il colpo ma modificando sempre più il proprio stile in base alla tecnica dell'avversario. C'erano alcune mosse e sequenze ripetute che gli erano stranamente familiari e quando pensò *Forse posso sfruttarle a mio vantaggio* ricordò esattamente dove e quando aveva già visto quello strambo modo di far girare e roteare la lama.

Zurigo, 1502, alla scuola del *Feichtsmeister* Hans Talhoffer.

Alvarado ci aveva passato tre mesi da studente, a diciassette anni, al tempo in cui iniziava a prendere forma il suo interesse mai più sopito per l'arte della spada e della scherma. Una delle lezioni che aveva dovuto frequentare per forza era stata quella del combattimento con la scimitarra – anche se gli svizzeri lo chiamavano *messer* – ed era stato lì che aveva visto le sequenze difensive che Zemudio utilizzava ora contro di lui.

Uno stile per cui ogni combattimento era uno strano tipo di danza.

Alvarado ricordò di aver sdegnato il *messer* in quanto arma per contadini, più adatta a tagliare alberi che a combattere e aveva disprezzato i movimenti sciolti e paradossalmente raffinati che richiedeva lo stile di Talhoffer.

Questo, però, nelle sessioni di allenamento.

Ben altra cosa era ritrovarselo davanti in uno scontro vero con un gigante che ti tiene per i capelli con una mano, mentre con l'altra impugna una lama lunga e pesante come un'ascia e sta per prendersi la tua testa.

Continuarono a girare in tondo incrociando in un canto metallico lo spadino flessibile e la rigida scimitarra, col primo che si piegava sinuosamente quasi a carezzare e avvolgere l'arma più grossa. Pur essendo concentrato su Zemudio nel tentativo di prevederne la mossa successiva, Alvarado si accorse comunque di una nuova, inattesa e in qualche modo effeminata e seducente qualità della lama di Nuñez e pensò, *Umm... interessante.*

Il sangue non aveva più smesso di colare dalla gamba di Zemudio e si era sparso tutto intorno formando umide scie e pozze che andavano allargandosi. Stava rallentando il ritmo? Stava per morire dissanguato? Alvarado cominciava a pensare, *Forse sì*, quando a un tratto vide un lievissimo accenno di luce brillare in fondo a quegli occhi quasi serrati e di nuovo, in assoluto silenzio, l'uomo lo attaccò col pesante slancio di un toro alla carica disegnando degli otto con la scimitarra che affettava l'aria davanti a lui.

Alvarado era pronto. Deviando completamente l'attenzione dalla nuova tormentosa fitta nel braccio rotto, si lanciò a capofitto contro la forza bruta del feroce attacco nemico, incrociando le lame e incalzandolo in una serie aggressiva di potenti affondi così da restargli addosso e costringerlo a indietreggiare, finché Zemudio non interruppe di colpo quella progressione e i due si ritrovarono a ruotare di nuovo in punta di spada, ciascuno più guardingo e concentrato di prima, attento a cogliere gli affanni e mettere alla prova i punti deboli nella difesa dell'avversario.

«Sei bravo con quello spillo che ti ritrovi», disse Zemudio con un cenno invidioso allo spadino.

«Se non riesco a farti ragionare dovrò usarlo per ucciderti», disse Alvarado. «Non mi dai scelta».

«Per quello che c'è qui dentro?». Zemudio batté la mano sulla borsa di cuoio che gli pendeva sul fianco.

Per il brutto pezzo di merda che sei, pensò Alvarado. *Mi servono altri motivi?* Ma disse: «Stai portando gli ordini di Velázquez per Narváez. Non voglio che Narváez riceva quegli ordini. Perché ora non me li consegni? E non ti unisci a me? Ti farò diventare ricco».

Zemudio scoppiò in una risata particolare, stridula, simile a uno squittio. «Señor Alvarado», disse, «devi proprio pensare che io sia uno stupido».

«Infatti è così. Chi altri, sennò, morirebbe per Velázquez e cento pesos all'anno?».

Zemudio aveva perso talmente tanto sangue dalla gamba che il suo viso scuro stava impallidendo e la pelle aveva preso una lucentezza cerea. *Devo solo continuare a girargli intorno ancora un po' e cadrà da solo*, pensò Alvarado, e proprio in quel momento l'uomo barcollò. Fu un passo falso quasi impercettibile e ben nascosto, ma Alvarado se ne accorse.

Chiaramente Zemudio avrebbe voluto concludere lo scontro in fretta con un colpo mortale, prima di dissanguarsi del tutto. Ecco perché ora aveva ripreso a parlare dicendo assurdità sull'essere uomini d'onore, sul padrone che si fidava di lui e gli faceva fare questo e quello, bla, bla, bla, cercando di distrarlo. Alvarado però non stava a sentirlo. Colpiscili prima che colpiscano te era il suo motto, semplice. Così andò all'attacco per primo, sentì la scimitarra bloccare lo spadino come si aspettava, sentì lo spadino rianimarsi nella mano avvolgendosi in parte attorno alla pesante lama e intuì che era arrivato il momento.

Piegò il polso.

Ora!

CAPITOLO 18

Santiago, Cuba, giovedì 18 febbraio 1519

Hernán Cortés si stiracchiò sbadigliando sull'amaca che aveva legato in un angolo della lunga, stretta cabina che l'equipaggio aveva ribattezzato, fra le risate, la sua sala di rappresentanza.

Gli stivali giacevano sulle assi nude del pavimento dov'erano atterrati quando li aveva lanciati. Accanto a loro c'era un baule da marinaio. La sua collezione di cappe e farsetti ricamati, alcuni in filo d'oro e argento, i migliori ornati di perle, penzolava in un armadio improvvisato insieme alla calzamaglia, alle brachette e alle camice di broccato. Il farsetto viola era piegato sulla spalliera di una sedia insieme alla spessa catena d'oro e al medaglione di san Pietro con le chiavi del paradiso in mano.

L'unico oblò della cabina era aperto per far entrare, oltre al fetore di porto, anche uno schizzo di sole e la rinfrescante brezza del tardo pomeriggio.

A destra dell'oblò, appeso alla parete e un po' all'ombra, c'era un grosso crocifisso di legno su cui si contorceva dal dolore un Cristo pallido in scala uno a tre, con la fronte insanguinata per la corona di spine e i chiodi di ferro che gli trafiggevano i palmi e i piedi.

Appena sotto l'oblò, nel punto in cui entrava più luce, c'era un pesante tavolo di quercia. Le zone in quel momento visibili del ripiano erano logore e piene di profondi tagli di pugnale, bruciate in più punti e imbrattate di cera di candela seccata, ma per lo più era ricoperto di mappe e carte nautiche tenute ferme sotto gli strumenti di navigazione: un compasso, astrolabio, un quadrante, un notturlabio e una scintillante sfera armillare.

La sfera era l'orgoglio e la gioia di Cortés, un dono di suo padre Marin che l'aveva ottenuto con la conquista di Granada nel '92. A parte l'anello che indicava il coluro equinoziale, che era rotto, il costoso apparecchio funzionava alla perfezione.

Ciaf!

Per la terza volta in altrettanti minuti Cortés udì il suono di carne che batteva su carne seguito dal piagnucolio soffocato di un bambino dolorante.

I suoni venivano dall'altra parte del tramezzo che divideva in due parti uguali la cabina un tempo spaziosa del capitano della nave ammiraglia, di cui una era quella in cui ora si trovava disagiatamente stipato Cortés. L'altra metà, su ordine pressante ricevuto da Velázquez solo il giorno prima, era stata assegnata all'odioso padre Muñoz. Con quella sottile parete di pino, il meglio che il falegname di bordo era stato in grado di montare con così poco preavviso, era impossibile non sentire i passi pesanti di Muñoz, le brutte parole che diceva al giovane paggio o i suoni sempre più forti dei colpi e delle urla.

Cortés sospirò. Era intervenuto sulla strada del porto perché in pubblico i modi eccentrici e vessatori dell'inquisitore erano indecenti e di nessun aiuto per il buon nome della spedizione. Se Muñoz però voleva picchiare il paggio nel privato della sua cabina, non c'era proprio niente da fare.

Anche se avesse finito per ucciderlo?

Anche, ammise Cortés. Anche.

Uno dei vari fatti tristi della vita nella nuova Cuba era proprio che un inquisitore domenicano col favore e il sostegno del governatore potesse passarla sempre liscia, persino in caso di omicidio, se avesse voluto.

In effetti, sull'ultimo paggio che aveva accompagnato Muñoz nella disgraziata spedizione di Córdoba giravano delle voci. Il suo rapporto col padrone era diventato strano – se n'erano accorti tutti – così, una notte, durante la navigazione il ragazzo era sparito, dicevano fosse caduto in mare. Era stato un incidente? Un suicidio? O come mormorava qualcuno dei sopravvissuti, Muñoz era un violento sodomita col vizio dei fanciulli che aveva ucciso il paggio per farlo tacere?

Cortés aveva respinto sdegnosamente quelle voci rifiutandosi di credere che un uomo di Dio potesse mai darsi a crimini del genere; quello a cui aveva assistito nel pomeriggio però gli aveva fatto cambiare idea. Raramente aveva preso in antipatia qualcuno con tale forza e rapidità come gli era successo con Muñoz! Era già stato brutto vedersi affibbiare da Velázquez il domenicano all'ultimo momento, sicuramente per spiarlo e ostacolarlo, oltre che per il benessere spirituale della spedizione. Quello che però aggiungeva al danno la beffa era la schifosa crudeltà dell'inquisitore! Ripensando alla scena sulla strada del porto ne veniva fuori solo il *piacere* perverso di Muñoz nell'infliggere dolore al paggetto.

Cortés saltò giù dall'amaca, camminò a piedi nudi sul tavolo davanti all'oblò e recuperò la sua sudicia Bibbia in fondo a una montagna di mappe e carte geografiche. Era una delle nuove edizioni prodotte in massa e stampate su carta col torchio di Gutenberg e, come gli succedeva sempre, appena sollevò la copertina di pelle sentì di nuovo la magia e il mistero della parola di Dio.

Sfogliò il Nuovo Testamento, il libro di Matteo, e dopo qualche ricerca trovò il passaggio che cercava nel settimo capitolo. «Guardatevi dai falsi profeti», lesse, «che vengono a voi in veste di pecore, ma dentro sono lupi famelici».

Un falso profeta! Era incredibile quanto spesso nella Buona Novella si trovasse proprio il pensiero che si aveva in mente; quel pensiero sembrava calzare a pennello per Muñoz. Fuori, il rispettabile manto di pecora del saio domenicano; dentro, un lupo famelico…

Dall'altro lato del tramezzo arrivò un altro ceffone, un altro pianto, un urlo tremendo e indecifrabile di Muñoz, lo schianto fortissimo di un corpo lanciato contro una parete e poi il silenzio.

Cortés si drizzò di scatto sull'amaca: Gesù del cielo, sicuro che il ragazzo non fosse già morto? Poi risentì quel piagnucolio soffocato e fu scosso da un feroce moto d'ira e di ribrezzo.

Il primo istinto fu quello di trovare una scusa qualunque per far rimuovere Muñoz dalla spedizione. Se l'avesse fatto, però, si sarebbe attirato la sgradita attenzione di Velázquez proprio nel momento in cui voleva tenere più a distanza il governatore.

Così, invece, Cortés chiuse gli occhi e si sforzò di rilassare i muscoli. Il segreto per mantenere la salute in quei chiari di luna, aveva scoperto, era fare una siesta di almeno un'ora al pomeriggio. Non era sempre possibile; se ne rendeva conto perfettamente. Ma quando era possibile era importante quanto la preghiera o l'elemosina.

Cadde tra le braccia del sonno.

CAPITOLO 19

Tenochtitlan, giovedì 18 febbraio 1519

Le due ragazze che quella mattina avevano aggredito Tozi erano solo delle seminatrici di zizzania, non delle trascinatrici di folle, e quanto alle altre tlascaliane che erano lì a ficcare il naso, sembravano anche loro in attesa di qualcuno che gli dicesse cosa fare. Il pericolo maggiore perciò era il donnone coi denti neri e il labbro di gomma. Un accordo con lei avrebbe messo in riga le altre.

Forse…

Le nobili origini di Malinal l'avevano fatta crescere lontana dalla violenza. A sedici anni era caduta in disgrazia ma, persino negli ultimi cinque assurdi e terribili anni che aveva passato da schiava, era stata protetta da uomini potenti che avevano riconosciuto l'alto valore della sua bellezza. Di conseguenza, a ventun anni non aveva mai dovuto battersi una volta per salvare la pelle. Le sue armi erano la sensualità, l'adulazione, la dissimulazione e il sottile condizionamento; non era attrezzata per usare la forza.

Denti Neri era stata bloccata dall'urlo spaventoso di Tozi ed era rimasta a fissarla in preda alla paura, ma anche con una specie di inattesa compassione mentre la ragazza si dimenava a terra battendo i denti, con Coyotl che cercava disperatamente di impedirle di farsi male. Malinal ebbe un lampo di genio, si avvicinò al donnone tlascaliano, le poggiò con delicatezza una mano lunga e sottile sulla spalla e disse con voce sommessa: «Non è una strega. È solo una povera bambina malata. Sei anche tu madre, no? Vedi?».

Il pesante corpo di Denti Neri fece uno scatto: «Sono madre».

«E i tuoi figli? Dove sono?»

«Solo gli dèi lo sanno. I mexica hanno razziato il mio villaggio. Io sono stata catturata e i miei due figli sono stati portati via, non li ho più visti».

«Vuoi dirmi come si chiamano?».

All'improvviso i modi barbari della tlascaliana svanirono e, con grande stupore di Malinal, la donna ruppe in lacrime. «Huemac», disse, «ha cinque anni. E Zeltzin. Quest'estate ne fa quattordici».

«Zeltzin... Bellissimo». In nahuatl quel nome significava "delicata". «Lei e Tozi hanno quasi la stessa età».

«Tozi?»

«Lei», Malinal guardò Tozi che continuava a dimenarsi a terra, «la bambina che per te è una strega ma che in realtà è solo malata e bisognosa di cure e d'affetto».

Denti Neri brontolò e si asciugò una lacrima. «Perché dovrebbe importarmi di cosa ha bisogno?»

«Perché in questo mondo tormentato ci pensano gli dèi a restituirci quello che non abbiamo più. Ovunque siano i tuoi figli, in un'altra gabbia o schiavi di un mercante, non speri che qualcuno si occupi dei loro bisogni, se sono malati, se hanno bisogno di aiuto come la povera piccola Tozi?».

Denti Neri guardò le ragazze che aveva intorno e avevano combinato quel pasticcio con le loro provocazioni. «Me l'hanno detto loro che è una strega», disse.

«Sono proprio quelle che l'hanno aggredita stamattina: gli è finita male e ora cercano di usare te per vendicarsi».

Intanto Tozi si era calmata, aveva degli scatti meno violenti e i lineamenti più rilassati. Le due ragazze tlascaliane iniziarono a muoversi verso di lei ma Denti Neri urlò, «Aspettate!», e loro esitarono lanciando un'occhiataccia a Malinal.

«Anche tu hai figli?», chiese Denti Neri.

«No. Non ho avuto questa benedizione. I mexica mi hanno usata come schiava per il sesso, sono rimasta incinta due volte ma mi hanno costretta a bere l'*epazote* e ho abortito».

La donna sputò a terra. «Mostri. Come ci usano!».

Malinal sfruttò quel vantaggio al massimo. «Siamo tutte vittime. Perché ucciderci l'un l'altra se i mexica ci perseguitano tutte? Sono loro i veri maghi e le vere streghe, non i figli innocenti come la povera Tozi».

Denti Neri sembrò incerta. «Se non è una strega, che cos'è? Com'è possibile che non la scelgano mai per il sacrificio?».

Malinal aveva la risposta pronta. «*Yollomimiquiliztli*», disse solennemente invocando la parola nahuatl per epilessia. «Forse chi l'ha maledetta, al tempo stesso, la protegge».

Tutti sapevano che il male orrendo dell'epilessia, causa di attacchi identici a quello che aveva appena avuto Tozi, era opera della capricciosa dea Cihuapipiltin. E tutti sapevano anche che, in cambio dei tormenti causati, la dea a volte conferiva poteri magici alle sue vittime.

Denti Neri sembrò rifletterci un'eternità mentre i tremori e la schiuma alla bocca di Tozi lentamente cessarono e lei restò ferma a terra. Alla fine il donnone tlascaliano fece un cenno a Malinal. «Hai detto una cosa sensata», disse. Si rivolse alle altre tlascaliane e non usò giri di parole: «Questa figlia non è una strega. Poverina! È stata colpita da Cihuapipiltin. Lasciamola sola».

Una delle due piantagrane strinse i pugni e si fece scappare un piccolo urlo di frustrazione, ma Denti Neri la zittì con uno sguardo truce.

Subito dopo, tutte le tlascaliane si ritirarono lasciando Malinal sola con Tozi e Coyotl.

Passata circa un'ora, Tozi aprì gli occhi. Malinal e Coyotl la presero sottobraccio e la aiutarono a mettersi seduta. «Stai bene?», domandò. Dopo tutte le cose straordinarie che erano successe sembrava una domanda banalissima, ma era quello che voleva sapere.

«Sto bene», disse Tozi.

«Anche io», disse Coyotl. «Malinal ci ha salvati dalle ragazze cattive».

Tozi guardava il gruppo di tlascaliane lì vicino. «Abbiamo avuto problemi?»

«Sì, ma è finita. Andrà tutto bene».

«Meno male», disse Tozi, «perché sono distrutta». Aveva lo sguardo di nuovo vivo, ma il bianco degli occhi era itterico, la pelle cenerognola di fatica e la fronte luccicante di sudore.

«Che ti è successo?», chiese Malinal.

«Sto cercando di ricordare... Per quanto tempo ci ho fatti sparire quando è arrivato Ahuizotl?».

Malinal ci pensò su. «Non lo so», disse. «Dovendo contare... fino a duecento, forse trecento?».

Tozi fece un piccolo fischio. «Non credevo di potercela fare».

«Non capisco».

«Quando sparisco contando più di dieci sto male. Malissimo. Mi si rompe qualcosa dentro la testa. Se ci ho fatti sparire per così tanto, sono fortunata a essere viva».

«Eri ridotta malissimo».

«Lo sono ancora».

Malinal si allungò e con la punta delle dita sfiorò il viso esausto e pallido di Tozi. «Starai meglio», disse, ma era più una speranza che un dato di fatto.

«Starò meglio», ripeté meccanicamente Tozi, «ma non potrò farci sparire di nuovo. Non oggi. E nemmeno domani. Mi serve sempre del tempo per recuperare le forze».

«Non preoccuparti», disse Malinal. «Non preoccuparti di niente. Ci penso io a te». Scompigliò i capelli di Coyotl. «E anche a te, piccoletto».

Sapeva che era una promessa vana, anche mentre la faceva.

Grazie a Denti Neri, per il momento forse erano al riparo da altre accuse di stregoneria, ma la minaccia del sacrificio non si era allontanata e, oltre le sbarre della prigione, c'era Ahuizotl che le aspettava. Non avrebbe mai dimenticato la pessima figura che la magia di Tozi gli aveva fatto fare davanti a tutti.

Ripensando all'orrore continuo che li circondava, Malinal si sentì mancare tutte le forze e la determinazione.

Poi Coyotl le tirò una mano fissandola con i suoi occhioni seri.

«Tu sai come farci sparire?».

CAPITOLO 20

Cuba, giovedì 18 febbraio 1519

Alvarado piegò il polso e, come era prevedibile, Zemudio parò assecondando la direzione del colpo verso il basso e facendo stridere la scimitarra sulla lama dello spadino nel canto funebre del metallo che sprizzava scintille. Alvarado l'aveva indotto di proposito a eseguire quel taglio feroce con la pesante arma. Era una tipica mossa di *messer* del metodo Talhoffer: incrocio, scivolata, perno per deviare la forza dell'avversario, colpo per mozzargli il braccio all'altezza del gomito. Lo spadino di Nuñez però, con la sua guardia di anelli metallici intorno all'elsa, riuscì a neutralizzare quella mossa. La scimitarra infatti scivolò sulla guardia e, quando Zemudio fece leva per girarsi sul perno, Alvarado intrappolò la lama spessa fra due anelli, gli fece allentare abilmente la presa sull'arma e la gettò a terra.

Avvenne tutto così in fretta – *come disarmare un bambino!* – che Zemudio fu colto alla sprovvista. Tentò in maniera impacciata di afferrare l'arma caduta ma Alvarado ci mise uno stivale sotto e le diede un calcio mandandola lontano. Zemudio abbassò la testa, andò alla carica aprendo le mani e Alvarado reagì d'istinto con un potente affondo, diretto e pulito, spadino e braccio destro tesi, gamba destra scivolata in avanti, gamba sinistra e braccio sinistro allungati all'indietro per dare slancio in avanti al corpo. La punta acuminata dello spadino forò il tessuto esterno imbottito della pancera di Zemudio, deviò sulle piastre di metallo cucite nella fodera infilandosi oltre di una spanna, trovò un minuscolo spazio vuoto e – *uuuf!* – si conficcò in profondità nel corpo dell'uomo. Alvarado non si fermò lì e, scaricando nell'affondo tutto il suo peso e la sua forza, continuò ad allungarsi al massimo fino a sentire la punta penetrare le budella di Zemudio e bucarlo trapassandogli la zona lombare. Sentì la lieve resistenza dell'armatura sul retro della giubba ma, ancora una volta, la flessibile lama si insinuò come un verme e trafisse l'uomo.

Adesso Alvarado gli stava vicinissimo, sembravano due amanti. Attorcigliando il pugno alla guardia dello spadino, lo spinse contro la pancia del moribondo e la punta della lama gli uscì di un cubito dalla schiena. Estasi! Fu una sorta di estasi! Gli occhietti suini di Zemudio si piantarono nei suoi con più smarrimento che rabbia, la sua stupida bocca si spalancò e lui gemette come una donna che prova piacere.

«Pensi ancora che sappia solo parlare?», gridò Alvarado. Tirò avanti e indietro la lama.

Zemudio ansimò.

«Pensi ancora che sia una femminuccia?»

«Aaaah...».

Un velo di morte stava annebbiando gli occhi di Zemudio. Alvarado se ne accorgeva sempre. Con un grido di vittoria e un crudele avvitamento del polso, estrasse lo spadino fradicio di sangue e fece un passo indietro. Si aspettava di vederlo cadere, ma il bue restò in piedi schiacciando ripetutamente gli occhi mentre il sangue gli colava davanti alla giubba e gli usciva dalla ferita aperta nella gamba in un lento stillicidio che picchiettava – *pat-pat, pat-pat* – sulla polvere ai suoi piedi.

«Molto bene», disse Alvarado, «se è questo che vuoi». Allo spadino serviva un altro collaudo con l'armatura, tanto valeva sfruttare l'occasione. Gettando il piede destro in avanti mise a segno un'altra stoccata, trovò senza problemi un nuovo punto debole e trafisse l'uomo da parte a parte. Estrasse, fece un altro affondo, ignorò la resistenza dell'armatura svicolando in fretta, trovò uno spazio vuoto e – *uuuf!* – somministrò un'altra sana dose di metallo agli organi vitali di Zemudio.

Quando Alvarado indietreggiò per verificare il suo operato, Zemudio urlò una cosa incomprensibile e cadde in ginocchio.

«Cos'era?», fece Alvarado avvicinandosi di un passo.

Altro grido indecifrabile.

Alvarado corrugò la fronte. «Cosa?».

Zemudio alzò la testa e lo guardò implorandolo con gli occhi e la bocca spalancata.

«Cosa?». Alvarado si avvicinò ancora e mise l'orecchio davanti alle labbra di Zemudio.

«Bastardo», sussurrò Zemudio.

«Il peggiore da questa parte dell'oceano», concordò Alvarado. Si raddrizzò, sollevò lo spadino sulla spalla destra, lo abbassò con fare quasi svogliato e il filo di rasoio dell'intelligente lama di Nuñez aprì uno squarcio nel collo spesso e muscoloso di Zemudio. Cavandogli uno spruzzo di sangue che fece un suono vivace simile a uno schiocco, gli recise così la giugulare, poi, vincendo qualche resistenza e attrito gli spaccò la colonna vertebrale e, facendogli uscire subito molto altro sangue con un'incredibile accelerazione, spinse la lama dall'altro lato del collo e gli staccò la testa.

Cadde a terra, rimbalzò, rotolò per due volte e si fermò alla rovescia poggiata a un tronco d'albero marcio, gli occhi attoniti e disapprovanti ancora sgranati.

«*Sì!*», gridò Alvarado: qualcuno doveva pur elogiare quel *coup de grâce* perfetto.

Che precisione. Che eleganza. Che dosaggio di forza.

Si chiese se al mondo ci fossero altri tre spadaccini, magari anche solo due, in grado ripetere quel colpo.

Pur senza testa, Zemudio era ancora inginocchiato con la cinghia della borsa contenente i documenti di Velázquez che gli penzolava attorno a quel che restava del collo. Il sangue che gli ribolliva finendo dappertutto la aveva già completamente inzuppata, ma Alvarado ormai poteva usare un braccio solo. Per prima cosa dunque pulì la lama dello spadino passandola sul corpo di Zemudio, poi la rinfoderò, si chinò sul cadavere e tirò la borsa grondante.

Le fibbie erano troppo scivolose e quasi impossibili da aprire con una sola mano, ma Alvarado ebbe un'idea geniale. Si girò verso il cadavere inginocchiato di Zemudio, lo buttò nella polvere con un calcio e usò il tessuto dei calzoni che ricoprivano il grosso sedere del campione per pulire la borsa e asciugarsi le dita. Quando fu soddisfatto del lavoro, tornò di nuovo alle fibbie, le aprì senza problemi e frugò dentro.

Dentro c'era il portadocumenti, ancora asciutto e ben chiuso, senza alcuna macchia di sangue. Alvarado lo tirò fuori e lo aprì.

All'interno c'era un solo foglio di pergamena su cui Velázquez aveva scarabocchiato gli ordini per il suo sporco tirapiedi Pánfilo de Narváez – niente meno che *Capitano-Generale* Narváez – l'idiota spregevole che avrebbe dovuto prendere il posto di Cortés. Alvarado lesse tutto con il volto scuro, ma quando ebbe finito buttò indietro la testa e si fece davvero quattro risate. «Vergine santa», disse rinfilando il foglio nella cartellina. Tanta fatica per uccidere un uomo e alla fine non sapeva niente più di quello che gli aveva già detto Velázquez. Cortés però sarebbe stato colpito da quella prova scritta.

Alvarado spinse il portadocumenti in fondo alla bisaccia di Bucefalo accanto al suo oro, poi stava quasi per montare in sella diretto a Santiago quando ripensò alla scimitarra di Zemudio.

Si era rivelata un'arma maledettamente bella.

Anzi, in alcune circostanze – un campo di battaglia affollato, un accerchiamento di avversari – Alvarado immaginò che sarebbe stata la migliore arma possibile, a fronte di uno spadino che poteva essergli del tutto inutile. Esaminò la scena insanguinata e un raggio del crepuscolo rimbalzò sulla grossa lama in mezzo alla polvere. Andò a raccoglierla. Era pesante e poco pratica, eppure Zemudio l'aveva maneggiata come un giocattolino! Ci avrebbe messo un po' a prendere confidenza, pensò Alvarado, ma doveva ancora incontrarla un'arma affilata che non riuscisse a padroneggiare.

Fulminò con lo sguardo il corpo senza testa di Zemudio – *fine dell'eroe delle guerre italiane!* – e si fermò per dare un altro calcio al cadavere. «Chi è il bastardo ora?», gridò. Poi cacciò la scimitarra nella cintura della spada, marciò verso Bucefalo e montò in sella.

Il sole stava tramontando e ci voleva un'ora di cavallo per tornare a Santiago, con la visibilità che diventava sempre più scarsa e la notte in arrivo. Alvarado spronò il gran destriero a un galoppo sfrenato.

CAPITOLO 21

Santiago, Cuba, giovedì 18 febbraio 1519

Cortés stava sognando.

Stranamente era sia dentro il sogno che fuori, da osservatore esterno.

La cosa più strana era che forse poteva persino cambiare alcuni aspetti del sogno con la sola immaginazione.

In quel momento per esempio camminava su un prato verde di erba folta. Pensò, *Paesaggio perfetto per cavalcare*, e all'istante si trovò in groppa ad Altivo, il baio grigio che cavalcava da ragazzo in Estremadura. Era tutto perfettamente realistico, l'odore e la sensazione del cavallo, il sole sull'erba, il vento fra i capelli.

Poi, chissà perché, Altivo sparì, la scena cambiò e lui si trovò in una gigantesca chiesa gotica, piena di sottili nervature e archi altissimi, come la grande cattedrale di Plasencia ma tutta fatta di splendidi cristalli bianchi in uno spazio enorme che sembrava invaso, divorato dalla luce più pura del mondo. Cortés era al centro della navata. Era circondato da file di panche vuote, anch'esse di cristallo, che avanzavano per duecento passi fino al limite del transetto.

Dritto per dritto, sul lato sinistro della crociera dove si incontravano la navata, il transetto e il coro, c'era un pulpito alto cinque braccia, a cui si accedeva da una sottile scala a chiocciola che pareva scolpita da un blocco unico di rubino trasparente.

Sul pulpito c'era una figura, insieme umana e non umana, quasi troppo abbagliante per sopportarne la vista, nel radioso fulgore d'intensa luce bianca sprigionata dal suo corpo.

Sono al cospetto del Signore nella sua chiesa celestiale?, pensò Cortés. Quando ricordò che anche Mosè, sul monte, si era trovato faccia a faccia con Dio, ebbe paura.

Non era come la paura sul campo di battaglia, che aveva imparato a dominare meglio di tutti. Era un'altra cosa, qualcosa a cui non sapeva dare un nome e che dipendeva dalla violenta forza emanata da quell'essere di luce, che sembrò stendere le braccia, intrappolarlo in una sorta di rete invisibile e trascinarlo in avanti.

Cortés guardò il pavimento di cristallo della navata scivolargli sotto i piedi, i suoi abissi accesi da vaghi arcobaleni a spirale, e non avvertì nessun contatto, come se camminasse e fluttuasse allo stesso tempo – cosa alquanto strana – finché non ricordò che era un sogno. Provò a modificare di nuovo lo scenario ma stavolta il trucco non funzionò e lui fu spinto irresistibilmente fin sotto il pulpito.

Come se si consumasse lo stoppino di un lume, più Cortés si avvicinava, più il fulgore che circondava la figura si attenuava facendola diventare più sopportabile alla vista e svelando alla fine un uomo alto e robusto che stava in piedi sul pulpito. Aveva un'aria rude, più da soldato o da manovale che da religioso. Era sbarbato e biondo, sulla quarantina, portava un semplice saio di canapa ma emanava un carisma e un'autorità incontestabili, il tipo di presenza fisica eccezionale e potere spirituale che i saraceni chiamano *Baraka*.

«Veglio su di te da quando sei nato», disse l'uomo. «Ho visto le cose buone che hai fatto...». Aveva una voce lieve e l'inflessione intima di un padre che parla al figlio, o di un amico all'amico, ma quel suono sembrava riempire senza sforzo l'intera chiesa con un qualcosa di quasi allarmante che entrava dentro il corpo.

Cortés si bloccò sulla linea della crociera e fissò in alto lo straordinario pulpito in rubino sospeso a dieci metri di altezza con l'uomo imponente e spaventoso che ci stava sopra. «Chi sei?», domandò. Soffocò la paura. «Sei Dio? Sei un arcangelo?»

«Lo sai già chi sono...».

«Non vi conosco, señor, giuro. Ma datemi un solo indizio, un suggerimento, e vi riconoscerò...».

L'uomo fece una risata allegra e profonda. «Da piccolo hai avuto una malattia, Cortés, ricordi?»

«Sì».

«Una febbre polmonare ti ha fatto quasi morire, mandarono a chiamare un prete e lui ti diede l'estrema unzione».

«Sì».

«La tua infermiera invece implorò l'aiuto divino».

Era vero. Si chiamava Maria de Esteban e aveva chiesto a san Pietro di salvare il bimbo morente che si riprese per miracolo.

Pur sussultando all'improvviso ricordo, Cortés fu costretto a ricordarsi di nuovo che era un sogno. Solo un sogno. «Sei… il beato san Pietro?», chiese.

«Sono la pietra su cui Cristo ha edificato la sua Chiesa e le potenze degli inferi non prevarranno su di me… Il tuo santo patrono, Cortés. Solo ora mi riconosci!».

«Ma perché? Come…?»

«Lascia stare. Devi solo ricordare che tutto questo – la voce a un tratto rimbombò – *non è affatto solo un sogno*. Al contrario, don Hernando, è tutto vero. E oltremodo importante. Devi compiere l'opera di Dio».

«Grazie, padre», disse Cortés. «Ho già provato a farlo in queste isole».

«E con gran successo! I taino si erano spinti troppo in fondo nel baratro dell'idolatria e della superstizione perché le loro anime potessero essere salvate…», esitò Pietro. «Però qualcuno è ancora vivo».

«Solo quelli che hanno accettato spontaneamente la fede ed erano pronti a servirci…».

«Oh, bene allora. Benissimo. Comunque… ti aspetta un'impresa molto più grande…».

«Nelle Nuove Terre, padre?».

Lo sguardo di Pietro si fece distante. «Tu sarai la spada del Signore laggiù, don Hernando. Sconfiggi i pagani e gli adoratori del diavolo, portagli la parola di Cristo e sarai ricompensato in questo mondo e nel prossimo». Il santo si voltò, scese la scala di rubino sollevando il saio sui piedi nudi e si stagliò davanti a Cortés al centro della crociera. Aveva occhi nerissimi e uno sguardo sereno, quieto come una pozza profonda di mezzanotte, ma la pelle chiara e in qualche modo lucente, persino accecante, sembrava illuminata dall'interno dal calore di un immenso fuoco addomesticato.

Posò le grosse mani callose – mani di soldato, mani di manovale – sulle spalle di Cortés. «Ho grandi cose in serbo per te», disse.

«È un onore, padre, sono pronto a servirvi».

«A una condizione però». Gli occhi di Pietro imprigionarono Cortés. «Anche frate Muñoz ha un ruolo in tutto questo. Devi mettere da parte la tua avversione nei suoi confronti. Ha modi scontrosi e rozzi ma è un infaticabile operaio di Dio. Il cielo non benedirà la tua spedizione senza di lui».

CAPITOLO 22

Tlascala, giovedì 18 febbraio 1519

Il suo nome era Shikotenka, era re e figlio di re. Una corsa di oltre quindici chilometri non era niente per lui, c'era talmente abituato che non versò una sola goccia di sudore. Il sole ormai era basso, era quasi il tramonto ma, nonostante il caldo di quel giorno, la brezza che soffiava dalle montagne oltre la spalla innevata del Popocatépetl teneva belli freschi. L'aria della prima sera gli accarezzava la pelle e i picchi frastagliati e verdi di Tlascala parlavano di libertà riempendogli il cuore di gioia.

Shikotenka poteva tenere quell'andatura anche per due giorni, ma non doveva. La grande foresta dove lo aspettavano i suoi cinquanta era già in vista e lui iniziò a riconsiderare l'opera sanguinaria che avrebbero compiuto quella notte...

Se non avessero trovato il corpo di Guatemoc...

Se non fosse scattata nessun'allerta...

Se avessero avuto il favore degli dèi.

Si mise una mano nei capelli e prese il piccolo amuleto d'argento che l'aveva tradito nel pomeriggio. Raffigurava Xochiquetzal, la sensuale dea nuda dell'amore, del potere sessuale femminile, del piacere e dell'eccesso.

La divinità preferita di Zilonen, naturalmente.

Shikotenka infilò l'amuleto in una piega del perizoma, dove sarebbe dovuta stare fin dall'inizio, e guardò avanti.

A quel punto, circa un chilometro e mezzo in fondo a un pendio erboso a cielo aperto, la foresta imponeva sul paesaggio la sua presenza ricca di vita segreta, rifugio e luogo del mistero. In alto, la volta frondosa dei rami rifletteva ancora barlumi di luce verde al sole morente, ma giù, fra gli alberi, era già calata una coltre d'ombra, come se la notte non cadesse dall'alto ma fosse una foschia nera che sorge da terra.

Shikotenka si lasciò prendere da quell'immagine – c'era un canto fra gli alberi? – finché non gli fischiò nell'orecchio una freccia corta e sottile, seguita a ruota da un'altra simile che gli scavò un solco profondo nella carne della coscia sinistra. Entrambi i missili si conficcarono a terra con una potenza tremenda e quando ci passò accanto vide che erano dardi scagliati dai lanciatori con l'*atlatl*.

Azzardò un'occhiata fulminea alle spalle, schivò piegandosi una terza freccia che gli sibilò accanto, fece una capriola per evitarne una quarta e prese a correre zigzagando a destra e a sinistra e perdendo così molto slancio.

Shikotenka era braccato da tre esploratori mexica. Come diavolo avessero fatto ad avvicinarlo senza farsi sentire non lo capiva; era stato sempre all'erta proprio per evitare minacce del genere. Ma quelle teste rasate, dipinte metà gialle e metà blu, dicevano che gli avversari erano dei cuahchic, il meglio del meglio.

Due di loro, muniti di *atlatl*, si tenevano un po' indietro per dare il massimo slancio ai tiri delle frecce. Il terzo era un corridore...

Un corridore *velocissimo*.

Su una distanza più lunga non sarebbe stato un granché, ma come scattista di medio raggio sembrava davvero micidiale. Dovendo schivare le frecce, Shikotenka stava rallentando. Il manto della foresta era a meno di un chilometro, ma di sicuro i cuahchic lo avrebbero raggiunto prima.

Continuava a zigzagare. Altri due tiri di frecce, entrambe quasi a segno, lo rallentarono ulteriormente. Senza sprecare altro tempo per girarsi sentì di aver perso molto vantaggio e pensò *tanto vale farlo avvicinare*. Così, almeno avrebbe fermato quelle frecce maledette, se gli altri due cuahchic non volevano rischiare di infilzare il loro compagno d'armi.

L'avrebbero fatto?

Shikotenka sentì i passi dietro di lui farsi sempre più vicini, frenò in scivolata e si girò con un movimento fluido, estrasse dal fodero che aveva a tracolla il *macuahuitl* ottimamente bilanciato di Guatemoc e lo fracassò sulla testa dell'inseguitore.

Peccato che l'uomo aveva fatto partire il suo *macuahuitl* prima di lui.

Quando i denti di ossidiana nelle lame di legno delle due armi cozzarono, ci fu una pioggia esplosiva di frammenti e solo per caso uno di quelli più grossi si piantò nell'occhio destro del mexica... Quel cuahchic dipinto in modo orribile aveva sicuramente una gran tenacia, ma la scheggia di ossidiana lo tenne occupato consentendo a Shikotenka di tirargli un fendente che gli amputò entrambe le gambe appena sopra le caviglie.

Il cuahchic crollò a terra, come chi non ha più i piedi, ma continuò a strisciare sulle ginocchia sprizzando sangue ovunque, imprecando a squarciagola e sferrando colpi di *macuahuitl* alla cieca.

Che orgoglio ostinato e inutile, pensò Shikotenka mentre mozzava la brutta testa blu e gialla dell'uomo. *Soprattutto inutile.*

Con la coda dell'occhio nel frattempo aveva badato agli altri due mexica. I quali avevano abbandonato i lancia-frecce, come previsto, e ora si avvicinavano in fretta.

La foresta era vicina e invitante ma Shikotenka sapeva che non ce l'avrebbe fatta. Impugnò a due mani il manico del *macuahuitl* danneggiato e si preparò a combattere.

CAPITOLO 23

Tenochtitlan, giovedì 18 febbraio 1519

Generalmente, quando c'erano da fare un centinaio di sacrifici o anche meno, le vittime andavano incontro alla morte solo dalla scalinata nord della grande piramide di Tenochtitlan.

Quando invece si dovevano gestire numeri maggiori, come quel giorno, si aprivano anche le scale che davano a sud, est e ovest e in cima a ognuna si metteva una squadra di sacrificatori addestrati – un pugnalatore e quattro aiutanti per tenere ferme le vittime – che attendevano l'arrivo dei condannati.

Tuttavia, nelle occasioni molto speciali, come quando erano state raccolte diciottomila vittime per inaugurare la grande piramide al tempo del nonno di Montezuma, si schieravano fino a quaranta squadre di uccisori che lavoravano tutti schiena contro schiena distribuiti per tutta la piattaforma in cima.

A prescindere dal numero di squadre all'opera, fossero una, quattro o quaranta, dopo svariate prove si era scoperto che ciascuna squadra era in grado di trattare una vittima più o meno ogni due minuti. C'erano sempre elementi imponderabili che in alcuni casi potevano far durare l'estrazione del cuore e la macellazione del resto qualche secondo in più o in meno, ma in media l'operazione richiedeva due minuti, quindi ogni squadra uccideva trenta vittime all'ora. Di solito, dopo due ore di lavoro incessante, i sacrificatori erano sfiniti e iniziavano a rendere meno, ma accanto avevano comunque delle squadre fresche pronte a sostituirli senza causare la minima interruzione al flusso.

Per tutto il pomeriggio, al ritmo di trenta all'ora per scalinata le cinquecentoventi donne pretese da Montezuma, chi in lacrime, chi in silenzio, chi in preda all'isteria, avevano formato quattro infelici colonne ascendenti che andavano incontro alla morte.

Montezuma si indignava dei loro lamenti. Dovevano essere onorate di offrire i loro cuori, le loro vite, *tutto* quello che avevano a un dio grande come Colibrì! Sarebbero dovute correre alla pietra sacrificale piene di gioia ed entusiasmo, senza attirare la cattiva sorte evacuando gli intestini e strisciando i piedi.

Montezuma guidava la squadra in cima alla scalinata nord ma, a differenza dei pugnalatori nelle altre squadre, si era rifiutato di dare il cambio per riposarsi. La magia dei funghi *teonanácatl* gli irrorava ancora le vene facendolo sentire in forma, feroce e sovrumano, e l'energia sembrava aumentare a ogni vita che prendeva.

Dopo il rito sacrificale della mattina e i cinquantadue maschi che aveva fatto fuori personalmente per Colibrì, continuava a uccidere donne senza fermarsi da metà pomeriggio. Gli piaceva così tanto che era difficile credere che fossero già passate quasi quattro ore, fatto sta che all'inizio il sole era alto e ora stava sull'orizzonte di qualche grado appena. Nel grande piazzale ai piedi della piramide le ombre della sera si allungavano diventando sempre più scure e i sacerdoti si erano messi ad accendere centinaia di lanterne. In tutti i casi, dopo aver piantato il pugnale di ossidiana nell'ennesimo sterno e strappato l'ennesimo cuore pulsante, restava ancora la luce sufficiente a mostrargli che la scalinata nord in cui si era messo all'opera era tutta sommersa da un torrente viscido di sangue che le ultime vittime, spronate dalle guardie, erano miseramente costrette a guadare in salita.

Ridacchiò. I gradini erano scivolosi. Qualcuno poteva restarci secco!

Gli assistenti di Montezuma gli spinsero davanti la vittima successiva, un bel bocconcino che urlava e sul pube aveva appena un ciuffetto di peli.

Mentre era chino su di lei, intento a strapparle il cuore, l'effetto dei funghi che era stato altalenante tutto il pomeriggio, lo investì ancora, e stavolta con una forza incredibile, come la corrente di un grosso fiume o la scia di un tornado. Gli sembrò di abbandonare il corpo, o meglio – come gli era successo prima nel tempio di Colibrì – di essere allo stesso tempo sia dentro che fuori dal suo corpo. Così, a un certo livello di coscienza vedeva esattamente dove si trovava e cosa faceva: era in cima alla grande piramide di Tenochtitlan e strappava i cuori delle donne. A un altro livello però sentiva di essere da un'altra parte, trasportato verso l'alto, lontanissimo, in una sorta di empireo rarefatto, di nuovo al cospetto dello stesso Colibrì e della sua pelle lucente…

Il dio si leccò i baffi. «L'ultima era vergine», disse. «Molto appetitosa…». Fece una smorfia triste: «Peccato che quasi tutte le vittime che mi hai mandato oggi pomeriggio non avevano lo stesso pregio. Un paio erano nonne. E c'erano persino tre prostitute. Mi hai deluso ancora...».

Montezuma aveva già aperto il petto della vittima successiva. Si fermò di colpo, estrasse il pugnale del sacrificio e si picchiò la fronte con il pesante pomo, lacerandosi la pelle e facendo uscire un fiotto di sangue. «Imploro il vostro perdono, maestro», disse. Sapeva che gli aiutanti, Ahuizotl e gli altri sacerdoti presenti dovevano pensare che si rivolgesse a una figura invisibile. «Troveremo delle vergini, signore», promise. «Mille vergini... diecimila se lo chiedete». Adocchiò Ahuizotl che lo guardava preoccupato. «Ci vorrà un po' di tempo, solo questo...».

«Tempo...? Certo... Tu parli a me del tempo?»

«Sì, maestro».

«Quindi tu hai tempo da sprecare mentre i nemici più forti di sempre muovono i loro eserciti contro di te? Non ti importa se combattono al fianco di bestie feroci, alcune per andare più veloci del vento, altre per sbranare gli uomini con denti e fauci mostruose? Non vuoi sapere niente di questi nemici? Di come padroneggiano metalli sconosciuti? Dei loro terribili Serpenti di Fuoco che sputano luce?».

Montezuma tremò. Proprio come aveva temuto, gli uomini che descriveva Colibrì erano un'armata di *tueles*... di dèi. Il leggendario Xiuhcoatl, il Serpente di Fuoco, era l'arma magica degli dèi, capace di sterminare gli uomini e smembrare i loro corpi da lontano. Chi, se non un dio, poteva incantare le bestie feroci facendogli fare quello che voleva?

«È mio desiderio e mia responsabilità, signore, conoscere tutto quello che mi insegnerete su questi nemici. Sono alleati di Quetzalcóatl venuti a rovesciare il mio impero? Ditemi, vi supplico, che posso fare per soddisfarvi?». Montezuma si piegò di nuovo sulla vittima. Le squartò il petto alla prima incisione ma la ragazza era ancora viva e sbatteva gli occhi per il dolore e lo spavento. Ignorandone le preghiere le strappò il cuore, lo fece sfrigolare nel braciere e si rivolse alla donna successiva. Era diventato un processo automatico, poteva eseguire il compito e allo stesso tempo restare concentrato quasi del tutto su Colibrì, che iniziava a dissolversi ingigantendo sempre più la faccia.

«È facile», disse il dio, «è un semplice scambio. Rastrella le giovani fanciulle tlascaliane, le huejotzinghe, le otome, *portami le vergini* e ti darò l'aiuto che chiedi...».

Montezuma temeva di ripetersi ma gli sembrò di non avere altra scelta.

«Ci vorrà tempo, signore», disse. «Il mio esercito è già sul campo a mietere altre vittime, ma stasera non posso offrirvi un gran paniere di vergini... Vi imploro lo stesso però, aiutatemi ora con gli stranieri».

Colibrì sembrò rifletterci. «Io aiuto te adesso», disse come per chiarire meglio la discussione, «e tu mi dai le vergini dopo? Questa è la proposta?»

«Sì, signore, è quello che vi ho chiesto».

Ci fu un lungo silenzio, poi il dio finalmente disse: «Credo si possa fare». Si interruppe di nuovo come per pensare. «Ma ho bisogno di un anticipo...».

«Qualsiasi cosa...».

«La gabbia delle donne non è ancora vuota...».

«No, signore».

«Allora svuotala. Svuotala stanotte! Prima di aiutarti voglio i cuori di tutte quelle donne. Nessuna esclusa».

Allora, come per una strana unione in cui Montezuma vide mescolarsi visione e realtà, l'immensa faccia di Colibrì iniziò a svanire e dissolversi poco a poco nella moltitudine tremolante di lanterne arancioni che riempivano il grande piazzale giù in fondo. Le lanterne si muovevano, danzavano e si arricciavano fondendosi in blocchi e macchie di luce, staccandosi di nuovo a spirale e lasciando nell'aria le scie spettrali dei loro percorsi. Il volto del dio continuò a svanire lentamente finché in breve non restarono che gli occhi giganteschi, le sclere dure come ossa, le iridi d'ossidiana nera come la notte, nelle cui profondità Montezuma fu attratto con una forza spaventosa. Ebbe l'istinto di saltare dalla cima della piramide, tuffarsi nelle piscine nere e fredde in mezzo a quel mare scintillante e arancione e fondersi per sempre a Colibrì, ma allora una mano gli sfiorò il gomito e lui fece un gran sobbalzo come riavendosi di colpo dal sonno.

«State bene, sire?», domandò una voce familiare. Si voltò e vide che a prendergli il braccio era stato il bravo e buon fratello Cuitláhuac. Guardando in basso, Montezuma scoprì con orrore che si era allontanato dalla pietra sacrificale e ora stava in bilico sull'orlo della ripida scalinata nord. Le venti vittime che ancora doveva trattare per il sacrificio del pomeriggio erano incolonnate sugli scalini in basso e lo fissavano con... cosa?

Orrore?

Speranza?

Perché per un attimo, realizzò Montezuma, doveva essere stato a un passo dalla morte.

«Grazie, Cuitláhuac», disse lasciando che il fratello lo tirasse in salvo. «Sono stanco».

«Dovete riposare, fratello. Venite con me e Ahuizotl. Restano pochissime vittime».

«No. Non posso riposarmi. Non si può riposare nessuno. Sono stato al cospetto del dio!».

Cuitláhuac spalancò la bocca, adeguatamente colpito.

«Sono stato al cospetto del dio», ripeté Montezuma, «mi ha ordinato altri sacrifici per stanotte».

Ahuizotl si era imboscato rimanendo in posizione defilata – *gli sarebbe piaciuto vedermi cadere*, pensò Montezuma – ma ora si affrettava a raggiungerlo. «Altri sacrifici per stanotte?», lamentò il sommo sacerdote. «Forse dovremmo riposare, signore. Le squadre sono tutte sfinite. Possiamo riprendere domani...».

«Non riposeremo!», ruggì Montezuma. «I sacrifici devono continuare per tutta la notte! È stato il dio a ordinarlo». Abbassò la voce: «Non ostacolarmi, Ahuizotl», disse sibilando, «altrimenti sarai il primo a morire».

Il sommo sacerdote ci restò secco e fece segno di aver capito.

«Prendi duecento guardie del mio palazzo», disse Montezuma, «e raduna tutte le donne ancora nella gabbia. Non deve rimanerne nessuna. Devi portale tutte alla piramide».

Ahuizotl sgranò gli occhi. «*Tutte*, vostra maestà?»

«Sì. Tutte».

«Sapete quante sono, maestà?»

«Perché?»

«Dopo i sacrifici del pomeriggio, che si devono ancora completare», Ahuizotl guardò di traverso la fila di vittime terrorizzate che aspettava sui gradini, «restano oltre millesettecento donne nella gabbia. Molte sono riottose e ostili... io stesso sono stato aggredito oggi pomeriggio... abbiamo già avuto seri problemi a reclutarne cinquecentoventi. Datemi almeno fino a domani se devo consegnarne tante al pugnale. Non ho abbastanza guardie per farcela in una sola notte».

«Ce la farai, Ahuizotl, e ce la farai stanotte».

Il sommo sacerdote sprofondò in un bieco silenzio.

«Hai duecento guardie del mio palazzo per mettere in riga le prigioniere difficili», gli ricordò Montezuma. Abbassò di nuovo la voce. Per lui, era quel sacerdote difficile che doveva essere messo in riga. «Dammi un'altra scusa», disse, «e ti faccio scuoiare vivo».

Ahuizotl si irrigidì. «Vi chiedo umilmente perdono, signore. Vado subito alla gabbia. Vi porterò tutte le donne...».

«Certo che lo farai», disse Montezuma. Gli voltò le spalle e guardò le spirali di luce arancione che si avvitavano nel grande piazzale sottostante. Degli occhi vorticanti di Colibrì non c'era più traccia, ma in quel momento gli arrivò dritto all'orecchio il sussurro del dio. «Mangia altri *teonanácatl*, ti verrò a trovare di nuovo stanotte».

«Oh, Ahuizotl», fece Montezuma richiamando il sommo sacerdote che aveva già alzato l'orlo della veste per cercare di scendere la scivolosa scala nord, «quei *teonanácatl* che mi hai fatto avere prima...».

«Sì, maestà...».

«Me ne servono altri. Mi aspetta un gran lavoro da fare».

«Il mio servo vi porterà i funghi, signore».

«Bene», rispose Montezuma. «Molto bene». Ricordò di avere ancora in mano il pugnale di ossidiana. Smettendo di pensare ad Ahuizotl, guardò verso la pietra sacrificale dove la prossima vittima, già divaricata sulla schiena, aspettava le sue attenzioni.

CAPITOLO 24

Tenochtitlan, giovedì 18 febbraio 1519

Tozi stava seduta col viso schiacciato sulle sbarre della gabbia e lo sguardo immerso nel grande piazzale. I sacerdoti avevano acceso centinaia di tremolanti lumi arancioni e ora li reggevano sui passi di una danza elaborata e fluida, in un intreccio di lunghe file e processioni che si incrociavano e separavano formando e sciogliendo figure e disegni fantastici.

Al centro di quel mare vorticoso e ondulato di luce, accucciata al buio in una massa maligna simile a un mostruoso tumore in suppurazione, si ergeva la grande piramide da cui saliva un trambusto di rulli di tamburi e squilli di conchiglie.

Da quella posizione Tozi aveva una perfetta visuale sulla cima e su entrambe le facciate nord e ovest, e la cosa impressionante era che queste non erano come al solito semplicemente insanguinate per i riti in corso, ma sembravano ricoperte ovunque da una fitta e umida crosta limosa di sangue.

Sembrava che fosse la stessa piramide a sanguinare.

Più giù, alla base, in mezzo alle lanterne guizzanti verso l'alto, ammassati dagli inservienti in grossi cumuli su entrambi i lati delle scalinate, c'erano tantissimi tronchi umani macellati.

Le vennero le vertigini.

Nella crescente oscurità sfilavano ovunque dilaganti eserciti di ombre, la luce era sempre più filtrata dalla volta celeste, iniziava a cadere la notte, ma non fu affatto difficile contare le venti donne inzaccherate in fila sulla scalinata nord in attesa di salire gli ultimi gradini verso la morte. Sulla scalinata ovest ce n'era un numero più o meno simile. Le scalinate est e sud non si vedevano, ma Tozi era sicura che anche quelle facessero parte dell'enorme macchina del sacrificio umano che era stata messa in moto quel giorno. Delle centinaia di vittime selezionate quel pomeriggio, ne restava viva solo un'ottantina, venti per ciascuna scalinata.

La luna si era già alzata ma gli ultimi raggi del tramonto indugiavano ancora sulla cima piatta della piramide illuminando un uomo alto, nudo, coperto di sangue dalla testa ai piedi, che stava in equilibrio precario sull'orlo della scalinata nord con un pugnale di ossidiana in mano.

Sembrava diverso quella mattina, coi vestiti addosso, ma Tozi non ebbe alcun dubbio sulla sua identità. Toccò Malinal col gomito. «Quello è Montezuma», sussurrò indicando la sagoma nuda, «il Supremo Signore in persona».

Malinal e Coyotl le sedevano a fianco, da un lato e dall'altro, incapaci come lei di staccare gli occhi dall'incubo che andava in scena sulla grande piramide. Attratti dal fermento sul piazzale si erano staccati dal fondo della prigione, passando accanto a Denti Neri e al suo gruppo. Nessuno le aveva più infastidite, ma gli sguardi rancorosi delle due piantagrane della cricca di Xoco non le avevano mollate un attimo quando si erano allontanate per unirsi al pubblico morboso già radunato davanti alle sbarre ad assistere ai sacrifici.

Il viso sempre felice, Coyotl si rabbuiò. «Se il Supremo non sta attento», disse, «cadrà dalle scale».

«Allora», fece Malinal, «speriamo che per una volta nella sua crudele e inutile vita non stia attento».

Una donna seduta lì accanto, che sembrava non sapere nulla delle accuse di stregoneria a Tozi, ridacchiò: «Speriamo!». «Forse se speriamo tutte insieme possiamo farlo succedere, che dite?».

Forse, pensò Tozi. L'idea le sembrò ragionevole – comunque degna di un tentativo – e con perfetto tempismo, altre due donne, poi una terza, si unirono in un coro sommesso e insistente: «Cadi! Cadi! Cadi! Cadi!». Altre vicine iniziarono a intonare il ritornello, ma furono zittite subito dall'imponente sagoma di Cuitláhuac, fratello minore del Supremo Signore, che si fece avanti accanto a Montezuma, gli prese il braccio e lo allontanò delle scale.

I due si fermarono a parlare animatamente. Erano ancora visibili in cima alla piattaforma, accanto alla pietra sacrificale dove la vittima di turno stava a braccia e gambe divaricate, tenuta ferma dai vice sacerdoti in attesa di morire. A un certo punto, si unì a loro una terza figura e Tozi ebbe un tuffo al cuore. «È Ahuizotl», disse a Malinal. «Il sommo sacerdote».

«Lo conosco», fece Malinal. Seguì un silenzio sconfortante in cui la donna sembrò riflettere su certe cose. «In effetti, lo conosco di persona». Abbassò lo sguardo. «C'è qualcosa di me che ancora non ti ho detto».

Tozi non parve interessata. Aveva notato lo sguardo familiare che Ahuizotl aveva posato sull'amica, ma ancora non aveva provato a leggere la mente di Malinal e non aveva alcuna voglia di curiosare. «So che sei una persona buona. So che sei coraggiosa. So che sei stata al fianco mio e di Coyotl. Non importa nient'altro...».

«Ma...».

«Risparmiatelo per quando usciremo di qui».

«Potrei mettervi in pericolo...».

«Basta! Non cambierà niente. Ormai siamo amici. Stiamo uniti. È questo che fanno gli amici, no, Coyotl?»

«Stiamo uniti», confermò il ragazzetto, «e aiutiamoci».

«Bene», disse Tozi. «È bello essere tutti d'accordo». Sentì un altro rivolo di sangue colarle sul labbro superiore, fece un incavo con la mano, ci soffiò forte il naso e gettò a terra sangue e muco.

«Meglio non soffiare», le consigliò Malinal. «Aumenta solo l'emorragia». Si protese verso di lei e stese pollice e indice. «Posso?», domandò.

Tozi annuì e reclinò la testa. Perdeva moltissimo sangue dal naso, aveva cominciato a colarle persino sulla nuca.

«No», disse Malinal. «Non piegarti all'indietro, piegati in avanti». Allungò le dita e strinse le narici di Tozi, tenendole chiuse con una pressione decisa e delicata. «Respira con la bocca», disse.

Tozi respirò, Malinal le tenne il naso e oltre le dita dell'amica la ragazza vide gli occhi splendenti di Coyotl fissi su di lei, pieni di preoccupazione.

I miei amici, pensò lei.

Non ricordava di provare una sensazione così bella da tantissimo tempo.

Quando il naso di Tozi smise di sanguinare era già notte ma nel piazzale centinaia di sacerdoti vestiti di nero continuavano il loro lento corteo danzante di luce. Oscillando frenetiche nelle loro mani, le lanterne arancioni proiettavano sulle facce della piramide un tremulo bagliore spettrale che sembrava unirsi al riflesso delle fiamme livide dei bracieri sacrificali in cima e delle file di torce gocciolanti davanti al tempio di Colibrì. Il grande tamburo in pelle di serpente, che prima si era zittito, adesso riprendeva a battere il suo timbro funereo, cupo e angoscioso. Si udì uno squillo di conchiglia, il trillo di un flauto, e Tozi vide Montezuma di nuovo col pugnale in mano davanti alla pietra sacrificale, intento a strappare cuori. In fila sui gradini sotto di lui restavano meno di dieci vittime e fra queste una – sembrava solo una bambina – che in preda al terrore urlava in continuazione: «*Mama, Mama, Mama...*».

«Povera piccola», sussurrò Malinal. «Picchiata e strattonata tutto il pomeriggio dalle guardie mexica, costretta a salire la piramide, a vedere tutto quel sangue, sentire quelle urla, capire cosa le succederà alla fine...».

«Loro ci vogliono così...», disse Tozi. «Ci vogliono matte di paura prima di darci in pasto ai loro dèi. Credono che abbiamo un sapore migliore in questo modo».

Coyotl, finora rimasto in silenzio, cominciò a singhiozzare e tirare su col naso. «Io non voglio essere dato in pasto ai loro dèi », disse.

Tozi lo strinse forte tra le braccia e gli disse, «*Non* succederà. Ti proteggerò sempre. Non permetterò che ti facciano del male».

«E poi», aggiunse Malinal indicando i sacerdoti con le lanterne, la piramide e le poche vittime rimanenti, «per stasera hanno finito, no?».

A volte, pur non volendo, Tozi non riusciva a evitare di vedere nella mente delle persone. In quel caso, per esempio, ebbe una visione non richiesta e in un attimo seppe alcune cose di Malinal. Seppe che era stata una schiava molto apprezzata per la sua bellezza, ben avviata nelle arti dell'amore e favorita malgrado il suo status. Seppe che uomini nobili e potenti avevano speso intere fortune per farle piacere. Come davanti a una scena di nuotatori in fondo a una piscina torbida, Tozi vide i molti leader di Tenochtitlan che avevano incrociato la strada di Malinal: lì c'era Itzcoatl, lì Coaxoch, lì Zolton, lì Cuitláhuac, lì Maxtla. E lì? Di chi era quel viso, quello con le macchie nascosto negli abissi della visionaria piscina, se non proprio di Ahuizotl, sommo sacerdote dei mexica, che aveva fatto voto di castità, pena la morte?

La visione finì di colpo com'era iniziata, con un tremolio, e Tozi trovò Malinal che le scuoteva le spalle cercando di guardarla negli occhi e dicendo: «Stai bene?».

Ahuizotl! pensò Tozi. *Allora è questo che cercavi di dirmi*. Invece disse: «Sono sopravvissuta qui dentro per sette mesi e non ho mai avuto una giornata del genere. Ho visto sacrificare trenta, cinquanta, a volte persino cento vittime. Ma mai così tante come quelle finite sotto il pugnale oggi, con il Supremo che guida personalmente il rito dal mattino alla sera. Dev'esserci un motivo preciso».

Lo splendido viso di Malinal si fece triste e pensieroso. «Un motivo c'è», disse.

Tozi la fissò a lungo. «E lo conosci?»
«È successa una cosa alla fine dello scorso anno. Una cosa che non era mai successa prima. Credo abbia fatto impazzire Montezuma...».
Entrambe sentirono le urla di una donna atterrita in cima alla piramide e la brusca interruzione del tonfo di un pugnale.
«Quattro mesi fa», raccontò Malinal, «sono apparsi degli stranieri nello Yucatan, la terra dei maya chontal. Avevano la barba e la pelle bianca, sono arrivati dal mare orientale su navi grandi come montagne e si sono spinti fino a Potonchan dalla foce del fiume Tabasco. Avevano grandi poteri. Erano pochi – più o meno un centinaio – ma avevano armi spaventose e prima di tornare in mare hanno sconfitto un esercito di diecimila uomini. Alcuni pensano che siano umani, alcuni dicono che sono dèi, forse persino soldati del dio Quetzalcóatl venuti ad annunciare il suo ritorno, ancora non è chiaro». Abbassò gli occhi. «Io sono una maya chontal», confessò, «sono nata a Potonchan. Il mio popolo ha paura di Montezuma. Non è suo vassallo, non gli paga il tributo ma vuole compiacerlo. L'hanno avvertito, gli hanno mandato vari dipinti e un testimone oculare che ha descritto gli stranieri raccontando la battaglia nei minimi particolari... Io sono venuta a saperlo così...».
«Dal testimone?»
«Parlava solo maya, così, quando il Supremo ha voluto fargli delle domande mi hanno chiamata a fare da interprete. Sono schiava da cinque anni a Tenochtitlan ma ho talento per le lingue e ho imparato bene il nahuatl». Malinal si interruppe, guardò Tozi, poi Coyotl: «Vi sembra strano che per una cosa così importante abbiano scelto una schiava al posto di un diplomatico?».
Coyotl si indignò. «No! Sei stata scelta tu perché sei bellissima... scommetto che i diplomatici sono tutti brutti!».
Malinal gli scompigliò i capelli. «Grazie!», disse. «Sei molto dolce!». Cambiò tono. «Però credo che in realtà abbiano scelto me perché mi possono sacrificare. Comunque, è successo questo. Dopo averci legati mani e piedi hanno costretto me e il testimone a inginocchiarci nella sala udienze del palazzo davanti a un trono vuoto, finché non è venuto a sedersi Montezuma. Gli vedevamo solo i piedi, quei piedi scuri e puliti nei sandali d'oro, e l'orlo della veste. Ci avevano detto di non guardarlo in faccia e di tenere sempre gli occhi bassi, altrimenti ci avrebbero ucciso. Poi le guardie hanno lasciato la sala. La voce del Supremo è delicata ma

gelida. Mi ha detto che il testimone doveva descrivergli gli stranieri, il loro aspetto, il modo di parlare, il modo di vestire e le armi che portavano. Il testimone gli ha fatto rapporto e ha descritto le barbe, la pelle bianca e le armi micidiali che usavano. Io traducevo e ogni volta sentivo che l'atmosfera cambiava, si faceva più cupa, più pesante, sembrava di stare a un funerale. Due volte, mi sono permessa un attimo di dare un'occhiata e ho visto il Supremo terrorizzato da quelle notizie. Credimi! L'ho visto! Aveva la bocca spalancata! Le mani tremanti! Gli occhi sfuggenti. Non ti aspetteresti mai che il Supremo è un codardo, Tozi, ma Montezuma è così, un codardo, anche se, certo, il testimone ha raccontato una storia spaventosa! Io l'ho riportata fedelmente in nahuatl e quando ho finito Montezuma si è lamentato. Si è stretto la pancia! Se l'è fatta addosso!». La ragazza scoppiò a ridere: «Ha cacato lì, Tozi, davanti a noi! Che scorregge tremende... e, be'... altri suoni. Una puzza terrificante...».

Anche Tozi rideva; si avvicinarono anche alcune donne. Ridacchiò anche Coyotl ma la voce di Malinal tornò seria. «Dopo essersi liberato», continuò, «si è spostato. Ho pensato che si stesse pulendo, ma non ho osato guardare. Poi l'abbiamo sentito parlare verso la porta. Poco dopo è entrato un gruppo di guardie e sacerdoti. Il povero testimone non ha mai saputo da cosa è stato colpito; è stato strangolato sul posto. Il boia si è girato verso di me e mi ha stretto le mani intorno al collo. Ho pensato che fosse finita ma allora Ahuizotl l'ha fermato di scatto. "No!", ha detto. "Voglio questa donna per il sacrificio!". Non c'era nessuno più alto in grado di lui – Montezuma aveva lasciato la sala – così fui risparmiata».

«Ma», fece Tozi, «non certo per il sacrificio...».

«Non subito. È da quattro mesi che Ahuizotl abusa di me... Uggh! Ha un alito che puzza di carogna». Malinal fece una smorfia e arrossì. «Questo è quello che mi dicevi di non voler sapere», disse scusandosi, «ma ci siamo arrivate lo stesso». Alzò le spalle. «Dicevo, mi ha usata per quattro mesi, poi, ieri sera, le guardie mi hanno prelevata dalla casa in cui mi aveva reclusa e mi hanno trascinata qui. Ha avuto quello che voleva e poi mi ha mandata al sacrificio».

«Finché resti viva però», disse Tozi, «ce l'hai in pugno».

Malinal calò la testa. «Per i suoi voti... lo so. Ha avuto paura che testimoniassi contro di lui. Davvero però... il celibato dei sacerdoti! Credimi, è una pagliacciata! È più facile trovare una vergine in un bordello che un uomo casto al tempio».

Essendo ormai abituata a stare sempre attenta alle persone che aveva intorno, Tozi notò subito che le due attaccabrighe della banda di Xoco l'avevano seguita. Non si arrendevano mai! Bisbigliarono qualcosa alle altre tlascaliane che c'erano lì e una di quelle che fino a un attimo prima era stata abbastanza amichevole iniziò a lanciarle occhiatacce. Tozi sentì la parola "strega". La sentì anche Coyotl e l'abbracciò. Malinal sembrò spaventata ma anche piuttosto calma.

«Strega! Strega! Strega!».

Ci risiamo, pensò sfinita Tozi. Provò a racimolare le forze e capì di averle finite tutte. Se le tlascaliane decidevano di farle a pezzi in quel momento, non avrebbe potuto difendersi.

Allora però si udì un trambusto, la danza morbida e fluttuante nel piazzale si interruppe di colpo, alcune lanterne caddero a terra, le porte del palazzo di Montezuma si spalancarono e a passo di marcia uscì una falange di soldati armati fino ai denti.

Tantissimi soldati!

Tagliarono il piazzale e andarono dritti verso la gabbia.

In testa all'esercito, affiancato dai suoi due accoliti, c'era Ahuizotl.

CAPITOLO 25

Tlascala, giovedì 18 febbraio 1519

Dalla foresta verso cui correva Shikotenka partì al crepuscolo una tempesta di frecce che lo superarono saettando a destra e a sinistra abbattendo i cuahchic prima che riuscissero a raggiungerlo.

Il tlascaliano si voltò con un gran sorriso. Tutti e cinquanta i suoi uomini erano usciti dagli alberi e gli andavano incontro di corsa con una seconda raffica di frecce già accoccate sulla corda. Vedendo però che i cuahchic non erano più una minaccia, abbassarono gli archi e rallentarono il passo. Due erano morti e il terzo si contorceva a terra pieno di frecce urlando e imprecando al vento.

«Che bella sorpresa», li salutò Shikotenka. «Pensavo di essere solo».

Secondo i piani dovevano incontrarsi fra tre ore vicino a una sorgente d'acqua dolce nelle profondità della foresta. I suoi uomini non avevano motivo di stare lì.

Al comando della squadra c'era Panitzin. Lo chiamavano tutti "Albero" per la sua stazza enorme, il viso impassibile, la pelle scura come la corteccia dell'*ahuehuete* e i capelli lunghi e arruffati. «Troppe zanzare alla sorgente», grugnì mentre si abbracciavano.

«Insopportabili per chi non voglia impazzire», concordò Acolmiztli, pugnale sottile, che sbucò alle spalle di Panitzin. Con i suoi quarantadue anni era il nonno della squadra ma aveva dimostrato il suo valore in numerose battaglie e correva più veloce dei guerrieri con quindici anni in meno.

«Così avete deciso di aspettare qui?».

Parlò di nuovo Albero, il che era raro per un uomo taciturno come lui. «Sì», disse. «Più comodo».

Tochtli, il cui nome significava "Coniglio", era l'ultimo arrivato e di gran lunga il più giovane membro della squadra. Il viso liscio, il fisico snello e i teneri occhi marroni gli davano un'aria gentile, quasi femminea, che lo esponeva di continuo al ridicolo. Forse per compensare e guadagnarsi l'approvazione dei guerrieri più esperti, in due passate scaramucce con i mexica che quasi non lo riguardavano si era preso dei rischi che Shikotenka considerava inutili.

Il re condottiero sembrò contrariato. «Mi avete visto entrare nella foresta, eh?». Sbuffò e sputò. «Queste mosse in genere non funzionano…».

Tochtli abbassò subito la testa e si voltò a guardare Albero e Acolmiztli senza sapere che dire.

«Oggi però ha funzionato!», rise Shikotenka allentando la pressione sul cugino. «Se foste rimasti dove dovevate avrei avuto un bella rogna da sbrigare qui».

Mentre il resto della squadra si radunava intorno a loro, ridendo e scherzando, Albero si tolse dalla tracolla la sua grossa mazza da guerra di mogano, marciò verso il cuahchic ancora vivo e lo sistemò con un solo potente colpo alla testa. Le urla cessarono non appena il cranio rasato andò in frantumi schizzando frammenti di ossa e di cervello addosso ai guerrieri che stavano lì intorno e scatenando una pioggia di lamentele.

«Quelle urla mi davano il mal di testa», spiegò Albero scusandosi con un'alzata di spalle.

Shikotenka gli diede una bella pacca: «Tu gliene hai fatto venire uno peggiore», disse.

La squadra era formata da cinque plotoni di dieci unità, guidati da Albero, Chipahua, Etzli, Acolmiztli e naso di giada Ilhuicamina. Erano uomini temprati da mille battaglie, intelligenti e astuti, ma erano anche spiriti liberi e polemici e la morte di Guatemoc aveva suscitato delle critiche.

«Non vedo il problema», disse Albero a cui niente piaceva più di una sana battaglia. «Ti sei battuto con Guatemoc e l'hai ucciso. I morti non raccontano niente a nessuno».

Shikotenka stava riparando i denti di ossidiana rotti del *macuahuitl* di Guatemoc con dei pezzi di ricambio portati dalla squadra. «A volte sì», disse infilando al suo posto un'altra scaglia affilata come un rasoio. «Se i mexica trovano il corpo faranno scattare la massima allerta. Manderanno reparti a setacciare l'intera zona. La nostra missione di stanotte era già abbastanza complicata. Temo che questo imprevisto la renderà ancora più dura».

«Vuoi chiamarti fuori?», domandò Chipahua. Aveva la testa pelata grossa come una zucca *chilacayohtli*, liscia e a cupola, stretta alle tempie ma di nuovo larga per fare spazio agli zigomi prominenti e al faccione bello in carne.

«No», disse Shikotenka. «Non possiamo chiamarci fuori».

«Allora stiamo parlando del nulla». Una coppia di cervi dalla coda bianca arrostiva a fuoco lento sullo spiedo, Chipahua allungò il braccio, staccò un pezzo fumante di carne al sangue e se lo ficcò in bocca. Masticò piano, quasi con lussuria, schioccando le labbra in modo sensuale e sogghignando per poi leccarsi platealmente le dita. «Per me, è pronto», disse.

La squadra si radunò intorno al fuoco e tutti si tuffarono nel banchetto. Cucinare implicava un certo rischio, ma gli uomini avevano bisogno di tutte le loro energie per il compito che li aspettava. Avevano trovato un posto nella foresta inoltrata, stretto fra grossi tronchi d'albero nella fitta boscaglia, dove non c'era alcuna possibilità di localizzare un fuoco acceso. L'odore della carne arrostita sarebbe stato più facile da riconoscere, ma per questo dovevano solo trangugiarla in fretta.

Gli occhi di Acolmiztli scintillarono e le pianure della sua faccia stretta catturarono i bagliori del fuoco esaltando le sue guance già di per sé macabre e scavate. «Se trovano Guatemoc l'accampamento diventa subito un vespaio», protestò. «Non riusciremo neanche ad avvicinarlo il padiglione di Coaxoch: figuriamoci se riusciamo a entrare e ucciderlo».

Etzli era con lui. «Dovremmo ripensarci. Noi siamo cinquanta, loro hanno quattro reggimenti. Col vantaggio della sorpresa potremmo anche cavarcela; senza, non abbiamo nemmeno una probabilità».

«Forse la morte di Guatemoc ci semplificherà le cose invece», azzardò Tochtli. Si era messo a guardare pieno di ardore i guerrieri più anziani passandoli tutti in rassegna, uno a uno, cercando naturalmente di raccogliere il coraggio per far sentire la sua voce. «I mexica non sapranno mai cos'è successo davvero o chi ha accoltellato il loro principe. Potrebbe essere il diversivo che ci serve».

«Zitto, Coniglietto», ringhiò Etzli mostrando i denti aguzzi. «Che ne sai? Chi è che ha fatto solo due battaglie qui?». Etzli significava "Sangue" e, malgrado la prudenza mostrata quella sera, era un vecchio e crudele assassino. Shikotenka pensò che Tochtli aveva avuto un bel fegato a contraddirlo.

L'aiuto però arrivò da Ilhuicamina che guardò con disprezzo Acolmiztli ed Etzli. «Voi due state diventando delle vecchiette», sbottò. Aveva una cicatrice livida in mezzo alla faccia per un colpo di *macuahuitl* che gli aveva lasciato un lungo solco orizzontale, spesso e raggrinzito, da destra a sinistra. La protesi che aveva al naso, fatta di minuscoli quadrelli di giada che gli coprivano la parte più ripugnante della ferita, scintillavano davanti alla luce del fuoco in modo inquietante. «Il ragazzo ha ragione. Possiamo ancora farcela».

«Io non ho dubbi», concordò Shikotenka. «Ma il rischio sarà alto».

«Se avrò l'opportunità di uccidere un pezzo di merda come Coaxoch», disse Ilhuicamina, «correrò il rischio».

Gli uomini di Shikotenka avevano giurato di seguirlo fino alla morte e, in cambio, lui gli aveva dato il diritto di dire quello che pensavano. Era arrivato il momento di dirgli la verità sulla missione. I rischi erano molto più alti di quanto non sapessero già. «A essere sinceri», disse con la faccia impassibile, «se ci fosse in ballo solo Coaxoch, io annullerei l'attacco».

Ilhuicamina sgranò gli occhi. Persino Albero si alzò a sedere e aprì le orecchie.

«Coaxoch è solo l'esca». Shikotenka abbassò la voce costringendo tutti a piegarsi verso di lui e, davanti ai bagliori del fuoco, espose il suo piano.

CAPITOLO 26

Santiago, Cuba, giovedì 18 febbraio 1519

Nascosto al riparo di tre grosse duglie di cima e mucchi di vele tutte intorno, Pepillo era steso di schiena sul cassero di poppa della *Santa Maria de la Concepción* e cercava di prendere una decisione. Lontano, sul ponte di coperta, continuavano le attività frenetiche di carico di botti e balle di fieno. Si sentivano urla di uomini che litigavano. Altri cantavano insieme una canzone volgare issando un carico pesantissimo. L'aria era piena di risate sguaiate. I cavalli portati a bordo quella mattina scalpitavano e soffiavano nelle stalle. In basso si sentiva il ciaf, ciaf, ciaf delle ondine che schiaffeggiavano lo scafo della grande nave.

Se dopo le botte che aveva preso gli avessero retto le gambe poteva pure scappare, pensò freddamente. Ma poi? Se tornava al monastero, i fratelli l'avrebbero riportato subito lì e riconsegnato a Muñoz. Se invece provava a nascondersi, dove poteva andare, come avrebbe trovato da mangiare? Non aveva un *centavo* da parte.

Gli scappò un gemito. Il suo corpo era un'unica massa dolorante. Gli facevano male le natiche per tutti i calci che gli aveva dato Muñoz. Nel punto in cui Muñoz gliel'aveva rotto continuava a fargli un male incredibile anche il naso, tumefatto e infiammato. Aveva forti fitte al cranio e dove Muñoz gli aveva strappato alla radice una folta ciocca di capelli quasi gli scottava. Gli pulsava la testa, che Muñoz aveva preso ripetutamente a pugni e, al centro della mandibola inferiore, gli si era pure allentato un dente. Il fianco, il petto e le braccia erano pieni di lividi per tutte le volte che Muñoz l'aveva sbattuto contro il muro della cabina. Sullo stinco c'era una striscia rossa, un'altra in diagonale sulla pancia e ancora tre sulle cosce, per le scudisciate che gli aveva dato Muñoz con una canna di bambù. Alla fine, in un crescendo di rabbia, il frate aveva afferrato Pepillo per le spalle, gli aveva selvaggiamente morso l'orecchio sinistro, l'aveva fatto volare di nuovo per la cabina e gli aveva detto di uscire.

Da allora era rimasto nascosto sul cassero di poppa e adesso guardava il crepuscolo della sera scivolare nella notte. Vedendo apparire le prime stelle dietro una fuga di nuvole, sperò che Muñoz dormisse già profondamente.

Anzi, Pepillo augurò a Muñoz un sonno tanto profondo da non svegliarsi mai più.

Poi però gli sembrò sbagliato desiderare la morte di un essere umano, soprattutto di un religioso, e allora sussurrò, «Buon Dio, perdonami», tornando ai suoi foschi pensieri sul futuro.

Non poteva scappare; non c'era un solo posto in cui scappare. E poi – sentendo sotto di sé il gran sobbalzo della caracca, e udendo il cigolio del cordame di manovra al vento che rinfrescava – voleva decisamente restare lì. Voleva quell'avventura più di ogni altra cosa al mondo. Entrare in acque sconosciute con uomini intrepidi, esplorare le mitiche Nuove Terre, portare la fede ai pagani ottenebrati, magari persino racimolare un po' d'oro: non poteva immaginare niente di meglio. Tutti i suoi sogni erano sul punto di realizzarsi.

Muñoz escluso.

Non riuscendo a stare comodo in nessuna posizione, Pepillo si mise pancia a terra con un brontolio di dolore per alleviare il male alla schiena. Dopo essersi girato strofinando contro le vele, sentì dei passi sul ponte di coperta sotto di lui, dove era montato l'asse del timone che governava l'immensa nave. Ci fu di nuovo silenzio e poi un altro passo, che stavolta proveniva chiaramente dalla scaletta che portava sul cassero di poppa.

Al giovane venne un nodo alla gola per la paura, poi la voce di Melchiorre glielo sciolse all'istante. «Eccoti finalmente! Scendi al ponte principale, Pepillo Vomitino. È pronto da mangiare: pesce stufato e fagioli».

«Grazie», disse Pepillo. «Ma non posso venire…».

«Vostra signoria ha preso altri impegni?». Il ponte principale era ben illuminato dalle lanterne per poter continuare il carico, ma il cassero era quasi in penombra e Pepillo restava dietro le cime addugliate in una pozza di ombra scura. «Troppo importante per mangiare con la plebaglia?», chiese Melchiorre chinandosi su di lui. All'improvviso cambiò tono. «Comunque che ci fai qui?».

Con qualche difficoltà e dolore per il formicolio che sentiva alle varie lesioni, Pepillo si girò su un fianco cercando di sedersi. «Muñoz mi ha gonfiato di botte», disse.

La risacca portò un raggio di lanterna sulla sua faccia, sul naso insanguinato, l'orecchio lacerato, e Melchiorre si accovacciò accanto a lui. «Che demonio!», disse. «Me l'aspettavo. Certo, non così presto».

Pepillo era allibito. «Lo *sapevi*? Perché non mi hai avvertito?»

«Ho provato a dirtelo ma tu sei fuggito subito alla dogana... Senti, non c'è un modo carino per dirlo ma per me sei fortunato se la cosa si è limitata alle botte. Molti di noi erano sulla spedizione di Córdoba con lui e pensiamo che Muñoz abbia ucciso il suo ultimo paggio...».

«Ucciso?». La voce di Pepillo si ridusse a uno pigolio...

«Esattamente».

«Ma perché?»

«*Peccatum Sodomiticum*», sussurrò Melchiorre.

Pepillo aveva imparato il latino in monastero. «Il peccato di Sodoma...», tradusse. Si sentì tutto rosso: «Vuoi dire...».

«Che Muñoz è un sodomita? Che gli piacciono i culi dei suoi paggi? Che li uccide per zittirli? Certo che voglio dire questo! E lo dico!».

«Ma... Ma...». Quel nuovo spaventoso pensiero fece dimenticare a Pepillo tutte le fitte e i dolori.

«Ti ha toccato?», chiese Melchiorre. «Ha messo le dita in posti intimi?»

«No... *No!* Certo che no. Assolutamente».

«Sicuro?», insisté Melchiorre.

«Sicuro».

Senza rendersene conto, però, Pepillo si toccò l'orecchio. Non l'aveva toccato ma l'aveva morso! Era una cosa talmente impensabile e assurda che poteva anche convincersi di averla sognata se non fosse stato per quel lobo lacerato e il ricordo nitido delle labbra umide, morbide e calde di Muñoz...

L'idea di essere confinato a bordo della nave con quel mostro, di dover stare sempre ai suoi ordini, in balìa dei suoi capricci crudeli e perversi, era quasi impossibile da sopportare. Ma l'idea di *non* salpare con la *Santa Maria* e perdere l'occasione unica di quell'avventura era ancora più insopportabile.

Scosso da un impulso di puro odio, Pepillo strinse i pugni. Stavolta non avrebbe chiesto scusa a Dio. «Vorrei che Muñoz morisse», sussurrò.

Melchiorre era solo un'ombra accucciata nell'oscurità. Si stirò la schiena e guardò le stelle del cielo. «Le persone muoiono in continuazione», disse. «Anche i pezzi grossi e importanti come Muñoz. Cadono in mare, vengono uccisi e mangiati dalle tribù selvagge, oppure precipitano misteriosamente dalle sartie e si rompono il collo. Gli incidenti succedono. Sono previsti. Di solito nessuno scava troppo a fondo».

«Cosa stai insinuando?»

«Non sto insinuando niente, mammoletta. Io parlo solo di fatti. Fatto Uno: gli incidenti capitano. Fatto Due: a molta gente non piace Muñoz». Melchiorre ciondolò fino al parapetto che faceva tutto il giro del cassero, ci poggiò sopra i gomiti e si affacciò sul molo.

Lontano, ma in rapido avvicinamento, Pepillo udì un incalzante rullo di zoccoli al galoppo sul selciato. Si alzò e zoppicò fino al parapetto. Sembrava che gli stesse venendo addosso un intero squadrone di cavalleria ma, poco dopo, la notte partorì un solo cavaliere con i lunghi capelli biondi al vento che si faceva largo nel caos di gente che ancora riempiva il molo. Si fermò accanto alla *Santa Maria* facendo impennare un immenso cavallo bianco, saltò giù dalla sella con eleganza, passò le redini a un guardiano basito e si lanciò sulla passerella per salire a bordo della nave.

«Ecco don Pedro de Alvarado», disse Melchiorre. «Gli piacciono le entrate teatrali».

CAPITOLO 27

Santiago, Cuba, giovedì 18 febbraio 1519

Smash! Thud! Crash! Bang! Cortés si svegliò al buio pesto in un bagno di sudore, la mente pigra e un potente mal di testa che lo rintronava. Intrappolato! Era intrappolato in un inferno assordante! *Smash! Crash! Thud!* Aveva le braccia e le gambe annodate, ogni istante sembrava schiacciarlo e legarlo sempre di più e per qualche vertiginoso, spaventoso secondo non ebbe idea di dove e manco di chi fosse. Poi sentì *Bang! Bang! Bang! Crash! Thud!* – una rapida serie di martellate – e all'improvviso si ricordò tutto. Era avviluppato nell'amaca della sua cabina sulla *Santa Maria.* Non si era più svegliato dalla siesta. Era già sera. A pochi passi da lì, dietro il tramezzo, Muñoz continuava a picchiare il suo paggio. Thud! Smash! Bang! Bang!

Basta! pensò Cortés. Con uno sforzo immane si scrollò per liberarsi dall'amaca e poggiò i piedi nudi a terra. Stava per battere sul tramezzo e urlare un insulto, quando ricordò il sogno che aveva fatto. Esitò, sentì altri colpi, una voce rauca che urlava «Cortés, sveglia!» e fu sollevato quando capì che il rumore non veniva dall'alloggio di Muñoz. Imprecando dopo aver sbattuto al buio l'alluce contro il baule, andò alla porta e la aprì facendo scorrere i pesanti chiavistelli.

«Ah», disse Alvarado, «finalmente! Come cercare di risvegliare i morti». Con una lanterna in mano schivò Cortés ed entrò nella cabina ultra-ridotta. «Buon Dio!», disse agitando la lanterna davanti al tramezzo. «Che è successo qui?».

Cortés alzò un indice per avvertirlo. «C'è un ospite nella camera accanto, padre Gaspar Muñoz. Salperà con noi come inquisitore della spedizione».

Alvarado fece la smorfia di chi succhia un limone e chiese muovendo solo le labbra: «Velázquez?».

Cortés annuì.

Alvarado ridacchiò. «C'è un problema alla dogana», sbottò. «Ci hanno sequestrato l'intera partita di falconetti. Devi venire, ora».

Pur sapendo bene che tutti i cannoni di piccolo calibro della spedizione, falconetti compresi, erano già stati caricati a bordo, Cortés si vestì in fretta emettendo dei rumori appropriati di incredulità e collera, infilò gli stivali e la spada e marciò sul ponte di coperta con Alvarado chiedendo a gran voce che gli sellassero il cavallo e lo portassero sul molo. Finché non partirono a cavallo i due parlarono solo di falconetti e oneri doganali, se non che, raggiunta la nave di Alvarado, tirarono le redini, smontarono e salirono a bordo in silenzio.

Con la luna ormai alta e il cielo splendente qualcuno poteva ancora vederli dalla *Santa Maria* ma non sembrava che qualcuno gli tenesse gli occhi addosso.

La *San Sebastian* aveva la stessa pianta della *Santa Maria*, con la cabina privata a poppa sul ponte di coperta che occupava sotto il cassero tutta la larghezza della nave, da una murata all'altra. Sulla *San Sebastian* però non c'era stato bisogno di dividere l'alloggio del capitano per far spazio a un frate vestito a lutto, perciò Alvarado aveva la grande cabina luminosa tutta per sé. «Qui possiamo parlare tranquilli», disse. Si frugò nel farsetto e tirò fuori un foglio di pergamena. «Prima leggi questo».

Cortés prese il foglio ma lo ignorò e andò verso una delle due poltrone imbottite che arredavano la cabina di Alvarado. Si sedette e per la prima volta notò qualcosa di strano nel suo più caro e intimo amico. Teneva il braccio sinistro in una posa goffa, aveva i capelli tutti scompigliati e delle strisce di sangue rappreso – evidentemente non suo – sul farsetto e sulla calzamaglia. Portava uno dei suoi nuovi spadini Toledo in una guaina sul fianco, ma sul davanti aveva infilata nel cinturone anche un'enorme scimitarra a lama singola.

«Quella non è la lama di Zemudio?», chiese Cortés. In passato aveva fatto su e giù dall'ufficio del governatore più volte di quanto volesse e ci aveva sempre trovato la sua guardia del corpo.

Alvarado fece la faccia di un cagnolino in attesa di approvazione. «Ho ucciso Zemudio», disse.

Cortés non la prese bene. Conoscendo l'amico non aveva difficoltà a crederci. Tuttavia chiese: «Perché avresti fatto una pazzia del genere?»

«Per prendere la pergamena che hai in mano». Alvarado prese a fare su e giù per la cabina dall'impazienza. «Forza, leggila! Spiega tutto».

«Spiega cosa?»

«Leggila e basta!».

Per mano di Sua Eccellenza don Diego de Velázquez, Governatore di Cuba
A don Panfilo de Narváez
Addì, 18 febbraio, Anno del Signore 1519

Don Panfilo,

La faccenda di cui abbiamo già parlato ormai è arrivata al limite e tutto deve andare secondo i piani. Stasera solleverò don Hernando Cortés dal comando della nostra spedizione per le Nuove Terre e nominerò te capitano-generale al suo posto. Cortés sarà arrestato stanotte col massimo riserbo, così da non aizzare i suoi seguaci alla resistenza. Dunque, preparati amico mio! Quando lo metteremo in catene ti manderò a chiamare.

Dio benedica l'azione di stanotte e la spedizione che ci frutterà certamente un bel gruzzolo e coronerà il successo di entrambi.

Tuo in Cristo
Diego de Velázquez

Quando Cortés finì di leggere la lettera passando in rassegna tutti gli strati di malafede che c'erano fra lui e Velázquez, Alvarado crollò sulla poltrona davanti alla sua. «L'arresto segreto di cui parla», disse facendogli l'occhiolino, «riguarda anche il sottoscritto».

Cortés sospirò: «Quanto ti ha promesso?»

«Ventimila pesos d'oro. Di fatto sono riuscito a prendergliene cinquemila sull'unghia... Come garanzia, ovviamente. Più il bottino di guerra e tutto il resto... Comunque, devo invitarti a cena per le dieci di stasera qui, sulla *San Sebastian*, e metterti questo nel vino», Alvarado pescò dalla tasca una fialetta di vetro con dentro un liquido incolore. «Dopo un'ora cominci a vomitare l'anima e ti sale un febbrone micidiale. Poi devo fare chiamare il dottor La Peña, un altro tirapiedi di Velázquez. Ti farà trasferire all'ospedale in carrozza, ma non ci arriverai mai. Le guardie di Velázquez ti arresteranno sulla strada, tu sarai buttato nel carcere del suo palazzo e, quando il veleno se ne andrà, sarai interrogato... credo che il termine sia "estorcere con la forza", no?»

«Afferrato. Quindi», rispose Cortés, «visto che me l'hai detto, non succederà niente di tutto questo».

Alvarado sogghignò di nuovo: «Certo che no! Tu sei il cavallo vincente! Io voglio partire con te, non con quell'idiota di Narváez. E poi, sei un amico».

«Rinunci a un bel gruzzolo per l'amicizia».

«Quindicimila pesos d'oro per l'esattezza. Ma io sono un uomo d'affari. Col mio amico Hernan Cortés al comando della spedizione mi aspetto di raddoppiare molte volte la cifra».

«Quindi ti sei battuto con Zemudio… all'ultimo sangue».
«Be'… Era importante avere gli ordini di Narváez, no? Dovevamo sapere che c'era scritto».
«Grazie, don Pedro», disse Cortés. Era molto colpito e profondamente grato alla lealtà dell'amico, voleva ricompensarlo. «Non lo dimenticherò».
Alvarado fece un altro largo sorriso: «Non te lo permetto».
«Ovviamente dobbiamo salpare», disse Cortés. «Stanotte».
«Siamo pronti?».
Pronti? pensò Cortés. *Più che pronti.* Fin dall'incontro con Velázquez, che tre mesi prima gli aveva dato il comando della spedizione con parole dolci e grandi promesse, si teneva pronto a quella fuga improvvisa e fuori programma. Sarebbe stata la sua ultima vendetta contro il vecchio mostro che l'aveva costretto a sposare Catalina. E la vendetta, come sapevano tutti, è un piatto che va servito freddo. Il ricordo dei mesi passati a marcire in prigione con accuse inventate, prima di arrendersi a Velázquez e sposare quella cagna della nipote, gli bruciava costantemente. Se quell'azzardo colossale avesse fruttato a dovere però, se fosse riuscito a impossessarsi della spedizione e scappare e, soprattutto, se le voci sulla leggendaria ricchezza delle Nuove Terre erano davvero fondate, lui sarebbe diventato ricco oltre ogni immaginazione e il nome di Cortés sarebbe entrato nella storia, mentre quello di Velázquez ne sarebbe uscito subito fuori col suo orgoglio e i suoi quattrini finendo nel dimenticatoio per sempre nel giro di una generazione. L'unico rischio – quello che si era concretizzato ora – era che il governatore scoprisse il piano prima che fossero pronti a partire. Ecco perché Cortés aveva preparato tutto alla svelta mentendo sulle vere tempistiche dell'imbarco e facendo sembrare che ci volesse molto di più prima che le navi fossero a pieno carico mentre, in realtà, a parte certi dettagli, erano piene di provviste e pronte a levare l'ancora quella notte. Gli equipaggi, i cavalli, le mute di cani e quasi tutti gli uomini arruolati erano già a bordo e pronti ad andare senza preavviso, mentre quelli che non c'erano erano nelle bettole di Santiago dove era facile trovarli.
«Siamo pronti?», ripeté Alvarado.
«Scusa», disse Cortés. «Ho mille cose per la testa. Sì… siamo pronti. Quasi. C'è una cosa urgente però che non dobbiamo trascurare. Fra soldati ed equipaggi siamo più di seimila bocche da sfamare e l'esperienza di Córdoba dimostra che non si può contare sull'amicizia dei nativi. Coi cibi

di prima necessità siamo messi bene ma i nostri uomini hanno bisogno di carne, carne fresca per la traversata, carne sotto sale e del bestiame per reggerci in piedi finché non saremo autosufficienti nelle Nuove Terre».

Alvarado alzò un sopracciglio: «Stanotte? Dove?»

«Al mattatoio. Ne hanno da sfamare l'intera città. Mandiamo una squadra e prendiamo tutto quello che hanno». Cortés si interruppe, abbassò la voce: «Gli altri capitani non devono saperne niente. Ieri ho promosso ad alfieri cinque soldati semplici in gamba. Mi sono riconoscenti, faranno quello che gli chiediamo senza fare domande. Uno di loro è sulla tua nave, Bernal Diaz, lo conosci?»

«Certo», rispose Alvarado in tono beffardo. «È un contadino. Non ha la stoffa dell'ufficiale».

«È alfabetizzato. Tiene un diario».

Alvarado non afferrava. «Allora?»

«Se uno della sua classe legge e scrive, denota una certa testa, una dedizione, non ti pare? Tu giudichi troppo dalle apparenze, Pedro. Credimi, io sono andato più a fondo e ho visto un gran potenziale in quel giovane, un'intelligenza particolare, doti rare. Fallo venire, per favore».

Poco dopo, sul ponte di coperta risuonarono dei passi pesanti. Bussarono alla porta e Bernal Diaz si presentò nella cabina del capitano. Era alto e robusto, aveva ventisette anni, i muscoli sodi di chi lavora la terra e un faccione olivastro tutto righe e spigoli. Aveva l'aria insicurissima di chi si sente completamente fuori posto, a dir poco confuso da quell'innalzamento di grado e incredibilmente voglioso di fare colpo.

Cortés lo invitò ad avvicinarsi: «Benvenuto, ragazzo», disse. Si sfregò energicamente le mani. «Ho un lavoro per te, da fare alla svelta…».

Dopo aver ripetuto quello che doveva fare, Diaz si allontanò goffamente a eseguire gli ordini e Cortés si rivolse ad Alvarado: «Quanto tempo abbiamo prima che Velázquez capisca che l'hai abbindolato? Quattro? Cinque ore? Facciamo un paio di conti».

All'angolo della cabina c'era un orologio a pendolo. «Non disturbarti», disse Alvarado. «È fermo da un anno. Ma saranno le otto ormai. Il sole è calato da un paio d'ore».

Cortés annuì. «Velázquez ti ha detto di organizzare la cena per le dieci. Cosa si aspetta quindi? Diciamo che tu mi droghi il vino nella prima ora?».

Alvarado concordò: «È plausibile».

«Quindi io dovrei avere i primi sintomi verso mezzanotte. Giusto?»

«Giusto».

«Allora verso mezzanotte facciamo un po' di cagnara sulla *San Sebastian* e mandiamo qualcuno a chiamare il dottor La Peña. Ci metterà almeno un'ora a raggiungerlo e portalo al porto. Il che significa che all'una di notte, forse l'una e mezza, sale a bordo La Peña, più o meno con l'alta marea di stanotte. Niente di strano per Velázquez se il dottore resta un'ora sulla nave, prima di portare via il paziente, il che dovrebbe garantirci fino alle… be', diciamo fino alle due. Entro quell'ora dobbiamo salpare; il riflusso di marea ci aiuterà ad allontanarci».

«E gli altri capitani?», domandò Alvarado. «Vorranno sapere perché ci stiamo imbarcando così all'improvviso. Alcuni non saranno affatto pronti, o diranno di non esserlo, altri invece sono fedeli a Velázquez… Juan Velázquez de Leon è il cugino, accidenti; non se ne starà fermo a vederci sparire con la flotta».

«Anche Cristobal de Olid è un uomo di Velázquez», disse Cortés nominando un altro capitano della spedizione, «e Diego de Ordaz era il suo maggiordomo. Velázquez l'ha messo qui per tenermi d'occhio e impedirmi di fare esattamente quello che faremo stanotte. Significa che dovremo stare attenti alla storia che racconteremo quando riuniremo i capitani».

«Hai in mente qualcosa?».

Cortés si sporse in avanti sulla poltrona e si massaggiò la schiena che gli faceva male. «Qualcuno», rispose. «Pedrarias, per essere precisi. Oggi pomeriggio il mio spedizioniere è tornato dalla Jamaica. Mi ha detto che Pedrarias ha messo insieme una flotta da quelle parti che è il doppio della nostra e non vede l'ora di accampare diritti sulle Nuove Terre prima di noi».

«Maledetto!», urlò Alvarado con enfasi teatrale. «Dobbiamo batterlo sul tempo!». Abbassò la voce: «È una balla, vero?», chiese.

Pedro de Arias Davila, abbreviato "Pedrarias", si era fatto una pessima reputazione nelle campagne di Granada e nelle guerre italiane. Era approdato a Hispaniola nel 1513 salpando con una piccola truppa per fondare poi, nel 1514, la colonia di Castilla del Oro nel Darién. Lì aveva seminato una tale rovina, fra i ripetuti saccheggi e la costante anarchia, che nel 1517 la colonia ormai invivibile era stata abbandonata, mentre lui era rimasto in zona e si diceva che cercasse nuovi modi di arricchirsi a forza di artiglieria.

«Per fortuna sì», rise Cortés, «non è vero ma *potrebbe*, è questo che conta. Olid, Ordaz e Velázquez de Leon si giocano le nostre stesse carte con questa spedizione, nessuno vorrà farsi soffiare il premio da Pedrarias. Se mi crederanno, capiranno anche perché dobbiamo salpare immediatamente: rischiamo di perdere la precedenza. Non possiamo aspettare un'altra settimana per finire di equipaggiare e caricare la flotta, non possiamo aspettare nemmeno un giorno. Tutti capiranno la fretta, la partenza immediata di notte e persino lo svuotamento del mattatoio della città: lo troveranno perfettamente logico prima ancora che gli abbia rifilato tutta la storia...».

Alvarado sembrava con la mente altrove. «Maledizione», esclamò. «Mi sono appena ricordato una cosa...».

«Cosa?». Cortés entrò un attimo in ansia.

«Le guardie di Velázquez! Starà piazzando una squadra sulla strada del porto per trasferirti dalla carrozza di La Peña. Quei tipi sono dei veri dementi, ma si insospettiranno comunque se vedono i nostri uomini radunare mandrie di porci e bestie varie sui moli all'una del mattino...».

Cortés si tranquillizzò. «Questo è l'ultimo problema che abbiamo», disse. «Farò sorvegliare la strada dai miei ricognitori. Ci diranno dove si sono appostate le guardie e quante sono. Li sistemeremo». Sogghignò. «Prima però dobbiamo imbeccare i capitani».

CAPITOLO 28

Tenochtitlan, giovedì 18 febbraio 1519

Pur non avendo un altro briciolo di energia, quando i soldati entrarono nella gabbia Tozi provò a far sparire tutti e tre, ma era come se non avesse più il potere. Si era rotto qualcosa nella sua testa. Non riusciva più nemmeno a evocare la nebbia.

Così fuggirono e continuarono a fuggire facendosi largo tra la folla che andava diminuendo, nascondendosi a volte nelle zone più buie dove non arrivavano le torce dei soldati, poi fuggendo di nuovo e continuando a correre, con Coyotl in braccio a Malinal, mentre le prigioniere venivano inesorabilmente spinte e radunate verso l'uscita. Non sapendo più nemmeno quanto tempo era passato, a un tratto Tozi finì di versare la sua ultima goccia di energia così, di punto in bianco, come l'acqua che trabocca da una pentola. «Non ce la faccio più», disse bloccandosi vicino alla sbarre dov'era iniziata la loro fuga. Il dolore alla testa era insopportabile. «Sono stremata».

Continuando a reggere Coyotl sul fianco, Malinal allungò una mano e avvolse l'amica in un caldo abbraccio. Anche Coyotl le mise le braccia intorno al collo. *I miei amici,* pensò di nuovo Tozi.

«Restiamo qui», disse Malinal. «Un posto vale l'altro». Poi gesticolò verso le file di soldati che con le torce grondanti stringevano sempre più la rete stanando le fuggitive in ogni angolo o zona d'ombra della gabbia. «Si fermeranno solo quando ci avranno prese tutte, non serve a niente fuggire, non serve a niente nascondersi. Ci prenderanno comunque. Forse è ora di accettarlo».

«Non posso accettare d'essere catturata», si infuriò Tozi. La sola idea era tremenda. «Né oggi, né mai!».

«Magari avessi ragione». Malinal fece alzare Coyotl. «Purtroppo,non abbiamo scelta».

Per quanto nauseata ed esausta, Tozi si accorse che Malinal era quasi al limite della sopportazione. La tensione delle ultime ore era costata molto a entrambe, anche al povero Coyotl. «Hai ragione tu invece», disse Tozi pensandoci solo un istante. «È inutile continuare a correre. Qualsiasi cosa abbiano in serbo gli dèi per noi, lo scopriremo presto».

Si calò sui fianchi e si mise seduta a gambe incrociate. Malinal e Coyotl le sedettero a fianco da un lato e dall'altro, e tutti e tre rimasero a guardare l'insolito spettacolo che si consumava nel grande piazzale oltre le sbarre, tramortiti dalle grida, dai pianti e dalla forte musica dissonante del rituale.

Tozi alzò gli occhi alla luna splendente, quasi piena, che aveva raggiunto quasi il punto più alto del cielo e spandeva sulle due facce della piramide visibili dalla gabbia – quella nord e quella ovest – una luminescenza che metteva i brividi. Fra la luna, la danza di lanterne che aveva ripreso nel piazzale e il bagliore delle torce e dei bracieri in cima alla piramide, l'intera scena era illuminata quasi a giorno. Tozi vide centinaia di donne gementi e in lacrime occupare ogni gradino delle scalinate nord e ovest o stare in coda giù nel piazzale, tenute in fila dalle guardie armate con le lance. Lo stesso, ne era certa, avveniva sui lati a sud e a est della piramide. Le vittime già uccise da Montezuma erano state solo un assaggio prima del sacrificio molto più grande che era in corso ora.

Avvolse la braccia intorno a Malinal e Coyotl e, sopraffatta dall'emozione, capì quanto fosse legata a loro. Era come se avessero vissuto insieme tutta la vita, o vite precedenti a quella; certo, non solo poche ore o qualche giorno.

Anche in mezzo a tanto male, pensò Tozi, *fiorisce il bene.*

Quando alla fine arrivarono i soldati, il trio aveva già deciso di non opporre resistenza – come non si poteva davanti a una montagna o all'oceano – così ubbidirono in silenzio ai duri latrati degli ufficiali mexica. Si ritrovarono presto radunati con le ultime cinquecento donne della gabbia. L'intero gruppo fu fatto poi marciare fuori dai cancelli fino al piazzale, dove le prigioniere vennero accolte da un chiasso terribile e assordante di urla e pianti, conchiglie, tamburelli, corni, fischi e rulli funerei di tamburo che facevano torcere le budella dalla paura.

Tozi aveva assistito a tantissimi sacrifici, sapeva cosa sarebbe successo. Le donne furono circondate dalle guardie che le insultarono e le fecero spogliare completamente, posando occhiate lascive sui loro corpi, strattonandole e incitandole ad arrendersi. Il povero Coyotl mise le manine davanti ai genitali mutilati; come se ormai importasse qualcosa, pensò Tozi sfilandosi i suoi stracci luridi. Malinal era splendida, slanciata, il seno turgido e il collo alto.

«Ho paura», disse Coyotl con una vocina piccola.
«Anch'io», rispose Tozi.
«È orribile», fece Malinal. «Cosa vogliono farci adesso?»
«Ora ci dipingono», disse Tozi.

Avevano già iniziato. Le donne che stavano più avanti nella fila erano tormentate da schiavi armati di pennelli che imbrattavano i loro corpi con un impiastro di gesso, facendole diventare bianche come fantasmi. Alcune lanciavano grida e incurvavano le spalle ma ritardavano solo l'inevitabile, perché venivano subito raddrizzate a forza e ricoperte di bianco. Ad altri uomini toccava poi il compito di passargli il nero sulle palpebre e il rosso sulle labbra, spalmargli in testa del caucciù fuso e decorarle con piume di tacchino. Alla fine le vestivano con degli abiti di carta grezza e le spingevano avanti verso la piramide minacciosa.

Quando venne il loro turno, Tozi, Malinal e Coyotl si incollarono l'uno all'altra cedendo passivamente alla tintura e all'impiumatura. Anche se Tozi non avrebbe mai accettato di diventare una vittima, la sensazione strana e irreale che provò indossando il perizoma e la camicetta di carta le fece capire che invece ormai era pronta a farlo. Forse perché era sfinita e sofferente in tutto il corpo, oltre ai dolori lancinanti alla testa e il morale a terra, ma dopo mesi di continue lotte per restare viva, sempre vigile, sempre guardinga, sempre spaventata, ora iniziava a vedere la morte come un gradito distacco dal mondo infernale che avevano creato i mexica.

Un sacerdote grasso e vestito di nero, coi lunghi capelli imbrattati di sangue fino alla vita, salì su un palchetto e si rivolse così alle molte donne di Tlascala e a quelle di terre ancor più lontane che si trascinavano davanti a lui verso la piramide:

> Benvenute nella città di Tenochtitlan
> Regno del dio Colibrì.
> Non crediate di essere qui per vivere:
> Siete venute a morire,
> A offrire i vostri toraci al pugnale.
> Solo con queste morti si compie il destino
> Che vi ha fatto conoscere questa grande città.

«Che arroganza!», mormorò Malinal. Mentre il sacerdote parlava si era alzato un vento caldo e umido che vorticando nel piazzale tirava tutti i loro abiti di carta velina. Tozi guardò il cielo. Malgrado una piccola concentrazione di nubi, il chiaro di luna ancora perfettamente visibile posava il suo freddo incanto su quella scena infernale, sugli arancioni disegni vorticanti tracciati dalle lanterne, le masse di tronchi umani impilati alla base della piramide, le orribili cascate scintillanti di sangue che le vittime erano costrette a guadare, il bagliore diabolico e il tremolio delle torce e dei bracieri nella piattaforma sacrificale davanti al tempio di Colibrì, e lo stesso Montezuma che ancora brandiva il pugnale di ossidiana in cima alla scalinata nord.

La calca in preda al panico fece ressa intorno a Coyotl che stringeva la mano di Tozi, facendolo tremare di brividi e palpitazioni in tutto il corpo. La ragazza si chinò non sapendo se avesse davvero la forza di sollevarlo, ma Malinal arrivò prima di lei. «Lo porto io», si offrì issando di nuovo Coyotl sull'anca. «Non è pesante».

Il ragazzetto la guardò dritto negli occhi: «Ho ancora paura».

«Tutti abbiamo paura», rispose Malinal. Con un debole sorriso aggiunse: «Riposa un po', piccolo», e lui, ubbidiente, posò la testa sulla sua spalla.

Tozi sentì un'altra calda ondata di gratitudine per la sua nuova famiglia. Se le lotte erano davvero finite e ormai li aspettava solo la fine sotto il pugnale sacrificale, era un sollievo sapere che sarebbero passati all'altro mondo insieme.

Tra fortissimi fischi, urla, pugni e calci ripetuti, le guardie continuavano a spingere avanti la massa di donne verso la piramide fra le piroette e le boccacce dei danzatori con la lanterna in mano e le facce dipinte di rosso come gamberi lessi. Poco più avanti, Tozi udì grida e strilli ancor più forti. Si mise in punta di piedi e vide una brutale squadra di soldati armati di *macuahuitl* che dividevano le prigioniere in due file.

La fila a sinistra portava alla morte in cima alla scalinata nord.

La fila a destra portava alla morte in cima alla scalinata ovest.

Avvicinandosi al bivio, Tozi vide Ahuizotl farsi largo fra i danzatori e andare dritto verso di loro con la faccia piena di cattive intenzioni. Non usava più la lancia come stampella, sembrava essersi ripreso da qualunque tipo di danno gli avesse fatto Xoco alla gamba.

Teneva gli occhi fissi su Malinal. La raggiunse senza guardare nessun altro, si piegò e sussurrò, tanto forte da farlo sentire a Tozi: «Non so come abbiate fatto tu e tuoi amici a sparire oggi in quel modo ma fra poco sparirete per sempre». Reagendo alla cattiveria nel tono del sommo sacerdote, o forse al tanfo di sangue che emanava, Coyotl frignò sulla spalla di Malinal e Ahuizotl cacciò fuori la mano, afferrò il bimbo per i capelli e gli tirò la testa all'indietro con violenza strappandolo quasi dalle braccia di Malinal.

«NO!», urlò Coyotl; una sola parola, piena di terrore. Un attimo dopo

Tozi affondò i denti sul polso di Ahuizotl e Malinal lo colpì sul viso. Il vecchio se li scrollò di dosso, intervennero i soldati, si creò un putiferio improvviso e, alla fine, il sommo sacerdote teneva fermo Coyotl sotto il braccio con aria trionfante.

«Tozi», piagnucolò Coyotl.

Ahuizotl ordinò sbraitando alle guardie di aggirare la fila e portare immediatamente Malinal e Tozi avanti, ai piedi della scalinata nord. Sfoderò un ghigno perfido e spaventoso; poi si allontanò in fretta trascinando il bambino che si dimenava.

Tozi reperì una vampata di energia e provò a seguirlo, ma un soldato le tirò un pugno sulla mascella che la mandò a terra facendole sbattere la faccia sul lastricato duro del piazzale. L'esplosione di un nuovo dolore lanciante alla testa la stordì completamente. Faticava a sentire le urla e il disordine, gli strilli laceranti di Coyotl e i vari colpi, poi Malinal atterrò su di lei e quasi la soffocò.

«Tozi... Aiuto!...». La voce di Coyotl era piena di terrore, abbandono, smarrimento, violazione e dolore: tutto quello che un bambino non dovrebbe mai conoscere né provare. «No No No... Owwwwwww! No, no... To-ziiii!».

A quel punto i soldati tirarono in piedi Malinal, frastornata, lo sguardo perso da ubriaca, le labbra spaccate e sanguinanti per il pugno in faccia. Quando le tolsero di dosso il peso dell'amica, Tozi fece un respiro enorme e tossì sentendo delle manacce che le afferravano le braccia costringendola a stare in piedi. «Tozi... Aiuto!», gridò di nuovo Coyotl. La sua voce era più fioca, si allontanava. «Hai detto che non l'avresti permesso. L'hai *promesso!* Toziiii!».

Una promessa che non poteva mantenere. Mentre Ahuizotl portava il piccolo ai piedi della scalinata ovest scaraventandolo a terra, Tozi fu attorniata da guardie che la pungolarono con le punte di ossidiana delle loro lance, le diedero colpi sulle cosce tra urla e fischi trascinandola così in avanti fino ai piedi della scalinata nord. Subito avanti a lei in fila, ancora barcollante per il pugno che aveva preso, Malinal fu costretta a salire il primo gradino.

Le urla di Coyotl ormai non si distinguevano quasi più. Tozi sentì «L'hai *promesso*» frullare ancora una volta nel vento come una farfalla, poi il piccolo fu spinto in mezzo alle altre vittime e la sua voce venne inghiottita dal silenzio.

CAPITOLO 29

Santiago, Cuba, giovedì 18 febbraio 1519

Sul lieve dondolio della grande nave e alla luce tremolante delle lanterne a parete che lo illuminavano, seduto da solo al tavolo delle mappe nell'ampia cabina di Alvarado, Cortés fissava le dieci sedie vuote che fra poco sarebbero state occupate dai suoi capitani, riflettendo sul modo migliore per ottenere ciò che voleva da quegli uomini. C'era chi stava già dalla sua parte, chi stava per diventarlo e chi non lo sarebbe mai stato. Poteva solo sperare di aver fatto abbastanza da far pendere la bilancia a suo favore.

Da quando Cortés aveva preso il comando della spedizione iniziando tre mesi prima tutti i preparativi necessari, Velázquez non aveva fatto altro che interferire e, fra le tante cose, aveva insistito per nominare personalmente molti capitani. Tra questi, quello che più offendeva Cortés era il torvo Juan Escudero, lo stesso uomo che Velázquez aveva incaricato due anni prima di arrestarlo per la faccenda di Catalina. Escudero l'aveva trattato come un criminale, e così aveva continuato a fare da allora.

Con lui non ci sarebbe stato alcun accordo. Gli altri velázquisti invece si erano mostrati più malleabili e facili da corrompere con l'oro, le adulazioni o l'amicizia.

Juan Velázquez de Leon, per esempio, sembrava fedelissimo al cugino Diego. Malgrado la naturale tendenza a sbraitare e l'animo insensibile e volgare, quella capra rabbiosa dagli occhi verdi, una cespugliosa barba nera e il mento aggressivo, al cospetto del governatore era particolarmente calmo e servile. Cortés, tuttavia, aveva scoperto che quella apparente deferenza nascondeva un astio cocente. De Leon ce l'aveva a morte col parente perché, quando lui era arrivato a Cuba, non gli aveva elargito abbastanza terra o indiani per lavorarla. Così, quasi ogni giorno negli ultimi tre mesi, Cortés gli aveva messo una velenosa pulce all'orecchio alimentando il suo risentimento già forte e riempendogli la testa di nuovi sospetti per farlo montare di rancore. Aveva anche concesso a De Leon un lauto prestito personale di duemila pesos d'oro per fargli raddobbare la sua vecchia caravella piena di crepe, dicendogli che se la spedizione avesse avuto successo, come si aspettava, non gli avrebbe più chiesto di restituirgli i soldi.

Comunque, se l'avessero costretto a scegliere, non era affatto chiaro da che parte sarebbe stato Velázquez e lo stesso valeva per molti altri. A dirla tutta, Cortés poteva contare solo sulla lealtà e l'amicizia di tre capitani su dieci: l'aristocratico e ben piazzato Alonso Hernández Puertocarrero, Juan de Escalante e, naturalmente, Pedro Alvarado.

Cortés uscì sul ponte di coperta e alzò gli occhi alla luna quasi piena e ormai alta che col suo pallido bagliore gettava ombre sinistre fra gli alberi e le cime della *San Sebastian*, riflettendosi sull'acqua nera del porto e illuminando il cielo. Saranno state le nove quando sul pontile sottostante, in perfetto orario, si sentirono delle voci e, in mezzo a un folto gruppo di uomini in avvicinamento, Cortés riconobbe Alvarado con tutti i capitani. Molti avevano già passato la trentina – più o meno come Cortés – ed erano tutti veterani svezzati dalle guerre italiane e cresciuti poi con la conquista di Hispaniola e Cuba. Il più giovane era Juan de Escalante con i suoi trentun anni, il più grande Diego de Ordaz che ne aveva quarantatré. Tramite Alvarado, Cortés aveva richiesto anche la presenza di uno dei suoi più giovani ufficiali, il ventiduenne fresco di nomina Gonzalo de Sandoval.

Quando tutti i capitani si misero a sedere, lasciando Sandoval in piedi sulla sinistra per mancanza di posto, Cortés andò subito al punto, schietto e senza preamboli. «Signori», disse, «dobbiamo lasciare Santiago stanotte. Fra cinque ore salpiamo con la bassa marea».

Nell'immediato non diede altre spiegazioni e seguì solo una pausa di silenzio attonito. Le mascelle affilate di Juan Escudero si spalancarono in un istante comico prima di rinserrarsi con uno schiocco. «Salpare per dove?», chiese.

«Per le Nuove Terre naturalmente, ma una settimana prima».

«Piuttosto insolito», obiettò Ordaz. Aveva il muso duro e l'aria testarda di un mugnaio o di uno scalpellino. «Il governatore sa che volete partire stanotte?»

«No», rispose Cortés incrociando gli occhi grigi e preoccupati dell'uomo. «E se lo sapesse non ce lo consentirebbe».

«Ma allora non dobbiamo partire, no?», suggerì Velázquez de Leon. Poi lanciò a Cortés un'occhiata di scuse come per dire: *Sappiamo entrambi cosa penso davvero, ma devo far vedere che difendo gli interessi del mio parente.*

«Noi non partiamo!», tuonò Escudero battendo la mano sul tavolo. «Cortés non è altro che un ladro. Vuole rubare la spedizione al governatore».

Cortés spinse indietro la sedia e si alzò in piedi sfilando per metà la spada. Escudero tremò, come se davvero non se l'aspettasse, e si alzò in modo goffo rovesciando la sedia che cadde facendo un gran chiasso.

«Non mi farò chiamare ladro», disse Cortés. «Scusatevi o sistemiamo la questione fuori da uomo a uomo».

«Signori, signori», disse Puertocarrero tirandosi la barba rossa. «Come possiamo sperare di conquistare le Nuove Terre se già ci facciamo la guerra tra noi?». Rivolse gli occhi lacrimosi a Cortés: «Su, Hernan, metti via quella spada. Se Juan è troppo somaro per scusarsi, mi scuso io per lui, ma non dobbiamo cominciare a ucciderci fra noi, non credi?».

Cortés si prese solo un istante per rifletterci. La parte più impulsiva, violenta e vendicativa della sua indole sognava di travolgere Escudero. Per quello aveva abbandonato la sedia. Il suo lato più razionale però non vedeva alcun vantaggio nel farlo fuori finché si trovavano ancora nel porto di Santiago, sotto la giurisdizione del governatore. Sicuramente ci sarebbe stata un'occasione migliore. «D'accordo», disse, «non ci batteremo». Rinfoderò la spada e si sedette di nuovo. *Facciamo di necessità virtù*. Sorrise. «Anzi, ho un'idea. Insultiamoci quanto vogliamo senza mettere in mezzo l'onore di nessuno, solo per stasera. Così», guardò Escudero, «possiamo dire liberamente quello che pensiamo e avere soddisfazione dalla verità».

I capitani levarono un'ondata di consensi.

«Ovviamente questo non significa», aggiunse Cortés, «che siamo *obbligati* a insultarci». Uno scrocio di risate fece il giro del tavolo. «Personalmente intendo restare civile a differenza di qualcuno... Ora, don Juan, voi sospettate che voglia sottrarre la spedizione al nostro mecenate Diego de Velázquez, ma la verità è che voglio salvargliela. Posso spiegare?»

«Accomodatevi», sghignazzò Escudero agitando la mano. «Avete abbastanza corda da impiccarvi».

Cortés sorrise di nuovo. *Quando raggiungeremo le Nuove Terre*, pensò, *vedremo chi sarà impiccato*. Disse invece: «C'è una novità con cui dobbiamo fare subito in conti, un grosso rischio. In queste condizioni, gli ordini ufficiali vergati dallo stesso don Diego mi danno pieni poteri per affrontare l'emergenza con qualunque azione ritenga nell'interesse primario della spedizione». Tirò fuori dalla tasca un rotolo di pergamena e lo posò al centro del tavolo. «Clausola ventitré», precisò. «Su questo presupposto, pur nutrendo la massima considerazione personale nei suoi confronti, ho deciso di non consultare don Diego stanotte. Un suo coinvolgimento non gioverebbe né all'interesse della spedizione né a quello suo personale. A noi serve un'azione rapida, lui invece è il governatore di Cuba, ha mille cose da fare: se gli sottoponiamo la questione ci farà restare impantanati per giorni. Sappiamo tutti che non è un uomo svelto nel prendere le decisioni...».

«Io ci sto», disse Cristobal de Olid. Era basso, tozzo e ricordava uno gnomo, con quella trasandata barba nera e i brillanti occhi azzurri. «A volte ci mette tre mesi per firmare un semplice ordine di sequestro».

«Ho aspettato tre anni per farmi assegnare una degna partita di indiani», si lamentò De Leon.

Puertocarrero concordò: «Quello che promette Velázquez e quello che riesce a fare sono due cose diverse».

Cortés accelerò per capitalizzare il vantaggio. «Hai centrato il punto, Alonso. Quest'emergenza non ci consente di sprecare un solo istante nell'attesa che Sua Eccellenza si convinca. *Dobbiamo salpare stanotte!*». Si sporse sul tavolo delle mappe e li incalzò abbassando la voce. «Il mio spedizioniere, a cui affiderei la vita, è tornato oggi pomeriggio da Santiago de La Vega nell'isola di Jamaica. Dice che Pedro de Arias si è insediato lì, ha reclutato quasi cinquecento uomini – a quanto pare, la feccia della terra – e li ha radunati in una flotta mista di venti caracche e caravelle in buono stato. Sono diretti alle Nuove Terre». Fece una pausa d'effetto. «Quasi pronti a salpare. Se non li anticipiamo, per noi non ci sarà alcun premio».

«Oh, complimenti, Cortés», disse Escudero battendo le mani a rallentatore, «ma pensate davvero che ci beviamo una sola parola?»

«Per me non c'è niente sotto», ribatté Juan de Escalante. Era magro e slanciato, aveva gli occhi azzurri e i capelli neri e lisci, lunghi fino alle spalle, incorniciavano una folta barba da lupo nascondendo il colpo di spada che nelle guerre italiane gli avevano portato via due terzi dell'orecchio destro. «Sappiamo tutti cos'ha combinato Pedrarias nel Darién. Sappiamo che sta mettendo insieme degli uomini. E sappiamo che è in cerca di un nuovo malloppo. Perché non nelle Nuove Terre?»

«C'è un modo per risolvere la cosa e convincerci tutti», disse Ordaz. I suoi freddi occhi grigi si posarono ancora su Cortés. «Semplice, tira fuori lo spedizioniere e fagli ripetere la storia davanti a noi…».

Per esperienza Cortés sapeva che un pizzico di verità rende più forte qualsiasi bugia, perciò ne avrebbe raccontata un'altra se il suo spedizioniere, Luis Garrido, non fosse effettivamente tornato da Jamaica quel pomeriggio. Oltretutto, Garrido era un bugiardo nato e gli aveva già dato una mano giurando il falso in molte controversie. Negli ultimi tempi poi era pieno di debiti, problema che Cortés poteva aiutarlo a risolvere. Soprattutto, però, Garrido aveva conosciuto Pedrarias l'anno prima ed era in grado di descriverlo.

«Felice di accontentarvi», rispose a Ordaz. «Starà cenando sul ponte di coperta». Fece un cenno a Sandoval. «Vai a cercarlo, per favore. Chiedi di Luis Garrido. Lo conosce tutto l'equipaggio».

Sandoval era basso e aveva un torace enorme. In cima alla testa gli erano caduti quasi tutti i ricci capelli castani, dandogli l'aspetto di avere una fronte particolarmente alta, ma per compensare si era fatto crescere una barba riccia castana, curatissima, che gli copriva quasi tutta la metà inferiore della faccia. Benché al momento non avesse un cavallo suo, gli mancassero i soldi per comprarlo e si fosse arruolato come soldato semplice, Cortés notò che aveva le gambe arcuate come le sue; gambe di uno che aveva passato quasi tutta la vita su una sella.

Quando Garrido entrò nella cabina, grasso, sudato e baffuto, continuava a lamentarsi con Sandoval torcendosi le mani e dicendo che già aveva raccontato tutto a Cortés e ora voleva solo finire di cenare e farsi una bella dormita.

Benché parecchi capitani avessero conosciuto personalmente Pedrarias e altri fossero pratici del posto in cui dicevano che avesse calato l'ancora per radunare navi e uomini, davanti al loro serrato interrogatorio Garrido non si ammosciò affatto, anzi, nominò e descrisse persino molti vascelli della sua flotta. Certo, in quel modo rischiava di essere colto in fallo: bastava fare il nome di una sola caracca o caravella che uno dei capitani sapeva certamente fuori dalla Jamaica per mettere in discussione la sua credibilità. Due nomi sbagliati e l'intera pantomima sarebbe stata un fiasco. Nondimeno, la conoscenza dello spedizioniere sul traffico navale dell'intera regione era così profonda, e i dettagli da lui riportati così precisi e altrettanto recenti i suoi ricordi, che la sua flotta immaginaria si dimostrò inaffondabile.

Bravo, pensò Cortés quando Garrido lasciò la cabina per tornare alla sua cena. *Un capolavoro di recitazione*. Poi, facendo con lo sguardo un giro del tavolo, dove si era subito innescata un'accesa conversazione, capì che molti capitani pendevano dalla sua parte e che l'idea di fuggire quella notte col riflusso calante della marea, mettere piede nelle Nuove Terre ed essere i primi a reclamarle iniziava improvvisamente ad avere senso anche per loro.

Alla fine l'unico velázquista per cui ancora si doveva fare rapporto a Velázquez era Escudero. Il quale accettò comunque la decisione della maggioranza di salpare immediatamente senza informare il governatore e l'autorità di Cortés, in base alla clausola ventitré. «Contro la mia volontà, sarò dei vostri», disse, «e contro la mia volontà non dirò niente. Ma quello che stiamo per fare non è corretto. Temo che la pagheremo tutti». Si rivolse a Cortés. «Un cane, señor», disse, «ha più coscienza di voi. Siete avido. Amate i beni materiali. E siete anche schiavo delle donne...».

A quell'ultima notazione, che sembrava del tutto irrilevante rispetto alla questione in gioco, Alvarado scoppiò a ridere. «Schiavo delle donne! Be', che male ci sarebbe? Se è davvero un peccato, a questo tavolo c'è più di un colpevole! Ma cosa ne sapete o può importare a voi, Juan, se a quanto ne so, preferite correre dietro ai ragazzini?».

Crash! La sedia di Escudero si ribaltò di nuovo e lui era già in piedi a fare il giro del tavolo verso Alvarado, con la spada sguainata e le nocche bianche sull'elsa. Non fece molta strada perché Puertocarrero, Escalante e Ordaz gli saltarono di sopra e lo disarmarono. Alvarado, che non si era mosso, alzò un sopracciglio con aria beffarda.

«Don Juan», disse Cortés. «Ma allora non ricordate».

«Ricordare cosa?». Escudero continuava a lottare per liberarsi.

«Il patto che abbiamo fatto tutti un'ora fa. Stasera possiamo insultarci senza mettere in mezzo l'onore. Voi, per esempio, avete appena insultato la mia coscienza, ma vedete la mia spada sulla vostra gola?».

Escudero dové convincersi di essere in trappola. «Le mie scuse», abbozzò alla fine. «Nella rabbia l'avevo dimenticato». Alzò la testa e guardò Alvarado: «Ma se lo ripetete domani, vi uccido».

«Domani è un altro giorno», disse Cortés. Fece un cenno a Sandoval. «Prendi due uomini sul ponte di coperta, porta don Juan di sotto e chiudilo in guardina».

«In guardina?», farfugliò Escudero. All'improvviso divenne viola. «Non potete farlo!».

«Temo di sì, invece», rispose Cortés. Srotolò la pergamena con gli ordini di Velázquez e lesse platealmente. «Ah sì», disse, «ecco. Clausola diciassette: "Il Capitano-Generale può, a sua completa discrezione, trattenere e se necessario imprigionare qualunque membro dell'equipaggio che con la sua condotta sia d'intralcio o minaccia per il successo della spedizione...". Per me, aggredire don Pedro con una spada nella sua stessa cabina è d'intralcio alla missione e minaccia il nostro successo».

De Leon cercò di intervenire. «Andiamo, Capitano-Generale. Siete stato chiaro. Non c'è bisogno di...».

«Sì», lo interruppe Cortés, «c'è bisogno eccome».

Anche Ordaz sembrò sul punto di opporsi ma Cortés gli fece cenno di fermarsi: «Non ammetto distrazioni! Don Juan sarà liberato in mattinata. Allora riprenderà il comando della sua nave».

Cortés si aspettava un'opposizione almeno simbolica da parte degli altri capitani, ma Escudero non piaceva a nessuno. Stabilito l'imbarco immediato, ormai nessuno sembrava volersi spendere per lui.

Con un intimo sospiro di sollievo, Cortés capì che era valsa la pena rischiare. La sua autorità aveva prevalso sul gruppo indisciplinato, almeno per quella notte.

«Signori», disse, «grazie del vostro appoggio. Mi rincuora molto. Stiamo per imbarcarci in un'impresa che resterà nei libri di storia. Conquisteremo terre sconfinate e ricche, popoli che non abbiamo mai visto prima e imperi molto più grandi delle nostre monarchie. Ci aspettano grandi gesta e grandi pericoli ma se avete abbastanza fegato, e se non mi abbandonate, in pochissimo tempo vi trasformerò negli uomini più ricchi che abbiano mai solcato gli oceani».

A tutti piaceva l'idea di diventare ricchi, perciò il discorso fu ben accolto.

Quando l'ultimo capitano corse fuori dalla cabina a preparare la sua nave per la partenza, Sandoval tornò dopo aver rinchiuso Escudero.

«Ah», disse Cortés. «Il prigioniero si è calmato?»

«Non userei proprio quel termine», osservò Sandoval. «Urla e picchia sui muri della guardina».

Cortés alzò le spalle. «Può picchiarli fino all'alba se vuole; nessuno ci farà caso». Sorrise e disse: «Ora ascoltami, Sandoval, sono contento che tu sia qui. Stanotte ho una missione per te».

CAPITOLO 30

Santiago, Cuba, giovedì 18 febbraio 1519

Gonzalo de Sandoval veniva da una rispettata famiglia di hidalgos, sebbene impoverita da una disputa patrimoniale risalente a qualche anno prima. Apparteneva a una stirpe di cavalieri e aveva fatto l'università; tutti dicevano che aveva la stoffa per diventare ufficiale. Veniva anche da Medellin, la città natale di Cortés nell'Estremadura del nord, e gli estremeni erano famosi per la loro complicità.

Considerato questo, pensò Bernal Diaz, era facile spiegarsi perché il giorno prima Cortés avesse dato a Sandoval una nuova responsabilità, malgrado l'evidente inesperienza.

Quello che aveva meno senso – *molto* meno, tanto da fargli temere un elaborato tiro mancino – era che Cortés aveva incluso nello stesso rito anche Diaz, nato da famiglia povera e quasi senza istruzione, elevandolo dal semplice grado di *soldado* a quello di *alferez* – portabandiera – lo stesso che aveva conferito a Sandoval.

Ora, col peso dell'inattesa promozione sulle spalle, Diaz aveva ricevuto quella sera il suo primo incarico, non proprio gradevole o prestigioso, a essere sinceri, ma importante e dignitoso.

Un compito rispettabile che per lui aveva un senso.

Cortés e Alvarado gli avevano affidato l'incredibile somma di trecento pesos d'oro con cui doveva acquistare tutto quello che c'era nel mattatoio di Santiago, tutta la carne macellata e tutti gli animali in attesa di macellazione. Se disgraziatamente quei trecento pesos non fossero bastati a comprare tutto, Diaz doveva requisire quel che restava portandolo via anche con la forza, ma lasciando una cambiale per coprire il pagamento.

«Problemi?», gli aveva chiesto Cortés.

«Non voglio essere arrestato, señor!».

«Non succederà, hai la mia parola. Siamo soldati del Signore, Diaz, che compiono l'opera del Signore e l'opera del Signore non aspetta...».

«Ma se qualcosa va storto, señor?»

«Non c'è bisogno di chiamarmi "señor". Don Hernando va benissimo. Hernan quando mi conoscerai meglio. Se posso, mi piace avere rapporti informali. Quanto agli intoppi, non ce ne saranno e, se ci saranno, ti difendo io. Promesso».

Aveva la promessa facile, Cortés. Ma era anche il caudillo, capitano-generale di quella grande spedizione nelle Nuove Terre, e la migliore occasione per far fare a Diaz una fortuna. Così, il neo-alfiere aveva scrollato le spalle e detto: «Tanto mi basta... don Hernando».

A dire il vero però, ora che si trovava nel cuore del mattatoio con gli stivali lordi di sangue e paglia, circondato da carcasse di maiali, mucche e pecore appese agli uncini, insetti notturni che si suicidavano contro le torce accese sparse in tutto l'ambiente, qualche ripensamento iniziava ad averlo. Davanti a lui, Fernando Alonso, il direttore del mattatoio, schiumava rabbia dalla bocca e sulla tempia iniziava a pulsargli visibilmente una vena. «Non vi vendo nessuna carne!», gridò. «Né per trecento né per tremila pesos. Ho un contratto che mi obbliga a sfamare la città».

«Con tutto il rispetto, señor», insisté Diaz, «noi *dobbiamo* avere questa carne. E anche le bestie ancora da macellare».

«Le bestie! Così non affamerete Santiago solo domani ma per tutto il resto del mese! Che razza di uomini siete?».

Diaz si arrovellò per trovare una risposta e ricordò quello che gli aveva detto Cortés. «Siamo soldati del Signore», disse, «compiamo l'opera del Signore. Vuole che la portiamo avanti affamati?»

«No, soltanto *onesti*», urlò Alonso scaricando un altro geyser di saliva. Aveva un temperamento che lo faceva sembrare fisicamente più grosso di quello che era, ma in realtà era un ometto calvo e permaloso, con le braccia pelosissime, che saggiava nella mano destra il peso di una grossa mannaia e aveva un grembiule insanguinato. Diaz si era stupito di trovarlo già al lavoro, a fare a pezzi le bestie e macellarle in tempo per la colazione di Santiago; a quell'ora della notte aveva sperato di vedersela con un subalterno che non sapesse il fatto suo.

Ora, volente o nolente, era troppo tardi per evitare lo scontro. Alonso si portò due dita alla bocca, emise un fischio acutissimo e dalla cortina di carcasse appese si fecero avanti altri cinque uomini coi grembiuli insanguinati.

Vedendoli tutti armati di mannaie e trincianti, Diaz guardò la porta con la coda dell'occhio. Gli avevano dato venti uomini per portare al porto la carne e le bestie. Preferendo però la persuasione alla forza, li aveva lasciati fuori ed era entrato da solo con i soldi.

Che speranza ridicola!

«La Serna», urlò a squarciagola. «Mibiercas! Di corsa, per favore!».

«Senti, per l'amor di Dio, ti prego, accetta il denaro». Anche se dopo l'intervento dei soldati, erano Alonso e i suoi cinque assistenti a essere legati, pieni di lividi e sballottati a terra, in qualche modo era Diaz che implorava.

«Non bastano», disse Alonso convinto. «Anche se fosse un acquisto lecito, trecento pesos sarebbero una presa in giro. Ci vorrebbero almeno millecinquecento pesos per coprire i costi e gli affari a cui dovrei rinunciare».

«Allora prendi i trecento e ti faccio una cambiale di altri milleduecento. Pagherà don Hernando Cortés in persona».

«Stanotte?»

«Sì. Proprio stanotte. Vieni al porto fra un'ora e sarai pagato».

Gli uomini furono liberati, trovarono penna, inchiostro e carta e Diaz scrisse una nota di pagamento per milleduecento pesos intestata a Cortés.

«Fate presto», disse Diaz ad Alonso. «Salperemo prima del mattino».

Lasciò il mattatoio insieme ai suoi uomini e iniziò una marcia forzata verso il porto con due carrettate di carni fresche e in scatola, e quasi duecento pecore, maiali e mucche.

Non sapeva se avesse fatto o meno un buon lavoro, sperava solo nell'approvazione di Cortés.

CAPITOLO 31

Santiago, Cuba, giovedì 18 febbraio 1519

«Devo confidarmi con te», aveva detto Cortés a Gonzalo de Sandoval. «So che non me ne pentirò».

Il carisma e il fascino di quell'uomo erano contagiosi e Sandoval era in cerca di avventura. «Non ve ne pentirete», aveva risposto.

Alla fine ne sapeva molto più di quanto avrebbe voluto su come stavano le cose fra Cortés e il governatore, aveva capito benissimo che quella notte in realtà era in atto un golpe contro Velázquez e che, nonostante tutto, lui si era fatto convincere da Cortés a partecipare alla cosa.

Buon Dio! Che gli era venuto in mente? Stava facendo il primo ipotetico passo verso la carriera illustre e onorevole che aveva sempre immaginato e, allo stesso tempo, rischiava di finire impiccato, sventrato e squartato! Per un attimo Sandoval valutò l'ipotesi di abbandonare l'incarico, poi la scartò subito. Pentito o meno, di fatto aveva dato la sua parola a Cortés e un signore non si rimangia mai la parola.

Un esploratore aveva trovato il punto, molto più vicino al porto che alla città, in cui si era appostata una squadra di guardie di Velázquez. Cortés non aveva detto a Sandoval chi fosse l'obiettivo di quell'imboscata, aveva parlato solo del fatto che i soldati erano dodici e che erano d'intralcio al suo piano – affidato a Bernal Diaz – di approvvigionare la flotta con la carne e gli animali del mattatoio. Tanto traffico a quell'ora della notte avrebbe destato dei sospetti e non si poteva consentire in alcun modo alle guardie di mandare all'aria l'operazione, così aveva chiesto a Sandoval di occuparsi di loro.

«Occuparmi di loro, don Hernando?»

«Andremo nelle Nuove Terre per compiere l'opera del Signore», aveva detto Cortés con una luce negli occhi, «quindi voglio sgomberare in fretta la strada da quelle guardie ed eliminare qualsiasi minaccia alle nostre provviste di carne o alla stessa partenza. Convincerli a unirsi a noi. Lo preferisco. Corrompili: qualche pesos d'oro può fare la differenza. Se non ti rimane altra scelta però disarmali e legali, lascio a te i dettagli. Potrebbero decidere di combattere. Uccidili tutti se devi. Non verserò una lacrima».

«Mi darete uomini pronti a uccidere degli spagnoli come loro... se dovessimo farlo?», gli aveva chiesto Sandoval, per quanto il solo pensiero gli stesse sullo stomaco. In gioventù aveva fatto l'accademia militare, quando la sua famiglia aveva ancora denaro e una posizione. Era stato addestrato all'uso dello spadone, della spada lunga e della sciabola, si era rivelato un provetto cavaliere e si era meritato i più alti onori nei tornei, ma ancora non aveva mai ucciso nessuno, men che meno uno spagnolo.

«Ti darò venticinque dei miei uomini migliori», aveva risposto Cortés. «Uccideranno chiunque gli dirai di uccidere».

«E se ci catturano? Se ci imprigionano? Se ci arrestano?»

«Vi difenderò io», disse Cortés guardandolo dritto negli occhi. «Hai la mia parola».

Chiedendosi ancora quale incantesimo fatale l'avesse spinto ad accettare un'impresa tanto rischiosa, Sandoval si voltò a guardare i suoi venticinque uomini. Marciavano in silenzio e in buon ordine, mantenendo un quadrato di cinque file.

Il sergente, l'unico con cui aveva parlato un po' di più, era Garcia Brabo, un estremeno smilzo coi capelli grigi, il naso a uncino e un modo di fare sempre acido, uomo che chiunque avrebbe lo stesso desiderato avere a fianco in qualunque battaglia, aveva detto Cortés. Anche gli altri sembravano tutti assassini incalliti. Predatori feroci, affamati e puzzolenti con addosso vestiti luridi e una strana combinazione di malconce cotte di maglia e lamiere scalfite, insieme a elmetti altrettanto scalfiti e malconci, erano però muniti di spadoni e pugnali Toledo di gran lunga migliori di quanto si sarebbe detto dagli abiti e dal portamento. Molti avevano scudi per lo più piccoli e tondi, ma alcuni avevano anche i più grandi moreschi a forma di cuore chiamati *adarga*. Molti portavano armi aggiuntive, alabarde, lance, azze, asce, martelli da guerra, mazze ferrate e randelli. Cinque avevano le balestre e cinque erano muniti di archibugi, i moschetti lenti e ingombranti per cui ormai andavano tutti in estasi.

Tutto sommato, pensò Sandoval, i suoi venticinque erano una squadra formidabile e lui era stupito, sbalordito e confuso non solo perché Cortés gli aveva dato prima di tutto il comando, ma perché loro dovevano pure obbedirgli senza battere ciglio. Il fatto che non avesse alcuna esperienza nell'uccidere uomini – al contrario di loro – lo faceva sentire un impostore. Come se non bastasse, lui non aveva partecipato mai nemmeno a una rissa, figurarsi un autentico scontro con militari addestrati come le guardie del governatore.

Pregò in silenzio che non si arrivasse a tanto ma, nel caso, pregò di non fare la figura del codardo.

Esteban, il piccolo e instancabile esploratore, alzò una mano in segno d'allerta e Sandoval sentì subito il morso della paura allo stomaco. Iniziarono a venirgli in mente tutta una serie di validi motivi per interrompere quell'impresa folle.

La verità era che la luna gli giocava contro: a due giorni dal plenilunio, splendeva nel cielo tropicale senza nubi e illuminava perfettamente tutte le strade tortuose e i pendii circostanti. In un mondo ideale avrebbero aspettato il tramonto della luna per andare all'attacco, ma quella notte non potevano. Le guardie dovevano essere sistemate prima che arrivassero la carne e il bestiame dal mattatoio e la flotta doveva salpare alle due del mattino. I fatti erano quelli, quella era l'emergenza e lui doveva affrontarla spaventosamente alla svelta.

Precedendo il resto della squadra di trenta passi con le sue lunghe falcate, Esteban raggiunse una curva a gomito in cui la strada svoltava dietro una roccia alta. Si fermò, si accovacciò, fece capolino dietro l'angolo e agitò insistentemente la mano dietro di sé facendo segno a Sandoval di fermare subito gli uomini.

«Se posso permettermi un consiglio, señor», sussurrò Garcia Brabo con l'alito che puzzava di aglio, «forse potreste andare avanti e attaccare discorso con l'ufficiale in comando di quelle guardie. Probabilmente sarà un signore della vostra stessa classe».

«Discorso...».

«Esatto, señor. Non sarebbe strano se un giovane e brillante alfiere appena arrivato dalla Spagna, sulla strada per Santiago, si fermasse a fare due chiacchiere per far passare un po' la notte. Del tutto innocente e in regola. Nel frattempo, io e metà degli uomini cercheremo di arrampicarci da questa parte». Indicò la parete di roccia che si ergeva sopra di loro. «L'esploratore dice di conoscere una strada lassù che ci consente di aggirarli. Lascerò Domingo», con un gesto indicò un'altra canaglia barbuta, «a coordinare gli altri, così gli saltiamo addosso da entrambi i lati».

«Gli prenderà una paura maledetta quando vedranno quanti siamo», disse Sandoval con un tono che ritenne più entusiasta di quanto non fosse in realtà. Gli sudavano le mani, aveva un nodo alle budella e le palpitazioni al cuore. Curioso però: non ci si rendeva mai conto di avere un cuore se non in momenti del genere.

«Se abbiamo un po' di fortuna non dovremo nemmeno usare le armi», disse Brabo. Mise le mani a coppa davanti alla bocca ed emise un suono molto simile al richiamo degli uccelli notturni del luogo. «Lo farò tre volte quando saremo appostati dietro di loro», disse, «tanto da farlo sentire anche a Domingo e muoverci di corsa... sempre che siate d'accordo, naturalmente, señor».

Sandoval si sentì a disagio ma il piano di Brado sembrava avere molte più probabilità di successo della semplice carica *en masse* svoltato l'angolo, che era l'unica altra strategia a cui aveva pensato lui. *Buon Dio!* Stava succedendo davvero. C'era dentro fino al collo, ormai non c'era via d'uscita. «Molto bene», disse, «procediamo».

«Alt! Chi va là?»

«Alfiere Gonzalo de Sandoval, appena smontato di servizio alla flotta e diretto a Santiago per un po' di svago».

«Fatti avanti allora».

Perfettamente in vista sotto la luna, le guardie si erano posizionate a circa duecento passi più avanti: dodici omoni tutti agghindati con le pompose uniformi ufficiali nonostante il caldo di quella notte. Non avevano cercato affatto di nascondersi, stavano in bella vista al centro di uno spiazzo di terra battuta leggermente in pendenza che dominava la strada. Molto strana come imboscata, pensò Sandoval.

Fece i duecento passi senza alcuna fretta. Ogni secondo che riusciva a guadagnare dava più tempo a Brabo per scalare la roccia e prenderli alle spalle. Le guardie però si insospettirono subito. «Non ciondolare!», urlò l'ufficiale balzando in piedi. Quando si alzarono tutti gli altri si sentì un tintinnio di spade e armature e di punto in bianco l'atmosfera dell'incontro di fece sinistra.

Vincendo l'istinto travolgente di fare dietrofront e scappare, Sandoval allungò subito il passo. «Scusate», disse. «La vista di tanti uomini armati mi ha impensierito».

«Se fai cose lecite non hai nulla da temere...».

«Vado al Moor's Head», rispose Sandoval nominando una famosa taverna nel quartiere a luci rosse di Santiago. Ormai si era avvicinato abbastanza da vedere le tre coccarde d'oro blasonate sulla corazza dell'ufficiale sbarbato di mezz'età che gli stava parlando. Un colonello. Grado fin troppo alto per guidare una squadra così piccola. Dopo aver notato nell'uomo un che di familiare, appena messo piede nello spiazzo, Sandoval riconobbe la posa slanciata e rigida, le spalle quadrate, la boria, la malvagità e la grettezza di Francisco Motrico, comandante delle guardie di palazzo, anch'egli fra i tanti cugini del governatore ad aver ricoperto un'alta carica.

Velázquista fino al midollo.

Sandoval stava a Cuba da meno di tre settimane ed era stato al palazzo del governatore solo due volte, ma già ne sapeva abbastanza di come funzionavano le cose lì per capire che era inutile cercare di corrompere o reclutare quell'uomo. Stando ai musi duri che componevano il resto della squadra, tutti uomini maturi dallo sguardo inflessibile, non si potevano fare compromessi neanche con loro.

Probabilmente erano tutti parenti di Velázquez!

«Così sei nella flotta del governatore», abbaiò Motrico. «Che vascello? Che capitano?»

«*Santa Maria de la Conception*», rispose Sandoval senza pensarci, «il vascello del capitano-generale».

Le guardie si scambiarono diverse occhiate, una di loro rise sotto i baffi e Motrico disse «trattenetelo» in un tono tanto pacato e colloquiale da non far capire a Sandoval che parlava di lui fin quando due guardie non gli torsero le braccia dietro la schiena, gli schiacciarono testa e collo all'ingiù, gli tolsero la spada e lo trascinarono davanti al colonello.

«Che significa?», protestò Sandoval. Il cuore gli batteva così forte che minacciava di esplodergli fuori dal petto. Gli venne la gola secca, sentì la vescica dolorosamente piena e a un tratto fu tutto fradicio di sudore. «Con quale autorità mi trattenete?»

«L'autorità del governatore di Cuba e della Corona di Spagna. Abbiamo avuto l'ordine di arrestare don Hernando Cortés. Siamo qui per eseguirli».

«Non perdete tempo con me, allora». Sandoval pensò in fretta: «Non voglio entrarci niente io. Sto andando a Santiago per qualche bicchiere e una ragazza».

«Tu sei una lurida spia di Cortés», ringhiò Motrico.

«Niente affatto», protestò Sandoval. «Se lo fossi, perché vi avrei detto che sto sulla sua nave?»

«Tu sei quello che dico io, e io dico che sei una spia di Cortés». Il colonnello si morse il labbro inferiore e la luna svelò l'intransigenza scintillante del suo sguardo. «In circostanze normali ti avrei trattenuto, portato a palazzo e fatto indagini più approfondite, ma per tua sfortuna queste non sono circostanze normali. I miei uomini sono impegnati tutti nella missione di stanotte, non ho nessuno per farti sorvegliare e mi manca persino una corda per legarti, perciò, temo di doverti giustiziare».

Fu un affermazione così sproporzionata, così sconvolgente e improvvisa che di nuovo Sandoval ne afferrò davvero il senso solo dopo che le due guardie alle sue spalle lo spinsero con un calcio facendolo cadere a terra in ginocchio. Mentre una gli bloccava le braccia da dietro, l'altra gli andò davanti, gli afferrò con violenza una ciocca di capelli, gli sollevò la testa e gli scoprì il collo.

Le budella di Sandoval, che già brontolavano, sembrarono fare le capriole. «Giustiziarmi?», urlò. «Santo cielo, amico, è assurdo!»

«Non c'è niente di assurdo», disse il colonnello. Aveva un tono misurato, come se parlasse di una cosa puramente razionale. «Non posso rischiare che scappi da Cortés e gli dici che siamo qui».

Dimenandosi a più non posso, Sandoval riuscì ad alzare la testa e guardare Motrico dritto negli occhi. «Non la passerete liscia», gridò. Gli venne un altro crampo allo stomaco. «Sono un fratello spagnolo, un uomo innocente».

«Sei una spia, colpevole come il peccato». Fra un sibilo potente nell'aria e un riflesso sbavato di luna, il colonnello sguainò la spada e la sollevò ritualmente al cielo mentre la guardia stringeva la presa sui capelli di Sandoval costringendolo a riabbassare la testa.

Quasi nello stesso istante – mai tanto provvidenziale – si sentì per tre volte il richiamo di un uccello notturno, il corpo sordo di una balestra che aveva scoccato e il tonfo della freccia che andava a segno. Dopo una pausa di assoluto silenzio ci fu un boato violento di grida che lanciavano l'attacco, il tumulto degli uomini alla carica spuntati dagli alberi che ora invadevano lo spiazzo, fischi di armi sguainate e rumore di colpi andati a segno. Sandoval sentì allentare improvvisamente la presa alle braccia e si trovò libero.

Allora è questa la guerra, pensò, con straniante razionalità. Riuscì a rimettersi in piedi in mezzo a un vortice di scontri e vide Motrico in ginocchio con una freccia di balestra conficcata nel collo. Le mani del colonnello palpitavano attorno al missile, una sulla testa dentellata, l'altra sulla base, come se carezzasse le piume dell'impennaggio. Sandoval colse il luccichio della sua spada ferma a terra e la brandì non appena una guardia terribile e inferocita gli si lanciò addosso. Parò il colpo e si girò lasciando che l'uomo gli inciampasse davanti e infilzandolo sul fianco scoperto dall'armatura come gli avevano insegnato a fare a scuola di scherma. Quando il colpo andò segno capì di aver eseguito una mossa perfetta, pur non essendo preparato a quello che nessun addestramento può insegnare e cioè la resistenza delle ossa e dei muscoli di un corpo umano vivo contro la lama, il diguazzante risucchio delle budella quando sfilò il ferro e le urla e gli occhi girati di un suo simile in preda a un dolore insostenibile. Per porre fine a quelle urla terrificanti e al resto, visto che nei paraggi nessuno stava per attaccarlo, Sandoval conficcò ripetutamente la punta della spada nella faccia dell'uomo caduto, fracassandogli i denti, sfondandogli il naso, facendogli schizzare gli occhi e rompendogli il cranio finché quel corpo non ebbe più niente di umano.

«Vi sentite meglio, señor?», domandò Brabo spuntandogli a fianco in silenzio con aria severa, imbrattato di sangue, la spada grondante in mano.

Sandoval ci rifletté e guardò lo scempio che c'era ai suoi piedi. «Non lo so come mi sento. Non avevo mai ucciso un uomo...».

«Questo l'avete ucciso senz'altro, señor. Era il vostro primo combattimento?»

«Sì. Ho avuto paura».

«Tutti hanno paura. È come la usiamo che conta. Voi l'avete usata bene, señor! Dovreste essere orgoglioso».

Sandoval fece un respiro profondo e osservò lo spiazzo dove qualche attimo prima stava per essere giustiziato. Gli uomini di Brabo avevano sferrato il primo attacco salvandogli la vita; Domingo e l'altra metà della squadra era arrivata pochi istanti dopo e aveva finito il lavoro. Lo scontro si era concluso con la stessa velocità con cui era iniziato e tutte le guardie erano state uccise. «Grazie, Brabo», disse.

«Di cosa, señor?»

«Di avermi salvato la vita!».

«Il caudillo mi ha detto di tenervi d'occhio, señor. "Nella buona e nella cattiva sorte”, così ha detto. Non avrei rispettato il compito se vi avessi fatto decapitare da quella scimmia di Motrico».

Sandoval guardò il cielo cercando di stimare che ore fossero. Dalla posizione della luna pensò che la mezzanotte fosse già passata.

«Forza, uomini», urlò Brabo. «Trasciniamo i corpi dietro gli alberi. Non dev’esserci niente da vedere». Ma quando ancora stava impartendo l’ordine, il sergente si interruppe, si portò una mano all’orecchio e scrutò la strada più in basso che spariva nell’oscurità verso Santiago.

Sandoval fece lo stesso.

In modo debole ma chiaro nella notte, sentì degli uomini in avvicinamento.

CAPITOLO 32

Santiago, Cuba, giovedì 18 febbraio 1519 - prime ore di venerdì 19 febbraio 1519

Le spade che erano state pulite e riposte solo pochi istanti prima sibilarono uscendo di nuovo dai foderi, se non per lasciare spazio a risate, sorrisi e qualche imprecazione nervosa, quando Sandoval sentì la mano callosa di Brabo battergli sulla spalla. Nel punto in cui la strada per Santiago usciva dall'ombra sotto la limpida luce della luna, era apparsa una grossa mandria di maiali con moltissime altre pecore, capre e simili al seguito. A far pascolare l'intero serraglio con parolacce, calci e colpi di manici di lance erano quindici o venti uomini. In coda, c'erano due carri stracolmi trainati da un paio di torelli. Dritto davanti a lui, Sandoval riconobbe l'inconfondibile stazza granitica di Bernal Diaz, il giovane soldato che il giorno prima era stato nominato alfiere come lui nella stessa cerimonia.

Quando la massa di animali si avvicinò, tra belati, grugniti e sniffate varie, Sandoval uscì dallo spiazzo. «Bentrovato, Diaz», lo chiamò.

«Bentrovato, Sandoval. Che ci fai qui?».

Accerchiati ovunque da porci e capre, i due si abbracciarono e Sandoval gli fece un riassunto dell'accaduto.

«Capisco», disse Diaz, «allora a te il caudillo ha raccontato tutto e a me ha detto solo una parte». Sembrava offeso.

«Credimi, amico», rispose Sandoval. «Non mi ha raccontato tutto! Sapevo che qui c'erano questi uomini», gesticolò verso i cadaveri delle guardie che avevano nascosto fra gli alberi, «ma non *perché* erano qui. Ha detto solo che erano una minaccia per la tua missione e ci ha mandati a ripulire la strada...».

«Señor», disse Brabo a entrambi, «abituatevi. È tipico del caudillo dire agli altri solo quello che gli serve sapere».

«Allora», chiese Diaz, «a te cos'ha detto?»

«Tutto», rispose Brabo. «Però sto con lui da un mucchio di tempo...».

Sorrise. «Comunque, non voleva farlo sapere finché non sistemavamo le cose qui: ormai credo di potervelo dire». Urlò degli ordini alla squadra delle pulizie in mezzo agli alberi e continuò: «Oggi pomeriggio Cortés ha saputo di un piano per rapirlo e portarlo in catene da Velázquez. Queste guardie facevano parte del piano...». Si fermò sentendo avvicinarsi un cavaliere al galoppo dalla direzione del porto e, quando l'uomo gli sfrecciò davanti, lo salutò allegramente con la mano. «Come previsto», spiegò, «ma fra poco dall'altra direzione verrà una carrozza dell'ospedale». Tirò su col naso. «Se quella carrozza dovesse passarci accanto e vederci in strada desteremmo troppi sospetti, quindi ora, signori, il caudillo vuole che riportiamo di corsa il culo e questi animali sulla nave... Sempre che siate d'accordo, naturalmente».

«Naturalmente», disse Sandoval.

«Naturalmente», disse Diaz.

Tolsero di mezzo l'ultimo cadavere scaricandolo fra gli alberi, fecero passare il gregge di capre sullo spiazzo per cancellare le tracce del combattimento e la colonna di uomini e animali si rimise in marcia di buona lena verso il porto.

Sandoval sentì un'ombra passargli sulla testa, guardò il cielo e vide un ciuffo di nuvola davanti alla luna. Si alzò un po' il vento e, malgrado la notte calda, l'alfiere tremò. C'era un che di raggelante in quel vento che si alzava all'improvviso, pensò; qualcosa di oscuro nella nuvola imprevista che fluttuava in quel cielo limpido.

Senza nemmeno accorgersene, ripensò all'uomo che aveva ucciso nello spiazzo. Forse aveva avuto una famiglia, dei figli, una moglie affezionata da abbracciare la sera e sicuramente doveva aver avuto sogni e ambizioni. Ora invece, tutto quello che era e sarebbe stato non c'era più. I suoi pensieri e le sue speranze alla fine erano andati tutti in fumo. La sua storia era finita ed era stato Sandoval a porle fine.

Un cruccio tremendo gli strinse il cuore e da allora continuò a marciare perseguitato dalle immagini di quello che aveva fatto alla guardia, ricordando come la spada si era piantata negli organi vitali, gli echi delle sue urla, l'incubo della sua faccia...

«Tu hai mai ucciso qualcuno?», chiese a Diaz.

Il grande alfiere sembrò scosso, chissà se dalla stanchezza o da un dolore. «Sono stato nel Darién con Pedrarias», disse a bassa voce, «ho navigato con Córdoba. Certo che ho ucciso».

«Ma hai ucciso mai spagnoli?», insisté Sandoval.
Diaz non rispose.

Poco dopo comparve un secondo uomo in sella a un cavallo, stavolta proveniente da Santiago. Diaz riconobbe Fernando Alonso e, quando Sandoval ordinò di fermarlo per scoprire cosa andasse a fare, Diaz disse: «No. Garantisco io per lui. È il titolare del mattatoio che va a reclamare il pagamento a Cortés».

«Non hai pagato gli animali?»

«Non abbastanza. Il caudillo mi ha dato trecento pesos. Il prezzo era millecinquecento. Prima non ci credevo, poi mi sono sentito un ladro... così, alla fine gli ho fatto una cambiale».

«Dici che Cortés la rispetterà?». Il tono di Sandoval suggeriva che per lui non c'era la ben che minima possibilità.

«Dovrebbe», rispose Diaz. «Se non lo facesse, perderebbe tutta la mia fiducia». Rise amaramente. «Non che interessi a qualcuno l'opinione di un'idiota non istruito come me!».

Una forte raffica di vento gli passò fra i capelli, gli alzò i vestiti e stormì fra gli alberi. L'aria era irrequieta e ormai era chiaro che il tempo sarebbe cambiato ma, alzando la testa, l'alfiere si stupì di vedere una massa turbolenta di nuvole che già sciamava nel cielo.

Non riuscendo però a smettere di pensare a Cortés, subito dopo, all'altezza della dogana, si rivolse a Sandoval e aggiunse: «Dev'esserci un motivo se il caudillo ha scelto noi per fare il suo sporco lavoro», disse. «Voglio dire, te e me e non qualcun altro».

I minuti successivi li passarono con gli altri a far entrare gli animali nel porto guidandoli sotto l'arco che stava a cavallo della strada. I pochi doganieri al lavoro a quell'ora della notte erano stati arrestati e adesso l'edificio era sorvegliato da una squadra di spedizionieri, noti a molti di loro, che gli facevano segno di passare commentando con frasi spinte le differenze fra soldati e pastorelli.

Diaz pensò che Sandoval avesse dimenticato la sua domanda, ma sembrava che ci stesse ancora pensando su. «Per me è chiaro», disse a un certo punto. «Cortés non poteva fidarsi né fare a meno di nessun altro, però era certo che due novellini come noi avrebbero afferrato al volo la possibilità di accontentarlo».

«So che è un grande uomo», disse Diaz, «ma credo che usi le persone...

e fa promesse con troppa facilità. Mi ha detto che se mi arrestavano per l'irruzione al mattatoio mi avrebbe difeso. Io mi auguro che avrebbe mantenuto la promessa, però in parte ne dubito».

«A me ha detto la stessa cosa quando mi ha mandato a uccidere dei fratelli spagnoli. Non lo so… forse sono solo parole… anch'io ho molti dubbi, Bernal… ma quell'uomo mi ispira qualcosa che spazza via ogni incertezza. Se c'è qualcuno che può guidarci alla conquista delle Nuove Terre è Cortés».

«Mi sono arruolato per questo», osservò Diaz. «Però continuo a non fidarmi di lui».

Confluirono sulla strada del porto e si trovarono davanti alle febbrili operazioni di carico della flotta ancora in corso. Le lanterne appese alle cime di manovra splendevano e gli uomini sgambavano attorno alle navi come sciami di insetti. Rimbalzando sull'acqua, l'intensa luce quasi bianca della luna illuminava tutto a giorno, finché un banco di spesse nuvole nere la coprì precipitando il mondo in una notte repentina. Le raffiche di vento aumentavano di intensità e di frequenza soffiando sempre da est e Diaz sentì nell'aria l'eccitazione elettrica – intimidente – di una tempesta in arrivo.

«Non è un bel tempo per navigare», disse pensando ad alta voce. La luna era sbucata di nuovo dalle nuvole ma, se si era fatta così increspata persino l'acqua riparata del porto, come sarebbe stato il mare aperto?

«Ormai non abbiamo scelta», disse Sandoval. Aveva un tono severo. «Abbiamo ucciso dodici guardie del governatore, e razziato il mattatoio della città. L'abbiamo fatto io e te, Bernal – non Cortés, non il suo amico Alvarado – ma io e te: se restiamo qui finiamo per ballare appesi alla forca…».

«Ma Cortés…», fece Diaz. Un tono difensivo gli aveva incrinato la voce ma se ne accorse troppo tardi.

«Ci difenderà?». Sandoval completò la domanda e sembrò preoccupato da un'altra violenta raffica di vento che li investì. «Spero di non doverlo mai scoprire».

In alto, i cumuli di nubi si infittirono coprendo zone ancora più estese del cielo.

Proseguirono immersi ciascuno nei propri pensieri, poi si avvicinarono al clamore e alla frenesia del molo e sentirono un forte sferragliare di zoccoli alle loro spalle accompagnato da un rombo di ruote corazzate.

La notte sputò quattro cavalli neri al traino di una diligenza alta e nera che sfrecciò accanto ai due talmente veloce da costringerli a saltare sul bordo della strada.

Il messaggero era stato mandato poco dopo la mezzanotte, così all'una del mattino, in orario sul tabellino di marcia, in mezzo alla tempesta che rinforzava, il dottor La Peña si precipitava sul molo in una grossa vettura medica tirata da quattro cavalli. «Bellissimi», disse Cortés parlando dei cavalli, «saranno nostri».

«Dottore compreso», gli ricordò Alvarado.

Rientrarono in cabina. La Peña bussò, Alvarado lo invitò a entrare e Cortés gli si parò davanti solo quando fu dentro. «Buonasera, dottore», disse, «o meglio, buongiorno. Grazie molte d'essere venuto».

La Peña era evidentemente confuso.

«Vi aspettavate di trovarmi a letto, certo», disse Cortés, «ma come potete vedere sto benissimo». Fece una pausa a effetto. «Naturalmente so tutto del piano di Velázquez...».

Sentendo questo, gli occhi del dottore balenarono più volte da un lato all'altro della stanza come se cercasse una via di fuga.

«E so anche che parte avete voi», aggiunse Cortés.

«Quale parte?», farfugliò La Peña.

«Lo sapete, inventarvi che sono malato, portarmi via di qui in carrozza fingendo di andare al vostro ospedale e consegnarmi invece alla guardia del governatore...».

La Peña strillò e si voltò per fuggire, ma Cortés lo afferrò prima che arrivasse alla porta e gli diede due manrovesci che lo fecero cadere in ginocchio a terra.

«Non ucciderlo!», protestò Alvarado fingendosi inorridito. Abbassò gli occhi e si guardò il braccio sinistro fasciato con una benda improvvisata. «Mi serve qualcuno per questa».

Dopo aver mandato La Peña a far compagnia a Escudero nella guardina di Alvarado, Cortés tornò ad assumere il comando della sua nave. Qualche ora prima aveva ordinato di prepararsi a una partenza immediata. Quando tornò a bordo sembrava tutto pronto.

In mezzo al frenetico viavai di marinai gli arrivò una fresca folata di vento sulla faccia, lo sentì gemere passando in mezzo al cordame e alzò la testa vedendo con ansia crescente gli eserciti di nuvole che ora occupavano la maggior parte del cielo coprendo spesso la luna. Il primo levarsi del vento gli aveva dato solo un moto di gioia, era perfetto per farli uscire dalla trappola dell'ancoraggio a Santiago e veleggiare a ovest verso le Nuove Terre.

Ma *santo cielo del buon Dio*, pensò Cortés, *non c'è mai niente di semplice?* Ora non doveva battersi solo con un avversario sleale e pericoloso come Velázquez: si gli si rivoltavano contro gli stessi elementi.

Con crescente malumore prese la scaletta che saliva in coperta e trovò non uno, non due, ma tre uomini che lo aspettavano fuori dalla metà di quella che un tempo era stata la cabina riservata al capitano della *Santa Maria*. Il primo – vide con un brivido di nausea – era Muñoz, diretto responsabile della recente riduzione del suo alloggio. Il secondo era Anton de Alaminos, timoniere e capo ufficiale di rotta della spedizione. Il terzo era uno che non conosceva, un tipo basso e pelato con la faccia a dir poco ammaccata e un grosso livido nero attorno all'occhio destro.

Fu lui il primo a farsi avanti e sventolargli sul naso un foglio di carta.

«Volete rovinarmi, Cortés?», urlò. «Mi avete fatto svuotare il mattatoio, non ci sarà carne per giorni a Santiago. Zero! Non potrò rispettare i contratti con l'esercito, col governo, i monasteri e le taverne. In ogni caso ci sarà un'ammenda da pagare. I cittadini imbracceranno le armi a frotte e daranno la colpa a me. E per aggiungere al danno la beffa, i vostri uomini mi hanno picchiato», si indicò l'occhio, «e mi hanno dato solo trecento pesos – *trecento pesos, dico* – per l'intera merce». L'indignazione gli congestionò la faccia. «Che ne vale almeno millecinquecento...».

«Cosa?», disse Cortés. «Millecinquecento pesos! È una fortuna!».

«È un prezzo onesto e il vostro ufficiale Diaz è d'accordo. Guardate...». Agitò di nuovo il foglio davanti a Cortés che stavolta glielo strappò di mano, lo avvicinò a una lanterna dondolante e lesse con orrore, in perfetta e leggibile grafia, che era davvero obbligato a pagare quell'uomo, Fernando Alonso, altri milleduecento pesos d'oro...

A quel punto si udirono degli stivali sulle scalette che salivano in coperta e apparve Sandoval. Diaz lo seguiva a ruota. «Ah», disse Cortés. «A proposito del diavolo. Hai firmato tu questo esempio di strozzinaggio, Diaz?». Fulminandolo con gli occhi consegnò il foglio all'altissimo alfiere.

Diaz lo avvicinò alla lanterna. «Sì, señor», rispose, «sono stato io. Su vostra indicazione. Mi avete dato trecento pesos e mi avete detto di lasciare una cambiale se non fossero bastati...».

«Sì, sì, ma non hai pensato di trattare, amico?»

«No, señor. Abbiamo comprato e stiamo caricando duecento capi di bestiame e due carrettate di carne fresca e sotto sale. Millecinquecento pesos non mi sembrano eccessivi…».

«È un prezzo onesto», ribadì Alonso. «Avete la mia merce. Non lascerò questa nave finché non avrò i miei soldi».

Cortés si sentì messo all'angolo. Gli sembrò che Diaz lo stesse giudicando. Persino Sandoval lo guardava in modo diverso e ora ci si metteva anche lo sguardo da pesce lesso di Muñoz.

Sono ancora in tempo per cambiare rotta. «Non voglio litigare per la cifra», disse con calma Cortés al titolare del mattatoio, «ma al momento non dispongo di tanto denaro. Per compensare il ritardo porterò l'ammontare della vostra cambiale a duemila pesos da pagare a fine spedizione. Stiamo per salpare…».

«Cosa? Che significa?». Fermo come una lapide nelle tenebre, sprizzando un astio quasi tangibile, Muñoz si animò di colpo. «Avete detto che stiamo per salpare?».

Alonso gli parlò sopra rivolgendosi direttamente a Cortés. «Voi mi insultate, don Hernando. Ve lo ripeto, i vostri uomini mi hanno picchiato e umiliato. Mi è stata rubata tutta la merce. Non voglio promesse. Voglio i miei soldi! Scenderò da questa nave solo quando me li darete».

«E io pretendo di sapere che razza di tradimento è questo», insisté Muñoz facendosi avanti con lo sporgente pomo d'Adamo che gli ballonzolava in gola. «Perché tanta fretta? Perché la flotta sta per salpare? Nel cuore della notte poi… sicuramente senza aver informato il governatore e senza il suo permesso!».

Cortés si rivolse al frate quasi ringhiando. «Badate alla lingua e agli affari vostri, padre».

Muñoz si levò in tutta la sua altezza piegandosi su Cortés. «Gli affari di questa flotta sono affari dell'inquisitore», tuonò, «e voi non vi squagliate da Santiago come un ladro nella notte finché ci sono io a difendere gli interessi di Dio e don Diego de Velázquez».

«Dio e Velázquez?», proruppe Cortés. «Li avete nominati nella stessa frase, padre?»

«Certo. Don Diego è un sant'uomo e voi, señor, siete il figlio del demonio. Imbarcatevi senza la benedizione del governatore e vi giuro che farò cadere l'ira del cielo su questa flotta e su quelli che ci navigano».

Cortés passò in rassegna i soldati e l'equipaggio che stava sul ponte di coperta e quello che vide non gli piacque affatto. In procinto di andare per mare, generalmente diventavano tutti superstiziosi e, quando il vento ululò fra le cime di manovra facendo oscillare le lanterne, fu chiaro che la furia santa dell'inquisitore stava seminando il panico fra gli uomini. Alcuni, compreso Alaminos, si fecero il segno della croce. Persino Sandoval e Diaz sembravano spaventati. Le cose non dovevano sfuggirgli di mano! Allo stesso tempo, però, Alonso continuava a sbraitare facendo su e giù davanti a Cortés, mettendo in discussione la sua autorità e distraendolo in continuazione.

Almeno, c'era un modo per liberarsi dalle noie del macellaio.

Voltando le spalle a Muñoz, Cortés si sfilò la pesante catena d'oro dalla testa, rimosse con cura e mise in tasca il grosso medaglione d'oro di san Pietro che gli stava appeso e con fare magniloquente consegnò la catena ad Alonso. «Questa va molto al di là delle vostre spese», disse. «Tenete il resto per il disturbo».

Senza alcuna fretta e con il diritto leso ancora stampato sulla faccia, il titolare del mattatoio esaminò la catena e la morse in due punti prima di nasconderla in una piega del vestito. Poi, senza aggiungere una parola né ringraziare nessuno, si voltò, scese la scaletta battendo i piedi fino al ponte principale e da lì, attraversata la passerella, arrivò sul molo dove era attaccato il suo cavallo.

Salito in sella, ritrovò la voce. «Ehi, Cortés», urlò, «un'ultima cosa».

Cortés si stava già pentendo dell'impulsivo gesto teatrale che l'aveva separato da una catena di almeno duemila pesos, chiedendosi se avesse mai potuto riaverla e realizzando con un attacco di bile che probabilmente l'aveva persa per sempre. Si sporse dal parapetto del ponte di coperta puntando gli occhi su Alonso. «Vi ho pagato», disse freddamente. «Cos'altro volete?»

«Darvi qualcosa su cui riflettere, canaglia. Prima di correre qui ho mandato un uomo dal governatore. Ho pensato di fargli sapere che la sua flotta salpa in fretta e furia stanotte. Avrete presto sue notizie».

Rise e si dileguò a cavallo.

«Vai a leccare il culo del governatore!», gli gridò dietro Cortés.

Nel frattempo, il caudillo era consapevole che le proteste, le minacce e le maledizioni di Muñoz non si erano mai interrotte, così, in un lampo prese tre decisioni. Primo, le imprecazioni dell'inquisitore erano deleterie per il morale dell'equipaggio, ancor più quella notte che minacciava burrasca. Secondo, voleva riavere l'intera cabina e non era pronto a condividerla un istante di più. Terzo, c'era la questione del sogno che aveva fatto – mise inconsciamente le dita sul medaglione che aveva in tasca – non si poteva rigettare così facilmente. Probabilmente era solo un sogno, ma se fosse stato qualcosa in più? Se fosse stato veramente san Pietro a dirgli che il Cielo non avrebbe benedetto la spedizione senza Muñoz?

Cortés voleva avere più tempo per pensarci, ma prima doveva assicurarsi di far uscire la flotta da Santiago. Perciò disse a Diaz e Sandoval di scortare con discrezione Muñoz sul molo e trasferirlo sulla *San Sebastian*. «Schiaffatelo in guardina appena arrivate», disse. «Sarà in buona compagnia».

«Non potete farmi questo», strepitò Muñoz.

«Ci ho pensato molto», rispose Cortés, «in casi del genere posso fare quello che mi pare». Si avvicinò e abbassò la voce. «Potete spaventare i miei uomini coi vostri anatemi, ma non pensiate che qualcuno correrà a difendervi. Dopo la spedizione di Córdoba non siete affatto ben visto, Muñoz. Anzi, oserei dire che vi odiano». Sorrise compiaciuto e disse ancor più sottovoce: «Sapete, per quella pessima faccenda con il vostro paggio». Poi, aggiunse in un bisbiglio impercettibile: «Ditemi, l'avete ucciso per impedirgli di testimoniare contro di voi?».

Alla fine ebbe la soddisfazione di vedere Muñoz bianco come la cera. «Portatelo via», disse a Diaz e Sandoval.

Quando se ne furono andati, Cortés rimase sul ponte di coperta solo col timoniere, Anton de Alaminos, esploratore esperto di quelle acque da quando in gioventù aveva fatto il mozzo nel quarto viaggio di Colombo. Il vento ululava senza calare di un soffio girandogli intorno e facendo tremare le vele assicurate alle cime. Alaminos fece spallucce e alzò le mani in segno di resa. «Lo capite che non possiamo salpare in queste condizioni», disse a Cortés, «sarebbe un suicidio...».

Schiaffeggiato dalla tempesta, Cortés sapeva che Alaminos aveva ragione, eppure aveva solo una cosa in mente. Tutti i piani e le manovre di quella notte – il sequestro delle provviste di carne, l'elusione del complotto con La Peña – adesso andavano in malora. Quel bastardo di Alonso aveva mandato un messo a Velázquez che sicuramente aveva preso subito provvedimenti. La sabbia correva nella clessidra a una velocità spaventosa, in quello stesso momento il governatore stava certamente galoppando alla loro volta con una forza armata della sua guardia per appellarsi ai capitani che pendevano dalle sue labbra e bloccare la partenza della flotta.

«Su, andiamo, Alaminos», lo rimbrottò Cortés. «La bella vita ti ha levato il coraggio? Hai sfidato burrasche molto peggiori!».

CAPITOLO 33

Tlascala, prime ore di venerdì 19 febbraio 1519

«Dove mi trovo?», chiese Guatemoc.

«Ad Aztlán», rispose la voce di un uomo. «Terra della tua gente e dei tuoi dei. Sei nelle grotte di Chicomoztoc».

Guatemoc si guardò intorno. Si trovava in un'enorme caverna sotterranea rischiarata da un bagliore tenue ma diffuso che sembrava illuminare persino gli angoli più remoti. Migliaia di stalattiti in cristallo puro facevano brillare il soffitto a volta che aveva sulla testa. Da terra, a sovrastarlo ugualmente, si levava una foresta di stalagmiti dello stesso materiale. Non aveva più dolori, abbassò gli occhi per guardare il suo corpo e vide che non aveva più ferite ma indossava una semplice veste bianca di cotone appena stretta da una cinta.

Era tutto molto strano. C'era stato uno scontro, anche se non ricordava con chi, poi il buio e adesso era lì.

«Chi mi parla?», domandò.

A un metro dalla sua faccia sentì muoversi l'aria della caverna. Fu come se per un attimo si fossero scostate due tende enormi fino a quel momento invisibili, aprendo un varco sul vuoto. Poi, dal buio e dal quel passaggio inconsistente, da quel nulla, si udì un frullio d'ali e all'improvviso schizzò fuori un piccolo colibrì col becco lungo a forma di pugnale e le piume blu e gialle cangianti che fece sobbalzare Guatemoc dallo stupore.

«Sono Huitzilopochtli», disse la creatura volandogli intorno a gran velocità, «il Colibrì che siede alla sinistra del Sole». Per quanto minuscolo, aveva una voce forte e profonda.

La voce risoluta del guerriero.

La voce imperiosa di un dio.

Guatemoc cadde sulle ginocchia. «Signore Colibrì», disse. «Siete proprio voi?».

L'aria scintillò di nuovo, il colibrì adesso era sparito e davanti a lui si era materializzato un uomo. Un uomo perfetto, nel fiore degli anni, bello e forte, alto, muscoli scolpiti, pelle splendente, capelli d'oro e crudeli mani da soldato, con un perizoma blu, armato di un lungo e micidiale pugnale ultra affilato forgiato da un metallo letale. «Sì, principe», disse. «Ho una missione per te».

«Missione, signore?». Guatemoc alzò la testa e vide il dio incombergli sopra, vide quel lucente pugnale assassino levarsi in alto e posarsi sulla sua testa. «Sono qui per servirvi».

«Allora servirmi la tua volontà».

«Ditemi che devo fare», disse Guatemoc. Gli occhi del dio erano neri come la notte, neri come l'ossidiana, eppure uno spietato fuoco interiore li faceva brillare.

«Devi tornare nella terra dei vivi», rispose Colibrì. «Devi tornare immediatamente».

A un tratto Guatemoc ricordò tutto quello che era successo. Ricordò ogni movimento, ogni istante, ogni errore commesso nello scontro con Shikotenka, ricordò il freddo gelido, il dolore straziante, il peso funesto del pugnale tlascaliano che gli entrava nelle viscere, ricordò che era stato battuto e la facilità con cui era stato sconfitto, come un bambino caduto a terra per lo schiaffo di un adulto che lo mette in riga. «Ma io sono stato ucciso, signore», disse. «Come posso tornare se sono morto?»

«La tua ora non è ancora arrivata», disse Colibrì. «Ti ho riportato in vita per farti compiere l'opera per cui sei stato messo al mondo. Il tuo popolo dovrà affrontare una grande battaglia ma quello smidollato di Montezuma non è in grado di combatterla».

Poi, in un lampo, il braccio del dio si avventò su di lui e la lama ben salda nella sua possente mano fracassò il cranio di Guatemoc, producendo un'esplosione di luce...

Era notte inoltrata, la grande luna frangiata di nubi saliva sempre più in alto, e Guatemoc riprese i sensi ritrovandosi in una pozza del suo stesso sangue. Nella sua mente si sovrapposero due immagini: Shikotenka che lo pugnalava a morte e Colibrì che lo pugnalava facendolo tornare in vita. Quale delle due era realtà, quale il sogno?

Si tirò fuori da quella massa fredda e rappresa ma lo sforzo di quel movimento fu enorme e così si trovò faccia in giù a boccheggiare come un pesce sulla riva, senza sapere ancora se fosse vivo o morto mentre il vento rinforzava soffiando sull'erba e sul suo corpo lacerato. Alla fine riconobbe come un miracolo – forse davvero opera di Colibrì – il fatto di essere ancora in mezzo ai vivi, il fatto che il pugnale di Shikotenka l'aveva tempestato di colpi risparmiando chissà come gli organi vitali e il fatto che ora gli toccasse dare l'allarme. Se non ci fosse stato un piano micidiale pronto a scattare il re condottiero dei tlascaliani non sarebbe mai andato a spiare il campo di persona...

Sei tiri d'arco in fondo al pendio scosceso, quasi in linea con l'avvallamento in cui giaceva Guatemoc, c'era l'ingresso sud dell'accampamento, poco più di una fila di rovi messi di traverso alla larga via principale illuminata dalle lanterne che correva per duemila passi verso nord fino al padiglione di Coaxoch. Senza nessuna ferita Guatemoc l'avrebbe raggiunto e allertato le sentinelle in pochi minuti, ma quando cercò di alzarsi le forze lo abbandonarono di nuovo. Non riusciva nemmeno a mettersi in ginocchio! Provò a chiamare qualcuno ma la sua voce non era più alta di un sussurro e il vento era forte.

Doveva avvicinarsi alle sentinelle! Era l'unico modo. Si fece un'idea del percorso che portava dritto a loro in linea d'aria, abbassò la testa e iniziò a strisciare sulla pancia. Il movimento gli aprì le ferite e per un attimo lo fece contorcere nel sangue fresco. Lo strazio proseguì quando cominciò lentamente a scendere la collina, ora strisciando carponi, ora scivolando con il sedere sull'erba alta, senza riuscire a vedere dove stesse andando esattamente ma continuando a sentire in fondo il richiamo del campo col suo lago di luce e di voci.

Sapeva di essere brutalmente ferito. Malgrado l'intervento di Colibrì – vero o immaginario, chissà – sarebbe sicuramente morto se non avesse raggiunto in fretta gli ufficiali medici del re; nondimeno, il dolore che più gli bruciava era la vergogna per la facilità e lo sprezzo con cui l'aveva annientato Shikotenka. Il principe tlascaliano non era migliore di lui. Lui era molto più abile e massiccio. Guatemoc ricordò le vanterie con cui si era pavoneggiato prima dello scontro per cercare di scoraggiare l'avversario. Ora però lo scoraggiato era lui, uno storpio che strisciava, mentre Shikotenka era libero di andare dove gli pareva e fare i danni che voleva.

Rimangiandosi il proprio orgoglio, Guatemoc continuò la lenta e risoluta discesa del pendio, grato alla costante brezza che lo refrigerava. Quando cadde in una profonda fenditura di roccia il dolore fu lancinante. Si tirò fuori e si stese di schiena sul fianco della collina, scrutando la luna attorno alla quale adesso si radunavano grandi montagne di nubi. Quando trovò la forza di sollevarsi e guardò giù verso l'accampamento, si accorse con orrore di aver deviato dal percorso in linea retta che l'avrebbe portato alle sentinelle dell'ingresso sud. Nella confusione, aveva fatto una sorta di zigzag allungando molto il tragitto.

Stringendo i denti svoltò di nuovo sulla direttrice che scendeva per la collina. In quel caso, pensò, non avrebbe raggiunto il perimetro dell'ingresso sud ma avrebbe fatto un giro più lungo per quello a est. Le sentinelle stavano a cento passi l'una dall'altra. Per quanto poteva mirò a quella più vicina a dov'era lui.

Continuando a strisciare, Guatemoc sognò l'ora in cui avrebbe incontrato di nuovo Shikotenka e riscosso la sua vendetta per l'umiliazione di quel giorno. Avrebbe fatto prigioniero il re condottiero dei tlascaliani; l'avrebbe trattato come un'ospite d'onore per poi guidarlo sui gradini della grande piramide e offrire il suo cuore a Colibrì.

Si fissò tanto su quella scena da riuscire quasi a vederla, come fosse più reale del reale: l'imponente piramide sopra di loro, la corda nella sua mano stretta al collo di Shikotenka e lo stesso Shikotenka, imbrattato di gesso bianco, col perizoma di carta che saliva umilmente i gradini per andare a morire. Era tutto molto convincente, dettagliato, e Guatemoc si accorse di poter seguire la scena immaginaria che si dipanava nella sua mente riuscendo contemporaneamente a strisciare nella sua avanzata verso la sentinella. «Aiuto!», provò a urlare. «Aiuto!». Ma non gli uscì niente, nemmeno un sussurro. «Aiuto!». Provò di nuovo, ma il pugnale di Shikotenka gli aveva preso la voce.

Guatemoc continuò a trascinarsi. A un tratto si trovò sulla pianura ai piedi della collina, con la sentinella a cento passi da lui, mentre in testa aveva ancora Shikotenka che arrancava sui gradini della piramide coi muscoli scolpiti delle cosce che gli si tendevano sotto la pelle scura. In quanto responsabile della cattura, Guatemoc aveva un diritto esclusivo sulle cosce di Shikotenka che, come si usava, gli avrebbero fatto stufate con fagioli e peperoncini. Si leccò i baffi e solo allora ricordò che non c'era niente di reale. La grande piramide di Tenochtitlan era a due giorni di marcia da lì. Non ci sarebbe stato alcun sacrificio. Quella notte non avrebbe banchettato con le cosce di Shikotenka.

Alzò la testa da un ondulante ciuffo d'erba e vide che la luna riaffiorava da uno spazio fra le nubi raddoppiando la propria luminosità. Vide chiaramente la sentinella ad appena cinquanta passi, girata di spalle e con l'ombra lunga proiettata dalla luna che somigliava tanto a un dito ammonitore. «Aiuto!», gridò Guatemoc. «Aiuto!».

Niente...

A quel punto udì qualcuno che si avvicinava a passo di corsa nell'erba. Pregò gli dèi di essere trovato!

Quando lo raggiunse, la sentinella si chinò subito su di lui. «Ubriacone», esclamò in un ruvido dialetto locale. A giudicare dall'osso che gli bucava il naso, apparteneva alla feccia Otomi che Montezuma aveva assoldato da poco. Guatemoc si era opposto a quella politica e ora gli toccava farsi salvare da uno di quelli! Non si aspettava certo che un volgare mercenario sapesse chi era; e poi aveva solo un perizoma che non indicava il suo alto rango, così provò a presentarsi: «Amico mio, sono Guatemoc, un principe di sangue. Manda subito qualcuno a chiamare il padron Coaxoch».

Ma le parole non gli uscivano e l'otomi, che finora si era limitato a fissarlo, alla fine sembrò notare le ferite e disse: «Cosa? Non sento».

Guatemoc riprovò. «Allarme!», disse. «Ora! Tlascaliani. Coaxoch deve saperlo!».

Ma di nuovo non gli uscì mezza parola.

L'otomi si raddrizzò, fece un gran sospiro di noia e disse ad alta voce verso il posto di vedetta successivo, «Ehi, aiutami. Ho un ferito qui».

«Sono Guatemoc. Chiamate subito Coaxoch».

Stavolta le parole uscirono. Nel più lieve e rauco dei sussurri.

L'otomi però non lo sentì.

CAPITOLO 34

Tlascala, prime ore di venerdì 19 febbraio 1519

Mentre il resto dei cinquanta sedeva sulle gambe, senza il minimo affanno dopo una corsa di quindici chilometri nella notte, Shikotenka portò Chipahua e Albero sul crinale. La luna, ancora fresca di plenilunio, spandeva il suo bagliore argenteo dai banchi di nuvole in fuga, l'erba alta oscillava al forte vento e i tre uomini scrutarono in fondo alla scarpata l'immenso anfiteatro di colline in cui i mexica avevano allestito il campo. La scena, illuminata da un tremolio di falò e lanterne, si apriva sul caos e l'anarchia. Con grande stupore, malgrado l'ora tarda videro che in giro c'erano ancora migliaia di loro nemici che, fra voci alte e grasse risate, vagavano a gruppi da un settore all'altro del campo armato per fermarsi alle bancarelle, entrare nei bordelli ambulanti o barattare coi mercanti vestiti, pulque e tabacco.

«Non sembra che abbiano trovato Guatemoc», disse Chipahua. «O si siano accorti della sua assenza».

«Non sembra nemmeno che siano venuti a combattere una guerra», disse Albero. «Sembra più una festa».

«Sono troppo abituati a vincere», disse fra sé e sé Shikotenka, profondamente sollevato che l'episodio con Guatemoc non avesse avuto un seguito. Il corpo del principe doveva ancora giacere nell'avvallamento erboso in cui si erano battuti. «Si sono dimenticati che possono perdere». Socchiuse gli occhi e notò che le sentinelle stavano a cento passi l'una dall'altra intorno al grande perimetro all'interno del quale le lanterne delineavano le vie più trafficate. Correvano da nord a sud e da est a ovest, incrociandosi davanti al padiglione di Coaxoch al centro esatto dell'accampamento. «Suggerimenti?»

«Voliamo?», disse Chipahua.

«Aspettiamo che le nubi coprano la luna», suggerì Albero studiando il cielo in cui stava per montare la tempesta. «Non ci vorrà molto. A quel punto, basta entrare e andare sempre dritto». Indicò l'estremità a sud sull'asse principale nord-sud che stava quasi proprio sotto di loro, ai piedi della collina. A intervalli di venti passi, su quel grande viale c'erano stazioni di sentinelle in coppia per tutta la lunghezza della strada.

«E le sentinelle?», chiese Chipahua.

«Le uccidiamo», disse Albero.

«Meglio passare inosservati», disse Shikotenka. «Sennò a che servono queste?», disse tirandosi le maniche dell'uniforme rubata a un cavaliere mexica del giaguaro che aveva ucciso pochi mesi prima. Il resto della squadra era vestita più o meno allo stesso modo. «Non ci sono abbastanza sentinelle attorno al perimetro: quando la luna sarà dietro le nuvole, potremo scivolare tra l'una e l'altra senza essere visti. Ci dividiamo in piccoli gruppi, ci mischiamo alla folla e andiamo spediti al padiglione di Coaxoch. Quando siamo tutti lì davanti, sferriamo l'attacco».

Chipahua e Albero si scambiarono uno sguardo preoccupato che Shikotenka ignorò. Sapeva che il piano aveva parecchie falle ma doveva aver fede negli dèi, indietro non si tornava.

Con la luna ancora accesa che ballava dentro e fuori le nubi, Shikotenka tenne i suoi uomini al riparo dell'erba alta facendoli strisciare giù per la collina sul percorso che aveva usato lui nel pomeriggio. Raggiunsero la conca dove si era scontrato con Guatemoc trovandola calpestata e livellata, incrostata ovunque di pozze di sangue rappreso, ma senza più traccia del principe. Una scia particolarmente larga e nitida, come di scivolone o di strisciata, portava fuori dalla conca e proseguiva giù verso l'accampamento mexica.

Acolmiztli studiava il sangue fresco nella traccia e lanciava sguardi accusatori a Shikotenka: «Non avevi detto di averlo ucciso?»

«Pensavo di sì. L'ho pugnalato sei volte».

«Dovevi assicurartene. Sanguina ancora, quindi è ancora vivo; la buona notizia è che non è andato via da molto. Seguiamolo».

Lasciando il resto della squadra nella conca agli ordini di Albero, i due si lanciarono a quattro zampe giù per la collina. Acolmiztli, con la sua strana corsa di ragno, era più veloce, così lasciò indietro Shikotenka che alla fine lo raggiunse su un pianoro basso in mezzo all'erba ondeggiante.

«Shh!», gli fece segno Acolmiztli.

Più avanti, vicinissimo a loro, sentirono gridare una voce sopra il vento: «Ehi, aiutami. Ho un ferito qui».

Shikotenka si sollevò appena sull'erba e vide una sentinella a meno di cento passi. Ai suoi piedi c'era una figura ricurva e imbrattata di sangue. Di gran corsa arrivò l'altra sentinella e Shikotenka si rituffò al riparo. Poi sentirono altre grida e il nuovo arrivato che urlava a sua vola: «Lo capisci chi è questo? Ne hai la più *pallida idea*?».

Un mugugno: «Somiglia a un ubriacone che si è pugnalato da solo».

«Questo è il principe Guatemoc, idiota!».

Presto arrivarono altre sentinelle, almeno cinque o sei, e molte iniziarono a urlare «Guatemoc! Guatemoc!». Qualcuno lanciò un fischio. Un tamburo cominciò a rullare. «Il principe Guatemoc è stato aggredito! Chiama i medici! Chiama la guardia!».

Shikotenka e Acolmiztli assistettero a bocca aperta al caos che degenerava in pandemonio con l'accorrere di centinaia di mexica nel punto in cui giaceva a terra Guatemoc. Negli ultimi istanti prima che un'immensa massa di nubi coprisse la luna, videro sbalorditi che persino le sentinelle di guardia nei due grandi assi principali dell'accampamento avevano abbandonato le postazioni e si affollavano al fianco del principe ferito.

In quel momento, il lungo viale che connetteva l'ingresso sud al padiglione di Coaxoch sembrava completamente sguarnito.

Shikotenka e Acolmiztli si scambiarono un sorriso incredulo. Allora iniziarono a correre, col favore delle tenebre per la densa nuvolaglia che ormai aveva completamente inghiottito la luna. Senza più bisogno di strisciare nell'erba, risalirono la collina di volata e in pochi istanti raggiunsero la conca dove li aspettavano i cinquanta.

Albero stava sul crinale con gli uomini pronti alle sue spalle in pieno assetto di guerra. «Quindi basta andare sempre dritto?», chiese. «Come volevo fare fin dall'inizio?»

«Dritti alla meta», disse Shikotenka con un ghigno spietato.

Che capricciosi gli dèi, pensò, e quanto sono imprevedibili con le loro intromissioni nelle vite degli uomini.

CAPITOLO 35

Tenochtitlan, prime ore di venerdì 19 febbraio 1519

Quando Malinal ricominciò a connettere dopo le botte in testa ricevute nel piazzale, scoprì di avere raggiunto chissà come la grande piramide e di aver già iniziato a salire l'ampia scalinata nord. A destra e a sinistra, piazzate ogni tre gradini, c'erano le guardie con le torce gocciolanti in mano a illuminare la lunga fila di prigioniere in cui si trovava lei. Sentì che una mano la spingeva da dietro per aiutarla nella scalata, si voltò e trovò proprio Tozi. «Coyotl?», chiese con la voce incrinata.

«Andato», disse Tozi. Aveva il viso bianco di gesso tutto imbrattato di sangue. «Ahuizotl l'ha messo nell'altra fila. Non l'ho più visto».

«È colpa mia!», singhiozzò Malinal. Lo conosceva appena, ma le ultime ore erano state così intense che la separazione dal piccoletto nervoso e intelligente l'aveva sconvolta facendola sentire responsabile di tutto. «Ahuizotl l'ha fatto per fare un torto a me. Se non avessi tenuto in braccio Coyotl non l'avrebbe preso».

«Non è colpa tua se Ahuizotl è un vecchio malvagio e consumato dall'odio», disse Tozi. «Tu hai dimostrato a Coyotl di volergli bene. Dovresti pensare a questo».

La scalata era molto lenta, a volte si stava ferme sul posto per molto, poi si facevano uno o due altri gradini e ci si bloccava di nuovo. Il vento caldo che si era alzato prima, aveva rinforzato; la luna era attraversata da una fuga di grosse nuvole e i piedi di Malinal erano intrisi nel flusso schiumoso e appiccicoso di sangue umano che colava dalla piattaforma e scendeva a rallentatore dai gradini ripidi e stretti vicini alla cima. Era scivoloso e insidioso. Si accumulava in varie pozzanghere basse sparse in tutto il piazzale alla base della piramide. Riempiva l'aria di un fetore acido e terrificante.

Malinal ebbe dei crampi allo stomaco, poi sentì dei conati di vomito e la bile che saliva fino alla gola. La crudeltà e gli eccessi dei mexica non erano niente di nuovo, ma era lo stesso sconvolta dall'orrore e dalla malvagità di quell'immensa sagra di uccisioni. Le venne un altro crampo allo stomaco; stavolta non riuscì a trattenersi e liberò uno spruzzo caldo e soffocante schizzando tutto intorno.

«Coraggiosa!», urlò una delle guardie prendendola in giro.

«Una vera eroina!», sghignazzò l'altra. «L'ombra di un coltello e vomita le budella!».

A quel punto si sentirono i tonfi e i capitomboli della carne che batteva sulla pietra: i sacerdoti avevano gettato dall'orlo della piattaforma una pila di dodici torsi sanguinanti. I resti umani ruzzolarono giù dai gradini come grappoli di frutta viscida caduta da un albero maligno che lasciava scie di budella rotolando e rimbalzando senza controllo per atterrare poi nel piazzale sottostante. Quando le passarono accanto, Malinal sentì qualcosa di umido e pesante strisciarle sulla gamba e le si rivoltò ancora lo stomaco; si piegò in due, vomitò succhi gastrici e ansimò fra le risate generali delle guardie.

Passati gli spasmi, si raddrizzò e sputò, sferzata dall'odio come dall'acido. Che razza ignobile e crudele quella dei mexica, una gara di bulli arroganti, tronfi e sguaiati che traevano il massimo piacere dalla profanazione dei corpi altrui.

Gara di cattiverie e malvagità che non conoscevano confini.

Malinal era gonfia di rabbia impotente, voleva punirli, colpirli col suo castigo, fargli provare le stesse umiliazioni che infliggevano loro, ma sapeva anche che non sarebbe successo niente del genere, che avrebbe continuato a scalare la piramide, passiva e docile come uno stupido animale diretto al macello e che, una volta raggiunta la cima, sarebbe stata uccisa.

Un soldato scese attentamente i gradini guadando il fiume di sangue e la avvicinò. Aveva un grande guscio di zucca appeso al collo con dentro un liquido che attingeva con una coppa d'argento e offriva a tutte le prigioniere della fila.

Bevevano quasi tutte.

Quando arrivò il suo turno, Malinal chiese al soldato – che aveva un faccione bruttino, onesto e bruciato dal sole – cosa le stesse offrendo.

«*Iztli*, naturalmente».

«*Iztli*?»

«L'acqua d'ossidiana». Alzò la testa e lanciò un'occhiata alla cima della piramide, a meno di cinquanta passi da loro, da cui arrivavano le urla della vittima di turno. «Bevi». Le porse la tazza d'argento. Aveva un tono quasi supplicante, gli occhi sereni e gentili, con le rughe delle risate agli angoli. «Bevi, bella signora».

«Cosa mi farà?»

Guardò di nuovo in modo allusivo la cima della piramide e fece un passo indietro. «Ti farà sentire meno dolore, signora».

Quando Malinal allungò il braccio, Tozi si sporse dal gradino di sotto e le scostò la tazza con un pugno. «Non serve a diminuire il dolore! Senti come urlano! Non gli frega un cazzo di quanto soffriamo. Usano l'*Iztli* per annebbiarci la mente. Lo usano per addomesticarci così è più facile portarci sotto il pugnale».

Lo sguardo gentile del soldato si fece indifferente. «Peggio per voi», disse con sufficienza riempendo la coppa e andando dalla vittima dietro Tozi che bevve avidamente.

Malinal pensava *Forse è meglio essere addomesticata se mi evita il dolore quando mi aprono il petto.* Stava quasi per richiamare il soldato, ma Tozi la zittì con lo sguardo e bisbigliò: «No! Dobbiamo stare sveglie. Non è ancora finita».

Malinal la guardò più da vicino e vide che in fondo agli occhi della ragazza c'era una scintilla, un fuoco che le era svanito dopo la sparizione e le successive devastanti convulsioni nella gabbia.

Ci fu un altro scoppio di urla terrificanti e, come un mostruoso millepiedi, l'intera fila si avvicinò alla cima di due gradini.

«Che facciamo?», chiese Malinal. Il cuore che presto le avrebbero strappato dal petto batteva all'impazzata; il sangue che presto le avrebbero prosciugato dal corpo pulsava tanto da batterle dietro le orecchie.

Tozi improvvisamente sorrise e Malinal intravide una luce in fondo agli occhi della sua strana amica, come la luce di una dolce innocenza ultraterrena che si irradiava oltre il gesso e il carboncino, oltre i panni che la tosta mendicante usava per nascondere ancor più in fondo il fatto di essere una strega. «Pensavo di aver perso i miei poteri», disse, «credevo di averli persi per sempre. Ma dopo che hanno preso Coyotl ho iniziato a sentire di nuovo qualcosa...».

La fila salì un altro spaventoso gradino.

«Non so ancora cos'è», continuò Tozi. «Ma è qualcosa! Lo sento!».

«Proverai a farci sparire di nuovo?»

«No! È diverso».

«Come lo sai?»

«Ho già provato – prima di cominciare a salire i gradini, per uno o due secondi – ma non ha funzionato».

«Parli della tua nebbia?».

Tozi scosse la testa: «No, non la nebbia».

«Allora cosa?».

«Non lo so! Speravo di saperlo! Ma sono sicura di poter fare ancora qualcosa lassù. Devo solo scoprire cosa».

Dalla cima della piramide giunsero altre urla, ora più vicine, anche se la piattaforma era ancora nascosta dalla fortissima pendenza della scalinata. Si udì perfettamente il molle *crack* del pugnale di ossidiana che squarciava uno sterno umano, seguito da uno strillo acuto e gorgogliante e da un improvviso fiotto di sangue che colava dall'ultimo gradino in cima.

Davanti a loro c'era una giovane totonachi, con le natiche flosce e oscillanti penosamente scoperte dal perizoma di carta, che aveva saggiamente rifiutato l'*Itzli* e ora si girava allungando le mani per afferrare la spalla di Malinal. «Non ce la faccio!», gridò. Aveva gli occhi spiritati. «Non posso continuare!». Diede uno strattone a Malinal facendola quasi cadere dal gradino scivoloso e disse: «Salta con me! Tu e io insieme! Buttiamoci di sotto. La caduta ci ucciderà. È meglio del pugnale…».

Una morte scelta al posto di una morte inflitta? Non era tanto assurdo, pensò Malinal. E poi, avrebbero anche raggirato le sanguinarie divinità dei mexica.

Quella morte però non faceva per lei, finché c'era ancora la speranza che le aveva riacceso Tozi. Si piegò liberando la spalla dalla presa della totonachi. «Salta se devi», le disse. «Non ti fermerò ma non verrò con te».

«Perché? Non capisci cosa ci faranno?». La donna rivolse la faccia alla cima della piramide ancora nascosta dal dislivello.

«Lo so», disse Malinal, «e va bene. Tu ti occupi della tua morte, io mi occupo della mia».

Fra gemiti di paura, preghiere a mezza bocca, facce spente e intossicate dall'*Iztli*, le prigioniere continuarono a trascinarsi sulla scalinata fermandosi per istanti infiniti e poi riprendendo la salita. Solo quelle vicinissime all'ultimo gradino potevano vedere l'altare e la pietra del sacrificio, mentre i tronchi mutilati delle donne che erano salite pochi attimi prima continuavano a essere lanciati dai sacerdoti ricordando incessantemente a tutte cosa c'era in serbo per loro.

Un gradino. Stop.

Due gradini. Stop.

La luna era di nuovo dietro le nuvole ma la piattaforma era illuminata a giorno dalle torce e dai bracieri, tanto che Malinal cominciò a vedere prima le teste, poi le spalle, poi i tronchi della squadra di sacerdoti in cima alla piramide.

C'era anche Ahuizotl!

Come poteva non esserci se voleva bearsi della sua morte?

Malinal piegò le dita ad artiglio.

Accanto al sommo sacerdote c'era Cuitláhuac, con cui pure aveva diviso il letto.

Più in là, nudo, intriso di sangue dalla testa ai piedi, travolto dal ritmo furioso del suo lavoro, col volto fisso in un ghigno d'estasi, c'era quel codardo di Montezuma che aveva visto cacarsi addosso dalla paura.

Whack! Crack! Il pugnale di ossidiana si abbassò ancora impregnando all'istante di sangue rosso acceso gli abiti bianchi di carta della vittima di turno. Le arterie recise fecero zampillare altro sangue nell'aria e, con un suono orrendo di poltiglia appiccicaticcia, venne fuori il cuore.

Malinal sentì perfettamente Montezuma che diceva, come parlando al vento: «Benvenuto, Signore. Questo è per te». Subito dopo un'altra vittima fu distesa sulla pietra sacrificale e la donna totonachi salì l'ultimo gradino prima della piattaforma restando ad aspettare davanti alla squadra assassina impegnata nel suo compito. Quando il pugnale si alzò e ricadde, la donna si voltò con un sorriso triste sulla faccia, stese le braccia come ali e rimase sospesa a mezz'aria sulla vertiginosa scalinata.

Cuitláhuac si accorse del pericolo prima degli altri e sbraitò qualcosa ordinando di trattenerla ma, quando le guardie si avvicinarono, lei si avvinghiò a una di loro facendogli perdere l'equilibrio e ruzzolando via con lui per tutti i gradini scoscesi fra giravolte e rimbalzi micidiali che ridussero i loro corpi in pezzi sanguinolenti molto prima di arrivare in fondo alla scalinata.

Malinal sapeva che Montezuma era superstizioso.

Un suicidio indecoroso, commesso in sua presenza per sottrarre un cuore umano a Colibrì doveva essere un pessimo presagio, di quelli per cui sicuramente avrebbe chiamato a rispondere il sommo sacerdote Ahuizotl. All'improvviso il tamburo di serpente, le conchiglie e le trombe smisero tutte insieme di strepitare e, nel silenzio tetro che seguì, l'unico suono percettibile arrivava da Tozi. Era lo stesso insistente e tenue sussurro che aveva usato prima della sparizione nella gabbia e ora cresceva di volume allo stesso modo, facendosi basso e cupo, sempre più simile a un ringhio o a un grugnito.

Ahuizotl fece un passo avanti. Incrociò lo sguardo di Malinal ma andò oltre. Sembrava sconvolto, disorientato.

Stava pensando agli atroci castighi che gli avrebbe inflitto Montezuma?

O Tozi gli era entrata nella testa?

Malinal iniziava a sperare che l'amica avesse riacquistato davvero i suoi poteri, quando si sentì bucare il cranio dallo sguardo truce e iniettato di sangue di Montezuma e, in un lampo, i suoi quattro aiutanti le afferrarono braccia e gambe schiacciandole la schiena sulla pietra del sacrificio.

CAPITOLO 36

Tenochtitlan, prime ore di venerdì 19 febbraio 1519

Era una notte davvero infernale, sferzata dai venti e dalla tempesta. I tuoni non la smettevano di rombare e le immense nubi nere continuavano a tormentare la luna, a volte riducendola a una fiammella di falò, a volte permettendo alla sua faccia infuriata e itterica di fare capolino, a volte spegnendola completamente come se in cielo si chiudesse una porta.

Illuminato dalle torce tremolanti e dai bracieri abbaglianti nel cuore della notte, pur non avendo mai smesso di uccidere fin dal mattino, Montezuma non era affatto stanco. Aveva assunto altre due dosi massicce di *teonanácatl* e il potere divino dei funghi gli scorreva nelle vene rendendolo feroce, forte e invincibile. Invece di stancarlo, ogni nuovo colpo che assestava col pugnale di ossidiana sembrava animarlo ancora di più. Se i sacerdoti gli avessero trovato altre cinquemila vittime, le avrebbe uccise tutte. Diecimila? Sotto a chi tocca! Avrebbe fatto qualunque cosa per il suo dio.

Sembrava incredibile, eppure Montezuma sentiva tutto.

Tutto.

Il mondo di sangue e di ossa e l'altro fatto di ombre, in cui aveva incontrato e parlato con Colibrì.

Il dio non si fece vivo per molte ore dopo l'inizio della nuova infornata di sacrifici, ma adesso tornava talmente in punta di piedi che sembrava essere stato sempre lì accanto. Stava fra Cuitláhuac e Ahuizotl, con aria sorniona e divertita.

«Benvenuto, Signore», disse Montezuma innalzando un cuore pulsante. «Questo è per te». Lanciò l'organo grondante sul braciere che mandò fumi e vapori e si girò immediatamente verso la prossima vittima, le squarciò in due il petto e strappò il cuore anche a lei.

Andava tutto a meraviglia, pensò Montezuma. Non riusciva a smettere di ridere e sghignazzare. Perché avrebbe dovuto in fondo? Il dio era di nuovo con lui, i cuori e il sangue gli stavano facendo da acconto sul prezzo già concordato e ora poteva aspettarsi il suo aiuto contro i potenti stranieri. Uccidessero pure da lontano coi loro serpenti di fuoco! Combattessero pure al fianco di bestie feroci! Con la guida di Colibrì i mexica avevano la vittoria in pugno e, anche se avessero avuto accanto Quetzalcóatl in persona, gli stranieri sarebbero stati annientati! Non poteva che andare così.

Fu un bel sogno finché Montezuma non sentì Cuitláhuac urlare, «Prendetela!», e poi dei piedi nudi che strisciavano alle sue spalle. Quando il cadavere insanguinato sulla pietra sacrificale fu portato via per il macello, si voltò e assistette a una scena incredibile. Invece di aspettare docilmente il pugnale che meritava, la vittima successiva stava in bilico sull'orlo della piattaforma, i vestiti di carta battuti dal vento e le braccia spiegate come ali, pronta a gettarsi dalla scalinata nord. Bisognava impedirlo a ogni costo, altrimenti il dio si sarebbe irritato. Gli vennero le palpitazioni dalla rabbia. Se la donna fosse riuscita nel suo intento avrebbe preteso la pelle di Ahuizotl. Le guardie si mossero verso di lei e il tempo sembrò volare. Una riuscì ad afferrarla. Dopo un corpo a corpo sull'orlo dell'abisso, lenta e impossibile come una cosa mai vista prima, entrambe le sagome caddero e sparirono…

Il silenzio attonito che seguì fu rotto da un suono terrificante, una specie di ringhio sussurrato e sinistro che seguiva la cantilena tipica della stregoneria. Montezuma vide subito che veniva da una femminuccia lurida coi capelli scompigliati. Era la seconda nella fila di prigioniere che si avvicinavano alla fine della scalinata e lo stava guardando dritto negli occhi.

Nessuno guardava il Supremo dei mexica negli occhi.

Invece, la piccola stracciona a cui presto avrebbe strappato il cuore non mostrò alcuna paura quando incrociò il suo sguardo, era assolutamente tranquilla.

E non era l'unica! Un gradino sopra il suo c'era un'altra ribelle. Alta, impiastrata di gesso bianco in faccia, coi capelli tagliati alla meglio, nei suoi umilianti abiti di carta, quella donna non sembrava affatto una vittima, anzi, lo fissava mettendolo in soggezione con lo stesso atteggiamento di attesa rapace della bambina, facendolo agitare ancora di più.

Fu preso dal panico, sentì andare tutto a rotoli. Il tremendo presagio del suicidio, seguito a ruota dallo strano atteggiamento di quelle due femmine gli stavano per risucchiare tutto il coraggio. Cercò Colibrì in un misto di timore per la sua ira e disperata voglia di assoluzione, ma il dio presentissimo fino a pochi attimi prima era sparito di nuovo come era apparso, nel più assoluto silenzio e nel mistero.

«Aaaah! Aaaah!». Per una vecchia maledizione che tornava a perseguitarlo le budella di Montezuma si contorsero e distesero, contorsero e distesero, ma non poteva certo evacuare davanti a tutti in cima alla piramide. Era impensabile.

Si chinò, cercò di darsi una controllata e fu investito da una nuova divina ondata di energia dei funghi che gli spinse un pugno di vomito in bocca costringendolo a inghiottire senza respirare come una rana. La donna alta sorrise.

Sorrise!

Come osava?

La rabbia superò la paura e iniziò a schiarirgli di nuovo le idee. Il suicidio era la forma peggiore di sacrilegio, doveva farsi perdonare. Il dio lo aveva abbandonato di nuovo ma l'aveva già fatto in passato, si poteva ancora sperare che la mietitura di vittime lo convincesse a tornare. L'unica cosa da fare era mettere da parte ogni distrazione e continuare i sacrifici come se non fosse successo niente.

Montezuma segnalò ai musici di riprendere a suonare mentre i quattro assistenti acciuffavano la spilungona per le braccia e per le gambe, la facevano girare con delle manovre collaudate facendo il minimo sforzo e la gettarono di schiena sulla pietra del sacrificio. Così sollevò il pugnale di ossidiana stringendo il manico a due mani e sussurrò la preghiera rituale, «Oh, signore, Colibrì, assiso alla sinistra del Sole, accettate quest'offerta».

Stava per affondare il pugnale quando sentì esplodere in testa la voce assordante e inattesa del dio: «No! Questa offerta *non* la voglio. Questa donna *non* devi ucciderla».

Montezuma si bloccò di colpo col pugnale a mezz'aria. «Ma, signore, mi avete detto voi di portarvi dei cuori».

«Continua a portarmi dei cuori, Montezuma, ma non questo. Questa donna *non deve essere toccata*. L'ho scelta per una missione».

«Voi l'avete… scelta, signore?»

«Così come ho scelto te».

A un tratto la voce del dio cambiò e Montezuma si trovò di nuovo al cospetto di Colibrì. Sembrava che stessero guardando entrambi la vittima da una cima altissima. La pelle del dio della guerra era infuocata, abbagliante. «Liberala», comandò.

Montezuma esitò. Aveva capito bene? Forse c'era un errore? «Liberarla?», balbettò.

Il dio sospirò. «Sì. Liberala. Devi per forza ripetere tutto quello che dico?».

In quello stesso momento, nel mondo fatto di sangue e ossa, Montezuma sentì Ahuizotl avvicinarsi e sussurragli all'orecchio un consiglio. «*Non* dovete liberarla, Magnificenza! Questa donna deve morire! Deve morire! Il dio non ci perdonerà se uscirà indenne dalla pietra».

Montezuma ricordò che solo lui parlava con Colibrì, mentre ad Ahuizotl e agli altri doveva sembrare che parlasse fra sé e sé. «Zitto!», ruggì.

«Ma signore...».

«Tu non sai *niente*, Ahuizotl! Avrò la tua *pelle* per la delusione che mi hai dato stanotte».

Il sommo sacerdote si mise a cuccia e tremò farfugliando delle scuse, poi, incredibilmente, la donna sulla pietra parlò. Aveva una voce piena e gutturale, in qualche modo familiare, e sembrò scavare negli occhi di Montezuma: «Il tuo sacerdote è corrotto», gli disse. «Ha infranto il voto di castità e mi ha portata nel suo letto...».

«Mente!», gridò Ahuizotl. «Mente! Mente!».

Ma Cuitláhuac si era avvicinato e ora studiava il viso della donna grattandole la maschera bianca di gesso e iniziando a far vedere la sua pelle. «Malinal!», esclamò all'improvviso. «Questa è Malinal, Supremo! Vi ha fatto da interprete quando il messo dei maya chontal ha portato notizie su quegli dèi. Avete ordinato la sua esecuzione».

«Ahuizotl ha disobbedito al Supremo», disse la donna. «Ha preso di nascosto una casa nel Tlatelolco. Mi ha portata lì dal vostro palazzo quattro mesi fa. Ha abusato di me...».

«Mente!», strillò di nuovo Ahuizotl. «Tutte bugie!».

«La cosa è più complessa di quanto appaia», disse Cuitláhuac. Era notoriamente un accanito sostenitore di regole e regolamenti, nemico di Ahuizotl e forte assertore del celibato per i sacerdoti. «L'accusa è grave. Dobbiamo interrogare ancora la donna e scoprire la verità».

«No!», sbraitò Ahuizotl. «Uccidetela!».

Gli occhi di Montezuma balenarono avanti e indietro fra i due uomini e in basso, sul corpo prono e allungato della donna.

Sì, si ricordava di lei. Gli era venuto un crampo allo stomaco e gli avevano tuonato le budella. Lei aveva assistito a quella vergogna e lui aveva ordinato la sua morte; eppure stava lì, quattro mesi dopo, ancora viva.

Come poteva non essere vera la sua storia?

Quando un altro terribile crampo gli morse lo stomaco e dalla bocca gli uscì una bolla d'aria acida, prese la sua decisione. Non ci sarebbe stato nessun interrogatorio. Se la sarebbe vista dopo con Ahuizotl, ma la donna conosceva il suo segreto e doveva morire insieme a lui, seduta stante.

A quel punto la vittima alzò i suoi grandi occhi neri verso di lui e le fiamme tremolanti delle torce e il violento bagliore dei bracieri furono catturati e attizzati dal suo sguardo che arrivò quasi a bruciargli l'anima. Resistendo al forte istinto di fare un balzo indietro e persino di fuggire, Montezuma alzò di scatto il pugnale sulla testa e raccolse tutta la energia che aveva per sferrare un colpo letale.

Che non andò mai a segno.

Che non partì nemmeno.

«Tu, patetico e stupido omuncolo», esplose la voce di Colibrì. Senza che nessun altro lo vedesse o lo sentisse, il dio gli stava accanto, splendente come un vulcano. «Libera subito questa donna. Mandala via incolume da questa città. Così ho detto».

Montezuma si dimenò, provò a muovere la mano con il pugnale e scoprì di averla paralizzata a mezz'aria sulla testa. «Se non la lasci andare muori», disse il dio. «Anzi, perché non muori comunque? Preferisco Cuitláhuac».

«Ma... ma... ma...», Montezuma cercò di parlare ma non ci riuscì; provò a respirare ma non ci riuscì.

«Interessante, no?», disse il dio, «questa cosa della morte. Piacevole darla, molto meno riceverla».

Montezuma spalancò la bocca, gli vennero conati di vomito e non riuscì più a respirare. Era come se una mano immensa gli coprisse il naso e la bocca.

«Non cercare di respirare», continuò il dio. «È peggio. Fra pochissimo sarai travolto dalla paura, perderai il controllo del tuo corpo e ti svuoterai le budella. Su, su! *Dove finirà il tuo segreto allora?*»

«Gahhh, ahh, gaargh...».

Montezuma la sentì arrivare, sentì la morte addosso come uno sciame di api, fu scosso da un altro crampo micidiale e cercò disperatamente di gesticolare in segno di resa.

Colibrì fece un sorriso maligno. «Cosa?», disse. «Dicevi?»

«Gnahh, aargh...».

«Ah. Sei d'accordo? Stai dicendo questo? Libererai la donna?».

Girando la testa e torcendo le ginocchia, Montezuma assentì con un cenno del capo.

«Umm», disse il dio. «Ci contavo. Be', immagino di doverti dare un'altra possibilità. Istruire Cuitláhuac a recitare la tua parte sarebbe noiosissimo».

La sensazione di una mano schiacciata sulla faccia sparì di colpo e Montezuma riuscì a respirare di nuovo. Ansimando e cominciando a recuperare la vista in preda alle palpitazioni, si girò verso i quattro aiutanti. Tenevano la donna distesa sulla pietra del sacrificio bloccandole polsi e caviglie con il terrore e lo smarrimento stampati sul volto. «Liberatela!», strepitò.

La donna si rialzò a fatica e Montezuma ordinò di allontanarla dalla piramide, darle dei vestiti e farla uscire da Tenochtitlan. Il dio aveva detto che doveva lasciare la città. Il dio aveva detto che non le si doveva torcere un capello. Il dio non si doveva contraddire.

Lei però non volle andarsene!

Anzi, guardandolo dritto negli occhi come fosse una sua pari, quella donna – quella Malinal, come l'aveva chiamata Cuitláhuac – fece un'altra richiesta.

«Sono stata portata qui con un'amica», disse indicando la ragazza coi capelli scompigliati che stava in cima alla scalinata. «Non me ne vado senza di lei».

Montezuma si rivolse a Colibrì, ma il dio l'aveva di nuovo abbandonato.

Cercò Ahuizotl. Anche il sommo sacerdote era sparito.

Guardò Cuitláhuac, che conosceva Malinal, e gli altri nobili. Avevano formato un capannello attorno alla pietra sacrificale vuota e parlavano sottovoce.

C'era aria di sedizione.

«Ricordo il nostro ultimo incontro», disse pacatamente Malinal. Puntò lo sguardo sulla pancia di Montezuma. «Vostra altezza non sembrava stare tanto bene. Permettetemi di esprimere la speranza che vi siate completamente rimesso». Mentre lei parlava, Montezuma sentì addosso gli occhi della amichetta straccione della donna, udì il sussurro magico che ancora le usciva dalle labbra e non poté fare a meno di piegarsi in due quando fu colpito da un altro crampo allo stomaco.

«Prenditela», biascicò. «Prenditela. Libero tutt'e due».

Imbrattata di gesso e di sangue, Malinal sembrava più un demone o un fantasma che un'umana in carne e ossa.

«Aspettate!», disse. «C'è un'ultima cosa».

CAPITOLO 37

Santiago, Cuba, prime ore di venerdì 19 febbraio 1519

Quell'uomo era magro come una frusta. Sotto l'oscillante luce della lanterna, la sua faccia sveglia battuta dal vento era segnata dal timore. «Lo capite che non possiamo salpare in queste condizioni», disse a Cortés, «sarebbe un suicidio…».

Subito dopo l'arrivo di Alvarado, Melchiorre aveva sbrigato delle faccende per il suo padrone, mentre Pepillo era rimasto nel cassero di poppa a leccarsi le ferite. Poi, Alvarado e Cortés avevano lasciato la nave sferragliando sul molo in groppa ai cavalli. Era passato del tempo. Pepillo se n'era accorto dal progressivo spostarsi della luna a ovest nel cielo sempre più annuvolato e burrascoso. Aveva sonnecchiato un bel po'. Al risveglio il vento aveva rinforzato, fischiava e batteva impetuoso le cime di manovra mentre di sotto, sul ponte di coperta, si sentivano delle voci arrabbiate.

Con un certo terrore, fra le altre riconobbe quella di Muñoz.

Sentì Cortés e un'altra voce che non riconobbe. Parlavano di soldi. A un tratto i toni si fecero concitati, si udirono dei passi pesanti sul ponte e poi sulla passerella. Altre grida – a quanto pareva la flotta sarebbe salpata quella sera senza la benedizione del governatore! – e poi un fragore di zoccoli di cavallo che si allontanava al galoppo.

Stando attento a non fare rumore, Pepillo sgusciò fuori dalla catasta di cime dove si era nascosto, strisciò avanti sulla pancia facendo delle smorfie di dolore per i lividi e trovò un punto in cui poteva guardare quello che succedeva in coperta senza essere visto.

C'erano cinque uomini, Cortés, Muñoz e altri tre che non conosceva. Dai muscoli tesi dei loro corpi fu subito chiaro che la questione non era affatto risolta e ora Muñoz urlava: «Non potete farmi questo!».

Cortés ribadì con forza che poteva fare quello che voleva, poi abbassò la voce. Tra una raffica e l'altra di vento, Pepillo afferrò solo qualche parola, «Spedizione di Córdoba», «pessima faccenda» e «paggio», poi

Cortés si piegò in avanti e sussurrò all'orecchio di Muñoz. Doveva aver detto qualcosa di tremendo perché il domenicano restò senza parole, sbiancò e inciampò all'indietro. Poi avvenne l'impossibile. Con la voce disgustata Cortés disse, «Portatelo via», e due uomini che erano lì scattarono in avanti. Pepillo smise di respirare e con un moto di speranza vide che i marinai afferravano gambe e braccia di Muñoz e lo trascinavano fuori dalla nave. Gli strilli di protesta dell'inquisitore continuarono ma presto furono portati via dal vento e scomparvero sul molo insieme a lui.

Così Cortés rimase finalmente solo con quell'uomo magro e segnato dalle intemperie, il quale disse immediatamente che salpare quella notte, con quel tempo, sarebbe stato un suicidio; consiglio che il caudillo non volle affatto sentire.

«Su, andiamo, Alaminos», disse. «La bella vita ti ha levato il coraggio? Hai sfidato burrasche molto peggiori!».

«È vero», ammise l'uomo chiamato Alaminos. Scrutò il cielo inquieto, ormai coperto su tutto l'orizzonte da una cortina fitta di nubi che avevano inghiottito completamente la luce della luna. «Però questo è solo l'inizio della tempesta. Andrà a peggiorare. E molto».

«Se fosse agosto o settembre ti darei ragione», disse allegro Cortés. «Ma siamo a febbraio, amico. Febbraio! Pensaci. Da quando hai navigato con Colombo, quante grandi burrasche hai visto in queste acque a febbraio?»

«Nessuna», ammise Alaminos.

«E a marzo o in aprile? A maggio? Andiamo, sii onesto. Hai mai visto una vera tempesta su Cuba o su qualunque altra isola prima di giugno?».

Alaminos fu di nuovo costretto ad ammettere di no. «Ma c'è sempre una prima volta», aggiunse, «e stavolta ho un brutto presentimento, don Hernan. Un pessimo presentimento. Io sono un timoniere, e pure bravo…».

«Un gran timoniere!», lo interruppe Cortés.

Alaminos ignorò il complimento e insisté: «…perché mi fido dei miei presentimenti. Per questo non ho mai perso una nave. Se insistete a voler salpare stanotte, ve lo dico chiaro e tondo: affonderete l'intera flotta e ci trascinerete tutti in fondo al mare».

«Vergogna, amico! Non dire queste cose!».

«Non è quello che si dice ma quanto si ascolta, don Hernan. Ascoltatemi, vi supplico! Rimandate la partenza finché non si placa la tempesta».

Cortés andò al parapetto del ponte di coperta, si affacciò sul porto inscurito e scrutò le acque agitate dalla morsa del vento. Restò in silenzio e a testa alta come un eroe dell'antichità, come un Cesare o un Alessandro. Vedendolo in quella posa, indomito, impavido e forte, in fondo al cuore Pepillo credette a quello che Alaminos metteva in dubbio e cioè al fatto che il grande caudillo avrebbe annientato la tempesta con la stessa facilità con qui aveva annientato Muñoz.

«Ti ringrazio per il consiglio», disse Cortés continuando a scrutare la notte. «È un buon consiglio, espresso con le migliori intenzioni, ma il peso del comando è mio e io devo considerare altre questioni di cui tu non sai niente». Si voltò e tornò da Alaminos, rimasto in piedi accanto alla barra del timone che governava la grande nave; con un gesto accorato gli batté entrambe le mani sulle spalle. «E poi», disse alzando un dito al vento, «sarà anche forte ma per me è un vento favorevole, soffia nella nostra rotta. Quando avremo lasciato il porto e saremo in mare aperto, ci porterà dritto alle Nuove Terre».

«Quindi salpiamo?»

«Prima di subito, Alaminos. La bassa marea ci darà velocità. Non vedi come è tutto a nostro favore?».

Alaminos mantenne la sua aria fosca.

«Be'?», fece Cortés. «Che c'è, amico? Sputa il rospo».

«Anche se non affonderemo», sentenziò il timoniere, «state certo che la flotta si disperderà. Devo pianificare la rotta per un luogo d'incontro e comunicarla a tutti i capitani prima di salpare, altrimenti non ci ritroveremo più».

«Pensavo proprio a questo. Con Córdoba sei stato in un'isola da cui si vede la costa delle Nuove Terre. Hai detto che i nativi sono cordiali. E pieni di selvaggina. Acqua potabile. Sembra perfetta».

«I nativi la chiamano Cozumel», rispose subito Alaminos. «Credo significhi isola delle rondini o qualcosa del genere, da quel che abbiamo capito a gesti. È un buon posto».

«Rapido allora! Traccia una rotta per Cozumel. Fanne una copia per ciascun capitano. Ti farò trovare un cavallerizzo pronto a distribuirle alla flotta, così partiamo».

La nave era diventata una bolgia di rumori e attività sempre più frenetiche, tutti i marinai brulicavano attorno alle manovre e alle cime per ultimare centinaia di compiti stupefacenti che Pepillo non riusciva a seguire. Fino a quel punto, comunque, il cassero non era stato coinvolto, così strisciò di nuovo nel nascondiglio e cercò di abbozzare un piano.

Una cosa era certa: Muñoz non era più a bordo della *Santa Maria*, quindi non era più una minaccia. Se lo voleva, dunque, Pepillo poteva anche andare in giro libero senza rischiare di essere picchiato. Se lo faceva, però, non avrebbero buttato fuori dalla nave anche lui? Dopo tutto, a che serviva un paggio senza un padrone?

Sentì la voce di Cortés, che ora stava sul ponte principale e gridava per avere una staffetta a cavallo. Poco dopo un cavallo si allontanò al galoppo e il ritmo frenetico dei preparativi continuò senza sosta. Pepillo non aveva idea di come rendersi utile, anche se non fosse stato l'ammasso di lividi e dolori che era, così decise che tutto sommato la cosa migliore da fare era starsene esattamente dov'era, stipato dietro le cime.

Raggiunto il mare aperto non l'avrebbero potuto più cacciare.

Proprio quando iniziava a pensare di poterla fare franca, sentì degli uomini che salivano in coperta dal ponte principale battendo i piedi in un torrente osceno di bestemmie.

«Dove sono quelle maledette cime?», disse qualcuno.

CAPITOLO 38

Tlascala, prime ore di venerdì 19 febbraio 1519

Acolmiztli e Albero si lanciarono giù dal pendio sulla barriera di rovi incustodita e la fecero a pezzi aprendo la strada al resto della squadra che si riversò compatta nel campo nemico.

Ormai indietro non si torna, pensò Shikotenka. Allungò il passo andando in testa e sfrecciò accanto alle file ordinate di tende e bivacchi approntati a est e ovest del grande viale principale. Dando un'occhiata al giovane Tochtli che gli correva accanto pieno d'orgoglio si rese conto per la prima volta dell'enorme rischio che aveva chiesto di affrontare ai suoi uomini e della continua minaccia di fallimento. I tlascaliani erano i corridori migliori del mondo e loro erano il meglio del meglio, ma ci avrebbero messo comunque almeno tre minuti per coprire i duecento passi fino al padiglione di Coaxoch.

Ovunque attorno a loro si alzavano grida e richiami di allarme mentre le torce divampavano al vento che si alzava sempre di più. La luna, afflitta dalle nubi, spandeva ancora tanta luce da mostrare le schiere di soldati frammiste a un nugolo di gente al seguito dell'accampamento, mercanti e ragazze di piacere che si accalcavano nei vicoli formati dalle tende, diretti in massa al confine del settore sud-est dove giaceva Guatemoc. Trascinati da quel trambusto, nel viale dal settore sud-ovest si era riversata molta altra gente ma nessuno sembrava sospettare la rapida avanzata dei tlascaliani che, camuffati da cavalieri del giaguaro e dell'aquila, venivano fatti passare tranquillamente.

Era un esempio sbalorditivo d'inadempienza agli obblighi militari, oltre che un segnale del fatto che i mexica non erano all'altezza della leggendaria disciplina tanto osannata da Shikotenka: quasi tutte le sentinelle appostate lungo il viale avevano abbandonato le loro postazioni per unirsi alla fiumana indistinta di persone. Qua e là ce n'era ancora qualcuna al suo posto, tutte reclute ben riconoscibili dall'armatura di cotone bianco che giravano in tondo appesi alle lance e buttando occhiate ansiose a sud-est. Molte di loro addirittura salutarono i tlascaliani e Shikotenka sentì ridacchiare Chipahua: «Che coglioni i mexica!».

A cinquecento passi dal padiglione venne giù un pesante scroscio di pioggia simile a una valanga di sassolini che presto si stabilizzò in un acquazzone violento e insistente mentre, nello stesso istante, si chiudeva l'ultimo spazio fra le nuvole che oscurarono completamente la luna facendo piombare nell'oscurità l'intero accampamento. *Perfetto*, pensò Shikotenka. Altra prova che gli dèi benedicevano davvero il suo piano. In poco tempo le raffiche d'acqua spensero i falò dei bivacchi e le torce riducendoli a puntini rossi, mentre il grande padiglione si ergeva proprio davanti a loro luminoso come un faro, con le pareti rivestite di spesse foglie di agave e l'altissimo tetto conico tenuto in piedi da un ordine di paletti illuminati a giorno dal gran numero di lanterne che c'erano all'interno.

A un tratto si sentì gridare l'altolà e dal buio uscì fuori una truppa di mexica armati di lancia schierati in controluce davanti al padiglione abbagliante. Erano solo in venti, forse trenta, tutte reclute a giudicare dalle uniformi, ma abbastanza per ingaggiare uno scontro e ostacolare l'attacco. «Toglietevi di mezzo, idioti!», urlò Shikotenka con tutta la voce che aveva in corpo. Nascose l'accento tlascaliano e abbozzò il tono più regale che gli venisse. «Siamo venuti a proteggere la Donna Serpente».

«Uccidiamoli e basta», disse Albero sibilando.

«Forse non saremo costretti», disse Shikotenka pensando spaventosamente in fretta mentre coi suoi si avvicinava all'altro gruppo brandendo il *macuahuitl* di Guatemoc e ripetendo: «Toglietevi di mezzo! I tlascaliani hanno attaccato il settore sud-est. Siamo venuti a proteggere la Donna Serpente!».

L'espediente andò a segno ma la cosa non lo stupì affatto. Le uniformi dei cavalieri del giaguaro e dell'aquila incutevano un profondo rispetto in quella truppa di novizi e, con le facce e i capelli nascosti dai loro tipici elmetti di legno, non c'era niente che potesse identificare la sua squadra col nemico. Vinta la più insignificante esitazione, il blocco di lancieri gli aprì un varco davanti, alcuni addirittura levando subito in alto il braccio destro in segno di saluto mentre i tlascaliani gli passavano in mezzo. «Andate a rinforzate il settore sud-est, di corsa», urlò contro la pioggia Shikotenka girando le spalle. «È in atto uno scontro pesante. Hanno ucciso il principe Guatemoc!».

Chipahua ridacchiò un'altra volta. «Coglioni», disse di nuovo. Il complimento fu sottolineato dall'eco che fece nell'elmetto a becco d'aquila.

Già, pensò Shikotenka. *Coglioni. Un'intera schiera di coglioni.* Con la pioggia o con il sole dovevano esserci centinaia di sentinelle a bloccare le vie d'accesso al padiglione della Donna Serpente. Invece, sembrava che Coaxoch si fidasse tanto della sua forza sentendosi così al sicuro in mezzo a quell'immensa armata da non aver pensato a qualche precauzione in più.

L'ingresso del padiglione era un cortile quadrato, alto il doppio di un uomo e velato da tende sgargianti a cui si accedeva passando sotto un immenso tendone retto da file di pilastri di legno dorati, spessi come tronchi d'albero. Ogni pilastro aveva una lanterna sgocciolante che lo stesso tendone riparava dalla pioggia; illuminati da quella luce, Shikotenka vide una dozzina di uomini entrati a ripararsi lì. Indossavano la tipica livrea gialla e nera delle guardie del corpo della Donna Serpente e si erano affacciati a guardare la tempesta fuori, richiamati dal caos che si era creato nell'accampamento, ma era chiaro che non sapessero ancora niente di cosa era successo perché tenevano le lance a riposo e i *macuahuitl* nei foderi. La cosa bella, capì Shikotenka, era che le stesse lanterne che gli permettevano di vedere così bene le guardie dovevano invece rendere lui e la sua squadra invisibili a loro.

Non ci fu bisogno di dare ordini. Guidati dal solo istinto, i suoi tlascaliani piombarono sul padiglione lanciandosi in una corsa silenziata dal rumore della pioggia battente. Furono scoperti a venti passi, troppo vicino per dare il tempo alle guardie di usare le armi.

Iniziò il massacro.

Un grosso mexica andò alla carica con le mani ad artiglio sfidandolo con urla e mostrando i denti, ma Shikotenka gli fracassò il *macuahuitl* sulla testa cavandogli fuori le cervella. Estraendo l'arma vide di sfuggita Albero che si sbracciava a destra e sinistra flagellando i nemici con i potenti colpi della sua grossa mazza da guerra, mentre Acolmiztli tirava fuori il pugnale dallo stomaco di una guardia trascinandosi dietro un rotolo di budella. Tochtli roteò il suo *macuahuitl* nella classica manovra che si imparava in addestramento; mozzò la gamba di un'altra guardia sopra il ginocchio e quando cadde gli staccò quasi il collo ponendo bruscamente fine alle sue urla. Cinquanta contro venti, lo scontro durò pochi secondi. Shikotenka vide Etzli scivolare in una pozza di sangue e l'ultimo mexica ancora in piedi che gli scagliava addosso una lancia mentre cadeva a terra. Il tlascaliano si arrotolò per evitare il colpo e, al successivo fendente della guardia, Tochtli gli deviò la traiettoria della lancia con il *macuahuitl*, estrasse il pugnale con la mano sinistra e lo infilzò più volte al petto.

Etzli si alzò e diede una pacca sulla spalla a Tochtli. «Ottimo lavoro, Coniglietto», disse. «Potresti persino diventare un guerriero».

Ben fatto, cugino, pensò Shikotenka. Beccarsi un complimento da Etzli non era affatto facile e quel gesto avvicinò Tochtli al riconoscimento e all'accettazione che sognava.

Chipahua e Ilhuicamina controllavano i corpi dei nemici. Ne trovarono tre feriti non ancora morti e gli tagliarono la gola.

La pioggia torrenziale continuava a battere curvando il tendone sulle loro teste e colando dalle pareti illuminate del gran padiglione che brulicava di ombre. Oltre a una musica irregolare e a risate varie, Shikotenka sentì in maniera chiara e inconfondibile all'interno i gemiti acuti e gli ansimi di una donna che stava per avere un orgasmo.

«Scommetto che finge», commentò acido Chipahua.

«Sei solo geloso», grugnì Ilhuicamina.

Per quanto incredibile, nessuno all'interno del padiglione sembrava aver sentito niente dello scontro avvenuto nel cortile all'ingresso. Non era stato dato ancora nessun allarme. Il vero e proprio festino che sembrava in corso continuava a briglia sciolta, ai limiti dell'orgia.

Shikotenka richiamò con un gesto i suoi comandanti di plotone. «Albero, Acolmiztli, voi e i vostri uomini state con me. Entriamo dritti dall'ingresso principale e, ricordate, siamo qui solo per Coaxoch e i suoi figli, non possiamo rischiare di stare troppo per fare il lavoro. Uccidete chiunque vi sbarri la strada ma *non perdete tempo con nessun altro*. Lo stesso vale per te, Chipahua: prendi i tuoi dieci e fai il giro sul fianco ovest di questa tenda enorme, bucala e entra. Ilhuicamina: tu prendi il fianco est. Etzli: tu entra da nord. Ci incontriamo al centro, Coaxoch sarà lì».

«E se non c'è?», disse Eztli.

«Ci sarà, attorniato da schiave e leccaculo. È troppo grasso per non vederlo».

Shikotenka era meno sicuro di quanto desse a vedere. Il padiglione era immenso, potevano esserci dozzine di camere interne e Coaxoch non doveva per forza stare nella sala principale. Forse dormiva. Forse fornicava. Forse si stava facendo un bagno.

Ma ormai era troppo tardi – troppo! – per qualunque altra ipotesi.

Con gesti lenti e studiati, Shikotenka si tolse l'elmetto, scrollò le lunghe trecce tlascaliane e si strappò di dosso l'uniforme di cavaliere del giaguaro che aveva indossato finora sul perizoma, sulle armi, sulla borraccia di pelle e sui suoi sandali. Fece segno agli altri di fare lo stesso. «Basta con le mascherate», disse. «Devono sapere chi siamo».

CAPITOLO 39

Tenochtitlan, prime ore di venerdì 19 febbraio 1519

Tozi comprese il nuovo potere che aveva scoperto di avere. Era in grado di esaltare le paure altrui.

L'aveva usato su Montezuma esaltando la sua paura che le budella lo tradissero.

L'aveva usato su Ahuizotl che aveva paura di far scoprire agli altri quanto fosse falso e l'aveva portato a un raptus di terrore.

Ma sulla decisione di Montezuma di liberare Malinal dalla pietra letale non si era fatta illusioni. Non era successo per qualcosa che aveva fatto lei.

Nei momenti di altissima tensione vissuti dopo aver raggiunto la cima della piramide, Tozi aveva avuto una rivelazione. I mexica dicevano che i loro Supremi Signori comunicavano con Colibrì e agivano come suoi esecutori sulla terra, ma lei aveva sempre sospettato che frasi del genere fossero solo arrogante propaganda. Ora invece sapeva di essersi sbagliata, perché grazie al suo dono di strega aveva visto aleggiare qualcosa di spaventoso in mezzo ai sacerdoti e ai signori riuniti attorno alla pietra sacrificale, qualcosa che nessuno tranne Montezuma era in grado di vedere, la vera fonte spirituale di tutto l'orrore e la crudeltà che i mexica infliggevano al mondo.

Il dio della guerra in persona.

E vederlo significava assistere all'apparizione del peggior male incarnato in un fantasma di straordinaria bellezza, non in un corpo effettivo in carne e ossa – aveva capito subito Tozi – ma nella visione di un corpo, alto e possente, con la pelle luminosa e un'aureola di capelli dorati sopra gli occhi nerissimi con un sorriso allusivo e perfido che si beava della paura, dell'infelicità e del dolore.

Si beava persino della paura e dell'infelicità del Supremo, che trattava come un giocattolo irridendolo e confondendolo con le sue continue apparizioni e sparizioni, passando da squarci aperti nel tessuto della notte nel regno invisibile che stava dall'altra parte e tornando solo per tirare ancora i fili della sua marionetta umana e imporre la sua volontà.

Era stata questa entità demoniaca, questo dio dei luoghi oscuri dell'anima umana, a ordinargli di liberare Malinal, a trattenere il pugnale di ossidiana, a stringere la sua mano spettrale sul naso e sulla bocca di Montezuma impedendogli di respirare e costringendolo a farla alzare dalla pietra per poi svanire di nuovo come se non gli importasse di nient'altro.

Tozi non ci avrebbe creduto se non l'avesse visto coi suoi occhi. Ma dopo averlo visto, restava ancora la domanda fondamentale.

Perché?

Perché l'essere che si nutriva dei cuori delle vittime offerte da Montezuma aveva voluto liberare *qualcuno*?

E perché proprio Malinal?

E poi, anche il rilascio di Tozi, chiesto con tanto coraggio e altruismo dall'amica, faceva parte di un piano diabolico?

Malinal si era comportata con Montezuma come se fossero stati... intimi. Tanto che, mentre Tozi le correva incontro, la voce dell'amica schioccò come una frusta. «Aspettate!», disse, come se il Supremo non valesse più di uno schiavo domestico. «C'è un'ultima cosa...».

Tozi pensava ancora ai nobili radunati sulla piattaforma, alla squadra di assassini e ai sacerdoti che stavano tutti intorno, increduli e con le bocche spalancate a seguire quel dialogo impossibile.

«C'è un ragazzo», continuò Malinal. «Un ragazzino. È stato messo per sbaglio nella gabbia delle donne. Ahuizotl l'ha mandato alla scalinata ovest per il sacrificio. Se è ancora vivo voglio che venga con noi».

Tutti gli occhi si girarono verso l'altare ovest. Dopo i fatti drammatici degli ultimi minuti i sacrifici si erano interrotti anche lì, così come nell'altare est, entrambi a meno di cento passi e perfettamente visibili alla luce splendente delle torce e dei bracieri.

«Un ragazzo?», disse Montezuma.

«Sì», disse Malinal. «Un ragazzo. Lo vorrei con me. Dovete dare l'ordine».

Tozi invocò il suo potere e lesse la mente contorta del Supremo Signore. Cercava di indovinare se a volerlo era il dio o solo la donna impertinente che godeva inspiegabilmente del favore divino. Sperava anche con tutte le sue forze di non fare la figura del debole davanti ai nobili. Cercò di prendersi del tempo per decidere e chiese: «Perché devo dare un ordine del genere?»

«*Perché lo vuole il dio*», disse Tozi in un sibilo. Pur non vedendolo sentì di nuovo la presenza di Colibrì che incombeva su di lei da un'orribile vicinanza e una voce velata e trionfante che le sussurrò all'orecchio le parole: «*Ormai sei mia*». In quel preciso momento, il cielo sconquassato dal temporale scagliò a terra una potente scarica di fulmini e colpì la cresta sul tetto del tempio immergendo l'edificio nel fulgore di una tremolante fiammata blu. Tozi guardò e restò ipnotizzata da una lingua di quel fuoco stregato che si allungò verso di lei, la sfiorò e si dileguò lasciandola incredibilmente illesa e vibrante in tutto il corpo come una campana battuta da un martello enorme. Un colossale rombo di tuono scosse come un sisma la piramide, Montezuma frignò e si irrigidì. «Prendete il ragazzo!», strepitò. «Cuitláhuac, occupatene tu!».

Quando Cuitláhuac li scortò all'altare ovest facendo il giro del tempio, Tozi aveva il fiato corto e mormorava senza neanche accorgersene «*Fateci arrivare in tempo, dèi. Fateci arrivare in tempo, dèi*». Riflesso nel bagliore maligno del braciere in cui fumavano una dozzina di cuori, vide il crudele naso a uncino e le labbra storte di Namacuix, il vice di Ahuizotl. Agitando il pugnale di ossidiana che teneva nella mano destra, fece un passo indietro dalla pietra letale dove gli assistenti tenevano ferme le gambe e le braccia nervose di un corpicino pronto al sacrificio.

«Coyotl!», urlò Tozi scattando in avanti, solo per avvicinarsi e scoprire che la vittima era una giovane con la faccia atterrita che forse aveva già visto nella gabbia. Namacuix era come in trance e fissava rapito il tetto del tempio dove era caduto il fulmine, ma fu scosso dal gesto isterico di Tozi. In un accesso d'ira si girò verso di lei e alzò il pugnale.

«Abbassa la lama, Namacuix», sbraitò Cuitláhuac. «Lei non si tocca». Indicò Malinal: «E nemmeno lei. Il loro rilascio è stato ordinato da Montezuma in persona». A quelle parole le nuvole si accesero di altri fulmini, il tuono ringhiò come una bestia mostruosa e iniziò a cadere qualche goccia pesante di pioggia.

La rabbia che sprizzava da tutti i pori sul volto di Namacuix fu sostituita dallo smarrimento.

«Che sta succedendo?», domandò a Cuitláhuac. «Il Supremo che fa sacrifici dalla mattina alla sera, un suicido sulla scalinata nord, il tempio di Colibrì colpito dal fulmine, le prigioniere rilasciate. Non ho mai visto niente del genere in venti anni di sacerdozio».

«Neanch'io, amico», rispose Cuitláhuac. «Nessuno di noi». Abbassò la voce: «È opera di stregoneria». Guardò Malinal, poi Tozi e fece un cenno sprezzante. «Dicono di avere un amico che è stato portato alla scala ovest, un ragazzino. Dev'essere liberato anche lui. L'hai visto?».

Lo smarrimento di Namacuix crebbe ancora. «Il Supremo ha ordinato di sacrificare solo donne. La gabbia ormai è vuota. Non ho avuto nessun maschio sotto il pugnale».

«Ha il *tepulli* e l'*ahuacatl* mozzati», spiegò ringhiando Tozi. «Molti lo scambiano per una ragazza. L'hai visto?»

«Piattola insolente!». Namacuix si infuriò di nuovo. «Come osi darmi del *tu*?»

«Rispondi alla domanda», intervenne Malinal, «se non vuoi rispondere al Supremo».

«Meglio rispondere», suggerì Cuitláhuac. «Poteva esserci un ragazzo mutilato fra le tue vittime?».

Namacuix si morse il labbro inferiore. «Come faccio a saperlo?», disse dopo averci pensato un attimo. «Sono qui per ucciderle non per visitarle». Puntò il pugnale verso un cubo di torsi mutilati profondo cinque e largo quattro spanne ammassati come tronchi sull'orlo della piattaforma e pronti a essere gettati di sotto. «Le ultime che ho raccolto sono ancora là. Guardate voi stessi».

Tozi cadde sulle ginocchia nella pozza di sangue coagulato davanti al tumulo macabro di resti umani. Dietro di lei, sulla pietra del sacrificio, sentì un altro gemito di terrore. Sotto di lei, le prigioniere aspettavano il turno per il sacrificio occupando i gradini insanguinati e formando una lunga fila che sbucava dalle tenebre in cui erano avvolte quelle nei tratti inferiori della piramide e riemergeva nel piazzale illuminato dalle lanterne.

Tozi mise le mani sul primo dei corpi scivolosi e luccicanti, quello di una donna coi seni grossi divisi da uno squarcio osceno ancora grondante. Quelli accanto erano di altre donne mature. Lo sforzo e l'orrore di scostarle di lato per arrivare più in basso la fecero piangere.

«Non farlo», sentì dire a Malinal. «È disumano».

«Devo sapere. Ho promesso di proteggerlo...». Tozi abbassò la testa e studiò uno a uno tutti i cadaveri imbrattati di sangue, ma Coyotl non era lì in mezzo.

Quando ebbe finito sentì il peso lieve di un mano sulla spalla. «Andiamo», disse Malinal sottovoce. Aveva una torcia in mano. «Forse è ancora in fila».

Quando andarono verso i gradini, Cuitláhuac sospirò insofferente e le invitò a sbrigarsi, ma Malinal alzò la torcia sui visi stanchi, terrorizzati e a volte ribelli di ogni singola vittima. Ogni volta che la fiamma illuminava una bimba più o meno della stessa età e corporatura di Coyotl, Tozi si avvicinava per poi rifare un passo indietro, delusa, e continuare nel percorso ripido e scivoloso.

Quasi a metà strada, la luce della torcia si rifletté negli occhi spenti dall'*Itzli* di una delle sodali tlascaliane di Xoco che aveva tormentato Tozi per tutto il giorno. «Guarda un po', la strega», farfugliò. «Di nuovo libera, vero?».

Tozi non diede spiegazioni. «Cerchiamo Coyotl», disse.

La ragazza sogghignò in modo allusivo. «Il vostro piccolo eunuco?».

Un barlume di speranza. «Sì. L'hai visto?»

«Forse sì. Forse no».

Tozi si avvicinò. «Dimmelo se l'hai visto, ti prego».

La ragazza guardò di traverso Cuitláhuac. «Fammi liberare da quel gran signore», disse, «e te lo dico». Tozi però le era già entrata nella testa vedendo subito che non sapeva niente. Senza guardarsi nemmeno indietro continuò a scendere.

«Certo che l'ho visto», strillò all'improvviso la ragazza infuriata. «Gridava il tuo nome! Gli ho dato un paio di schiaffi ma non la smetteva a allora l'ho spinto. È caduto dalle scale ed è morto! Fine della storia».

Tozi la ignorò e continuò a studiare i volti nella fila. «Non è vero», disse a Malinal.

«Come lo sai?»

«Lo so. Non è vero. Non ha visto Coyotl».

Quando raggiunsero i piedi della scalinata, a destra e a sinistra c'erano altre orrende cataste di tronchi umani, resti di vittime già sacrificate e lanciate dalla piramide. Tozi sentì una forte attrazione verso l'enorme tumulo di corpi sulla destra ma Malinal le poggiò di nuovo la mano sulla spalla. «Non c'è tempo», disse la donna più grande in tono insistente. «Hai fatto quello che potevi, ormai è inutile. Dobbiamo andarcene *ora*, prima che Montezuma cambi idea».

CAPITOLO 40

Tenochtitlan, prime ore di venerdì 19 febbraio 1519

Cuitláhuac fece strada a Malinal e Tozi nel piazzale, dove gruppi di guardie circondavano le prigioniere che ancora non avevano iniziato a scalare la piramide tenendole a bada con bastoni appuntiti e fruste. Malinal aveva sempre la torcia in mano e Tozi aveva insistito per esaminare alla luce anche quelle ultime vittime, ma Coyotl non era nemmeno lì.

C'erano ancora tantissimi sacerdoti aggrappati alle tremolanti lanterne arancioni. Avevano interrotto le danze e ora stavano fermi in posa solenne con le facce, dipinte di rosso, perplesse e persino spaventate. I tamburi non suonavano più, le conchiglie avevano smesso di squillare e persino il vento impetuoso che aveva soffiato fino a poco prima sembrava essersi arrestato di colpo. Anzi, dalla drammatica interruzione dei sacrifici, dopo il gesto insolito del Supremo Signore e la saetta caduta sul tempio, sul prosieguo dei lavori era calata un'atmosfera di assoluta incertezza.

Cuitláhuac puntò il lato nord del piazzale. Sembrava diretto alla gabbia dove le ragazze erano state rinchiuse fino a poco prima. Malinal si irrigidì. «Che significa?», domandò. «Dovete lasciarci andare».

«Lo faremo», disse il torvo Cuitláhuac, «anche se preferirei di no. Se fossi io a decidere, scoprirei cosa sai di Ahuizotl e poi ti farei uccidere. Ma Montezuma ha parlato. Devo ubbidirgli».

«Perché mi vuoi morta, Cuitláhuac? Non ricordi le nostre notti insieme?»

«Sì… e mi vergogno. Ma almeno non sono un sacerdote votato al celibato».

«Eri moscio e impacciato», rammentò Malinal.

«E tu sei una puttana», disse Cuitláhuac, «puttana e strega. Dovevi morire quattro mesi fa e sei sopravvissuta. Dovevi morire stanotte e sei sopravvissuta ancora».

Tozi camminava in silenzio al loro fianco, immersa nei suoi pensieri. «L'hanno voluto gli dèi», disse a quel punto. «Non lo sai che gli dèi fanno sempre come gli pare?».

Accanto alla gabbia femminile, ma ben più alto e imponente, c'era il palazzo vuoto di Axayacatl, il padre di Montezuma. Ormai era evidente che Cuitláhuac non si stava dirigendo verso il grande ingresso principale che stava dritto davanti alla faccia ovest della piramide, ma puntava a un portoncino sul lato nord dell'immenso edificio.

Ai lati del portoncino c'erano due energumeni armati di lancia e avvolti in lunghi mantelli.

Malinal dubitò un'altra volta delle intenzioni di Cuitláhuac, esitò e lui sospirò esasperato. «Sarete *liberate*!», ripeté. «Posso anche non condividere la decisione del Supremo, ma rispetto la legge. Tu e la tua amica uscirete incolumi dalla nostra città. Avete la mia parola».

Schioccò le dita ai lancieri e quelli ubbidirono spalancando davanti a loro il portoncino su un corridoio lungo e stretto che puzzava lievemente di muffa mischiata a incenso di copale. Il portoncino si richiuse alle loro spalle lasciando fuori i soldati e Cuitláhuac affrettò il passo. «Svelte ora», grugnì. «Non ho tutta la notte».

Malinal guardò di sfuggita Tozi e la vide di nuovo assorta nel suo mondo, la testa calata e gli occhi semichiusi. Sicuramente la giovane soffriva molto la perdita del suo Coyotl, ma sembrava anche non avvertire alcun pericolo e quello era senz'altro un buon segno. E poi, più Malinal ci pensava, più si fidava del fatto che Cuitláhuac dicesse il vero. Era un accanito sostenitore della legalità e del sistema gerarchico vigente nella società mexica, all'apice del quale sedeva Montezuma. Quelli come Ahuizotl potevano anche cercare di ostacolare la volontà del Supremo, ma non il pignolo che le accompagnava.

Comunque, la cosa più rassicurante fu il ricordo che le venne in mente dalle sue precedenti visite al palazzo di Axayacatl – che i membri della famiglia stretta di Montezuma a volte avevano il permesso di usare per le feste – di una porta segreta sul retro del grande edificio che sbucava direttamente su un vicoletto laterale della sopraelevata di Tacuba, nel principale asse che portava a ovest fuori da Tenochtitlan. Si vedeva che Cuitláhuac aveva scelto una strada veloce e discreta per farle uscire dalla città sull'isola.

Benché il palazzo non fosse stato più abitato dopo la morte di Axayacatl, le immense sale per i banchetti, le sale delle udienze, le innumerevoli camere e i saloni erano tutti perfettamente arredati. Un apposito personale di schiavi e schiave manteneva tutto in perfetta funzione e si diceva persino che il tesoro reale di Axayacatl fosse ancora nascosto da qualche parte in quei locali, murato in una camera segreta per volere di Montezuma.

Cuitláhuac portò Malinal e Tozi alle cucine del palazzo, abbaiò delle istruzioni alla coppia attempata di domestici in servizio e lasciò bruscamente la stanza dicendo che sarebbe tornato nel giro di un'ora. Uno dei due filò via lasciando l'altro a fissarle in preda al panico, ma presto tornò scortato da una squadra di otto schiave che portarono enormi tinozze fumanti d'acqua profumata. Distogliendo lo sguardo da loro, le schiave invitarono Malinal e Tozi a fare il bagno spogliandole degli abiti di carta strappati e insanguinati. Durante il bagno nessuno rivolse loro la parola né loro si dissero niente ma, quando l'acqua le tolse i residui di sangue rappreso, sporcizia e pittura dalla pelle e dai capelli, il corpo di Tozi fu una sorpresa per l'amica. Dall'acqua emerse molto più che una quattordicenne orfana e scheletrica. I fatti di quel giorno, capì Malinal, l'avevano trasformata in una piccola donna, una bellissima fata la cui temibile e profonda forza interiore si leggeva in un paio di brillanti occhi scuri.

Evitando per tutto il tempo di guardarle in faccia, le schiave porsero loro degli asciugamani e poi portarono pile di gonne e camicette della migliore qualità, sandali robusti e pesanti mantelli da viaggio facendo intendere che dovevano scegliere. Quando finirono di vestirsi, gli vennero dati zaini pieni di provviste fresche e secche utili per un lungo viaggio. Alla fine ricomparve anche Cuitláhuac, si mostrò sorpreso davanti al loro nuovo aspetto e disse un'altra volta di seguirlo.

Qualche minuto dopo uscirono dalla porta sul retro e si ritrovarono al buio nel vicoletto dietro il palazzo. Il vento si era alzato di nuovo e i tuoni continuavano a rombare sulle loro teste senza promettere nulla di buono. Cuitláhuac afferrò Malinal per l'avambraccio. «Prima che te ne vai», disse, «dimmi l'esatta posizione della casa segreta dove ti avrebbe tenuta prigioniera Ahuizotl».

«Perché non lo chiedi a lui?».

Il nobile signore esitò. «Non posso. È fuggito dalla piramide e non sappiamo dove sia. Ma se la tua storia è vera ha commesso sacrilegio».

Malinal fu colta all'improvviso da una soddisfazione enorme al pensiero della terribile morte che sperava avrebbero inflitto molto presto al sommo sacerdote. «Certo che la mia storia è vera», disse. «Tiene prigioniere altre cinque donne. Loro confermeranno tutto. Diciassettesima strada del distretto di Tlatelolco, direi più o meno a metà altezza della via. È una casa grande, tutta di pietra, a tre piani, con degli alberi da frutto nel giardino. Non sarà difficile trovarla».

Cuitláhuac le lasciò il braccio con uno strattone violento. «Puttana», ringhiò mentre lei inciampava rimbalzando contro il muro del vicoletto. «Ti è stato ordinato di lasciare Tenochtitlan, quindi vattene. Ora! Se tu e la tua amichetta doveste tornare nella nostra città, io lo verrò a sapere e vi farò uccidere, ricordatelo». Sputò, le voltò le spalle, chinò il capo davanti alla porta segreta per rientrare a palazzo e sparì.

Tozi corse da Malinal e le due amiche si abbracciarono. La ragazza tremava; Malinal non capì se di rabbia o di paura.

Quando uscirono dal vicoletto e si mescolarono al viavai di gente in entrambi i sensi di marcia sulla sopraelevata lunga tre chilometri di Tacuba, il nubifragio che per tutta la sera aveva minacciato di scatenarsi alla fine arrivò e un brutto acquazzone le inzuppò subito fino al midollo. Malgrado l'ora tarda, la gente che ancora faceva la spola sul lago di Texcoco fra Tacuba e Tenochtitlan era ancora tantissima, pur diminuendo in fretta per lasciare sfidare il diluvio solo ai più tenaci. Molti si tuffavano negli usci e sotto le tende dei numerosi negozi e delle case costruite sulle palafitte lungo i fianchi della sopraelevata.

Con la sua solida struttura di roccia e la carreggiata larga da far passare comodamente dieci persone l'una di fianco all'altra, la sopraelevata era sospesa sulla superficie del lago il doppio dell'altezza di un uomo. Più o meno ogni trecento passi la pavimentazione di pietra era sostituita da ponti realizzati con spesse tavole di legno. Le tavole erano state progettate apposta per poterle rimuovere in fretta nel malaugurato caso in cui un qualsiasi nemico dei mexica fosse stato tanto folle da usare la sopraelevata per sferrare un attacco su Tenochtitlan. Su ogni ponte spiccavano guardiole alte due piani. Avvicinando il primo di questi casotti, Malinal cominciò ad avere il batticuore. Allungò il braccio e afferrò la mano di Tozi ma, passando il ponte in mezzo a un nugolo di massaie, mercanti e servi che correvano in cerca di riparo, videro che le sentinelle si erano tutte rintanate dentro per la pioggia.

«Tranquilla», sussurrò Tozi. «Se hai ancora paura che Montezuma ci ripensi e ordini di arrestarci, credimi, ci ho pensato e non lo farà. Non stasera almeno. Era sconvolto. Doveva lasciarci andare».

«Tu ci hai salvato la vita», esclamò Malinal mettendo in quella frase tutta la riconoscenza e l'ammirazione che provava per l'amica. «Non riesco ancora a credere a quello che hai fatto!».

«Io non ho fatto niente», rispose Tozi.

«Come, non hai fatto niente? Hai detto che ti erano tornati i poteri... sono stati loro! L'*ho visto*! Può essere stato solo un incantesimo».

«Forse», concesse Tozi, «ma non era mio. Non ho nemmeno trovato Coyotl! È stato un incantesimo di Colibrì a salvarci».

Malinal sembrò perplessa, corrugò la fronte e si tolse la pioggia dagli occhi. «Colibrì? Non capisco».

«Era lì. L'ho visto. Montezuma gli parlava. Colibrì gli ha ordinato di liberarti e poi mi ha toccata con la sua fiamma. Ci ha scelte, Malinal, ci ha difese!».

«Ma non ha senso!».

«Non è facile capire le intenzioni gli dèi, ma c'è solo una risposta. Colibrì ha una missione per te... E per me».

Malinal si ammutolì, le girò la testa. Dopo tutti quegli anni a Tenochtitlan non aveva alcun dubbio sulla natura del dio della guerra dei mexica. Era un essere malvagio. Quindi, se lui aveva un piano per loro, come diceva Tozi, poteva trattarsi solo di una cosa che avrebbe generato altro male.

Quell'idea le diede la nausea e un senso di totale impotenza. Tozi doveva immaginarselo. Non poteva – non doveva! – essere vero.

Arrivarono a un altro ponte. Malinal lo attraversò stringendo fortissimo la mano dell'amica ma nemmeno lì scattò l'altolà. Ormai gli passava accanto solo poca gente con le teste chine e le spalle incurvate. La pioggia batteva e il vento agitava le acque del lago sollevando onde impetuose che si frangevano contro la massa compatta della sopraelevata. Il tuono brontolò e le pesanti nubi mandarono lampi e bagliori accendendo tutto il cielo con grosse scariche di saette; lontano, dietro di loro, portato da una raffica di vento nella tempesta, udirono il fosco rullo del tamburo di serpente e lo squillo delle conchiglie che annunciavano la ripresa dei sacrifici.

Si voltarono entrambe come forzate da una mano gigante. L'enorme sagoma nera del palazzo di Axayacatl si impennava come uno squarcio nella notte. Più in là, sproporzionatamente gigante su ogni altro edificio di Tenochtitlan, infiammata da un bagliore sinistro di bracieri e torce che nessun acquazzone terreno avrebbe mai estinto, la cima della grande piramide sembrava minacciare persino il cielo.

Quando raggiunsero la fine della sopraelevata, attraversarono le strade quasi deserte che immettevano nella piazza principale di Tacuba. La pioggia continuava a battere e, oltre i pochi mendicanti acquattati sotto le tende, in giro non c'era nessuno.

Mentre andavano a ripararsi sotto una tettoia, Tozi disse con decisione: «Dobbiamo mettere fine a tutto questo. Non credi?»

«Mettere fine a cosa?»

«Ai mexica, a quello che fanno. Dobbiamo fermare i loro sacrifici o malediranno questa terra per sempre».

Malinal fece una risata che suonò un tantino cupa. «Fermare i sacrifici? Dolcezza, tanto vale fermare questa pioggia o far smettere il vento di soffiare o il sole di sorgere domani. I mexica sono sacrificio dipendenti. È la loro droga. Non li fermerà mai nessuno».

«Colibrì ha impedito che venissimo sacrificate oggi ed è il peggiore e più cattivo degli dèi...».

«Quindi, se l'ha fatto è un brutto motivo», disse Malinal dando voce alla paura che l'aveva assalita quando Tozi aveva accennato sulla sopraelevata a quell'orribile idea. Nello stesso momento in cui lo disse, invece, pensò *Non è vero. Non può essere vero.*

«Può darsi...», continuò Tozi senza badare troppo a quella frase. «Ma almeno questo dimostra che gli dèi possono fermare qualsiasi sacrificio se lo vogliono».

«Be', sì... Immagino di sì. In fondo, tutti i sacrifici si fanno in nome loro».

«Però c'è un dio che non ha mai chiesto sacrifici umani, anzi, ha condannato ogni genere di sacrifici, tranne quelli di frutti e fiori».

«Quetzalcóatl», disse Malinal. E a un tratto intuì dove voleva arrivare Tozi con quel discorso.

«Esatto! Quetzalcóatl, che – secondo l'antica profezia – sarebbe tornato nell'anno Uno-Canna a sconfiggere il male per sempre».

«Sì», bisbigliò Malinal. «La profezia è questa».

«E noi», chiese Tozi con aria di trionfo, «non siamo proprio nell'anno Uno-Canna?».

Malinal fu obbligata a confermare di nuovo. «È appena iniziato», disse.

«E oggi non mi hai detto», continuò Tozi, «che quattro mesi fa hanno visto l'armata di Quetzalcóatl che arrivava dall'oceano orientale per annunciare il suo ritorno? Non sono approdati nella terra della tua gente, i maya chontal? E non è per questo che ti hanno chiamata a fare da interprete quando il messo dei maya chontal è arrivato da Montezuma?»

«Sì», disse sovrappensiero Malinal, iniziando a credere alle follie che diceva Tozi. «Sì. Vero. Mi hanno chiamata per questo».

«Montezuma era terrorizzato, no?», Tozi scoppiò in una risata acida. «Se l'è fatta proprio sotto, mi ha detto».

Rise anche Malinal, per quanto fosse tremendo il ricordo di quello che era successo dopo. «Vero. Se l'è fatta sotto dalla paura».

«Immaginati allora che gli succederebbe se Quetzalcóatl stesse tornando davvero».

Malinal se l'immaginava fin troppo bene. «Sarebbe la fine del suo primato», disse lentamente, «la fine dei sacrifici umani, persino la fine dello stesso Colibrì».

«Esatto, cara! Esatto!». Tozi uscì dal riparo della tettoia e cominciò a ballare sotto la pioggia. «Ora lo capisci che siamo parte di un grande disegno che coinvolge pure Montezuma e in cui deve fare la sua parte anche il dio perfido di cui è servo?»

«Non lo so», fece Malinal. «Non ci capisco niente di queste cose».

«Non c'è bisogno, bella Malinal. Questo è l'anno Uno-Canna e tu devi solo fare la tua parte». Tozi parlava in cantilena, quasi fischiettando. «Secondo te è un caso che tua sia una maya chontal e che i messaggeri del ritorno di Quetzalcóatl siano approdati nella terra della tua gente, e a Potonchan poi, proprio la città in cui sei nata? Non è affatto un caso, Malinal. Ecco perché devi tornare a Potonchan. Ecco perché devi partire subito».

Malinal era sbalordita. «Non posso tornarci», urlò. «Non se ne parla! È stata la mia gente – mia madre! – a vendermi come schiava ai mexica. È troppo lungo da spiegare, ma se torno a Potonchan mi arrestano sicuro. Se va bene, mi fanno di nuovo schiava. Se va male, mi uccidono subito».

Tozi fece una smorfia crudele. «Non importa!», disse. «Non capisci che non importa? Devi solo tornare lì e il disegno comincerà a rivelarsi. Abbi fede nel disegno divino, Malinal. Abbi fede…».

A quel punto Tozi iniziò a togliersi quei bei vestiti – il mantello, la camicetta, la gonna, la biancheria – tenendoli piegati su un braccio.

«Che stai facendo?», strillò Malinal uscendo anche lei sotto la pioggia.

«Quello che c'è da fare», disse Tozi. «Faccio la mia parte. E tu devi fare la tua. Vai a casa *ora!*». La voce della ragazzina si era alzata improvvisamente come per urlare un ordine. Un ordine che bucò la testa di Malinal come una lancia e la fece fermare di colpo. «Ora», ripeté Tozi più dolcemente. Gesticolò verso il bagliore della grande piramide che ancora si intravedeva a più di tre chilometri oltre la sopraelevata. «Vai a Potonchan, porta qui Quetzalcóatl e metteremo fine a tutto questo».

Levando anche i sandali, Tozi andò nuda e scalza da una mendicante che stava seduta lì accanto, accovacciata sotto una tenda. Dal mormorio si intuì una conversazione e poi iniziò a spogliarsi anche la donna.

«Che stai *facendo*?», urlò di nuovo Malinal. Provò a raggiungerla per bloccare quella scena assurda ma si trovò coi piedi piantati a terra.

«Te l'ho detto», disse Tozi che già si stava rivestendo con la gonna e la camicetta lise della donna. «Sto facendo la mia parte e tu devi fare la tua. Vai a Potonchan e *porta qui Quetzalcóatl!*».

«E tu?», chiese gridando Malinal. «Dove andrai?»

«Torno a Tenochtitlan, naturalmente, a sistemare Montezuma e trovare Coyotl».

«Coyotl è morto, Tozi! Non crederci è una follia. Devi accettarlo».

«Mai!», disse Tozi in tono di sfida. «Il corpo non si è trovato. Per me non è nemmeno salito sulla piramide. Sento che è ancora vivo. Ne sono sicura».

E senza aggiungere altro si voltò e fuggì verso la sopraelevata. Malinal provò a seguirla di nuovo e di nuovo non ci riuscì. La pioggia si era fatta pesante nel buio della notte, e Tozi svanì nell'oscurità con la stessa immediatezza con cui aveva recuperato il potere di sparire.

Solo quando non si vide più Malinal riuscì a muoversi.

Al di là dei pericoli, avrebbe fatto quello che le aveva chiesto l'amica. Sarebbe tornata a Potonchan e ai ricordi che l'aspettavano in quella città.

Poi, se fosse apparso Quetzalcóatl, come aveva detto Tozi nella sua follia, l'avrebbe portato a Tenochtitlan.

CAPITOLO 41

Tlascala, prime ore di venerdì 19 febbraio 1519

Come si addiceva all'uomo che portava il titolo ufficiale di Donna Serpente, secondo solo a Montezuma nella grande struttura di potere dei mexica, Coaxoch si spostava per andare in guerra viaggiando nel maggior lusso possibile, circondato non solo dai trentaduemila guerrieri della sua fanteria ma anche da schiere di servi, assistenti personali, faccendieri, guardie del corpo, massaggiatori, medici, sarti, intrattenitori e ragazze di piacere. La presenza dei suoi quattro figli, tutti generali, ognuno col proprio seguito di assistenti, ufficiali maggiori e concubine, aumentava ancor più le dimensioni dell'immensa corte mobile radunata nel padiglione gigante che Shikotenka aveva visto mettere in piedi quel giorno. Coi suoi robusti metri quadri di rivestimento in fibra di agave assicurati attorno a un'intelaiatura di paletti e puntelli, era una sorta di gabbia quadrata grande all'incirca cento passi per lato. Il soffitto dell'intero fabbricato era fatto da altri metri quadri dello stesso rivestimento, sospeso e legato a un'ingegnosa cupola di travi a sbalzo che si elevavano a un'altezza di quasi dieci metri. Gli svaghi di Tenochtitlan potevano anche essere a due giorni di dura marcia da lì, ma quell'enorme struttura riusciva in qualche modo a evocare, incapsulare e simbolizzare tutto lo sfarzo e le cerimonie della capitale mexica, la sua vanagloria e l'arroganza, la crudeltà e la pericolosità.

Tochtli tremava ma gli brillavano anche gli occhi al pensiero della battaglia in cui potersi mettere ancora alla prova. Per un attimo Shikotenka entrò di nuovo in ansia. Il ragazzo poteva morire quella notte nella loro missione folle. Potevano morire tutti! Certo, se vincevano, se riuscivano a uccidere Coaxoch e i suoi figli, avrebbero inferto un colpo mortale all'orgoglio e alla potenza dei mexica e, sperava Shikotenka, messo in moto una catena di eventi che rendevano l'impresa degna di tanti rischi.

«Andiamo», disse, «ora!». Con Tochtli che gli saltellava a fianco, Albero e Acolmiztli e il resto dei venti dietro di lui, Shikotenka andò alla carica dall'ingresso principale del padiglione sperando di trovare la via libera nell'asse nord-sud che li avrebbe portati alla grande sala banchetti al centro. Si trovò invece in un corridoio sulla linea est-ovest, tanto largo da far passare tre uomini affiancati, in fondo al quale c'era – come aveva temuto – un secondo rivestimento di parete che correva parallela a quella esterna. Alzò immediatamente la mano dando l'ordine di fermarsi e gli uomini si compattarono tutti dietro di lui, stipandosi l'uno sull'altro in una massa indisciplinata irta di armi e gonfia di furore per la battaglia. Esitò. Da qualche parte nelle vicinanze si sentirono molto più forte rispetto a fuori i suoni barbari dei tamburi, degli strumenti a corda e delle trombe, mentre dietro la parete di quel corridoio interno si udirono i gemiti di una donna che veniva soddisfatta e i grugniti dell'uomo che la soddisfaceva in rapido crescendo.

Shikotenka sollevò il *macuahuitl* di Guatemoc, fece un grosso squarcio nel rivestimento del corridoio e si lanciò nel varco. I suoi occhi caddero immediatamente su un altro *macuahuitl* e due pugnali di selce, tutti ancora nel fodero. Stavano in mezzo a una pila abbandonata di vestiti ai piedi di una brandina dove un gagliardo mexica, sollevandosi sulle mani e con le muscolose natiche lucide di sudore, stava copulando vigorosamente con una femmina snella. La donna – mexica anche lei, a giudicare dalla capigliatura – non era tanto presa dal piacere da farsi sfuggire l'intrusione, così liberò uno strillo assordante non appena Shikotenka fece schiantare il suo *macuahuitl* sulla spina dorsale dell'uomo tagliandolo quasi in due.

Liberando l'arma con uno strattone, il guerriero attraversò di corsa la piccola stanza col resto della banda al seguito, aprì con un fendente la parete dall'altra parte e fece irruzione in una camera molto più grande. Stavolta si trovò in mezzo a una profumata congerie di donne – almeno quaranta – alcune nude, altre in tuniche discinte, altre ancora prone in mezzo ai cuscini, alcune in procinto di alzarsi ma tutte in preda a un caos e a un'evidente paura che si trasformarono subito in autentico panico davanti ai tlascaliani armati fino ai denti che entrarono come delle furie.

Nel baccano di quelle donne che strillavano tutte insieme, una matrona massiccia e furiosa con la faccia rossa e gli occhi sporgenti si mise improvvisamente di traverso sulla traiettoria di Shikotenka, lanciandogli improperi e agitando un dito per metterlo in guardia. Senza perdere lo slancio con cui era entrato in quella sala, il guerriero si limitò a travolgerla scaraventandola a terra. Albero poi la calpestò duramente e il resto della squadra seguì i primi due che raggiunsero la parete successiva, anch'essa aperta in due con uno squarcio da cui passarono tutti.

Dèi del cielo! Sembrava che Coaxoch avesse radunato in quell'immenso padiglione un'intera città con tanto di quartieri e isolati, stando all'ambiente enorme in cui erano entrati adesso, completamente diverso dalle camere già attraversate. C'erano dei musici su un podio e dozzine di ballerine che ancora si rotolavano a terra, ma a parte questo furono tutti molto reattivi, terrorizzati, molti anzi già correvano. Alcuni uomini armati – un piccolo distaccamento della guardia di Coaxoch, un pugno di nobili che avevano estratto le lame – cercarono di opporsi ma i tlascaliani, presi dal furore della battaglia, li falcidiarono in una strage sanguinaria facendoli letteralmente a pezzi.

Shikotenka si fermò un attimo per orientarsi. Erano entrati nel padiglione dal portico che dava a sud e si erano fatti strada a suon di squarci, sfondando verso nord e il centro dell'enorme fabbricato dove speravano di trovare Coaxoch e la sua corte. Era difficile capire quanto si erano già spinti – forse erano a metà strada – ma il guerriero ebbe una conferma di aver preso la giusta direzione quando individuò Iccauhtli, il più giovane dei quattro figli di Coaxoch, un diciannovenne viziato assurto per raccomandazione al rango di generale. Il giovane forzuto e col faccione si lanciò a terra contorcendosi sotto il podio e Shikotenka gli andò dietro, lo afferrò per i piedi e lo tirò fuori che scalciava e chiedeva aiuto sbraitando. «Se vuoi vivere» gli disse, «portaci da tuo padre». Ma mentre parlava colse un movimento con la coda dell'occhio e per puro istinto si tuffò di lato, trascinando a terra pure Iccauhtli. Una sorta di missile sfrecciò sulle teste di entrambi, Shikotenka guardò in alto e vide un nano – Coaxoch ne aveva una squadra intera fatta di acrobati esperti per divertire la sua corte – che tendeva un archetto ridicolo. Una seconda freccia, di certo avvelenata, era già fissata alla corda dell'arma ma a quel punto sbucò dal nulla Tochtli, afferrò il mezzuomo per le gambe, lo sollevò da terra e lo lanciò dall'altro lato della sala come un sacco di patate.

Iccauhtli si dimenava con tutte le sue forze tirando pugni alla cieca. Era un tipo robusto e aveva fatto anche qualche battaglia, preso qualche prigioniero, ma non era all'altezza di Shikotenka che, tirandolo su per farlo rimettere in piedi, gli sbatté con gran cattiveria l'elsa del *macuahuitl* sulla faccia. «Tuo padre!», urlò. «Portaci da lui».

«Mai!», ribatté Iccauhtli sputando i denti dalla bocca.

«Allora muori», disse sibilando Shikotenka, e con un rapido passo indietro fece un mezzo giro col *macuahuitl* e decapitò il giovane torello. Dopo aver sferrato il colpo notò altre cinque guardie mexica che si precipitavano nella sala e lanciavano i loro giavellotti proprio mentre la testa particolarmente sferica del loro piccolo generale rotolava e rimbalzava a terra.

Stavolta si trattava di guardie esperte, ben salde sui piedi durante il lancio, e i tlascaliani subirono le prime perdite fra cui Tochtli, cugino di Shikotenka, che si prese un giavellotto in pancia. Pur non essendo una ferita mortale, con quel buco Tochtli non sarebbe comunque riuscito a fuggire dal padiglione dopo l'irruzione, quindi sarebbe morto sicuramente.

Molti tlascaliani avevano ancora l'arco a tracolla. In un attimo, una dozzina di loro se l'era tolto e aveva scoccato scaricando una fitta pioggia di frecce sulle guardie, uccidendole tutte tranne una che ne uscì miracolosamente illesa ma perì un istante dopo sotto la mazza di Albero. Con questo colpo, finiva tutta la resistenza incontrata nella sala da ballo. A Shikotenka si spezzò il cuore vendendo Tochtli in ginocchio che si sforzava di estrarre l'asta dalla pancia, ma quella notte non c'era tempo per aiutare i feriti con la gentilezza, l'amore o i sentimentalismi, così passò di corsa accanto al cugino senza guardarsi indietro e dicendo ad Albero e Acolmiztli di radunare i loro uomini.

Ci stavano mettendo troppo a trovare Coaxoch che ormai doveva per forza sapere cos'era successo e magari era anche già fuggito. Appena considerata quella triste possibilità, Shikotenka sentì un combattimento in corso, vide un vicolo che portava a nord passando per un intricato rivestimento di agavi e ci si buttò a capofitto arrivando a un grande ambiente aperto nel cuore del padiglione. In quel salone un reparto della guardia personale della Donna Serpente aveva formato un cerchio di protezione attorno a Coaxoch e ai suoi tre figli sopravvissuti. Rimanevano in piedi meno di venti guardie, che però si ridussero immediatamente per la pioggia di frecce e i colpi di *macuahuitl* degli altri plotoni tlascaliani sotto il comando di Chipahua, Etzli e Ilhuicamina.

«Cosa vi ha trattenuti?», disse Chipahua quando Shikotenka, Albero e Acolmiztli gli corsero accanto lanciando subito all'attacco i loro uomini che, in decisivo vantaggio numerico, trasformarono all'istante quella che finora era stata una battaglia di logoramento in un massacro. In meno di dieci minuti tutte le guardie erano a terra e altri due figli di Coaxoch erano morti. Ilhuicamina puntò un pugnale alla gola di Mahuizoh, l'ultimo e più grande di loro, ma, su ordine di Shikotenka, fu costretto a trattenersi e risparmiarlo. Coaxoch, con le guance grasse piene di lacrime, si era inginocchiato ai piedi di Shikotenka e implorava pietà.

Nel cuore di Shikotenka però non c'era alcuna pietà, solo la consapevolezza del tempo che passava troppo in fretta, perché sicuramente erano fuggiti dal padiglione in molti a dare l'allarme e fra poco sarebbero arrivati i rinforzi. Indicò Mahuizoh. «Lasceremo vivo lui», disse.

«Perché?», chiese Ilhuicamina. Era arrabbiato e la protesi di giada al naso gli dava un'aria strana, quasi disumana.

«Voglio che racconti quello che ha visto qui. Puoi tagliargli il naso se vuoi, ma lascialo vivo».

Shikotenka si rivolse di nuovo a Coaxoch. «Stronzo ciccione», disse. «Una volta eri un uomo. Guardati ora: piagnucoli come una donna. Alzati! *Alzati ho detto!*».

Con gran difficoltà Coaxoch si mise in piedi. «Cosa vuoi?», chiese imbronciato.

Shikotenka aveva continuato a far roteare il *macuahuitl* di Guatemoc nella mano sinistra. A quel punto strinse l'impugnatura anche con la destra e con una forza bruta sollevò l'arma fra le gambe di Coaxoch fracassandogli l'osso pubico e lacerando l'addome fino all'ombelico per estrarre infine l'arma con una rotazione che attorcigliò le budella gonfie e puzzolenti della Donna Serpente e le scaraventò a terra ai suoi piedi. Morì con dignità, senza lanciare un grido e forse recuperando la calma del guerriero per cui era diventato famoso in giovinezza, cadendo in ginocchio con un sorriso spettrale che gli irrigidì i tratti gonfi della faccia.

Sentendo un urlo improvviso alle sue spalle, Shikotenka si girò e vide Mahuizoh piegato quasi in due da Albero che gli aveva storto le braccia dietro la schiena. Ilhuicamina si chinò sul generale che si dimenava tenendo un grasso lembo di carne e cartilagine in mano che adesso gettava a terra con sprezzo. «Be'», disse come per scusarsi, «hai detto che potevo tagliargli il naso».

«È il minimo», disse Albero mentre Mahuizoh strepitava e cercava di liberarsi senza riuscire ad allentare la morsa, «davvero il minimo».

Shikotenka roteò di nuovo il *macuahuitl* decapitando Coaxoch, poi andò verso Mahuizoh e gli prese la testa ciondolante per i capelli. «Ti ricordi di me?», gli chiese.

Mahuizoh lanciò un urlo incomprensibile.

«*Ti ricordi di me?*», ripeté Shikotenka alzando la voce mentre Albero storceva ancor più le braccia al prigioniero strappandogli un gemito di dolore.

«Sì», rispose Mahuizoh farfugliando in mezzo al sangue con una voce orrendamente stravolta. «Sei Shikotenka, re condottiero di Tlascala. Hai ucciso mio padre. Hai ucciso i miei fratelli. Perché non la fai finita e uccidi anche me?»

«Perché mi sei più utile da messaggero», lo derise Shikotenka. «Torna di corsa a Tenochtitlan e racconta a Montezuma come stanotte Tlascala ha umiliato Coaxoch e i suoi generali fantoccio».

Come il defunto padre, Mahuizoh era un omone con una faccia crudele da aguzzino ma, se Coaxoch era ingrassato, il figlio, che ancora non aveva nemmeno trent'anni, era tutta una massa di muscoli, un blocco quadrato imponente la cui tunica storta lasciava intravedere delle cosce massicce e un pesante corpo da lottatore lustro di sudore. Non era alto quanto Albero e non poteva competere con la sua forza ma, anche da ferito, con le braccia duramente costrette dietro la schiena, stava opponendo una resistenza encomiabile.

Mahuizoh scoppiò in una risata stomachevole, musicale e soffocata. «Non uscirai vivo da questo accampamento», disse, «andrò da Montezuma indossando la tua pelle». Sul sangue che colava da quello che era stato il suo naso gli si infiammò lo sguardo di odio.

Bravo, pensò Shikotenka. *Odiami. Odiami con tutto il tuo cuore malvagio. È proprio quello che voglio.*

Albero tramortì il generale con un colpo alla tempia che lo lasciò a terra, mentre Shikotenka si voltava per esaminare in fretta il gran salone sotto la tenda. Aveva puntato sul fatto che Coaxoch si tenesse vicino all'arsenale della sua guardia privata e fu lieto di trovarne la conferma quando individuò rastrelliere piene di lance, *atlatl*, frecce, *macuahuitl*, mazze e scudi accatastati di lato in file ordinate. «Ognuno prenda uno scudo», urlò Shikotenka e i tlascaliani imbrattati di sangue, che avevano fatto irruzione muniti solo di armi offensive per massimizzare la velocità e la forza letale, ubbidirono correndo in ordine sparso alle rastrelliere.

Pochi istanti dopo tutti avevano affibbiati alle braccia degli scudi piccoli e tondi di legno duro, coperti di cuoio dipinto a strisce gialle e nere, con borchie di selce. Shikotenka, che aveva acchiappato anche una lunga lancia, passò in rassegna la squadra soddisfatto. Era difficile leggere l'espressione di quelle facce. «Allora?», urlò. «Che aspettate? Ci sta venendo a trovare l'intero esercito mexica. È ora di filarsela».

Tornando di corsa all'ingresso sud raggiunsero immediatamente la sala da ballo. Shikotenka si fermò accanto a Tochtli che non era riuscito a togliersi il giavellotto dalla pancia e si era raggomitolato attorno all'asta. «Mi dispiace, Coniglietto», disse tagliando delicatamente la gola al cugino. «Stanotte hai mostrato il tuo valore. Non volevo che finisse così».

CAPITOLO 42

Santiago, Cuba, prime ore di venerdì 19 febbraio 1519

Cortés passeggiava sul ponte principale sperando in un calo della tempesta mentre supervisionava il carico delle ultime provviste. Aveva in mente l'immagine del governatore che con uno squadrone di guardie tuonava al galoppo per le strade di Santiago. Se avessero raggiunto il porto prima della partenza della flotta sarebbe stato tutto perduto.

Pur continuando a contare i minuti, quello che non voleva perdere era la testa, così mantenne una calma apparente dando ordini senza tradire il panico e la fretta. Si doveva fare tutto il necessario, altrimenti, se anche avessero preso il largo in tempo, la spedizione sarebbe fallita sicuramente.

Il carico di maiali, pecore e vacche destinati alla *Santa Maria* che Diaz aveva portato dal mattatoio erano già sistemati nella stiva di prua e guaivano e belavano nelle gabbie realizzate su due piedi per ospitarli. Nel frattempo, sul ponte principale venivano imbarcati anche i quattro magnifici cavalli da traino generosamente donati alla spedizione dal dottor La Peña che si dovevano legare accanto ai sei eccellenti destrieri caricati prima e che ora scalciavano nervosamente nelle stalle. Coi cinque ottimi esemplari che trasportava Alvarado e gli altri tre caricati nella nave di Puertocarrero, la spedizione poteva schierare una cavalleria di diciotto unità. Cortés ne avrebbe preferite di più – cinquanta, anche cento! – ma aveva buone ragioni di credere che i nativi delle Nuove Terre non avessero mai combattuto contro squadre a cavallo. Si sarebbero intimiditi e demoralizzati lo stesso come avevano già fatto gli indiani di Cuba e Hispaniola.

«Caudillo… Scusatemi». Cortés si sentì tirare la manica, si voltò e si trovò davanti Nuno Guiterrez, un bestione barbuto di marinaio che faceva parte dell'equipaggio a cui aveva appena ordinato di recuperare le cime di ormeggio per allontanare dal molo la *Santa Maria*.

«Sì, Nuno. Che vuoi?»

«Abbiamo trovato un clandestino, señor».

«Clandestino?». Cortés guardò in basso, vide che all'enorme zampa del marinaio era avvinghiata la piccola e gracile spalla dello sfortunato paggio di Muñoz e fece un cenno con la testa. «Oh», disse riconoscendolo. «Lui». Il ragazzo aveva il naso rosso, gonfio e dolorante, mentre la massa di tagli e lividi sul resto del corpo pelle e ossa spiccavano come capi d'accusa alla luce giallognola delle lanterne della nave. «Non è un clandestino. È il servo dell'inquisitore. Dove l'hai trovato?»

«Nascosto sul cassero di poppa», disse Guiterrez che aveva una voce di sassi sbattuti su un setaccio. «Rintanato in mezzo ai cavi d'ormeggio».

«Molto bene. Torna al lavoro. Lascialo qui con me».

Guiterrez aveva l'andatura oscillante di chi era stato per mare troppo a lungo. Mentre tornava a poppa, Cortés vide che il ragazzo era spaventato – chi non lo sarebbe stato con un padrone come Muñoz? – ma cercava di non darlo a vedere.

«Come ti chiami, giovanotto?»

«Pepillo, señor».

«E cosa ne pensi del tuo padrone, giovane Pepillo?».

Il ragazzo assunse un'aria prudente. «Non saprei dire».

«Non sai, o non vuoi dire?»

«Io non so niente, señor. Sono il suo paggio. Devo servirlo. Può fare quello che vuole con me».

Piccolo diplomatico che non sei altro, pensò Cortés. «Così... Ti eri nascosto sul cassero, eh?»

Pepillo annuì con la testa.

«In questo caso, saprai già che il tuo padrone non è più a bordo della *Santa Maria*».

Altro cenno del capo. «L'avete mandato sulla nave di don Pedro Alvarado». Voleva forse discolparlo con quel tono? «Avete ordinato di metterlo in guardina, señor».

«E tu sai cos'è la guardina?»

«Una specie di prigione, señor».

«Credi che se la meriti?».

Pepillo sembrò di nuovo a disagio, come se temesse una trappola. «Non sta a me dirlo, señor».

«Sei molto attento alle parole, ragazzo. Mi piace. Che altro sai fare?»

«So leggere e scrivere in castigliano», una nota d'orgoglio, «e ho un'ottima grafia. So un po' di latino. Conosco i libri mastri e i numeri».

Utile, pensò Cortés. Gli venne subito un'idea e la buttò fuori di istinto. «Mi servirà un segretario di prim'ordine in questo viaggio. Il mio uomo è a Santiago e non ho tempo di andarlo a prendere prima di salpare. Che ne dici se ti offro il suo lavoro?».

Il volto del ragazzo si accese di speranza come un faro, per poi spegnersi subito.

«Non credo che padre Muñoz acconsentirebbe, señor…».

«Ma padre Muñoz è in guardina, ricordi?»

«Oh… sì».

«Stammi a sentire. Dovrò scrivere delle lettere nelle varie fasi della spedizione. Un mucchio di lettere. Le scriverò in castigliano naturalmente, ma saranno piuttosto lunghe e piene di cancellature e correzioni da fare. Te la senti di riscriverle in bella copia con l'ottima grafia che dici di avere? Copie degne di essere lette dal re di Spagna?».

Il ragazzo spalancò la bocca. «Il re in persona, señor?»

«Sì. Sua Maestà Santa, nostro sovrano, Don Carlos, il più grande e potente cesare augusto del Sacro Romano Impero e re di Spagna».

Pepillo aveva tenuto il suo corpicino incurvato per quasi tutto il colloquio, ma ora alzava la testa mostrando gli occhi limpidi. «Mi consideravano il miglior copista del monastero, señor. Credo di poter fare un lavoro degno persino del re».

«Benissimo allora. Ti farò fare una prova. E non preoccuparti di padre Muñoz. Ordinerò di farlo uscire dalla guardina di don Pedro domani, ma prima gli farò accettare il tuo nuovo incarico».

Nel volto di Pepillo si spalancò un gran sorriso. «Grazie, señor! Grazie! Grazie!».

«Dovrai guadagnarti vitto e alloggio. Ora smamma e trova il mio valletto, Melchiorre. Lo conosci?».

Pedro annuì con entusiasmo. «Mi ha fatto vedere la cabina del mio padrone – del mio ex padrone – quando sono salito a bordo la prima volta, señor».

«Allora cade proprio a fagiolo, perché ora voglio che voi due buttiate a terra il tramezzo che hanno messo nella mia cabina per fare quella di Muñoz. Mi servirà tutto lo spazio, quindi fate sparire le borse e gli effetti del buon pastore, stivateli in un luogo asciutto e domani li trasferiremo sulla *San Sebastian*. Navigherà con don Pedro per il resto del viaggio».

Per un attimo Pepillo rimase impalato con un'aria intronata.

«Andiamo, giovanotto!», disse bonariamente Cortés. «Quando dico di fare una cosa, voglio che sia fatta subito».

Durante il colloquio col ragazzo, Cortés aveva tenuto occhi e orecchie aperti. Fra le nuvole si erano aperti dei tratti di cielo pulito in cui la luna splendeva luminosa e la tempesta sembrava diminuire. Si precipitò sul ponte di coperta dove Alaminos scrutava il mare. «Allora», disse all'ufficiale di rotta, «che ne pensi?»

«Va un po' meglio, don Hernan, ma ancora non mi piace. C'è niente che possa dire per convincervi ad aspettare ancora?»

«Dio infatti non ci ha dato uno spirito di paura», citò Cortés in tono ottimista, «ma di forza, di amore, e di disciplina». Si fregò le mani: «Cingiti i lombi come un prode, Alaminos! Salpiamo. Adesso!».

«Molto bene», rispose il timoniere, «e che Dio ci protegga». Sbraitò un ordine a Guiterrez e compagni che erano pronti con le cime di ormeggio spiegate che avevano portato giù dal cassero. Ciascuno al suo posto, avvolsero un capo della gomena attorno a una solida bitta inchiodata sulla murata della nave accanto alla parte anteriore del ponte di coperta, mentre altri due marinai si calarono dalle cime di ormeggio, le mollarono e avvolsero l'altro capo della gomena attorno a un sostegno sul molo.

Sulla coffa in cima all'albero maestro era appostata una vedetta di nome Inigo Lancero con una potente lanterna a olio di balena in mano. «Ehilà, Inigo», urlò Cortés facendo portavoce delle mani per richiamare l'attenzione dell'uomo sopravvento. «Mi senti?»

«Vi sento, caudillo», si udì appena rispondere.

«Allora senti questo. La flotta salpa adesso! Dai il segnale».

Per qualche secondo non accadde nulla, poi la lanterna brillò nelle mani di Inigo e il bagliore si animò in fretta, rafforzandosi e acuendosi in un fulgore lucente che si sarebbe visto a miglia di distanza. Immediatamente Cortés salì a gran passi la scaletta che portava sul cassero e corse alla ringhiera di tribordo. Da lì erano visibili le coffe di vedetta delle altre navi della flotta, perciò scrutò impaziente nella notte di luna aspettando i segnali di risposta. E iniziò a contare «uno... due... tre... quattro... cinque... sei... sette...». Prima di arrivare a otto vide il segnale divampare in cima alla caracca di Alvarado, poi a quella di Escalante e a seguire di Puertocarrero, Montejo, Ordaz, Morla e di tutti gli altri in rapida successione. Sembrava che nemmeno il velázquista più convinto usasse la tempesta come scusa per restare nel porto!

Cortés riscese la scaletta e si precipitò di nuovo sul ponte di coperta. I marinai addetti a mollare gli ormeggi schiacciavano con tutto il loro peso le cime tendendole attorno alla bitta per fare maggior leva sul sostegno del molo, mentre Alaminos si piegava sulla durissima barra del timone ruotandolo verso riva. Rispondendo a queste forze contrarie, la prua della *Santa Maria* iniziò a uscire dal molo dondolando pesantemente mentre i marinai di coperta si arrampicavano sugli alberi slegando fiocchi e controfiocchi. Dopo aver catturato così le prime raffiche di vento, fu mollata anche la vela di trinchetto e si sentì un cigolio tremendo cui seguì la frustata dell'intera velatura. All'ultimo momento, i due uomini che stavano ancora a terra mollarono la cima dal sostegno, saltarono la striscia d'acqua che si allargava svelta fra la nave e il molo, afferrarono le cime oscillanti e si arrampicarono a bordo.

«Ben fatto», disse Cortés ad Alaminos dandogli una pacca sulla spalla. L'ufficiale di rotta però non rispose e continuò a fissare verso terra.

Cortés seguì il suo sguardo. Un distaccamento di cavalleria della guardia di palazzo del governatore sfrecciava al galoppo sul molo. In testa al gruppo, con l'armatura completa addosso, impossibile da confondere alla luce della luna per la mole e la circonferenza della pancia, c'era Velázquez in persona.

Con un sospiro, Cortés diede l'ordine di ammainare le vele, l'equipaggio si mise all'opera facendo un gran trambusto e lo slancio in avanti della *Santa Maria* diminuì finché la nave non si fermò del tutto.

CAPITOLO 43

Santiago, Cuba, prime ore di venerdì 19 febbraio 1519

Pepillo non riuscì a credere alle sue orecchie quando sentì l'ordine di ammainare le vele, né credette ai suoi occhi quando la grande nave rollò senza andare più avanti, per non parlare del totale smarrimento e dello stupore che gli suscitò il caudillo quando chiese di calare un gozzo mostrando la seria intenzione di saltarci sopra e tornare al molo dove lo aspettavano il governatore e i suoi uomini… chiaramente per arrestarlo!

Passando del tutto inosservati nel fervore delle attività, poco prima Pepillo e Melchiorre erano andati in fondo al ponte di coperta finendo davanti alla cabina del capitano coi martelli e le seghe in mano, pronti a demolire il tramezzo come gli aveva ordinato Cortés.

Pepillo non aveva detto a Melchiorre che ormai anche lui lavorava per Cortés e nell'entusiasmante veste di segretario di quel grand'uomo. Temeva che il negro potesse prenderla per il verso sbagliato, visto l'alto concetto che sembrava avere delle proprie capacità. Così si era limitato alla parte più semplice della verità, cioè al fatto che Cortés aveva dato a entrambi l'incarico di abbattere la parete.

«Muñoz è d'accordo che lo faccia anche tu?», chiese Melchiorre. «Perché, altrimenti, non ho affatto bisogno del tuo aiuto».

Pepillo rassicurò subito il compagno maggiore dicendogli che al momento Muñoz non era in condizione di obiettare niente. «Non può! Quando io ero sul cassero, il caudillo l'ha spedito sul vascello di don Pedro Alvarado e l'ha sbattuto in guardina. Credo che lo libererà domani». Non poteva spingersi oltre e dire che il domenicano non sarebbe tornato sulla *Santa Maria*. Se glielo avesse confidato, pensò, sarebbe stato praticamente costretto a spifferare il resto della storia e non aveva alcuna intenzione di farlo senza prepararsi bene il terreno.

Dunque, mentre Cortés sembrava pronto a riconsegnare senza battere ciglio la spedizione all'uomo a cui l'aveva sottratta, lui e Melchiorre stavano davanti alla sua cabina, divisi da un segreto. «Perché lo fa?», sussurrò Pepillo mentre l'equipaggio si dava da fare per calare la barca.

Melchiorre fece una smorfia sarcastica. «Fare cosa?»

«Tornare al molo. Consegnarsi al governatore».

«Nemmeno per sogno!», disse divertito Melchiorre. «Te l'ho detto stamattina, quei due hanno un conto in sospeso. Secondo me, il mio padrone vuole avere l'ultima parola... Dai, andiamo alla ringhiera del ponte a vedere».

Il vento si era alzato di nuovo aggiungendosi all'onda lunga del mare e quando il gozzo toccò l'acqua sbatté più volte contro il fianco imponente della *Santa Maria*. Fu calata una scaletta e Cortés fece per scendere dicendo a Guiterrez di portare i remi e seguirlo. Salirono tutti e due a bordo, Cortés mollò la cima e Guiterrez iniziò subito a remare verso il molo facendo rollare pericolosamente la barchetta sulle ali del mare schiumoso per affrontare meglio le onde. La luna brillava ancora a tratti in mezzo alle nubi facendo rimbalzare la sua luce sull'acqua burrascosa e permettendo a Pepillo di vedere i gesti di Cortés a Guiterrez che a un tratto cominciò a vogare all'indietro solo con un remo continuando a spingere in avanti con l'altro. Lo scafo leggero si girò, colando quasi a picco nella manovra, e poco dopo urtò di nuovo la *Santa Maria*. *Grazie al cielo*, pensò Pepillo quando fu calata di nuovo la scaletta, *il caudillo è rinsavito*.

A quel punto, mentre Guiterrez teneva il gozzo vicino alla nave, Cortés urlò qualcosa stando in piedi e indicando il ponte di coperta; indicando, sembrò, proprio Pepillo e Melchiorre che si erano affacciati dalla ringhiera.

«Il mio padrone vuole che lo accompagni», disse Melchiorre gonfio d'orgoglio.

Corse al ponte principale dov'era attaccata la scaletta ma tornò poco dopo con una faccia nera. «Non vuole me», disse a Pepillo. Aveva un tono risentito e offeso. «Vuole te».

«Forza», tuonò Cortés a Pepillo che montava sul gozzo strattonato dalle onde. «Svelto. Mi servi, devi scrivere una memoria dell'incontro con il governatore. Quello che ci diremo passerà alla storia».

Preoccupatissimo per la reazione di Melchiorre, Pepillo ora si fece doppiamente triste. «Non ho niente per scrivere, señor...». Un tonfo della barchetta per poco non lo scaraventò in mare facendogli invece solo sbattere la schiena su una panca a poppa che univa i due fianchi del gozzo. Cortés si sedette accanto a lui. «Certo che non hai niente per scrivere, giovanotto! Non mi aspetto miracoli. Userai la memoria. Ricorda bene quello che diremo e annotalo subito quando torniamo sulla nave».

La *Santa Maria* aveva calato l'ancora a circa cento metri dalla banchina: non era tutta questa distanza, pensò Pepillo all'inizio. Il vento però soffiava fortissimo verso largo e fu subito chiaro che la barchetta faticava molto ad avanzare, nonostante il gran lavoro di remi, spruzzi e bestemmie di Guiterrez. Prima di arrivare a un metro dal molo – e a portata di voce – sembrò passare un anno intero, alla fine del quale Cortés ordinò di fermare la barchetta; impresa che sembrò richiedere sforzi e imprecazioni maggiori. «Cuciti la bocca!», ringhiò quando il marinaio nominò invano il Signore per qualcosa come la ventesima volta. «Siamo venuti a parlamentare col governatore, non a infrangere il terzo comandamento».

«Perdono, señor», disse Guiterrez. «Ma queste onde. Sono terribili, señor. Ci stavano per fare scuffiare, accidenti».

Velázquez era sceso da cavallo e stava sull'orlo del molo che si stagliava di ben cinque metri sul pelo dell'acqua mossa. Ritto su quell'altura e in controluce davanti alla luna calante, quella figura corpulenta rivestita dell'armatura sembrò mostruosa agli occhi di Pepillo. Molti dei suoi uomini, all'incirca una ventina, erano scesi come lui da cavallo e gli stavano intorno lanciando occhiatacce sulla barchetta. Uno dei quattro immensi cavalli che avevano ancora in groppa qualcuno si impennò scalciando al vento per la vena di un fulmine che si andò a schiantare nel cielo. A quel punto Guiterrez smise di armeggiare coi remi per farsi il segno della croce; gesto alquanto inutile per un bestemmiatore come lui, pensò Pepillo. Anche Cortés, però, sembrò turbato da quell'episodio: «Ed ecco mi apparve un cavallo verdastro», disse sottovoce, «e colui che lo cavalcava si chiamava Morte e gli veniva dietro l'Inferno».

Il governatore piegò le mani davanti alla bocca e urlò qualcosa ma le parole furono portate via dal vento.

«Avvicinati», ordinò Cortés a Guiterrez.

«Ancora, señor? Non credo sia saggio».

Cortés ripeté impassibile: «Avvicinati, grazie».

Guiterrez si sollevò di nuovo sui remi lanciando il gozzo sulle onde verso il molo che svettava sempre più alto su di loro e a un tratto riuscirono a sentire il governatore. «Cos'è questa storia che salpate tanto in fretta, don Hernan?», sbraitò. «Non siamo amici? Non siamo in affari? Vi sembra un modo gentile di congedarsi?».

Cortés si alzò sulla barca traballante, con le gambe ben divaricate per restare in equilibrio, e fece un complicatissimo inchino: «Perdonatemi, don Diego, ma il tempo corre ed era una cosa che andava fatta più che discussa. Vostra Eccellenza ha qualche ordine finale da impartire?»

«Sì, disgraziato», urlò Velázquez. «Vi ordino di riconoscere la mia autorità e tornare a terra dove è pronta la forca che meritate».

«Le mie più sincere scuse, Eccellenza», rispose Cortés con un altro beffardo inchino, «ma questo non posso riconoscervelo affatto. La spedizione parte riconoscendo l'autorità di Dio e solo di Sua Maestà il Re, per conquistare le terre nuove e portare ricchezze e onori alla Spagna. Non posso mettere fini così alti in secondo piano per i capricci di un mero governatore di provincia».

«Allora riconoscete *questo*», biascicò Velázquez, e due uomini che finora non si erano visti, sbucarono all'improvviso dai ranghi della guardia di palazzo imbracciando degli arnesi lunghi tipo balestre, aggeggi che sembravano avere incastrati in punta dei tizzoni ardenti. Pepillo non aveva mai visto balestre come quelle ma di certo non avrebbero fatto bene a Cortés, così senza pensarci neanche scattò in avanti, mise le braccia attorno alle ginocchia del suo padrone e lo buttò giù sul fondo della barca. In quello stesso momento sentì due forti scoppi e il sibilo dei proiettili che fischiarono in aria a un centimetro dalla sua testa, mentre Guiterrez iniziava a remare all'indietro come un pazzo verso la *Santa Maria*. Adesso avevano il vento a favore, così furono molto più veloci di prima a spostarsi.

«Perdonatemi, padrone», si sentì urlare Pepillo. Era sicuro di aver fatto uno sbaglio tremendo. La sua carriera di segretario del caudillo era finita ancor prima di iniziare.

Cortés si rimise in piedi a fatica e si voltò a scrutare oltre il fianco del gozzo il molo che si allontanava rapidamente. Poi cominciò a ridere. «Perdonarti, giovanotto?», disse. «Mi stavo talmente divertendo a stuzzicare Velázquez da non far caso ai moschetti. Credo che tu mi abbia appena salvato la vita!».

Dieci minuti dopo, la *Santa Maria* era già in rotta con tutte le vele spiegate al vento.

Davanti a loro si vedevano in lontananza le luci di posizione del resto della flotta, splendenti come un corteo di stelle cadenti sul miglio di insenatura che collegava il porto di Santiago al mare aperto.

Il tempo si era fatto davvero orribile e, malgrado fossero ancora al riparo dell'insenatura, sotto la nave rollavano onde immense che la facevano carambolare e ruzzolare dalla cresta alla gola di ogni cavallone. Alaminos e Cortés avevano tutti e due le mani sull'asse del timone che sobbalzava e tremava scosso dai marosi.

Pepillo sentì dei colpi e degli schianti che arrivavano dalla cabina del capitano, dove trovò Melchiorre intento nell'opera di demolizione del tramezzo al lume di lampada, munito di mazza e ferocemente concentrato su ogni colpo che mandava segno. Fra quelle che prima erano state le cabine di Cortés e di Muñoz ora si era aperto un grosso varco scheggiato e, dato che Melchiorre aveva freddamente rifiutato il suo aiuto, Pepillo ci passò in mezzo, accese una lanterna e cominciò a raccogliere i vari effetti personali che il domenicano aveva disposto sul letto e sul tavolo. Su quest'ultimo trovò della pergamena, una penna d'oca e un calamaio, così, ricordando gli ordini che aveva ricevuto, si sedette a scrivere le parole che si erano scambiati Cortés e Velázquez al molo.

I gemiti del vento sulle cime di manovra, il cigolio e le frustate delle vele, l'allarmante scricchiolio del legname, lo sbattimento delle onde e il beccheggio sempre più turbolento della nave rendevano il compito arduo e a un certo punto Pepillo sentì una nausea tremenda in arrivo. Malgrado tutto continuò. Era appena arrivato al punto in cui il caudillo aveva detto che la spedizione in partenza riconosceva solo l'autorità di Dio e del re di Spagna, quando la *Santa Maria* si impennò a dritta con violenza imbarcando una gigante massa d'acqua che schiumò e ribollì sul pavimento della cabina fino all'altezza delle cosce. Non riuscendo a tenersi, Pepillo fu strappato dalla sedia e spinto dall'acqua fino alla porta aperta.

CAPITOLO 44

Poche ore all'alba di venerdì 19 febbraio 1519

Dopotutto, la squadra di Shikotenka aveva subito perdite lievi. Nell'irruzione erano morti solo suo cugino e altri tre, mentre i feriti erano nove, nessuno tanto grave da compromettere la fase successiva del piano. L'allarme si era sparso ovunque e il grande accampamento mexica era in pieno subbuglio, tra il caos e la rabbia, scompaginato dal rullo dei tamburi, dallo squillo delle conchiglie e dai guerrieri che schizzavano da tutti i quartieri rispondendo alla minaccia con tutta la furia istintiva e l'irruenza cieca di una colonia disturbata di formiche.

I tlascaliani si riversarono fuori dal padiglione dal portico a sud e si trovarono davanti a una frotta ululante di uomini, già a centinaia, illuminati dal bagliore tremulo dei tizzoni e armati di lance, *macuahuitl*, pugnali e mazze, la cui avanguardia era a meno di cinquanta passi da loro. Shikotenka si era aspettato di peggio. I mexica avanzavano gridando di rabbia, battendo il grande viale a sud del campo, sbucando da ogni parte della città improvvisata di tende e sparpagliandosi a destra e a sinistra ma senza tanta coordinazione, senza rispettare un vero assetto militare e, anzi, quasi incapaci di credere che ci fosse stato un attacco al loro leader.

La cattiva notizia era che la pioggia che aveva nascosto l'avanzata dei tlascaliani era cessata con la stessa velocità con cui era iniziata, lasciando spazio a una pioggerella lieve, quando ancora i guerrieri dovevano tornare indietro passando la forca dei duemila passi che li dividevano dall'ingresso sud del campo, per poi riparare nelle colline.

La buona notizia era che i mexica erano chiaramente in confusione e disordinati, come si intravedeva nell'oscurità dai folti gruppi di uomini che correvano in tantissime direzioni sbagliate, non verso il padiglione ma per strade che portavano ancora più lontano! Verso sud-est un grande bagliore di fiaccole indicava che il diversivo creato da Guatemoc stava funzionando ancora.

Assegnando ad Albero, Chipahua e tre dei più grossi e agguerriti soldati della squadra il compito di formare la testa dell'ariete tlascaliano, Shikotenka si piazzò in seconda fila accanto ad Acolmiztli, Etzli e Ilhuicamina, mentre il resto degli uomini seguivano per otto file alle loro spalle. Quando tra urla e fischi la frotta di guerrieri mexica si lanciò contro di loro, lui diede il segnale e la micidiale falange, compatta e disciplinata, andò alla carica come un solo uomo facendo tremare il terreno che aveva sotto i piedi.

Schierati stretti l'uno sull'altro, gli scudi intrecciati e le punte delle lance e dei *macuahuitl* ritte sulla testa, cozzarono a una velocità impressionante sulla moltitudine caotica del nemico schiantandosi nel punto dov'erano concentrati più guerrieri e facendosi largo a furia di colpi. Dritto davanti a lui, Shikotenka sentì gridare Albero e vide i muscoli delle sue poderose spalle contrarsi e flettersi ogni volta che scagliava il pesante scudo sulle facce urlanti da cui sprizzava il sangue, abbattendo guerrieri come fossero di terra cotta e spaccando teste a colpi di martello con la sua grossa mazza. Al suo fianco Chipahua rideva spietato, roteando lo scudo a mo' di falce, togliendosi dai piedi tre reclute mexica e calpestandole nell'inesorabile slancio della carica furibonda, mentre Shikotenka e gli altri comandanti del plotone, tutti armati di lance, usavano la maggiore portata delle loro armi per uccidere, mutilare e spandere il contagio dello sconforto alle prime tre, quattro file della massa disordinata che li schiacciava da tutti i lati. La tecnica da usare in quel caso era il colpo secco dall'alto verso il basso, nell'occhio, nella gola e nella pancia, liberando la lama con uno strattone subito dopo aver sferrato il colpo, così da non farsi strappar via la lancia. Shikotenka vide soddisfatto che la stessa tecnica era usata dagli uomini nei ranghi più interni lungo tutta la falange, mentre le file più esterne con gli scudi, le mazze e i *macuahuitl* respingevano con violenza le ondate di assalitori che cercavano di avvicinarsi.

Per quanto fosse dura e minacciosa la pressione nemica, l'addestramento, la disciplina e la maledettissima tenacia dei tlascaliani non erano secondi a nessuno, così in poco tempo la squadra ruppe la tenaglia, sfuggì agli inseguitori e fu lasciata libera di correre per un buon tratto senza altri impacci a parte qualche feroce incursione di scoordinati drappelli di guerrieri e saltuarie piogge di frecce lanciate con gli *atlatl* o dardi facili da deviare con gli scudi.

«I mexica non sono più quelli di una volta», disse scherzando Chipahua mentre abbatteva un solitario cavaliere del giaguaro che era uscito dal buio correndogli incontro a suon di urla.

«Sembra di fare la guerra ai bambini», confermò Acolmiztli.

E Shikotenka pensò *Stiamo per farla franca*, col cuore pieno di gioia malgrado la triste perdita di Tochtli e osando ormai sperare di tirare la sua squadra fuori da quell'accozzaglia mal gestita di soldati senza fare altri caduti. Dove si sarebbero dovuti riversare migliaia di uomini per sbarrargli la strada continuò a sfidarli solo qualche gruppo sparuto, mentre ormai la moltitudine urlatrice che avevano sfondato all'esterno del padiglione era lontana alle loro spalle.

Dopo altri cinquecento passi di corsa nella strada per arrivare ai piedi della collina, si fece sotto una seconda ondata di guerrieri mexica, stavolta un'intera compagnia di cuahchic. Sembravano scombinati come se si fossero appena alzati dalle brande, molti erano disarmati, eppure si lanciarono contro i tlascaliani con la loro ferocia suicida rallentandoli mentre i compagni afferravano in fretta e furia le armi e si univano al loro attacco.

Lo scontro si fece subito cruento. Un cuahchic gigante, roteando una mazza enorme, fece a pezzi lo scudo di Chipahua e gli assestò un pugno durissimo in piena bocca che gli fece saltare gli incisivi trasformandogli le labbra in una polpa sanguinolenta. Chipahua si limitò a una brutta risata e atterrò l'uomo con un poderoso fendente del suo *macuahuitl* saltandogli sopra per uccidere un secondo aggressore con la sua stessa mazza cosparsa di sangue, usando invece lo scudo per sfondare un altro muro di cuahchic e aprire la strada al resto della squadra dietro di lui.

La fuga sembrò di nuovo a portata di mano, il fianco della collina li invitava ma, appena la falange si rimise a correre, Shikotenka fu intercettato da quattro giovani guerrieri dall'aria feroce, determinatissimi a catturarlo per il sacrificio, mentre Etzli morì urlando, infilzato da una lancia acuminata mentre andava in suo aiuto. A quel punto altri cuahchic fiutarono la preda, si precipitarono su di lui come mosche sulla carne e Acolmiztli e Ilhuicamina si buttarono nella mischia, non solo perché gli erano fedeli, capì Shikotenka, ma perché sapevano che la sua sopravvivenza era fondamentale. In qualità di re condottiero di Tlascala, il piano richiedeva che lui non dovesse soltanto lasciare vivo l'accampamento ma che dovesse anche essere *visto* dagli altri mentre lo faceva; la sua cattura, invece, sarebbe stato l'esito peggiore. Aveva perso la lancia, lo scudo e aveva ancora il *macuahuitl* a tracolla dentro il fodero, ma a quel punto si contorse come un'anguilla e, sfruttando la scivolosità del sangue e del sudore che lo ricoprivano in tutto il corpo, con una giravolta liberò il braccio destro dalla presa del fanatico nerboruto che gli si era appeso al collo. Lo infilzò subito in mezzo alle costole col pugnale estratto dalla fondina che aveva alla vita e poi, *tac, tac, tac*, fece tre buchi nel cuore dell'uomo successivo uccidendolo all'istante, mentre Acolmiztli e Ilhuicamina massacravano il resto del capannello nemico.

Ripresero a correre. La squadra che si era stretta intorno a loro per difendere Shikotenka, era stata duramente castigata e si era ridotta, stimò, a meno di trenta uomini. Adesso però erano finalmente lontani, liberi: i mexica non potevano più catturarli. Nemmeno i cuahchic, con tutta la loro temibile reputazione, correvano veloci come i tlascaliani, così i sopravvissuti, fisicamente a pezzi, pompando sulle gambe per risalire il lungo pendio della collina sopra l'accampamento, alla fine iniziarono a mettere una distanza significativa fra loro e il branco che li inseguiva tra urla e ululati.

Pur sapendo di non poter dare niente per scontato, Shikotenka aveva calcolato che se fosse riuscito a sfidare l'esercito di Coaxoch con un blitz abbastanza provocatorio, gli avrebbero messo alle calcagna un grosso contingente di soldati. Sarebbe stato un contingente di dimensioni tali – sperava un intero reggimento – da innescare immediate e spettacolari rappresaglie nelle città e nei villaggi tlascaliani quando l'avesse stanato e ucciso. Conoscendo i mexica era impensabile una reazione meno violenta, così la grande fanteria – una fra le sei complessive agli ordini di Montezuma – si sarebbe divisa e indebolita, obiettivo principale della più ampia strategia tlascaliana. L'intenzione di Shikotenka era sempre stata infatti di trucidare Coaxoch e tutti i suoi figli in maniera tanto ingiuriosa da indurre i mexica a una reazione istintiva guidata dalla rabbia cieca. Solo all'ultimo gli era balenato in mente che il piano sarebbe riuscito meglio se avesse lasciato vivo Mahuizoh.

Il figlio maggiore della Donna Serpente era tronfio e arrogante, pieno di sé e vanaglorioso, gonfio d'orgoglio e assuefatto alle adulazioni, un attaccabrighe impettito che si pavoneggiava ed era arrivato a credere che l'avrebbe sempre avuta vinta sugli altri e che nessuno fosse alla sua altezza. Non era difficile prevedere che massacrargli il padre e i fratelli davanti agli occhi, e mozzargli il naso gettandolo nella polvere, avrebbe quasi certamente scatenato una reazione tremenda, soprattutto se a commettere un'infamia del genere fosse stato Shikotenka, il re condottiero degli odiati tlascaliani.

La pioggia non era più tornata, i varchi tra le nuvole si allargarono rapidamente e la luna tornò a brillare luminosa. Quando si avvicinarono alla cima della collina, Shikotenka pensò di approfittare di quella luce per attirare più nemici possibili facendo sfilare la sua squadra sul crinale perfettamente visibile dall'accampamento. Quando però si voltò e guardò alle sue spalle, vide che non c'era tanto bisogno di quell'ulteriore affronto. Dal cuore dell'esercito mexica si riversava un grande torrente di fuoco che risaliva con sorprendente velocità la collina come un enorme e innaturale fiume di lava fatto di uomini che correvano con le torce in mano; molti più di quanti sperava. Sembrava davvero che lo stesse inseguendo metà dell'intera forza armata, due reggimenti completi da ottomila unità ciascuno.

Senza rallentare l'andatura, Albero bevve un sorso dalla borraccia. «Dèi del Mictlan», mormorò. «Abbiamo dato una bella scossa a quegli stronzi».

La parte più pericolosa del piano comunque doveva ancora arrivare. C'erano voluti molti giorni di attenta preparazione con l'anziano padre di Shikotenka, Shikotenka il vecchio, il capo degli affari di stato e il venerabile Maxixcatzin che aveva fatto da vice a entrambi, per convincere il Senato regio della nazione ad approvare – con la maggioranza di un solo voto! – la prima mossa rischiosa e la fase successiva del piano per cui furono chiamati a raccolta tutti gli uomini necessari.

Quasi centomila: più uomini di quanti ne avesse mai messi in campo Tlascala in una sola volta.

Tanti da assicurarsi la vittoria certa in una battaglia all'ultimo sangue contro l'intera forza armata di Coaxoch.

La vittoria però sarebbe stata quasi certa e molto meno dispendiosa, aveva osservato Shikotenka, se fossero riusciti a dividere l'esercito mexica facendogli passare la notte fra allarmi e perlustrazioni del territorio che avrebbero sfinito la gran parte dei soldati e sferrando un attacco devastante alla leadership per turbare e confondere quelli che restavano nell'accampamento.

Molti senatori non l'avevano ritenuto fattibile: se l'irruzione nel padiglione di Coaxoch fosse fallita, si sarebbe dovuto annullare l'intero attacco e portare i mexica in battaglia un altro giorno da qualche altra parte. Ma l'attacco non era fallito. Al contrario, Shikotenka aveva messo a segno la prima parte del piano alla perfezione, con risultati migliori di quelli sperati da chiunque.

In quel momento, le spie che dopo il crepuscolo erano rimaste appostate sulle creste della collina stavano correndo a riferire quello che era successo a Maxixcatzin, che doveva trovarsi a non più di sedici chilometri con sessantamila guerrieri tlascaliani scelti che avevano marciato fin lì col favore delle tenebre. Altri messaggeri, freschi, resistenti e veloci di gamba sarebbero poi volati per gli oltre trenta chilometri di territorio montuoso fino alla valle nascosta in cui Shikotenka il vecchio aveva radunato altri trentamila guerrieri pronti a schiacciare qualunque unità dell'esercito di Coaxoch avesse dato la caccia a Shikotenka e alla sua squadra.

Unità? pensò Shikotenka. Nessuno aveva immaginato che i mexica gli avrebbero messo alle calcagna mezzo esercito. Ad ogni modo, i trentamila di suo padre bastavano e avanzavano per annientarli, soprattutto perché i reggimenti mexica sarebbero arrivati sfiancati ed esausti dalla corsa fino al campo di battaglia. L'unica cosa che restava da fare per garantirsi la vittoria era far rimanere la sua squadra nel campo visivo della loro avanguardia. Se li avessero lasciati troppo indietro li avrebbero persi; farli avvicinare troppo invece significava essere raggiunti e travolti: un equilibrio delicato da mantenere a quell'enorme distanza.

La luna piena aiutava, perché altrimenti avrebbero dovuto correre quasi tutto il tempo al buio sulle lande ricoperte di neve dell'Iztaccihuatl, il grande vulcano il cui nome significava "Donna bianca", e poi lungo il valico altissimo che separava l'Iztaccihuatl dal Popocatépetl. Arrivati lì, dovevano superare una dozzina di torrenti di montagna e ridiscendere per un pendio infido ricoperto di pietrisco prima di arrivare alle colline pedemontane che alla fine li avrebbero portati al canyon dove era pronta l'imboscata.

Malinal avanzava spedita, anzi correva più veloce che poteva nella notte assordante di cicale e ricca dei dolci profumi di tuberosa e fiori di dracena. La tempesta di fulmini era cessata da tempo lasciando nell'aria la sua fragranza tipica, la pioggia si era fermata e la luna brillava di nuovo nel cielo ormai libero dal grosso della nuvolaglia.

Non c'era nulla di inquietante in giro; al contrario, Malinal si sentiva sopraffatta dalla bellezza. Eppure, mentre correva sulla strada deserta che portava a Tacuba, attorno alla riva sud del lago di Texcoco per proseguire poi a est, verso la lontana catena montuosa che collegava le vette gemelle di Iztaccihuatl e Popocatépetl, non riusciva a scrollarsi di dosso la brutta sensazione di essere seguita.

Montezuma aveva cambiato idea mandando delle guardie a cercarla per riportarla a Tenochtitlan? Forse era Cuitláhuac. Forse si era così indignato e offeso per come era stata liberata da infrangere la sua innata obbedienza agli ordini del Supremo e ordito un piano per farla uccidere in strada.

Se una delle due ipotesi era vera, però, perché seguirla con tanta prudenza e segretezza? Ogni tanto si sentivano come dei sandali sul selciato, poi per un tempo infinito solo i suoi passi, il battito del suo cuore e il canto degli insetti notturni. Le guardie mexica non avrebbero preso tante precauzioni. Se avevano l'ordine di arrestarla o ucciderla, sarebbero andati a cercarla di corsa e avrebbero già fatto quello che dovevano fare. Non l'avrebbero tirata per le lunghe in quel modo.

Malinal iniziò a convincersi lentamente di essersi immaginata tutto e che le cose orribili che aveva passato le avevano fatto vedere pericoli dove in realtà non ce n'erano. Tese i muscoli delle spalle sotto il peso dello zaino e scrutò le montagne a est, tremando al pensiero del freddo che avrebbe dovuto sopportare su quell'altissima catena e allo splendore della luna sui picchi innevati dei due grandi vulcani.

I mexica, che a dispetto della loro sete di sangue sapevano essere stranamente poetici e persino romantici, credevano che Popocatépetl e Iztaccihuatl un tempo erano stati un bellissimo guerriero e una meravigliosa giovane principessa follemente innamorati. I due avevano deciso di sposarsi contro il volere del padre di Iztaccihuatl, che allora aveva mandato Popocatépetl in guerra a Tlascala per ritardare il matrimonio ingannando poi la figlia dicendole che il giovane era stato ucciso in battaglia. Il dolore era stato così forte da arrecare alla principessa una malattia mortale e stroncarla con un attacco di cuore. Tornando vittorioso da Tenochtitlan, Popocatépetl era impazzito anch'egli dal dolore e aveva trafugato il corpo dell'amata portandolo sugli altipiani dov'era morto anche lui rimanendo a vegliare su di lei. Commossi da quella tragica fine, gli dèi avevano trasformato i giovani amanti in montagne ricoprendoli di neve a eterna memoria della loro storia, anzi, pensò Malinal, il brillante profilo bianco di Iztaccihuatl sotto la luna ricordava proprio la forma di una donna stesa di schiena mentre, con un pizzico di immaginazione in più, si poteva anche interpretare la gobba sovrapposta di Popocatépetl come la sagoma incurvata del principe morto di dolore che vegliava su di lei.

Sarebbe morta anche lei in mezzo a quelle nevi? La volontà di tenersi il più lontana possibile dai mexica, nel suo viaggio verso la costa per quella folle caccia a Quetzalcóatl che le aveva affidato Tozi, aveva convinto Malinal a evitare la facile e trafficata via principale usata dalle carovane di mercanti che commerciavano tra Tenochtitlan e le pianure dei maya. Perciò avrebbe attraversato il valico tra Iztaccihuatl e Popocatépetl, nello stato libero, per quanto accerchiato, di Tlascala, e proseguito verso lo Yucatán usando strade secondarie e fuori mano.

Non che l'esperienza nella gabbia le avesse dato ragione di confidare in un aiuto da parte di Tlascala! Malinal però sapeva, per averlo vissuto sulla sua pelle, che le schiave erano una delle merci più apprezzate dai mercanti mexica e che una donna bella come lei che viaggiava da sola avrebbe corso un brutto rischio. Meglio tentare la sorte coi tlascaliani che farsi catturare di nuovo dai mexica prima di trovarsi a meno di duecento chilometri dalla costa.

Mentre cercava di non pensare ai pericoli maggiori che la aspettavano se fosse riuscita ad arrivare nello Yucatán e attraversarlo tutto per tornare nella sua città di Potonchan – pericoli rappresentati dai maya chontal, la sua stessa gente – sentì improvvisamente dietro di lei qualcuno che correva e un attimo dopo fu travolta. Perse l'equilibrio e fu schiacciata a terra mentre cercava di mettere le mani avanti per frenare la caduta. Un ginocchio pressato sul sedere la immobilizzò, sentì delle dita lunghe insinuarsi attorno al collo e poi vide la faccia che si gettò accanto alla sua.

Ancor prima di sentirlo parlare riconobbe l'aggressore dal fetore nauseante dell'alito e dai capelli che puzzavano di sangue. «Strega», ringhiò Ahuizotl. «Mi hai rovinato. Adesso morirai».

Pepillo non sapeva nuotare, non aveva mai avuto motivo di imparare, ma ora aveva una paura matta di affogare. Dopo essere ruzzolato e soffocato nell'onda, con la bocca e il naso pieni d'acqua di mare, risalì a galla ansimando e scoprendo di essere stato spinto completamente fuori dalla cabina e sbattuto sul ponte di coperta su cui traboccava l'acqua a dritta come da un tetto a spiovente pieno di detriti solidi. Il flusso era alto appena un paio di spanne ma correva e schiumava sulla pendenza trascinandolo via. Vide Cortés e Alaminos aggrappati alla barra del timone e cominciò a sperare provando un'infinita riconoscenza, quando Cortés liberò una mano per afferrargli la manica, poi di nuovo il terrore quando la manica dalla giacca si strappò.

La nuotata scomposta continuò. Un oggetto largo gli sbatté sul fianco mentre un barile lo sfiorò di un pelo rotolandogli accanto a una velocità impressionante e mancando di poco la sua testa per andarsi a schiantare sul parapetto alla fine del ponte, dove l'onda rombante si rovesciò di nuovo negli abissi. Stordito, intirizzito e incapace di frenare la caduta, Pepillo infilò i piedi nel buco dentellato che il barile aveva creato nel parapetto. Quanto lo strapiombo d'acqua iniziò a risucchiarlo aveva già rimesso l'anima a Dio, ma una mano lo afferrò per i capelli con una stretta forte e decisa bloccando la caduta con un sobbalzo improvviso. Un attimo dopo, la carena della nave si raddrizzò, poi si inclinò a babordo e rovesciò lui e il suo salvatore di nuovo sul ponte in un groviglio di arti avvinghiati al timone ai piedi di Cortés e Alaminos.

Pepillo ebbe uno spasmo e gli zampillò dalla bocca l'acqua di mare. Alzando la testa, vide che la mano ancora stretta ai suoi capelli apparteneva a Melchiorre. «Grazie», provò a dire quando il compagno lo mollò.

«Non credere che siamo diventati amici», disse tossendo Melchiorre.

Con un grosso scricchiolio, la *Santa Maria* raddrizzò lo scafo di legno scrollandosi come un cane bagnato e riprese a solcare il mare mossa dal vento rabbioso in mezzo a raffiche di spuma gelida.

Melchiorre balzò in piedi e Pepillo lo imitò pur avendo la nausea ed essendo sfinito. Dopo quella battaglia col mare, fu travolto da dolori in tutto il corpo, già livido e ammaccato per le botte di Muñoz.

«Meglio prendere una cima e legarvi a una bitta, giovani», li avvisò allegramente Cortés. «A quanto pare ci aspetta una notte difficile».

Shikotenka doveva ammettere che i cuahchic erano in gamba. Nell'avanguardia mexica che avevano alle calcagna ce n'erano un centinaio e, con tutte le asperità del terreno, avevano ridotto il vantaggio dei tlascaliani a meno di trecento passi. Alcuni avevano gli *atlatl* e sapevano usarli, ma finora non avevano tirato nessun dardo perché adesso stavano scalando il fianco ripido dell'Iztaccihuatl e il dislivello gli giocava contro. Quando gli sarebbe toccato affrontare una discesa lo svantaggio sarebbe passato ai tlascaliani e Shikotenka sapeva che prima di raggiungere il valico dovevano ancora attraversare tre gole profonde.

Si rinfrescò bevendo un lungo sorso dalla borraccia. La stanchezza cominciava a farsi sentire, a insinuarsi nei muscoli e nelle ossa togliendogli la forza. Gli sembrò di correre e combattere, correre e combattere, dal primo giorno della creazione e ancora mancavano oltre quindici chilometri per portare i mexica nel luogo del massacro.

Alla fine si decise. Bisognava fare qualcosa per quei cuahchic.

Il fianco della montagna era molto scosceso e pieno di massi incastrati nelle antiche colate di lava sgretolata e, mentre la squadra era tutta concentrata sulla scalata, lui aveva notato che gli uomini facevano partire in continuazione delle piccole valanghe di pietre con i sandali. Perché non creare una valanga più grande, allora? Il cielo già si schiariva a est lasciando già intravedere quasi tutto il paesaggio e Shikotenka cominciò a guardarsi intorno per cercare qualcosa da usare.

Malinal sentì il sibilo del pugnale che Ahuizotl aveva estratto dal fodero e le sue dita che, dopo averle graffiato la fronte, si conficcavano negli occhi per tenerle la testa indietro e la gola scoperta a favore di lama. Dopo tutto quello che aveva passato, la cosa che odiava di più era l'idea di essere massacrata lì, a pancia sotto come un cervo nella trappola di un cacciatore senza poter nemmeno sputare in faccia all'assassino mentre moriva.

Urlò di rabbia e di sdegno ma il colpo non arrivò mai. Invece sentì un brutto rumore sordo, come di noce di cocco caduta dall'albero, e Ahuizotl si accasciò sopra di lei con un gemito orrendo. Poi qualcuno che lei ancora non vedeva scostò di lato quel corpo molle, senza toglierglielo completamente di dosso ma tanto da consentirle di liberarsi del suo peso, e allora ci fu un altro tonfo seguito da un forte *crack* e un brutta serie di rumori come di poltiglia spiaccicata.

Quando si mise seduta vide una cosa stranissima: un blocco pesante di roccia sembrava muoversi da solo e fracassare con una serie di colpi la testa del sommo sacerdote. Poi si accese in aria una scintilla e Tozi sbucò fuori dal nulla nei suoi abiti da stracciona, mentre Malinal capiva chi era stata a far muovere la pietra tenendola fra le mani e chinandosi sul Ahuizotl per ridurgli in pappa il cervello. La sua faccia crudele riversa di tre quarti era già quasi irriconoscibile, gli pendeva un occhio fuori dall'orbita e aveva il cranio spaccato e deforme da cui usciva sangue e materia grigia.

«Tozi», disse Malinal dopo averla vista continuare per qualche altro secondo. «Credo sia morto».

«Solo per essere sicura», rispose l'amica. «Con questa gente schifosa conviene sempre assicurarsi». Esaminò il lavoro fatto, annuì soddisfatta e gettò via il masso.

«Grazie al cielo sei arrivata tu», disse Malinal. Poi corrugò la fronte. «Ma tu sei rimasta invisibile per tanto senza stare male. Tutto bene?»

«Mai stata meglio», disse Tozi. Abbassò la voce e disse in tono confidenziale: «Te l'ho detto, Malinal. Sulla piramide mi è apparso Colibrì. Mi ha parlato, mi ha sfiorata col suo fuoco e mi ha reso più forte».

Shikotenka aveva trovato quello che cercava: un gruppo di grossi massi tondi, due alti quanto un uomo, tre quasi altrettanto massicci rotolati insieme chissà quando in gruppo da un punto più alto del costone lavico dell'Iztaccihuatl.

La squadra aveva accelerato il passo portando il vantaggio di trecento passi sui cuahchic a qualcosa come mille. I guerrieri adesso si erano fermati dietro i massi, si toglievano gli archi dalla tracolla e scrutavano in basso gli inseguitori.

Si avvicinava l'alba; il cielo si faceva ogni minuto più chiaro e rivelava tratti sempre più ampi della ripida scarpata che avevano ai loro piedi. Videro di nuovo il movimento veloce dei cuahchic che riducevano in fretta il distacco e, sotto di loro, sparpagliate sul fianco della montagna, le torce dei due reggimenti che li inseguivano formando grosse pozze di luce gialla e sulfurea come le fiamme del Mictlan. Alcuni gruppi nutriti stavano subito dietro l'avanguardia, altri erano duemila passi più lontani, ma tutto sommato se la stavano cavando bene, pensò Shikotenka; bene per dei mexica, almeno, che non potevano reggere il confronto con l'allenamento alla corsa sulle lunghe distanze che era parte quasi integrante dello stile di vita dei tlascaliani. Come previsto, la rabbia e la sete di vendetta stavano portando quella massa di soldati a compiere imprese che erano oltre le loro capacità. Sorrise. Era un fatto positivo, un ottimo risultato: molti sarebbero arrivati esausti sul luogo dello scontro, alcuni magari non sarebbero nemmeno stati in grado di combattere.

Albero e dieci fra i più muscolosi membri della squadra si erano già messi a dondolare e liberare i massi mentre in basso i cuahchic avevano accorciato di nuovo la distanza a trecento passi. Provarono a sganciare una raffica di frecce con gli *atlatl* ma nessuna li raggiunse; tecnicamente erano a portata di tiro ma, come nei tentativi precedenti, il pendio li metteva in difficoltà. Per gli archi tlascaliani invece era il contrario. Sul piano, la distanza sarebbe stata ancora troppo grande, ma ora avevano il vantaggio di mirare al nemico sulla discesa di una scarpata, così la prima pioggia di frecce piombò sui cuahchic lasciandone a terra tre, morti o feriti in maniera troppo grave per rialzarsi, e infliggendo gravi ferite ad altri cinque. Quando la prima scarica non ancora era arrivata a segno, una seconda era già nell'aria e una terza seguì immediatamente portando il numero di cuahchic uccisi o feriti intorno alla trentina, prima di farli avvicinare tanto da scaricargli addosso una tempesta di dardi coi loro *atlatl*, che puntualmente partì e costrinse gli arcieri tlascaliani a chinare la testa per ripararsi.

«Ora!». Al grido di Shikotenka gli arcieri abbassarono gli archi per sollevare i massi unendosi ad Albero e ai suoi uomini. I cuahchic a pochi passi erano quasi ottanta, saltellavano in un'unica massa sul pendio con le teste lucide dipinte di rosso e blu ormai perfettamente visibili alla luce dell'aurora, urlando canti di guerra e pregustando già il sapore della vittoria. Per un attimo Shikotenka temette di aver fatto male i calcoli, finché Albero, rannicchiato a terra con le mani sotto il masso più grande e i grossi fasci muscolari in visibile tensione sulle spalle e sulle cosce, non cacciò un urlo di trionfo. Si sentì l'esplosione dell'enorme roccia strappata alle radici del terreno che poi si incrinò cominciando a ruzzolare dal pendio alzando una tremenda nuvola di polvere e detriti, seguita a ruota da altre quattro che la squadra aveva già liberato e ora chiedevano solo un'ultima spinta per mettersi in moto.

Il risultato fu sbalorditivo. Quando la valanga li raggiunse, i cuahchic furono falciati in blocco fra urla terribili: cinquanta o sessanta morirono all'istante, il resto si ruppe un arto o si dette alla fuga. Il cataclisma comunque finì lì. I tre massi più grandi infatti non si erano ancora fermati, erano stati solo rallentati dai vari impatti, e presto ripresero velocità scagliandosi a precipizio fra salti e rimbalzi a mezz'aria prima di schiantarsi sulla massa più ampia di guerrieri in fondo e sfondare con un letale solco rosso tutti i ranghi per poi fermarsi definitivamente.

Quando la polvere si posò a terra, Shikotenka si rivolse ad Albero. «Che dici?», chiese. «Trecento, forse quattrocento?»

«Anche di più», rispose duro Albero. «Ma ne restano dietro altri quindicimila e cinquecento».

«Giusto», disse Shikotenka. Alzò la testa. L'alba era passata e il sole ci avrebbe messo almeno un'altra ora a scalare l'enorme spalla del vulcano, ma era già sorto iniziando a illuminare il cielo. Mille passi sopra di loro, la linea delle nevi perenni luccicava al riflesso tenue di quella luce. Mille passi sotto di loro, risuonavano le urla furiose dei mexica.

Una nuova avanguardia era pronta a travolgerli.
«Andiamo», gridò Shikotenka. «Inutile star qui a guardarli».

«Lo so che me l'hai detto», fece Malinal, «ma non ho capito. Pensavo che lo dicessi per la paura che ci siamo prese. Per il male che ci hanno fatto. Non credevo che dicessi sul serio».
«Dicevo sul serio», rispose Tozi gravemente. «Colibrì mi è apparso, mi ha parlato ed è reale come lo siamo io e te, Malinal. È – non so – brutto e bello allo stesso tempo. È furbo, subdolo e crudele, mi ha sfiorata col suo fuoco ma non ho capito cosa mi ha fatto – davvero, non l'ho capito – finché non ti ho lasciata nella piazza a Tacuba e ho visto Ahuizotl dietro un angolo che ti spiava. Si capiva che aveva cattive intenzioni così ho rischiato, ho provato a sparire e non mi è successo niente, niente! L'ho seguito tranquillamente, Malinal! Ho solo dovuto aspettare il momento giusto... e... be', il resto lo sai».
Il sole era appena spuntato e ancora non faceva troppo caldo, ma attorno alla testa spappolata e insanguinata del sommo sacerdote ronzavano già nuvole di mosche blu all'opera. Malinal ebbe un presentimento fortissimo ma decise di non parlarne.
«Piccola Tozi», disse sforzandosi di sorridere. «Sei davvero incredibile, lo sai? Quando ci siamo divise non mi hai nemmeno abbracciata eppure eccoti qui, come per magia, a salvarmi di nuovo la vita».
«Lo so che non ti piace», disse Tozi guardandola negli occhi, «che Colibrì mi abbia reso più forte».
«Non lo so cosa mi piace», ammise Malinal. «So solo di essere felice che a vivere sia io e a morire Ahuizotl». Senza aggiungere altro si allungò e strinse la strana amica fra le braccia fregandosene dei pidocchi che vide a spasso sugli stracci indossati da Tozi, pensando solo a quant'era bello abbracciarla di nuovo, sentirne il calore e intuirne lo strano potere.
Quando si staccarono, Malinal le chiese, «E ora?». Ma già sapeva la risposta.
«Non è cambiato niente», confermò Tozi. «Tu devi andare a trovare Quetzalcóatl sulla costa e portarlo a Tenochtitlan per porre fine al dominio dei mexica».
«E tu? Sei ancora decisa a stare in quella città corrotta?»
«Sì, mi tocca. Lo devo a Coyotl».
«Ma non sei al sicuro lì. Non sarai mai al sicuro!».

Tozi fece un sorriso strano, sbilenco. «Prima, nella gabbia, ero soltanto l'ombra di una strega, anche se tutti credevano che lo fossi: ora credo di esserlo diventata veramente. So badare a me stessa».

Si riabbracciarono. «Bene allora», disse Malinal. «Ci vediamo a Tenochtitlan. Ti prometto di tornare e, se Quetzalcóatl esiste, ti prometto che ci sarà anche lui».

«Esiste», rispose Tozi. «Sta già solcando l'oceano orientale. La sua barca si muove da sola, senza pagaie, come dice la profezia. Si sta avverando tutto, Malinal. Ogni parola. Vedrai!».

I polmoni di Shikotenka si torcevano, i muscoli cedevano, la borraccia che aveva riempito di nuovo sulla neve si stava quasi svuotando. La squadra aveva già corso per chilometri la sera prima, combattuto una dura battaglia nel padiglione ed era poi fuggita tra mille difficoltà. L'unica consolazione era che i cento cuahchic allenati che formavano la nuova avanguardia mexica dovevano essere messi altrettanto male, forse anche peggio. Avevano lasciato l'accampamento troppo in fretta per fermarsi a prendere le borracce. Malgrado questo, dopo la valanga, erano rimasti addosso ai tlascaliani mantenendo quasi sempre una distanza di mille passi, a volte avvicinandosi tanto da incalzarli con dei lanci di *atlatl* alle primi luci del giorno. Così Shikotenka aveva perso altri due uomini, mentre altri due erano crollati di fatica, abbandonati al loro destino dal resto della squadra che aveva tirato avanti.

La lunga corsa sulle montagne aveva rallentato tutti, i tlascaliani, i cuahchic e i due reggimenti che li seguivano. I cinquemila mexica più veloci erano riusciti a tenersi appena dietro l'avanguardia ma il resto – si parlava di oltre diecimila uomini – ormai era disseminato nei quasi cinque chilometri di pendio scosceso sul versante est del valico tra Iztaccihuatl e Popocatépetl. Nessuno aveva più fiato per urlare, le grida e i fischi furiosi erano spariti, c'era solo un silenzio sinistro fra uno scivolo e una sbandata di piedi.

Scendendo di altitudine, il pietrisco secco del valico stava già lasciando spazio ai cespugli e alla vegetazione, mentre gruppi di alberi all'inizio sparuti, poi sempre più fitti e alti, svettavano fra le conche e le gole del territorio. Shikotenka udì nella corsa gli uccelli che intonavano un canto di una bellezza e una dolcezza alquanto stonata rispetto a quella terribile situazione, mentre sentiva sul viso il vento fresco del primo mattino e il bacio del sole che sorgeva.

Dando una rapida occhiata alle sue spalle vide che i cuahchic avevano accorciato la distanza a meno di duecento passi e ora guadagnavano terreno a una velocità allarmante. Non avevano più usato gli *atlatl*, sicuramente perché sentivano di avere la vittoria in pugno e speravano di farlo prigioniero insieme a quel che restava della sua squadra per portarli poi nel disonore a Tenochtitlan e mandarli al sacrificio. La sete di vendetta di Mahuizoh aveva trascinato quella caccia folle per tutta la notte, gli inseguitori erano così tanti e così sicuri di prevalere che nessuno sembrava ancora sospettare un'imboscata. Peccato che la preda non sarebbe mai finita nel loro calderone. Anche se gli uomini esausti di Shikotenka potevano tenere a bada l'avanguardia cuahchic fino all'arrivo nel canyon dove li aspettava il padre con trentamila guerrieri, e anche se nessuno avesse fiutato l'imboscata prima, il vero pericolo adesso erano i diecimila mexica ritardatari che sarebbero rimasti fuori dal campo di battaglia dopo l'azionamento della trappola.

In quel caso c'erano troppe variabili da considerare per la mente stanca di Shikotenka. L'unica certezza era che se l'avessero raggiunto i cuahchic, tutto quello che aveva fatto finora sarebbe stato inutile. Poteva succedere qualunque altra cosa, ma quella non poteva – non doveva! – permetterla. Guardò avanti. Circa un chilometro più in basso sul pendio il territorio si livellava nelle foreste lussureggianti delle colline pedemontane; sulla strada per le colline, ancora nascosta dalle ombre del mattino, sbadigliava la bocca oscura del canyon a cui erano diretti. Peccato che, pur sentendo un peso in meno nel cuore dopo averlo intravisto, un altro dei suoi gagliardi tlascaliani inciampò e cadde portandosi dietro altri due uomini, con i cuahchic in testa a pochi secondi da loro.

Pedro de Alvarado si osservò nel costoso specchio veneziano affisso alla parete della sua cabina. Cavolo, ferite a parte, era proprio un bell'uomo! Grazie all'aiuto di La Peña (il medico si era già dimostrato un utile acquisto per la spedizione) il braccio sinistro rotto adesso se ne stava comodo fra bende e assicelle, ma lui poteva ancora usare le dita lunghe ed eleganti della mano destra per arricciarsi le punte dei baffi. *Affascinante*, pensò, *molto affascinante*. Si aggiustò la bionda criniera leonina dei capelli – quanto piaceva alle donne! – e sorrise al suo riflesso per certi versi diabolico. *Un bell'uomo, non c'è che dire, vizioso e burbero come nessun altro, ma anche pericoloso. Su questo non ci piove!*

Dopo un ultimo sguardo compiaciuto si trascinò sul ponte della *San Sebastian* e contò le vele lontane delle navi sparse che ora rispondevano al suo segnale. La gente parlava di calma prima della tempesta ma lui, quella mattina di venerdì del 19 febbraio 1519, era contentissimo di viversi la relativa calma *dopo* la tempesta. Le scintillanti acque blu erano increspate appena da un bel vento favorevole: nulla a che vedere con le gigantesche onde lunghe che la notte prima avevano rischiato di spedire l'intera flotta in fondo al mare.

Era un miracolo che degli undici vascelli se ne fosse perso solo uno, anche se purtroppo si trattava proprio della *Santa Maria de la Concepción*, la nave ammiraglia di Cortés.

«Cavolo, Hernan», bisbigliò fra sé Alvarado. «Dove sei finito?».

Albero e Acolmiztli correvano alla sinistra di Shikotenka, Chipahua e Ilhuicamina alla sua destra mentre dietro di loro tenevano botta gli altri sopravvissuti della squadra, allineati in quattro file sottili. La notte precedente gli dèi erano stati onorati da cinquanta uomini e ora, in quel mattino lucente, ne erano rimasti in vita solo ventidue.

«*Correte!*», urlò Shikotenka. «*Correte più forte che potete!*».

I mexica avevano del talento, non lo negava nessuno, ma in fatto di corsa sulle lunghe distanze, quando era in gioco la capacità di resistenza e si dovevano gestire il cuore e nervi, i tlascaliani erano sempre stati superiori e lo si vedeva anche adesso. I cuahchic avevano lasciato il compito di legare i prigionieri caduti al blocco di fanteria che li seguiva riducendo così la loro distanza a venti passi, ma su ordine di Shikotenka i tlascaliani si erano appellati alla bontà dell'addestramento e alla forza che avevano in corpo vincendo la fatica e raddoppiando la velocità per staccare di netto gli inseguitori. Accorciando ancor più il fiato, resistendo agli strappi, i muscoli tremanti, le facce distrutte e sbiadite, i suoi guerrieri portarono in poco tempo il vantaggio a trenta, quaranta, cinquanta, poi sessanta passi e, quando entrarono nella bocca fredda all'ombra del canyon, ormai erano di nuovo duecento passi avanti al nemico.

Giorni prima Shikotenka aveva esplorato il terreno di battaglia a fondo perciò sapeva cosa lo aspettava. Stretto all'imboccatura e profondo una quindicina di metri fra le pareti scoscese di pietra rossa striate a formare i disegni più strani, il gran canyon si allargava subito di oltre mezzo chilometro raggiungendo una profondità di trenta metri, deviando prima bruscamente a ovest, poi a nord, per terminare dopo più di tre chilometri davanti alle pareti verticali di roccia impossibili da scalare. Le improvvise e violente alluvioni avevano scavato una serie di gole incrociate in mezzo al territorio altrimenti quasi tutto pianeggiante e roccioso, ma a ridosso dei fianchi, vicino alle pareti del canyon, c'erano delle piccole macchie di acacia e arbusti abbastanza fitti da coprire l'imboscata dell'enorme esercito tlascaliano.

Dopo il primo chilometro e mezzo di corsa dentro il canyon, Shikotenka si scolò le ultime gocce dalla borraccia e si impegnò nello scatto finale guardando rapidamente a sinistra e a destra nella speranza di intravedere gli uomini di suo padre. «Sicuro che siamo nel canyon giusto?», gracchiò Chipahua con la bocca spaccata e insanguinata.

Shikotenka annuì con la testa per risparmiare fiato. Era quello il posto, ma doveva ammettere che le foreste ai piedi del canyon erano immerse in un silenzio e in un vuoto sinistro. Quando anche gli altri membri della squadra iniziarono a lanciare in giro delle occhiate ansiose senza smettere di correre, il dubbio si impossessò per un attimo anche di lui. Era andato storto qualcosa?

Con le teste dipinte lucide al sole, gli implacabili cuahchic dell'avanguardia ora si sparpagliavano in una corsa silenziosa e determinata in tutto il canyon. A volte, venti, trenta di loro stretti in capannello sparivano in una gola per tornare visibili all'improvviso e più vicini di prima. Poi venne il turno dei fanti più veloci dei reggimenti mexica, un centinaio al massimo, seguiti dalle migliaia di compagni in un agglomerato sciolto e disordinato che si stendeva per tutta la pianura a ritroso fino all'imbocco del canyon riempendo da un lato all'altro tutti gli spazi fra le macchie di foresta.

Shikotenka era troppo occupato a non inciampare sui solchi infidi del terreno per dedicare più di una rapida occhiata alle sue spalle ma, quando il sentiero girò bruscamente a nord dando inizio all'ultima tappa disperata della corsa, vide che ormai era entrato forse metà esercito mexica. Non bastava, non bastanza neanche lontanamente, ma con la muraglia di roccia che già si stagliava davanti a lui bloccando l'estremità nord del canyon non restava altro tempo.

Coprirono le ultime centinaia di metri con la vista appannata. Shikotenka aveva il sudore sugli occhi, la gola arsa dalla sete, i muscoli prosciugati di tutta la forza, le gambe indolenzite e tremanti. Albero non mostrava mai segni di debolezza, non era il tipo, ma anche lui sembrava stremato e per due volte mise il piede quasi in fallo costringendo Chipahua a tenerlo su con una mano sotto il gomito. «Basta correre», disse alla fine l'omone e a cento passi dalla macchia di acacia ai piedi della parete rocciosa si fermò barcollando.

«Li affronteremo qui», concordò Shikotenka fermandosi accanto a lui. Era il posto giusto, all'aperto e senza vegetazione, e avrebbe permesso agli imboscati di restare nascosti finché non decidevano di entrare in scena.

Se c'erano, gli imboscati.

Alla squadra non servirono istruzioni per sapere cosa fare. Dopo aver avuto appena il tempo di mettersi in cerchio per la difesa, gli inseguitori gli furono addosso.

Malinal era triste, confusa e spaventata allo stesso tempo. Gli affascinanti e potenti dèi esistevano. La stregoneria esisteva e Tozi era la strega potentissima in grado di rendersi invisibile e uccidere chi le aveva salvato la vita.

Ah, Tozi... Tozi.

Malinal si stupì di scoprire che la piccola e spaventosa amica le mancava già tanto da sentire una fitta al cuore e, allo stesso tempo, era nervosissima per l'impresa che le aveva affidato: tornare da sola nella sua terra, a Potonchan, senza il supporto della magia, e vincere i demoni che l'aspettavano lì.

Il demone rappresentato dalla sua stessa madre, la donna che l'aveva messa al mondo e che, nonostante tutto, si era piegata alla demoniaca volontà del patrigno e l'aveva data in schiava nell'interesse del ragazzo che i due avevano tenuto diabolicamente nascosto dopo l'improvvisa e inspiegabile morte dell'adorato padre di Malinal, l'ultimo capoclan di Potonchan.

Questi erano i demoni della famiglia di Malinal. Ovviamente non erano demoni nel senso soprannaturale del termine, ma le avevano comunque distrutto la vita per sottrarle l'eredità, e di certo l'avrebbero rifatto se si fosse fatta rivedere, come un fantasma sotterrato del passato, memento odioso delle verità che avevano cercato di nascondere.

Questo era il covo di vipere, il groviglio di rivalità familiare e pericoli in cui Tozi aveva mandato Malinal sola, costretta a contare solo sulle sue forze, per cercare il dio Quetzalcóatl.

Be', pensò, *devo farcela. Non cederò. Non fallirò*. Tralasciando i piani degli dei sovrannaturali e dei demoni fin troppo umani, la sua storia non si sarebbe mai risolta se non fosse riuscita a sbrogliare il mistero del lascito paterno.

Raddrizzò le spalle, distribuì meglio il carico sulla schiena e proseguì a gran passi nel mattino. Avendola già fatta da schiava nel tragitto per Tenochtitlan, Malinal sapeva quanta strada le mancava ancora. Se camminava tutto il giorno, ogni giorno, avrebbe raggiunto Potonchan più o meno in trenta giorni. E anche se aveva scelto di passare per strade secondarie sapeva che lungo il tragitto c'erano molti villaggi, persino città e grandi centri abitati.

Malinal era solo una donna, ma era una donna bellissima, esperta nelle arti dell'adulazione e della seduzione. Avrebbe contato sulla gentilezza degli sconosciuti, si disse, e in qualche modo ne sarebbe uscita viva.

L'attacco non fu immediato. I cuahchic formarono invece un grande anello attorno ai tlascaliani tenendosi a una distanza di trenta passi. Alcuni rimasti senza fiato si gettarono a terra. Molti si piegarono in due, ansimando. Il resto rimase in piedi boccheggiante, alcuni appoggiati alle lance con i musi duri e impassibili, grondanti di sudore.

Per un bel pezzo non accadde nulla e il silenzio fra i due gruppi di guerrieri fu spezzato solo dal canto degli uccelli.

«Che gioco stanno facendo?», sussurrò Ilhuicamina. «Perché non ci spazzano via con gli *atlatl* e la fanno finita?»

«Ci vogliono vivi per il sacrificio», disse Acolmiztli. «Ovvio».

Albero racimolò le forze per brandire la sua mazza da guerra. «Donne!», gridò. «Venite a prenderci se avete il fegato».

«Stanno riprendendo fiato», notò Chipahua. Si rivolse a Shikotenka. «Dov'è tuo padre?», chiese acidamente. «Potrebbe anche farsi vedere ora».

«Non contare ancora su un aiuto», rispose Shikotenka. Guardò il canyon alle sue spalle, nella direzione da cui erano venuti; stavano per essere travolti da migliaia di soldati della fanteria mexica. «Mio padre aspetterà di fare entrare nella rete altri pesci».

«Ammesso che sia davvero qui», disse Chipahua dando voce agli stessi timori di Shikotenka. I fianchi ombrosi del canyon mostravano la tipica scena boschiva. Gli uccelli volavano avanti e indietro fra le cime degli alberi, ferme e senza increspature. «Non ho mai visto trentamila guerrieri nascondersi così bene», aggiunse Chipahua col ghigno orribilmente storto dalla bocca maciullata e dai monconi di denti rotti.

«Tanto meglio», obiettò Albero. «Non sarebbe un'imboscata se si vedessero».

Shikotenka annuì. «I tlascaliani ci sono, e sono lì. Fidati».

Si sorprese della sua stessa sicurezza, ma nella solitudine dei suoi pensieri il tarlo del dubbio continuava a rosicchiare… rosicchiare.

Se per esempio Montezuma avesse schierato un altro esercito per un attacco simultaneo su Tlascala mentre tutti gli occhi erano puntati su Coaxoch? In quel caso, suo padre sarebbe stato obbligato a dirottare i suoi guerrieri lì per affrontarlo.

E se invece il Senato fosse intervenuto con una mozione dell'ultimo momento? La metà dei senatori si era opposta all'elezione di Shikotenka come re condottiero e aveva votato contro il suo piano. Potevano anche aver ordito un tradimento all'ultimo minuto e messo fuori gioco suo padre. *No! Certo che no! Gli dèi l'avrebbero impedito!* Scrollò la testa con veemenza per ripulirsi da quello spiacevole pensiero e chiese: «Qualcuno ha ancora dell'acqua?».

Quelli che avevano ancora qualche goccia nelle borracce la divisero volentieri davanti ai cento cuahchic che, con le loro poche ghirbe vuote, gli lanciavano occhiate avide. Studiando i membri della forza speciale mexica, Shikotenka si accorse che i tlascaliani li avevano portati al limite fisico della resistenza, poteva solo immaginare in che condizioni fosse il resto della fanteria che barcollava verso di loro per dare man forte. Oltre un migliaio di soldati aveva già raggiunto il perimetro esterno dell'accerchiamento cuahchic, ma la maggior parte si era stesa a terra e muoveva freneticamente il petto per lo sfiancamento.

«Cazzoni!», disse Ilhuicamina con un gestaccio che li invitava verso il canyon. «I mexica non sanno che significa correre».

Albero sembrò tanto rinfrancato dal sorso d'acqua che negli occhi tornò a splendergli il furore della battaglia. «*Donne!*», urlò provocando di nuovo i cuahchic. «Se per caso tra voi si nasconde ancora un uomo, gli offro un duello». Uscì dal cerchio dei tlascaliani battendo minacciosamente la mazza sul palmo enorme della mano sinistra.

I cuahchic avevano abbandonato le insegne militari e avevano corso gli ultimi chilometri solo in sandali e perizoma, ma il comandante si distingueva lo stesso. Era un guerriero basso e tarchiato sulla trentina con la testa e la faccia dipinte a metà di giallo a sinistra e blu a destra, i nodosi fasci muscolari in bella vista su cosce, braccia e addominali, e se ne stava impassibile con gli occhi fissi su Albero. «Non sprecare fiato, tlascaliano», rispose con la voce aspra di una sega che taglia il legno. «Fra poco ti farò vedere di che pasta sono fatti i miei uomini».

Chipahua fece un erutto enorme. «Gli uomini hanno le palle, i vostri perizoma sembrano vuoti. Mandateci le vostre mogli e gli facciamo vedere cosa si sono perse». La squadra tlascaliana si mise tutta a ridere mentre i cuahchic si spazientivano e iniziavano a mormorare. Roteando la mazza, Albero corse in avanti e si piazzò nella terra di nessuno. «Duello», gridò di nuovo. «Ora».

Shikotenka decise controvoglia di vedere come andava a finire la bravata dell'amico. Era un diversivo utile mentre il canyon dietro i cuahchic continuava a riempirsi di soldati mexica, ormai arrivati in almeno diecimila. Ogni minuto di ritardo sull'imboscata significava intrappolarne molti di più.

Quando si fecero avanti tre cuahchic per rispondere alla sfida di Albero, il loro capo sbraitò un ordine e loro si fermarono prima di raggiungere la portata della mazza rotante dell'omone ritirandosi in silenzio dietro la protezione della loro squadra in modo quasi comico. «*Codardi!*», ruggì Albero. «Tre non bastano? Mandatene sei. Mandatene dodici. Vi ucciderò tutti!».

Agli altri mormorii che si levarono dai ranghi nemici risposero ulteriori rimproveri secchi dell'ufficiale tarchiato. «Nessuno combatte», urlava afferrando per la collottola uno dei suoi e buttandone a terra un altro con un fortissimo pugno. «Nessuno muore! Almeno finché non arriva il generale Mahuizoh».

A un tratto Shikotenka capì lo strano atteggiamento dei cuahchic. *Ah*, pensò mandando Chipahua e Acolmiztli a prendere Albero per trascinarlo di nuovo nel cerchio tlascaliano. *Ora si spiega tutto*.

Mahuizoh arrivò dopo un'ora, abbastanza per fare entrare nel frattempo tutti gli uomini dei due reggimenti mexica sul campo di battaglia. Indossava solo il perizoma come tutti gli altri, aveva il naso malridotto e coperto da un impiastro marrone scuro, il respiro rumoroso e la bocca pallida e tremante di dolore da cui uscivano bolle di sangue, però l'abnegazione del generale era ammirevole, pensò Shikotenka: ammirevole la tenacia; ammirevole la forza genuina dell'odio che l'aveva spinto ad attraversare le montagne, scalare e scendere le ripide scarpate e coprire le lunghe distese del canyon per reclamare vendetta dopo quello che era stato fatto a suo padre e ai suoi fratelli.

Indubbiamente, poi, la vendetta sarebbe stata tremenda, perfida e crudele come solo la spietata immaginazione dei mexica poteva concepire...

Se i tlascaliani non gli avessero teso un'imboscata.

Circondato da quattro impettite guardie del corpo cuahchic, Mahuizoh si portò a dodici passi dal cerchio tlascaliano e scovò Shikotenka fissandolo con uno sguardo truce. «Tu, Shikotenka!», disse con una voce fiacca e gorgogliante. «Dimmi il nome dell'uomo che mi ha sfregiato». Lui si girò verso Ilhuicamina e la sua protesi di giada al naso che scintillava alla luce del mattino.

«Te lo dirà lui stesso», rispose Shikotenka.

Ilhuicamina rise e si tolse la maschera dalla faccia scoprendo l'osso aperto che ci stava sotto. «Mi chiamo Ilhuicamina», disse. «Sono stato io a sfregiarti. Vuoi ringraziarmi per averti fatto bello come me?»

«Ti ringrazierò con questa», disse Mahuizoh. Tirò fuori dal fodero sulla cinta un pugnale di ossidiana dalla lama lunga e lo levò al sole. «La mia riconoscenza sarà grandiosa e ci vorrà molto tempo per esprimerla». Si rivolse di nuovo a Shikotenka. «Ti ho detto che andrò da Montezuma indossando la tua pelle», disse. Fu preso da un attacco soffocante di tosse e sputò sangue dalla bocca. «Ti farò scuoiare vivo dai tuoi stessi uomini prima di prendermi il tuo cuore».

Senza nemmeno rispondere, Shikotenka si rivolse ai suoi capitani. «Quando mio padre parte all'attacco», disse con più convinzione di quella che aveva in realtà, «noi andiamo dritti su Mahuizoh. Strapperemo il cuore alla resistenza mexica. Ricevuto?»

«Ricevuto», disse Chipahua.

«Ricevuto», disse Ilhuicamina.

«Ricevuto», disse Acolmiztli.

«Ricevuto», disse Albero. «Gli strapperemo il cuore».

Shikotenka lanciò un'altra occhiata alle macchie di alberi che stavano sotto le pareti del canyon e al viavai degli uccelli. Fu colto ancora dal dubbio, ma a quel punto la grande conchiglia di guerra lanciò uno squillo trionfale e gli uccelli si sparpagliarono in cielo in un turbine di ali. Trentamila tlascaliani schizzarono fuori dai nascondigli in mezzo al boschetto di acacie e alla sterpaglia per travolgere gli odiati nemici con l'onda anomala di una tremenda vendetta.

L'espressione sul volto malvagio di Mahuizoh ripagò ogni istante tormentato della ultime ventiquattrore. Shikotenka fece un balzo in avanti e, quando la mazza di Albero, il *macuahuitl* di Chipahua, i pugnali di Acolmiztli e Ilhuicamina si abbatterono sulle sue attonite guardie del corpo, lui assalì il generale e *tac, tac, tac, tac, tac,* prese la sua ignobile vita corrotta.

A mezzogiorno inoltrato, quando ormai non c'era più alcuna traccia della *Santa Maria*, Alvarado passò in rassegna il resto della flotta radunata attorno alla sua maestosa caracca, la *San Sebastian*, e scrollò le spalle.

La sola cosa da fare in quella situazione era andare subito a Cozumel. Cortés aveva le coordinate. Se era sopravvissuto si sarebbero incontrati lì.

Altrimenti… be'… Alvarado sorrise. La spedizione avrebbe trovato un nuovo capitano e lui era pronto a farsi avanti.

PARTE SECONDA
19 FEBBRAIO 1519 - 18 APRILE 1519

CAPITOLO 45

Venerdì 19 febbraio 1519 - giovedì 25 febbraio 1519

Huicton stava seduto sul suo stuoino a mendicare al solito incrocio, dove la sopraelevata di Tepeyac si diramava dalla sopraelevata di Azcapotzalco. Invisibile, incorporea, capace di passare sempre e ovunque inosservata, Tozi lo avvicinò senza fiatare e aspettò che si creasse uno spazio adatto in mezzo alla folla. Poi, di punto in bianco, senza alcun preavviso tornò visibile materializzandosi proprio davanti a lui.

L'uomo restò a bocca aperta, strabuzzò gli occhi due volte e posò una mano rugosa sul petto, ma subito dopo si ricompose. «Tozi!», disse pieno di gioia. «Sapevo che saresti tornata... Non sei tipa da arrendersi facilmente». Poi corrugò la fronte. «Ma quanto sei rimasta invisibile prima di spaventarmi?». La fece sedere accanto sullo stuoino e le mise una mano sulla spalla. «Non ti sei fatta male con la sparizione?»

«No, Huicton, sto benissimo. Sono cambiate molte cose dall'ultima volta».

C'era un segreto che Tozi aveva tenuto per sé nei mesi passati in gabbia. Aveva detto a Coyotl e Malinal che sua madre era stata portata a Tenochtitlan quando lei aveva cinque anni; che era morta due anni dopo costringendola a cavarsela da sola a sette anni finché i battitori di Montezuma non l'avevano catturata in strada e l'avevano portata nella gabbia a quattordici anni. Tutto vero; però non aveva raccontato che la madre era stata uccisa da una folla inferocita di cittadini aizzati contro le streghe e che avrebbero ucciso anche lei se non avesse usato l'incantesimo dell'invisibilità più a lungo che mai per sfuggirgli.

Non aveva detto niente neanche di Huicton, il mendicante cieco con gli occhi bianco-latte che quando era successo tutto stava all'angolo della strada. Quando la folla si era spostata in cerca di altre vittime, lui l'aveva cercata e l'aveva tirata fuori dal buco in cui si era ficcata inerme, stordita e sanguinante per gli effetti della sparizione.

Huicton infatti non era affatto cieco.

E quando attraversava le strade di Tenochtitlan battendo col bastone per fingere di andare a tentoni, vedeva tutto quello che succedeva.

Non era nemmeno un vero mendicante. Sotto quei panni si celava una spia del re Neza di Texcoco, che sulla carta era vassallo di Montezuma ma in realtà seguiva una politica molto indipendente, aveva spiegato a Tozi negli anni in cui si era preso cura di lei.

«Da quand'è che sai di poter diventare invisibile?», le aveva chiesto all'epoca Huicton. Dopo aver parlato con la sua voce bassa e una strana inflessione nasale che ricordava quasi uno sciame di api in volo, le aveva fatto un sorriso – un sorriso delizioso, caldo, *cospiratorio* – aggiungendo quasi timidamente: «Una spia con un'abilità del genere sarebbe impagabile».

Ispirava una certa fiducia, così Tozi gli aveva raccontato la verità: che era nata con quel dono ma che si limitava all'incantesimo dell'invisibilità. La madre aveva iniziato a insegnarle come usarlo fin dall'infanzia ma era difficile e, a sette anni, Tozi sapeva gestirlo solo per pochi secondi. Huicton era stato sempre con lei quando la bambina aveva sfiorato la morte provando a reggere una sparizione più a lungo.

Tozi ricordava come le aveva studiato la faccia da vicino, con l'aria scaltra dei suoi ingannevoli occhi annebbiati. «Hai altri doni, vero?», le aveva detto alla fine. Non aveva ben capito se fosse una domanda o un'affermazione, ma negli anni successivi avevano lavorato insieme spesso. Il suo compito era condurlo per strada come una nipote ubbidiente, conquistare la simpatia e l'elemosina dei vari passanti e nel frattempo, mentre camminavano o quando si sedevano a mendicare sullo stuoino, lui le aveva sempre parlato di tantissime cose. Piano piano Tozi aveva iniziato a capire che quelle conversazioni erano come delle lezioni – una sorta di scuola – e che Huicton voleva insegnarle a guardare dentro di sé per trovare i suoi doni innati. Lui non aveva poteri magici, ma senza quell'incoraggiamento e quei consigli lei non avrebbe mai avuto la necessaria fiducia in se stessa per imparare a evocare la nebbia, leggere la mente o dire cosa fare agli animali.

Huicton non stava sempre con lei. A volte la vecchia spia spariva da Tenochtitlan per giorni e giorni come se fosse una specie di mago anche lui. Non dava mai avvisi o spiegazioni. Se ne andava e basta; secondo lei a Texcoco, a portare le informazioni raccolte al re Neza.

I battitori di Montezuma l'avevano presa e messa in gabbia durante una di quelle assenze, molto più lunga del solito. Ormai però, la mattina dopo la tremenda orgia di sacrifici sulla grande piramide di Tenochtitlan, era tornata a riabbracciare Huicton.

«Mi dispiace tantissimo di non esserci stato quando ti hanno presa», le disse subito. «Il mio padrone, il re Neza, è morto e le cose si sono complicate. Suo figlio maggiore Ishtlil è diventato re al suo posto ma Montezuma ha preferito il più piccolo, Cacama, e ha messo sul trono lui».

Persino dentro la gabbia a Tozi erano giunte voci degli ultimi fatti di Texcoco. «Così ora lavori per Cacama?», gli chiese.

«No! Certo che no! Cacama è un lecchino, fa tutto quello che gli dice Montezuma. Ishtlil invece pensa con la sua testa, come il padre. Piuttosto che accettare il nuovo stato di fatto si è ribellato, ha preso il controllo delle province montane di Texcoco e ha dichiarato la rivolta. Ora è in guerra con Cacama e con Montezuma, guerra diventata sanguinaria nei mesi in cui sei stata in prigione». Huicton lanciò uno sguardo inquieto al viavai di gente sulla sopraelevata e abbassò la voce in un sussurro quasi impercettibile. «Io sto con Ishtlil», le confidò. «È diventato il mio nuovo padrone, faccio la spia per lui adesso... Roba pericolosa, molto più di prima».

Certo, bisognava essere discreti, pensò Tozi. Per le strade di Tenochtitlan circolavano in abiti civili migliaia di agenti della polizia segreta di Montezuma con orecchie e occhi aperti a caccia di ogni ombra di sedizione. Potevano essere in qualsiasi gruppo a qualsiasi ora. Persino lì. «Per questo», continuò Huicton, «sono stato lontano da Tenochtitlan così a lungo, poi, sono tornato e tu eri stata presa». Sorrise con aria pentita: «Ti ho cercata, ho scoperto cos'era successo, ho saputo anche dove ti tenevano, ma sono stato preso tutto il tempo dalla missione per distruggere Montezuma. Ha provato anche ad avvelenare Ishtlil. Almeno sono riuscito a mandare all'aria quel complotto! E poi ho continuato ad avere fede, piccola, a credere che in qualche modo saresti riuscita a liberarti. Hai sempre avuto grandi poteri...».

«Non abbastanza per scappare dalla gabbia!», sussurrò Tozi. «Ieri sarei morta sulla pietra sacrificale se non mi avesse salvata Colibrì. Colibrì in persona!».

Il vecchio si impaurì. «Non ho capito, piccola. Che vuol dire che ti ha salvata Colibrì?»

«Non sono mai scappata dalla gabbia», disse Tozi, «ho provato in tutti i modi ma non sono mai riuscita a sparire tanto a lungo. Così, ieri mi hanno portata al sacrificio con le altre vittime. Sono arrivata in cima alla grande piramide di notte. Montezuma aveva in mano il pugnale di ossidiana. Ma Colibrì è venuto a salvarmi, mi è apparso, mi ha sussurrato all'orecchio come sto facendo io con te, il fulmine ha colpito il tempio, lui mi ha sfiorata col fuoco e sono stata risparmiata…».

Huicton si rabbuiò ancora di più. «Cosa ti ha detto il dio?», chiese.

«Ha detto "*Ormai sei mia*"».

«Sicuro?»

«Com'è sicuro che sono viva qui accanto te! Huicton, il dio mi ha salvata dal pugnale di Montezuma e mi ha dato il potere di sparire quando voglio. E non devo nemmeno formulare l'incantesimo! Ma *non* sono "sua", non sarò mai "sua"! Sulla piramide ho scoperto cosa devo fare: distruggerlo, non salvarlo».

Il vecchio si stufò. «È proprio vero che la strada per il Mictlan è lastricata di buone intenzioni», disse. «C'è sempre un prezzo da pagare per chi accetta un dono dagli dèi».

«In qualunque altro caso avresti ragione», disse Tozi, «ma Colibrì non è l'unico dio e il suo regno sta per finire». Afferrò per le spalle il vecchio ricurvo: «Questo è l'anno della profezia», sussurrò, «l'anno Uno-Canna in cui tornerà Quetzalcóatl col suo esercito. Mentre parliamo sta solcando l'oceano orientale per travolgere Colibrì e porre fine al dominio di Montezuma per sempre. Ma tu non mi credi! Certo! È normale. Però devi credermi. Lo so per certo. I sacrifici umani finiranno, la tortura finirà, la schiavitù finirà, il dolore e la sofferenza finiranno e vivendo in questo tempo noi vedremo l'alba di una nuova era. Non mi credi?»

«Sembri così sicura», disse Huicton. C'era della speranza in quella voce, ma anche tristezza.

«Sono sicura! Questo è l'anno Uno-Canna! Chi sta con Montezuma cadrà e chi sta contro di lui insorgerà. Il tuo nuovo padrone, Ishtlil di Texcoco, si ribellerà. I tlascaliani si ribelleranno. Il potere dei mexica sarà spezzato».

I pochi ricchi che passarono nel traffico della sopraelevata e si accorsero dei due accattoni li ritennero troppo inferiori per meritare il loro disprezzo. Tozi avvicinò la bocca all'orecchio di Huicton. «Potrei uccidere Montezuma», sussurrò. «Potrei entrare a palazzo senza essere vista, passare tranquillamente i muri della sua stanza da letto e tagliargli la gola mentre dorme».

Il vecchio ci pensò un attimo fissando lo sguardo dritto davanti a sé sulle acque del lago di Texcoco con i suoi occhi lattescenti. Alla fine, parlando così piano che Tozi lo sentì a stento, disse: «È allettante ma non te lo consiglio. Per due motivi. Primo: tu hai la magia, l'ho sempre saputo e ora vedo che sei molto più potente di prima. Montezuma però è circondato di stregoni che lo proteggono dagli attacchi magici come quello che hai in mente tu. Alcuni di loro potrebbero essere persino più forti di te, nonostante il dono di Colibrì...».

Tozi scosse la testa convinta. «Non potranno mai essere alla mia altezza», disse senza vantarsi ma esprimendo solo la fiducia che sentiva di avere.

Huicton disapprovò. «Non essere mai troppo sicura di te», disse. «Il mondo si divide in deboli e forti: c'è sempre qualcuno più forte di noi. Se lo incontri quando sei invisibile, potresti essere tu, non Colibrì, a morire...».

La ragazza stava per obiettare qualcosa ma lui alzò il palmo della mano per zittirla. «Lo so che ora non ci pensi, Tozi, ma ti prego di credermi se dico che può capitare e che tu – persino tu! – puoi spegnerti come la fiammella di una lampada o essere imprigionata in un regno stregato e non uscirne mai più. Come faresti allora a lottare per il ritorno di Quetzalcóatl? Che fine farebbe il bene che speri di fare coi tuoi poteri?». Agitò ancora la mano per non farla parlare. «E poi», continuò, «c'è un altro motivo semplicissimo per lasciare vivo Montezuma: è il peggior Supremo che i mexica abbiano mai avuto negli ultimi cent'anni. Se riuscissi a ucciderlo davvero, chiunque altro sul trono dopo la sua morte – Coaxoch, Cuitláhuac, persino Guatemoc – farebbe un lavoro migliore del suo. Se vogliamo eliminare davvero i mexica e il loro dio malefico, e se tu usi i tuoi nuovi poteri in modi a cui forse non hai ancora pensato, possiamo sfruttare tutti i punti deboli di Montezuma, le sue debolezze, la sua superstizione, le sue paure...».

Tozi ci pensò e si convinse che in fondo le parole di Huicton avevano senso.

«Hai ragione», disse un attimo dopo. «Forse quel buffone ci serve più vivo che morto!».

«Infatti», disse Huicton. «Te ne accorgerai. Ora andiamo... Ci serve un buon piano. Conosco un posto dove possiamo parlare senza rischiare che ci sentano».

Colibrì non si fece più vedere dopo che Montezuma aveva liberato le due femmine, così il Supremo iniziò a temere che – malgrado la messe di vittime che gli aveva offerto – in qualche modo avesse perso i favori del dio.

La conferma non si fece attendere.

La mattina del secondo giorno dopo l'olocausto, un messo reale imbrattato di sangue e lerciume, all'ultimo stadio della stanchezza, giunto a Tenochtitlan si accasciò sulla sopraelevata di Iztapalapa. Fu portato direttamente nella sala delle udienze del palazzo dove si prostrò a terra com'era uso ma, sopraffatto dall'emozione, non riuscì a controllarsi e iniziò a farfugliare.

«Io... io... C'è stato... Padron Coaxoch è...».

«Parla!», lo incalzò Montezuma. «Non hai nulla da temere...».

Il messo singhiozzò e cercò di aggrapparsi ai piedi reali con le mani sudice provocando un aspro rimprovero di Cuitláhuac che era presente in sala.

«Non hai nulla da temere», ripeté Montezuma. «Fai rapporto».

Ci vollero un bel po' di tempo e molte rassicurazioni prima che il messo si calmasse e riuscisse a parlare. La gigantesca fanteria mobilizzata dalla Donna Serpente con l'ambizioso obiettivo di catturare altre centomila vittime tlascaliane per il sacrificio non esisteva più. Due reggimenti interi, sedicimila uomini, erano cascati in una trappola astuta ed erano stati massacrati nelle colline pedemontane a est dell'Iztaccihuatl. Gli altri due reggimenti, insieme alle decine di migliaia di persone al seguito dell'accampamento, erano stati accerchiati, assembrati in un punto e massacrati. Inevitabilmente, alcuni mexica si erano sottratti allo scontro e in quel momento stavano tornando a Tenochtitlan, ma non si pensava che fossero più di tremila. Circa un migliaio erano stati fatti prigionieri e destinati al sacrificio. In ogni caso, era chiaro che l'obiettivo principale dei tlascaliani non era fare prigionieri ma uccidere il maggior numero possibile di nemici sul campo di battaglia. Cosa che erano riusciti a fare perfettamente.

«Chi erano i generali tlascaliani?», chiese Montezuma, stranito egli stesso della propria voce esile e fredda.

«Shikotenka il giovane, signore», balbettò il messo, «suo padre Shikotenka il vecchio e padron Maxixcatzin».

Montezuma restò seduto sul trono in silenzio. Non erano solo tre generali ma i tre uomini più potenti di Tlascala: il giovane Shikotenka era il re condottiero, il vecchio Shikotenka il re civile e Maxixcatzin il vice di entrambi.

«E la Donna Serpente? Che fine hanno fatto i suoi figli?»

«Tutti morti, signore».

Cuitláhuac fece un passo avanti e parlò al messo direttamente. «Mio figlio Guatemoc era nell'esercito della Donna Serpente», disse. «Sai cosa gli è successo?»

«È vivo, signore, anche se gravemente ferito e – mi duole informarvi – prossimo alla morte. In questo momento è con gli altri, sta tornando a Tenochtitlan in una carovana sorvegliata e con dei medici al seguito, gli dèi lo proteggano».

«Gli dèi lo proteggano», ripeté Cuitláhuac.

Notando l'aspettativa del fratello, anche Montezuma ripeté la venerabile formula. In realtà, non gli era mai importato niente del nipote guerriero. Guatemoc era bello, carismatico e forte. Tutte qualità che bastavano a renderlo una minaccia per la successione, visto che, a parte le molte figlie avute dalle mogli e i molti figli dalle concubine, Montezuma aveva solo un figlio legittimo, il piccolo e cagionevole Chimalpopoca che non aveva ancora quattro anni. Come se non bastasse, Guatemoc era stimatissimo dalla gente e la sua natura feroce e ambiziosa – così diverse dalla lealtà e totale impopolarità di Cuitláhuac – erano una minaccia per lo stesso Montezuma. Tutto sommato, perciò, sarebbe stato meglio se i tlascaliani l'avessero ucciso. Comunque, per fortuna sarebbe morto in viaggio. «Ottimo lavoro», disse al messaggero. «Puoi andare».

Il disgraziato arretrò strisciando pieno di riconoscenza e uscì dalla sala. Montezuma aspettò che le porte si chiudessero e poi si rivolse a Cuitláhuac. «Hai il mio permesso di andare da tuo figlio», disse. «Vagli incontro in strada, accorciagli il viaggio e portalo all'ospedale regio. I miei medici fanno miracoli».

Cuitláhuac si inchinò. «Grazie, fratello. Parto subito».

«Sì, sì, certo. Prima però», gli ordinò Montezuma, «per favore, fai strangolare il messaggero. Abbiamo perso un intero reparto di fanteria. Non posso perdonare chi porta notizie del genere».

Nei giorni seguenti, quando i sopravvissuti al massacro di Tlascala tornarono doloranti a Tenochtitlan e i mexica iniziarono a rendersi conto del costo della loro prima reale sconfitta in battaglia, Montezuma si convinse ancor più che tutti i suoi problemi erano legati ai potenti stranieri che erano apparsi sulla costa dello Yucatan quattro mesi prima. Doveva trattarsi veramente dell'esercito di Quetzalcóatl e dunque era vero anche l'imminente ritorno del dio barbuto; proprio in quell'anno Uno-Canna, come diceva l'antica profezia. I mexica si erano allontanati dai suoi precetti, non c'era da meravigliarsi che avesse regalato ai tlascaliani quella vittoria schiacciante e senza precedenti. Nonostante tutto, restava il fatto che all'alba dei tempi Quetzalcóatl era stato cacciato dalla terra del Messico da Colibrì, e Montezuma si aggrappava alla speranza che volesse rifarlo. Ripensò alla promessa che gli aveva fatto il dio della guerra nel tempio: «Non hai nulla da temere, io combatterò al tuo fianco… Ti porterò alla vittoria».

Promessa difficile su cui contare, ora che aveva perso i favori di Colibrì. Davvero non c'era niente da fare, un gran sacrificio da offrire, per riconquistare la benevolenza del dio?

Ogni volta che Montezuma cercava di riflettere sul problema e trovare una soluzione era sempre interrotto dalle più banali distrazioni legate alla gestione di un impero minacciato dai vari rivali.

La mattina del quarto giorno dopo la battaglia coi tlascaliani, Cuitláhuac portò Guatemoc in città e lo piazzò in una lussuosa camera dell'ospedale regio. Montezuma fece chiamare Mecatl, il suo medico personale, che dal pavimento della sala udienze lo informò che il principe ambizioso se la sarebbe cavata.

«Dici davvero? Ho sentito che era prossimo alla morte».

«È giovane e forte, sire, e padron Cuitláhuac è andato incontro alla sua carovana con tre dei miei medici migliori». L'idiota si gonfiò d'orgoglio. «Li ho istruiti personalmente, sire. Hanno fatto il loro lavoro. Non c'è dubbio, il principe se la caverà».

«Avvicinati, Mecatl», disse in un sibilo Montezuma.

Una certa preoccupazione segnò il volto grasso del medico che strisciava sulle ginocchia di fianco al trono. «Vi ho offeso, sire?».

Montezuma ignorò la domanda. «Sappi una cosa», disse, «e sappi che la tua vita dipende dal tuo silenzio. Per la pace del regno è meglio che il giovane Guatemoc non se la cavi».

Mecatl sussultò. Gli brillava la pelata. Dai vestiti gli usciva un fetore corporale. «Sì, sire… Allora, volete che…?».

Montezuma si piazzò pollice e indice sotto le narici per bloccare il puzzo di paura emanato dal medico. «Niente di drastico, Mecatl. Né di improvviso. Niente a che vedere col veleno emorragico che pensammo per Ishtlil. Non dobbiamo destare sospetti. Suggerirei una pozione discreta che succhi la forza di Guatemoc poco a poco, così la ricaduta sarà graduale, si protrarrà per giorni e, quando arriverà, la morte sembrerà naturale. Poveretto. Aveva delle ferite gravi. Ha combattuto con tutte le sue forze ma alla fine non ce l'ha fatta... Ho reso l'idea?».

Mecatl inghiottì la saliva. «Sì, sire».

«Puoi dargli una pozione del genere?»

«Sì, sire, ma padron Cuitláhuac ci ha detto che sarebbe rimasto al fianco di Guatemoc finché non si fosse completamente ripreso. Ha ordinato di portare nella stanza del principe un letto per lui. La sua presenza renderà tutto molto più difficile».

«Siamo in un momento di crisi», disse Montezuma. «Padron Cuitláhuac ha urgenti affari di Stato da sbrigare che non gli permetteranno di continuare ad assistere il figlio. Gli lasceremo il privilegio ancora per tutta la giornata di oggi, ma domani farò in modo che si tenga occupato con altre cose».

«Grazie, sire».

«Ci siamo capiti, vero Mecatl?»

«Io... io... io... credo di sì, maestà».

«Esegui gli ordini, fai in modo che la morte di Guatemoc sembri naturale e ti ricompenserò. Fallisci, fai sapere a chiunque il nostro piccolo accordo, desta il minimo sospetto, e morirai».

Mecatl inghiottì di nuovo.

«Vai ora», disse Montezuma tenendo sempre pollice e indice sotto il naso. «Tienimi costantemente aggiornato».

Vedere il medico che usciva tutto sudato gli regalò un momento di soddisfazione. Purtroppo, neanche un'ora dopo le spie portarono a palazzo la notizia della ricomparsa di un presagio funesto che gli aveva già dato problemi un anno prima: di notte, per le strade di Tenochtitlan si era aggirata una donna che gemeva fortissimo, che tutti sentivano ma nessuno vedeva. Un anno prima l'avevano anche sentita piangere, ma la scorsa notte aveva urlato con una voce terrificante, «Figli miei, dobbiamo scappare da questa città... Figli miei, dove posso portavi?».

La mattina di martedì 23 febbraio, il quinto giorno dopo la partenza frettolosa da Santiago della flotta per la spedizione, le vedette avvistarono una grande isola. Chi c'era già stato con la spedizione di Córdoba, la riconobbe immediatamente: era Cozumel. Più a ovest, oltre l'isola, nella foschia si stendeva in lontananza un entroterra immenso e gigante.

Scrutando quel panorama dal ponte della sua grande caracca, la *San Sebastian*, Pedro de Alvarado provò una moderata soddisfazione. Era un peccato che Cortés non fosse lì a condividere quel momento, ma di fatto la scoperta delle Nuove Terre era iniziata. Quanto a Cortés, solo Dio sapeva cosa gli era successo. Era finito in fondo al mare durante la burrasca? Era annegato? Naufragato? Si era perso? Solo il tempo l'avrebbe detto. Nel frattempo la conquista doveva continuare e Alvarado voleva assicurarsi che lo facesse.

Si girò verso l'amico, padre Gaspar Muñoz, che aveva fatto uscire di prigione il primo giorno di navigazione e che ormai tutti vedevano sempre stare insieme a lui. Non che ad Alvarado importassero i religiosi, ma il frate era un'eccezione: un tipo difficile, senza dubbio, eppure fra i due era nata una certa sintonia. «Non vedete l'ora di rimetterci piede, eh padre?», gli chiese. «So che avete convertito tutta la popolazione quando siete venuto qui con Córdoba».

Muñoz scrutava l'isola con uno sguardo torvo e gli occhi socchiusi contro i pungiglioni della luce solare che si rifletteva sull'acqua. «Ho avuto un certo successo quando li tenevano a bada i nostri soldati», disse. «Ma è stato un anno fa. Voglio scoprire se sono rimasti fedeli a Cristo anche dopo la nostra partenza».

Alvarado annuì. Gli avevano parlato del trattamento che Muñoz riservava a quelli che ricadevano nel paganesimo e lo approvava ampiamente. Coi selvaggi le mezze misure erano inutili. Però era curioso. «Scusate se ve lo chiedo, padre», disse, «ma come fate a sapere di aver convertito veramente i pagani se loro non parlano la nostra lingua e noi non parliamo la loro? Non avevate nessun interprete nella spedizione di Córdoba».

Muñoz lo guardò in modo strano. Un uomo di minor valore, pensò Alvarado, l'avrebbe trovato... raggelante. «Il mio ordine si è interrogato sulla questione», disse alla fine il frate. «Come potete immaginare, ci capita spesso di fare i missionari in terre dove non si parla la nostra lingua. Per questo abbiamo messo a punto certi metodi, tecniche e segni specifici. Naturalmente chiediamo ai convertiti di distruggere i loro idoli». Negli occhi di Muñoz si accese una luce fanatica. «Lo zelo con cui lo fanno – o la relativa mancanza – vale più di qualunque discorso. Poi ci sono i simboli della nostra fede. Se accettano la croce e un'immagine della Vergine con la gioia nel cuore, per noi è prova certa della conversione e del fatto che quando ce ne andiamo i simboli sacri continuano a fare miracoli».

«E questi indiani di Cozumel erano felici di distruggere i loro idoli?»

«Felicissimi. Hanno anche capito di dover abbandonare l'ignobile rito del sacrificio umano; sapete che fra gli indiani di queste Nuove Terre è usanza strappare il cuore agli uomini e offrirlo ai demoni che venerano come dèi?»

«L'ho sentito dire», ammise Alvarado.

«A Cozumel io ho posto fine a quell'abominio, poi siamo anche riusciti a far togliere ai selvaggi il sangue dalle pareti del tempio e mettergli la croce e un'immagine della vergine dove prima c'erano i loro idoli più importanti». Ancora quella luce fanatica negli occhi. «Mi infurierei se ci fosse stata una ricaduta».

«Ora che abbiamo un interprete», lo assecondò Alvarado, «sarà molto più facile scoprire i recidivi e convertire nuova gente». E detto questo fece un cenno verso il ponte principale dove c'era l'indiano gobbo rapito nella spedizione di Córdoba che parlava col giovane alfiere Bernal Diaz, il contadinotto che Cortés aveva promosso di grado.

«Interprete?», domandò Muñoz. Il frate ritrasse l'umido labbro superiore mettendo in mostra i denti gialli e rise dell'indiano. «Quell'essere non sa una parola di castigliano, non capisco come possa fare da interprete».

Magari ho esagerato, pensò Alvarado. Nel suo soggiorno forzato a Santiago, l'essere in questione si era fatto un'infarinatura di castigliano, ma spesso sbagliava a usare le parole e aveva una voce così velata da non fare capire quasi nulla di quello che diceva. Forse non era nemmeno del tutto umano. Aveva gli occhi storti, i lunghi capelli unti e una frangetta che gli pendeva sulla fronte bassa e inclinata. Camminava curvo strisciando le nocche quasi a terra come una scimmia.

Però poteva servire. Muñoz avrebbe avuto qualche problema a fargli tradurre le astratte nozioni di spiritualità con cui lavorava, ma finché era capace di dire "cacciate fuori l'oro" in lingua nativa, l'essere schifoso sarebbe stato utile ad Alvarado.

Il nome dell'indiano era Cit Bolon Tun, ma gli spagnoli – i pochi che almeno gli parlavano – lo chiamavano "piccolo Julian". Il fatto che tutti lo evitassero o lo trattassero come se valesse meno di un cane bastava a spiegare perché avesse imparato così poco il castigliano. Secondo Diaz, però, era dovuto anche a una residua vena di ribellione. Probabilmente non *voleva* imparare la lingua degli oppressori e preferiva tenere il broncio, chinare la testa e fissare gli occhi strabici sulla punta del naso cercando col minimo sforzo di sembrare il più inutile possibile.

Nei quattro giorni di navigazione da Santiago, Diaz aveva fatto il possibile per rimediare a quello stato di cose cercando in tutti i modi di arricchire il vocabolario del piccolo Julian: «Questo si chiama "cane", questo è un "cavallo", questo è un "albero", queste si chiamano "onde", quell'uccello è un "gabbiano"», e così via. Essendo egli stesso un reduce della spedizione di Córdoba, Diaz aveva assistito alla cattura del piccolo Julian in una grande battaglia combattuta alla periferia di una città chiamata Potonchan ma, oltre al nome che gli era rimasto impresso e al nome della tribù di Julian, i maya chontal, non sapeva praticamente nulla del popolo e delle tradizioni di quella regione, se non che erano selvaggi che praticavano il disgustoso rito del sacrificio umano. Durante il viaggio, in cambio delle lezioni di lingua che gli aveva dato Diaz, Julian aveva riempito delle lacune raccontandogli che i maya chontal erano solo una delle tribù della grande confederazione maya. La loro terra, lo "Yucatan", altro nome che Diaz ricordava dall'anno prima, era un territorio vastissimo immerso in una giungla piena di bestie selvatiche, inclusi il cervo – che il piccolo Julian definiva come una sorta di cavallo – la pantera e moltissime altre creature grandi e piccole, feroci e mansuete, che gli spagnoli non conoscevano. Le macchie di giungla erano inframmezzate da giardini e fattorie il cui prodotto principale, il granturco, Diaz aveva già assaggiato a Cuba ancor prima di imbarcarsi con Córdoba. Come aveva potuto vedere coi suoi occhi, nello Yucatan c'erano anche grandi villaggi e persino alcune città, fra le quali Potonchan. Lì Julian aveva due mogli e sette figli che aspettavano il suo ritorno e lui sperava, disse a Diaz, che gli avrebbero permesso di riunirsi alla famiglia se e quando la nuova spedizione avesse fatto di nuovo rotta per Potonchan.

«Anche lì parlano la tua lingua?», gli chiese Diaz indicando Cozumel, ormai a meno di cinque miglia dritto per dritto. Sarebbe stato il loro primo scalo, proprio come era stato per la spedizione di Córdoba.

«I cozumel sono maya», rispose Julian. «Gli parlo come a casa mia».

«Bene. Molto bene». Diaz diede una pacca sulla spalla stretta dell'indiano strabico, poi si alzò e si avviò al castello di prua per avere una vista migliore sull'isola in cui era stato l'anno prima e ora si palesava come una grande terra emersa a forma di lacrima, stretta sulla punta a nord ma larga una buona decina di chilometri e lunga fra i quaranta e i cinquanta chilometri a sud. Fittamente ricoperta da una lussureggiante macchia di foresta tropicale, sembrava per lo più tutta in pianura e senza segni particolari, anche se a nord-est, su una collina bassa, spiccava un villaggio di medie dimensioni fatto di case in calce bianca coi tetti piatti. Come nei pochi altri villaggi indiani in cui Diaz era stato con Córdoba, nel punto più alto dell'abitato si ergeva una piramide di pietra sormontata da un oscuro tempio basso e squadrato.

Nella fattoria della famiglia Diaz, vicina alla città castigliana di Medina del Campo, c'era un quadro delle tre famose piramidi d'Egitto che il padre di Bernal aveva ereditato dal bisnonno che, a sua volta – raccontavano in casa – lo aveva ereditato da un parente molto più vecchio che aveva fatto le crociate in Terrasanta ed era passato dall'Egitto. Personalmente, Bernal aveva un ricordo vago di quel quadro, ma tanto gli bastava a confermare che le piramidi delle Nuove Terre appartenevano allo stesso tipo di costruzioni delle piramidi egiziane. Certo, le cime di queste ultime erano a punta e senza templi, mentre nelle Nuove Terre – e Cozumel non faceva eccezione – tutte le piramidi erano fatte da una serie di gradoni con le cime piatte e larghe che spesso ospitavano grossi fabbricati.

Diaz non avrebbe mai dimenticato i corpi smembrati e le pareti del tempio imbrattate di sangue che aveva visto la prima volta sulla grande piramide di Cozumel, scena sorprendentemente in contrasto con la natura amichevole e il carattere gentile degli abitanti di quell'isola. Altrettanto orrenda era stata la furia di Muñoz davanti a quella prova non solo di idolatria ma anche di sacrificio umano. Pensando al castigo brutale che il frate aveva poi inflitto ai nativi, non c'era da stupirsi che si fossero convertiti alla fede in Cristo così in fretta e spontaneamente. Ora che Muñoz tornava, Diaz sperava per il loro bene che non fossero ricaduti nel vecchio culto.

Dopo altre due ore di navigazione tranquilla con un leggero vento in poppa, la *San Sebastian* doppiò un promontorio e trovò un buon punto d'ancoraggio per Cozumel ai piedi della collina su cui era costruito il villaggio. Riparata da una cinta di palme, la baia si apriva sullo scenario idilliaco di una lunga spiaggia di sabbia bianca a falce di luna gremita di nativi dalla pelle scura, molti nudi come quando erano nati, i più anziani in perizoma, le donne in semplici gonne e camicette, ma tutti festosi e intenti a sbracciarsi in allegri saluti come se gli spagnoli fossero fratelli perduti che tornavano all'ovile.

Com'erano teneri e innocenti! Completamente diversi dalle tribù bellicose dell'entroterra incontrate nello Yucatan dalla spedizione di Cordoba salpata da lì un anno prima; tribù come i maya chontal a cui apparteneva il piccolo Julian.

Diaz sentì battere dei piedi nudi sul ponte, si voltò e incontrò lo sguardo strabico dell'interprete che si era avvicinato in silenzio e ora lo raggiungeva a prua. Julian però non guardava la spiaggia affollata che avevano davanti. Guardava piuttosto il lungo ponte alle loro spalle, dove padre Muñoz stava fianco a fianco con don Pedro de Alvarado.

Un'illuminazione improvvisa offrì a Diaz una visione del capitano e del frate per come doveva vederli l'indiano in quel momento, entrambi avidi e affamati, uno di anime, l'altro di oro, mostri che non si fermavano davanti a nulla, che non avevano rimorsi e avrebbero fatto qualsiasi cosa, qualsiasi davvero, per soddisfare la loro ingordigia.

Muñoz posò una mano sulla spalla di Alvarado e abbassando le dita in un gesto tipicamente intimo sfiorò il braccio sinistro rotto del capitano che pendeva nell'imbracatura di bende e stecche ideata dal dottor La Peña. Sembrarono intendersi su qualcosa senza bisogno di parlare, poi il frate si girò, scese dalla scaletta sul ponte principale e infilò il portello di boccaporto cucendo l'abito nero in una tela unica con le ombre della stiva.

Sopra coperta, l'aria si riempiva delle bestemmie urlate e dei canti dei marinai che calavano l'àncora della *San Sebastian* nella baia di Cozumel. Sotto coperta, nella celletta buia per la preghiera che Pedro de Alvarado aveva fatto costruire nelle viscere della grande caracca, nudo e in ginocchio sulle assi del pavimento, padre Gaspar Muñoz si flagellava senza sosta con una veemenza tale da farsi colare fiumi di sangue sulle natiche e sulle cosce. Le lacerazioni che si era inflitto giorni prima, e avevano iniziato a cicatrizzarsi e guarire, ora si spaccavano di nuovo sotto i colpi del flagello che gliene apriva altre in mezzo finché la carne non gli diventò un ammasso di sangue e lividi.

Il dolore era un fatto da gustare – lo salutava e lo abbracciava come un amante – e quando in un crescendo arrivava all'apice, il frate viveva puntualmente un distacco improvviso dell'anima dal corpo entrando in uno stato di unione mistica e santa col divino. Nelle tenebre scoccava e si spandeva una scintilla che poi si apriva come i petali di un grande fiore notturno in mezzo al quale sbocciava, fluttuando verso di lui e coprendo all'istante la distanza impossibile fra cielo e terra, l'immagine splendente di san Pietro.

Pur compiacendolo, la cosa ormai non lo stupiva più: il santo infatti aveva scelto di comunicare con lui in quei momenti d'estasi – a volte anche in sogno – dalla prima volta che era stato a Cozumel l'anno precedente. Lo scopo dei loro incontri mistici era stato chiarito fin dall'inizio. Muñoz doveva compiere l'opera di Dio nelle Nuove Terre e la missione era così importante che a guidarlo era stato mandato Pietro in persona, la pietra su cui Cristo aveva edificato la sua chiesa.

Riempita di nuovo l'oscurità della celletta con la sua sagoma lucente, il santo posò l'imponente mano sulla testa di Muñoz, spinse verso il basso il palmo caldo e calloso e trasmise alla chierica del frate inginocchiato una vibrazione formicolante che gli trapassò il cranio e il cervello iniettando nella spina dorsale un calore liquido e infuocato che si diffuse rapidamente in tutte le altre parti del corpo, facendogli raggiungere un picco delizioso quando arrivò al membro del peccato.

«Sei pronto», chiese il santo, «a iniziare la grande opera?»

«Sono pronto, santità», mormorò Muñoz, «anche se temo di non meritarlo».

«Te lo meriti, figlio mio. Te l'ho già detto molte volte».

«Ma io ho certe voglie, santo padre. *Voglie contro natura*. Non sono peccati?»

«Non c'è peccato», disse san Pietro, «nel fare l'opera di Dio».

«Sì, santità». Muñoz posò il flagello a terra accanto alle ginocchia e sbirciò speranzoso negli occhi del santo, neri come il carbone. «Allora, esco a prendere un fanciullo stasera?».

Una scintilla di fuoco divampò negli abissi neri di quegli occhi. «Prendere un fanciullo subito dopo l'ancoraggio farebbe sospettare persino i tuoi amici spagnoli e andrebbe contro i nostri interessi. Devi agire di nascosto e farti vedere nell'esercizio delle tue normali funzioni. Oggi farai ricerche sui progressi della nostra santa fede da quando l'hai seminata qui. Scoprirai che la vigna è appassita e il culto degli idoli e del sacrificio umano è rifiorito in tua assenza. Domani castigherai i nativi per questi abomini. Il terzo giorno, nel tumulto che seguirà potrai prendere un fanciullo. Poi, aspetta un giorno e prendine un altro».

«Grazie, santo padre. Siete generoso».

«Un'ultima cosa, figlio mio...».

«Sì, santità».
«Ho salvato Cortés dalla burrasca. In questo momento sta facendo rotta per Cozumel».
Muñoz fu stordito e all'improvviso girò la testa: «L'avete *salvato*, padre? Perché? Speravo di non rivederlo più. Non è l'uomo giusto per la spedizione! Con Alvarado in veste di capitano-generale, avrei molte meno difficoltà a compiere l'opera di Dio nelle Nuove Terre».
Pietro aumentò la pressione della mano sulla testa di Muñoz. Al frate sembrò di chinarsi sotto un peso enorme. «Non spetta a te decidere», disse il santo, «non immischiarti».
«Ma, santità, non posso permettere….».
«*Tu non permetti?*», la voce di san Pietro si trasformò come in un boato di tuono e di vento. «Attento, Muñoz, sei solo un uomo e ti stai spingendo in acque profonde. Un altro passo e affoghi…».
Muñoz si lamentò. La pressione sulla testa era insopportabile. Si sentì schiacciare e incastrare nelle assi ruvide del pavimento. «Scusate, santo padre. Il mio zelo per Dio mi ha fatto parlare oltre il dovuto».
La pressione si allentò con la stessa velocità con cui era aumentata. «Sei perdonato, figlio mio. Ma devi raggiungere un accordo con Cortés. Tu e lui siete la mia spada e il mio scudo in queste Nuove Terre. Dio vi ha chiamati entrambi».
Un uomo come Cortés, pensò Muñoz, *chiamato da Dio? Come può essere?*
«A un mortale non è dato saperlo», rispose san Pietro al quale non si poteva nascondere nulla. «È un mistero del Signore Dio nostro».
La fiamma del santo iniziò a spegnersi, il suo immenso spirito si ritirava nel paradiso da cui era venuto. «Sappi che sono apparso in sogno a Cortés», disse mentre scompariva, «e che gli ho parlato. Ricorda che lui mi ama come mi ami tu. E che tutto concorre al bene di coloro che amano Dio…».

Era il pomeriggio di martedì 23 febbraio, il quinto giorno dalla partenza da Santiago de Cuba. *Cinque giorni!*, pensò Cortés. *Cinque maledetti giorni!* Secondo i calcoli di Alaminos, Cozumel non stava a più di trecento miglia a ovest di Santiago: in condizioni normali, avrebbero coperto quella distanza in quattro giorni. Invece ecco la superba ammiraglia di Cortés, la *Santa Maria*, completamente sola in mezzo all'oceano e con almeno ancora due giorni di navigazione davanti a sé!

La burrasca della folle notte di giovedì 18 febbraio aveva cambiato tutto. I cavalli erano sopravvissuti tutti per miracolo senza riportare ferite gravi, grazie alle cinghie che gli avevano legate sotto la pancia nelle stalle, mentre di uomini ne mancava solo uno: avevano rischiato perdite molto più alte! Quando il vento e le onde erano calati, però, fu chiaro a tutti che la *Santa Maria* si era separata dal resto della flotta ed era stata spinta molto più a sud della rotta prestabilita, così tanto da riuscire ad avvistare – il mattino seguente, venerdì 19 febbraio – l'insediamento spagnolo di Siviglia sulla costa nord dell'isola di Jamaica. Pertanto erano stati costretti a fermarsi in quell'odiosa baraccopoli piena di topi, ladri e zanzare in attesa che il falegname di bordo, Martin Lopez, riparasse i danni della tempesta, inclusa una spaventosa crepa sotto la linea di galleggiamento che, se avessero provato a continuare il viaggio, li avrebbe fatti affondare in poche ore.

C'erano voluti due giorni per completare le riparazioni, così avevano ripreso il largo soltanto domenica, 21 febbraio, e nei successivi due giorni non avevano nemmeno coperto tante miglia. I venti erano stati variabili e a volte erano calati in bonaccia come quel pomeriggio, finendo per irritare Cortés che si sentiva impotente e si faceva prendere da ogni tipo di ansia. La paura più grande era che il resto della flotta fosse stata distrutta dalla tempesta, che l'impresa quindi fosse già fallita prima di cominciare e che gli uomini rimasti lo costringessero a tornare a Cuba dove lo aspettava Diego de Velázquez col cappio in mano.

L'unico rifugio da quel pessimismo insolito per il caudillo era il sonno e, dato che non c'era molto altro da fare e lui era d'umore nero, quel martedì pomeriggio del 23 febbraio Cortés aveva fatto ricorso alla sua amaca sperando di poter fare una lunga siesta.

Purtroppo non riuscì ad addormentarsi subito e, dopo un po', capì anche perché. Nonostante la cabina avesse riacquistato la grandezza originale, dopo che Pepillo e Melchiorre avevano abbattuto e rimosso il tramezzo centrale, nell'aria era rimasta la presenza maligna di padre Gaspar Muñoz. Sembravano i quattro borsoni di cuoio del frate a emanarla. L'onda che aveva travolto la nave durante la burrasca notturna le aveva miracolosamente risparmiate e Cortés le aveva conservate, sfiorato dal pensiero di restituirle all'inquisitore quando e se si fossero rivisti.

I borsoni stavano ammassati l'uno di fianco all'altro in un angolo in fondo alla cabina, completamente nascosti da un guazzabuglio di effetti personali di Cortés: pile di vestiti, un cavalletto con dei mantelli appesi, un assortimento di armi e una serie di sacchi e valigie. A quel punto, con un sospiro, si districò dall'amaca, andò verso la pila disordinata, tolse i borsoni dal loro nascondiglio – cavolo, se erano pesanti! – e li allineò a terra al centro della cabina.

Erano chiusi con i lucchetti, ma era un ostacolo da poco e poi il loro proprietario, se non in fondo al mare, era comunque troppo lontano per opporsi. Cortés trovò uno stiletto d'acciaio e, dopo altre ricerche, un sottile piede di porco. In meno di un minuto li aveva aperti tutti.

Che strano! In uno trovò sottili e perfidi coltelli da scuoiatura, affilati come rasoi; in un altro dei bisturi, ciascuno con la lama tagliente riposta nel suo fodero di pelle in miniatura; in un altro ancora lancette, stiletti, segaossa, accette, una collezione di coltelli da macellaio lunghi quanto un avambraccio e lame macchiate con strisce e chiazze di sangue rappreso; nell'ultimo, mannaie, pugnali delle forme più diverse e vari strumenti di tortura: uncini, viti, chiodi, garrotte d'acciaio, cinghie dentate per il collo, pinze taglia lingua, scalpelli cava occhi, martelli e molto altro.

Si poteva anche credere, o in ogni caso provare a convincersi, che Muñoz andasse in giro con quei brutti arnesi per svolgere la sua missione di inquisitore, missione – non bisognava dimenticarlo – voluta dal Signore: peccato che in mezzo alle altre cose, e nemmeno tanto nascosti, Cortés trovò in quei borsoni anche dei trofei di pelle e capelli umani lasciati lì in bella mostra. A giudicare dal tipo di capelli sembravano strisce ritagliate da scalpi indiani – grazie a Dio, non spagnoli – e se alcuni erano già essiccati, altri sembravano invece relativamente freschi ed emettevano un puzzo mefitico.

Tappandosi il naso con la mano, Cortés ricacciò tutto dentro, richiuse i borsoni meglio che poteva con i lucchetti rotti, li nascose di nuovo in fondo alla cabina e tornò alla sua amaca con molti più pensieri di prima.

Che diavolo – era il caso di dire – aveva in mente di fare Muñoz?

Proprio mentre rifletteva su questo, Cortés fu colto dal sonno – non dopo il solito dolce corteggiamento, ma in modo brusco e violento – senza poter opporsi, come un prigioniero catturato dal nemico. Appena gli si chiusero gli occhi sentì subito rizzarsi i peli sulla nuca, come in presenza di un pericolo e, a un livello più profondo della coscienza, si convinse che nella cabina fosse entrato un essere pensante che non aveva niente di umano e di benevolo e gli stava addosso mentre lui era steso nell'amaca.

Sto sognando, pensò. E pur continuando a dormire – *sapendo* perfettamente di dormire – pur giacendo immobile e *sapendo* di non poter muovere un muscolo, con lo stesso grado di certezza Cortés capì anche che tutte le sue facoltà razionali e mnemoniche restavano intatte e potevano essere usate per sondare e forse anche comprendere la straordinarietà di quel momento. Ricordò il sogno di pochi giorni prima, in cui gli era apparso san Pietro, e riconobbe subito dei tratti in comune e un'atmosfera simile a quella, soprattutto per la sensazione di stare sia dentro che fuori dal sogno come osservatore esterno.

Le somiglianze, però, da lì in poi finirono.

Col tipico movimento sinuoso e a spirale di un serpente che si disfa della pelle, l'amaca di Cortés si trasformò in un tavolo larghissimo su cui lui si trovò steso, immobilizzato da maniglie di ferro strette alle caviglie, alle ginocchia, ai polsi e ai gomiti. Nelle orecchie sentiva solo un fortissimo crepitio e qualcosa che ronzava mentre, al posto del soffitto di legno della sua cabina, si trovò a guardare un oggetto piatto immenso e rivestito di complessi disegni geometrici, per certi versi simile a un enorme dipinto sospeso a mezz'aria sul suo corpo e largo quanto tutto il suo campo visivo. Con lo sguardo seguì i disegni che ora vedeva prendere forma da linee sottilissime, filamentose e color rosso mattone, come incise o in qualche modo fissate su un fondale avorio a delineare confini o percorsi in cui erano piazzati un'infinità di quadranti d'orologio bianchissimi con lancette piegate e storte in modo strano che indicavano ore e minuti.

Solo in un secondo momento Cortés capì perché fosse tanto terrorizzato, quando si accorse che quella sorta di intricato e labirintico marchingegno colossale era dotato di una sua intelligenza e si stava concentrando tutto su di lui con aria malefica e minacciosa. Gli sembrò di intravedere degli occhi e antenne vibranti come quelle di un grosso insetto predatore e iniziò a sentirsi profondamente a disagio, inquieto. In tutto questo, non riusciva a liberarsi dai ferri che continuavano a tenerlo bloccato.

Poi – in maniera di nuovo oscura e sinuosa – la scena iniziò a cambiare, la gigantesca effige svanì e Cortés, che si sentiva sempre sia dentro che fuori dal sogno, protagonista ma anche osservatore, vide alcuni scorci del luogo in cui era confinato. Qualunque cosa fosse e ovunque si trovasse, quella grande sala umbratile col pavimento cosparso di carcasse ronzanti di strani macchinari, le pareti nero fumo appena illuminate da fiammelle che puzzavano di zolfo, non era più la sua cabina, forse non era più nemmeno un luogo terreno, ma un teatro dell'orrore in cui gli precipitavano addosso in volo dei demoni con la gobba sbucando dalle tenebre, strillando furiosi in lingue sconosciute e girando attorno al tavolo su cui lui giaceva immobile a pancia sotto.

«Basta», voleva urlare Cortés, «Basta, per carità! Non voglio vedere nient'altro!». Ma le parole non gli uscirono di bocca. Invece, sentì arrivare da tutti i punti e da nessuno della colossale sala rimbombante il boato di una voce funesta, profonda e sinistra, venata da una forma di gioiosa malizia, che gli disse chiaro e tondo: «Ormai sei mio». E come se fosse un segnale, le figure che lo circondavano gli saltarono addosso dandogli la sensazione che il suo corpo fosse tutto un bozzolo grosso e rigonfio e che le creature gobbe e senza faccia che gli stavano di sopra lo facessero a brandelli, rimuovessero grumi di materia gettandoli lontano per scavare e raggiungere il vero Cortés, il Cortés nascosto, il Cortés diabolico, peccaminoso e ostinatamente crudele che per tantissimi anni si era sforzato di nascondere al mondo.

Al quel punto pensò: *Qui c'è la verità assoluta. Qui si sa tutto di me. Qui ogni pensiero e ogni azione che ho compiuto in tutta la mia vita è trasparente. Qui sarò valutato, misurato e giudicato non all'altezza.* Ma allora, quando ormai stavano per essergli strappati gli ultimi lembi del suo involucro protettivo, Cortés udì un'altra voce, limpida e pulita, energica e fremente di gioia, che nel tono giubilante di una proclamazione a corte annunciò: «Che la grande trasformazione abbia inizio!». E all'improvviso san Pietro era lì – il suo salvatore, il suo protettore, il suo guardiano – e lui si sentì rapire da quel tavolo infernale e da quel regno diabolico e innalzare sempre più in alto, ancora più su e fino all'empireo azzurro, a un'incommensurabile altezza da cui abbassò gli occhi sulle scintille verdi dell'oceano dove in fondo, sotto di lui, nella danza tra le onde e le vele gonfiate dal vento in poppa che doveva essersi levato mentre dormiva, c'era la sua bella ed elegante *Santa Maria* che andava a tutta velocità verso le Nuove Terre.

«Forza», disse san Pietro, «tutto concorre al bene di coloro che amano Dio», e cullando Cortés fra le sue imponenti mani gli fece attraversare la volta del firmamento, sorvolare la superficie dell'oceano e planare, in un batter d'occhio, su una grande isola verde al riparo di una baia sabbiosa cinta da palme mosse al vento. Nella baia, assicurate all'àncora, con la *San Sebastian* di Alvarado assurta al ruolo di comando, beccheggiavano le caracche, le caravelle e i brigantini della flotta di spedizione: le dieci navi smarrite erano uscite intatte dalla tempesta, a parte piccoli danni, e gli equipaggi erano all'opera sul ponte mentre squadre di soldati in armatura andavano a riva per essere accolti con splendide ghirlande da grandi folle di indiani sorridenti e chiaramente amichevoli.

Sopra la baia si ergeva una collina bassa e alberata, terrazzata di piantagioni e coronata in cima da un villaggio di case con le pareti bianche e i tetti piatti. Al centro del villaggio si stagliava una grande torre di pietra a forma di piramide al cui vertice era accucciato un brutto e scuro edificio. «Quello», disse san Pietro, «è il tempio dei pagani. E quell'uomo», in un baleno il santo riportò Cortés alla baia dove c'era padre Gaspar Muñoz sulla spiaggia, «è la cura per l'idolatria».

Alto e severo nel saio nero, il viso illuminato dall'inflessibile luce della fede, Muñoz teneva sollevata la croce di Cristo.

«Con questo segno vincerai», bisbigliò san Pietro e in un lampo svanirono tutti, Muñoz, la baia e le navi, come se non fossero più consistenti di una foschia, e Cortés si svegliò sull'amaca nella sua cabina, tutto fradicio di sudore, col batticuore e la luce del tardo pomeriggio che filtrava dalla finestra aperta.

Avvertì lo slancio in avanti della nave, sentì il cigolio degli alberi, lo schiocco delle vele al vento di poppa e capì che in un certo senso il sogno si era basato su fatti reali.

Ma cosa significava?

Cos'era quella terribile sala in penombra dove si era ritrovato e gli era stata messa a nudo l'anima? Da quale orrore spirituale l'aveva riscattato san Pietro? Voleva dire che, oltre alla vittoria, anche la sua vita eterna dipendeva da un patto con quel perfido di Muñoz i cui borsoni pieni di coltelli macchiati di sangue e macabri trofei umani sembravano nascosti nella tana come bestie feroci all'angolo della cabina?

Nel primo pomeriggio Muñoz aveva innalzato la grande croce di legno facendone un luogo di raduno per gli uomini che sbarcavano dalle navi. Ormai si erano raccolti dietro di lui circa centocinquanta uomini, quasi tutti addobbati con le pittoresche ghirlande di fiori profumati che le folle gioiose di isolani gli avevano appese al collo in segno di benvenuto. Era stato incredibile vedere gli indiani di Cozumel col sedere di fuori che avevano avvistato gli spagnoli e si erano messi subito a cantare e ballare per la felicità portando in spiaggia cesti pieni di cibo e bevande per farli rinfrescare. *Stupidi!*, pensò Alvarado. Quando tutti i loro oggetti di valore sarebbero finiti a lui, quei sorrisi sarebbero tramontati dalle loro facce; nel frattempo, doveva ammettere che quella ingenua cortesia era utile e gli facilitava il lavoro.

Lo stesso non poteva dirsi di Muñoz, che già aveva arruolato quella scimmia strabica del piccolo Julian, ciondolante al suo fianco sulla sabbia, per la sua indagine approfondita sullo stato della fede a Cozumel. Nessun problema, per carità – Alvarado non aveva obiezioni filosofiche in merito – ma l'esperienza a Hispaniola e a Cuba dimostrava che le ispezioni ai templi, la distruzione degli idoli e le altre manie dell'Inquisizione instillavano nei nativi un certo rancore che poi tendeva a fargli nascondere l'oro.

Dopo aver già riunito cento soldati, tutti affamati di bottino, a quel punto Alvarado andò da Muñoz e lo prese in disparte. «Mi servono questi uomini», disse dando un'occhiata alla colonna schierata in attesa degli ordini dal frate, «e l'interprete».

«Non si può fare», disse Muñoz con una certa arroganza. «Voglio ispezionare il tempio. Devo sapere che fine hanno fatto la croce e l'icona della Vergine che ho lasciati qui l'anno scorso. Non posso farlo da solo».

«La vostra ispezione del tempio può aspettare fino a domani, padre. In assenza di Cortés, sono io il capitano-generale qui e le mie esigenze vengono prima delle vostre».

«Ah! Quali esigenze?».

Alvarado guardò il cielo. Il sole era già tutto a occidente. C'era voluto molto più del previsto per disporre l'approdo di massa a Cozumel e lo sbarco degli uomini sufficienti. Ormai restavano meno di tre ore di luce e prima che calassero le tenebre si doveva ispezionare ogni abitazione del villaggio. «Oggi cerchiamo l'oro», disse. «Domani vi darò tutti gli uomini che vi servono a salvare le anime». Poggiò una mano sull'elsa della grande scimitarra che gli pendeva nel fodero all'altezza della vita. «Non provate a contraddirmi, padre», aggiunse in tono arcigno. «Farò a modo mio, con o senza il vostro consenso».

Diaz avvertì un cambio d'atmosfera, gli isolani diventavano ogni minuto sempre più agitati e sospettosi davanti alle squadre di conquistadores che facevano il giro delle case mettendo sottosopra tutto quello che c'era dentro, spesso con violenza, incuria e rabbia. Lui faceva il possibile per essere gentile e rispettoso, scusandosi persino per le cose sgradite che facevano i suoi uomini durante le ispezioni, ma la verità era che gli indiani non se l'aspettavano perché l'anno prima non era successo niente del genere da quelle parti.

«Non che l'anno scorso siano state tutte rose e fiori», gli ricordò Alonso de La Serna. «Muñoz ha distrutto il tempio e ha fracassato gli idoli facendo passare a tutti un brutto quarto d'ora».

«E sono stati pure fortunati!», disse Francisco Mibiercas, le cui spalle sproporzionatamente larghe e le braccia muscolose erano il risultato di ore di esercizi giornalieri con l'*espadon*, la lunga spada a due mani che portava a tracolla sulla schiena. «Rispetto a quello che ha fatto giù sulla costa, a Potonchan, il frate qui è stato un angelo della misericordia».

La Serna fece una smorfia esasperata. Era un giovane alto, sveglio e cinico, con una massa incolta di capelli biondi, il viso affascinante se non per le cicatrici di una vecchia infezione di vaiolo e, come tutti loro, odiava Muñoz. «Rispetto a quello che ha fatto a Potonchan», disse, «il diavolo in persona sarebbe sembrato un angelo della misericordia».

Diaz poté solo confermare. Erano stati tutti e tre a Potonchan quando l'eccessivo zelo di Muñoz aveva talmente provocato i maya chontal da farli insorgere a migliaia, uccidere più di settanta conquistadores di Córdoba e ferire a morte lo stesso Córdoba. A Cozumel, che invece Córdoba aveva pensato di tenersi buona e trasformare in un porto sicuro, Muñoz era stato tenuto al guinzaglio e alla truppa era stato strettamente vietato il saccheggio.

Questo spiegava perché quella mattina la flotta era stata così ben accolta e perché le facce radiose degli indiani si erano spente in espressioni stupefatte, ferite e deluse. Sparpagliato sulla cima dell'unica collina dell'isola, con le sue strade strette e caotiche tra file di case semplici di mattoni bianchi cotti al sole, il villaggio di Cozumel contava qualcosa come duemila abitanti. Tutti – uomini, donne e bambini che poche ore prima avevano appeso le ghirlande al collo degli spagnoli – assistevano ora imbronciati e rancorosi alla scena dei loro semplici averi, per lo più balle di tessuto, abiti di cotone, pochi oggetti di rame e una manciata di tacchini legati, che venivano rovesciati, setacciati e gettati alla polvere.

«Che Dio ci aiuti se Cortés non torna», disse La Serna accennando con la testa ad Alvarado che infuriava per le strade, seguito dalla sua personale cricca di violenti assassini incalliti in cerca di «oro, oro, oro». Il capitano biondo non sembrava in grado di capire che un posto come Cozumel non poteva mai avere e non aveva mai avuto riserve ingenti di quel metallo.

«Mi hanno detto che è un abile spadaccino», disse malinconicamente Mibiercas, «ma non ha la stoffa per esser un buon capitano-generale».

Mentre loro stavano a guardare, Alvarado maledisse fra le urla il braccio sinistro rotto che gli pendeva inutilmente da una fascia, si rivolse al piccolo Julian che stava facendo del suo meglio per stargli dietro, estrasse la grossa scimitarra a cui si era affezionato e col piatto della lama diede all'interprete un colpo durissimo sul sedere. Julian frignò e saltò mentre Alvarado lo inseguiva rinfoderando la sciabola e dandogli col pugno destro un cazzotto nelle orecchie così forte che l'indiano cadde a terra mezzo stordito.

Diaz sospirò e scambiò occhiate stufe con Mibiercas e La Serna. «Credo sia meglio cercare di riportare un po' di buonsenso in questo caos», disse.

Alvarado non ci credeva! Dopo tutta quella strada, dopo aver affrontato ogni sorta di pericoli e persino rifiutato un malloppo di quindicimila pesos da don Diego de Velázquez, alla fine si scopriva che oro lì non c'era!

Era un'idea insopportabile.

E ora, al danno si aggiungeva la beffa che l'interprete scimmia non sapeva interpretare un bel niente. Solo quello zotico di Bernal Diaz sembrava avere una vaga idea di cosa dicesse l'indiano. Il risultato, intollerabile, fu che per comunicare col capotribù dei nativi lui era costretto a fare le domande in spagnolo a Diaz, che poi le girava in una sorta di lingua franca al piccolo Julian che infine le traduceva al capotribù. La trafila ricominciava poi tutta nell'altra direzione, quando le risposte del capotribù venivano filtrate da Julian e Diaz di nuovo ad Alvarado, con quel risultato finale: «Umili scuse, grande signore, ma qui a Cozumel non abbiamo oro».

Il nome del capotribù, era riuscito ad afferrare Alvarado, era B'alam K'uk o un barbarismo del genere. Non che gliene fregasse qualcosa di come si chiamava quello spilungone di selvaggio alto e slanciato con la schiena dritta, i capelli grigi, il naso a uncino e il perizoma di cotone blu. Non era buono manco a lucidare gli stivali, per Alvarado, e la conferma arrivò quando, appena si conobbero, l'indigeno si buttò a faccia in giù davanti alla baracca da cui era uscito grattando la terra lurida della strada e ficcandosene una manciata in bocca. Buon Dio! Che avrebbe fatto dopo? Comunque, la triste creatura a cui avevano affidato la guida di Cozumel era quella e adesso si rimetteva in piedi e ribadiva che oro non ce n'era. In un moto improvviso di rabbia, Alvarado fece uno scatto in avanti, allungò la mano destra ancora buona e afferrò per la gola scheletrica l'essere subumano. «*Che significa che non c'è oro?*», urlò.

Alla fine la risposta arrivò da Julian e Diaz. Veramente non c'era oro.

«Balle!», si infuriò Alvarado. «Balle, non ci credo». Strinse le dita attorno alla trachea dell'uomo e parlò lentamente, dicendo chiaro e forte: «Tu», sbraitò, «ci… consegnerai… tutto… l'oro… che… avete… entro… domani… a mezzogiorno, altrimenti darò fuoco al tuo misero villaggio, lo raderò a suolo e scannerò tutti, uomini, donne e bambini… Capito?».

La minaccia arrivò tramite Diaz e il piccolo Julian a B'alam K'uk, che si contorse e soffocò nella morsa ferrea di Alvarado.

«Sì», riuscì a rispondere alla fine il capotribù. «Capito. Domani a mezzogiorno ci sarà l'oro».

All'alba del sesto giorno, dopo i sacrifici di massa sulla grande piramide, le spie di Montezuma erano tornate riferendo non solo che era stata sentita di nuovo la donna piangente ma che c'era pure dell'altro. A quanto pare, alcuni vecchi che abitavano in diversi rioni della città raccontavano di aver fatto tutti gli stessi identici sogni nelle due notti precedenti. E questi sogni riguardavano la sicurezza del regno del Supremo Signore.

La cosa puzzava di tradimento!

Montezuma fece chiamare Cuitláhuac dalla sua veglia al capezzale di Guatemoc e gli ordinò di raccogliere le persone coinvolte e portarle a palazzo. Quando arrivarono era già tarda mattinata e, mentre lui si ricomponeva, li fece aspettare nella sala delle udienze. Come osavano mettere in discussione il suo regno? Quando fu pronto entrò con Cuitláhuac al suo fianco e vide accucciati a terra quattro anziani rattrappiti e tre vecchiette rugose.

Erano tutti circondati dal puzzo di vecchiaia e malattia che lui non sopportava. Dato che avevano fatto gli stessi sogni, ordinò alle donne di nominare una sola portavoce che avrebbe parlato anche per le altre, disse agli uomini di fare lo stesso e rispedì indietro gli altri che si trascinarono ad aspettare nel cortile.

L'uomo parlò per primo. Era bassissimo, sembrava un uccellino, aveva ciuffi di capelli fini e un viso segnato dalle intemperie con delle rughe profonde, senza denti e con dei bitorzoli tumorali che gli fuoriuscivano dal cranio. «Grande signore», esordì con una voce sorprendentemente alta e impostata, «non vogliamo offendere le vostre orecchie né farvi stare in ansia oltre il dovuto. Però siamo costretti a ubbidirvi e vi descriveremo i nostri sogni».

«Procedi!», disse fra i denti Montezuma. «Non hai nulla da temere».

«Sappiate allora», continuò il vecchio, «che nelle ultime notti i Signori del Sonno ci hanno mostrato il tempio di Colibrì travolto da un incendio spaventoso che faceva cadere le sue pietre una a una fino a raderlo completamente al suolo. Abbiamo visto steso a terra anche lo stesso Colibrì! Questo è quello che abbiamo sognato».

Trattenendosi con gran difficoltà, Montezuma ordinò di parlare alla donna. «Figlio mio», disse, «non si turbi il vostro cuore per ciò che vi diremo, anche se noi ci siamo spaventate molto. Nei nostri sogni, noi, le vostre madri, abbiamo visto un fiume impetuoso sfondare le porte del palazzo reale e spaccare i muri con la sua furia. Sradicava i muri dalle fondamenta trascinandosi le travi e le pietre senza lasciarne in piedi neanche una. L'abbiamo visto raggiungere il tempio e demolire anche quello. Abbiamo visto i grandi capitribù e i signori del popolo terrorizzati che abbandonavano la citta e fuggivano verso le colline...».

«Basta sproloqui, donne!», sbottò Montezuma. Il significato simbolico non poteva essere più chiaro. Si rivolse a Cuitláhuac: «Sai cosa fare».

La sorte dei vecchi non era mai stata messa in dubbio. Dopo tutto, avevano aderito a una cospirazione di sogni! Cuitláhuac impartì l'ordine e le guardie di palazzo trascinarono tutti e sette fuori dal cortile. Nel quartiere a nord della città, a più di un chilometro da lì, fu preparata una piccola prigione sotterranea dove sarebbero stati rinchiusi senza cibo né acqua fino al sopraggiungere della morte di sete.

Affacciandosi a una finestra, Montezuma vide che il vecchio che aveva parlato in sala udienze trascinava i piedi protestando con la sua voce incredibilmente potente. Con grande sforzo e mostrando un'energia inconsueta per la sua età, costrinse l'intera processione a fermarsi alla fine del cortile. «Lasciateci dire al Supremo Signore cosa gli succederà», disse arringando le guardie. «I vendicatori delle ingiustizie e dei dolori che ci ha inflitto sono già sul piede di guerra!».

Dopo quelle parole tremende, Montezuma si sentì ancora più oppresso da una sensazione di rovina imminente. Davanti a Cuitláhuac aveva cercato di sminuire ma, in fondo, anche ora non poteva fare altro per restare calmo.

Le guardie buttarono il vecchio a terra, lo picchiarono e lo portarono via privo di sensi, ma quello che aveva detto sembrò restare sospeso, sospeso nell'aria tetra del pieno giorno.

Verso mezzogiorno di mercoledì 24 febbraio, il sesto dopo la partenza della flotta da Santiago, il capotribù di Cozumel, B'alam K'uk, si presentò ad Alvarado e padre Muñoz sulla *San Sebastian* in testa a una delegazione di quattro anziani del villaggio. I dignitari traghettati con una barcaccia dalla spiaggia sulla grande caracca furono issati a bordo con un paranco fra una lunga serie di *oh* e *ah* e una sequela di sguardi impauriti all'indirizzo dell'inquisitore. Anche se avevano già visto delle navi spagnole quando era arrivato Córdoba, sembrava che non vi fossero mai saliti e l'esperienza fu così travolgente che anche loro si buttarono a terra faccia in giù come aveva fatto il capotribù il giorno prima, cercando di raccogliere e mangiare la polvere che c'era sul ponte.

Disgustoso, pensò Alvarado. Si rivolse a Muñoz. «Li tiro su io», chiese, «o avete il piacere di farlo voi, padre?». Ma prima che il frate potesse rispondere gli indiani saltarono in piedi e rimasero impalati ballonzolando e ghignando come scimmie. Senza che nessuno glielo chiedesse, il piccolo Julian disse qualcosa nel gergo locale, poi B'alam K'uk infilò una mano nel perizoma fradicio – fradicio per il mare, sperò Alvarado! – e tirò fuori un fagottino di stoffa anch'esso bagnato. Iniziò ad aprirlo e filtrò una luce gialla.

Nel fagottino c'erano un paio di gingilli d'oro di poco valore, una misera collana, due orecchini, l'effige di un uccello non più grande di un pollice e la statuetta di un essere umano che, a un esame più accurato, si rivelò di legno placcato oro!

«Inizio penoso», disse Alvarado riuscendo a moderare il tono. «Vediamo il resto».

Seguì la solita trafila biascicata tra Julian, Diaz e il capotribù durante la quale Julian entrò sempre più in ansia, con Diaz che lo riempiva di domande e gli indigeni che rispondevano con gli occhi fissi a terra. Alla fine Diaz si rivolse ad Alvarado e disse, «Temo che questo sia tutto quello che hanno, señor».

«Tutto?»

«Sì, señor. Lo spagnolo di Julian è ostico ma su questo è stato abbastanza chiaro. Dice che questi isolani sono poverissimi e comunque i maya non danno molta importanza all'oro».

«Non danno importanza all'oro, eh? Maledetti bugiardi!». In un impeto di rabbia, Alvarado saltò addosso al capotribù, gli afferrò la cintola del perizoma, lo sollevò sul ponte fra le urla, lo portò davanti al parapetto, lo gettò fuori bordo e lo guardò soddisfatto impattare l'acqua mandando schizzi ovunque. Gli dispiacque solo di non aver potuto usare entrambe la mani per lanciare il selvaggio più lontano e con più forza. «Padre», disse a Muñoz. «È ora che vi occupiate delle anime di questi bastardi ignoranti. Dio li aiuti, ma se scoprite che hanno voltato le spalle alla fede cristiana, fategli quello che volete, a loro, al loro tempio e ai loro dèi. Avete la mia benedizione».

Muñoz fu preso da un furore sacro. Finalmente, *finalmente*, era ora di colpire!

Passò comunque mezzo pomeriggio prima che i trecento conquistadores richiesti si mobilitassero e arrivassero a terra mentre il resto della truppa rimaneva a sorvegliare le navi.

Alla fine, con Alvarado al suo fianco, l'inquisitore si avviò per la collina facendo strada nel dedalo di casupole del villaggio indiano. In giro non c'era nessuno e il motivo fu presto detto. Quando infatti la falange di conquistadores arrivò nei pressi della piazza principale fu raggiunta da un caos di voci, grida, pianti, fischi e tamburi di un'orda di isolani – a occhio sarà stata l'intera popolazione – che si riversarono davanti a loro per sbarrargli la strada che portava alla piramide.

«Fate qualcosa, Alvarado», disse Muñoz che con un moto d'approvazione vide il bel capitano ordinare l'avanzata di venti moschettieri disposti in due file – una in ginocchio, l'altra in piedi – e comandare la raffica di colpi che aprì un grosso varco in mezzo alla folla disperdendo gli isterici indiani che strillavano scappando in tutte le direzioni. Quando il fumo si diradò, nella piazza vuota restavano solo i morti. Muñoz sollevò la croce, gridò, «in nome di Dio!», e i conquistadores andarono alla carica lanciando un urlo altissimo.

I settantadue gradoni erano ripidi e stretti – bisognava farsi strada con molta attenzione – e quando l'inquisitore raggiunse la cima della piramide, senza nemmeno tanto fiatone, vide subito che san Pietro gli aveva detto la verità. Gli indiani erano davvero tornati ai loro abomini pagani.

La prima evidenza fu la scultura a grandezza naturale di un uomo con lo sguardo lascivo e le orecchie a sventola, mezzo seduto e mezzo sdraiato vicino al cornicione della piattaforma in cima, con un piatto di pietra sulla pancia. Sul piatto, in una torbida pozza di sangue erano posati due cuori umani strappati da poco, di cui uno sembrava battere ancora.

Quando i conquistadores si radunarono lì intorno con le facce inorridite, Muñoz puntò un dito accusatorio sull'idolo. «Chi vuole compiere l'opera di Dio?», tuonò e immediatamente una dozzina di uomini mise le mani possenti sulla statua iniziando a farla oscillare avanti e indietro. Era pesante ma, sotto lo sguardo appagato di Muñoz, venne staccata dal piedistallo, sollevata e poi gettata di sotto con violenza. L'idolo ruzzolò sui gradoni scagliando in aria vari frammenti, si spaccò e sbatté più volte prendendo sempre più velocità, finché non esplose in mille pezzi sulla piazza disperdendo la folla che aveva iniziato a radunarsi di nuovo sotto la piramide e suscitando agghiaccianti cori superstiziosi fatti di gemiti e guaiti.

Alvarado si era già infilato nel lugubre tempio buio accucciato al centro della piattaforma come un rospo schifoso, passando per l'ingresso stretto e pieno di fregi raffiguranti demoni e mostri orribili. Nell'unica sala rettangolare, lunga circa dieci passi e larga cinque, c'era un tanfo bestiale e, quando gli occhi si abituarono finalmente alla penombra, il capitano vide eretta contro il muro di fondo un'immensa figura non del tutto umana, con la braccia tese e le dita delle mani robuste incurvate ad artiglio. All'improvviso udì uno strillo spettrale e dall'ombra di quell'imponente sagoma schizzò fuori saltellando un essere a piedi nudi, con la gobba, i capelli arruffati e dei luridi vestiti neri. Alvarado estrasse la scimitarra in un baleno e, mentre quella peste urlante gli si lanciava addosso con quello che alla fine riconobbe essere un lungo pugnale di pietra, alzò la punta dell'arma e la affondò sulla faccia dell'aggressore colpendolo in mezzo agli occhi e spaccandogli il cranio in due fino al cervello.

L'indiano – era proprio un indiano – cadde morto stecchito. La scimitarra si era incastrata così tanto che Alvarado dovette puntellare il piede sulla bocca dell'uomo per liberare la pesante lama.

Esaminò di nuovo l'enorme figura che c'era in fondo alla camera. Per un attimo aveva pensato che fosse viva, ma a quel punto i suoi occhi finalmente abituati gli rivelarono la banale verità. Era solo un idolo, brutto e deforme come qualunque altro fantoccio pagano. La faccia, le fauci e i denti sembravano quelli di una specie di drago; il corpo, anche se coperto di squame, era più o meno umano. Ai suoi piedi c'erano i cadaveri scomposti di una giovane ventenne e di una bambina di circa sei anni entrambe col petto squarciato in due, sicuramente per strappare i cuori posati nel piatto tenuto in mano dall'altro idolo che stava fuori. C'era sangue ovunque, in una pozza a terra, sulle pareti annerite dal fumo e dentro una o due caraffe messe da parte in una vasca di pietra. C'erano anche una serie di abiti stesi, altrettanto zuppi di sangue, qualche frutto e una collezione di teschi essiccati e ossa umane.

Alvarado rinfoderò la scimitarra e si tappò il naso con la mano destra. Santo cielo! Che puzza! Avanzò nell'oscurità, con un calcio scansò una pila di stracci a destra dell'idolo e raccolse mettendoli al volo in tasca tre oggetti d'oro che erano stati nascosti lì, uno a forma di lucertola, uno di pantera e uno raffigurante un fallo umano eretto, piuttosto corto e grosso. Li esaminò e vide che erano di qualità nettamente superiore rispetto a quelli che gli aveva portato strisciando di mattina il capotribù.

«Così avete avuto il vostro oro?», disse una voce sibilante alle sue spalle.

Alvarado si girò su se stesso e vide la sagoma nera di Muñoz in controluce sull'uscio.

«Sì, padre, anche se di poco valore. Qualcosa da obiettare?»

«Oh no», rispose Muñoz. «Niente affatto. Sono sempre pronto a dare a Cesare quel che è di Cesare».

Diaz, Mibiercas e La Serna furono precettati insieme a molti altri soldati per dare una mano a distruggere il grande idolo del tempio. Diaz era abbastanza motivato; era orgoglioso di essere un buon cristiano come gli altri. Tuttavia, lo terrorizzava quello che sarebbe successo dopo, quando il villaggio indiano sarebbe sicuramente insorto per lo sdegno contro gli intrusi.

Quanto all'idolo, non filò tutto liscio. Lo trascinarono fuori dal tempio in cinquanta, armati di funi, sudando, ansimando e cantando i versetti dal libro dei Numeri che gli aveva insegnato Muñoz: «E quando avrete cacciato dinanzi a voi tutti gli abitanti della terra, distruggerete tutte le loro immagini, distruggerete tutte le loro statue di metallo fuso e devasterete tutte le loro alture. Prenderete possesso della terra e in essa vi stabilirete, perché io vi ho dato la terra perché la possediate». Con uno sforzo enorme, continuando persino a cantare, i conquistadores portarono l'immensa statua pagana che doveva pesare all'incirca una tonnellata fino all'orlo della scalinata dove iniziò a barcollare pericolosamente. Nella piazza sottostante non c'era più un buco per muoversi, tanti erano gli indigeni accorsi ai piedi della scalinata da cui, in caso, non ci sarebbe stato spazio per scappare.

Diaz lasciò la fune e andò da Muñoz. «Padre», disse, «dobbiamo aspettare prima di gettare questa cosa ignobile». Indicò la folla attonita che assisteva zitta e impalata, gli uomini, le donne, gli anziani e i bambini del villaggio tutti con la testa all'insù, terrorizzati, immobili. «Se la gettiamo», aggiunse Diaz, «la gente morirà... un mucchio di gente. Fatemi andare in piazza con una squadra a sgomberare gli indiani. Quando se ne andranno spaccheremo l'idolo».

«No», rispose Muñoz con gli incisivi da coniglio che gli uscivano dal labbro superiore.

«*No*, padre? Dio, ma perché?»

«Non *osare* nominare Dio davanti a me, ragazzo!», tuonò Muñoz.

«Ma non è cristiano, santo padre! Non possiamo massacrare così degli innocenti».

«Non sono affatto innocenti!», sbraitò Muñoz. «Eri con me o no, quando siamo venuti qui insieme a Córdoba?».

Diaz annuì. «Sì», ammise.

«Allora sai che questi eretici hanno accetto la nostra fede. Sai che hanno accettato la distruzione dei loro idoli. Sai che hanno messo la croce di Cristo e l'icona della Vergine là, nel tempio dietro di noi...».

«Sì, padre», disse svogliatamente Diaz. «So tutto».

«Però la croce non c'è più. L'icona della Vergine non c'è più. Al loro posto c'è questa... questa», Muñoz lanciò lo sguardo perfido sull'idolo, «questa *mostruosità*, questa *cosa ignobile*, questa manifestazione del male. E sono stati loro», indicò la massa di indiani nella piazza sputando sulla scalinata, «solo loro a farlo, scegliendo il maligno. Ricada pure sulle loro teste!». E con un sorriso ripugnante che in seguito avrebbe popolato i peggiori incubi di Diaz, Muñoz diede il segnale, i conquistadores si radunarono attorno alla statua, esultarono fra le risa, diedero l'ultima pesante spinta – che Dio li perdoni – e fecero ruzzolare per l'intera scalinata una tonnellata di pietra che precipitò, rimbalzò, prese velocità e si librò alta nell'aria andandosi a frantumare in mezzo alla folla urlante in preda al panico, schiacciando un ammasso di gente che fu trasformata all'istante in sangue, ossa e materia grigia come una salsa oscena che imbrattò tutto il lastricato della piazza.

Lo shock fece cadere ovunque il silenzio.

Poi si levò un gemito d'orrore.

E a quel punto, come aveva previsto Diaz, si udì un boato di indignazione e una marea di uomini armati si riversò sulla scalinata.

La feroce battaglia che seguì poteva avere un solo esito. I conquistadores avevano le armature, la disciplina e la crudeltà ed erano dotati di armi nettamente superiori così, con Alvarado e la sua scimitarra grondante sangue al comando, furono spietati e non posero alcun freno all'ira. Prima che calasse la sera gli indiani armati di pugnali di pietre e di frecce rudimentali avevano già perso almeno cento uomini, interi quartieri del villaggio erano in fiamme e gli anziani e i sacerdoti che officiavano nel tempio erano stati catturati.

L'indomani, annunciò Muñoz in trionfo, sarebbero stati messi tutti al rogo per i loro peccati.

«Lasciateci dire al Supremo Signore cosa gli succederà», aveva avvertito il vecchio. «I vendicatori delle ingiustizie e dei dolori che ci ha inflitto sono già sul piede di guerra!».

Montezuma aveva rimuginato su quelle parole funeste per il resto del giorno e della lunga e travagliata notte che era seguita.

Vendicatori? Sul piede di guerra?

In quel fatidico anno Uno-Canna non poteva scartare l'ipotesi che fosse un altro presagio del ritorno di Quetzalcóatl. Così, il giorno dopo, il settimo dall'olocausto non riuscito sulla grande piramide, mandò Cuitláhuac alla prigione sotterranea per interrogare di nuovo gli anziani. Erano dèi o uomini quelli che stavano venendo? Che strada avrebbero fatto? Che intenzioni avevano?

L'interrogatorio sarebbe dovuto durare quasi tutta la mattina, ma nel giro di un'ora Cuitláhuac era già di ritorno con notizie terribili.

I prigionieri erano spariti durante la notte.

Tutti quanti.

«E i secondini?», chiese Montezuma.

Cuitláhuac li aveva già fatti arrestare, disse, ma quelli avevano rivendicato con forza la loro innocenza e, per quel che valeva, lui gli aveva creduto. Erano uomini leali a cui aveva affidato quel compito lui stesso. I cancelli della prigione erano stati serrati per bene e le sbarre erano ben salde. Cuitláhuac aveva esaminato attentamente il pavimento ma non avevano scavato nessun tunnel, e poi gli anziani non avrebbero mai avuto le energie per scappare da lì. Il soffitto era intatto. In breve, la spiegazione avanzata dagli stessi secondini – e cioè che i prigionieri dovevano essere dei potenti stregoni evasi grazie alle loro arti magiche – sembrava la più ragionevole.

«Che si deve fare coi secondini, signore?», chiese Cuitláhuac.

«Ordinagli di uccidere le famiglie degli stregoni», disse Montezuma. «Mariti, mogli, figli... devono morire tutti. Gli si deve scavare la fossa nelle loro stesse case fino a trovare l'acqua. Distruggete tutte loro proprietà».

Alla fine però si scoprì che nessuno dei vecchi aveva ancora parenti in vita, motivo per cui erano quasi tutti mendicanti, che i posti in cui vivevano erano talmente miseri che non valeva la pena distruggerli e che non possedevano quasi niente.

Dopo aver ordinato a Cuitláhuac di scuoiare vivi i secondini, Montezuma si rintanò di pessimo umore nei recessi delle sue stanze a palazzo. Si portò un cesto di *teonanácatl*, che si erano rivelati utilissimi nell'agevolare i suoi colloqui con Colibrì.

Ogni giorno dei sette che erano passati da quando le era stata risparmiata la morte sotto il pugnale sacrificale, finito il lavoro con Huicton, Tozi aveva passato tutto il tempo a cercare Coyotl diventando invisibile per aggirarsi indisturbata fra i prigionieri delle gabbie di Tenochtitlan. La gabbia delle donne dove era stata lei era ancora praticamente vuota, benché si andasse lentamente ripopolando, le bastò solo un'incursione per convincersi che Coyotl non era lì. Poi si concentrò sulle quattro gabbie dei maschi, tutti gonfi di cibo, e iniziò una ricerca sistematica in ognuna ma, anche lì, senza alcun risultato. Alla fine le restarono le altre cinque grandi gabbie sparse in città, fuori dal piazzale sacro, le ispezionò ripetutamente ma in nessuna trovò mai traccia del piccoletto che le era stato crudelmente portato via da Ahuizotl.

Eppure Coyotl continuava a ossessionarla come un fantasma che non riusciva a trovare pace.

CAPITOLO 46

Cozumel, giovedì 25 febbraio 1519

Le prime luci del mattino di giovedì 25 febbraio, il settimo giorno dalla partenza della *Santa Maria* da Santiago de Cuba, fecero intravedere l'isola di Cozumel a meno di quattro miglia di distanza. Per un caso strano e misterioso, il villaggio indiano appollaiato nella bassa collina sul versante nord dell'isola era *esattamente* come l'aveva visto Cortés nell'ultimo sogno in cui gli era apparso san Pietro.

Esattamente tranne per una cosa: la densa cappa di fumo che si alzava in quel momento sui tetti piatti delle case bianche come un segno dell'ira divina.

«Che te ne pare, don Anton?», chiese Cortés al timoniere brizzolato che gli stava di fianco, appoggiato al parapetto di quercia appena riparato lungo tutto il ponte di coperta.

Alaminos scrollò le spalle. «Grane in arrivo», disse.

Cortés non poté che dargli ragione. Alvarado, che più dell'oro amava solo la violenza, probabilmente aveva assunto il ruolo di capitano-generale in sua assenza. E con un uomo del genere a capo di quella grande spedizione… Be', tutto era possibile.

Come se non bastasse, a bordo della nave di Alvarado c'era anche Muñoz.

Cortés scrutò l'orizzonte oltre la danza delle onde, verso la piramide che si ergeva sul villaggio fumante. Edificata su una serie di gradoni, non liscia come le famose piramidi d'Egitto, anche quella era esattamente come gliel'aveva fatta vedere san Pietro nel sogno. Altrettanto inquietanti erano le familiari e tozze pareti dell'edificio di pietra scura appollaiato sulla cima piatta della piramide. Il santo l'aveva chiamato "il tempio dei pagani" e aveva parlato di Muñoz come della "cura per la loro idolatria".

Muñoz col saio nero! Muñoz con quella croce!

(*E i suoi borsoni pieni di coltelli e trofei raccapriccianti!*)

Si sarebbe liberato mai di lui?

Avrebbe avuto la sua conquista se trovava un accordo con quell'uomo ignobile, come gli aveva fatto capire san Pietro?

Mentre la *Santa Maria* doppiava il promontorio, iniziarono a vedersi al riparo della baia le altre dieci navi della flotta dispersa per le quali Cortés era stato in pensiero negli ultimi sette giorni, con la *San Sebastian* di Alvarado ancorata più vicino delle altre alla riva. Anche questo era esattamente come l'aveva sognato, tranne per le folle di indiani in festa con le ghirlande di cui in quel mattino luminoso non c'era traccia, e per l'infausta cappa di fumo che incombeva sul villaggio rispedita giù dal cielo come una sottile pioggia di cenere.

«È bello stare di nuovo in terraferma», disse Gonzalo de Sandoval.

«Eppure sembra di avere ancora sotto i piedi l'oscillamento del ponte», rispose Garcia Brabo, il coriaceo sergente estremeno che Sandoval aveva iniziato a considerare suo amico dopo lo scontro con le guardie di Velázquez sulla strada appena fuori dal porto di Santiago. Dopo un colpo di tosse rumorosa, Brabo sputò un grosso bolo di catarro. «L'uomo non è nato per stare a mare», aggiunse. «Altrimenti, saremmo usciti fuori con le pinne e le squame dei pesci».

«Credo proprio che imparerò a nuotare», disse Sandoval che aveva sempre odiato l'oceano per l'immensa forza impersonale e le imprevedibili sfuriate. Durante la spaventosa burrasca che si era abbattuta su di loro, appena usciti da Santiago, avrebbe giurato che la *Santa Maria* sarebbe finita in fondo al mare e che lui sarebbe morto annegato. Quando un'onda gigante aveva scavalcato le murate della nave lui si era già abbarbicato all'albero di trinchetto ed era sopravvissuto, a differenza del povero soldato che aveva visto trascinato fuori bordo fra urla inghiottite dal vento mentre il vascello beccheggiava continuando chissà come a solcare il mare.

«Non capisco, a che serve nuotare?», chiese Brabo dopo averci pensato un attimo. «Quando la nave affonda sei morto comunque. Meglio annegare subito e farla finita che trascinarsi per un altro giorno».

I due stavano risalendo la collina marciando fianco a fianco verso il villaggio indiano bruciato. Con la corazza d'acciaio e uno spadone stretto alla cinghia sul fianco, a pochi passi da loro c'era anche il caudillo che faceva strada. Alle loro spalle, gli altri ottanta soldati sopravvissuti al viaggio da Santiago. Sulla *Santa Maria* ancorata erano rimasti di guardia il valletto di Cortés, Melchiorre, e il giovane segretario Pepillo insieme all'intera squadra di dodici marinai sotto il comando di Alaminos. Dalle parole che si erano scambiati con i marinai di guardia sulle altre navi, sembrava che la notte prima a Cozumel ci fosse stata una battaglia cruenta e che ora don Pedro de Alvarado e padre Gaspar Muñoz avessero ordinato a quasi tutto l'esercito della spedizione di salire al villaggio per assistere a un "castigo" che stava per essere inflitto alla popolazione locale.

Raggiunte le prime abitazioni in periferia, il puzzo di bruciato si fece più forte e pungente. C'era un odore acre di carne arrostita che, risalendo il pendio, Sandoval aveva provato a ignorare ma ora iniziava a entrargli insistentemente nelle narici. Con uno scatto improvviso di nervi, non più tanto felice di essere a terra, fece capolino tra le spirali di fumo. «Secondo te ci sono degli scontri in corso?», chiese a Brabo mentre infilavano una stradina tra due file di semplici casupole col tetto schiacciato che sembravano fatte di canniccio ricoperto di argilla e fango stuccati col gesso.

«Nah», rispose il sergente. «Se si combattesse l'avremmo già sentito. Ormai è tutto ridotto in polvere. Guarda… là!». Indicò il cadavere di un'indiana piccola e magra accasciato sull'uscio di una casa, metà dentro e metà fuori. Le avevano tagliato la gola. «Diavolo…», mormorò Sandoval quando dal fumo cominciarono a emergere altri corpi: un vecchio dai capelli grigi a braccia e gambe divaricate in mezzo alla strada con un taglio enorme sulla testa, due ragazzi trafitti da frecce di balestra, quattro giovani malridotti dai colpi di spada con le budella di fuori, impilati uno sull'altro.

Più avanti si iniziò a vedere il tempio in cima alla piramide, imponente sulle case basse dei nativi. Da lì cominciavano a arrivare anche i pianti di terrore e le voci graffianti degli spagnoli che sghignazzavano.

«Con me, ragazzi», gridò Cortés facendo uno scatto. «Di corsa».

Bernal Diaz era contrario per principio all'idea di mandare al rogo le persone. L'aveva visto fare tantissime volta nella sua carriera di soldato e anche da giovane, a Medina del Campo, la contea della Castiglia in cui era cresciuto, quando avevano bruciato vivi certi eretici condannati dall'Inquisizione. A differenza dei suoi amici e dei compagni d'armi che spesso apprezzavano quelle scene, Diaz ne era sempre rimasto nauseato. Forse perché aveva troppa immaginazione mentre spesso gli altri non ne avevano affatto, ma quando pensava alla morte tra le fiamme – l'agonia lenta e prolungata, lo sciogliersi delle carni sullo scheletro, il grasso del corpo che diventava combustibile per il fuoco – non riusciva a capire cosa potesse spingere chiunque a infliggere un destino così tremendo agli altri. La bontà umana e la carità cristiana imponevano senza dubbio il contrario e cioè di correre a salvarle, le vittime, più che attizzare le fiamme in cui bruciavano, a prescindere da quanto fossero deprecabili loro o sgradevoli i loro misfatti.

Perciò Diaz si sentì profondamente a disagio quando, in mezzo alla truppa di conquistadores radunati nella piazza, si trovò sotto la piramide ad assistere al rogo dei capi del villaggio e dei sacerdoti pagani. Dei circa duemila indigeni, i molti sopravvissuti alla notte si erano ammassati nella piazza ed erano tenuti sotto stretto controllo, tremanti e urlanti di paura.

Nonostante Diaz si fosse rifiutato di prendere parte al linciaggio, i soldati avevano già incatenato e gettato cinque indiani disgraziati nei tizzoni ardenti di uno dei fabbricati incendiati attorno alla piazza. Tre di quegli sfortunati erano ancora vivi e, mentre salivano al cielo le loro urla per le carni che rosolavano lente, ne legavano e circondavano con una montagna di ceppi altri venti, incluso il capotribù B'alam K'uk e l'uomo identificato dal piccolo Julian come il sommo sacerdote. Nel frattempo, Muñoz faceva avanti e indietro davanti a loro con una Bibbia aperta in mano, urlava deplorando l'abominio del sacrificio umano – ma cos'era il rogo, pensò Diaz, se non una forma diversa di sacrificio umano? – e declamava assurdità canoniche dicendo che l'inquisitore aveva il ruolo di medico delle anime, che l'eresia era una malattia e che le fiamme erano il rimedio specifico per quel male.

Diaz stava ai margini della soldatesca ammassata, in mezzo a un gruppetto di veterani navigati che come lui erano stati nella spedizione di Córdoba e sapevano fin troppo bene i problemi che Muñoz era in grado di creare. Rivolgendosi all'amico Alonso de La Serna, sussurrò: «Ci risiamo».

La Serna fece una smorfia di insofferenza: «E non possiamo farci niente».

Francisco Mibiercas li aveva sentiti. «Forse una cosa possiamo farla», suggerì.

Diaz e La Serna si girarono entrambi stupiti verso il compagno, che invece sembrava tranquillo. «Siamo tutti d'accordo sul fatto che il frate è un problema, no?»

«È malvagio», annuì Diaz.

«E ci farà uccidere», aggiunse La Serna.

«Allora uccidiamolo prima noi». Mibiercas lanciò un'occhiata veloce intorno. «Non qui, ovviamente. Non oggi. Prima o poi l'occasione però verrà e noi la sfrutteremo».

Mentre Diaz si rendeva conto che lo spadaccino diceva sul serio, si levò una certa confusione sul lato est della piazza e da una strada laterale, a passo di corsa, sbucò un folto gruppo di uomini armati. In testa al manipolo c'era Hernando Cortés. Appena dietro di lui, Diaz riconobbe Gonzalo de Sandoval.

«Che diavolo sta succedendo qui, Pedro?», chiese Cortés. Andò spedito da Alvarado e gli si fermò davanti a pochi centimetri con la mano destra posata sull'elsa dello spadone. Notò che il vecchio amico col braccio sinistro fasciato aveva piazzato anche lui la mano destra sull'elsa della spada, o meglio, della sciabola, visto che portava la scimitarra presa a Zemudio.

«Pensavo fosse ovvio», rispose con aria innocente Alvarado. «Sto curando gli interessi della spedizione in tua assenza». C'era una pericolosa luce gelida nei suoi occhi azzurri ma lui sorrise comunque mostrando i denti bianchi e dritti. «Bentornato, a proposito. Ci sei mancato, Hernando».

Pur fremendo di rabbia, Cortés era abbastanza lucido per vagliare in fretta le opzioni e decidere il da farsi. Su Cozumel aveva sempre avuto intenzioni pacifiche: conquistare i cuori degli abitanti e farseli alleati, così da poter tornare sull'isola per trovare riparo nel momento del bisogno. Invece, si era trovato davanti la scena di un massacro e un villaggio in preda al caos, con quell'idiota arrogante di Muñoz intento a bruciare un folto gruppo di indiani forte dell'evidente appoggio di Alvarado.

La prima e più importante cosa da fare, capì Cortés, era imporre immediatamente la sua autorità, altrimenti avrebbe perso la faccia davanti ai suoi uomini, cosa che non poteva permettersi. Questo significava annullare davanti a tutti gli ordini di Alvarado. Non aveva affatto voglia di umiliare un amico vero e leale, ma non aveva scelta. Sarebbe stato umiliato anche Muñoz, e anche in quel caso Cortés era riluttante, visti i sogni che aveva fatto ma, di nuovo, non aveva altra scelta.

«Don Pedro», disse alzando e impostando la voce in tono formale, «avete fatto un pessimo lavoro qui agendo contro la mia volontà».

Alvarado diventò tutto rosso e gli sussurrò: «Che stai dicendo, Hernan? Gli uomini ti sentono. Non farmi passare per idiota davanti a loro».

Ignorando l'appello, Cortés puntò il dito sulle magre pile di bottino allineate nella piazza, sugli abitanti catturati e sui venti che stavano per essere bruciati vivi. «Non è così che si rassicura un paese», tuonò per farsi sentire da tutti, «rubare ai nativi i loro averi, farli prigionieri, razziare il villaggio…». Si rivolse a Muñoz che stava lì accanto impietrito: «E voi, frate! Avete davvero intenzione di bruciare quei poveri indiani come se fossero bogomili o albigesi?»

«Sono degli sporchi eretici!», strillò Muñoz. «Quando sono venuto in quest'isola con Córdoba hanno accettato la fede ma sono ricaduti nel paganesimo».

«Non vedo nessun eretico qui», gli urlò contro Cortés. «Vedo selvaggi ignoranti che hanno bisogno di molti insegnamenti, di amore e comprensione cristiana, non di fiamme».

L'inquisitore alzò la Bibbia e la lanciò addosso agli uomini condannati, che lo fissarono insieme con terrore e attrazione come topi ipnotizzati da un serpente. «Accendi il fuoco», gridò Muñoz al soldato che gli stava accanto con un tizzone in fiamme. «Purghiamo le loro anime con le fiamme per purificarli davanti al Signore nel giorno del giudizio…».

Il soldato mosse il tizzone verso le sterpaglia secca.

«Non accendere quel fuoco», gli intimò Cortés. «Non ci sarà nessun rogo oggi».

Il soldato si guardò intorno senza sapere che fare.

«Nel nome della Santa Inquisizione», sbraitò Muñoz, «accendi il fuoco!».

«Nel nome della capitaneria generale», disse Cortés, «accendi il fuoco e ti farò impiccare».

Il soldato lanciò un'imprecazione e fece subito un passo indietro posando il tizzone a terra. Muñoz si precipitò a raccoglierlo ma, a un cenno di Cortés, Garcia Brabo gli sbarrò improvvisamente la strada. «Non c'è fretta», disse. «Avete sentito il caudillo. Oggi non sarà bruciato nessuno». Muñoz ringhiò per la frustrazione e cercò di aggirarlo, ma Brabo lo afferrò e gli torse il braccio dietro la schiena così forte da farlo urlare di dolore. «Io non mi agiterei se fossi in voi», lo avvisò il sergente magro e brizzolato. «Fate il bravo frate come dice il capitano-generale».

Cortés si rivolse ad Alvarado, stavolta parlando a mezza voce: «Hai avuto troppa fretta, Pedro. Dovevi aspettarmi, prima di fare questo scempio: ora dovrai fare ammenda e mettere le cose a posto».

«Ammenda? Che diavolo significa?». Dallo sguardo infuriato di Alvarado, Cortés si aspettava quasi che l'amico lo sfidasse ma rincarò la dose.

«Puoi cominciare liberando quegli uomini dalle palizzate. È meglio far vedere che sei tu a dare l'ordine invece di farti scavalcare da me».

Il bel viso di Alvarado si torse in un ghigno feroce e la bocca gli si piegò come per masticare un boccone duro di carne, ma alla fine abbaiò l'ordine, i soldati scavalcarono i ceppi accatastati e liberarono gli anziani. Cortés approvò soddisfatto con un cenno del capo. «Liberate anche la gente che avete trattenuto, grazie. Tutti quanti. A quanto vedo, c'è già scappato il morto».

«Sì», ammise Alvarado. «Ne abbiamo bruciati cinque», gesticolò verso un edificio fumante, «e un paio di decine sono morti negli scontri di ieri sera. È stata colpa loro. Avrebbero dovuto arrendersi».

«Pedro, tu ti arrenderesti se attaccassero la tua città?»

«È diverso. Noi siamo cristiani, loro pagani...».

«Pagani che ci servono come alleati, non come nemici. Pagani che hanno un'importanza vitale perché conoscono le terre e i popoli che incontreremo. Ora dobbiamo pagare col sangue per dargli soddisfazione dei loro morti. Cerca di capire col piccolo Julian cosa vogliono in cambio».

«Pagare col sangue? Ti ha dato di volta il cervello?».

Cortés fulminò Alvarado con lo sguardo. «È la tua pazzia, non la mia, ad aver fatto questo casino, Pedro. Se aspettavi il mio arrivo non sarebbe successo niente e avremo avuto quello che voglio senza pagare alcun prezzo». Sorrise: «Questi però *sono* selvaggi. Un piccolo pagamento in perle di vetro e ciondoli luccicanti dovrebbe soddisfarli».

Alvarado era nero, aveva uno sguardo cupo, ma sembrò illuminarsi all'idea di raggirare quei nativi sempliciotti. Cortés, comunque, non aveva finito con lui. «Hai trovato dell'oro?», gli chiese di punto in bianco.

«No» rispose Alvarado un po' troppo in fretta, con gli occhi socchiusi.

«Andiamo, Pedro», sbottò Cortés. «Ti conosco troppo bene».

«Qualcosina», disse imbronciato Alvarado. «Pochi pezzi che abbiamo trovato nel tempio. Qualche altro nelle case dei più ricchi del villaggio. Niente di che. Li ho portati sulla mia nave».

«Voglio che li restituisci», disse Cortés.

«Ma...».

«Non perdere tempo! Va restituito tutto. Ogni singolo pezzo d'oro, ogni quattrino, ogni balla di stoffa... Fallo, Pedro, fallo di tua sponte così non litighiamo».

Mentre Alvarado eseguiva gli ordini, Cortés andò da Muñoz che stava seduto sui gradini più bassi della piramide, sorvegliato a vista da Brabo e Sandoval. «Grazie», disse Cortés ai due soldati. «Ora me ne occupo io». Rimase esteriormente calmo guardandosi in giro per la piazza, in attesa che i due non fossero più a portata d'orecchio. Gli indiani sfollavano a frotte nelle loro case, mentre gli anziani che erano stati risparmiati dalle fiamme si erano radunati intorno ad Alvarado e al piccolo Julian ed erano impegnati in quello che sembrava un acceso negoziato. Tutto sistemato, pensò, ma cosa avrebbe fatto con Muñoz? In condizioni normali forse avrebbe organizzato un bell'incidente mortale per quel frate molesto, ma i sogni di san Pietro gli mettevano un freno.

«Mi scuso se vi ho trattato male, padre», disse, «ma vi prego di capire che siamo qui per conquistare e colonizzare queste Nuove Terre. Questa è una spedizione militare, io sono il più alto in grado e voi siete sotto il mio comando».

«Per me le cose non stanno affatto così», disse Muñoz con un'aria da mulo testardo. «Sua Eccellenza il Governatore Velázquez mi ha detto che siamo qui solo per affari, per esplorare e per diffondere la parola di Dio. Voi non potete rivendicare nessun potere speciale in veste di comandante militare, e in fatto di evangelismo – *e di eresia* – io ho carta bianca».

«Vi hanno informato male, padre», insisté Cortés faticando per non far trapelare la collera dal tono di voce. «Sull'evangelismo, senz'altro: voglio che ve ne occupiate e vi darò anche una mano. Desidero quanto voi che la parola di Dio si diffonda in queste lande pagane. Ma non dovete mai intralciarmi o creare inutili ostilità nei nostri confronti come avete fatto oggi. Non importa cosa pensiate di sapere, la nostra missione *è* conquistare e colonizzare. Se metteste di nuovo in pericolo questa missione, dovrei schiacciarvi come si fa con i pidocchi».

«Gran discorso per un piccoletto», gli rise in faccia Muñoz alzandosi.

Il frate era talmente più alto di lui che, quasi senza accorgersene, Cortés si ritrovò a salire i primi due gradini della piramide per stare al suo stesso livello. «Non sono solo parole», insisté dopo aver completato la goffa manovra. «Io ho l'autorità assoluta in tutte le questioni militari e voi mi dovete il massimo rispetto».

Muñoz rimase a fissarlo un attimo con le iridi totalmente nere e inespressive simili a due buchi vuoti dentro gli occhi, poi gli voltò bruscamente le spalle e iniziò ad allontanarsi col saio che gli svolazzava al vento.

«Fermatevi», sbraitò Cortés. «Non abbiamo finito!».

Muñoz si fermò, guardò indietro e alzò un sopracciglio peloso con aria interrogativa: «Sì?»

«Negli ultimi sette giorni avete dormito sulla *San Sebastian*. Siete pregato di continuare a farlo».

Quando l'inquisitore sorrideva come stava facendo adesso ricordava una bertuccia. «Sicuramente pensavate di recarmi un disturbo», disse, «ma la vostra proposta è quello che intendevo fare comunque. Sto benissimo con don Pedro. Per me, sarebbe un capitano-generale di gran lunga migliore di voi. Mandatemi il mio paggio con i borsoni».

«Temo che non sia possibile. I vostri borsoni sono finiti a mare nella burrasca».

Cortés poteva spiegarsi la prontezza con cui gli era uscita di bocca quella bugia solo con la strana pressione che sentiva addosso, come se fosse *messo all'angolo* dai suoi sogni che sembravano volergli imporre Muñoz come ospite indesiderato. Forse quella trovata sui borsoni era il suo modo per rispondere al colpo. Almeno così l'inquisitore si sarebbe seccato, sperò, e fu contento di poterlo confermare.

«Come osate dire una cosa del genere?», strepitò Muñoz. «Mi sfrattate dalla mia cabina, mi imprigionate su un'altra nave – sebbene Dio abbia saggiamente spinto don Pedro a liberarmi – e ora mi dite che non avete fatto sorvegliare i bagagli che erano essenziali per la mia opera di inquisitore».

Cortés alzò le spalle. «Un'onda gigante per poco non ci affondava e i vostri borsoni sono stati spazzati via. Non si poteva fare niente per salvarli. Le mie più sentite scuse...».

Muñoz, ancor più nero, piegò i suoi lineamenti olivastri in una smorfia calcolatrice. «Doveva pensarci quel babbeo del mio paggio. Mandatemelo sulla *San Sebastian*».

«Purtroppo non posso farvi la cortesia».

«Perché? È stato trascinato dall'acqua anche lui?»

«No, ma ora lavora per me. Ho bisogno dell'aiuto di un segretario e lui ha tutti i requisiti».

A quel punto Muñoz batté letteralmente i piedi a terra: «Non potete farlo!», gridò.

«Certo che posso», rispose Cortés. «Pensate pure quello che volete, ma sono *io* il capitano-generale e posso avere chi mi pare come segretario».

Al che Muñoz tornò a battere i piedi facendo risuonare i sandali sul lastricato della piazza e accostò la faccia con gli incisivi sporgenti all'orecchio di Cortés. «Non preoccupatevi della mia opinione», disse. «Dovrete rispondere a un'autorità ben più alta».

Cortés rise. «Se parlate del vostro amico Velázquez, me ne sbatto di cosa pensa o fa quel fesso».

«Oh no», disse Muñoz. «Non Velázquez». Si avvicinò ancora di più con quell'alito umido e caldo. «Il vostro patrono è san Pietro. O mi sbaglio?».

Nonostante la giornata afosa, Cortés sentì un brivido corrergli per la schiena. «Chi ve l'ha detto?», chiese salendo un altro gradino della piramide.

«Mi appare in sogno», rispose Muñoz con un sorriso sinistro. «Parla del vostro amore per lui». E detto questo, si allontanò di nuovo disperdendo la folla di indiani che inciampavano terrorizzati per levarsi dal suo cammino.

Accucciato a Melchiorre all'angolo di una strada laterale che guardava sulla piazza, Pepillo sobbalzò quando Muñoz girò le spalle a Cortés per la seconda volta e cominciò ad andare dritto verso di loro. «Presto», disse Melchiorre, «lì dentro». Afferrò Pepillo per il colletto, lo trascinò di pochi passi per strada e si infilò nell'uscio basso di una casupola mezza bruciata. Si tuffarono dietro la parete annerita dal fuoco e restarono fermi col sole che picchiava da un grosso buco del tetto crollato. Pepillo cominciò ad ansimare di paura, Melchiorre invece sembrava calmo. Si portò l'indice alla bocca. «Zitto», disse. «Non ci vedrà».

Prima di guidare i soldati per arrivare fin lì, quella mattina Cortés aveva espressamente proibito a entrambi di andare nel villaggio indiano, dicendo che dovevano restare con i marinai a sorvegliare la nave. Melchiorre però era stato di un altro avviso. «Vado a vedere che succede», aveva detto a Pepillo. «Se si deve combattere, voglio esserci anch'io. Vieni con me?».

Le cose tra loro erano un po' migliorate nei sette giorni dopo la partenza della *Santa Maria* da Santiago. Era come se avendogli salvato la vita nella tempesta, Melchiorre avesse in qualche modo ridato a Pepillo la dignità che aveva perso quando Cortés lo aveva nominato segretario. Certo, restava ancora un po' di tensione che il giovane non vedeva l'ora di sciogliere; così aveva soffocato la sua naturale prudenza, si era messo una faccia coraggiosa e aveva assecondato le intenzioni di Melchiorre.

Dopo essere sgattaiolati dalla nave atterrando nelle secche avevano sguazzato fino a riva – o meglio, Melchiorre era arrivato a riva con Pepillo appollaiato sulle spalle – e poi avevano risalito la collina passando davanti a scene terribili. Davanti ai corpi morti sulle strade, Melchiorre aveva fatto l'indifferente mentre Pepillo si era sentito come precipitare in un angolo d'inferno e aveva vomitato due volte, meritandosi gli schiaffi di Melchiorre sulla testa per l'incomodo.

Prima ancora di arrivare alla piazza avevano capito che Cortés aveva strappato il comando ad Alvarado e avevano visto i soldati liberare venti anziani che, a quanto pareva, erano stati condannati al rogo. Poi erano stati rilasciati tutti gli altri e, a un tratto, le strade fino a quel momento deserte si erano riempite di indiani che piangevano e gridavano cercando fra le macerie degli edifici bruciati e riprendendo possesso delle case saccheggiate. «Non rischiamo niente stando qui?», aveva chiesto Pepillo davanti a un gruppo di giovani dalla pelle scura che gli correvano a fianco frignando nella loro strana lingua; Melchiorre gli aveva indicato le centinaia di conquistadores corazzati che ancora occupavano la piazza. «Tranquillo, mammoletta», aveva detto.

In seguito avevano poi assistito affascinati al testa a testa fra Cortés e Muñoz. Gli uomini si erano scambiati qualche urlo. Certo, erano troppo lontani per poter sentire il contenuto, ma la rabbia si evinceva comunque da come si muovevano. «Pensi che il caudillo lo farà arrestare di nuovo?», aveva chiesto Pepillo. Ma prima che Melchiorre avesse potuto rispondere, Muñoz gli stava già andando incontro e loro si erano levati di torno.

Sentivano quei passi pesanti sempre più vicini. Quando il frate raggiunse la porta del loro nascondiglio, rallentò e si fermò. Pepillo tremò, gli venne un crampo allo stomaco e lanciò un'occhiata terrorizzata a Melchiorre che sudava e aveva gli occhi spalancati. Nella mano destra gli era come sbucata dal nulla una lama arrugginita col manico tanto stretto nel pugno che aveva tutti i muscoli dell'avambraccio tesi.

«*No*», bisbigliò Pepillo scuotendo la testa.

Melchiorre lo ignorò e si acquattò tenendosi pronto.

A quel punto, però, i passi dell'inquisitore si allontanarono lungo la strada e la sensazione di minaccia imminente svanì.

Pepillo si lasciò cadere contro il muro in preda alle palpitazioni. Gli sembrava di non riuscire a respirare.

«Andiamo», disse Melchiorre afferrandolo di nuovo per la collottola e tirandolo in piedi. «Seguiamolo. Ha cattive intenzioni, ne sono sicuro».

Bernal Diaz aveva mantenuto delle riserve sul carattere di Cortés sin dalla notte in cui avevano lasciato Santiago. Il brutto modo in cui il caudillo si era servito di lui per trafugare l'intera riserva del mattatoio – che sarebbe stata *effettivamente* rubata se Cortés fosse riuscito a farla franca – l'aveva molto deluso. Le facili promesse dell'uomo carismatico che aveva garantito a lui e a Sandoval di tirarli personalmente fuori da qualsiasi guaio – guaio che poteva includere l'impiccagione – erano state troppo avventate e quasi impossibili da mantenere se le cose si fossero messe male.

I fatti di quella mattina però gli fecero considerare tutto sotto un'altra luce. L'intervento di Cortés per la liberazione degli anziani e dei sacerdoti dal tremendo destino del rogo sarebbe già bastato a fargli guadagnare punti nella considerazione di Diaz, ma l'uomo si era spinto oltre, liberando tutti i prigionieri indiani e ordinando di restituire tutto il maltolto risarcendo anche le famiglie di coloro che erano stati uccisi. Quei gesti mostravano che il caudillo era un uomo pronto a fare la cosa giusta anche a costo di inimicarsi persone potenti come Muñoz e Alvarado: un uomo del genere, decise dunque Diaz, meritava la sua lealtà, anzi, l'avrebbe seguito in capo al mondo.

Per qualche tempo dopo che Muñoz aveva abbandonato la piazza, Diaz era rimasto a guardare Cortés che indugiava un po' sul terzo gradino della piramide, evidentemente assorto nei suoi pensieri. Finché, all'improvviso, scattò in azione chiamando a raccolta Brabo, Sandoval e lo stesso Diaz. «Forza, amici», disse quando gli si fecero intorno – e Sandoval e Diaz si salutarono come due fratelli che non si vedevano da tempo – «scaliamo quest'ammasso di pietra e diamo un'occhiata al tempio venerato da questi pagani. Potremmo farlo diventare una chiesa».

«Ci abbiamo già provato quando siamo venuti con Córdoba », si sentì costretto a ricordargli Diaz. «Non ha funzionato. Gli indiani si sono sbarazzati della croce e dell'immagine della Vergine che gli abbiamo dato e sono tornati agli idoli dopo la nostra partenza. Ecco perché Muñoz era tanto in collera con loro».

«Io non sono Muñoz», disse Cortés con aria risoluta. «Lui fa tutto con rabbia, con la forza; è normale che la gente rifiuti i suoi insegnamenti».

Si riparò gli occhi dal sole e aguzzò la vista come per cercare qualcuno tra la folla di indiani e conquistatori che riempiva la piazza. «Qualcuno ha visto padre Olmedo?», chiese un attimo dopo.

Sandoval si offrì di andare a cercarlo. «Olmedo sta sulla *Santa Maria* con noi», disse Cortés a Diaz mentre aspettavano. «Un frate integerrimo, pio e modesto. Dorme sul ponte con gli uomini, vero Brabo?, condivide le stesse fatiche e non chiede mai trattamenti speciali».

«Un brav'uomo», concordò Brabo. «Non si dà arie, è gentile, si rimbocca le maniche e dà sempre una mano quando c'è bisogno. L'inquisitore non vale neanche la metà di lui».

Cortés sembrava preoccupato, pensò Diaz, ma quando tornò Sandoval si illuminò davanti al frate corpulento e rude, sulla quarantina, che indossava l'abito bianco dell'ordine dei Mercedari. «Oh», fece Cortés, «eccovi qua. Venite con noi al tempio, padre, e vediamo di seminare il Cristianesimo in questo posto».

Olmedo aveva un faccione grosso e tondo, la mascella pronunciata e barbuta e un naso dritto che gli dava un'aria piuttosto truce, molto addolcita a un esame più attento da un paio di ridenti occhi marroni. Nonostante l'ampia chierica da cui affiorava la cupola liscia e abbronzatissima del cranio, aveva dei capelli ribelli, castano rossicci, folti e spettinati fin dietro il collo taurino e arruffati sulla fronte. Aveva il torace largo, un paio di spalle massicce e una pancia abbondante che gli spingeva in avanti il comodo abito. «Mio caro», rispose, «non spetta al nostro inquisitore?»

«Temo che preferisca bruciarli gli uomini, più che convertirli», rispose Cortés.

«Temo anch'io», ribadì Olmedo con un occhiolino d'intesa. Fece una mossa che a Diaz ricordò molto Muñoz nel mezzo di un'invettiva ritraendo il labbro superiore per mostrare gli incisivi. «Purghiamo le loro anime con le fiamme», ragliò, «per purificarli davanti al Signore nel giorno del giudizio...».

Chissà come riuscì a modificare il timbro della sua voce bassa e fare un'eccellente imitazione dei toni molto più striduli e sibilanti dell'inquisitore. Diaz, che per tutto il viaggio aveva già sentito parlare anche troppo di Muñoz, cercò di trattenere in gola una risata spontanea finché anche Cortés non piegò la testa all'indietro e scoppiò a ridere. Sandoval e Brabo si unirono al coro e Cortés diede una pacca sulla schiena a Olmedo. «Siete un imitatore nato», disse. «L'avete colto in pieno».

Il frate fece un piccolo inchino: «Una delle tante doti che uso quando un uomo si prende troppo sul serio, come purtroppo fa il nostro inquisitore. Dovremmo imparare tutti a ridere di noi stessi», strizzò ancora l'occhio, «così non lo fanno gli altri per noi».

Scalarono la piramide sudando al sole cocente in mezzo a uno sferragliamento di spade e armature e misero piede sulla piattaforma in cima trovandosi davanti al tempio, il cui uscio spalancato sembrava la bocca dell'inferno.

Diaz spiegò che il giorno prima erano stati trovati dentro il tempio i corpi di due indiani sacrificati, una giovane donna e una bambina, col petto squartato e i cuori sul piatto di un idolo che si trovava in cima alla scalinata.

«È una cosa incomprensibile», disse Cortés. «Può essere solo opera del demonio».

Sandoval sbiancò pensando a quell'orrore. «Stiamo varcando dei confini pericolosi», disse con voce sommessa. «Preghiamo che nessuno spagnolo faccia una fine del genere».

«Io mi toglierei la vita prima», ringhiò Brabo.

Mentre li guidava dentro l'unica sala buia del tempio, Diaz spiegò che prima lì c'era un grosso idolo ma che questo, e l'altro che faceva da ricettacolo per i cuori, era stato demolito facendolo ruzzolare sulla scalinata per ordine di Muñoz.

«Almeno su questo ha fatto bene», borbottò Cortés. «Non credete, Olmedo?».

La camera col tetto basso e in penombra era illuminata da una serie di torce appese alle pareti e puzzava di sangue e carne in decomposizione. Tappandosi il naso con la manica dell'abito, Olmedo disse: «Non sono convinto che la distruzione immediata degli idoli sia la strategia migliore... come bruciare sul rogo i sacerdoti e gli anziani. Le azioni severe non servono a convincere queste povere anime che la nostra fede è meglio della loro. Se vogliamo farli diventare cristiani dobbiamo portare un esempio di gentilezza e tolleranza, come avrebbe fatto lo stesso Cristo».

I cadaveri delle vittime sacrificali erano stati portati via, ma sul pavimento della sala c'erano ancora tre teschi e un cumulo di ossa umane, mentre le pareti erano piene di grosse chiazze di sangue rappreso. «Come facciamo a tollerare questo?», disse Cortés alzando la voce. «Come facciamo a essere gentili davanti a queste atrocità?»

«Perdonandoli, mio signore?», suggerì placidamente Olmedo. «Loro non sanno quello che fanno».

«Le parole di Cristo sulla croce», disse fra sé Cortés. «Avete ragione, ci penserò su… ma fuori, se non vi dispiace. Non ce la faccio più a stare in questa tana del diavolo».

Uscirono dal tempio maleodorante sotto il sole.

In cima alla scalinata c'era un folto gruppo di indiani che li aspettava. Molti erano disarmati, ma parecchi stringevano pugnali di pietra, picche di ossa e altre armi stravaganti che somigliavano all'aculeo di una razza.

Muñoz seguì un percorso casuale vagando per le strade e dando ogni tanto un'occhiata furtiva dentro le casupole. Una volta entrò in un gruppo di abitazioni, scomparve per diversi minuti e riapparve da un'altra porta. «Bisogna ammettere che è un uomo con le palle», disse Melchiorre. «Dopo tutto quello che ha fatto oggi, uno al posto suo avrebbe paura di essere ucciso».

In realtà, osservò Pepillo, erano gli indiani a essere spaventati e stare alla larga dall'inquisitore, sparpagliandosi e scappando via al primo avvistamento dell'abito nero.

«Che sta cercando?», chiese Pepillo mentre Muñoz continuava quella rapida indagine nel villaggio fiutando l'aria sugli usci, infilando la testa nelle finestre e tuffandosi di corsa nei vicoli.

«Sembra un cane che ha annusato una cagna in calore», disse con voce torva Melchiorre. «Secondo te, che cerca?».

All'idea che lo stavano accompagnando in quella ricerca, Pepillo si sentì infiammare tutto il viso. Melchiorre si riferiva certamente al sesso, ma lui non era sicuro di coglierne i dettagli. Comunque, doveva ammettere che nel modo frenetico in cui si aggirava Muñoz c'era un che di famelico e animalesco: un po' correva, un po' rallentava, un po' si appostava in un angolo guardando da una parte e dall'altra e poi decideva dove andare.

Era come se stesse seguendo una traccia… Ma di cosa?

Seguendo l'andamento della collina, le strade del villaggio erano in forte pendenza su tutti i versanti e alternavano sentieri boschivi a sterrati a cielo aperto che, prima gli uni, poi gli altri, portavano alle acque turchesi della baia dove beccheggiava all'àncora la flotta spedizioniera. Mentre faceva una di quelle strade strette nella parte bassa del villaggio, Muñoz allungò improvvisamente il passo e a un certo punto imboccò un vicolo laterale sulla sinistra. Pepillo e Melchiorre erano a cento passi da lui e lo persero di vista un attimo ma, appena raggiunto l'angolo in cui aveva svoltato, lo rividero continuare a seguire la stessa pista.

Videro anche cosa lo eccitava e capirono perché si era messo a correre in quel modo e con tanta impazienza.

Ad appena dieci passi davanti a lui, terrorizzato e in lacrime, c'era un bambino indiano tutto nudo se non per una striscia di perline colorate attorno alla vita.

«Presto!», disse Melchiorre. Pepillo non sapeva se agitarsi o essere sollevato alla vista del pugnale arrugginito che l'amico prese di nuovo in mano quando il bimbo fuggì dietro l'angolo e sparì, con Muñoz che gli andava dietro.

Con una bestemmia, Melchiorre scattò in avanti e Pepillo si affannò a raggiungerlo. Arrivarono all'angolo insieme e svoltarono cauti trovandosi davanti a un dedalo di casupole, alcune intatte, altre incendiate e ridotte in macerie fumanti, sul fianco della collina che scendeva fino al margine di un'ampia macchia di bosco.

Sembrava che la terra si fosse aperta e avesse inghiottito Muñoz e il bambino: non c'era traccia di nessuno dei due. Melchiorre bestemmiò di nuovo e ficcò la testa dentro una casa. Pepillo ne ispezionò un'altra, sempre più in apprensione. Dentro c'era un gruppo di indiani seduti al buio che lo fissarono senza dire niente, con facce che non riuscì a decifrare. Mormorò in fretta delle scuse, tornò fuori tutto impacciato e seguì Melchiorre. La casa successiva era bruciata; quella dopo, deserta. Continuarono a cercare senza risultati ancora un po', ma ormai le strade iniziavano a popolarsi sempre più di indiani e l'atmosfera si stava facendo ostile. Riconoscendo entrambi che era più saggio tornare a bordo della *Santa Maria* prima che tornasse Cortés, Pepillo e Melchiorre presero a scendere la collina verso le navi ancorate.

Imboccarono una strada che li portò vicino al bosco, pieno di fichi nodosi decorati con viti rampicanti appese ai rami che crescevano sul pendio appena sotto le ultime abitazioni. Il cielo era ancora azzurro e chiaro come era stato per tutta la mattina, ma ormai era primo pomeriggio, l'umidità era cresciuta e con lei il caldo si era fatto appiccicoso. Mentre costeggiavano il bosco si alzò in volo tra le fronde uno stormo scomposto di pappagalli verdissimi e improvvisamente, come uno spirito maligno, a cento passi sotto di loro, dal folto degli alberi riapparve Muñoz nero come un corvo nell'abito domenicano, col cappuccio alzato che gli nascondeva il viso e la testa. Senza nemmeno guardarsi alle spalle continuò a scendere rapido per la collina.

Melchiorre non disse niente e si tuffò nella foresta. «Dove vai?», chiamò Pepillo seguendolo immediatamente e lottando col sottobosco rigoglioso.

«A scoprire cosa ha fatto quel bastardo», rispose Melchiorre lanciandosi in avanti.

Il percorso non si rivelò tanto impervio come aveva pensato all'inizio Pepillo, anzi trovarono un sentiero, forse battuto dagli animali, forse dagli abitanti del villaggio, che gli permise di tenere un buon passo. La luce del sole si ridusse moltissimo man mano che si addentrarono sempre più nel bosco, sotto la fitta volta del fogliame che la filtrava in un vago crepuscolo smeraldo, mentre riprese subito a brillare violenta e abbagliante quando arrivarono a una piccola radura irregolare in cui gli alberi erano stati tagliati e c'erano solo tronchi fradici.

«Per Dio e tutti i suoi angeli», disse piano Melchiorre scrutando la radura.

Pepillo aguzzò la vista ma non vide niente.

«Lì», indicò Melchiorre con la voce soffocata dalla rabbia.

Il ragazzo guardò di nuovo e stavolta vide cosa aveva attirato l'attenzione dell'amico: un paio di piedini nudi che uscivano da un groviglio di arbusti dove ricominciava la foresta.

Ci volle pochissimo a tirare fuori il corpo. Era lo stesso bambino indiano che aveva inseguito Muñoz, con la catena brillante di perline attorno alla vita, ancora caldo ma morto stecchito. Aveva del sangue sulle natiche e dei lividi sulla gola e sul collo. Al centro della testa gli mancava una striscia larga di scalpo fino all'orecchio sinistro, crudelmente tagliata lasciando intravedere il cranio bianco e insanguinato sotto.

Pepillo vomitò per la terza volta quel giorno, ma stavolta Melchiorre non gli diede nessuno schiaffo.

Cortés, Sandoval, Brabo e Diaz misero tutti mano alle spade ma furono in qualche modo rassicurati dal piccolo Julian che si faceva largo a spallate in mezzo ai trenta, quaranta indiani accorsi in cima alla piramide. Lo strabico interprete gobbo era tutto sudato e in affanno per la scalata. Sbirciando in modo precario sotto la frangetta dei lunghi capelli unti, disse a Cortés: «Loro no qui crisi te señor; dicono tu sei buffone».

Davanti a quell'insulto Cortés rizzò il pelo – Buffone? Come osavano chiamarlo buffone? – e gli indiani si esibirono in una scena straordinaria. Quelli disarmati caddero sulle ginocchia, grattarono le pietre del lastricato della piattaforma e si misero le dita in bocca schioccando le labbra. Quelli che avevano delle armi iniziarono a farsi dei tagli o infilzarsi da soli in vari punti dolorosi ma non vitali come labbra, lingue, bicipiti, natiche e cosce. Due di loro cacciarono senza vergogna il pene dal perizoma, lo allungarono e se lo bucarono con l'aculeo di razza.

«Buon Dio», sbraitò Cortés a Julian. «Che stanno facendo?»

«Mangiano grande terrore», disse l'interprete. «Onorano il sangue».

«Cosa?». Quella spiegazione non aveva né capo né coda. «C'è qualcuno che capisce cosa dice quest'idiota?»

«Ha un castigliano atroce», intervenne Diaz che aveva navigato sulla *San Sebastian* con Julian, «inconsistente, direi, e il poco che sa lo mescola tutto insieme. Lasciatemi provare».

Mentre sulla piattaforma seguitavano a colare gocce di sangue e uno degli indiani si segava il pene muovendo avanti e indietro l'aculeo, davanti agli spagnoli che assistevano in un misto di attrazione, divertimento e orrore, Diaz parlava in modo concitato con l'interprete. Un attimo dopo si girò verso Cortés. «Credo di averla spuntata», disse. «Voleva dire *tierra*, "terra", ma ha un accento così penoso che gli è uscito fuori qualcosa come *terrore*, "paura". Da queste parti la gente mostra il rispetto ai potenti mangiando la terra al loro cospetto. Lo stesso fanno col sangue. Vi rendono onore dissanguandosi, señor. Lo fanno anche davanti agli idoli. È una sorta di sacrificio».

«Be', digli di smetterla subito!», sbottò Cortés. Diaz parlò con Julian, il quale a sua volta disse qualcosa in lingua autoctona. Il salasso si interruppe all'istante.

«A proposito», chiese Cortés, «perché mi hanno chiamato buffone?».

Diaz rise. «Non l'hanno fatto, señor. È Julian che ha imbrogliato di nuovo le parole. Lui dice *un gracioso* – "un buffone, un uomo divertente" – ma vuole dire *dar la gracias*, "ringraziare". Anche quando dice "crisi" è chiarissimo. In sostanza non sono qui per crearci problemi ma per ringraziarci. Come immaginerete, i sacerdoti e gli anziani vi sono molto riconoscenti per aver bloccato la loro esecuzione».

«Bene, molto bene». Cortés sorrise. Quando rinfilò con un gesto deciso la spada nel fodero, uno degli indiani, un vecchio alto con un perizoma di stoffa blu, si fece avanti con un'aria molto dignitosa ma lievemente compromessa dalle righe di sangue colato sul mento e sul petto dai tagli che si era fatto al labbro inferiore.

«Il *cacique*, señor», disse Julian usando la parola che gli spagnoli avevano adottato dagli indiani taino di Hispaniola e Cuba e stava per "capotribù". «Suo nome B'alam K'uk. Lui divertente tu dici».

Nel colloquio che seguì, alimentato dalla generale buona volontà ma continuamente annebbiato e confuso dalla scarsa resa del castigliano di Julian, Cortés accettò la gratitudine degli indiani che appartenevano, dissero, a una grande confederazione di popoli che si chiamavano Maya. Lui si scusò a sua volta per la crudeltà ingiustificata del suo vice, Alvarado, e disse che sperava di aver riparato a sufficienza con il suo intervento. Di impulso, come gesto ulteriore, mandò Sandoval giù alla *Santa Maria* a prendere camicie spagnole per ogni anziano e una cassa con dentro un farsetto di velluto, specchi, campanellini d'ottone e varie collanine di perle di vetro. Cortés prese tutti questi tesori e omaggiò il capotribù B'alam K'uk che mostrò un'evidente soddisfazione.

Sandoval inoltre guidò un plotone di uomini che portarono ombrelli da sole, sgabelli di legno, cuscini, comodi tappeti e una sedia dalla foggia preziosissima, personalmente richiesta da Cortés che a quel punto si accomodò.

Quando furono innalzati gli ombrelli per fare ombra a lui e agli altri spagnoli sulla cima della piramide, il caudillo invitò gli indiani a sedersi e disse, nei limiti delle idee che Julian fu in grado di veicolare, che i loro idoli erano cattivi, che non erano affatto dèi ma demoni che avrebbero portato le loro anime dritte all'inferno. Avrebbe preso come un segno d'amicizia fra loro e la sua gente se nei prossimi giorni avessero provveduto loro stessi a distruggere tutti gli idoli su tutti i templi dell'isola. Al che Olmedo gli sussurrò con una certa irruenza qualcosa all'orecchio, ma Cortés lo ignorò e aggiunse che gli idoli dovevano essere rimpiazzati da immagini della Vergine Maria e crocifissi di legno che avrebbero fornito gli spagnoli. Gli avevano detto, continuò, che la prima volta che gli spagnoli erano arrivati sull'isola erano stati messi nel tempio una statua della Vergine e un crocifisso. Manifestò dolore e disappunto per la rimozione di quegli oggetti sacri e insisté sul fatto che non doveva più accadere. Esisteva un solo Dio e la croce e la Vergine Maria erano i suoi simboli più importanti.

Mentre li arringava, Cortés sapeva benissimo che agli indigeni sarebbe arrivato ben poco di quel che diceva, ma si sentì obbligato a farlo lo stesso. Per tutto l'incontro si era mostrato sempre allegro, ma in realtà le ultime parole di Muñoz l'avevano messo in grande agitazione. A sorprenderlo tanto non era la conoscenza dell'inquisitore sulla sua predilezione per san Pietro, o il fatto che fosse anche il patrono del frate. Poteva averlo saputo da un'infinità di gente. Più difficile da spiegare, invece, era come faceva Muñoz a sapere che anche lui aveva sognato san Pietro, che gli aveva anche parlato di Cortés, proprio come il santo aveva parlato in sogno a Cortés di Muñoz. Non poteva essere certo una coincidenza!

Per questi motivi, Cortés decise che in futuro avrebbe dovuto trattare l'inquisitore con le pinze e trovare insieme un accordo, come aveva chiesto san Pietro. Nel frattempo, anche se era stato fondamentale mettere Muñoz al suo posto e scongiurare l'*auto da fé* in piazza, Cortés sentiva pure che era giusto, benché Olmedo consigliasse maggiore prudenza, continuare ad appoggiare le politiche di Muñoz sulla rimozione e distruzione degli idoli da sostituire con i simboli cristiani.

Chiuse perciò l'incontro con una lunga omelia sul sacrificio umano, pratica abietta, disse agli indiani, che dovevano accettare di abbandonare immediatamente. Se non lo facevano, li avvertì, non sarebbe stato più in grado di impedire all'inquisitore di mandarli al rogo un'altra volta. Su quel punto si creò ancora un po' di confusione, perché il capotribù e gli anziani si fecero l'idea sbagliata che Muñoz avesse voluto dargli fuoco come sacrificio al suo Dio e Cortés trovò molto difficile toglierglì dalla testa quell'immagine ripugnante, che per giunta suscitò le manifeste simpatie di Diaz e Olmedo! Ad ogni modo tenne duro e, con grande pazienza, lavorò sulle pessime doti di interprete del piccolo Julian ribadendo i concetti più e più volte in modi diversi, finché non fu abbastanza sicuro di essere stato capito.

Quello che avvenne dopo convinse Cortés di aver premuto il tasto giusto e di avere ancora la benedizione di san Pietro sulla spedizione, pur avendo strapazzato Muñoz.

Mentre gli anziani si accommiatavano, il capotribù – ora agghindato con lo splendido farsetto che gli aveva regalato – mise un braccio intorno alla spalla di Cortés, lo portò sul cornicione della piramide e puntò il dito a nord-ovest, verso la terraferma. Poi fece una specie di discorso nella sua lingua, inframmezzato da una parola che suonava familiare –

qualcosa come "*Castigliano*" – ripetuta più volte e con grande enfasi. Nel frattempo, il capotribù si grattava il mento glabro con le dita e indicava le barbe degli spagnoli.

Incuriosito, Cortés ritardò l'esodo degli anziani dalla piramide e continuò a interrogarli. Seguirono altre penose difficoltà di interpretazione ma a poco a poco, con l'aiuto di Diaz, venne fuori tutta la storia. A quanto pareva, a pochi giorni di viaggio da lì, sulla terraferma che gli indiani chiamavano "Yucatan", viveva un uomo bianco con la barba, molto somigliante agli spagnoli. Era arrivato molto tempo prima su una barca ed era stato catturato da un signore di quella terra. Evidentemente quell'uomo bianco si faceva chiamare "*Castigliano*". Aveva imparato la lingua dei maya e ormai la parlava come un nativo.

Non è che Dio, si chiese Cortés, gli stava mettendo in mano proprio il dono di cui aveva chiaramente bisogno adesso, e cioè un naufrago spagnolo, un uomo della Castiglia, che potesse fare da degno interprete alla sua spedizione? Con entusiasmo crescente chiese al capotribù di mandare un messaggero nello Yucatan per domandare il rilascio del "*Castigliano*" offrendo in cambio i ricchi doni che gli avrebbe procurato la Spagna.

Il capotribù esitò. Gli uomini dello Yucatan, disse, erano bellicosi e violenti e, soprattutto, cannibali; quasi certamente qualunque messo sarebbe stato ucciso e poi mangiato. Se Cortés voleva liberare quel "*Castigliano*", l'unica soluzione era mandare una delle sue grandi navi con i soldati e prenderselo con la forza delle armi: in quel caso, promise il capotribù, sarebbe stato lieto di farli accompagnare da due indiani che conoscevano la strada.

A Cortés non servirono altri stimoli. «Sandoval», disse mentre scendevano dalla piramide. «Ho un lavoretto per te».

CAPITOLO 47

Tenochtitlan, venerdì 26 febbraio 1519

Tozi era a palazzo reale, invisibile, accanto al letto del principe Guatemoc e al suo odioso bel viso perso nel sonno. Pensava a quanto sarebbe stato facile tagliargli la gola col coltello affilato che le aveva fatto avere Huicton, quando in camera entrò il capo dei medici di Montezuma, Mecatl, uomo molto noto a Tenochtitlan. Era grasso e pelato e indossava il suo camice sgargiante, ma Tozi si accorse subito che aveva un atteggiamento strano.

Sembrava teso, come se facesse qualcosa di nascosto.

Aveva un che di nervoso; ma cosa poteva renderlo nervoso nel suo stesso ospedale?

Asciugando il sudore che gli imperlava la fronte, sbirciò in corridoio guardando a destra e a sinistra come per assicurarsi di non essere disturbato, poi chiuse la porta e andò verso il letto tirando fuori dal vestito una boccettina di ceramica. Tolse il tappo di gomma dalla boccetta, odorò il contenuto, sollevò la testa di Guatemoc dal cuscino e mormorò: «Dovete bere questa medicina, sire».

Il principe si lamentò e allontanò la testa. «No, basta! Non vedi che sto dormendo?»

«Dovete bere la medicina, signore».

«Lasciami *solo*, Mecatl. Non me la sento di prendere ancora il tuo stupido intruglio».

«Ne va della vostra vita, signore. Ora bevete, vi scongiuro. È solo questione di un attimo, poi potete riposare».

«Torna dopo, maledetto! Lasciami dormire!».

Il dottore non mollò: «Temo di dover insistere, sire».

Guatemoc spalancò gli occhi. «Sei un verme schifoso, Mecatl. *Sparisci!*».

«No, grande principe. Sono il vostro medico, nominato dal Supremo Signore in persona. Non posso lasciarvi se prima non bevete questa medicina».

Un altro lamento. «Dannata medicina, forza… se è l'unico modo per sbarazzarmi di te!».

«Grazie, sire». Mecatl sollevò di nuovo la testa del principe, avvicinò la boccetta alle labbra pallide, la spinse leggermente fra i denti e gliela rovesciò in bocca. Tozi vide il movimento della gola di Guatemoc mentre inghiottiva il farmaco che gli cadde un po' sul mento in gocce simili a cioccolato liquido, subito attentamente asciugate da Mecatl con un panno. Il medico rimise il tappo alla boccetta vuota, la rinfilò insieme al panno dentro il vestito, restò a guardare il principe per qualche minuto aspettando che gli tornasse il respiro regolare del sonno e poi lasciò la stanza con la stessa aria furtiva con cui era entrato.

Tozi lo seguì.

Quando era invisibile il suo rapporto con il mondo era diverso, più complicato. I vestiti e il contenuto delle tasche svanivano sempre con lei e, col giusto impegno, aveva capito di poter espandere il campo magico ad altri oggetti e persino alla gente che la circondava. Se voleva poteva prendere le cose e usarle, ma era anche in grado di rendersi inconsistente come il pensiero e passare attraverso la materia solida. In ogni caso, aveva scoperto, il segreto per controllare quel potere erano la concentrazione e l'intenzione, così si concentrò, attraversò il muro vincendo una resistenza paragonabile a un lieve scroscio di pioggia e seguì a ruota Mecatl che ciondolò per il corridoio fino a entrare in un ufficio sontuosamente arredato. Andò a un armadietto che stava in un angolo della stanza, lo aprì, tirò fuori una bottiglia grande, la mise su un tavolo, prese la boccetta dal vestito e gliela mise accanto riempendola dalla bottiglia grande con lo stesso liquido color cioccolato. Cadde una goccia sul tavolo e l'asciugò con cura. Alla fine ripose entrambe le bottiglie e il panno nell'armadietto, lasciò la stanza e chiuse la porta a chiave.

Quando se ne andò, Tozi restò invisibile e iniziò una rapida perquisizione. Sul tavolo era allineata una bella collezione di strumenti chirurgici di ossidiana, un grande mortaio con il pestello e due teschi umani. C'erano scaffali pieni di libri di medicina dipinti su un tessuto di agave e pelle di cervo rilegati a fisarmonica tra due copertine di legno. Niente di interessante dunque, finché non vide in un ripiano sotto la finestra chiusa una serie di bottiglie vuote. Prese la più piccola, la riempì con il liquido che c'era in quella grande nell'armadietto, che poi ripose con cura al suo posto, infilò nella camicia la bottiglietta più piccola, asciugò le poche gocce cadute con il panno che aveva usato Mecatl e chiuse l'armadietto. Controllò tutto un'ultima volta assicurandosi di non lasciare tracce della sua visita, a parte la bottiglietta mancante che sperava non venisse notata. Quando fu soddisfatta uscì attraversando di nuovo il muro e finì direttamente nei giardini attorno all'ospedale per rituffarsi poi, da lì, nelle strade di Tenochtitlan. Trovò una zona in ombra in un vicolo isolato, ridiventò visibile e a passo spedito iniziò a dirigersi nella zona nord della città.

Un'ora dopo, Tozi e Huicton sedevano accanto sui loro tappeti da mendicanti parlando a bassa voce dei progressi che avevano fatto.

Tutti conoscevano la storia della donna piangente che aveva ossessionato Tenochtitlan un anno prima, così a Tozi era subito venuto in mente di rendersi invisibile e calarsi nella parte vagando per le strade nelle ultime sei notti, sentita ma non vista, e seminando dubbi e paura nella mente di Montezuma.

L'idea dei sognatori era venuta a Huicton. Aveva radunato un gruppo di vecchi accattoni solitari e invalidi promettendogli che, se ce l'avessero fatta, Ishtlil gli avrebbe offerto una grossa ricompensa e un comodo ritiro nelle montagne. Naturalmente, Montezuma poteva stabilire di farli uccidere seduta stante, ma gli anziani avevano deciso che la ricompensa valeva il rischio.

Il piano aveva funzionato meglio del previsto. Per Tozi era stato facilissimo rendersi invisibile ed entrare nella prigione, mettere il sonnifero datole da Huicton nel cibo delle guardie e liberare i prigionieri. Le guardie, naturalmente, non avrebbero ammesso di essersi addormentate e avrebbero raccontato una storia di maghi e stregonerie che avrebbe turbato ancor più Montezuma.

Poi, Tozi e Huicton decisero di occuparsi di Cuitláhuac, che non solo era il fratello del Supremo ma anche il suo più forte sostenitore e più vicino consigliere, lo stesso che aveva scortato Tozi e Malinal giù dalla piramide la notte dei sacrifici. In giro si diceva che gli sarebbe stato conferito l'alto incarico di Donna Serpente, ora che Coaxoch era stato ucciso negli scontri coi tlascaliani, quindi era un obiettivo scontato. Inoltre, il fatto che anche lo stesso figlio di Cuitláhuac, Guatemoc, era stato ferito a Tlascala ed era ricoverato all'ospedale regio sembrava offrire un'ottima occasione per un altro tiro mancino.

Così Tozi si era introdotta nell'ospedale quella mattina presto e, muta e invisibile accanto al letto di Guatemoc, aveva aspettato l'arrivo di Cuitláhuac. Il quale però stranamente, malgrado le gravi condizioni del figlio, non era venuto. Invece, c'era stata la sospetta e inquietante visita di Mecatl.

«Non si comportava come un medico», disse Tozi a Huicton. «La cosa mi puzzava e l'ho seguito». Prese la bottiglietta dalla camicia e gliela passò. «Stanno curando Guatemoc con questa», disse. «Sai cos'è?».

Montezuma era nero, disperato. Pur avendo assunto ogni sera negli ultimi quattro giorni una dose massiccia di *teonanácatl* e aver sacrificato una dozzina di bambini, non era riuscito a mettersi di nuovo in contatto con Colibrì. Le uniche buone notizie arrivavano con le informative giornaliere di Mecatl. Cuitláhuac era fuori Tenochtitlan per una missione inventata a Texcoco e Tacuba, credendo di dover ottenere garanzie sull'immutato rispetto dell'alleanza che univa le tre città. In sua assenza, il veleno era somministrato mattina e sera e la salute di Guatemoc peggiorava a ritmo soddisfacente.

Mecatl era appena arrivato dall'ospedale e ora gli parlava dalla solita posizione, faccia a terra sul pavimento della sala udienze. «Sire», disse, «ho dato al principe un'altra dose stamattina...».

«Bene, bene... Quanto tempo ci vuole per...?»

«Il veleno è imponderabile come avete richiesto, sire, ma col dosaggio attuale non credo che possa vivere ancora più di otto giorni».

Montezuma, seduto sul trono, unì gli indici delle mani e cominciò a girarsi i pollici. «Sarebbe perfetto», disse alla fine. «Se avvenisse prima desteremmo sospetti. E non lo vogliamo. Se avvenisse dopo, però, suo padre potrebbe anche decidere di farlo curare da un altro medico. Non posso tenere Cuitláhuac lontano da Tenochtitlan per sempre».

«Farlo stare alla larga dall'ospedale per altri due giorni, sire, dovrebbe bastare. A quel punto gli effetti del veleno saranno irreversibili».

Proprio come aveva fatto Mecatl quella mattina, prima di dare il farmaco a Guatemoc, Huicton tolse il tappino di gomma alla bottiglietta e annusò il contenuto. «A-ah...», disse. Gli diede un'altra bella annusata. «Interessante». Si versò qualche goccia del liquido sulla mano, intinse per assaggiarlo la punta della lingua e lo sputò con forza lasciando una macchia marrone sul lastricato della sopraelevata.

«Sembra cioccolata», disse Tozi.

«Sì. Molto astuto da parte di Mecatl. Aiuta a nascondere il gusto amaro. Ma se sei nel giro da tanti anni come me impari a conoscere i veleni e credo proprio che il primario del nostro Supremo Signore stia avvelenando il figlio di Cuitláhuac».

«Lo sapevo!», esclamò Tozi. «Sapevo che aveva cattive intenzioni».

Huicton annusò di nuovo la bottiglietta e rinfilò per bene il tappino. «Cattivissime», disse. «Questa è roba pericolosa. Tra l'altro, non si trova facilmente da queste parti. È fatta con la polvere di una farfalla che gli zapotechi chiamano *cotelachi*, che nella loro lingua significa "farfalla che uccide in un anno". In realtà dipende da quant'è grande la farfalla che usi. Con una *cotelachi* piccola e giovane si muore all'incirca in un anno; una bella cresciuta ci mette anche solo una notte; una media invece si prende più o meno dodici giorni».

«Ma perché Mecatl vuole uccidere Guatemoc?»

«Oh, non agirebbe mai senza ordini dall'alto. Questa cosa porta il vile marchio di Montezuma. Te l'ho detto che avrebbe avvelenato Ishtlil se non avessi mangiato la foglia e sventato il suo piano, no?».

Tozi se lo ricordava.

«Con Guatemoc», continuò Huicton, «il movente del Supremo è ovvio. Sbarazzarsi facilmente di un potenziale rivale al trono e farla sembrare una morte per le ferite riportate in battaglia. La domanda è... come sfruttare la cosa a nostro favore?».

Tozi non ci mise tanto a trovare la risposta. «Se Montezuma vuole Guatemoc morto», disse, «possiamo creargli problemi assicurandoci che viva».

Molto più tardi, quella stessa notte, Tozi tornò all'ospedale aggirandosi invisibile nei suoi corridoi bui. Fuori dalla camera di Guatemoc vide la sagoma corpulenta di Mecatl piegato in avanti che origliava con l'orecchio appoggiato alla porta.

Tozi attraversò il muro e sotto le lucerne accese vide una bella signora matura, agghindata di lini preziosi, i folti capelli neri appena brizzolati, china sul principe con un viso preoccupato e segnato dal dolore. Al suo fianco, una donna più giovane, bruttina e tozza, piangeva e si asciugava le lacrime da occhi tanto stropicciati che ormai erano rosa come quelli di un coniglio albino.

«Basta, sorella», bisbigliò appena Guatemoc con la bocca asciutta. «Se vuoi che stia meglio non piangere più, ti prego! Sto molto meglio con le tue risate». La ragazza invece si limitò a gemere ancora più forte. Il principe si rivolse alla donna: «Madre, glielo dici tu? Datemi musica, risate, ballerine… qualunque cosa ma, per favore, basta lacrime».

«Tu devi venire a casa con noi», disse la madre, «invece di perdere tempo in questo ospedale. Il buon cibo, l'aria pulita della nostra campagna, le cure dei nostri dottori: questo può salvarti… Dicono che la tua ripresa dopo la battaglia è stata miracolosa… finché tuo padre non ti ha portato qui!».

«Ma è l'ospedale regio!». Col volto magro e scolorito dal dolore il principe si sforzava di placare i timori della madre. «È il posto migliore in cui stare. Che posso sperare di più? Sono seguito personalmente da Mecatl».

«Non mi fido di quell'uomo», disse la signora, «e non mi fido di tuo zio. Ah, se tuo padre fosse qui! È inaccettabile che Montezuma gli abbia affidato una stupida missione diplomatica mentre tu lotti per la vita…».

«Rinsaldare la triplice alleanza con Texcoco e Tacuba non è affatto una missione stupida, madre».

«Sì, e *allora*? Avrebbe dovuto mandare un altro…».

A quel punto la porta di aprì e Mecatl irruppe nella camera fermandosi a metà fra l'uscio e il letto. «Buona sera, signora Achautli», disse tutto d'un fiato fingendosi sorpreso. «Non mi aspettavo di trovarvi qui a quest'ora».

«Perché no?», sbottò lei. «Mio figlio è la cosa più importante che ho. Stare al suo fianco è la cosa migliore che possa fare a qualsiasi ora».

«È naturale, si intende», smorzò i toni Mecatl rivolgendosi poi alla ragazza. «E voi, donna Chalchi. Sono certo che, appena vi ha vista, vostro fratello ha subito recuperato altre forze».

«Di sicuro non le recupera con la terapia che gli fate qui», intervenne Achautli.

«Be', può sembrare così, signora, ma la guarigione è un processo misterioso. Ci sono alti e bassi…».

«Per come la vedo io, da quando l'avete in cura voi ci sono stati solo bassi!».

«Oh, madre, *per favore*», singhiozzò Chalchi. «Sono certa che Mecatl sta facendo del suo meglio per il povero Guatemoc. Con tutte queste lagne non aiuti mio fratello».

La faccia che fece il medico, pensò Tozi, fu un capolavoro di virtù ferita. «Comprendo le vostre ansie, signora Achautli», disse strisciando i piedi e raggiungendo anch'egli il capezzale. «Io non mi sono offeso, ve l'assicuro, ma donna Chalchi ha ragione. Sto facendo il possibile per vostro figlio; per questo ora devo chiedervi di andare, si è fatto tardi. Il sonno è molto corroborante e se il principe vuole rimettersi deve riposare il più possibile».

Achautli biascicò un rifiuto ma Chalchi le mise una mano sul braccio. «Su, madre. Il dottore sa cosa è meglio. Dobbiamo lasciare dormire Guatemoc».

«D'accordo», disse la donna. Sembrava aver improvvisamente esaurito tutto lo spirito combattivo di prima. Si sporse sul letto e baciò il figlio: «A domani, Guatemoc».

«A domani, madre. Non temere. Sono più forte di quanto credi. Mi rimetterò. Hai la mia parola». Il principe si sforzò di sorridere ma era talmente pallido e aveva una pelle così sottile sul cranio che ne venne fuori una smorfia spettrale.

In mezzo alle altre lacrime e ai singhiozzi di Chalchi, le donne uscirono lasciando Guatemoc con Mecatl, che ora attraversava di nuovo la stanza, sbirciava dalla porta per assicurarsi che fossero andate via, tornò al capezzale del principe, fece finta di esaminare il paziente spossato e iniziò a cambiare le bende che coprivano una serie di tremende ferite sull'addome. Tozi contò cinque singoli fori. Erano tutti ben suturati ma stavano andando in putrefazione e facevano cattivo odore. Aveva anche una ferita sulla gola, che rispetto alle altre sembrava quasi guarita, e una sull'avambraccio destro.

Il principe era completamente sveglio e fissava il soffitto mentre il dottore lavorava. «Davvero, Mecatl», disse. «Secondo voi che probabilità ho?»

«Ho molta fiducia nel vostro completo recupero, sire, grazie al nuovo elisir che vi sto dando da quattro giorni...».

«Quell'orribile intruglio! Tremo al solo pensiero».

«Eppure, sire, vi farà stare meglio». Dopo aver applicato l'ultima fascia, Mecatl si frugò nel vestito, cercò in tasca, tirò fuori la stessa boccettina di ceramica che aveva usato quella mattina e la mostrò a Guatemoc. «L'elisir ha straordinarie proprietà rigenerative e guarisce ogni male della carne. Ne abbiamo così poco che a un uomo meno importante di voi ne darei solo una dose al giorno, ma il Supremo mi ha ordinato di non badare a spese per farvi riprendere...».

«Forse dovrei ringraziarlo, ma non credo di riuscire a berne un'altra dose stanotte».

«Temo che siate costretto, signore. Vi darà ristoro, allevierà il dolore delle ferite, sarà come se il vostro corpo dormisse».

Assistendo invisibile alla scena dall'angolo della stanza, Tozi ebbe un fortissimo istinto di correre da Mecatl e strappargli di mano la boccetta, ma sapeva che non sarebbe servito e avrebbe annullato la sua posizione di vantaggio.

«Forza, sire», disse il dottore, «fatevi aiutare». E come aveva fatto quella mattina, sollevò la testa di Guatemoc e gli portò la boccetta alle labbra. Il principe aprì innocentemente la bocca e deglutì.

«Ah, maledetto cerusico!», sbottò con una smorfia dopo aver bevuto fino all'ultima goccia. «Contento adesso?».

«Sì, signore. Molto». Mecatl tappò la boccetta e la rimise in tasca compiendo gesti che Tozi intuì fossero la sua normale routine. «Ora dormite, sire», disse guardandosi alle spalle mentre andava alla porta. «Domattina vi porterò l'altra dose».

Tozi restò nell'angolo della camera finché non fu certa che Guatemoc dormisse, poi scivolò in silenzio verso il letto. Mecatl aveva lasciato la lucerna accesa che mostrava il torace del principe inspirare ed espirare, inspirare ed espirare. Si vedeva benissimo che doveva essere stato molto muscoloso mentre adesso era debole ed emaciato, anzi quasi scheletrico. Stranamente, provò una specie di pietà per lui.

Rimanendo invisibile, allungò la mano e gli accarezzò piano la fronte bollente e madida di sudore. «È ora di svegliarti», disse. Come le aveva detto di fare Huicton, facendola esercitare tutto il pomeriggio senza sosta, abbassò la voce assumendo un accento cupo e minaccioso.

Guatemoc sospirò.

«Sveglia!», disse Tozi. Si chinò sul letto e lo scosse. «Sveglia, principe Guatemoc».

Lui si girò dall'altra parte e borbottò, «Non rompere, Mecatl», poi farfugliò nel sonno cose senza senso.

«Basta poltrire», insisté Tozi. «Vengo da Aztlán...».

«Aztlán?». Guatemoc aprì gli occhi e li sgranò alla penombra. «Aztlán?». Sembrava confuso e non c'era da stupirsi: secondo i mexica e gli altri popoli nahua Aztlán era la dimora mistica degli dèi, la terra incantata delle loro origini. Restando a pancia sotto, il principe strizzò di nuovo gli occhi per schiarire la vista e girò la testa da tutti i lati. «Chi viene a me da Aztlán?», chiese con voce lugubre.

Forte della sua invisibilità, Tozi rispose, «È Temaz che ti parla. Ti porto notizie dall'aldilà».

Con un gemito di dolore, il principe si levò sui gomiti e ispezionò la stanza con lo sguardo. «Non vedo nessuno», disse.

«Perché ho scelto di non mostrarmi».

Guatemoc scrollò la testa con forza come se dovesse levarsi l'acqua dalle orecchie e fece un balzo all'indietro sul letto. «Sto sognando», disse.

«Non è un sogno, principe».

«Allora, se non sono impazzito, sei un fantasma della notte».

«Sono colei che chiamano Temaz, dolce principe. Non mi conosci?»

«Conosco Temaz, dea della guarigione e della medicina. Ma tu non sei lei! Sei un fantasma... una voce senza forma che parla nell'ombra!».

«Sono la dea della medicina e del suo uso corretto, protettrice dei medici e di chi pratica le arti della guarigione. Sono venuta da Aztlán per un avvertimento...».

Guatemoc si tirò di nuovo su. Non poteva vederla ma fissò gli occhi nel punto esatto in cui stava lei. Senza volerlo, Tozi fece un passo indietro.

«Un avvertimento?», ringhiò. Malgrado le ferite incuteva un certo timore. «Anche se fossi Temaz, perché dovresti darmi un avvertimento?»

«Perché un medico di questo ospedale ti vuole morto», disse pacatamente Tozi, «e usa una finta medicina per avvelenarti. Non posso lasciare impunito un atto così sacrilego, tanto meno permettere che abbia successo».

Ora sì che aveva l'attenzione del principe! «Di che medico parli?»

«Proprio di Mecatl».

«Non può essere!», disse Guatemoc, ma Tozi lo ignorò.

«Ti sta facendo bere un farmaco speciale», disse. «Te lo porta ogni mattina e ogni sera. Sa di cioccolato ma ha un retrogusto amarognolo che non è amaro di cioccolato».

«Come fai a saperlo?», chiese meravigliato Guatemoc.

«Mecatl dice che è un elisir capace di curare tutte le malattie della carne», continuò Tozi, «ma il vero effetto della pozione è avvelenarti lentamente per non destare sospetti...».

Un contrasto di emozioni – dubbio, fede, speranza – segnò il viso straziato e tornito del principe. «Se sei veramente la dea Temaz», disse alla fine, «mostrati!».

Nel pomeriggio, oltre a scoprire dove fosse finito Cuitláhuac, Huicton aveva sfruttato i suoi agganci per fare avere a Tozi una gonna e una camicetta verdi accese, un elegante scialle ornato di fiocchetti e un copricapo in nastri di cotone decorato di semi di amaranto: tenuta regale che qualsiasi ispezione avrebbe confermato appartenere alla dea Temaz. Le aveva anche applicato del pigmento di *axin* giallo alle guance, del bitume nero alle sopracciglia e una tintura di cocciniglia per dare il rosso alle labbra facendola sembrare una donna cresciuta.

Lieta di essere pronta per quell'evenienza, Tozi si allontanò di altri due passi dal letto e tornò lentamente visibile.

Guatemoc sussultò e la guardò, non con paura ma con un timore quasi reverenziale. «Vi vedo», disse.

«Ora mi credi, principe?»

«Vi credo, dea benigna».

«Allora ecco che devi fare. Domattina, quando verrà Mecatl a darti l'altra dose di veleno, *non devi berla*».

La voce di Guatemoc trasudava rabbia. «Lo ucciderò».

«No, principe. Non correre. Il complotto va ben oltre Mecatl e tu non devi insospettire nessuno. Fagli credere che stai troppo male per bere la medicina, che ti rivolta lo stomaco. Digli che proverai con la dose serale ma che devi saltare quella della mattina. *Convincilo* finché non ti lascia in pace. Poi fai venire subito donna Achautli, dille quello che ti ho detto e falle usare tutti i mezzi a sua disposizione per richiamare immediatamente a Tenochtitlan tuo padre che in questo momento è a Texcoco. Fra la prima e la seconda visita di Mecatl, quella di mattina e quella di sera, Cuitláhuac ha tutto il tempo per attraversare il lago e raggiungere l'ospedale…».

Guatemoc annuì. «E quando torna mio padre?»

«Deve aspettare l'arrivo di Mecatl con il veleno e coglierlo in flagrante mentre lo dà a te. È l'unico modo per porre fine al complotto».

«E se mia madre non mi crede», disse Guatemoc, «o se mio padre non crede a lei? Potrebbe sempre pensare che la storia dell'avvelenamento è il frutto di un incubo che ho fatto».

«Donna Achautli ti crederà perché è tua madre. Per aiutarla a convincere tuo padre invece dovrai darle questo…».

A quel punto venne la parte più difficile e potenzialmente rischiosa di tutta la messa in scena. Restando completamente visibile, Tozi fece un passo avanti, prese da una tasca della camicetta la bottiglietta di ceramica con la pozione di *cotelachi* che aveva rubato quella mattina e la porse al principe. «Tieni», disse. «Dentro c'è il veleno, si chiama *cotelachi*, tua madre sarà capace di trovare un medico che lo confermi».

In un lampo Guatemoc allungò la mano e afferrò il polso di Tozi. Per un attimo la ragazza pensò di essere stata scoperta. Poi però le disse: «Sono in debito con voi, grande Temaz. Per la vostra premura di stanotte, giuro che quando starò meglio andrò in pellegrinaggio a cercare la terra perduta di Aztlán e delle Sette Caverne di Chicomoztoc e parlerò coi signori della saggezza per ridare lustro al regno». Prese la bottiglietta, la infilò sotto il lenzuolo e la lasciò andare.

«Fai solo quello che ti ho detto», disse Tozi. «Neutralizza il complotto e trova il vero responsabile».

A quel punto, d'istinto, si avvicinò al letto e con dolcezza mise entrambe le mani sulle bende che fasciavano il ventre di Guatemoc.

CAPITOLO 48

Venerdì 26 febbraio 1519 - sabato 27 febbraio 1519

La tempesta che aveva disperso la flotta in partenza da Cuba aveva danneggiato molte navi e i capitani chiedevano almeno un'altra settimana di ancoraggio al riparo della baia di Cozumel per portare a termine le riparazioni e i rammendi necessari. La caracca di Juan de Escalante con l'intero rifornimento di farina di manioca per tutta la spedizione era ridotta particolarmente male, per poco non affondava: si doveva toglierle il carico e tirarla a secco sulla spiaggia per esaminarla accuratamente.

Due tra i vascelli più piccoli però, entrambi brigantini, furono giudicati idonei alla navigazione. Cortés li affidò al comando di Sandoval, per la missione di recupero del barbuto uomo bianco chiamato dai nativi il "*Castigliano*", e all'alba di venerdì 26 febbraio partirono da Cozumel. Il timoniere era Anton de Alaminos, che conosceva quelle acque meglio di qualunque altro spagnolo. Garcia Brabo e l'identica squadra di venticinque canaglie che si era scontrata al fianco di Sandoval con le guardie di Velázquez erano la principale forza bellica. Le guide erano Yochi e Ikan, due cozumeliani pratici solo di canoe, a cui i brigantini sembravano "grandi come montagne", volendo prestar fede alla versione del piccolo Julian. Cortés infine insisté con Sandoval perché si portasse anche dieci dei cento cani da guerra arruolati dalla spedizione che, col loro ringhiare, ululare e azzannare l'aria, disturbavano e terrorizzavano gli isolani – che li chiamavano "draghi" – pur restando chiusi nelle gabbie sul ponte.

Malgrado le paure e lo sgomento, Yochi e Ikan, i cui nomi significavano "Speranza" e "Stella", si rivelarono delle guide eccellenti. Speranza era il più grande, sulla cinquantina, mentre Stella era molto più giovane, nemmeno ventenne, pensò Sandoval; erano entrambi pescatori e conoscevano bene la costa dello Yucatan. Guadagnandosi persino l'ammirazione di Alaminos, evitarono abilmente le correnti più forti guidando in sicurezza la nave a nord, nel percorso a ostacoli delle isolette che stavano appena fuori dalla costa.

Fra la notte di venerdì 26 febbraio e le prime ore del mattino di sabato 27 febbraio, Cortés ebbe un'altra visita di san Pietro mentre dormiva nella sua amaca. Il sogno arrivò all'improvviso in mezzo a una serie di immagini senza senso e sconclusionate e lo portò di peso in un luogo sconosciuto, un villaggio indiano sulla riva di un grande fiume dove, al centro di una piazza enorme in cui c'era un grande albero del cotone, si ergeva un'imponente piramide di nove terrazze scoscese che sembrava arrivare a toccare il cielo.

All'inizio san Pietro era apparso nella sua solita forma, alto e robusto, sbarbato, i capelli ordinati e le mani da soldato. Poi però, quando iniziarono il viaggio aereo, si trasformò misteriosamente in un colibrì con brillanti piume blu e gialle, le ali frullanti e un lungo becco a forma di pugnale. Sprigionando un'incredibile forza d'attrazione trascinò Cortés in un volo a spirale intorno alla piramide e gli sussurrò all'orecchio – o forse non era un sussurro, forse era più un pensiero che prendeva forma nella sua mente – «Devi venire qui».

«Santo Padre», chiese Cortés, «dove siamo?»

«Questa è Potonchan», disse il colibrì, ovvero san Pietro sospeso in aria. «È qui che le truppe cristiane guidate dal tuo predecessore Córdoba hanno subìto l'umiliazione della sconfitta per mano dei maya chontal».

«Ne ho sentito parlare», disse Cortés. «Lo sappiamo tutti».

«Quella sconfitta non deve restare impunita», disse san Pietro. «Se non la vendicherai, la tua missione per conto di Dio nelle Nuove Terre fallirà».

E con un altro cambio di scena, Cortés si sentì di nuovo trasportato in volo dal colibrì che gli stava a fianco. Sorvolò la giungla e grandi fiumi, passò montagne immense coperte di neve e alla fine si trovò a guardare un'enorme valle rigogliosa con un grande lago al centro. In mezzo al lago, eretta sull'acqua come una visione incantata, vide risplendere una città ornata di pietre preziose e nel cuore della città una piramide in oro massiccio, talmente alta e abbagliante da catturare lo sguardo a forza e lasciarlo attonito, stupefatto davanti a tanta meraviglia.

«Dio ti darà tutto questo», disse san Pietro, «quando avrai fatto quello che ti chiedo».

«Comandate, santità, e sarà fatto».

«Devi castigare la malvagità degli indiani di Potonchan. Devi far scendere la mia vendetta su di loro. Devi annientarli lasciandoli a terra stecchiti. Solo allora avrai la tua ricompensa».

Il primo mattino di sabato 27 febbraio, i brigantini di Sandoval doppiarono Capo Catoche e si spinsero a remi in una bassa laguna chiamata in lingua maya Yalahau, dove Alaminos aveva già passato una notte all'àncora con la spedizione di Córdoba.

Protetta a nord dalle tempeste e dalle correnti atlantiche da un'isola lunga e stretta che le guide chiamavano Holbox, la laguna, che si stendeva per cinque miglia di acque placide e riparate, era contornata di sabbia bianca e palme, dimora di fantastiche popolazioni di uccelli grandi e coloratissimi, alcuni già noti agli spagnoli come i fenicotteri rosa dalle lunghe zampe e i pellicani bianchi. A sud della laguna, dove il continente dello Yucatan si spingeva a perdita d'occhio, si vedevano fra gli alberi parecchi villaggi e, dopo qualche minuto dalla comparsa dei brigantini, tantissimi gruppi di indigeni allineati sulla riva.

Sandoval ordinò ai rematori di avvicinarsi e di lì a poco fu chiaro che gli indigeni erano ostili. C'erano tantissime donne e bambini, ma il capitano contò anche un centinaio di uomini che agitavano lance e mazze da guerra. Quando le navi arrivarono a portata di lancio, volarono diverse raffiche di frecce ma caddero tutte prima sulle acque blu della laguna. «Mi sa che è meglio calare l'àncora qui», disse Sandoval a Brabo, «e pensare a una strategia restando fuori tiro».

«Ottima idea, señor», concordò il sergente facendo ombra sugli occhi e guardando accigliato gli indiani sulla spiaggia. «Se posso suggerire, però, qualche colpo di mitraglia in mezzo a quella bolgia farebbe meraviglie».

Sandoval fece una smorfia. Ciascun brigantino aveva in dotazione due cannoncini, uno a prua e uno a poppa. Avevano le canne lunghe quasi un metro e mezzo e si chiamavano falconetti perché sparavano palle di metallo o di pietra simili per dimensioni a un falco con le ali chiuse, pesanti all'incirca mezzo chilo e letali fino a un miglio di distanza. Gli si potevano caricare anche cilindri di tela con dentro mucchietti di palle più piccole – simili a grappoli d'uva – che dopo lo sparo si aprivano e sparpagliavano ovunque a mitraglia facendo pesanti danni a un blocco nemico a distanza ravvicinata. Gli indiani allineati sulla spiaggia erano a circa centocinquanta metri e se il capitano avesse seguito il consiglio di Brabo ne sarebbero morti tantissimi.

«Non credo sia necessario», disse Sandoval. «Vediamo se riusciamo a spaventarli e farli scappare lanciando qualche palla in mezzo agli alberi». Si rivolse ad Alaminos: «Avete usato i cannoni quando siete arrivati qui con Córdoba?», domandò.

Il timoniere scosse la testa. «Non siamo approdati, non c'è stato bisogno».

«D'accordo, allora», disse Sandoval ordinando di caricare i falconetti. «Sparate coi quattro che abbiamo due colpi ciascuno e vediamo che succede».

Quella stessa mattina di sabato 27 febbraio, Cortés e Alvarado fecero colazione insieme a bordo della *Santa Maria de la Concepción*.

«Allora», fece Cortés con un sorriso, «siamo di nuovo amici?».

Alvarado aveva ancora il broncio e un'aria piuttosto ferita. «Non dovevi umiliarmi così, Hernan».

«Ti sei umiliato da solo, Pedro, con la tua fretta e la tua avidità. Scusa la franchezza, ma io la vedo così. Quello che hai fatto qui a Cozumel poteva costarci caro...».

«Caro? Quanto? Gli indiani sono eretici. Meritano di bruciare. E il loro oro è nostro per diritto di conquista. Perché non prenderlo? Perché obbligarmi a restituirlo?».

Cortés sospirò. «Strategia, Pedro. Strategia... Intanto, con le nostre scuse abbiamo riguadagnato la fiducia che gli avevi fatto perdere e quella fiducia ci ha fruttato informazioni preziose. La cosa più importante ora è avere un interprete degno: se avessi lasciato le cose come le ho trovate al mio arrivo, non credo che gli indiani ci avrebbero parlato di quel naufrago spagnolo...».

Alvarado tirò su col naso. «Ah sì, il misterioso "*Castigliano*"... Ammesso che esista, cosa che dubito molto. Scommetto che la caccia di Sandoval sarà un fiasco totale...».

«Davvero? Scommetti? Quanto?».

Alvarado sogghignò. «Cento pesos d'oro».

«E dai, su! Solo cento? Non c'è gusto!».

«Benissimo allora, facciamo mille».

«Andata!», accettò Cortés. «Se Sandoval torna con questo "*Castigliano*" mi darai mille pesos d'oro; se torna a mani vuote te li darò io».

Alvarado si era lievemente rilassato, come sempre all'idea di una scommessa, ma continuava a tenere il broncio. «Uno sputo rispetto a quello che mi devi», disse. «Ho rifiutato quindicimila pezzi da Velázquez, rischiato la vita e beccato una ferita, per te». Affondò il coltello in una fetta di maiale arrosto e si guardò il braccio sinistro immobilizzato che pendeva inerme da una tracolla sul petto. «Te lo sei scordato facilmente quando mi hai ripreso davanti agli uomini, Hernan».

«Non ho scordato niente, ma il comandante della spedizione sono io e ho molte più responsabilità di te».

«Non saresti il comandante di niente se io avessi fatto quello che mi chiedeva il governatore».

Cortés annuì lentamente con la testa. «Ti sono in debito per questo», disse. «Non dico di no...».

«E guarda che il debito è appena aumentato! Ieri sono venuti a trovarmi Juan Escudero e il cugino del governatore, Velázquez de Leon. La nostra lite di giovedì li ha incoraggiati. Secondo loro non te la perdonerò mai e credono che sia pronto a schierarmi dall'altra parte. Stanno tramando qualcosa per fermarti e mi hanno fatto capire che se mi unissi a loro mi darebbero il comando insieme a Escudero. Gli ho detto di vederci oggi pomeriggio sulla mia nave per saperne di più...».

Cortés rise. «Non so perché, amico mio, ma non ti ci vedo a fare porcate del genere».

«Non sono un velázquista», ammise Alvarado. Era il termine che usavano tra loro per sfottere la cricca di ufficiali cavillosi e piagnoni leali al governatore di Cuba. «E non sono nemmeno il capitano-generale, quello "aggiunto" o quello che ti pare! Le apparenze remano contro, ma so stare al mio posto. Sono avventato, esuberante, impaziente; mi piace combattere e, francamente, le responsabilità del comando mi annoiano. Però pensavo di stare al gioco, scoprire cos'hanno in mente e spiattellarti tutto».

«Allora posso contare ancora su di te, Pedro? Dopo le brutte parole che ci siamo detti?».

Alvarado fece un gran sorriso e l'atmosfera in cabina di comando si alleggerì ulteriormente. «Conta su di me, Hernan. Terrò i velázquisti sulla corda e ti darò una mano contro di loro, ma in cambio ti chiedo questo: rispettami, dammi nemici da uccidere e non tenermi ancora troppo lontano dall'oro!».

«Avrai il tuo oro! Più di quanto immagini. Battaglie comprese. Staremo qualche altro giorno qui a Cozumel per le riparazioni, mentre Sandoval trova quel naufrago spagnolo e ce lo porta…».

«Se», lo corresse Alvarado, «se…».

«Oh, lo troverà senz'altro e allora, senti, non vorrò nemmeno quei mille pesos che mi dovrai. Tienili come acconto sulla fortuna che ti farò fare nelle terre nuove. Salperemo con la flotta risalendo la costa orientale dello Yucatan, doppieremo Capo Catoche – dove a proposito dovrebbe essere ora Sandoval – e da lì piegheremo a sud sulla costa occidentale della penisola facendo rotta verso un posto chiamato Potonchan…».

«Dove le hanno suonate a Córdoba?»

«Esatto. La sua sconfitta è un brutto precedente».

«Alcuni la chiamerebbero vittoria, visto che ha sgominato un esercito di diecimila selvaggi con cento uomini…».

«È stata una sconfitta. Sono morti settanta spagnoli negli scontri, i sopravvissuti sono fuggiti sulle navi con la coda fra le gambe prima che il nemico si riorganizzasse e lo stesso Córdoba è morto di ferite tornando a Cuba. Era un tipo coraggioso. Lo erano tutti gli uomini che stavano con lui, ma è inutile nasconderlo: sono stati sconfitti, ci sono i testimoni, e ora quegli indiani sanno che possiamo essere uccisi. Sconfitte del genere capitano in una campagna militare e capiteranno anche a noi, ma se vogliamo conquistare queste terre non possiamo permettere che rimangano impunite. Ecco perché voglio vendicare la sconfitta di Córdoba e fare un bel po' di male agli indiani di Potonchan. Lì non ti tratterrò più, Pedro, hai la mia parola. Nessuno dovrà risparmiarsi finché quei miserabili non si arrenderanno e noi avremo il loro oro, l'argento, i gioielli… e le donne da portaci a letto».

«Bravo Hernan!», strillò Alvarado. «Questo è parlare». Fece il sorriso più largo di sempre con tutti i denti di fuori in un ringhio lupesco e picchiò sul tavolo con la mano destra sana. «Anche se ho qualche riserva sulle loro orribili donne».

Come tutti gli spagnoli a bordo dei brigantini, Sandoval era abituato al ruggito assordante del fuoco di cannone, all'onda d'urto della percussione che si abbatteva sulle orecchie, al fischio della palla nell'aria e all'orribile puzzo di zolfo delle nubi di fumo emesse dalle bocche di ferro. Lo stesso valeva per i cani nelle gabbie, allenati e assuefatti alla guerra, e per il piccolo Julian, anche se in misura minore. Essendo invece la loro prima volta in assoluto, Speranza e Stella si buttarono sul ponte con gli occhi rovesciati e le bocche aperte, lanciando urla e pianti di terrore che fecero impazzire i cani, i quali iniziarono ad abbaiare, ringhiare e dare zampate alle pareti delle gabbie.

Sulla spiaggia, l'effetto fu ancor più drammatico. Quando i primi quattro colpi si schiantarono nel fitto degli alberi a cui mirarono gli artiglieri per ordine di Sandoval e li trasformarono all'istante in grosse aree di legna buona per fiammiferi, mentre il rimbombo traumatico delle esplosioni faceva il giro di tutta la laguna, gli indiani furono travolti da un'ondata collettiva di isteria che fece cadere molti sulle ginocchia o faccia a terra e spinse molti altri a girarsi e scappare sbattendo contro chi gli stava dietro nel rapido crescendo di urla che presto si trasformò in un disperato e contagioso fuggifuggi nella giungla. In pochi istanti la spiaggia bianca si svuotò lasciando solo i caduti o i calpestati e vedendo sparire, subito dopo, anche tutti i feriti che erano in grado di camminare o trascinarsi.

Gli spagnoli levarono al cielo un coro di urrà. «A quanto pare avevate ragione, señor», disse Brabo con un sorriso spietato. «Ha funzionato a meraviglia».

Nonostante le rivelazioni di Alvarado su Escudero e Velázquez de Leon, Cortés era tranquillo. Certo che tramavano contro di lui! Il caudillo aveva delle spie a bordo delle loro navi e anche fra gli stessi velázquisti: sapeva esattamente cosa facevano ogni giorno. Quel pomeriggio, fissando quell'assurdo colloquio con Alvarado si erano solo compromessi oltre e, quando sarebbe arrivata l'ora, lui avrebbe usato tutte quelle prove contro di loro. Alcuni sarebbero stati impiccati – l'ammutinamento era un reato capitale, dopo tutto – e Escudero sarebbe stato il primo a ballare appeso alla forca.

Al momento però c'erano altre priorità. Cortés fece chiamare il segretario Pepillo, che negli ultimi tre giorni gli era sembrato pallido e malato, e lo fece sedere allo scrittoio con penna d'oca, inchiostro e carta per dettargli la lettera che avevano già iniziato a scrivere al re Carlo V di Spagna. Malgrado fosse palesemente giù di morale, Pepillo era un ragazzo sveglio e aveva suggerito al capitano un sistema di dettatura tanto veloce ed efficiente da fargli completare la prima stesura molto prima di quanto non facesse lui dandosi la pena di scriverla da solo.

«Dove siamo arrivati ieri?», chiese.

«La flotta», lesse Pepillo, «è stata disposta secondo il volere del Governatore Diego de Velázquez, nonostante abbia contribuito solo a un terzo delle spese…».

«Ah, sì. Benissimo, continuiamo». Cortés, che stava in piedi lì accanto, iniziò a gironzolare per la cabina. «E Vostra Maestà dovrebbe anche sapere», dettò, «che il terzo elargito da Velázquez è consistito per la maggior parte in vino, vele e altre cose di poco valore che dopo la missione ha in mente di vendere agli spedizionieri a un prezzo molto più alto di quanto le ha pagate lui. Pertanto si può dire che abbia fatto un investimento molto proficuo e che mirasse molto più a una sorta di commercio con gli spagnoli, sudditi di Vostra Altezza Reale, che a un reale contributo alla spedizione».

Cortés si interruppe pensando a cosa dire dopo. Tecnicamente la sua impresa era diventata illegale, essendo frutto della partenza precipitosa da Cuba senza il benestare di Velázquez. L'unico modo per aggirare la cosa era guadagnarsi l'appoggio diretto del re, il che avrebbe richiesto qualche manovra e un po' di eloquenza, come minimo! Perciò era essenziale parlare del governatore mettendolo il più possibile in cattiva luce e, al contempo, gettare la migliore luce possibile su di sé. «D'altra parte, io», continuò, «ho speso tutta la mia fortuna per equipaggiare la flotta e ho pagato quasi i due terzi del costo totale, fornendo non solo le navi e le provviste ma dando anche del denaro a quelli che dovevano salpare con noi e non potevano provvedere a se stessi per tutto ciò che richiedeva il viaggio».

Mentre la mano di Pepillo correva sul foglio bussarono alla porta. «Sì», disse Cortés con una punta di irritazione, «avanti».

Gli ospiti erano Bernal Diaz e padre Olmedo. «Buongiorno, signori», disse Cortés, «cosa posso fare per voi?».

Alla domanda seguì il silenzio e un cenno critico di entrambi verso Pepillo.

«Andiamo! Fuori il rospo!».

Olmedo prese l'iniziativa. «C'è un problema al villaggio, Hernan. A quanto pare, ci sono stati due omicidi: entrambe le vittime sono bambini di appena sei anni. Uno è stato trovato nella foresta giovedì, il giorno dell'incosciente irruzione di don Pedro, si pensava fosse morto negli scontri. L'abbiamo pagata cara per colpa sua, come tutti gli altri che sono morti o rimasti feriti. Il secondo omicidio però è avvenuto ieri sera. È difficile venirne a capo senza l'interprete. Mi hanno portato a vedere i corpi e», sul volto del padre si dipinse un profondo disgusto, «tutti e due sono stati sodomizzati. Sappiamo solo che per gli indiani è stato uno spagnolo».

«Uno spagnolo!». Cortés era inorridito. «Nessuno spagnolo si macchierebbe di un abominio come la sodomia».

«E non è tutto, señor», disse Diaz facendo un passo avanti. «Ai bambini è stato preso lo scalpo».

«Lo scalpo?»

«Sì, señor. Chiunque li abbia uccisi e sodomizzati ha anche scuoiato una striscia di scalpo dalla testa delle vittime. In entrambi i casi, fra la calotta cranica e l'orecchio sinistro».

Con un attacco di nausea improvviso, Cortés ripensò ai borsoni di Muñoz che erano ancora nascosti in fondo alla cabina e si raffigurò il contenuto – i coltelli e le particolari strisce di pelle secca e capelli – e immediatamente seppe chi era l'assassino. Tuttavia, cercò in ogni modo di restare impassibile. «Non vedo cosa possa dimostrare», disse.

«Señor, è successa la stessa cosa nella spedizione di Córdoba», gli suggerì Diaz corrugando la fronte. «Anche lì sono stati uccisi dei ragazzini indiani e poi scuoiati nello stesso identico modo».

«Quindi?», sbottò Cortés. Gli vennero le palpitazioni e si sentì – come dire? – quasi *colpevole*.

Diaz lo guardava sempre più confuso. «Ma è ovvio, señor! Può significare solo una cosa. Chi ha commesso gli omicidi è uno spagnolo che era nella spedizione di Córdoba e ora è qui con noi».

«Quasi tutti i sopravvissuti della spedizione di Córdoba sono a Cozumel, Diaz, incluso te!». Cortés si accorse di aver urlato e abbassò la voce. «Trenta uomini, più o meno... Devo sospettare tutti di sodomia e omicidio?»

«In teoria, sì», disse Olmedo. «Sono tutti sospettati fino a prova contraria. È una cosa seria, Hernan. Mi serve subito la tua autorizzazione per un'indagine ad ampio raggio».

Cortés fece avanti e indietro immerso nei suoi pensieri. «Non lo farò», disse alla fine. «Un'indagine alla luce del sole creerebbe scompiglio in tutta la spedizione. Indaga per conto tuo, se devi. Hai la mia autorizzazione. Ma fallo in silenzio...».

Stando ai resoconti già avuti a Cozumel, e che ora Speranza e Stella ribadirono dopo essersi ricomposti, il villaggio in cui era tenuto prigioniero il "*Castigliano*" si chiamava Mutul. Aveva oltre un migliaio di abitanti – «tutti cannibali, señor», tradusse il piccolo Julian – ed era immerso nella giungla a cinque ore di marcia a sud dalla laguna Yalahau.

Appena convertite ai meriti dell'artiglieria, le guide chiesero insistentemente a Sandoval di portare i falconetti: c'era una buona strada che tagliava la giungla, dissero, in cui sarebbe stato facile manovrarli sulle ruote che avevano in dotazione. Brabo però era contrario. «Anche se la strada fosse degna di un re, señor, i cannoni ci rallenterebbero. Se avessimo cinquanta portantini indiani sarebbe diverso, ma il fatto è che non li abbiamo e ogni minuto perso in strada è un minuto in più che diamo al nemico per prepararsi a respingerci. Io dico di essere veloci, arrivare lì prima che gli giunga voce di noi, trovare il nostro uomo e svignarcela prima che gli stronzi capiscano da dove è partito il colpo... E poi, señor, guardate il lato positivo! I nostri cani sono meglio dei cannoni. Immagino che essendo appena arrivato dalla Spagna non li abbiate mai visti attaccare gli uomini ma, credetemi, per me che in queste isole ne ho viste tante è una scena terrificante, da far rivoltare lo stomaco più forte».

Sandoval lanciò un'occhiata alla muta di cani lupo, levrieri e mastini sbavanti, ancora eccitati dal recente trambusto, che facevano avanti e indietro nella grande gabbia sul ponte. Il loro responsabile, un gobbo arcigno e tarchiato di nome Telmo Vendabal, stava preparando coi suoi quattro lerci e sboccati assistenti le armature degli animali, pericolosi collari chiodati, cotte di maglia e persino corazze di metallo. Brabo aveva ragione, rifletté Sandoval, lui non aveva mai visto i cani da guerra in azione. In quel momento sperò di non doverli vedere nemmeno quel giorno. «D'accordo», concordò con un secco cenno del capo, «lasciamo i cannoni qui. Diamoci una mossa».

Con molte urla e improperi, nervi a fior di pelle e gesti violenti, dai ponti dei brigantini furono calate a pelo d'acqua le lancette e Sandoval, Brabo, i venticinque membri della squadra di Brabo, Vendabal e i suoi assistenti, i dieci cani, Speranza, Stella e il piccolo Julian giunsero tutti a riva.

Vendabal e i suoi tenevano alla catena una coppia di cani irrequieti e scalcianti ciascuno, ma in fase di approdo uno degli uomini inciampò nell'acqua che gli arrivava al ginocchio. Così uno grosso cane lupo ringhiante si liberò, andò alla carica sulla sabbia, saltò sul corpo di un indiano calpestato dagli altri quando erano scappati tutti e gli conficcò le zanne nell'addome nudo.

Almeno era già morto, pensò Sandoval, ma in quel momento l'uomo cacciò un urlo improvviso e cercò di mettersi in piedi dando pugni furiosi in testa al cane, rotolandosi sulla sabbia insieme all'animale che invece gli restava inchiodato coi denti spillandogli dalla pancia fiotti di sangue.

Lanciando strilli disperati, gemendo e implorando l'indiano continuò a sferrare alla bestia una serie di inutili pugni a mani nude che rimbalzavano sulle mascelle e sul dorso corazzati.

Per un attimo l'uomo riuscì a liberarsi lasciando un grosso lembo della propria carne nella bocca del cane, che lo inghiottì in un istante, lo inseguì spiccando grandi balzi e gli azzannò la nuda attaccatura della coscia destra appena sotto il perizoma aprendogli un'orrenda ferita e scavandogli un'altra fontana di sangue. L'indiano cadde faccia a terra continuando a gemere e lanciare degli strilli pietosi.

«In nome di Dio, misericordia», gridò Sandoval a Vendabal, «non puoi fermarlo?» mentre il gobbo restava a guardare con una specie di divertimento, persino di piacere.

«Va all'inferno!», esclamò Sandoval, e sguainando la spada fece per andare in spiaggia con l'intenzione di uccidere il cane ma allora sentì lo scatto di qualcuno alle sue spalle e si trovò bloccato da una mano possente stretta al suo braccio armato e da un'altra attorno al collo. Sentì la voce di Brabo e il suo alito puzzolente di aglio. «Non correte, señor», disse il sergente. «È un cane prezioso, señor, non si può eliminare per così poco».

Aveva una presa d'acciaio. «Toglietemi le mani di dosso, sergente», disse con voce soffocata Sandoval.

«Mi rincresce, señor, davvero, ma non posso».

L'indiano era ancora vivo e continuava a lottare. In qualche modo riuscì a staccarsi dalle fauci del cane lupo, rotolò sulla schiena e provò a mettere le mani intorno alla gola corazzata del mostro, ma lo sforzo fu inutile. Mentre il suo stomaco già sventrato versava fiumi di sangue sulla spiaggia, il grosso cane si scrollò dalla sua presa, ravanò con le zanne nella sua pancia e a un tratto gli tirò fuori un rotolo di intestini sanguinolenti. Un attimo dopo, l'indiano non si oppose più e la testa massiccia del cane scomparve quasi del tutto nella sua cavità addominale.

Brabo lasciò la presa al collo di Sandoval. «Li addestrano per fargli piacere la carne degli indiani, señor», spiegò. «Non è bello, ma potrebbe arrivare il momento in cui ringrazierete per questo».

Appena Olmedo e Diaz lasciarono la cabina, Cortés si rivolse a Pepillo: «Basta così per oggi», disse, «puoi andare».

«Andare, señor?»

«Sì, vai ad aiutare Melchiorre con i cavalli. Lo trovi alle stalle. Domani torniamo sulla lettera. Ora ho cose più urgenti a cui pensare».

Pepillo restò ancora un attimo allo scrittoio a lottare con la sua coscienza. Lui e Melchiorre non avevano detto niente a Cortés del primo omicidio. Erano scesi dalla nave contro i suoi ordini e temevano di essere puniti. «E poi», aveva concluso Melchiorre, «non ci crederebbe nemmeno. È la nostra parola contro quella di un santo inquisitore. Chi pensi che la spunterebbe?». Aveva estratto il pugnale. «Ci occuperemo di Muñoz personalmente».

Il che andava benissimo, se non per il fatto che di Muñoz non si erano occupati e ora era stato commesso un altro omicidio.

«Señor…», disse Pepillo ordinando le carte dello scrittoio in una pila perfetta.

«Sì?». Una punta di irritazione.

Pepillo cercò le parole giuste. Era troppo tardi per raccontare cosa aveva visto fare a Muñoz tre giorni prima. In qualche modo però poteva accennarlo, mettere una pulce nell'orecchio del caudillo, no? Prese il coraggio a due mani: «Señor… Non ho potuto fare a meno di sentire padre Olmedo e don Bernal e stavo pensando, señor, che padre Muñoz era con Córdoba…».

«Che significa, ragazzo? Cosa stai insinuando?». La voce di Cortés si fece improvvisamente dura e minacciosa, e l'ira iniziò a corrugargli la fronte.

«…e padre Muñoz è molto violento», insisté Pepillo, «e… e…».

«Silenzio, ragazzo! Ti ho difeso contro Muñoz ma non ti permetto di insinuare una cosa tanto indegna… È qui per fare l'opera di Dio, come tutti noi».

Pepillo si scoraggiò. Non stava andando affatto come aveva sperato. «Sì, señor. Mi scuso, señor. Non volevo offendere… Pensavo solo che…».

«Non sei qui per pensare, ragazzo!».

«No señor… È solo che…», la voce di Pepillo si spense. Non avrebbe mai convinto Cortés se non fosse stato disposto a raccontargli cosa aveva visto, mettendo così nei guai anche Melchiorre; guai peggiori, adesso, di quelli che avrebbero rischiato facendo rapporto tre giorni prima.

«È solo *cosa*?», tuonò Cortés facendo affiorare all'istante un che di mostruoso nei suoi lineamenti sempre allegri.

«Niente, señor. Mi scuso di nuovo, señor, ho parlato a sproposito. Non voglio offendere nessuno».

«Sparisci dalla mia vista», sbottò Cortés.

E così, con un brutto presentimento addosso e odiandosi da solo, Pepillo uscì di corsa.

Sotto coperta, sulla *San Sebastian*, nella sua celletta di preghiera padre Gaspar Muñoz stava nudo con la faccia a terra, rapito dall'estasi sacra. La sera prima aveva sodomizzato e ucciso un altro fanciullo indiano. Quella mattina, per penitenza, si era flagellato severamente entrando quasi subito in contatto con il divino e adesso si trovava in una grande camera celestiale immersa nella luce soprannaturale, in fondo alla quale sedeva san Pietro nella maestà di un grande trono ornato di gioielli. Le pareti della camera erano in madreperla, il soffitto alto di diamanti e rubini, il pavimento d'oro. Una musica celestiale, come un coro di angeli, riempiva l'aria.

«Avvicinati», disse il santo con la voce profonda e Muñoz si sentì trascinato in avanti a una velocità spaventosa. Un istante dopo era davanti al trono.

«Inginocchiati», ordinò il santo, e Muñoz si inginocchiò chinando il capo.

«Sei turbato, figlio mio», disse il santo.

«Sì, santo padre».

«Apri il tuo animo allora...».

«I fanciulli della tribù indiana sono draghi nascosti in agguato nelle tane per tentare l'innocente. Sono caduto in tentazione, santo padre, e ieri sera ho peccato di nuovo...».

«Tu compi l'opera di Dio, figlio mio. Ti ho già spiegato che non è peccato prendere come ricompensa i corpi dei pagani».

«Capisco, santo padre, ma sono stato messo alla prova da un altro peccato, molto più grave, per cui chiedo l'assoluzione...».

Il santo si chinò in avanti sul trono e sollevò la testa di Muñoz costringendolo a guardarlo dritto negli occhi.

«Dimmi, figlio mio...».

Muñoz si sentì cavare letteralmente il cervello da quegli occhi, simili a voragini nere. «Santità», disse, «voi conoscete già i miei pensieri...».

«Voglio sentirli pronunciare lo stesso».

«Come ordinate, santo padre. La cosa riguarda Melchiorre, che tempo fa mi ha già indotto alla concupiscenza carnale, e il paggio Pepillo. Quel piccolo Giuda! Mi si è rivoltato contro anche il servo! Due giorni fa, quando cercavo il primo fanciullo indiano, ho visto quei due che mi guardavano. Mi hanno seguito! Li ho seminati. Ieri sera Melchiorre mi ha seguito di nuovo, stavolta da solo...».

«L'hai seminato di nuovo e hai preso un secondo fanciullo?»

«Sì, santo padre, ma non posso permettere che continuino a spiarmi. Ho paura che fra poco saranno in tanti a sapere dei miei... appetiti. Melchiorre cova un odio profondo per me...».

«Perché l'hai conosciuto carnalmente?»

«Con mia grande vergogna, santità... Durante la spedizione di Córdoba, la mia lussuria per il negro è stata grande e lui mi ha indotto al peccato di Sodoma».

«L'unico peccato è che non sei riuscito a ucciderlo il giorno in cui l'hai posseduto! Io ti concedo questi... piaceri, Muñoz, perché tu compi l'opera di Dio, ma da te mi aspetto efficienza. Mi aspetto... discrezione».

«Allora mi assolverete lo stesso, se uccido il negro ora, anche se si è convertito al cristianesimo? Mi assolverete se uccido il paggio Pepillo, anch'egli cristiano allevato dai miei stessi fratelli domenicani?».

Muñoz sentì il calore familiare di una mano forte e callosa che si posava sulla sua testa. «*Ego te absolvo*», proferì il santo, «*a peccatis tuis, in nomine Patris, et Filii, et Spiritus Sancti*».

La giungla vibrante squillava di canti d'uccelli e riecheggiava dei grugniti e dei ruggiti delle bestie selvatiche, mentre più in alto, fra gli alberi, urlavano le scimmie dal lungo pelo nero che si dondolavano da un ramo all'altro.

La strada che attraversava quel regno sconosciuto, ostile e velenoso, era stupefacente quasi quanto la stessa giungla, un po' rialzata rispetto al terreno, larga due lance e rivestita, notò Sandoval dopo un'apposita indagine, con uno stucco di calcare duro come il ferro su un interramento di sassi e pietrisco. Poco prima Brabo aveva scherzato sul fatto che, anche se fosse stato un viale degno di un re, non sarebbe stato pratico portare i cannoni. Eppure quella *sacbe*, come la chiamavano Speranza e Stella – termine che significava appunto "strada bianca" – era molto superiore per conformazione a qualunque grande asse viario percorso in Spagna da Sandoval e testimoniava senza dubbio la presenza di un alto grado di civiltà con un livello avanzato di ingegneria.

Gli sembrò un pensiero agghiacciante. Cortés aveva dato per scontato che gli indiani delle Nuove Terre fossero arretrati come i taino di Cuba e Hispaniola; i primi faccia a faccia di Córdoba, e persino la reazione di quella mattina agli spari dei falconetti, sembravano confermarlo. La *sacbe* invece mandava un messaggio molto diverso.

Avvalendosi dei limitati servigi di interpretariato del piccolo Julian, Sandoval cercò di interrogare sulla questione Speranza e Stella mentre il gruppetto di soldati proseguiva a marcia forzata. I primi timori vennero acuiti quando apprese che lo Yucatan era attraversato da dozzine di strade identiche a quella; i nodi della tensione che l'aveva preso alla base del collo comunque iniziarono piano a sciogliersi mentre le guide spiegavano che le *sacbe* erano state costruite centinaia di anni prima dagli antenati dei maya e che, per quanto si mantenessero ancora separate dalla vegetazione della giungla, nessuna tribù aveva più le capacità di organizzazione o tecniche per creare di nuovo quelle meraviglie.

«Perché?», domandò Sandoval. «Cos'è cambiato?». Speranza e Stella si limitarono a scrollare le spalle. I loro antenati, dissero, erano "giganti", gli dèi li avevano estinti e ora i maya che popolavano lo Yucatan erano solo mortali che vivevano in modo semplice come facevano loro a Cozumel, in mezzo a imponenti commemorazioni delle glorie del passato.

«Almeno possiamo ringraziare di questo», disse Sandoval a Brabo, e il sergente annuì. «Proprio così, señor. Noi siamo in pochi. Per vincere dobbiamo contare sulla superiorità delle nostre armi e sulla disciplina militare».

Dagli altri uomini partì un coro di consensi e Miguel de La Mafla, il giovane avventuriero con la scintilla nello sguardo che coordinava i cinque moschettieri nella squadra, disse: «Non temete, sergente, ve li cacciamo via noi. Dopo aver visto quello che è successo stamattina, fuggiranno al primo colpo d'arma da fuoco...».

«Meno male», scherzò Brabo, «voi ragazzi non sapete centrare la porta di un fienile a venti passi!». Mise la mano sull'elsa dello spadone: «Finché non migliorate la mira io mi fido solo del mio buon acciaio di Toledo».

Le fitte chiome dei grossi alberi ricoperte di piante rampicanti che si stagliavano sopra di loro cancellavano quasi tutto il cielo, obbligando gli spagnoli a marciare in una fitta oscurità verde smeraldo quasi mai filtrata direttamente dai raggi solari. Pur essendo dunque difficile capire che ora del giorno fosse, in base alla posizione del sole nei pochi scorci intravisti,

Sandoval stimò che mezzogiorno doveva essere già passato da un'ora o poco più. Nonostante l'ombra, in fondo alla giungla dove camminavano loro non c'era alcun fresco, non c'era il minimo alito di vento, e il caldo e l'umidità cominciavano a diventare insopportabili. I cani corazzati che erano in testa alla colonna tiravano i guinzagli, ansimando senza smettere mai di ringhiare e azzannare l'aria per gli odori e i suoni sconosciuti, ed erano chiaramente spossati a giudicare dalle lingue rosa penzoloni e dalla bava che gli colava dalle zanne. Dietro di loro c'erano Sandoval e Brabo e, a seguire, i venticinque membri della squadra che marciava nel quadrato abituale di cinque file di cinque soldati ciascuna. Quando già molti si erano slegati le armature lasciandosele goffamente addosso, Sandoval, che sudava e sentiva prurito ovunque, fu assalito da un impellente bisogno di spogliarsi completamente della pesante corazza d'acciaio in cui si immaginava di cuocere a fuoco lento come un granchio nel guscio.

«In guardia, uomini», li ammonì Brabo lanciando un'occhiata diffidente nella fitta boscaglia che cingeva la strada su entrambi i lati. «Dicono che questi selvaggi usino frecce avvelenate...».

«E che si chinano e mostrano il culo ai nemici», scherzò Diego Martin, un tozzo e muscolosissimo balestriere. Come per i moschettieri, nella squadra c'erano cinque specialisti di balestra e fra questi Martin si era fatto un nome per la precisione e la velocità nel ricaricare.

Esteban Valencia, uno dei due esploratori della squadra, si portò un dito alle labbra. «Silenzio, ragazzi», disse. «Siamo in marcia da quasi cinque ore. Ormai non possiamo essere lontani dalla meta».

Sandoval si rivolse a Speranza e Stella e invitò il piccolo Julian ad avvicinarsi. «Chiedigli quanto manca», disse.

«Lo sapremo quando arriviamo», fu la risposta dopo uno scambio trafelato a mezza voce in lingua maya. «La giungla è tutta uguale per loro».

Trovandosi in pieno territorio nemico, sconosciuto a tutti meno che ai due pescatori (che sembravano essersi persi da quando si erano lasciati il mare alle spalle), Sandoval aveva deciso di non mandare avanti gli esploratori. Era più facile che li facessero fuori che vederli tornare con informazioni utili. La strategia perciò era praticamente quella proposta fin dall'inizio da Brabo: fare in fretta, colpire duro il nemico sperando di ispirargli soggezione e vederlo fuggire in preda al panico come erano riusciti a fare con i falconetti sulla spiaggia, trovare il naufrago spagnolo e battere in ritirata marciando senza sosta fino ai brigantini che li aspettavano.

Certo, le probabilità di districarsi in quel groviglio di pericoli imprevedibili erano molto alte ma, eliminata l'ipotesi di presentarsi con l'intero esercito della spedizione – opzione mai considerata da Cortés – la verità era che Sandoval non riusciva a pensare a un modo migliore di muoversi. Mentre rimuginava su quello che poteva andare storto lanciando in continuazione occhiate a destra e a sinistra nella boscaglia, credette di notare un movimento rapidissimo in mezzo agli alberi. Purtroppo, nell'attimo in cui mise a fuoco il punto in cui l'aveva visto, la sagoma era già sparita. C'erano solo foglie, cespugli rigogliosi, piante rampicanti appese ai rami... nient'altro.

Poi... fulmineo, lucente, eccolo di nuovo dall'altro lato della strada. Stavolta avrebbe giurato di aver visto il luccichio di un occhio umano che lo scrutava dal fogliame e accusò il trauma di essere osservato, di aver avuto un preciso contatto visivo ma, quando aguzzò di nuovo la vista, non c'era niente.

Si sarebbe anche ricreduto se i cani non avessero preso tutti improvvisamente ad abbaiare. Vendabal urlò un ordine, gli addestratori si chinarono per togliere il guinzaglio a un paio di grossi mastini e con impazienti latrati le bestie zomparono uno a destra, uno a sinistra, tuffandosi nella giungla. Nell'istante in cui impattarono la boscaglia scomparvero e fu possibile seguirli solo dall'oscillazione dei rami; allora si sentì un urlo spaventoso, poi un altro, e infine le bestie che ringhiavano e azzannavano in orribile contrappunto con grida umane di paura e dolore da tutt'e due i lati della strada.

Vendabal stava in guardia con gli occhi e le orecchie aperte. Sembrava che i mastini avessero abbattuto due spie, ma dal sottobosco venivano altri rumori che rivelarono la presenza di altri uomini in cerca di fuga. Sandoval non esitò: «Slegate gli altri cani», urlò.

Quando il resto della muta si lanciò scattando a destra e a sinistra nella giungla, mugolando per l'eccitazione, Brabo lanciò un'occhiata furba a Sandoval: «Come dicevo, señor. Li addestrano per fargli piacere la carne degli indiani».

«D'accordo, sergente», disse mestamente Sandoval mentre si levavano altre urla terrificanti. «Avevate ragione. Sono felice che ci siano i cani... molto prima di quanto mi aspettassi». Fece una smorfia e, quando da qualche parte a sinistra della strada si sentì un grido particolarmente orrendo e gorgogliante, Brabo ridacchiò. «Be', seguiamoli e vediamo cosa hanno trovato».

Il sergente guidò un gruppo di cinque uomini sulla sinistra, Sandoval ne prese altri cinque e andò a destra. Sguainò la spada e la usò per scostare la fitta vegetazione trovandosi a volte costretto a tagliare piante rampicanti e rami molto spessi per farsi strada, ma i cani e le loro vittime continuavano a fare un baccano enorme e non fu difficile trovarli.

C'erano due indiani. Il primo era già morto e lo stavano disgustosamente divorando i due mastini e il levriero che l'avevano abbattuto. Il secondo aveva addosso solo un cane, un grande levriero da caccia che aveva azzannato la spalla a un ragazzo di nemmeno quindici anni, ancora vivo. Era magro e nudo a eccezione di un perizoma, aveva un faccione tondo punteggiato dall'acne, segnato da strisce di pittura verde e incorniciato da capelli neri lisci, e si contorceva dalla paura mentre la bestia lo scuoteva come una bambola di pezza. Uno degli addestratori di Vendabal fece un balzo in avanti urlando all'animale il comando per staccarsi e dandogli colpi di frusta. Quello mollò il ragazzo e gli restò sopra con le fauci grondanti sangue e bava.

Il giovane tremava e roteava gli occhi in una preghiera muta ai conquistadores che lo tirarono in piedi, gli legarono le braccia dietro la schiena e lo trascinarono in strada. Sulla *sacbe*, Brabo si era già ricongiunto alla squadra con altri due prigionieri, entrambi dilaniati dai cani, uno con uno squarcio così brutto alla gola che sembrava impossibile fosse ancora vivo.

«Dovremmo provare a interrogarli», disse Sandoval. «Se il piccolo Julian se la sente di fare l'interprete».

Brabo annuì acidamente. «Sarebbe bello sapere che tipo di accoglienza ci aspetta andando avanti». Sbraitò un ordine e gli indiani vennero fatti mettere in ginocchio al centro della strada. Prima che Sandoval potesse fermarlo, il sergente aveva già estratto un pugnale dal cinturone e afferrato i capelli del ragazzo preso dal levriero tagliandogli l'orecchio sinistro che iniziò a zampillare sangue lanciando urla raccapriccianti.

«Che diavolo...?», disse a mezza voce Sandoval.

«Gli faccio capire che facciamo sul serio, señor», rispose Brabo. «Se non avete lo stomaco forse è meglio lasciare a me l'interrogatorio».

Con un discreto senso di vergogna, Sandoval alzò le spalle in un gesto impotente e fece un passo indietro mentre quello spettacolo orrendo continuava. Il piccolo Julian aveva capito le domande fatte da Brabo? Le traduceva correttamente ai prigionieri? Era il loro coraggio o lo spavento a non farli rispondere subito? E quando alla fine, tra un occhio cavato e una mano tranciata, gli uscirono le parole di bocca, si poteva credere alle loro risposte, e Julian le traduceva in modo corretto?

In pochi minuti, gli indiani erano morti tutti e tre e Sandoval seppe quel che già si era immaginato: che i fuggiaschi scappati dalla costa avevano dato l'allarme facendo sapere dell'arrivo degli spagnoli, che il villaggio di Mutul ormai era allertato e che duecento guerrieri pronti alla battaglia li aspettavano per annientarli.

Per un attimo Sandoval considerò la possibilità di scappare. Solo per un attimo però. Tornare da Cortés senza nemmeno tentare di portare a casa il risultato era un'immagine troppo umiliante. Meglio morire lì che essere tacciati di codardia per il resto della vita. Bevve un gran sorso d'acqua dalla borraccia e si rivolse a Brabo. «Che suggerisci?», chiese.

«Quasi trenta spagnoli e dieci cani contro duecento selvaggi dipinti?». Il ghigno del sergente diceva tutto. «Dico di metterci subito in marcia e ammazzarli tutti, señor».

CAPITOLO 49

Sabato 27 febbraio 1519

Dopo meno di due chilometri la giungla iniziò a diradarsi e Sandoval con la sua squadra, tutti nuovamente corazzati e pronti alla battaglia, si trovarono in una zona a cielo aperto chiaramente opera di un intervento umano. C'erano segni recenti di alberi tagliati e legna bruciata, i ceppi anneriti erano alti ancora un paio di cubiti, circa mezzo ettaro di rifiuti carbonizzati costeggiava entrambi i lati della strada, mentre davanti a loro la *sacbe* lasciava spazio ai campi con le prime macchie verdi di granturco fiorito – coltura già nota agli spagnoli di Cuba e Hispaniola – che si faceva largo nel terreno.

Dopo circa un chilometro di campagna c'era il villaggio di Mutul, fatto per lo più di semplici capanne raggruppate attorno a un'imponente piramide di pietra con le facce a gradoni, molto più larghe di quelle della piramide di Cozumel. Ai confini del villaggio Sandoval vide degli appezzamenti verdi, che gli sembrarono un insieme di orti e un frutteto composto da linee ordinate di alberi alti e rigogliosi. Quello che lo colpì di più comunque fu la grande massa di persone che si riversavano da ogni quartiere come formiche in fuga da un nido molestato e, ancora più vicino, a circa settecento passi, una truppa ben schierata di circa duecento guerrieri armati fino ai denti, vestiti di pelli animali sui perizomi e disposti in quattro file da cinquanta soldati ciascuna che si avvicinavano rapidi alla colonna spagnola.

«Comandi, señor?», disse Brabo. Aveva un tono sbrigativo.

Sandoval era ancora perseguitato dal senso di colpa per la tortura a cui aveva assistito e non era riuscito a fermare, ma almeno le spie avevano detto il vero e lui aveva tempo per pensare a una strategia nell'ultimo chilometro e mezzo di marcia. I suoi uomini erano pochi, ma la straordinarietà della loro spaventosa tenuta, delle armature, dei cani e l'arte spagnola della guerra bastavano a dargli già parecchi punti di vantaggio sugli indiani.

Nella squadra c'erano cinque arcieri e le loro balestre genovesi erano strumenti davvero letali. Avevano una portata effettivamente nociva di quattrocento passi per gli avversari senza armatura mentre, già a duecento passi, i dardi d'acciaio scoccati perforavano la corazza metallica. Sandoval aveva anche cinque moschettieri armati di archibugi fatti in Spagna che sparavano pallettoni di piombo del diametro di un pollice umano. Erano molto più veloci delle frecce delle balestre e spesso al momento dell'impatto si fracassavano provocando ferite devastanti ma raramente erano efficaci a distanze superiori ai cento passi.

Quanto alla ricarica, i moschetti, tra la polvere da sparo, gli scovoli e gli otturatori a miccia erano scomodi quanto le balestre con le loro cremagliere e i verricelli usati per tendere le corde dure; entrambe le armi richiedevano all'incirca un minuto fra un colpo e l'altro. Quel giorno, però, il grande vantaggio dei moschetti sarebbe stato il fragore e il fumo che facevano a ogni sparo. Dato che la flotta di Córdoba in perlustrazione alla laguna di Yalahau non era mai sbarcata a terra né aveva combattuto, era scontato presumere che gli abitanti di Mutul non si fossero mai trovati davanti alle armi da fuoco e che la maggior parte probabilmente non ne aveva nemmeno sentito parlare. Con un po' di fortuna il risultato sarebbe stato spettacolare.

«Balestrieri e moschettieri nelle prime due file del quadrato», sbraitò Sandoval. «I cani e gli addestratori di fianco. I balestrieri scoccano a duecento passi, si spostano in retrovia e ricaricano, i moschettieri sparano a cento passi e retrocedono. Poi slegate i cani».

Avvicinandosi sempre più alla carica, i nemici iniziarono a levare grida di guerra nella loro lingua cantilenante lanciando fischi e urla sconvolgenti che mettevano i brividi. Quando furono a trecento passi, ancora oltre la portata effettiva dei moschetti, spiegarono un'arma che Sandoval non aveva mai visto prima: stecchi di legno angolati con cui lanciarono una gragnola di piccoli arpioni che fecero una parabola in cielo per poi ripiombare con una precisione allarmante sulla squadra spagnola. Gli uomini in terza fila alzarono d'istinto i piccoli scudi tondi e i più grandi e ovali *adarga* in pelle, per proteggere se stessi e le file davanti a loro. La raffica di dardi con le punte di selce fu deviata senza problemi. Tre cani della muta latrante a destra del quadrato furono presi in pieno, ma le armature di acciaio ridussero in pezzi le testate di selce lasciando gli stessi segugi illesi. Poi – *click... whoosh* – i balestrieri scoccarono e cinque nemici dell'impetuosa avanzata stramazzarono al suolo urlando, trafitti dai pesanti dardi d'acciaio. Mentre i balestrieri indietreggiavano nel quadrato seguendo una manovra fatta centinaia di volte, i moschettieri spararono un'unica massiccia scarica di colpi devastanti puntando al cuore del nemico che ormai era a meno di cento passi e di punto in bianco, dietro la fitta nuvolaglia di fumo maleodorante di zolfo, Sandoval vide quello per cui aveva pregato in silenzio, vide l'orda maya barcollare e inciampare, vide la paura nei loro volti e negli occhi fuori dalle orbite, sentì i loro strilli di terrore.

In un campo di battaglia europeo le perdite causate da quelle armi si sarebbero limitate agli uomini effettivamente colpiti e la carica del nemico non si sarebbe mai fermata lì, ma in mezzo ai selvaggi che non avevano mai visto le armi da fuoco l'effetto fu rovinosamente sproporzionato, quasi che gli spagnoli non fossero esseri mortali ma divinità che scagliavano saette. Le prime file nemiche fecero dietrofront all'istante e fuggirono andando a schiantarsi sulle seconde file, ancora spinte in avanti dallo slancio della corsa, sbattendo l'una sull'altra nel caos di una folla in preda al panico sulla quale si lanciarono i dieci feroci cani da guerra, schioccando i denti aguzzi fra ringhi e latrati e facendo risplendere le armature al sole come demoni scatenati dall'inferno. Ecco dilaniata la gola di un uomo e la grande arteria femorale di un altro zampillare sangue, ecco un rotolo di budella uscito fuori da un addome e la faccia di un altro azzannata dalle fauci di un cane lupo. Pochissimi maya cercarono di opporsi all'assalto furioso e quelli che lo fecero si accorsero che le loro misere armi di pietra non potevano perforare la corazza degli animali.

Sandoval rimase un attimo a guardare basito le grosse bestie che annientavano il nemico seminando il caos e il terrore, poi Brabo gli sussurrò all'orecchio: «Ordinate l'avanzata, señor».

«Non possiamo tenerlo d'occhio tutto il tempo», disse Pepillo. «Tu hai le tue cose da fare, io le mie, Muñoz invece è libero di andare in giro quanto gli pare».

«Ieri sera l'ho seguito», ammise a un tratto Melchiorre.

«L'hai seguito? Perché non me l'hai detto?»

«Eri impegnato con Cortés; io potevo e ho colto l'occasione».

«Occasione! E se ti avesse beccato? Sei pazzo?».

Melchiorre aveva una faccia strana, triste. «No. Non sono pazzo. Voglio impedirgli di… fare quello che fa. Poi però mi ha seminato e stai certo che ha ucciso di nuovo».

Era il pomeriggio di sabato 27 febbraio e i due stavano nel recinto in cui erano chiusi i diciotto preziosi destrieri della spedizione. Negli ultimi due giorni, scrollandosi di dosso l'indolenzimento e il nervosismo che li aveva afflitti dopo la tempesta e il lungo viaggio da Cuba, i cavalli si erano ripresi pascolando sulla rigogliosa erba selvatica che rivestiva i piedi della collinetta su cui stava il villaggio di Cozumel.

Melchiorre era un cavallerizzo esperto e ogni giorno passava ore nel recinto a strigliare e tenere in esercizio Molinero, lo stallone nero di Cortés. Quel pomeriggio c'erano anche altri scudieri a fare lo stesso lavoro con il baio grigio argento di Puertocarrero, lo stallone bianco di Alvarado, Bucefalo, il sauro biondo e castrato di Escalante coi suoi tre zoccoli bianchi e il baio di Cristóbal de Olid.

Mentre osservava Melchiorre spazzolare con cura il fianco di Molinero, Pepillo non riusciva ancora a comprendere del tutto il suo odio profondo per Muñoz. Certo che il frate era cattivo! Certo che bisognava fermarlo prima che uccidesse altri bimbi indiani! Ma lui e Melchiorre erano le persone giuste per farlo? E cosa aveva spinto l'amico a rischiare così tanto da seguire il frate da solo? Anche insieme, che probabilità di successo avevano?

«L'unica fortuna», disse Melchiorre dopo un lungo silenzio, «è che non gli sarà facile prendere un altro bambino. Dopo l'omicidio di ieri notte il villaggio è in tumulto e gli indiani cominciano ad avere sempre meno paura di noi».

Pepillo ci ragionò su mentre teneva la mano sotto le labbra baffute di Molinero sentendo il respiro caldo del cavallo che gli strofinava sopra il muso. Aveva una voglia matta di imparare a cavalcare e assillava continuamente Melchiorre per farlo salire sul dorso del grande animale, senza averla ancora spuntata. «Muñoz non si fermerà», disse alla fine. «Ho visto i suoi occhi mentre mi picchiava, non si fermerà mai».

«Hai ragione», rispose Melchiorre con aria truce, «ma non si azzarderà a uccidere come il primo giorno finché il sole è alto. Senti qua. Se Cortés stasera non ha bisogno di noi, ce la filiamo e teniamo d'occhio la *San Sebastian*. Se Muñoz andrà a riva lo seguiremo».

Pepillo si sentì mancare. Tutto gli diceva che era un pessimo piano, che potevano mettersi in guai seri e magari anche restarci secchi. Però doveva dare una mano all'amico, no? E non voleva fare la figura del codardo; quindi annuì eroicamente e disse di sì.

Sandoval si mise a correre e urlò a squarciagola quasi senza accorgersene: «Santiago, all'attacco! Santiago, all'attacco!».

Alle sue spalle, sguainando le armi fra il cigolio delle armature e lo stridore dell'acciaio, il quadrato di venticinque esperti veterani balzò in avanti facendogli eco al grido di guerra che gli spagnoli usavano in battaglia da mille anni. Si avventarono senza pietà sulla massa scomposta dei maya, chi in ritirata, chi in timida avanzata, e li fecero a pezzi con spade e asce da guerra infilzandoli con le picche e spazzandoli via con mazze chiodate e fruste di ferro.

Nella mischia, Sandoval si trovò faccia a faccia con un selvaggio sbraitante con gli occhi spiritati, coperto solo da un perizoma, che brandiva una lunga spada di legno con delle scaglie sottili di pietra nera incastrate sui bordi, chiaramente pronto a combattere più che a fuggire. L'uomo impugnava l'arma con entrambe le mani sferrando colpi frenetici all'aria con una potenza tremenda ma senza bilanciamento né stile, perciò fu una bazzecola per Sandoval parare e deviare, scivolare in avanti col piede destro come gli avevano insegnato, piantare la punta dello spadone nel cuore del guerriero e ritirarsi. Sentì di nuovo lo stesso attrito delle viscere sull'acciaio che aveva sperimentato uccidendo il suo primo uomo, meno di dieci giorni prima, ma stavolta senza rimorso – anzi, con una certa esultanza – mentre il nemico si accasciava ai suoi piedi in un profluvio di sangue.

Brabo urlò: «Alle vostre spalle!», e Sandoval fece una giravolta e incassò un brutto colpo sferrato da un'altra spada di legno che però si fracassò sulla corazza disseminando tutte le scaglie di pietra che c'erano sul bordo senza provocargli alcun danno. Il nuovo aggressore era un giovane maya smilzo dai capelli lisci che lo fissò incredulo, paralizzato, mentre Sandoval lo tagliava quasi interamente in due rispondendo al colpo.

Poco dopo era già finita e l'ultimo dei guerrieri maya se la dava a gambe per i campi. Avendo ricaricato i moschettieri spararono un'altra raffica mentre i cani abbaiando cominciarono ad assalire l'assembramento di semplici indigeni che si erano girati e messi in fuga anche loro fra urla di terrore.

Don Pedro de Alvarado stava seduto all'aperto sul ponte della *San Sebastian*, all'ombra di una lunga vela montata apposta per ripararlo dal sole pomeridiano, mentre il dottor La Peña gli esaminava il braccio rotto e gli legava di nuovo le stecche e le bende impregnate di un composto di albumi d'uovo, farina e grasso di porco che in poche ore si sarebbero indurite in una sorta di ingessatura.

Appoggiati alla ringhiera che faceva il giro del ponte, in presumibile attesa delle cure di La Peña per vari disturbi di salute, ma in realtà per l'altro unico disturbo, sedizioso, che volevano recare al capitano-generale, c'erano Juan Escudero col volto affilato e incavato e il suo barbutissimo sodale Juan Velázquez de Leon, capibanda della cricca fedele a Diego de Velázquez. L'abboccamento del giorno prima era stato con un Alvarado ancora offeso e pieno di rancore, anzi, proprio *perché* era offeso e pieno di rancore, e i due erano totalmente all'oscuro della sua riconciliazione con Cortés di quella mattina.

Anche La Peña era di fede velázquista, perciò i complottisti potevano anche parlare in sua presenza. Anzi, dopo la prima notte di viaggio passata insieme in guardina, il medico rapito si era incollato a Escudero come la merda alle suole. *Lecchino schifoso*, pensò Alvarado. L'unica benedizione era che quel frignone di un dottore disonesto e piantagrane, a cui le enormi natiche tremolavano come gelatina nei pantaloni mentre si dava da fare con le bende, era davvero bravo nel suo campo. La sua abilità con le ingessature e i cataplasmi aveva senza dubbio velocizzato la guarigione del braccio rotto di Alvarado, un piccolo dono del cielo per cui ringraziare. «Quanto tempo ci vuole ancora, La Peña? Una settimana? Due...».

Il dottore fece dei versi incomprensibili, forse per fingere di pensarci un attimo sopra. «No, no», disse. «Non sono passati nemmeno dieci giorni dal vostro... ehm... incidente. Dovrete tenere il gesso per almeno un altro mese. Forse di più».

«Un altro mese! Bella rogna. Io sono un combattente».

«Certo, don Pedro, e la vostre prodezze sono leggendarie. Ma io, se fossi in voi, mi asterrei dalla battaglia finché il braccio non guarisce completamente...».

«Ma io combatto col destro», disse Alvarado guardandolo in cagnesco.

«E col sinistro tenete lo scudo».

«Ho già combattuto senza scudo...».

«Come dovrete rifare se si avvicina una nuova battaglia», disse La Peña.

Lanciò un'occhiata oltre la ringhiera alla placida baia di Cozumel. «Ma il rischio non sembra imminente».

Escudero fece un po' di rumore tirando col suo lungo naso e si asciugò una goccia di muco trasparente sulla punta. «Non si combatterà affatto, compagni spagnoli, questo è sicuro».

«Oh», fece Alvarado, «non c'era da aspettarselo?»

«Tutte quelle assurdità su Pedrarias e una spedizione rivale per le Nuove Terre», grugnì Escudero. «È ovvio che Cortés mentiva...».

«Era solo una frottola per convincerci a lasciare Santiago in fretta e furia saltando la prassi corretta», ribadì Velázquez de Leon grattandosi l'enorme barba nera.

«Senza la benedizione di sua eccellenza il governatore», aggiunse Escudero. Si girò e fissò Alvarado con una faccia da invasato. «Voi avete appoggiato Cortés in quella follia», disse, «e guardate cosa avete guadagnato con la lealtà al vostro cosiddetto "amico". L'abbiamo visto tutti come vi ha umiliato sull'affare di Cozumel. Ecco perché, nonostante le divergenze, ieri abbiamo pensato di farvi quella proposta. Non vorrei che ci fossimo sbagliati».

«Ah, sì, la proposta. Ieri però avete fatto troppi giri di parole e io preferisco parlare chiaro, perciò ditemi cosa volete da me».

Escudero tacque un attimo per guardarsi in giro sul ponte con aria sospetta e rispose in un sussurro cospiratorio: «Diamine, che vi unite a noi per salvare la spedizione, naturalmente...».

«Per farla rientrare nella legalità», aggiunse Velázquez de Leon battendo con enfasi il pugno sulla ringhiera, «per restituirla alla giurisdizione di don Diego de Velázquez».

«Vostro cugino», osservò Alvarado.

«Sì, mio cugino». Nei pochi tratti non ricoperti di pelo, il faccione abbronzato dell'uomo diventò rosso come una barbabietola. «Ma anche il vostro mecenate per molti anni. Anzi, se la memoria non mi inganna vi ha anche anticipato il denaro per acquistare questa vostra bella caracca».

«E poi don Diego è il governatore di Cuba», suggerì Escudero, «e in tutta la regione rappresenta il potere temporale per nomina di Sua Maestà il re in persona, alla cui volontà abbiamo trasgredito a nostro rischio e pericolo».

«Così, per tornare nelle sue grazie», disse Alvarado, «volete che vi aiuti a fermare Cortés e rispedirlo in catene a Cuba. Scusate la franchezza, ma ho capito bene, no?».

Velázquez de Leon sembrò a disagio: «Be', sì... Più o meno».

Bah, puah. Escudero sbottò: «No "più o meno". È proprio quello che vogliamo, don Pedro, e siccome il vostro ruolo è fondamentale per evitare la rivolta degli amici di Cortés, vi offriamo il comando della futura spedizione. Ora ditelo, qui e adesso, siete con noi o contro di noi? Dentro o fuori?».

Alvarado guardò il corpulento dottore che gli stava accanto in ginocchio e ascoltava attentamente fingendo di occuparsi del suo braccio. «Che ne dite, La Peña? Devo appoggiarlo o no questo bel complotto? Dentro o fuori?».

Escudero rizzò il pelo. «Non giocate con noi, don Pedro. Qui si rischia la vita».

Già, pensò Alvarado, *la vostra vita... se conosco bene il mio amico Hernan*. Invece rispose: «Io non gioco mai, Juan. Come avete visto tutti, Cortés mi ha offeso a morte e la vostra offerta è molto allettante. Credo solo che non sia ancora il momento di colpire».

Ora toccò a Escudero arrossire. Un ottimo risultato, visto il pallore cadaverico di quell'uomo che aveva la pelle di un morto di almeno cinque giorni. «Non è il momento? Dopo che ci avete fatto scoprire così le carte? Don Pedro, perdio, o vi unite a noi o siete un uomo morto».

Alvarado spinse di lato La Peña e scattò in piedi con la mano posata sul manico della scimitarra. «*Io* sono l'uomo morto? Scusate, don Juan, ma non credo proprio. Vi uccido all'istante anche con un braccio solo se siete tanto stupido da attaccarmi».

Escudero fece un balzo in avanti ma Velázquez de Leon si mise in mezzo. «No! No! Non è quello che volevamo, non siamo qui per questo. Don Pedro è un amico, il nostro alleato naturale dopo il torto che ha subìto da Cortés. Se dice che ora non è il momento, almeno sentiamo le sue ragioni...».

Idiota, pensò Alvarado*, smidollato, idiota barbuto*. Quello che disse invece fu: «Non la penso come voi su Pedrarias. Per quel che ne sappiamo, potrebbe essere a un giorno di navigazione da qui, deciso ad approdare nella baia e travolgerci con la sua flotta, oppure puntare dritto alla terraferma e assicurarsi i suoi immensi tesori prima di noi. In entrambi i casi, finché non ne sappiamo di più, non credo sia opportuno farci la guerra a vicenda».

«Non c'è *nessuna* flotta di Pedrarias!». Escudero aveva quasi la schiuma alla bocca. «Se l'è inventato Cortés, è una montatura fatta ad arte per i suoi scopi».

«Forse sì... Forse no. Per saperlo dobbiamo aspettare».

Allora Escudero bofonchiò di rischi e garanzie, Alvarado sapeva troppo, chissà una trappola, un espediente...

«Quello che ci siamo detti oggi resta fra noi, no?», disse ansioso Velázquez de Leon.

«Certo», rispose Alvarado. «Sono la discrezione fatta persona. Aspetteremo con gli occhi aperti un altro paio di settimane. Se la minaccia di Pedrarias sfuma, tornate pure da me. Mi troverete molto più disponibile».

Escudero si fece avanti fermando la sua brutta faccia lunga ad appena un dito da quella di Alvarado. Non disse niente, restò solo a fissarlo, poi gli voltò le spalle e si allontanò sbattendo i piedi, seguito come un cagnolino da Velázquez de Leon.

«Be'», disse Alvarado un po' a se stesso, un po' a La Peña, che faceva sempre finta di armeggiare sul suo braccio con l'impiastro di gesso, «è stato interessante».

Dieci minuti dopo, quando La Peña era già tornato di corsa dai suoi padroni, si sentì un pesante rumore di stivali e Bernal Diaz spuntò sugli ultimi gradini che salivano dal ponte principale. Quel contadino arricchito che Cortés aveva promosso al grado di alfiere era seguito dallo spadaccino Francisco Mibiercas, uomo che invece apparteneva alla stessa classe di Alvarado, e da un altro giovane soldato di nome Alonso de la Serna. Tutti e tre portavano balestre e faretre piene di dardi.

«Scusateci, don Pedro», attaccò Diaz senza preamboli, «ma dato che non salperemo prima della fine delle riparazioni e che ci vorranno ancora un paio di giorni, vorremmo il permesso di scendere un po' a terra».

Dopo una smorfia interrogativa, Alvarado lanciò un'occhiata alla baia e poi alla collina verso Cozumel. «Scendere a terra? Lo sapete che non ci sono taverne al villaggio, no? E neanche signore per la notte». Rise: «A meno che non sogniate di accoppiarvi con una di quelle scimmie maya».

«Vogliamo andare un po' a caccia», disse Mibiercas portando avanti la balestra, «ma non di primati. Abbiamo saputo che a sud dell'isola pascolano mandrie di cervi. Pensavamo di andarci oggi pomeriggio, accamparci un paio di notti e vedere cosa riusciamo a prendere».

«Non lo so, ragazzi. C'è stato un omicidio nel villaggio».

«Mi hanno detto che ce ne sono stati due», disse Diaz.

«A quanto pare, per gli indiani siamo stati noi. Alcuni dicono che potrebbero esserci dei disordini».

«Ne dubito», si intromise Mibiercas. «Gli indiani non hanno il fegato di attaccarci dopo la batosta che gli abbiamo dato».

«D'accordo!», ghignò Alvarado. Indicò l'elsa della spada lunga che spuntava sopra la spalla sinistra di Mibiercas: «Ho sentito che sai usarla bene: credi che sarebbe all'altezza di uno spadone o, che so, di un ottimo spadino Toledo?»

«Io dico sempre che più dell'arma conta l'uomo che la impugna, però apprezzo la portata che raggiungo con la spada lunga».

«Vieni, fammi dare un'occhiata», disse Alvarado stendendo la mano.

Mibiercas allungò la mano dietro la spalla, sguainò l'arma e la passò al capitano per fargliela esaminare.

«Leggera», commentò Alvarado. «Lama a doppia scanalatura: solida. Punta affilata. Può trapassare la corazza, vero?»

«Come un coltello rovente nel burro, don Pedro».

«Bene, molto bene». Alvarado restituì l'arma. «Magari, quando questo maledetto braccio riprende a funzionare, facciamo un po' di allenamento».

«Sarebbe un onore», rispose Mibiercas con un inchino.

Diaz diede un colpo di tosse. «E per la caccia, don Pedro? Abbiamo il vostro permesso?»

«Senz'altro. Tornate lunedì. Divertitevi, ma la metà di quello che prendete va alla cassa comune».

Stando ai conti di Sandoval, al massacro erano scampati con vari livelli di ferite una sessantina di guerrieri maya. Tenuti sotto tiro da moschettieri e balestrieri, adesso sedevano accucciati a terra, infelici, vinti e terrorizzati mentre i cani – a cui gli spagnoli avevano impedito di infliggere altri danni sulle donne e i bambini in fuga – banchettavano con la carne e le interiora dei morti.

Sandoval assistette allo spettacolo con disgusto, ma gli animali avevano bisogno di mangiare. Si rivolse a Brabo e chiese: «Che facciamo coi prigionieri?».

Il sergente rimase impassibile. «Siamo ancora in minoranza», disse, «potrebbero saltarci addosso in qualunque momento».

«Non sembrano in grado di saltare addosso a nessuno».

«Niente ci garantisce che se ne staranno buoni».

Sandoval sospirò. «Forse è meglio legarli e lasciarli qui».

Una smorfia di stizza. «Non ve lo consiglio, señor. Quando ce ne andremo gli indigeni civili torneranno a liberarli. Potrebbero venirci dietro».

«Allora che facciamo?»

«Be', tanto per cominciare leghiamoli mani e piedi. Gli uomini si divertiranno ad aizzargli i cani addosso; a quelli che restano basterà tagliare la gola».

«Non puoi dire sul serio».

«Sono serissimo, señor. Questa è una guerra».

La cosa peggiore era che Sandoval riusciva a vedere della logica nella posizione di Brabo. Sotto molti aspetti, uccidere i prigionieri era la cosa più facile e più saggia da fare. Ancora però aveva un senso di colpa bruciante per aver fatto torturare le spie e non voleva ammetterlo. «Per adesso legategli le mani e portateli al villaggio», disse con voce ferma sperando di non sollevare dissensi. «Deciderò dopo».

Pur essendo pieno pomeriggio, i raggi del sole non riuscivano a penetrare l'afosa, fetida e claustrofobica cella monastica che Alvarado aveva fatto ricavare dalla stiva della *San Sebastian* per dare un alloggio a padre Gaspar Muñoz.

Il frate non aveva protestato. Nella scalata ai gradi più alti del suo ordine religioso ne aveva viste di peggio. Certo, quella celletta era più piccola della cabina che gli era stata assegnata sulla nave di Cortés prima dei suoi contrasti con quell'uomo ignobile. Tuttavia, la scomodità e il buio erano una forma di mortificazione continua – per non parlare dei dolori che ancora si facevano sentire dopo la flagellazione di quella mattina! – come spine nella carne che lo tormentavano per non farlo esaltare troppo pensando alla grande missione a cui era stato chiamato.

Ad attenuare l'oscurità c'era solo una candela e, sotto quella luce, Muñoz passò ripetutamente un lato, poi l'altro del suo rasoio avanti e indietro, avanti e indietro su una striscia di cuoio esaminando di tanto in tanto il filo della lama col pollice. Quando ritenne di averla affilata abbastanza per l'uso che ne avrebbe fatto quella notte, chiuse il rasoio nel manico di osso e infilò l'arnese in una tasca interna del saio.

Spense la candela e si alzò.

Era ora di fare due passi sul ponte. Essendo sabato poteva fare un edificante sermone a beneficio morale dell'equipaggio e dei soldati che avrebbe incontrato sopra coperta.

Mutul era un villaggio di circa quattrocento capanne e baracche, per lo più composte di una sola stanza, con le pareti di canne e mattoni cotti al sole e i tetti ricoperti di fronde di palma. Anche per la piccola truppa agli ordini di Sandoval fu un gioco da ragazzi stanarli ma, esclusi un paio di anziani e di malati, troppo infermi per scappare, il posto era stato evacuato da tutti. Sembrava che gli abitanti si fossero dileguati in massa nella giungla che li circondava.

A un certo punto si sentì urlare Brabo, impegnato a ispezionare un gruppo di fabbricati più grandi vicini alla base dell'antica piramide. «Meglio che veniate qui, señor», gridò il sergente. «C'è una cosa che dovete vedere». Facendo cenno al piccolo Julian di seguirlo, Sandoval si mise a correre tutto eccitato e in pochi attimi si trovò davanti a una sorta di prigione con dentro una quarantina di detenuti nudi e malconci. Appena arrivarono anche Speranza e Stella, quest'ultimo afferrò le sbarre e infilò in mezzo la testa con entusiasmo. Sandoval lo affiancò e chiese in castigliano: «C'è qualche spagnolo?». Sentendo quella voce i prigionieri indietreggiarono rannicchiandosi per lo spavento. «*C'è qualche spagnolo?*», ripeté più forte, ma l'unica risposta fu un altro mormorio di paura.

Allora Stella urlò una cosa incomprensibile nella sua lingua e Sandoval vide una prigioniera alzare la testa. Avrà avuto vent'anni, i capelli arruffati e un corpo imbrattato di fango. Stella gridò ancora e fece un cenno. Anche Speranza, accanto a lui, parlò col suo vocione in modo concitato. La donna si alzò restando con la schiena piegata, una mano davanti alla vagina e l'altra di traverso sul seno, singhiozzando e ripetendo, «Ikan, Ikan», – il nome di Stella! – poi corse sul terriccio della gabbia e abbracciò la giovane guida dall'altro lato delle sbarre.

«Che sta succedendo?», domandò Sandoval al piccolo Julian.

«Señor, Ikan trovare sorella, señor».

«La sorella?»

«Sì, questi cannibali la prendono anno scorso. Conservano. Noi non veniamo, alla prossima luna grande la mangiano».

«Nessuno mi ha detto che Stella ha una sorella».

«Oh sì, señor, lei figlia di cacique di Cozumel».

Questo significava che Ikan doveva essere il figlio del cacique! Sandoval ripercorse gli eventi degli ultimi due giorni – la storia fin troppo plausibile del "Castigliano", l'insistenza sul fatto che ci sarebbe voluta una truppa gagliarda per liberarlo, il giovane Ikan che si offriva come guida – e in un lampo capì che gli spagnoli erano stati presi in giro. Quella volpe del capotribù di Cozumel aveva tessuto una tela ingegnosa creando un miraggio a cui Cortés non poteva resistere, al solo scopo di liberare la figlia!

«Che io sia dannato!», mugugnò trattenendosi a fatica dal colpire il piccolo Julian che doveva averlo saputo fin dall'inizio. Voltando le spalle all'interprete strabico mormorò, «Abbiamo rischiato la vita per un'insignificante indiana».

Voleva quasi lasciarla in prigione – con Stella e Speranza a farle compagnia! – e tornare seduta stante ai brigantini coi suoi uomini, quando colse un movimento con la coda dell'occhio.

Laggiù!

Un indiano alto, schizzato da uno dei capannoni vicini ai piedi della piramide, fece uno scatto uscendo per un piccolo tratto allo scoperto e si nascose dietro un secondo fabbricato. Temendo che non fosse solo ma facesse parte di una nuova forza d'attacco, Sandoval lanciò l'allarme a Brabo e corse verso l'indiano, aggirò in scivolata il fianco del capannone con la spada in mano e si trovò davanti alla visione malconcia di uno straccione accovacciato che teneva giunte in alto le grandi mani sudice in gesto di supplica e con voce lugubre diceva qualcosa nella sua lingua barbara. Sandoval gli aveva già puntato la spada alla gola quando sul posto arrivò anche Brabo. «Julian!», gridò il sergente estraendo il pugnale. «Qui, di corsa. Abbiamo un'altra spia da interrogare».

Poco dopo, attirati dal trambusto quasi tutti i conquistadores si erano radunati intorno a loro, Brabo fece un passo avanti e l'indiano accucciato iniziò a parlare più velocemente con una voce rauca che presto assunse quasi la cadenza e il ritmo di una preghiera latina. *Che strano*, pensò Sandoval. Fu assalito da un irritante sospetto e più si avvicinava all'uomo, sporco e magro, gli occhi due pallide fiamme accese nella terra nera del viso, più strana e incoerente gli sembrava quella situazione. Quel tipo aveva un sandalo solo al piede destro e uno squallido perizoma a cui era legato il sandalo sinistro che sembrava rotto. Aveva i capelli neri lisci e unti sulle spalle e una fascia sulla fronte come era uso da quelle parti. Era senza barba come tutti i maya, ma – altro particolare – aveva sul mento un pizzetto marcato mentre quella gente non sembrava capace di farsi crescere un solo pelo in faccia.

Julian arrivò al trotto e Brabo spinse la punta del pugnale sul viso del prigioniero, guastandogli la pelle sotto l'occhio destro e facendogli colare un rivolo di sangue sulla guancia nera. «Allora, simpaticone», disse il sergente, «ho un paio di domande per te». Si rivolse all'interprete. «Diglielo, Julian. Se dice la verità muore bene, se dice balle muore male».

«Aspetta!». Sandoval si stupì del tono autoritario che gli era uscito. «Non corriamo troppo». Bloccò il sergente mettendogli una mano sul polso spesso e facendogli abbassare il pugnale.

«Che c'è adesso, señor?», sospirò Brabo. «Non saranno altri scrupoli, spero. Non abbiamo tempo per gli scrupoli».

«Nessuno scrupolo. Stavi solo per torturare l'uomo che siamo venuti a cercare. Allontanati. Fagli spazio. Voglio sentire cosa ha da dire in sua difesa».

L'indiano fissò ansimando i musi duri e crudeli dei conquistadores che aveva intorno, poi si toccò il taglio sotto l'occhio con le unghie annerite e rotte della mano destra e gli scappò di bocca un gemito di paura; o era qualcos'altro? Frustrazione? Sembrò più volte sul punto di parlare ma gli uscirono solo grugniti e balbettii incomprensibili, finché a un tratto sembrò riprendere l'autocontrollo e in un castigliano impacciato e zoppicante disse: «Signori, siete cristiani?».

Seguì un silenzio attonito che Sandoval fu il primo a spezzare. «Siamo cristiani e spagnoli», confermò.

L'indiano scoppiò in lacrime e cadde sulle ginocchia: «Dio... santa Maria di Siviglia!», esclamò. «Sono salvo».

Poi, cosa ancora più strana, chiese se era mercoledì ventiquattro febbraio.

Sandoval lo informò che era sabato ventisette e l'indiano disse: «Ho contato i giorni per otto anni. A quanto pare non ci sono andato lontano». Poi si asciugò le lacrime, alzò le mani e gli occhi e dichiarò: «Grazie, Dio, oh grazie, grazie, grazie di avermi salvato da questi diavoli infedeli. Grazie, Signore, di avermi ricongiunto ai cristiani della mia nazione».

«Chi sei?», chiese Sandoval quando quell'essere strambo ebbe finito di pregare.

«Señor», rispose l'uomo, «sono Jeronimo de Aguilar di Ecija, e ho fatto naufragio in questa terra».

«Sei spagnolo!».

«Sì, señor». Si rivolse a Brabo. «So perché mi avete scambiato per un indiano», disse al sergente. «Sono stato in mezzo ai pagani per così tanto che all'inizio non riuscivo a ricordare la nostra lingua, ma sono nato e cresciuto in Spagna e sono un buon cristiano». Come per dimostrarlo, Aguilar tirò fuori da una piega del perizoma infestato di parassiti un Libro delle Ore vecchissimo e logoro che aprì e sollevò sulla testa.

Immediatamente i conquistadores levarono un coro di evviva e in un frastuono di voci, uno a uno – Brabo per primo – si fecero avanti dandogli pacche sulla schiena nuda.

Dopo le prime frasi goffe in castigliano, Aguilar raccontò la sua storia migliorando l'esposizione in fretta, sembrando ogni minuto sempre meno indiano e sempre più spagnolo. Era stato fatto schiavo dal cacique di Mutul, disse. Poche ore prima l'avevano portato nella giungla con la famiglia del cacique senza dargli spiegazioni, ma dopo aver sentito la sparatoria e capito che dovevano esserci nei paraggi delle truppe europee, era sfuggito ai suoi aguzzini correndo in città per trovare la salvezza.

«Ci avevano detto che eri un naufrago», disse Sandoval, «ma come sei finito a Mutul, così lontano dalla costa?»

«Per una lunga e violenta serie di eventi», disse Aguilar. «Nel 1511 ero in Darién fra le guerre, le contese e le disavventure di quella canaglia di Pedrarias. Un giorno partii per Hispaniola con altri uomini per informare il governatore, dirgli quello che stava succedendo. Davanti alla Jamaica la caravella si incagliò su una secca e in venti riuscimmo a scappare nella scialuppa della nave, senza vele, senza acqua, senza pane, solo con un misero paio di remi. Andammo alla deriva per tredici o quattordici giorni, poi trovammo una fortissima corrente che ci spinse a ovest portandoci sulle rive dello Yucatan. Otto di noi erano già morti di sete, ma da lì in poi le cose sono solo peggiorate. Poco dopo essere scesi a terra siamo caduti nelle mani di un cacique di nome Taxmar, un farabutto. Ha sacrificato cinque di noi ai suoi idoli e ha stufato la loro carne per farci un banchetto e invitare i suoi amici...».

«Dio buono», lo interruppe Sandoval. «Che orrore».

«Io e gli altri sei sopravvissuti», continuò Aguilar, «fummo messi in una gabbia a ingrassare per il banchetto successivo. Per evitare quella morte orribile siamo evasi di prigione e siamo scappati nella giungla. Grazie a Dio abbiamo trovato la strada che ci ha portati a Mutul: Aquincuz infatti, il cacique di questo villaggio di cui sono rimasto prigioniero fino a oggi, è un uomo potente e nemico giurato di Taxmar. Anche lui è un cannibale e fa sacrifici umani ma credo che ci trovasse curiosi, e poi eravamo scappati al suo nemico, così ci ha dato asilo e ci ha risparmiato la vita pur facendoci schiavi. Da allora, negli anni i miei compagni sono morti tutti, uno a uno, e sono rimasto solo io. Avevo perso ogni speranza ma quando vi ho sentiti sparare...».

Mentre Sandoval e Aguilar parlavano, gli altri spagnoli della squadra ascoltavano commentando di tanto in tanto fra loro. Erano degli ossi duri ma il racconto del naufrago li colpì, e il solo pensiero che il popolo che erano venuti a conquistare sacrificava e mangiava gli uomini li riempì di terrore.

Finito di ascoltare il resoconto, forzarono i cancelli della prigione di Mutul e liberarono i disgraziati che c'erano dentro. Sarebbero stati tutti mangiati fra un mese, alla prossima luna piena confermò Aguilar, quando si sarebbe tenuto uno dei grandi festini dei maya.

«Digli che sono liberi di andare», gli disse Sandoval. E con molta più empatia di quanto si sarebbe aspettato pochi minuti prima, assistette all'abbraccio di Stella con la sorella e aggiunse generosamente: «Chi vuole può tornare con noi a Cozumel».

Aguilar tradusse l'offerta ai prigionieri liberati, che in più della metà dissero di voler accompagnare i conquistadores. Gli altri corsero verso la giungla. «Prima di tornare ai loro villaggi saranno ricatturati quasi tutti», disse mestamente Aguilar, «ma hanno troppa paura di voi per restare. Hanno sentito i fucili... li abbiamo sentiti tutti! Per loro è stato terrorizzante. Per me il ritorno della speranza».

In vista della marcia di cinque ore nella giungla che li aspettava per tornare ai brigantini, Aguilar portò i conquistadores alla principale fonte d'acqua del villaggio. Si trovava all'ombra di un frutteto e non era né un fiume né un lago, come si era aspettato Sandoval, ma un pozzo quasi perfettamente tondo, largo un tiro di freccia e scavato nel sottosuolo roccioso fino a una grandissima pozza di acqua cristallina a più di quindici metri di profondità. Quelle sorgenti naturali, spiegò Aguilar, erano alimentate da fiumi sotterranei. Si chiamavano *conot* ed erano la principale fonte d'acqua dei maya in quasi tutto lo Yucatan del nord.

Calando i secchi e le funi lasciate lì dagli indigeni, gli spagnoli bevvero a volontà e riempirono le fiaschette vuote, mentre gli addestratori dei cani pensarono ai bisogni dei loro segugi. Nel frattempo, sotto la supervisione di Speranza e Stella, alcune prigioniere che avevano liberato si erano messe a stufare della carne con peperoncino e preparare deliziose schiacciatine chiamate *qua* e fatte con grano di mais freschissimo. Per quanto affamati, i conquistadores all'inizio guardarono lo stufato di traverso, qualcuno chiese anche se dentro ci fosse carne umana, ma tutti gli scrupoli vennero accantonati quando Aguilar gli assicurò che era solo un misto di cervo e tacchino requisiti, come il granturco, dai depositi del villaggio.

Il problema di cosa fare coi guerrieri maya catturati in battaglia non smise di ossessionare Sandoval. Al momento erano chiusi in prigione con le mani e i piedi legati. Brabo era irremovibile: per lui bisognava ucciderli tutti.

«Tu che ne dici, Aguilar?», domandò l'alfiere. Ma il naufrago slanciato che diceva di non essere mai stato nutrito abbastanza dai maya, era tutto intento a mangiare e riempirsi la bocca con l'ottimo stufato che gli gocciolava sul mento e sulla camicia di lino presa in casa del suo ex padrone.

«Che ne dici?», insisté Sandoval.

Aguilar gesticolò verso la prigione. «Sono selvaggi», mugugnò con la bocca piena, «ma non significa che dobbiamo esserlo anche noi. Risparmiamogli la vita. Lasciamoli qui». Poi tornò a masticare.

«Si libereranno e ci verranno dietro», obiettò Brabo.

Aguilar ci pensò un attimo. «Voi non li conoscete», disse alla fine. Guardò il sole già basso nel cielo. «Noi inizieremo la marcia verso i brigantini quasi al tramonto e i maya sono un popolo superstizioso. Non gli piace combattere di notte con gli spiriti dei morti in circolazione. E poi, la giungla è un posto pericoloso pattugliato da grandi bestie. Anche se i prigionieri riuscissero a liberarsi non ci seguirebbero fino a domattina...».

«Per quell'ora saremo già partiti».

Aguilar masticava furiosamente. «Per quell'ora, se Dio vuole, saremo già partiti», concordò.

«E che mi dici delle bestie?», chiese Sandoval.

«Sono della famiglia delle pantere. Però rossicce e con delle macchie nere. Poi ce ne sono altre sono tutte nere, e sono dei veri diavoli. Sono grandi e pesanti come la razza più grossa del cane e molto feroci. I maya le chiamano *B'alam*. Vanno a caccia di notte».

«Sono pericolose per noi?», domandò Sandoval.

Aguilar fece spallucce: «Non se restiamo insieme. Cacciano da sole, mai in branco. E poi, i cani le spaventeranno».

«Comunque», Sandoval osservò inquieto il sole del tardo pomeriggio, «prima ci muoviamo meglio è». Si rivolse a Brabo: «Scusa, Garcia», disse, «rispetto la tua opinione ma non ce la faccio a ordinare la morte dei nostri prigionieri. Resteranno dietro le sbarre, legati ma vivi. Ti sta bene?»

«Non spetta a me dirlo, señor. Il comando è un'arte solitaria, fatta per un signore come voi. Dovete portarne il peso».

Il sole calante si gonfiava in un enorme disco arancione mai visto prima e per certi versi minaccioso, sbavato da varie strisce di nuvole. Sospeso e in equilibrio sull'orizzonte dove il cielo incontrava l'oceano, formava un sentiero scintillante sull'acqua increspata della baia.

Cortés, accigliato e di pessimo umore, aveva dato a Pepillo e Melchiorre la serata libera. I due così erano andati a riva e avevano trovato un nascondiglio nel fitto di un boschetto di palme a un tiro di freccia dalla battigia, da cui godevano una vista meravigliosa del tramonto e una perfetta visuale sul punto in cui di solito venivano caricate e scaricate merci e passeggeri dalle lancette delle navi. Erano entrambi armati, Melchiorre aveva il suo lungo pugnale arrugginito e Pepillo una piccola accetta che gli aveva procurato l'amico insistendo perché la infilasse nella cintura. L'idea di poter usare davvero quell'arma per uccidere Muñoz gli dava la nausea e qualche vertigine. Eppure, non sembrava che Melchiorre avesse altri piani. «Mettiamoci qui», disse a Pepillo, «se il diavolo scende a terra lo seguiamo e lo facciamo fuori alla prima occasione».

Con un po' di fortuna, sperò Pepillo, il perfido frate non scenderà! All'inizio sembrò l'ipotesi più plausibile, dato che aveva attaccato un sermone interminabile a un gruppetto di uomini annoiati sul ponte principale della *San Sebastian* trascinandosi senza interruzioni per almeno due ore. Il suo tono di voce alto ma in un certo modo flautato, con dei picchi di volume ogni tanto, aveva solcato le acque facendosi sentire fino alla *Santa Maria* e persino ora, in mezzo alle palme, si continuavano a distinguere i suoi anatemi contro i peccati più diffusi fra soldati e marinai: «E diranno agli anziani della città: questo nostro figlio è testardo e ribelle; non vuole obbedire alla nostra voce, è un ingordo e un ubriacone. Allora tutti gli uomini della sua città lo lapideranno ed egli morirà; così estirperai da te il male e tutto Israele lo saprà e avrà timore…».

A questo seguirono altre ammonizioni e atroci avvertimenti, poi, di punto in bianco, Pepillo si accorse con un certo timore che Muñoz stava arrivando a una conclusione: « Carissimi, io vi esorto come stranieri e pellegrini ad astenervi dai desideri della carne che fanno guerra all'anima e a cercare la giustizia, la fede, la carità e la pace insieme a quelli che invocano il Signore con cuore puro».

«Astenersi dai desideri della carne!». Melchiorre scoppiò in una risata amara. «Cercare la giustizia! Cuore puro! Che belle parole in bocca a un sodomita assassino! Non vedo l'ora di dargli quello che si merita».

«E se non scende?», chiese Pepillo cercando di non tradire la sua speranza col tono di voce.

«Avremo la nostra occasione. Forse non oggi. Magari domani. Prima o poi verrà. È solo questione di tempo».

Alle ultime luci del giorno, i due videro la sagoma alta e spigolosa del frate che attraversava il ponte della *San Sebastian* e scendeva di sotto.

Dopo un'altra ora, la sera si era fatta nera come la pece, gli insetti succhiasangue ronzavano ovunque, l'intera flotta aveva acceso le lanterne e da terra si sentivano arrivare le risate e gli schiamazzi che accoglievano il cibo cotto e servito in tavola. Gli uomini avevano iniziato a bere e le bottiglie a tintinnare, qualcuno intonò un paio di canzoni, da una chitarra partì un bel giro di accordi lungo e lamentoso e, con la stessa velocità con cui era cominciato, terminò anche un litigio fra ubriachi.

«Ascolta!», sussurrò Pepillo con una sgomitata alle costole di Melchiorre. «Cos'è?»

«Cos'è cosa, mammoletta?», grugnì Melchiorre.

«Laggiù! Senti?».

Pepillo tese le orecchie ed eccolo di nuovo, un lieve tuffo nella baia, quasi impercettibile. La luna non c'era ma la luce delle stelle era fortissima. La loro luminescenza argentea e il bagliore delle lanterne delle navi riflesso sull'acqua faceva vedere perfettamente la linea della risacca in cui le ondine lambivano la riva.

La visione improvvisa dell'ombra di un uomo nudo con la pelle avorio splendente sotto le stelle, che emergeva lentamente e con aria furtiva dal mare, fece rizzare i peli dietro la nuca e sugli avambracci di Pepillo. L'uomo portava un oggetto ingombrante – una borsa! – e nell'attimo in cui si tirò sulla testa un abito scuro sparì quasi del tutto.

Poi giunse a riva con passo felpato e imboccò il sentiero che attraverso il boschetto di palme saliva in collina verso le luci del villaggio indiano.

Quando passò accanto al loro nascondiglio ad appena un braccio di distanza, Pepillo e Melchiorre riconobbero Muñoz.

«Seguiamolo», sussurrò Melchiorre dopo aver fatto passare il frate che si dirigeva al villaggio indiano su in collina.

«Sicuro che siamo le persone giuste per fare una cosa del genere?», chiese Pepillo accorgendosi e pentendosi subito del tono infantile e ansioso della sua voce.

«Certo», rispose Melchiorre. «Se non lo accoppiamo adesso e quello uccide altri bambini, non me lo perdonerei mai. Non ci capiterà più un'occasione come questa».

Pepillo annuì nell'oscurità. Aveva paura, ma ricordava come l'aveva picchiato e torturato Muñoz, la follia nei suoi occhi, la sensazione dei suoi denti e delle sue labbra umide sull'orecchio. Se al mondo c'era una giustizia, quell'uomo doveva essere fermato e Cortés, a quanto pareva, per chissà quale ragione non era disposto ad andargli contro.

Melchiorre si era già lanciato alla caccia, piegandosi in avanti e correndo sul sentiero in mezzo al boschetto di palme che risaliva la collina nella direzione presa dal frate.

Estraendo col batticuore l'accetta dalla cinta, Pepillo lo seguì.

CAPITOLO 50

Tenochtitlan, sabato 27 febbraio 1519

Montezuma aspettava la cena consolandosi almeno col pensiero del cibo. Quella sera i piatti avrebbero incluso anche la coscia di un delizioso ragazzino che aveva sacrificato all'alba per cercare di blandire Colibrì e ricevere un'altra sua visita. Il tentativo era fallito, come tutti gli altri dall'olocausto di nove giorni prima sulla grande piramide, ma almeno adesso poteva gustarsi la carne tenera della vittima.

Pochissime altre cose davano piacere al Supremo Signore. Aveva lo stomaco sempre in subbuglio che, per la sua continua attività, tendeva a fare strani brontolii e gemiti come se avesse una vita indipendente. Solo quando lo riempiva a sazietà si calmava per un po' e lo lasciava in pace.

Montezuma però iniziava ad avere anche un altro grosso problema. Pur continuando ad avere rapporti con le mogli legittime nella speranza di generare un erede più in salute del suo cagionevole Chimalpopoca, per consolarsi preferiva di gran lunga in camera da letto la compagnia delle sue molte amanti. Dall'olocausto, però, il suo *tepulli* aveva smesso di funzionare a dovere e né le mogli e né le femmine più appetitose dell'harem erano riuscite a fargli venire un'erezione. A volte – piuttosto spesso – Montezuma aveva avuto persino la brutta sensazione di essere *osservato* mentre cercava di darsi da fare. Aveva consultato gli stregoni, ma ancora non erano stati in grado di proporgli una soluzione.

In quel momento si trovava al primo piano del palazzo, nell'ampia sala da pranzo con gli altissimi soffitti, seduto su uno scanno morbido e riccamente lavorato davanti a un tavolo basso coperto da una tovaglia banca di finissimo cotone, su cui era disposta una selezione di lunghi tovaglioli, tutti dello stesso colore e materiale. Alla sua destra, a circa venti passi dall'altra parte della stanza, i tre brizzolati dignitari che avrebbero cenato con lui quella sera tenevano le teste chine in segno di rispetto.

Montezuma decise di farli aspettare ancora mentre rifletteva sulla questione di Guatemoc. Quel giorno aveva ricevuto due irritanti visite di Mecatl, la prima di mattina, in cui gli annunciava che il principe turbolento aveva rifiutato la "medicina", la seconda – non programmata – di pomeriggio, per segnalargli che le cose continuavano a non andare. Quella mancanza di collaborazione era un passo indietro rispetto all'andamento decisamente positivo che avevano riscontrato fino ad allora e, se si fosse ripetuta, c'era il rischio che tornasse Cuitláhuac e togliesse il figlio dall'ospedale prima che il *cotelachi* facesse il suo lavoro. Dovendo prendere subito provvedimenti, Montezuma aveva accettato al volo la proposta di Mecatl che si era offerto di preparare una nuova partita di veleno da una farfalla *cotelachi* più grande, in grado da uccidere Guatemoc con una sola dose. Sarebbe stato meglio fargliela assumere di sua sponte, ma in caso contrario il Supremo aveva autorizzato il medico a usare la forza.

Guatemoc si sentiva molto meglio ed era già tornato a essere molto più forte di quanto avesse creduto possibile.

Forse perché era riuscito a evitare il veleno di Mecatl per tutto il giorno.

Non riusciva invece a togliersi dalla testa l'incredibile sensazione terapeutica di calore che l'aveva assalito e il sollievo immediato dal dolore che aveva sentito la notte precedente, quando la dea Temaz gli aveva messo le mani sulle ferite. Malgrado lo sforzo estenuante fatto per respingere Mecatl senza destare sospetti, la profonda convinzione che era stato un miracolo a rimetterlo sulla via della guarigione non l'aveva più lasciato.

Era uno dei motivi per cui era certo che l'incontro con la dea nel cuore della notte c'era stato veramente e non era stato frutto di una febbre visionaria.

La prova più schiacciante comunque restava la bottiglietta che gli aveva dato Temaz, un oggetto concreto che aveva ben poco a che fare col regno della fantasia. L'aveva consegnata alla madre quella mattina, senza spiegarle come gli fosse finita tra le mani, dicendole solo che era una medicina che Mecatl insisteva a fargli prendere, che lui sospettava fosse veleno e che suo padre doveva essere chiamato immediatamente e fatto tornare a Tenochtitlan per aiutarlo a sventare il complotto. Sua madre avrebbe voluto affrontare Mecatl personalmente, ma Guatemoc gliel'aveva proibito. Il medico era parte di una cospirazione più ampia. Dovevano incastrarlo in modo da costringerlo a svelare il mandante, se necessario anche sotto tortura. Solo Cuitláhuac aveva il potere di prendere un'iniziativa tanto radicale e, finché non arrivava, non dovevano destare alcun sospetto.

Intanto la giornata non passava mai. A metà pomeriggio Guatemoc aveva già respinto sdegnosamente Mecatl ma il medico si era rifiutato di lasciare la stanza. «Non posso», disse, «ne va di mezzo la mia vita. Il Supremo in persona mi ha ordinato di farvi bere questa medicina».

«Con tutto il rispetto per il Supremo», rispose affaticato Guatemoc, «il mio corpo mi ordina di dormire quindi, per favore, *sparisci*».

Il medico si era rimesso la boccetta dentro il vestito: un buon segno. «Voi mi metterete nei guai, sire», disse torcendosi le mani.

«Torna stasera», rispose Guatemoc. «Per amore del Supremo Signore, cercherò di prendere il tuo elisir».

«Me lo promettete, sire?»

«Hai la mia parola».

«Benissimo. Tornerò stasera».

Poco prima del tramonto giunse notizia che Cuitláhuac era rientrato a Tenochtitlan e si preparava a entrare di nascosto in ospedale con un paio di uomini fidati.

La trappola era innescata e piazzata. Si doveva solo aspettare.

Quando ormai era già buio da due ore, Mecatl entrò in camera di Guatemoc, andò al capezzale, tirò fuori la boccetta di medicinale e si chinò su di lui trasudando finta preoccupazione. «È già tardi, signore. Dovete riprendere il vostro elisir».

Guatemoc gli lanciò un'occhiata gelida: «Sparisci, schifoso. Ti ho detto mille volte che oggi non ho voglia di prenderlo».

«Pur andando contro il buon senso, sire, vi ho permesso di posticipare la somministrazione, ma voi mi avete detto che l'avreste bevuto stasera».

«*Permesso*, hai detto? Permesso, a *me*? Stupido medico. Io sono un principe del regno, faccio quello che mi pare». E detto questo, Guatemoc sfilò la mano da sotto le coperte, prese Mecatl per la gola e avvicinò la faccia grassa e sudata del dottore alla sua. «Sparisci dalla mia vista!», sbraitò stringendo un attimo la presa prima di allontanarlo.

La frase "sparisci dalla mia vista" era il segnale concordato; dietro il dottore, Guatemoc vide la porta aperta e suo padre Cuitláhuac con tre uomini armati che entravano senza fare rumore. Non accorgendosi della minaccia, Mecatl si raddrizzò e tornò a respirare col volto segnato per la prima volta dalla rabbia. Rinsaldò la presa sulla boccetta di medicina e la stappò. «Temo di dover insistere», disse. Un muscolo gli contrasse l'angolo della bocca. «Il Supremo Signore è molto in pena per il vostro stato di salute. Gli ordini che ho ricevuto sono di assicurarmi che beviate l'elisir, a ogni costo».

«E come pensi di fare, se posso chiedere?».

Alle spalle di Mecatl, Guatemoc vide entrare in stanza un altro uomo. Riconobbe Acamap, il medico personale di Cuitláhuac.

Mecatl era troppo preso a scavarsi la fossa da solo per accorgersene. «Se sono costretto», disse con molta più sicurezza di sé di quella che manifestava di solito, «sono autorizzato a chiedere assistenza... Vi farò tenere fermo, piccolo Guatemoc, e vi caccerò l'elisir in gola con un imbuto. È il mio padrone, il Supremo, che lo vuole».

«Oh, proprio lui?», disse Cuitláhuac con una voce sottile ma gelida. Scattando in avanti, gli uomini armati piombarono su Mecatl e lo tennero fermo mentre Cuitláhuac gli strappava la boccetta di medicina dalle mani.

«Mio signore». Adesso la voce del dottore aveva preso un accento isterico. «È uno scandalo».

«Sono d'accordo», disse Cuitláhuac. «È uno scandalo che tu minacci mio figlio con la violenza».

«Il nobile principe è testardo, signore. Cosa devo fare se rifiuta la medicina che può salvargli la vita?».

Ignorandolo, Cuitláhuac diede la boccetta ad Acamap, che la odorò e fece una brutta smorfia.

«Allora», disse Cuitláhuac. «La riconosci?»

«Un momento, prego», disse Acamap. Si versò una goccia del liquido sul dito, la assaggiò molto attentamente con la lingua, sputò con forza, sciacquò la bocca con l'acqua di una fiaschetta che aveva sul fianco e poi sputò ancora. «È veleno di *cotelachi*», disse. «Una dose massiccia, molto più forte di quella contenuta nel campione che vostra moglie mi ha chiesto di analizzare stamattina. Se il principe l'avesse bevuta tutta, sarebbe morto in poche ore».

Con il volto sfigurato dalla rabbia, Cuitláhuac si girò verso Mecatl. «Che hai da dire?»

«Dico che mente, eccellenza. Questa medicina è un elisir dalle virtù miracolose che preparo per il Supremo Signore».

«Allora ti farà senz'altro piacere berla tu stesso».

Mecatl sbiancò. «Io…», disse. «Io… No, sire. Preferisco di no».

«Apritegli la bocca», ringhiò Cuitláhuac ai suoi uomini.

Mecatl si oppose con una forza sorprendente, pensò Cuitláhuac, ma i soldati ebbero la meglio. In poco tempo gli misero un pugnale in mezzo ai denti, fecero leva e gli aprirono la bocca ferendogli le labbra e le guance nella manovra. Mentre il sangue gli colava sul costoso vestito e cadeva formando una pozza ai suoi piedi, il medico emise un singhiozzo soffocato e scosse la testa in maniera frenetica tagliandosi ancora con la lama.

Cuitláhuac lo assalì con la boccetta in mano. «Allora, come la mettiamo?», disse. «Muori col veleno di farfalla zapoteca con cui stavi uccidendo mio figlio, o ci racconti chi c'è dietro tutto questo e forse ti lasciamo vivere?».

Lo stomaco di Montezuma brontolò al passaggio di uno zefiro di aromi deliziosi che soffiava dalla cucina attigua, il Supremo alzò la testa e vide le quattro serve, selezionate dalle figlie dei nobili del regno per pulizia e bellezza, entrare in sala da pranzo con un gran fiasco cavo di zucca in mano. Avvicinandosi a lui le ragazze non lo guardarono – non osavano nemmeno! – tennero invece gli occhi bassi, presero con un mestolo l'acqua dal fiasco e la fecero ricadere sulle sue mani raccogliendo abilmente quella che schizzava in speciali bacinelle. Non era permesso far cadere a terra neanche una goccia; si pensava che portasse male e, in caso, era un incidente punibile con la morte del servitore colpevole. Dopo, con la massima cura possibile, le fanciulle gli asciugarono le dita mentre in sala entravano altre due nobili rampolle con in mano del pane bianco di granturco. Alla fine le donne si ritirarono e in sala entrò una schiera di servi, tutti scelti in virtù della loro appartenenza nobiliare, con trenta bracieri di terracotta su cui erano sistemati trecento piattini di ceramica rossi e neri riempiti con una fantasia di polli, tacchini, fagiani, pernici, quaglie, anatre domestiche e selvatiche, carne di cervo, pecari, uccelli di palude, piccioni, lepri, scimmie, aragoste, gamberi, polpi, molluschi, tartarughe, trenta diversi tipi di pesce di mare e di fiume, una decina di specie diverse di verdure e, specialità della casa, cubetti di carne conditi con sale e peperoncino tagliati a fette dalla coscia del ragazzo sacrificato.

Quando si diede inizio al banchetto, si ritirarono tutti i servi a eccezione di Teudile, il maggiordomo personale di Montezuma, uomo di nobilissimi origini che per la sua vicinanza al sovrano apparteneva ai signori più potenti del paese, al settimo posto dopo lo stesso Montezuma, la Donna Serpente (posizione ancora vacante dalla morte di Coaxoch), Cuitláhuac, i signori di Tacuba e Texcoco, e il nuovo sommo sacerdote, Namacuix. Alto, il viso magro e incavato, Teudile aveva le tempie e le sopracciglia rasate, i lunghi capelli grigi raccolti in uno chignon dietro la testa e un portamento altamente decoroso amplificato dall'abito trapunto di stelle che solo a lui era consentito indossare al cospetto del Supremo. Era l'unico responsabile di tutte le faccende riguardanti l'andazzo della casa reale e a cena aveva l'onore e il privilegio esclusivi di descrivere le portate al Supremo e passargli tutto quello che voleva. Ad ogni modo, prima di fare questo, sistemò attorno a Montezuma un paravento di legno intarsiato d'oro in modo che gli altri tre commensali invitati, a cui ora fu fatto cenno di avvicinarsi, non potessero vederlo mangiare.

Questa era la parte che a Montezuma piaceva di più perché, per tradizione, gli ospiti dovevano restare alzati e a piedi nudi per tutto il tempo come accattoni davanti alla porta, dovevano parlare solo se interpellati e mangiare solo se lui decideva di offrirgli un boccone di questo o di quello da dietro il paravento. Era un ottimo sistema per ricordare ai nobili la loro sottomissione a lui e farli accapigliare tra loro concedendo a uno l'onore e a un altro l'umiliazione.

Tuttavia, persino mentre gustava i primi succosi bocconi della coscia del giovane sacrificato, Montezuma guardò a terra e vide con orrore che era stata versata chissà come una goccia d'acqua davanti ai suoi piedi, quando gli avevano lavato le mani. Era un presagio tremendo e, proprio allora, come per il suo immediato compimento, si udì la voce familiare di Cuitláhuac, che non era a Texcoco come avrebbe dovuto ma sull'uscio della sala e alzava la voce in tono concitato con le guardie. Gli sentì fare i nomi di Guatemoc e Mecatl.

Con un grido di rabbia Montezuma lanciò il piatto a terra e congedò gli ospiti e Teudile.

Poteva trattarsi solo di una cosa.

CAPITOLO 51

Cozumel, sabato 27 febbraio 1519 - alba di domenica 28 febbraio 1519

La strada che aveva imboccato Muñoz portava a una serie di terrazzamenti sulle pendici più basse della collina dove gli indiani di Cozumel coltivavano verdure per il villaggio e, per quanto ben mimetizzato nel suo saio nero, le impronte nitide che il frate lasciava con i sandali sulla morbida terra rossa erano facili da seguire alla luce delle stelle.

«Presto», disse Melchiorre, «si è allontanato troppo. Lo perderemo se non ci avviciniamo».

«Non troppo però!», si sentì costretto a precisare Pepillo. «Se ci sente è finita».

«Mammoletta!», sibilò Melchiorre allungando il passo. «Dobbiamo avvicinarci per forza per ucciderlo».

Pepillo arrancò dietro l'amico facendo del suo meglio per star zitto anche se già era in affanno e respirava a fatica per delle tremende palpitazioni al petto. *Devi essere impazzito*, si disse mentre correva. *Ti farai uccidere*. Ogni istinto razionale, ogni osso del suo corpo, ogni nervo teso dalla paura lo spingeva a voltarsi e battere in ritirata sulla nave. Ma non poteva farlo, no? Altrimenti avrebbe deluso Melchiorre lasciandolo in mezzo ai guai e rivelandosi il codardo che era.

Adesso avevano superato le terrazze e risalivano in volata un pendio erboso a cielo aperto. Laggiù! Davanti! Una pertica oscillante di tenebra più nera del resto. Doveva essere Muñoz! Doveva averlo visto anche Melchiorre perché ora correva più veloce, zompando letteralmente su per la collina e aumentando la distanza fra lui e Pepillo che pensava *E anche se lo uccidiamo? La mia anima non sarà dannata in eterno per l'assassinio di un religioso?* E dentro la testa sentì una voce bassa e cavernosa che come un rullo di tamburo gli diceva in continuazione *Dannata! Dannata! Dannata!* e *Assassino! Assassino! Assassino!*

A cento passi sopra di loro incombeva il buio sinistro e fitto di una macchia di alberi che faceva parte, riconobbe Pepillo con un brivido, dello stesso boschetto in cui avevano trovato il corpo del bambino ucciso due giorni prima. L'ombra di Muñoz scivolò in mezzo agli alberi e sparì.

«Melchiorre!», voleva urlare Pepillo mentre correva. «Fermati, per carità! È troppo rischioso seguirlo lì». E pensò: *sarebbe come seguire un leone nella tana.* Ma la paura di tradire la loro caccia gli impedì di farlo e con orrore vide l'amico, tanto più lontano da sembrargli ormai poco più di un'ombra, infilarsi dritto nel punto in cui era scomparso il frate.

Venti secondi dopo, Pepillo raggiunse la soglia del bosco e si fermò con una sbandata.

Al bagliore incerto delle stelle notò l'inizio di un sentiero, non più largo dell'apertura delle sue braccia, che portava nel fitto della selva.

Socchiuse gli occhi ma Melchiorre ormai non si vedeva.

Anzi, niente si vedeva!

Il buio in mezzo a quell'intrico di alberi era pressoché totale. Come se non bastasse, anche se il bosco era animato da ogni sorta di strani e spaventosi scricchiolii, fruscii, ticchettii, versi rauchi di uccelli e respiri pesanti, non si riusciva a sentire niente che indicasse l'avanzata di Melchiorre nella vegetazione.

«Signore, aiutami», sussurrò Pepillo e, appena messo piede nel sentiero, gli venne un conato di vomito. Qualcosa gli si attaccò subito alla faccia e lui la allontanò con uno schiaffo, ansimando d'orrore prima ancora di capire che era solo un rampicante che pendeva da un ramo sulla sua testa. L'impulso di vomitare si fece più forte, ma la paura di essere giudicato codardo da Melchiorre e la paura ancora più forte che l'amico potesse essere in pericolo e aver bisogno del suo aiuto vinsero sulla paura di quello che aveva davanti a sé, così avanzò tastando con attenzione a ogni passo il terreno sotto i piedi e sentendo le soffici foglie cadute e i rovi che si impigliavano alle caviglie. Gli alberi sembravano invadere il sentiero da entrambi i lati e circondarlo completamente, così Pepillo si guardò alle spalle e si accorse di non riuscire più a vederne l'inizio.

Stringendo l'accetta che aveva in mano scostò i rami e i grossi ammassi di foglie secche e viticci penzolanti che gli sbarravano il cammino. Poi, senza alcun preavviso, sentì un *frrr* lento e vibrante – vicinissimo! – e sulla testa gli volò una cosa grande quanto un uccellino che spostò l'aria con il frullio delle ali. I marinai dicevano che in zona c'erano pipistrelli che bevevano il sangue umano, ma il pensiero di quelle creature era la cosa che lo spaventava meno, visto che in quel terrificante buio pesto si aggirava un mostro vero come Muñoz, mentre la forza e il coraggio di Melchiorre sui quali contava erano spariti insieme a lui dalla circolazione.

«Melchiorre!», bisbigliò rischiando il tutto per tutto. «Dove sei?».

Niente.

Decidendo di fare altri dieci passi prima di tornare di nuovo alla nave, Pepillo iniziò a contare – uno... due... tre... quattro... – quando a un tratto sentì... cosa? Un passo? Un crepitio di rami schiacciati da un pensante sandalo?

«Melchiorre?», azzardò con voce lugubre. «Melchiorre?». Un terrore agghiacciante gli si attaccò alle budella e gli fece risalire in gola un piagnucolio strozzato. Si voltò per scappare ma una pesante mano sbucata fuori dalla notte gli si piantò sulla spalla e lo costrinse a restare fermo dov'era.

«Ahhhh!», strillò Pepillo. «Lasciatemi, lasciatemi andare». Si agitò disperatamente, si dimenò e tirò colpi alla cieca ma fu inutile. «Vi prego», supplicò, «vi prego, padre, non uccidetemi».

Allora sentì una mano che lo scosse sull'altra spalla e una risatina bassa e familiare. «Non cacarti sotto, mammoletta impazzita», disse Melchiorre. «Sono io. Muñoz è sparito. Non lo prenderemo stasera».

In un attimo Pepillo montò su tutte le furie e piantò un calcio sullo stinco dell'amico mandandolo su un piede solo in mezzo ai cespugli. «Porco!», urlò al compagno, «mi hai spaventato. Non si striscia in giro così! Che ti eri messo in testa?»

«Scherzavo. Non prendertela tanto!».

«Scherzavi? *Scherzavi*? E tu scherzi così?». Pepillo si sentì indignato, ridicolo e furioso allo stesso tempo ma più di tutto, capì, sollevato. «Andiamo», disse, «torniamo...».

Non riuscì a finire la frase. Dal buio venne fuori un *sibilo*, si udì un brutto urto *metallico* e, più che vedere, Pepillo intuì che Melchiorre si accasciava a terra accanto a lui. A un istante muto di incomprensione seguì una subitanea e raccapricciante presa di coscienza, poi un colpo si schiantò sulla mandibola del ragazzo facendogli sollevare i piedi da terra, esplodere in testa un bagliore di lucine – ricordandogli stranamente la volta che, anni prima, aveva sbattuto correndo di gran carriera su una pietra – e precipitare nella più totale e avvolgente oscurità.

Riemergendo lentamente dal mare dell'incoscienza, Pepillo non ricordò subito dove era, né capì perché fosse nudo riverso con la pancia sopra rami spezzati e foglie secche, imbavagliato, le ginocchia piegate, i polsi legati alle caviglie dietro la schiena dolente inarcata e un cappio al collo evidentemente unito alla catena che aveva alle caviglie, perché ogni sforzo per liberarsi o mettersi dritto gli causava un immediato strangolamento. Era buio pesto ma i suoi occhi furono comunque raggiunti dal tremolio di una luce fioca. Sentì la voce di un uomo, una pronuncia e un tono orribilmente familiare – *Muñoz!* – e fu subito travolto da un'ondata di ricordi sui fatti di quella sera. Sentì esplodergli in gola un enorme grido che finì strozzato nel grumo di cenci dal sapore schifoso che gli tappava la bocca.

Il domenicano aveva un tono quasi gentile, da conversazione. «Guarda, negro! Il tuo piccolo complice si è svegliato per assistere al tuo castigo. Quando lo prenderò sarà già tutto *bagnato* di paura».

Pepillo pensò *Prenderò? Prenderò? Che significa?* e sentì un ruggito sconnesso e soffocato che capì venire da Melchiorre, imbavagliato come lui. Dimenò la testa a destra e sinistra stringendo il nodo scorsoio e finendo per soffocare e ansimare nel tentativo di trovare l'amico di cui sentiva gli sforzi da qualche parte dietro di lui.

Prima però vide Muñoz seduto a due passi sul grosso tronco di un albero caduto, la mano su una Bibbia, il saio nero alzato fino ai bozzi delle ginocchia, la faccia diabolicamente illuminata dal barlume di due candele da altare che si era messo a destra e sinistra.

«Ah», disse il frate, «permetti, lascia fare a me». Alzandosi di scatto si avvicinò a Pepillo, alzò un piede, gli mise la suola del pesante sandalo sulla spalla e gli diede uno strattone facendolo rotolare di mezzo giro sulla pancia finché non si trovò davanti a Melchiorre, anch'egli nudo e incaprettato. A differenza di Pepillo, il compagno non mostrava alcuna paura, solo una rabbia che alimentava il riflesso delle fiamme di candela sugli occhi e gli sfigurava i fieri lineamenti del viso.

Con una risatina inquietante Muñoz si accucciò e avvicinò la bocca all'orecchio di Pepillo, lo stesso orecchio che aveva morso a Santiago, sfiorato dallo stesso morbido calore di quelle labbra. «Guarda quanto mi odia il tuo amico», disse. Mise con disinvoltura la mano fra le scapole arcuate di Pepillo, la fece scivolare lentamente lungo il corpo, gli sfiorò i polsi e alla fine la posò sulle natiche facendolo sussultare come per l'ustione di un ferro caldo. «Secondo te, perché mi odia tanto?», continuò l'inquisitore.

Perché sei un maledetto sodomita, avrebbe detto Pepillo se non fosse stato imbavagliato, ma Muñoz non si aspettava affatto una risposta. «Mi odia», disse fra sé, alzando improvvisamente la voce e urlando nell'orecchio di Pepillo, «perché l'ho preso *per un solo peso* nella mia cabina quando viaggiavamo con Córdoba. Quando era uno schiavo avrebbe fatto tutto per i soldi – *vero, negro?* – ma ora che il poveretto è un uomo libero si vergogna da morire».

Melchiorre emise di nuovo un ruggito feroce dimenandosi e lottando disperatamente contro tutti i legacci, mentre il cappio gli mordeva così forte il collo da fargli uscire sangue.

«Ecco perché vuole uccidermi», sogghignò Muñoz. «Con *questo*». Il frate alzò il pugnale arrugginito di Melchiorre, poi avvicinò ancor più la bocca all'orecchio di Pepillo. «Scommetto che ti ha raccontato un'altra cosa, vero? Una storia edificante sul difendere gli indiani? Siete usciti per questo stanotte? Be', ora sai la verità, ragazzo! *Ora sai la verità!*».

Gettò il pugnale e all'improvviso era di nuovo in piedi e vagava per la radura in cui doveva aver trascinato entrambi dopo averli tramortiti, col viso volgare segnato dalla danza di ombre proiettate dalle candele. «E il grande drago», disse alzando la voce, «il serpente antico, colui che è chiamato diavolo e il Satana e che seduce tutta la terra abitata, fu precipitato sulla terra». Parlando si avvicinò a Melchiorre e gli diede due calci nelle costole con tale violenza che Pepillo sentì nettamente un crac a ogni colpo, seguito all'istante da un terribile gemito di dolore. «Voi siete i tentatori», tuonò Muñoz, «*tentatori* perfidi, sì, che mi hanno indotto in tentazione e la carne è *debole*». Corse per la radura, prese lo slancio col piede e fece sussultare e gemere Pepillo con due calci dritti alle costole. Il ragazzo sentì un conato di vomito in gola e lo cacciò di nuovo giù temendo di morire soffocato.

Be', sarebbe morto comunque. Sarebbero morti tutti e due lì, lui e Melchiorre, in quella selva oscura per mano di quel pazzo indiavolato.

Ora Muñoz mormorava fra sé, cosa ancor più agghiacciante di quando urlava come un forsennato. «In quel giorno», declamò, «il Signore punirà con la spada dura, grande e forte, il Leviathàn serpente guizzante, il Leviathàn serpente tortuoso e ucciderà il drago». Dietro le lacrime che gli sgorgavano dagli occhi, Pepillo vide la mano del frate sparire nell'abito e riemergere impugnando un rasoio. Con un balzo solo si accostò di nuovo a Melchiorre, gli afferrò con una mano i folti capelli e aprì il rasoio con uno scatto facendo scintillare la lunga lama alla luce della candela. «Se uno ha rapporti con un uomo come con una donna», disse, «ha commesso un abominio e dovrà esser messo a morte».

Mentre portava la lama alla gola di Melchiorre si sentì correre qualcuno e un'enorme spada sbucata dal nulla trapassò la schiena dell'inquisitore uscendogli fuori dalla pancia. L'uomo che la brandiva era alto, barbuto e pieno di muscoli. Affondò sul manico dell'arma impalando il frate e lo costrinse a gettarsi ai suoi piedi in preda alle urla.

«Pietà!», strillò Muñoz. «Pietà! In nome di Dio».

Gli si fecero intorno altri due uomini con le facce truci. In mano avevano dei pugnali con cui lo infilzarono a ripetizione mentre lui si contorceva sulla lama della spada come un pesce sull'arpione.

Ci volle qualche minuto e una grossa quantità di sangue, poi non si mosse più.

I soldati barbuti e inflessibili che avevano ucciso Muñoz erano Bernal Diaz, Alonso de La Serna e Francisco Mibiercas, quest'ultimo proprietario di quella che Pepillo avrebbe poi sempre definito come la dura, grande e forte spada. Viaggiavano sulla nave di Alvarado ma Pepillo si ricordava di Diaz perché era già stato sulla *Santa Maria*, l'ultima volta per discutere la questione degli omicidi a Cozumel, mentre Melchiorre li conosceva tutti e tre dalla spedizione di Córdoba.

La prima cosa che fecero dopo aver liberato di ragazzi e averli fatti rivestire fu molto strana. «Queste armi sono vostre?», chiese La Serna con in mano l'accetta di Pepillo e il pugnale di Melchiorre.

Dissero di sì.

«E cosa pensavate di farci?».

Melchiorre guardò il cadavere sfregiato e sanguinante di Muñoz che giaceva faccia in giù sul terriccio del bosco. «L'abbiamo seguito», disse. «Volevamo ucciderlo».

«Perché?», chiese Diaz.

«Lo odiamo», rispose Pepillo. «È – voglio dire, era – un assassino. Due giorni fa l'abbiamo visto inseguire e uccidere un bambino indiano. Ieri sera ne ha ucciso un altro e... e...».

I tre soldati si scambiarono occhiate eloquenti.

«Era un lurido sodomita», disse Melchiorre.

«Ha detto che mi avrebbe "preso"», aggiunse Pepillo, «dopo aver ucciso Melchiorre».

La Serna allungò ai due il pugnale e l'accetta. «D'accordo, ragazzi», disse. «Prendete le vostre armi e fate quello che siete venuti a fare».

«Che vuol dire, señor?», chiese Pepillo. Sentì in mano il peso dell'accetta. Più grande di quanto ricordasse.

«Siete venuti a ucciderlo», disse Mibiercas, che stava ripulendo la sua spada sul saio di Muñoz. «È la vostra occasione».

«Ma è già morto, señor», obiettò Pepillo.

«Fatelo», gridò Diaz. «Fate la vostra parte».

A Melchiorre non servirono altri inviti. Col respiro già corto per l'eccitazione e i gemiti bassi che gli risalivano in gola, si avventò su Muñoz con gran furia conficcando il pugnale più e più volte nella schiena inerte e insanguinata del frate. Pepillo vide le lacrime sulle guance dell'amico in preda a singhiozzi che gli tormentavano il petto. Prima che avesse finito La Serna gli fece un cenno. «Anche tu, ragazzo», disse.

«Io, señor?», chiese Pepillo con una vocina sottile.

«Vedi altri ragazzi in giro?», sbottò La Serna.

Pepillo si girò verso Diaz e Mibiercas ma i loro sguardi non gli concessero nulla. Con un ritorno di nausea raggiunse Melchiorre accanto al corpo, si inginocchiò e alzò l'accetta, ma all'inizio non seppe costringersi a sferrare il colpo. «Fallo!», ringhiò Melchiorre con la faccia tanto livida di rabbia e ferocia che Pepillo fece un balzo all'indietro dallo stupore. «Fallo se sei mio amico!».

All'improvviso dentro Pepillo si incrinò qualcosa e il giovane conficcò l'accetta sulla spalla di Muñoz, poi sul collo – ancora! ancora! – sentendo le vertebre che si spezzavano e infine, preso da un raptus, sulla nuca fino a spaccare il cranio del frate.

«Può bastare», disse Diaz. Il soldato stava dietro Pepillo e Melchiorre, li prese entrambi sottobraccio con le sue mani grandi e forti e li fece alzare in piedi. Nel frattempo lo spadaccino Mibiercas gli accordava un sorriso macabro. «Ben fatto, compari!», disse. «Ora ci siamo dentro tutti».

Il mondo si capovolse. Pepillo si piegò in due, si afferrò lo stomaco e vomitò.

Qualche istante dopo, sentendosi ancora debole, Pepillo si sedette sul tronco d'albero in cui si era appollaiato Muñoz con aria trionfale pochissimo tempo prima e guardò Melchiorre che aiutava i tre soldati a fare sparire varie cose in un sacco di tela che stava ancora aperto e vuoto a terra. Quando aveva nuotato nudo fino a riva dalla *San Sebastian*, probabilmente era lì che il frate aveva messo dentro l'abito, i sandali, il rasoio col manico d'osso, la Bibbia, vari rocchetti di corda di diversa lunghezza e le due candele d'altare con cui aveva illuminato la scena. Ora le cose tornavano una a una nel sacco, con la sola eccezione dell'abito squarciato e fradicio di sangue che fu usato per coprire il corpo.

«Sapeva che lo avreste seguito fin qui?», chiese Diaz.

Pepillo e Melchiorre scossero il capo all'unisono. «Non poteva saperlo. Non l'abbiamo detto a nessuno».

«Doveva avervi scoperto», disse Diaz finendo di avvolgere l'ultima fune, «è venuto qui preparato, con tanto di candele per vedere quello che faceva».

Pepillo sentì un brivido corrergli per la schiena. «E *voi* come avete fatto a sapere che eravamo qui?», domandò.

«Non lo sapevamo», rispose La Serna. «Aspettavamo la prima occasione e si è presentata stanotte, per fortuna vostra».

«Eravamo con Córdoba», spiegò Mibiercas. «A causa di Muñoz sono morti tanti bravi ragazzi. Prima o poi doveva capitargli».

«Ne sarebbero morti ancora se l'avessimo lasciato vivere», aggiunse Diaz. «Almeno, ora Cortés può mandare avanti la spedizione come si deve e farci diventare tutti ricchi, senza altre ingerenze dell'inquisitore».

«Cortés lo sa?», chiese Pepillo.

«No, ragazzo, non sa niente», disse Diaz. «E non deve saperlo. Stasera non è successo niente. Voi non ne parlerete mai più, noi faremo altrettanto».

Mibiercas, con la grande spada che ora gli pendeva nel fodero a tracolla, fu più categorico: «Se si viene a sapere», disse guardando Melchiorre di traverso e poi spostando gli occhi su Pepillo, «vi taglio la testa. Ricordatelo».

«Non si saprà», lo assicurò Pepillo. «Vi siamo davvero grati per averci salvato la vita, terremo le bocche chiuse».

Melchiorre annuì, confermando: «Come dite voi, Mibiercas. Ormai ci siamo dentro tutti e dobbiamo guardarci le spalle a vicenda».

Pepillo fu molto colpito da Diaz e i suoi amici, non solo per il loro salvataggio. Avrebbero potuto lasciare Muñoz nella radura ma non lo fecero: se l'avessero trovato, sarebbero stati accusati sicuramente gli indiani di Cozumel e da lì poteva scatenarsi un altro bagno di sangue. Piuttosto, avevano deciso di scaricare il cadavere a mare da un lontano promontorio che avevano già perlustrato e stava a un miglio dal punto in cui era ancorata la flotta. «Meglio avere un mistero che un omicidio», spiegò La Serna con un ghigno asimmetrico.

Quando arrivarono al promontorio, la notte era quasi passata e l'alba iniziava a schiarire il cielo a est. Mentre i gabbiani roteavano e strillavano in aria e le onde si infrangevano sugli scogli frastagliati con uno strano rimbombo alimentato dal forte vento, i soldati raccolsero dei massi e usarono le corde che c'erano nel sacco di tela per legarli stretti al corpo di Muñoz.

«Qualcuno vuole dire una parola sul defunto?», chiese Diaz.

«Era un uomo malvagio», disse La Serna. «Bruci all'inferno».

«Ha chiesto pietà», disse Mibiercas, «ma non l'ha mai avuta con gli altri».

«Gli abbiamo dato una brutta morte», disse Diaz, «ora deve rendere conto al creatore. Se siamo giudicati per quello che abbiamo fatto, quando toccherà a noi, prego il Signore di non essere troppo duro».

Un attimo prima di far ruzzolare il corpo negli abissi marini Pepillo intravide il cranio fracassato di Muñoz e la sua faccia pallida imbrattata di sangue.

Gli occhi neri e spalancati del frate sembravano guardarlo ancora pieni di desiderio.

CAPITOLO 52

Tenochtitlan, sabato 20 marzo 1519

«Ho notizie dal mio informatore in casa di Cuitláhuac», disse Huicton. «A quanto pare, Guatemoc ogni giorno fa offerte alla dea Temaz per il suo intervento miracoloso. Perché non fai un'altra visita al principe?».

Il solo pensiero le diede il batticuore. Pur non riuscendo a dimenticare il povero e perduto Coyotl, dopo molti giri infruttuosi Tozi aveva smesso di cercarlo e, negli ultimi venti giorni dai fatti drammatici dell'ospedale regio, Guatemoc era stato nei suoi pensieri molto più di quanto volesse ammettere. «A che scopo? Abbiamo già quello che volevamo: la famiglia di Montezuma è nel caos. Il sospetto si è diffuso ovunque. Fra lui e il fratello si è aperta una ferita insanabile».

«Dobbiamo guardare oltre, al dopo Montezuma... Dobbiamo pensare al successore».

«Quetzalcóatl sarà il successore».

«Questo lo credi tu. Noi però dobbiamo vivere nel mondo reale degli uomini in cui gli dèi non scendono ogni giorno dal cielo. Io prego che tu abbia ragione, ma devo prepararmi alla possibilità che ti sbagli».

«Io non mi sbaglio, Huicton! Vedrai».

«D'accordo, Tozi. Andrà come dici tu. Dammela vinta però. Mettiamo per un istante che Quetzalcóatl non torni e che noi riusciamo a far impazzire Montezuma – finora ci siamo riusciti benissimo – e farlo cadere comunque dal trono. Il figlio Chimalpopoca è sempre malaticcio e, anche se in vita, ancora per molti anni sarebbe troppo giovane per succedergli. Ci sarà una lotta per il potere...».

«E ovviamente la vincerà Cuitláhuac», disse Tozi fra i denti. Non le piacevano i ragionamenti che non includevano Quetzalcóatl.

«Cuitláhuac potrebbe non *volere* lo scettro. Non è portato per il comando e tutto fa credere che conosca i propri limiti. Se cade Montezuma, Guatemoc diventerà un candidato. Approfittiamo dell'occasione per appoggiarlo...».

«Guatemoc? Appoggiarlo? Quel pallone gonfiato di un mexica? Devi essere più pazzo di Montezuma per credere di poterlo fare!».

«Per niente, Tozi!». Huicton le posò una mano nodosa sulla spalla. «Dopo gli ultimi fatti abbiamo – hai! – una straordinaria influenza su quell'uomo. Non solo hai sventato il complotto di Montezuma ma, stando ai miei informatori, il principe crede che sia stata tu a farlo guarire. Dopo averlo avvertito del veleno, sembra che la dea Temaz abbia imposto le mani sulle gravi ferite riportate da Guatemoc nello scontro coi tlascaliani. Dicono che ha sentito un calore in tutto il corpo. Le ferite gravissime hanno iniziato subito a rimarginarsi come per magia e in pochi giorni sono scomparse le infezioni. Soffre ancora molto, mi hanno detto, ma i dottori dicono che si riprenderà completamente e lui attribuisce tutto il merito a te...».

«A Temaz, vuoi dire!».

«Lo stesso. Per lui, Temaz sei *tu*! Torna da lui vestita da dea. Fatti vedere. Lavoratelo per aumentare il suo attaccamento e la fiducia e, quando sarà, gli faremo fare quello che vogliamo».

«Molto astuto, davvero», disse Tozi, «ma basta poco per far andare le cose storte. Metti che Guatemoc mi scopre, che so, che mi prende alla sprovvista. Invece di farne un alleato lo trasformeremmo in un nemico ancora peggiore».

«Non capisco perché dovrebbe scoprirti», disse la vecchia spia. «Ormai con l'invisibilità sei sicura, no?»

«Sicurissima!».

«Figurati che ne sono sicuro persino *io*, dopo quello che hai fatto con Guatemoc, Mecatl e il veleno. Quando sei invisibile non ti vede nessuno, non ti può afferrare nessuno. Se qualcosa va storto basta che torni invisibile e scappi».

Considerando quell'opportunità, Tozi ammise: «Non ti ho ancora detto una cosa».

«Oh?». Nonostante l'opacità lattescente che li velava, a volte gli occhi di Huicton erano molto espressivi, e quella fu una di quelle volte.

«Non è stato solo quello che è successo all'ospedale a farmi sentire più sicura», spiegò Tozi. «Sono stata anche al palazzo di Montezuma». Ridacchiò. «Qualche volta sono rimasta a vederlo mangiare. Sono stata anche nella sua camera da letto!».

«Cosa?». Huicton sembrò spaventato e sinceramente arrabbiato. «Ti ho detto di stare lontana da quel palazzo. È troppo pericoloso».

«Allora ti sbagliavi». Tozi allungò il labbro inferiore. «E io avevo ragione. Dicevi che gli stregoni di Montezuma possono avvertire la mia presenza ma sono degli incapaci. Gli sono scivolata accanto, non hanno notato niente, mi sono infilata in camera sua andandogli proprio accanto senza farmi scoprire da nessuno e… l'ho *torturato*, Huicton!».

«Torturato? Che caspita significa?»

«Il dono che mi ha dato Colibrì, ricordi? Esaltare le paure dei miei nemici? L'ho usato su Montezuma come ho fatto quella notte sulla grande piramide». Tozi ridacchiò di nuovo. «Ha problemi di stomaco, ho lavorato su quello. Molti problemi a dire il vero. Lo stomaco non gli dà mai pace. Oh, e gli ho messo fuori gioco il *tepulli*…».

«Il *tepulli*?». Huicton era senza fiato. «Che ne sai tu di *tepulli*, signorina?»

«Come, "signorina"?», chiese Tozi indignata. «Le ragazze della mia età sono già sposate e con figli. Figurati se non so cos'è un *tepulli*!». Altra risatina: «So pure cosa fanno quando funzionano!».

Huicton continuò a fissarla coi suoi occhi annebbiati.

«Devono rizzarsi!», strillò Tozi, «e io ho fatto diventare il *tepulli* di Montezuma moscio come un vermetto, così non può divertirsi con mogli e amanti. Gli ridono tutte alle spalle. Lui è *molto* contrariato».

Ora anche Huicton si sganasciava dalle risate. «Oh, Tozi», disse asciugando una lacrima dall'occhio, «sei un portento».

La ragazza non volle ammettere di non sapere cosa fosse un portento e rispose: «E Guatemoc? Quando devo cominciare?».

CAPITOLO 53

Potonchan, domenica 21 marzo 1519 - mercoledì 24 marzo 1519

La promettente mattina dell'equinozio di primavera, domenica 21 marzo 1519, Alaminos portò la *Santa Maria* nella grande baia davanti alla foce del fiume Tabasco e Cortés diede l'ordine all'intera flotta di calare l'àncora. Quel giorno, più che l'opera dell'uomo, serviva la preghiera. L'indomani, lunedì 22 marzo, avrebbero marciato sulla città di Potonchan per punire i maya chontal come aveva chiesto san Pietro.

Non che gli uomini sapessero dei sogni di Cortés! Non aveva confidato a nessuno il vero motivo dell'attacco a Potonchan, nemmeno ad Alvarado, l'aveva spacciato per una rappresaglia dovuta all'umiliazione subita l'anno prima dalla spedizione di Cordoba. Dopo tutto, con lui c'erano molti sopravvissuti a quella disfatta e avevano una gran sete di vendetta; per gli altri, l'orgoglio e l'onore della Spagna, uniti al miraggio del tesoro, erano incentivi più che sufficienti.

Erano successe molte cose da quando, venti giorni prima, il giovane Gonzalo de Sandoval era tornato vittorioso a Cozumel col naufrago spagnolo Jeronimo de Aguilar. Dopo otto anni passati fra i maya, quell'uomo aveva imparato a parlare la loro lingua in modo fluente e aveva subito iniziato a dimostrarsi un abile interprete. Purtroppo, nemmeno le sue doti, grazie alle quali era stato fatto un interrogatorio approfondito al capotribù e ai notabili di Cozumel – e a tempo debito a quasi tutta la gente del villaggio – erano servite a sciogliere il mistero dell'improvvisa scomparsa di padre Gaspar Muñoz.

L'inquisitore aveva fatto un sermone sul ponte della *San Sebastian* la sera di sabato 27 febbraio. Poi era sceso in una piccola cabina sottocoperta che Alvarado gli aveva fatto ricavare nella stiva e da allora nessuno l'aveva più visto. Visto che nel suo alloggio mancavano il saio e i sandali, la Bibbia, le due candele dell'altare, il rasoio e altri piccoli effetti personali, si pensava che avesse lasciato la nave di sua volontà e che l'avesse fatto la notte del 26, quando aveva detto alle vedette che sarebbe andato in un luogo appartato dell'isola a meditare e pregare. La notte del 27, però, nessuno l'aveva visto allontanarsi.

Poteva darsi invece che, sfuggendo in qualche modo alla sorveglianza, fosse sceso a terra – senz'altro per sodomizzare e uccidere un altro bambino, supponeva Cortés – e alla fine fosse stato catturato e ucciso dagli indiani? Era l'ipotesi più attendibile, ma dagli interrogatori non si era ottenuto uno straccio di indizio su un possibile coinvolgimento indiano. E poi Aguilar aveva tenuto a precisare che, secondo lui, gli isolani non nascondevano niente.

E se fossero stati gli spagnoli? Non era affatto da escludere. Dopo il ruolo avuto nel disastro della spedizione di Cordoba, l'inquisitore si era fatto molti nemici fra i conquistadores. Anche il paggio Pepillo aveva un valido motivo per serbargli rancore e, per qualche tempo, Cortés aveva anche sospettato di lui e del compare Melchiorre: i ragazzi si erano comportati in modo strano e tutti e due, la mattina del 28 febbraio, avevano lividi e tagli che dissero in maniera poco convincente di essersi procurati litigando fra loro. Anche in quel caso mancavano le prove, però, riflettendoci bene, l'idea che fossero stati capaci di uccidere un uomo adulto come l'inquisitore sembrava assurda.

Era un enigma irrisolto e, quando il 6 marzo la flotta riparata e rifornita di viveri salpò da Cozumel, una settimana dopo la scomparsa di Muñoz, Cortés aveva già concluso che era meglio rimanesse tale. Due settimane dopo, all'àncora nella baia davanti alla foce del Tabasco, mentre si preparava a scatenare la sua vendetta sulla città maya di Potonchan, sentì di avere san Pietro dalla sua parte e con la mente ritornò a un'immagine dell'altra città infinitamente più grande il cui nome ancora non conosceva, la città con la piramide d'oro splendente di gioielli, edificata sulle acque di un lago lontano e cinta da altissime montagne innevate che nei suoi sogni lo invitava a raggiungerla.

«Dio ti darà tutto questo», gli aveva detto san Pietro, «quando avrai fatto quello che ti chiedo».

E quello che gli chiedeva il santo lì e ora era l'umiliazione, il castigo e lo sterminio totale dei maya chontal di Potonchan.

Il giorno della gran festa di primavera, quando le ore di luce e di buio si equivalgono e l'alba indica l'est preciso sull'orizzonte, Malinal finalmente avvistò Potonchan. Più si avvicinava, arrivando da sud sulla grande strada bianca che tagliava i campi di granturco verde, più fatica faceva a riconosce la città in cui era nata e da cui era stata cacciata cinque anni prima, tradita dalla sua stessa madre, privata delle sue nobili origini e venduta in schiava a un mercante mexica di passaggio. Rispetto alle dimensioni enormi, all'eleganza e all'agglomerato della capitale mexica in cui aveva passato gli ultimi anni, non era niente di speciale. Rispetto alla Potonchan che ricordava invece – appena un paio di strade polverose, un mercato e il palazzo di suo padre – la città che ora si ergeva davanti a lei era cresciuta moltissimo e si era espansa per un lungo tratto sulla riva del fiume Tabasco. Pensò quasi di essersi persa e di essere arrivata in un altro posto, finché non vide le nove terrazze a strapiombo dell'antica piramide vertiginosa che si stagliava sulla piazza centrale in maniera immutata, alta sul dedalo di strade e abitazioni. La piramide era stata fatta costruire dal re Ahau Chamahez molto tempo prima, talmente tanto che ormai non lo ricordava nessuno; eppure, il suo antico prestigio splendeva ancora su Potonchan come un raggio di sole rendendola meta di pellegrinaggi sacri per tutti i maya chontal ed eclissando, per gli speciali riti legati alla primavera, persino le più grandi città della regione.

La visione del monumento ricordò a Malinal l'altra piramide infinitamente più grande, dedicata al dio mexica della guerra Colibrì, in cui per poco non stava perdendo la vita e dove all'ultimo momento era stata risparmiata grazie all'intervento misterioso dello stesso dio della guerra. Ormai non sapeva quasi più da quanto tempo camminasse dopo essersi lasciata alle spalle Tenochtitlan in quella notte orrenda; almeno trenta giorni, pensò, forse anche di più. Sicuramente i piedi lividi e doloranti provavano che non aveva mai smesso di marciare un solo giorno, che non si era concessa di riposare nemmeno un giorno, pur di aumentare al massimo la distanza fra sé e la crudele follia dei mexica.

Nonostante fossero impolverati, logori e sporchi di viaggio indossava ancora la camicetta di cotone blu, la gonna e i sandali resistenti che le avevano dato prima di lasciare Tenochtitlan. Il pesante mantello da viaggio foderato in pelliccia donatole insieme al resto – di scarsa utilità dopo la discesa dalle montagne nelle pianure tropicali – era stato barattato dodici giorni prima per un po' di cibo, come era successo anche allo zaino dopo averne scambiato e consumato il contenuto. Il lungo tragitto le aveva bruciato e abbronzato la pelle da cortigiana riducendola così male, quanto a vestiti e ad aspetto in generale, che ormai da molto non evitava più i contadini e gli altri viaggiatori incrociati per strada. Adesso poi era quasi a casa e stava già in mezzo ai pellegrini che vagavano verso Potonchan per la festa di primavera, che doveva essere già cominciata la sera prima e sarebbe continuata per tre giorni. Come aveva fatto molte altre volte in quel viaggio lungo e rischioso, quando aveva evitato i banditi o le pattuglie dei mexica, trovato un riparo insperato in mezzo alla tempesta, un letto per la notte grazie a una famiglia gentile o una guida volenterosa ogni volta che si era persa, Malinal ricordò la frase di Tozi sul fatto che era stata scelta e aveva un ruolo preciso in un disegno divino. Il ritorno in quella regione la esponeva al grande pericolo della sua stessa famiglia, rischio che era pronta a correre, ma le folle allegre sembravano l'ennesimo dono degli dèi che le facilitavano il compito di mescolarsi alla gente per non farsi notare né riconoscere, mentre cercava notizie del dio Quetzalcóatl.

Avvicinandosi alla città, comunque, notò qualcosa di strano. Benché una massa davvero enorme di gente continuasse a spingersi verso Potonchan, un numero altrettanto grande di persone aveva iniziato a uscirne e andare a sud, da dove veniva lei. Stando all'abbigliamento, la maggior parte di quelli che si affrettavano inspiegabilmente a lasciare la città prima dei festeggiamenti principali erano pellegrini, ma tra loro si distingueva anche qualche residente. Man mano che nelle due direzioni si incrociavano scambiando qualche parola sempre più viandanti, Malinal vide crescere il numero di quelli che prima erano diretti a Potonchan e ora facevano dietrofront.

Restando perplessa, la ragazza fermò una famiglia sulla strada – madre, padre, nonni, cinque figli – e domandò che cosa stava succedendo. Il nonno, capelli grigi, magro, curvo, appoggiato a un bastone, le fece venire un tuffo al cuore quando le disse: «Gli stranieri bianchi sono tornati».

«Stranieri bianchi?», chiese mascherando l'eccitazione. «Chi sono?».

Il vecchio la guardò storto. «Gli stessi stranieri che abbiamo già combattuto, ovviamente! Dove vivi, fanciulla?»

«Sono stata… fuori. Ho vissuto per cinque anni nelle terre dei mexica».

L'uomo si intenerì. «Allora non l'avrai sentito perché gli stranieri sono venuti solo l'anno scorso. Sono arrivati in grandi navi che si muovono da sole, senza pagaie. Hanno preteso il nostro cibo, il nostro oro e hanno cercato di farci adorare il loro dio. Hanno persino bruciato alcuni di noi con dei fuochi enormi! Così alla fine siamo arrivati allo scontro. Erano pochi ma avevano armi tremende e hanno ucciso molti uomini prima che riuscissimo a respingerli. Ora Muluc ci spinge a resistergli di nuovo ma chiunque abbia un po' di buon senso se ne va».

Malinal nascose l'improvviso moto di rabbia che le suscitò il nome di Muluc. «Hai detto che gli stranieri hanno cercato di farvi adorare il loro dio, ma da come li descrivi sono loro a sembrare più dèi che uomini. Per te, sono dèi?».

L'anziano restò zitto come se riflettesse sulla domanda. «Alcuni lo pensano», rispose alla fine, «però questi mangiano come gli uomini, cacano come gli uomini e puzzano come gli uomini, quindi, direi che sono uomini, anche se molto diversi da noi».

Appena fece per andare col resto della famiglia, Malinal lo richiamò. «Questi stranieri… sono già in città?»

«Sono nella baia con le loro grandi navi», rispose il vecchio. «Ma verranno. Stai certa che verranno. Ascoltami, vattene finché sei in tempo».

Malinal invece proseguì, senza nemmeno far più caso a quante altre grosse frange di pellegrini intorno a lei avevano iniziato a tornare indietro. Era tanto assorta nelle notizie che le avevano dato da non sapere più se stesse tremando di gioia o di paura.

Per non mollare, in tutti quei giorni di cammino si era aggrappata alla speranza coltivata in lei da Tozi sul ritorno imminente di Quetzalcóatl e del suo seguito di dèi. Tuttavia, una parte di lei – forse quella predominante – aveva continuato a dubitare dell'intera storia. Dopo quello che aveva appena sentito, però, come poteva continuare a farlo?

E come dubitare dell'altra affermazione di Tozi sul fatto che lei, Malinal, giocava un ruolo specifico nel disegno degli dèi? Non solo, infatti, erano comparsi la prima volta a Potonchan, la sua città natale; ora c'erano anche tornati, e proprio il giorno in cui era tornata lei dopo cinque lunghi anni di assenza.

Una coincidenza del genere, pensò, non poteva essere un caso. Doveva essere il destino. Doveva essere scritto nelle stelle da molti secoli, e per mano degli stessi dèi.

Era talmente sovrappensiero che non si accorse di essere già arrivata quasi in città e di non essere più tanto nascosta tra la folla, perché quasi tutti gli altri pellegrini erano tornati indietro. A un tratto però sentì un graffio nella pelle, alzò la testa e sobbalzò vedendo due soldati della guardia regia di Muluc che trascinavano una barriera di rovi sulla strada a meno di dodici passi da lei.

«Ehi, tu», disse uno di loro, il più giovane, un ragazzotto allampanato con una brutta acne in faccia. «Dove credi di andare?».

Malinal lo fissò intimidendolo con lo sguardo. «Alla festa di primavera in città, naturalmente».

«Allora perdi tempo. Non lo sai? La festa è stata cancellata».

«E quando?»

«Adesso. Ordini di Muluc. C'è un'emergenza».

Il soldato più anziano, a cui pendevano sotto il mento come un tacchino diversi bargigli di pelle rugosa, la studiava da vicino con l'aria scaltra e gli occhi socchiusi. «Ci conosciamo?», chiese. Aveva una voce particolarmente roca.

«Non credo», rispose Malinal col batticuore. «Vengo da Cintla». Nominò la capitale di quella regione a due ore di cammino a sud, da cui era passata poco prima. «Non sono mai stata a Potonchan».

«Sicura, bellezza? Hai un'aria molto familiare».

«Più che sicura. E forse ora farei meglio a tornare, visto che la festa è stata cancellata».

Si voltò e cominciò a camminare nella direzione da cui era venuta, vincendo l'istinto di mettersi a correre e tenendo un passo lento e misurato mentre i soldati alle sue spalle parlavano in tono concitato. Sapeva benissimo dove si erano già visti con collo di tacchino, se l'era ricordato subito sentendolo parlare. Aveva un viso molto più vecchio dopo cinque anni, ma quella voce era indimenticabile.

«Torna qui, bellezza…».

Lo ignorò e continuò a camminare.

«Ehi, tu! Ferma!».

Li sentì correre e in un attimo la raggiunsero.

«Tu sei Malinal!», disse collo di tacchino tenendola ferma. Il suo sguardo scaltro si illuminò in un lampo di trionfo.

I soldati portarono subito Malinal a palazzo e insistettero per mostrarla a Muluc di persona. «Ci darà una bella ricompensa per aver catturato questa donna», disse collo di tacchino, il cui nome era Ahmakiq. «L'hanno fatta schiava circa cinque anni fa, l'ho consegnata al mercante io stesso. L'hanno venduta ai mexica per essere sicuri che non tornasse. Una di sangue reale, una principessa come lei, gli avrebbe dato un sacco di filo da torcere».

«E ora è tornata», disse Ekahau, il soldato più giovane.

«Esatto! Ecco perché ci ringrazieranno per averla catturata».

Aspettando l'arrivo di Muluc nel cortile del palazzo, Malinal si trovò a rivivere i fatti di cinque anni prima.

Il suo adorato padre, Kan-U-Ueyeyab, l'ultimo capoclan di Potonchan, era morto in modo improvviso e inatteso quando lei aveva quattordici anni. Essendo l'unica figlia avrebbe dovuto prendere il suo posto appena compiuti sedici anni. Nel frattempo la madre Raxca aveva assunto il ruolo di reggente e in poco tempo aveva preso come amante Muluc, e altrettanto in fretta l'aveva sposato. Poco dopo il quindicesimo compleanno di Malinal, la coppia aveva avuto un figlio, un maschio che avevano deciso di chiamare Nacon, per cui Muluc stravide fin dalla nascita iniziando a detestare Malinal. Esercitando la sua grande influenza sulla debole e innamorata Raxca, Muluc aveva cospirato insieme a lei per liberarsi di Malinal così da lasciare a tempo debito il posto di comando a Nacon. Raxca si era opposta all'idea di uccidere la figlia, soluzione preferita da Muluc. Così, Malinal era stata venduta a un mercante mexica di schiavi e portata a Tenochtitlan, città incubo da cui nessuno di quelli che ci andavano in catene era mai tornato.

Non essendo più una fanciulla innocente, ma una donna di mondo, ormai Malinal era piuttosto sicura che la madre fosse stata intima con Muluc già molto prima che il padre morisse. Anzi, era tristemente ovvio che Kan-U-Ueyeyab fosse stato ucciso dalla coppia e molto probabilmente avvelenato, perché oltre all'ottima salute era stato sempre un uomo forte fino a quando non era stato stroncato da un male misterioso che gli aveva fatto uscire sangue dal naso e dalla bocca sprofondandolo in uno stato di incoscienza e uccidendolo in un solo giorno.

E tutto questo per cosa? Il potere assoluto su Potonchan e l'eredità destinata a Nacon bastavano davvero a giustificare quel tradimento, quel complotto, quella cattiveria?

Malinal alzò la testa. Il palazzo era come lo ricordava, due piani e un pianoterra con una dozzina di stanze. Un tempo le era sembrato enorme e impressionante e, in effetti, era molto più grande di tutti gli altri edifici nei paraggi. Abituata però alla bellezza e al lusso delle dimore della nobiltà mexica, ormai vide la casa della sua infanzia per quello che era in realtà: la sede semplice e rustica di un capoclan minore.

A un certo punto sentì una donna arrabbiata che alzava la voce, un bambino che piangeva e un uomo che diceva una cosa incomprensibile in tono concitato. Mettendosi sull'attenti, Ahmakiq e Ekahau aumentarono la stretta sulle braccia di Malinal e lei si preparò a vedere sua madre per la prima volta dopo cinque anni. In passato aveva creduto di amarla – non è vero che tutti i bambini amano la madre? – ma tutto si era perduto da moltissimo tempo e Malinal si stupì di non provare più niente, né odio, né curiosità, solo un disprezzo gelido. La rabbia era tutta dedicata allo schifoso patrigno! Cinque anni prima le aveva portato via quello a cui teneva di più e, a quanto pareva, quel giorno forse l'avrebbe fatto di nuovo.

Ad ogni modo, dal portone del palazzo non uscì Muluc ma il maggiordomo impaurito che doveva andarlo a chiamare e che invece era seguito a ruota da Raxca, tutta presa da un neonato in fasce che le urlava tra le braccia. Dietro di lei, aggrappato col suo pugno cicciottello a un lembo della sottana di Raxca, c'era un ragazzino incredibilmente brutto e grasso – aveva preso dal padre! – col raffreddore e una striscia di muco che gli colava sul labbro superiore. Sembrava intorno ai cinque, sei anni e non poteva che essere l'usurpatore Nacon.

Malgrado i pasticci in cui si trovava, quando la madre alzò gli occhi al cielo per il neonato Malinal provò lo speciale piacere che a volte deriva dalle sconfitte altrui. Evidentemente il maggiordomo l'aveva chiamata senza dirle nemmeno chi la aspettasse, ma a quel punto lanciò uno strillo esterrefatto e indietreggiò subito di un passo pestando un piede al figlio e facendogli cacciare un urlo di protesta. «Per gli dèi!», disse restando a bocca aperta.

Considerata bellissima in passato, Raxca era diventata pesante e bruttina, con lo sguardo avido e le guance boriose di un aguti. Oltre a farle tremare la mandibola, la colpa, la vergogna e la paura che ingaggiarono una brevissima schermaglia sul suo volto la fecero diventare pallida come la pancia di un pesce. «Malinal?», disse sovrastando i singhiozzi e i continui piagnucolii di Nacon.

«Sì, madre», rispose stanca Malinal, «sono la tua ossessione». Non sapeva bene perché l'avesse detto, sapeva solo di sentirsi come uno spettro vendicativo tornato dal regno dei morti.

Che situazione stramba. Malinal era stata data in schiava da Raxca cinque anni prima, eppure era lì, nella sala udienze della madre al primo piano del palazzo, a bere una tazza di cioccolata con lei nel tardo pomeriggio come se non fosse successo nulla!

Be', proprio nulla no forse: alla porta infatti c'erano le guardie e Raxca stava ribadendo che Malinal restava una prigioniera. «Dobbiamo aspettare il ritorno di Muluc, poi decidiamo».

«Madre, lasciami andare!», insisté Malinal. «Non mi interessa governare Potonchan. Quando sarà maturo se ne occuperà Nacon, per quel che m'importa. Non sono una minaccia per lui, per te o per il tuo caro Muluc. Mi interessano solo questi uomini bianchi, questi dèi, o qualunque cosa siano».

«Sì, interessano anche a Muluc», disse gravemente Raxca. Il suo viso paffuto aveva ripreso il colorito e la solita espressione di fanatica devozione per il marito. «Sta studiando un piano per attaccarli se osano arrivare fin qui. Non credo che ti farà avere dei contatti diretti con loro. No. Temo che dovrai stare qui, cara».

Mentre allattava il piccolo, Nacon le venne accanto battendo gelosamente i piedi e dandole una zampata sul capezzolo così, con grande stupore di Malinal, la donna abbracciò il ragazzino e permise anche a lui di succhiare. Raxca sorrise appoggiandosi allo schienale del canapè e seguitando a cullare i figli. «Parlami di Tenochtitlan», disse come se Malinal fosse tornata da un viaggio di piacere e non da cinque anni di schiavitù e prostituzione. «Ho sentito che è una città splendida».

Alla fine del pomeriggio, davanti al rifiuto categorico di Raxca di farsi trascinare in qualcosa che andasse oltre la mera chiacchiera, Malinal iniziò lentamente a capire una cosa di cui non si era mai davvero resa conto da piccola: sua madre era una donna stupida, gretta e provinciale. Per Muluc doveva essere stato un gioco da ragazzi manipolarla!

Poco dopo il tramonto il re fece irruzione in sala udienze, brutto come era sempre stato, muscoloso e pieno di cicatrici, le sopracciglia ispide e gli occhi sporgenti, in piena tenuta regale da guerra con le piume e i dipinti sul corpo. «Tu!», disse puntando il dito su Malinal. «Come osi mostrare la tua faccia nel mio palazzo!».

«Non l'avrei fatto», rispose umilmente lei, «se le vostre guardie non mi avessero arrestata e portata qui con la forza. A quanto pare, sperano in una vostra ricompensa per il disturbo. Non riesco a immaginare perché».

Con poche male parole, Muluc cacciò Raxca e i figli dalla sala. «Dimmi che intenzioni hai», le chiese quando se ne furono andati. «Non crederai di poter vantare diritti sul trono dopo tutto questo tempo».

«Nessun diritto», disse Malinal, «non m'importa niente».

«Allora che vuoi?».

Malinal non sentì alcun bisogno di raccontare tutta la verità a quello zotico. «Sono stata mandata qui da Tenochtitlan», disse, «per mettermi in contatto con gli stranieri...».

«Come fanno a Tenochtitlan a sapere che ci sono gli stranieri? Sono tornati appena oggi con le navi...».

«Il Supremo Signore ha saputo che sono venuti a Potonchan l'anno scorso», disse prudentemente Malinal. «Crede che siano dèi al seguito di Quetzalcóatl e si chiede se stia tornando anche Quetzalcóatl in persona. Mi ha mandata per saperne di più...».

La bocca di Muluc si piegò in un ghigno. «Ti ha mandata il Supremo?», disse ridendo. «*Tu*? Una semplice schiava?»

«Non sono più una schiava», mentì Malinal. «Sono cambiate molte cose in cinque anni». Si inventò tutto improvvisando al momento. «Ora lavoro per il Supremo Signore».

«Quindi cosa sei? L'ambasciatore? Fammi vedere le carte e le insegne».

«Niente carte e insegne».

«Ah!».

«Non le ho perché sono venuta a trattare con gli stranieri in missione segreta».

«Chissà perché non ti credo», disse Muluc. Rise di nuovo. «Smettila di farmi perdere tempo! Ammetti di essere tornata per cacciarmi e che ora ti hanno presa e stai ricamando sugli stranieri per cercare di cavartela».

«Ve l'ho già detto», disse solennemente Malinal, «non sono qui per spodestarvi». Provò con le adulazioni. «So di non avere alcuna possibilità contro un uomo potente come voi».

Muluc alzò gli occhi al cielo. «Non ho tempo per questi giochetti», disse. «Sono in piena emergenza». Fece un gran fischio ed entrarono in sala le due guardie, Ahmakiq e Ekahau. «Mettetela nella prigione del palazzo per stasera», gli disse. «Me ne occuperò domani».

«State attento prima di andare in battaglia contro gli stranieri», gli gridò Malinal di spalle mentre la trascinavano via.

«Perché?», chiese divertito Muluc.

«Perché se sono dèi vi uccideranno tutti».

«Bah!», fece Muluc. «Non ho paura di loro. Li abbiamo già uccisi, sono uomini come noi. Se scelgono di combattere, saranno loro a morire».

Gli spagnoli vogavano risalendo controcorrente le acque del Tabasco, nel caldo afoso del mattino fra nuvole di minuscoli insetti succhiasangue. Il fiume era largo, puzzava di marcio e serpeggiava fra argini segnati da rachitici alberi palustri che nella lingua taino dei nativi di Cuba e Hispaniola si chiamavano *manglar*. Germogliando da miriadi di radici aeree, come tanti treppiedi intrecciati, quei brutti alberi erano pieni di allegri uccelli strillanti e crescevano spontaneamente in fitte macchie selvatiche spuntando dalla melma di fango fertile e scintillante. In mezzo a loro si muovevano enormi masse di indiani dallo sguardo torvo che lanciavano fischi e grida ostili.

A un certo punto sul ponte del brigantino arrivò una freccia che non riuscì a piantarsi nel legno resistente della nave. Rimbalzò, scivolò e andò a conficcarsi ai piedi di Cortés. Incuriosito, il caudillo raccolse il piccolo missile, esaminò la friabile punta di ossidiana – piuttosto rovinata dall'impatto – e la lanciò incurante fuoribordo. Per un attimo valutò l'ipotesi di sparare qualche raffica di mitraglia sulla massa nemica ma poi ci ripensò. Il re Carlo si aspettava moderazione e poi, se voleva attaccare gli indiani, era obbligato per legge a leggergli prima il *Requerimiento*, una noiosa carta piena di assurdità burocratiche che concedeva loro l'opzione di evitare lo scontro accettando l'autorità della corona di Spagna.

Era certo che ci sarebbe stata battaglia, in parte perché era proprio quello che era venuto a fare, in parte anche perché quei selvaggi coi corpi dipinti e le piume, dotati solo di armi rudimentali, non sembravano affatto spaventati dagli invasori. C'era poco da stupirsi! Dopo la sonora lezione data a Córdoba l'anno prima, ormai sapevano che gli spagnoli erano mortali e quella mattina del 22 marzo si erano radunati lì a migliaia per vincere di nuovo: saranno stati almeno diecimila considerando solo quelli visti sulle rive del fiume, e Dio solo sapeva quanti altri li aspettavano nell'entroterra.

Córdoba era venuto con centodieci uomini ed erano andati via in quaranta.

Cortés ne aveva cinquecento dalla sua, ma quella mattina ne aveva potuti portare solo duecento perché il fiume non era abbastanza profondo per la navigazione di caracche e caravelle, che quindi erano state costrette a rimanere all'àncora nella baia con la maggior parte dell'esercito ancora a bordo. I due brigantini avevano un pescaggio molto minore e, in più, erano perfettamente manovrabili a remi, così aveva stipato cinquanta soldati su ciascuna imbarcazione prendendo temporaneamente il comando di una e affidando la guida dell'altra ad Alvarado. Il resto della flottiglia era composta da cinque lunghe barcacce prese in prestito dalle navi più grandi che portavano venti soldati ciascuna.

Finché non si fosse stabilita e rafforzata una testa di ponte le probabilità di successo non erano molto più alte di quelle di Córdoba, ma nella disfatta del 1518 erano stati commessi degli errori che, in caso di un attacco di massa da parte del nemico, quel giorno non si sarebbero ripetuti.

Soprattutto però a Córdoba era mancato un equipaggiamento degno, essendo stato in grado di portarsi solo due cannoncini antiquati per discutere col nemico, mentre Cortés aveva caricato cinque bei falconetti con tanto di affusti su ruota e nelle navi alla baia ce n'erano molti altri in attesa di essere traghettati sul posto. Infine, si era fatto accompagnare anche da Vendabal e dai migliori trenta cani corazzati da guerra della sua muta – Córdoba non ne aveva avuti affatto – e questi, gli assicurò Sandoval dopo la battaglia che aveva fatto per liberare Aguilar, avrebbero terrorizzato i maya.

Potonchan stava a meno di tre miglia verso la sorgente, dove iniziava un lungo tratto di fiume senza curve; pur navigando controcorrente, la flottiglia spagnola avvistò la città prima di mezzogiorno. La prima cosa preoccupante era che sembrava molto più grande di quanto avevano riportato i veterani di Córdoba, a meno che non si fosse espansa a dismisura negli ultimi mesi. Stesa per più di un chilometro e mezzo da est a ovest lungo la riva del fiume, e per oltre mezzo chilometro nell'entroterra a sud, Cortés immaginò che contasse circa venticinquemila abitazioni. Benché fossero fatte per lo più di mattoni cotti al sole e ricoperte di paglia, in mezzo spiccavano molti solidi fabbricati di pietra, inclusa un'altissima piramide a gradoni eretta nel cuore di una grande piazza per i cerimoniali.

Si rivolse a Sandoval, Brabo e Aguilar che gli stavano a fianco sul ponte. «Impressionante», commentò. «Si direbbe quasi che questi popoli abbiano una loro civiltà».

«Non per quel che sappiamo, don Hernan», rispose Sandoval. «A quanto ho capito io, quelli civilizzati erano i loro antenati, che avevano raggiunto un livello di architettura e ingegneria molto avanzato; i maya di oggi sono regrediti molto da quella condizione...».

«Però sono guerrieri molto coraggiosi», aggiunse Aguilar indicando una flotta di trenta grandi canoe, ognuna con dieci uomini armati a bordo che pagaiavano verso di loro. «Io dico che è meglio non sottovalutarli».

Gli indiani circondarono le barche spagnole quando ancora stavano quasi a un miglio a ovest da Potonchan. Cortés fu di nuovo tentato di disperderli con dei colpi di mitraglia e di nuovo decise di aspettare. Facessero loro la prima mossa.

A quel punto, al centro della canoa più grande si alzò un guerriero alto e dipinto. Sarà stato sulla quarantina e aveva una certa autorità. Era scuro e muscoloso, con molte cicatrici in tutto il corpo e i capelli lisci raccolti in trecce che gli cadevano sulla fronte pronunciata e sugli occhi sporgenti e inferociti. Si appoggiò a una grande lancia e gridò un ruvido altolà al brigantino in cui tutti i conquistadores erano ai posti di combattimento lungo la ringhiera del ponte con le spade sguainate, i moschetti e le balestre spianate.

«Che sta dicendo?», domandò Cortés ad Aguilar.

«Vuole sapere che siamo venuti a fare», rispose il naufrago. «Dice che somigliamo agli uomini che l'anno scorso hanno cercato di costringere i maya chontal a venerare il loro dio. Dice che i maya chontal non vogliono altri dèi all'infuori dei loro, così hanno messo in fuga quegli uomini. Ci chiede se vogliamo che ci diano la stessa lezione».

«Bastardo insolente», commentò Brabo.

«Digli che io ho sentito un'altra storia», fece Cortés. «Digli che a quanto ne sappiamo, pur essendo in pochi, sono stati gli spagnoli a mettere in fuga il suo popolo».

«Non credo sia saggio, don Hernan», disse l'interprete.

«Diglielo».

«Dice che non vuole perdere tempo a parlare del passato», tradusse Aguilar quando ebbe la risposta del guerriero. «Se vogliamo imporre di nuovo il nostro dio e mettere alla prova il loro coraggio, sono pronti a combatterci adesso e vedere chi scappa e chi resta in piedi alla fine della giornata».

Cortés si rabbuiò. «Quando sarà finita accetterà il nostro Dio! Non dirglielo però! Digli che siamo solo una squadra in avanscoperta e che abbiamo molti più uomini e navi molto più grandi sulla baia. Già lo sa ma voglio che glielo dici lo stesso, e digli che se verremo attaccati il resto dell'esercito si precipiterà a darci una mano. Digli di non cominciare una guerra o se ne pentirà, ma digli anche – e convincilo di questo, Aguilar! – che non siamo venuti a combattere. Devi dirgli che siamo stati per molto tempo in mare e chiediamo solo viveri e acqua fresca, visto che il fiume è salato, e carne per i nostri uomini. Digli che saremmo lieti di pagare tutto».

Seguì un lungo scambio e alla fine gli indiani si misero alle pagaie facendo scivolare le canoe di nuovo verso la città.

«Allora...?», disse Cortés.

«Ho convinto Muluc – si chiama così il portavoce – che combattendo hanno molto più da perdere che da guadagnare», rispose Aguilar. «È andato a dirlo al capoclan. Dice che dobbiamo ancorarci in mezzo al fiume e aspettare che torni».

«Ottimo!», disse Cortés fregandosi le mani. Sulla sponda del fiume lì non c'erano *manglar* e l'argine era più sabbioso che fangoso, con campi fitti di granturco verde poco più in là. Era pieno di indiani ma sembrava un buon posto per sistemarsi e fortificare un accampamento. Ordinò ai brigantini e alle barcacce di attraccare e di scaricare i cannoni.

«Non vogliono che scendiamo a terra», lo avvisò Aguilar. «Ci attaccheranno».

«Scommetto di no», disse Cortés. «Secondo me l'anno scorso Córdoba gli ha fatto più male di quanto vogliano farci credere, ma se mi sbaglio», alzò la voce per farsi sentire dai soldati sul ponte, «siamo pronti alla mischia, non è così, uomini?».

Si levò un grido rabbioso.

Gli indiani in effetti non attaccarono ma, quando gli spagnoli si accamparono, indietreggiarono di cento passi dalla riva. Due ore dopo, una piccola flotta di canoe sbucò dalla città e andò incontro agli stranieri. Il fosco guerriero Muluc scambiò parole dure con Aguilar ma il risultato fu solo che all'esercito diedero scarse razioni di cibo – dell'ottimo pane di granturco chiamato *qua*, un paio di tacchini e un po' di frutta – di certo insufficienti a sfamare più di una dozzina di uomini. Questo, disse Muluc, era un dono.

Cortés ringraziò ma indicò i suoi duecento soldati dall'aria dura e violenta – bastava vederli per com'erano armati fino ai denti – che ora stavano fortificando il campo. Ricordò poi a Muluc che nelle grandi navi sulla baia ce n'erano altre centinaia come loro. «Visto l'appetito che hanno», disse «un paio di polli e della frutta non bastano a soddisfare i miei uomini. Alcuni potrebbero considerare questo "dono" persino un insulto. Io preferisco semplicemente pensare che non hai capito le nostre esigenze, amico, ma ti avverto, non sarò responsabile delle azioni dei miei guerrieri se non ci portate subito provviste adeguate. Non vi faremo alcun torto se ci lasciate entrare a Potonchan per comprare quello che ci serve».

«Provate a farlo», rispose Mutul, «e morirete tutti. Abbiamo quindicimila guerrieri già in assetto di guerra e altre migliaia richiamati dai villaggi vicini. Vi schiacceremo».

«Forse», disse Cortés. «O forse saremo noi a schiacciarvi. Ma queste minacce sono uno spreco di fiato per entrambi. Portateci i viveri che ci servono e lasceremo la vostra città in pace».

Mentre veniva tradotta quest'ultima frase in lingua maya, Alvarado, che fino a quel momento aveva supervisionato la collocazione dei cannoni, andò al fianco di Cortés e interruppe Aguilar. «Digli che le nostre esigenze, oltre al cibo, includono anche oro e gioielli», disse all'interprete. E con aria minacciosa posò la mano sull'elsa della pesante scimitarra da cui ormai si separava raramente.

«Don Pedro, voi correte troppo», protestò Aguilar.

«No», disse Cortés. «Don Pedro ha ragione. Di' a Muluc che gli spagnoli soffrono di una malattia al cuore che si può curare solo con l'oro. Quando tornerà con il cibo deve portarci anche oro e gioielli, altrimenti saremo *costretti* a entrare a Potonchan».

Mentre Aguilar traduceva, il guerriero maya col viso sfigurato dalla rabbia fece un improvviso passo in avanti mettendo entrambe le mani sulla lancia come nell'atto di scagliarla. In quell'istante Alvarado, che aveva ancora il braccio sinistro fasciato, aveva già estratto la scimitarra dal fodero. «Forza, tesoro», disse. «Provaci».

Vedendo il gusto della battaglia negli occhi dell'amico, Cortés lo trattenne mettendogli una mano sulla spalla. «Non ancora, Pedro», disse sottovoce. «Non ancora. Avrai la tua occasione».

Aguilar e Muluc parlarono ancora un po' alzando i toni e poi la delegazione maya tornò alle canoe allontanandosi con violenti colpi di pagaia.

Quel lunedì notte del 22 marzo, Cortés approfittò del favore delle tenebre per rafforzare la sua testa di ponte, mandando indietro a turno le barcacce per il trasporto di altri cannoni, scorte e soldati dalle caracche e dalle caravelle. I nuovi arrivi, oltre un centinaio di uomini, inclusero tutti i balestrieri e i moschettieri che ancora mancavano all'appello. Cortés mandò anche Brabo con un gruppetto di esploratori a farsi un'idea della striscia di terra fra l'accampamento e la città, che stava a meno di due chilometri da lì verso est. Nelle prime ore del mattino, il sergente tornò con informazioni vitali. Oltre alla normale via d'accesso, più o meno dritta in linea d'aria a est lungo la riva del fiume e sul lato ovest di Potonchan, aveva trovato un buon sentiero che portava nell'entroterra passando dai campi, tagliava una fitta boscaglia e alla fine girava di nuovo sul fronte est della città. Quando sarebbe arrivato il momento, dunque, si poteva mandare uno squadrone lungo quel sentiero per attaccare la città da est mentre l'altro marciava dritto lungo la riva per attaccare da ovest. Brabo era riuscito anche a perlustrare il fiume e studiare le correnti e consigliava di usare i brigantini per lo sbarco degli uomini sul lungofiume a nord della città. Se ben coordinato, quell'attacco su tre fronti sarebbe stato senz'altro devastante. Avrebbe lasciato ai profughi una via di fuga a sud, ma era molto meglio che schiacciare il nemico all'angolo e costringerlo a una resistenza disperata in cui potevano morire anche molti spagnoli.

Cortés si congratulò con Brabo per l'ottimo lavoro di quella notte, ma il sergente ammise che era stato un gioco da ragazzi. «Gli indiani non hanno una sorveglianza adeguata, señor. Sono troppo impegnati a evacuare le donne e i bambini».

«Sembra proprio che vogliano combattere allora».

«Direi di sì, señor».

Muluc tornò poco dopo le prime luci del mattino di martedì 23 marzo.

Stavolta portava otto tacchini spennati e ripuliti e un po' di mais, sufficiente a sfamare solo dieci persone. Portò anche delle pietre verdi lavorate e una maschera d'oro di gran pregio, peso e spessore. I lineamenti della maschera finemente intagliata mescolavano tratti umani e felini e ricordavano una specie di leone. «Fusa, dovrebbe valere un bel gruzzolo», comunicò Alvarado tenendo l'oggetto davanti alla faccia e guardando Muluc attraverso i buchi per gli occhi.

«Quanto, secondo te?», chiese Cortés.

«Cinquemila pesos», disse Alvarado. «Forse qualcosa in più… Le pietre però non valgono niente». Ne cavò una dall'intaglio, a forma di piccola lama d'ascia, e la lanciò facendola rimbalzare nel fiume e provocando il grido inorridito di Muluc quando finì di saltare e affondò.

«Che problemi hai?», chiese in tono di sfida Alvarado. «Lurida scimmia!».

Pur non sapendo una parola di spagnolo, e senza nemmeno l'intervento di Aguilar che si astenne bene dal tradurre, Muluc aveva sicuramente capito di essere stato insultato. Tremando di rabbia, disse a Cortés tramite l'interprete che ora gli spagnoli se ne dovevano andare.

«Assolutamente no!», rispose Cortés. Gettò un'occhiata al mucchietto di viveri che gli aveva portato. «Come vedi ho cento bocche in più da sfamare rispetto a ieri sera e voi, invece di offrirci la vostra amicizia, cosa molto più saggia, ci offendete con questa elemosina. Quanto all'oro», prese la maschera ad Alvarado e la soppesò con le mani, «è un buon pezzo ma non basta affatto alle nostre esigenze».

I tacchini erano stati portati in due grandi cesti, quattro esemplari per cesto. Cortés ordinò di prenderli e cucinarli, raccolse i cesti vuoti e li lanciò a Muluc. «Se non volete che veniamo a fare acquisti in città», disse, «dovete riempire questi cesti d'oro e portarci altri quattrocento polli, venti cervi – no, facciamo trenta – e tanto grano da sfamare tutti i miei uomini, non solo quelli che vedi qui ma anche quelli rimasti sulle mie grandi navi. Se ci negate l'ospitalità, entreremo in città con la forza e ce la sbrigheremo da soli».

Quando Aguilar finì di tradurre tutto nella lingua di Muluc, l'indiano si mise a ridere. Fu una risata aspra e amara. «A noi non interessa fare affari con voi», disse, «e l'oro che abbiamo è quasi tutto qua. Mi assicurerò personalmente di farvi avere altro cibo domani, per l'ultima volta. Dopo, dovete lasciare la nostra terra o vi uccideremo tutti».

Quando calò il buio, Cortés mandò tre reparti di esploratori ma dopo un'ora tornarono tutti a riferire che un'imponente armata indiana si stava ammassando nei campi tra il loro accampamento e la città. Pertanto, il caudillo rispedì le barcacce alla baia per far venire altri rinforzi, altri pezzi d'artiglieria e tutti gli altri cani, lasciando di pattuglia all'intera flotta poco più di cento soldati. Anche se avrebbe preferito impiegare la cavalleria, Cortés ritenne che l'argine del fiume fosse troppo ripido per far scendere a terra i preziosi animali indolenziti dal lungo viaggio, perciò anche loro restarono a bordo della navi.

Dopo aver rinforzato la guardia, Cortés andò a dormire lasciandosi addosso l'armatura e ordinò a tutti gli uomini di fare lo stesso. Sarebbe stata una notte tremendamente scomoda, ma i sussurri minacciosi degli indiani che si appostavano nei campi bastarono a troncare ogni forma di protesta.

Erano due giorni che Malinal sentiva le attività sempre più frenetiche del palazzo, le grida e le frotte di persone che facevano su e giù per la città. Ancora non si era fatto vivo nessuno, né Raxca né Muluc, e lei era rimasta nel totale isolamento della prigione, quasi completamente ignorata persino dalle sentinelle. Quando le passavano il cibo dalle sbarre e ritiravano gli scarti della latrina, non spiccicavano più di due o tre male parole rifiutandosi di raccontarle cosa stava succedendo o dirle dove fossero e cosa facessero gli stranieri.

A quel punto però, nel cuore della sua terza notte da prigioniera, vennero Ahmakiq e Ekahau e la trascinarono in cortile. Nello spazio illuminato da dozzine di torce – fissate alle pareti e in mano ai servi – Malinal vide che tutti gli schiavi del palazzo, oltre cinquanta, erano stati chiamati a fare da facchini per i tesori trasferibili della casa reale che già erano stati divisi in gruppi assegnâti a ciascun portatore. Meravigliose statuette, pettorine, orecchini, armi da parata, maschere, cinture, piatti e vasi da servizio, tutti fatti di preziosissima giada, qualche soprammobile d'oro e argento, eleganti ceramiche, costosi arazzi, balle di stoffe pregiate, mucchi di pelli di giaguaro e molto altro ancora veniva impacchettato in fretta e messo in fascine sulle spalle e sulle schiene degli schiavi. Ovviamente, per essere certi che nessuno di loro tentasse di scappare, e per proteggere i tesori ovunque li stessero portando, un centinaio di guerrieri bardati con le personali divise di Muluc li tenevano d'occhio armati di lance e *macana* col filo d'ossidiana, la versione maya dell'arma letale che i mexica chiamavano *macuahuitl*.

Ahmakiq e Ekahau strinsero la morsa alle braccia di Malinal e marciarono trascinandola per il cortile, sollevandola quasi da terra per la fretta e facendole aggirare la catasta di preziosi per arrivare a un angolo sotto una torcia tremolante dove, con l'aria di un drago che sorveglia il suo tesoro, c'era Muluc che faceva la guardia insieme agli altri. Era di nuovo in tenuta bellica, col corpo muscoloso lucido di olio e pittura.

«Ah», disse, «Malinal! Non credo alla storia che lavori per Montezuma. Gli uomini bianchi non sono affatto dèi e il Supremo Signore dei mexica non è così stupido da immaginare che lo siano. Tutto sommato, penso che tu sia qui per crearmi problemi...».

Lei cercò di protestare ma Muluc fece un ampio gesto con la mano sporca per farla tacere. «No! Non ho tempo per altre scuse e bugie. Considerati fortunata se non ti faccio giustiziare – per quello devi ringraziare tua madre – ma domani distruggerò gli uomini bianchi e poi ti rispediremo a Tenochtitlan col primo mercante mexica che passa. Ce n'è uno a Cintla che mi fa sempre un ottimo prezzo per la carne di femmina stagionata». Rise come se avesse detto una cosa divertente e Ahmakiq e Ekahau si unirono servilmente al capoclan. «Nel frattempo, come puoi vedere», aggiunse Muluc con voce altera, «ho molto da fare! Abbiamo deciso di evacuare il palazzo prima della battaglia e mandare qualche oggetto di valore a Cintla: ho pensato che a questo punto potevo anche usarti come portatrice insieme agli altri schiavi».

«Io non sono», disse Malinal scandendo bene e lentamente le parole, «la tua schiava».

«Tu sei quello che dico io», rispose Muluc. La sogguardò con malizia: «Persino la mia amante, se decidessi di concederti il privilegio».

«Non credo che mia madre acconsentirebbe a un tale… privilegio», commentò acida Malinal.

Muluc allungò una mano e le afferrò il seno sinistro come un frutto appeso a un albero. «Tua madre», disse sfregandole con violenza il pollice sul capezzolo, «rispetta le mie esigenze».

«Be', io no», gridò Malinal. Trenta giorni di cammino l'avevano fatta diventare magra e forte. Con una giravolta si liberò da Ahmakiq e Ekahau, graffiò Muluc in faccia e provò un brivido di piacere mentre affondava le unghie lunghe sulla carne. Lui guaì e fece un salto indietro lasciandole il seno, poi scattò di nuovo in avanti e le diede un pugno duro allo stomaco. Mentre lei si piegava in due, la prese per i capelli e la buttò a terra urlando di rabbia.

«Muluc!». Era Raxca che piangeva da una finestra in alto del palazzo. «Avevi promesso di non farle del male!».

La mattina di mercoledì 24 marzo, Muluc tornò. Aveva il lato sinistro della faccia sfigurato da quattro segni paralleli, profondi e ancora sanguinanti. «Sembra uno che ha avuto una discussione con la moglie», disse Alvarado. Cortés rise e chiese tramite Aguilar: «Tutto bene, Muluc? Sembri uscito da un combattimento».

L'indiano ignorò la domanda e ripresentò otto tacchini e una piccola quantità di mais. Poi indicò i campi che brulicavano di guerrieri maya e che ormai si erano avvicinanti in migliaia a duecento, trecento passi dall'accampamento. «Adesso andate», disse, «o morite».

Mentre Aguilar traduceva, Alvarado estrasse la scimitarra e mostrò a Muluc la punta della pesante lama d'acciaio. «Ti sembriamo tipi che prendono ordini da una manica di selvaggi come voi?», disse.

L'emissario maya non fece una piega. «Andatevene dalla nostra terra», insisté.

«Su, andiamo», fece Cortés. «Dove sono finite le buone maniere? Dov'è la vostra ospitalità? Ora ti dico che succede: se ci lasciate entrare a Potonchan e sfamerete i miei soldati nelle vostre case, vi avrò dato un ottimo consiglio e insegnato qualcosa sul mio Dio».

«Non ci serve il tuo consiglio», rispose duramente Muluc, «non vi riceveremo mai in casa nostra e su questo vostro dio ne abbiamo sentite abbastanza l'anno scorso da sapere che preferiamo i nostri».

«Ah, ma non sapete cosa vi perdete», disse Cortés. «Se mi state a sentire, avrete salute e prosperità. E poi, io *devo* entrare nella vostra città. Ho il dovere di incontrare il vostro capo per poterlo poi descrivere al più grande signore del mondo…».

«E chi è questo gran signore?», chiese Muluc con un riso di scherno.

«Il mio re», rispose Cortés, «quello che mi ha mandato qui da voi. Lui vuole solo pace e amicizia fra i nostri popoli».

«Se vuole questo», rispose l'indiano, «dovreste andarvene e non fare gli spacconi nella nostra terra».

«Basta!», abbaiò Alvarado. «Finiamola di giocare con questo idiota».

«Ho quasi finito», disse a mezza voce Cortés. «Accertati che tutti i cannoni siano innescati e caricati». Alvarado sogghignò. Mentre lui si muoveva lungo il perimetro del campo, dove adesso c'erano una dozzina di falconetti puntati sugli indiani che avanzavano, Cortés ripeté l'offerta di pace e amicizia, certo del rifiuto.

Si era preparato con cura per quel momento. I cento cani da guerra della spedizione erano nelle gabbia sottocoperta, cinquanta per ciascun brigantino ormeggiato. I loro latrati e ululati echeggiavano in tutto l'accampamento ma era chiaro che i maya non avessero idea del tipo di animali che emettevano quei suoni. Vendabal e i suoi assistenti avevano ricevuto l'ordine di portarli a terra quando se ne sarebbe andato Muluc.

Ancor prima, Cortés aveva piazzato una squadra di cinquanta soldati a bordo di ciascun brigantino affidandoli al comando di Diaz e Sandoval. I rematori erano pronti a far risalire il fiume alle barche verso Potonchan non appena fossero scesi i cani. Ogni brigantino era dotato anche di tre falconetti, uno a mezza nave, uno a prua e uno a poppa. Cortés aveva dato istruzioni precise a Diaz e Sandoval di mettere da parte i sentimenti e usare tutti e sei i cannoni per colpire d'infilata la città con due scariche piene di mitraglia prima di sbarcare.

Come previsto, Muluc rifiutò ancora di accettare la richiesta del tutto ragionevole sul permesso agli spagnoli di entrare a Potonchan in pace. Al contrario, l'indiano testardo voltò le spalle e si allontanò a gran passi lungo la riva del fiume dove lo aspettava la sua scorta su una piccola flotta di canoe. Pagaiarono fino al centro della corrente e si fermarono, poi Muluc si portò alla bocca una conchiglia e soffiò con tutte le sue forze.

Era il segnale generale d'attacco che si aspettava Cortés. Dando sfogo a strilli, guaiti e ululati, le file di indiani ammassati nei campi presero a correre scatenando una pioggia di fiondate e lance, alcune delle quali raggiunsero l'accampamento nonostante la grande distanza. Quella che Cortés non aveva previsto fu la seconda grande armata a bordo di canoe nascosta fra i *manglar* sull'altra riva del fiume che simultaneamente sbucò in acqua e iniziò a pagaiare rapida verso di loro.

Anche in quel frangente però bisognava seguire la procedura formale. Lanciando un urlo, Cortés chiamò il notaio della spedizione, Diego do Godoy, e gli ordinò di iniziare a leggere il *Requerimiento*.

CAPITOLO 54

Potonchan, mercoledì 24 marzo 1519

Ormeggiato davanti all'argine scosceso sotto l'accampamento spagnolo, Bernal Diaz stava nel più vicino dei due brigantini al comando di cinquanta soldati. La squadra comprendeva cinque moschettieri e cinque balestrieri. A bordo aveva tre falconetti, gestiti ciascuno – per carica e accensione – da una coppia di serventi dell'equipaggio. Sandoval, anch'egli responsabile di tre cannoni, gli stava appena dietro, nel secondo brigantino con una squadra identica. Il loro compito, dopo lo sbarco dei cani che stavano nelle gabbie sottocoperta, era di risalire la corrente vogando per quel miglio che li separava da Potonchan con la maggiore rapidità possibile, bombardarla dal fiume con i falconetti e poi entrare con la forza. Nel frattempo, Cortés sarebbe andato all'attacco su terraferma in testa a una truppa di duecento uomini coadiuvati dai cani corazzati per sfondare la periferia ovest della città, dritto lungo la riva del fiume. Pedro de Alvarado e Alonso Davila avrebbero capeggiato una squadra ausiliaria di un centinaio di uomini in una manovra di fiancheggiamento nei campi a sud della città per aggirare la zona e penetrare nella periferia est.

Questo, in teoria.

Quando sentì il fortissimo squillo della conchiglia, Diaz capì invece che Muluc aveva preso l'iniziativa e che le cose non sarebbero andate secondo i piani. Come apparsi dal nulla per una sorta di stregoneria, un migliaio di indiani urlanti su un centinaio di canoe stavano raggiungendo il centro del fiume puntando con una velocità impressionante il fianco sinistro dei brigantini. Dalle canoe si era già levata in cielo una scarica di lance e frecce che, se adesso cadevano in un tiro troppo corto, non l'avrebbero fatto ancora per molto.

A quella distanza, una bordata di mitraglia coi suoi tre falconetti e gli altri tre di Sandoval avrebbe spazzato via dal fiume tutti gli aggressori in un lampo. Purtroppo però i cannoni erano schierati a tribordo delle navi, pronti a colpire d'infilata la città, così, mentre l'equipaggio li liberava dai perni e li spostava, Diaz ordinò al resto della squadra di correre a sinistra per respingere l'arrembaggio nemico e immediatamente moschettieri e balestrieri aprirono il fuoco. Con la coda dell'occhio vide che Sandoval aveva fatto la stessa mossa e i dieci moschetti ruggirono quasi in contemporanea, un secondo prima che venissero scaricate anche le balestre.

Sandoval aveva raccontato gli effetti quasi magici degli spari sugli indigeni nella liberazione di Aguilar dal villaggio di Mutul, ma in quel caso Diaz non si aspettava niente del genere. Gli indiani di Mutul non si erano mai misurati con le armi da fuoco, mentre quei diavoli di Potonchan non solo avevano affrontato i moschetti e i cannoni ma li avevano persino sconfitti ricacciando in mare le truppe di Cordoba, di cui aveva fatto parte anche Diaz.

Cortés, comunque, non era Córdoba. Il suo esercito aveva cinquanta moschettieri contro i modesti sette di Cordoba, e cinquanta balestrieri contro i cinque di Cordoba. Altra differenza fondamentale era l'artiglieria. Córdoba era stato in grado di schierare solo due antiquati schioppi, mentre Cortés aveva diciotto piccoli falconetti semoventi e tre grossi longobardi progettati per abbattere le mura di un castello.

Appena scaricate le palle di moschetto sulle canoe indiane che scarnificarono arti e fecero saltare teste in esplosioni di ossa e sangue, il rombo terrificante della percussione risuonò nell'aria. Fu gratificante vedere centinaia di assalitori, che pure conoscevano le armi da fuoco, andare immediatamente in preda al panico e tuffarsi in acqua o ruotare le canoe e iniziare a pagaiare furiosamente contro corrente verso la città. Proprio in quel momento, dalla riva arrivò l'immane frastuono dei dodici falconetti che sparavano un fuoco unitario di sbarramento a difesa del campo; verso quale bersaglio, Diaz non poté vederlo subito. L'effetto di queste nuove detonazioni mille volte più assordanti di qualsiasi moschetto, insieme ai fischi lugubri delle cartucce che le accompagnarono, stava scompaginando e confondendo ulteriormente l'attacco che gli indiani cercavano di lanciare dall'acqua.

Ma ne restavano ancora molti in procinto di assalire la nave. Diaz sguainò lo spadone.

Godoy non finì di leggere il *Requerimiento*, né ovviamente Aguilar ebbe il tempo di tradurre una parola in lingua maya. Quando il notaio arrivò alla parte su papa Alessandro VI che aveva dato tutte le terre e i popoli del

Nuovo Mondo alla Spagna e al Portogallo, l'orda indiana che attaccava dai campi era già a portata di tiro, andava fermata a tutti i costi, e Cortés fu costretto a ordinare ai falconetti di fare fuoco.

Quando il fumo iniziò a diradarsi, il caudillo saggiò il danno arrecato alla massa nemica e la scena gli ispirò una breve preghiera di ringraziamento per gli incredibili progressi della scienza che Dio aveva concesso alle potenze europee. Senza i dodici cannoncini, gli spagnoli nell'accampamento sarebbero stati schiacciati senza problemi dall'assalto di quei cinquemila selvaggi assassini. Adesso, invece, le prime file di quell'enorme esercito arrembante erano state trasformate dal vortice della mitraglia in un lugubre scempio muto e sanguinante di corpi lacerati che sulla traiettoria delle armi formavano lunghe scie di caduti riversi su mucchi indiscriminati di budella, arti smembrati e crani spaccati, coi sopravvissuti confusi e storditi che inciampavano sui morti e grandi strisce di sangue schizzato sul granturco verde come per effetto di una pennellata gigante.

L'esperienza degli indiani contro i due patetici schioppi di Córdoba non era servita a molto! Anche se quasi del tutto illese, le file di mezzo dietro le prime si erano dileguate in preda al panico battendo in una scomposta ritirata di massa, eppure erano talmente tanti i guerrieri impegnati nell'attacco, e tanto forte e potente lo slancio della carica, che le retrovie stavano continuando ad avanzare. Il risultato fu un vasto, terrificante e caotico fronte di collisione da cui si levarono grida pietose per le centinaia di uomini calpestati e schiacciati.

Fu come se fossero scesi i cavalieri dell'apocalisse e quelli fossero gli ultimi giorni sulla terra, pensò Cortés. Persino Alvarado, con la scimitarra in mano, si impressionò. «Dio del cielo», disse, «è lo spettacolo più bello che abbia mai visto».

Eppure c'erano ancora migliaia di sopravvissuti, per lo più già in fuga lungo le rive del fiume, diretti a Potonchan. Volendo portare subito a casa la vittoria prima che avessero il tempo di radunarsi e organizzare una difesa appropriata della città, Cortés si girò verso i brigantini. «Vendabal!», urlò saggiando al volo l'entità dell'attacco parallelo che era in corso da quella parte, «lancia i cani addosso al nemico!».

Con la sponda scoscesa del fiume che gli copriva la visuale sull'accampamento, Diaz aveva solo una vaga idea di quello che stava accadendo lì e poco tempo per interessarsene. Più di cento indiani con creste di piume sgargianti sui capelli, i corpi e i visi spaventosamente rigati di pitture bianche e nere, erano saliti a bordo del brigantino e stavano ingaggiando vari corpo a corpo su tutto il ponte. Abbassandosi quando un selvaggio dalla pelle scura, tutto sudato e con gli occhi spiritati cercò di colpirlo alla testa con una mazza enorme, Diaz fece scorrere di rovescio la lama dello spadone sulla pancia nuda dell'uomo, gli cavò le budella, avanzò di un passo e lo schiacciò sotto i piedi. Subito dopo fu affiancato da altri due indigeni. Si sentì colpire la coscia destra da una cosa dura e affilata, ignorò il dolore, tranciò le gambe all'uomo sulla sinistra, conficcò con un gesto netto la punta della spada nel petto del secondo uomo e, lanciando un ruggito, ne caricò un terzo di spalla mandandolo gambe all'aria a fare un tuffo nel fiume oltre il parapetto.

Nell'attimo di tempo in cui riprese fiato vide che non era caduto un solo spagnolo. Malgrado la forte pressione, stavano avendo la meglio! Quasi tutti i nemici avevano addosso solo un perizoma e i loro pugnali di selce o i bastoni di legno col filo di ossidiana erano poco più che giocattoli per bambini, del tutto incapaci di penetrare le piastre e le cotte di maglia che rivestivano gli spagnoli, per non parlare dell'acciaio di Toledo. Vide Mibiercas farsi largo tra i nemici con gran foga, ignorare i tiri di lancia che venivano deviati dalla sua corazza e roteare davanti a sé la sua lunga spada mendando fendenti a destra e a sinistra, a destra e a sinistra, tagliando perfettamente in due quell'uomo e staccando un braccio dalla spalla di quell'altro. Alle sue spalle c'era La Serna, che aveva raccolto in fretta e furia una picca e ora scagliava la pericolosa punta tenuta verso il basso sulle facce dei guerrieri che gli si avventavano contro, bucando l'occhio a uno e squarciando la gola a un altro.

«Venite!», urlò Diaz, «venite! Vendichiamo Córdoba!». E due, tre dei suoi uomini andarono a dargli una mano, formando quasi automaticamente un quadrato irto di acciaio e cattive intenzioni che si lanciò in avanti lungo il ponte in un unico blocco armato. Gli indiani erano ancora in superiorità numerica ma gli mancava la coordinazione e già vacillavano sull'orlo del panico, quando dalla stiva comparve Vendabal come uno spirito maligno con cinquanta dei suoi cani corazzati che si riversavano sul ponte davanti a lui. La sera prima aveva fatto morire le bestie di fame e ora Diaz capiva perché. Mentre si avventavano sul nemico abbaiando e ringhiando come leoni sugli agnelli, i grossi animali diffusero come un contagio il massimo terrore fra gli indigeni, facendone cadere almeno una dozzina di schiena e iniziando subito a sbranarli. In un attimo tutti gli altri si videro prosciugare il coraggio e la spavalderia. Con ululati disperati si lanciarono fuori bordo sulla riva di fango e acqua, dove li aspettavano con le spade sguainate Cortés e un centinaio di conquistadores giunti dal campo a massacrarli.

Nella fretta, Cortés aveva dimenticato lo scudo; si batté con un pugnale nella sinistra e uno spadone nella destra. Da qualche parte sulla riva del fiume aveva perso anche un sandalo, ma non ci fece molto caso quando ingaggiò uno scontro con un selvaggio torvo col torace a botte, gli mozzò il braccio sotto il gomito con un fendente deciso della spada verso il basso e lo aprì in due dall'inguine all'ombelico con il pugnale. L'uomo lanciò un urlo atroce e si piegò in due – cercando ancora in modo sorprendente di lottare! – ma Cortés gli diede uno spintone con fare sprezzante e si lanciò nel fango stucchevole addosso a un giovane e magro indiano coi capelli lunghi che stava di spalle immerso nel fiume fino all'anca. Armato di sola fionda e saccoccia di sassi, pochi istanti prima quell'autentico David aveva fatto cadere con una sola mano tre conquistadores sul ponte del brigantino di Sandoval, dove ancora erano impegnati gli ultimi indigeni andati all'arrembaggio. Quando il giovane iniziò a roteare di nuovo la fionda sulla testa concentrandosi per prendere la mira, dimentico per inesperienza di qualunque altro pericolo, Cortés gli spaccò il collo col taglio della spada nel punto di giunzione delle scapole liberando un fiotto di sangue arterioso. Mentre nell'acqua torbida gli si apriva intorno un fiore rosso, il ragazzo si voltò e affondò di petto impugnando ancora la fionda e girando gli occhi in modo raccapricciante.

Cortés si allontanò a gran passi in cerca di un'altra preda ma la battaglia era diventata un'operazione di rastrellamento. I cani di Vendabal che si riusciva a staccare dagli indiani che stavano mangiando sul brigantino di Diaz – ora raggiunti dagli altri cani usciti dalla stiva di Sandoval – erano stati scatenati sugli ultimi fuggiaschi dell'immenso esercito che aveva attaccato l'accampamento. Li avrebbero rincorsi fino ai confini di Potonchan prima che Vendabal li richiamasse indietro. Era stato ucciso anche l'ultimo degli indiani che avevano invaso il brigantino di Sandoval.

Mentre cercava e recuperava il sandalo perduto nel fango, Cortés decise di spingere subito a fondo l'attacco sulla città. La mossa preventiva di Muluc dal fiume l'aveva colto di sorpresa mettendo un po' di scompiglio nei suoi piani, un affronto che adesso aveva intenzione di far pagare caro agli abitanti.

Finalmente un po' d'azione, pensò Alvarado mentre guidava la sua truppa di cento uomini a passo di corsa in mezzo ai campi pieni di morti. Gli effetti delle cannonate sul nemico erano stati spettacolari, ma non c'era niente che potesse sostituire il freddo acciaio e il torchio della battaglia. Il ricordo delle facce stupite dei cinque indiani che aveva abbattuto negli scontri attorno alle navi lo fece sorridere: la pesante lama della scimitarra era perfetta per il massacro brutale di quegli avversari con le loro ridicole armi di pietra e senza alcuna idea di arte della guerra. Ora che si era scaldato però aveva voglia di uccidere ancora.

Stando ai ricognitori di Brabo, il sentiero che stava seguendo portava prima a un punto a circa cinque chilometri da Potonchan poi, tagliando per i campi, a meno di due chilometri a nord-est e infine svoltava e tornava indietro per tre chilometri attraverso la fitta foresta e la boscaglia che stavano nella periferia est della città. Alvarado doveva entrare in azione quando il suono dei moschetti e dei cannoni gli avrebbe detto che si erano aperti gli altri due fronti d'attacco, quello dal fiume verso nord e l'altro, lungo la riva, a ovest. Per evitare il rischio che le truppe spagnole venissero colpite dai loro stessi spari, si era concordato che i falconetti sui brigantini e quelli con Cortés avrebbero sparato solo due raffiche prima di spingere l'offensiva contemporaneamente su tutti i versanti.

Alvarado aveva schierato i suoi uomini in due colonne da cinquanta, ciascuna disposta in dieci file da cinque ma, quando il sentiero li aveva fatti avvicinare a una strada principale molto più grande, aveva deciso di raggrupparli in un quadrato difensivo di dieci file per dieci. Lì, a circa cinque chilometri a sud di Potonchan, vicino a una catena di colline basse incontrarono gruppi nutriti – a centinaia – di indiani raccolti in carovane disorganizzate che evacuavano la città portando molti feriti sanguinanti, alcuni senza più gli arti oppure tanto malconci da richiedere le barelle. Alcuni fuggiaschi portavano patetiche fascine di effetti personali, nessuno osava sfidare gli spagnoli e quelli che erano ancora abili li videro e si misero a scappare trascinando i piedi in preda al panico. Alvarado fu tentato di inseguirli e ucciderne il più possibile prima che riparassero sulle colline ma Alonso Davila, a cui il saggio Cortés aveva affidato il comando congiunto della squadra ausiliaria, lo dissuase: «Non c'è onore in un'azione del genere, Pedro», disse, «e non è il compito che ci hanno assegnato. Andiamo avanti».

Quasi due chilometri più avanti, dopo aver svoltato a nord-est, il sentiero si lasciò alle spalle i campi a cielo aperto e si restrinse di colpo entrando nella foresta di cui li aveva informati Brabo, obbligando i conquistadores a rompere la formazione e proseguire in fila per due o, in alcuni tratti, persino singolarmente. In quella zona il nemico poteva saltargli addosso all'improvviso sbucando dal sottobosco, bisognava aspettarsi qualche imboscata, e Alvarado ordinò la massima allerta. Tuttavia, non li attaccarono nemmeno lì. «Codardi!», disse a Davila. «Non osano sfidarci».

«A giudicare da quei profughi», gli rispose l'altro, «si sono scoraggiati... Comunque, la prova del nove arriverà quando saranno costretti a difendere la città».

A due ore di marcia ininterrotta dall'accampamento spagnolo, il sentiero uscì dalla foresta e si iniziò a vedere la periferia est di Potonchan oltre una striscia libera di terra non coltivata larga duecento passi. Non c'era alcuna traccia di un esercito nemico pronto a difendersi, regnava un silenzio assoluto e le strade vuote che portavano a ovest verso l'antica piramide di pietra e gli edifici sfarzosi intorno alla piazza principale erano un richiamo per Alvarado all'oro e alla gloria. «Sai che ti dico?», fece a Davila. «Perché non entriamo e acciuffiamo quei cacasotto prima che arrivino gli altri?».

E detto questo, si sentì in lontananza il fuoco dei moschetti.

Per muoversi più in fretta, Cortés aveva preso la difficile decisione di lasciare all'accampamento tutti i falconetti tranne due, con cinquanta uomini e venti cani di guardia. Diede ad Alvarado e Davila un vantaggio di oltre un'ora, dato il percorso lungo e tortuoso che avrebbero dovuto seguire per arrivare alla postazione assegnata alla squadra ausiliaria, e poi lasciò che Diaz e Sandoval risalissero il fiume a bordo dei loro brigantini, ordinando invece alla truppa di duecento uomini comandata da lui di avanzare dritto lungo il fiume per quel chilometro e mezzo che li avrebbe portati al confine ovest della città.

All'inizio gli indiani tacquero, sembrò quasi che fossero scappati tutti, ma poco dopo saltò fuori un'orda gigante di guerrieri, sui duemila o più, che gli si lanciò contro levando alte grida di guerra. Durante l'avanzata facevano partire nuvole di frecce e lance che sembravano spaventose ma si potevano tranquillamente ignorare perché facevano pochissimi danni alle armature e agli scudi spagnoli e non reggevano il confronto con la risposta che aveva preparato Cortés. Se infatti dieci moschettieri erano sui brigantini e dieci con Alvarado, gli altri trenta dell'intero comparto di cinquanta assegnati alla spedizione erano con lui. Urlando in fretta gli ordini, diede l'alt alla fanteria e dispose i moschettieri in prima linea, una fila di quindici in ginocchio e una di quindici in piedi. Appena il nemico si avvicinò, entrambe le file spararono all'unisono nel mucchio disperdendo gli indiani alla carica, poi indietreggiarono al riparo della squadra per ricaricare mentre i trenta balestrieri avanzavano, scoccavano e si ritiravano allo stesso modo. Poco a poco, l'avversario si andava sempre più abituando alle armi da fuoco e, quando sparavano i moschetti ormai non tutti rinunciavano dandosela a gambe, ma, quando Cortés diede l'ordine alla squadra di rimettersi in movimento, i coraggiosi che gli arrivarono addosso a centinaia furono sterminati dalle picche, dalle spade e dalle asce della sua fanteria disciplinata e impenetrabile. Lo stesso Cortés combatteva in prima fila usando lo scudo per proteggere l'uomo alla sua sinistra mentre l'uomo alla sua destra proteggeva lui. Venne puntato da un guerriero imponente che brandiva una lancia con la punta di selce ma, prima che quello potesse avvicinarsi, un picchiere nella fila dietro di lui allungò il braccio sulla testa di Cortés e uccise l'aggressore con un fendente al petto. Si fecero sotto altri due nemici. Cortés si liberò di uno fracassandogli lo scudo di sopra, lasciandolo a terra tramortito e sanguinante, e infilzò dritto per dritto l'altro con lo spadone assecondando il balzo in avanti dell'intero squadrone che calpestò quei due e molti altri caduti riducendoli in una poltiglia sanguinolenta di ossa rotte.

A quel punto moschettieri e balestrieri avevano ricaricato. Prendendo bene la mira sulle spalle dei fanti, cominciarono a fare fuoco indipendentemente dal movimento della squadra, che – pensò Cortés – agli indiani doveva sembrare una grossa bestia corazzata, un mostro dalle mille gambe che sputava fuoco e morte. E il cuore del mostro erano i due falconetti spinti sulle ruote dei carri dai serventi – mezzi di distruzione ancor più terribili – e gli ottanta segugi da guerra ancora tenuti al guinzaglio dagli addestratori di Vendabal che abbaiavano e latravano ferocemente, impazziti per l'odore di sangue.

Cortés decise di risparmiare cani e cannoni per la fase successiva dell'attacco, che comunque non tardò ad arrivare. La furia iniziale dell'arrembaggio indiano si era già spezzata e poco dopo il caudillo sorrideva soddisfatto davanti ai sopravvissuti che voltavano in massa le spalle e fuggivano lungo la riva del fiume, riparandosi dietro le barricate rudimentali e le palizzate di legno pesante erette a protezione della città.

Quando ordinò alla fanteria di fermarsi a cento passi dal nemico, i frombolieri indigeni scaricarono addosso agli spagnoli una grandine di sassi dai fori presenti nelle fortificazioni difensive e lui vide due dei suoi uomini cadere intontiti e sanguinanti per i duri colpi sugli elmetti. «Scudi!», urlò, «Scudi!», mentre a quei lanci seguivano nugoli di frecce e lance. Ci fu di nuovo qualche ferito, ma nessuno sembrò grave. Scrollandosi di dosso la pioggia di proiettili, ordinò di caricare le palle nei falconetti.

Seguendo Diaz nel brigantino di testa, Gonzalo de Sandoval esaminava le rive del fiume per vedere se ci fossero altre flotte di canoe ma, forse per paura dei cannoni, gli vennero incontro solo una manciata di indiani facili da tenere a bada con tiri di moschetto e di balestra. Uno che si era avvicinato troppo fu seppellito sott'acqua dalla prua della nave di Diaz insieme a tutti gli indiani che ci stavano sotto; un altro fu intrappolato dai remi a dritta di Sandoval e riuscì a scaricare qualche inutile freccia prima che l'equipaggio lo crivellasse di colpi.

In questo modo, senza incontrare chissà quale resistenza, i due brigantini arrivarono all'altezza di Potonchan e calarono l'àncora in mezzo al fiume, da cui si vide la truppa di Cortés rompere l'attacco di massa degli indiani e avanzare a distanza di tiro sul confine ovest della città.

Sandoval esaminò il lungofiume dove fra poco lui e Diaz avrebbero fatto sbarcare le squadre. Era zeppo di guerrieri indiani con le loro armi primitive che soffiavano dentro trombe e conchiglie, battevano la ritirata sui tamburi e lanciavano grida provocatorie di guerra. Quasi gli dispiaceva per il loro coraggio naïf che, malgrado avessero visto e provato sulla loro pelle gli effetti letali del cannone, sembrava non avergli fatto imparare alcuna lezione spingendoli invece a impedire agli spagnoli di scendere a terra.

Al riparo dei grandi scudi *adarga* tenuti da una linea di soldati contro una scarica di frecce, lance e sassi, i serventi sulla riva adesso muovevano avanti i due falconetti di Cortés. Pur non riuscendo a vedere il loro bersaglio, nascosto dalle file di semplici abitazioni dei nativi, Sandoval aveva un'ottima visuale degli artiglieri che adesso sparavano freneticamente le scariche di mitraglia dalle bocche dei cannoni e le ricaricavano con le palle. Lui non avrebbe fatto lo stesso coi suoi tre cannoni, perché gli sembrava che la munizione giusta per sgombrare il lungofiume – purtroppo per i selvaggi – fosse la mitraglia.

Stava per dare il segnale a Diaz così da ordinare simultaneamente alle squadre di aprire il fuoco, quando vide che Cortés, sfidando di nuovo frecce e lance, si era messo davanti ai suoi stessi cannoni con un altro conquistador – Aguilar! – e sembrava che cercasse di parlare agli avversari barricati in città.

Che diavolo faceva il caudillo?

Passò qualche altro minuto e i colpi di cannone che dovevano segnalare il via libera all'attacco generale su Potonchan ancora non si sentivano. Anche i moschetti erano stati stranamente messi a tacere. «Dannazione!», disse Alvarado. «Prediamoci questa città mentre gli altri perdono tempo».

«No, Pedro», insisté Davila. Il co-caposquadra era un uomo bello e intrepido ma anche razionale e tendeva a mettere sempre tutto in discussione. «Lo sai che anch'io non vedo l'ora di combattere ma dobbiamo aspettare. Se andiamo adesso i nostri uomini verranno uccisi dalle nostre stesse armi».

«In guerra esitare non paga», rispose Alvarado. «Pensaci, Alonso! Se sugli altri fronti avessero avuto qualche intoppo? Gli servirebbe il nostro aiuto».

Davila si morse il labbro inferiore con la mano poggiata sull'elsa della spada. «Aspetta ancora un po', Pedro», disse alla fine. «I nostri ordini sono questi. Fra poco sentiremo il segnale».

«Bah! Gli ordini!».

Fra i cento conquistadores dell'unità ausiliaria, tutti spadaccini di altissimo livello, venti appartenevano alla squadra personale di Alvarado. Senza dire altro a Davila, il leader li chiamò a sé, li fece uscire dalla boscaglia che li teneva nascosti e attraversò la campagna a cielo aperto fino al confine est di Potonchan. Prima ancora di fare cinquanta passi dentro la città, però, si levarono dappertutto le grida di guerra dei selvaggi e all'istante, su entrambi i lati della strada apparentemente deserta, le case di argilla tracimarono di guerrieri indiani con le boccacce furiose.

Dalla sua posizione, Cortés vedeva chiaramente tutti e due i brigantini con Diaz e Sandoval sul ponte. Gli restava solo da ordinare il fuoco ai cannoni che avrebbero sparato la mitraglia d'infilata addosso alla città.

Tuttavia esitò.

Malgrado la voglia forte e incessante di schiacciare Potonchan come gli aveva ordinato in sogno san Pietro, lo preoccupava il fatto che Godoy non avesse finito di leggere il *Requerimiento* prima dello scontro precedente e che Aguilar non avesse avuto il tempo di tradurre il testo in lingua maya. Tutti sapevano che sua altezza reale, nella cattolicissima maestà di Re Carlo V di Spagna, era molto pignolo su questo genere di formalità e in definitiva, senza il sostegno del monarca, la conquista sarebbe stata invalidata. Il *Requerimiento* l'aveva Godoy che era rimasto nell'accampamento, ormai a più di un chilometro alle loro spalle, ma Cortés voleva poter disporre di una giustificazione per il male che aveva intenzione di infliggere. Visto che Aguilar aveva accompagnato la fanteria, pur non in veste di combattente, fece chiamare l'interprete perché lo raggiungesse davanti alla linea dei cannoni spianati.

Quando Aguilar arrivò facendosi largo e tenendosi abbassato, un colpo di fionda gli sfiorò la testa e uno dei sassi lanciati con quelle ingegnose assicelle che i frombolieri maya sapevano maneggiare bene si conficcò a terra fra i due uomini. «Digli», chiese all'interprete Cortés gesticolando verso le file piene di indiani impiumati e dipinti che si vedevano sbirciare dagli interstizi delle palizzate difensive alzate in fretta, «di farci entrare in città per comprare acqua, provviste e parlargli di Dio e di Sua Maestà».

«È inutile, caudillo!», protestò Aguilar. «Sono decisi a non farvi entrare».

«Diglielo lo stesso».

L'interprete alzò la voce e urlò qualche frase in lingua maya, a cui risposero risate, grida canzonatorie, rulli di tamburi e altri lanci di missili dalle barricate. Quando una freccia rimbalzò con una certa violenza sull'elmetto di Cortés, tre fanti avanzarono con gli scudi adarga per proteggerlo.

Cortés ordinò con la mano ai soldati di farsi indietro. Non voleva mostrarsi intimorito o debole. «Di' agli indiani», ordinò ad Aguilar, «che entreremo in città, che lo vogliano o no. Se ci attaccano e se difendendoci dovremo ucciderne o ferirne molti, sarà colpa loro, non nostra».

Il discorso di Aguilar suscitò un'altra serie di lanci di sassi che colpirono entrambi gli uomini, protetti comunque dalle armature. «Molto bene», disse Cortés prendendo l'interprete sottobraccio e portandolo dietro i falconetti, «affido le loro anime a Dio». Quando i tamburi indiani rullarono con più foga, le conchiglie squillarono e gli ululati dei guerrieri innalzarono un incessante muro sonoro, chiamò avanti Vendabal con i cani e ordinò agli artiglieri di sparare.

Un istante dopo la prima scarica dei due falconetti di Cortés, Sandoval diede il segnale a Diaz che stava sul brigantino davanti al suo, ricevette il segnale di risposta, e tutti e due ordinarono simultaneamente ai serventi di sparare. Le ruote degli affusti erano state bloccate per frenare il rinculo delle armi sul ponte ma Sandoval, che si teneva le orecchie tappate con le mani per smorzare il boato della detonazione, sentì traballare comunque l'intera nave sotto i piedi per il contraccolpo. Le bocche dei cannoni vomitarono fuoco e fumo, l'aria si impuzzò di zolfo e il micidiale tiro di sbarramento della mitraglia si spanse come un uragano implacabile fischiando sui duecento passi di fiume che li separavano dalla riva, rompendo in poltiglia di sangue le file stipate di nemici sul lungofiume e sbrindellando i muri d'argilla e i tetti di paglia delle case alle loro spalle, che caddero sulle stesse fondamenta in una valanga turbinante di polvere e muratura.

Non c'era tempo per una approfondita stima dei danni. Gli ordini di Cortés erano chiari: al primo fuoco di sbarramento doveva seguirne il più in fretta possibile un secondo. I serventi sudati avevano già coperto le spolette e le bocche dei falconetti per soffocare qualsiasi residuo infiammabile. Ora, con gesti fulminei e fischi di vapore, infilavano nelle bocche da fuoco delle umide bacchette di spugna per raffreddarle e levare i detriti incandescenti. Poi, spinsero e calarono con i calcatoi in fondo alle bocche le sacche di polvere da sparo, i grappoli di mitraglia nei loro cilindri di tela e, alla fine, dopo aver puntato di nuovo i cannoni sulla sponda del fiume (senza preoccuparsi della precisione a quella distanza), inserirono e accesero nuove micce facendo partire con un boato tremendo un'altra sventagliata micidiale sulla disgraziata città indiana e i suoi abitanti destinati alla rovina.

«A terra!», gridò Sandoval ai rematori mentre veniva issata l'àncora, e i brigantini solcarono la corrente verso il lungofiume devastato e disseminato di alte cataste di morti smembrati e fatti a pezzi.

Alvarado maledisse il braccio rotto che gli impediva di reggere uno scudo e adottò in automatico il vorticante stile Talhoffer di combattimento col *messer* imparato a Zurigo anni prima e nel quale si era esercitato tantissimo a bordo della nave, dopo essersi dato il compito di raggiungere la massima padronanza con la scimitarra di Zemudio. Per quanto tozza e pesante come un'ascia, la pesante lama di acciaio offriva all'esperto – che era diventato! – tutta la versatilità e la prontezza di reazione di una spada, permettendogli ora di scavare un grosso e sanguinoso sentiero nella calca di luridi indiani che avevano circondato i suoi venti uomini e seguitavano a riversarsi a frotte impreviste dalle case di argilla allineate su entrambi i lati della strada.

Negli anni passati al suo fianco, grazie a lui tutti i suoi uomini erano diventati dei veri esperti con la spada; indossavano tutti pesanti corazze e, anche se erano in schiacciante minoranza con un rapporto di almeno dieci a uno, Alvarado era sicuro che l'avrebbero spuntata. Scaricò un fendente mortale da destra a sinistra abbattendo un avversario con un taglio obliquo dalla base del collo alla gabbia toracica, poi ribaltò immediatamente la lama e squarciò la pancia di un altro uomo, sollevò la punta in un feroce affondo nella faccia di un terzo, arretrò e iniziò un nuovo ciclo di colpi decapitando di netto quattro nemici. «*Sì!*», urlò, «*sì!*», davanti ai nemici che indietreggiavano cauti per allontanarsi da lui. «Questa sì che è vita!».

Si stava divertendo così tanto da aver completamente dimenticato Davila e gli altri ottanta uomini nascosti nella boscaglia, finché non sentì il fracasso tremendo del fuoco di moschetto. I proiettili fischiarono nell'aria passando pericolosamente vicino agli spagnoli e piombando nella mischia degli avversari che – troppo scontato! – furono assaliti dal panico. Che avevano quegli indiani, si chiese Alvarado, da mettersi tanta paura per qualche botto? L'effettiva forza letale dei moschetti, per lui, era davvero trascurabile; erano difficili da puntare per prendere la mira e per ricaricarli ci voleva un tempo irragionevolmente lungo, senza per questo voler negare l'effetto tremendo che avevano sui nativi.

Dopo aver mandato a segno qualche altro dardo di balestra, gli uomini di Davila irruppero in un quadrato compatto colpendo le retrovie indiane con la potenza di un ariete.

Alvarado continuò imperterrito a uccidere, gli indiani rimasti fuggirono e a un tratto non ci fu più nessuno da combattere. Davila si fece avanti con l'aria da spaccone e uno sguardo da te-l'avevo-detto.

«Allora?», disse Alvarado.

«Ti sei andato a cacciare in un bel guaio», disse Davila in tono critico.

«Ne ho passate di peggio».

«Forse», fece una smorfia, «ma direi che siamo stati noi a tirartene fuori».

Pallone gonfiato, pensò Alvarado. Stava per sputare parole incandescenti, ma senza dargliene il tempo Davila alzò la mano e gli fece un cenno: *Ascolta*.

Il ruggito dei cannoni che rimbombava giungendo fino a loro dal fronte ovest di Potonchan era inconfondibile.

Quando i due si misero a correre gli uomini li seguirono a ruota, le armi tacquero e il vento pigro del pomeriggio portò fin lì anche le urla e il fuoco di moschetto.

Poi un altro tuono dei falconetti diede il segnale dell'assalto generale. «Santiago, all'attacco!», gridò Alvarado. «Santiago, all'attacco!», gridò Davila. «Santiago, all'attacco!», gridarono all'unisono i loro cento uomini, e tutti insieme partirono alla carica verso gli echi lontani della battaglia.

Cortés aveva assistito soddisfatto allo sparo caliginoso dei falconetti seguendo la coppia di palle da mezzo chilo ciascuna che esplodeva al centro della barriera e faceva a pezzi un tratto della grossa palizzata, trasformandola in un'arma mortale da cui partì una pioggia di schegge e cocci letali sulle linee nemiche, mettendole in stato di massima agitazione.

Seguiti dal disciplinato blocco di fanteria, i serventi spinsero rapidamente in avanti le ruote dei cannoni, pulirono a fondo le bocche da fuoco e ricaricarono mentre moschettieri e balestrieri abbattevano gli indiani che giravano a vuoto nella breccia in preda al terrore. In mezzo alle nuvole di fumo e al fragore spaventoso della battaglia, la seconda scarica dei falconetti, ora a distanza ravvicinata, demolì altri due segmenti delle fortificazioni difensive seminando sgomento e causando una precipitosa ritirata.

«Santiago, all'attacco!», gridò Cortés a squarciagola. I suoi uomini scardinarono quel che restava delle difese indiane e lui li condusse alla carica nella grande strada che c'era dietro. Alla fine del viale, a cento passi di distanza, c'era un'altra barriera alta quasi fino alla cintola e molto più sottile della prima, dietro alla quale si erano radunati gli indiani – poveri idioti – salendo anche in cima ai tetti delle case intorno.

Non c'era tempo né bisogno di sollevare i falconetti. Quando il quadrato di fanteria si formò di nuovo e balzò in avanti, Cortés diede il segnale a Vendabal e ottanta cani da guerra feroci zomparono in corsa davanti a loro. Alcuni seguendo il loro fiuto trovarono l'ingresso delle case che costeggiavano la strada, da cui si sentirono immediatamente uscire gemiti di terrore; altri saltarono le barricate e piombarono sugli assediati ringhiando e azzannandoli come demoni usciti dall'inferno. Poi, armata di spade luccicanti, picche e asce da guerra splendenti al sole, arrivò la fanteria che si lanciò sui nemici sparsi un po' ovunque senza alcun criterio distaccando dal quadrato reparti speciali per stanarli dalle case e fare a pezzi le misere barricate.

Con la stessa velocità con cui si era formato, il quadrato si disintegrò in unità sempre più piccole, ciascuna puntando obiettivi diversi in quella che sembrò una disfatta generalizzata del nemico, finché all'improvviso – una trappola! – si sentirono altre grida di guerra e oltre un migliaio di indiani affluì in massa da tre diverse strade laterali avventandosi sui conquistadores per incalzarli sfruttando la loro momentanea perdita di compattezza.

«Quadrato!», gridò Cortés, «Quadrato!», facendo di sé un punto focale in mezzo alla strada attorno a cui far radunare gli uomini, ma attirando così anche l'attenzione di una dozzina di nemici che sembrarono riconoscerlo come il capitano spagnolo e lo circondarono con un solo pensiero in testa: trafiggerlo con lance e pugnali. Quando un'enorme mazza di legno gli venne abbattuta sulla tempia il caudillo inciampò e per poco non cadde. Allora balzò in piedi con un urlo, fracassò lo scudo sulla faccia dell'aggressore, gli tagliò il ginocchio con la lama dello spadone e lo uccise con un affondo al cuore. Mentre gli si facevano intorno molti altri indiani sentì una voce – «Arrivo, Hernan» – e il suo amico Juan de Escalante si fece largo nella mischia, coi lunghi capelli neri sciolti sulle spalle e lo spadone grondante sangue, per mettersi al suo fianco.

Si stava perdendo del tempo prezioso a ormeggiare i brigantini, assegnare un equipaggio ridotto da lasciare di guardia e fare sbarcare il resto degli uomini mentre a ovest della città, dal settore in cui Cortés aveva mosso l'attacco principale, i rumori della battaglia aumentavano di intensità e frequenza. «Santiago, all'attacco!», riuscì finalmente a gridare Bernal Diaz guidando la carica sul lungofiume, pur se con difficoltà all'inizio, tanto alte e aggrovigliate erano le pile di indiani morti e morenti lasciate dai cannoni delle navi.

Durante l'azione, quella mattina Diaz erano stato colpito al muscolo della coscia destra da una freccia indiana. Aveva strappato dalla carne la testa dentellata del dardo, rotto l'asticciola ed estratto entrambi i pezzi del piccolo missile per assicurarsi che, pulendola nelle poche ore successive, la ferita non si sarebbe infettata. Nel frattempo, ignorando il dolore come aveva imparato a fare da tempo nel fervore della battaglia, si era lasciato guidare dalle orecchie e dal senso dell'orientamento verso i suoni degli scontri, passando dalla deserta piazza principale di Potonchan davanti all'imponente piramide a gradoni e proseguendo per un dedalo di squallide viuzze e piccole case di argilla. Alla fine, svoltato un angolo con Sandoval a fianco e le truppe esperte alle sue spalle, vide la fanteria di Cortés a meno di cento passi da loro sull'incrocio di quattro strade. Per un calcolo sbagliato o un intoppo avevano sciolto la formazione del quadrato da combattimento ed erano stati circondati da un grosso contingente di indiani. «Santiago, all'attacco!», urlò Diaz e in quel preciso momento sentì con gran sollievo che all'antico grido di battaglia dei suoi antenati non rispondevano solo Sandoval e i suoi uomini ma anche un'altra squadra spagnola – Alvarado e Davila! – che si gettava nella mischia da est.

In un attimo l'onda si rovesciò sul nemico scoraggiandolo e mettendolo in fuga verso sud.

Diaz sentì Cortés gridare: «Fate prigionieri!», e vide placcare e atterrare una dozzina di guerrieri indiani che ancora non si erano staccati dalla calca. Esultando per la vittoria lampo, una squadra numerosa di conquistadores si lanciò all'inseguimento degli altri indigeni, ma il caudillo li richiamò indietro. Sembrava allegro e in perfetta forma anche se gli colava sangue da sotto l'elmetto. «Abbiamo fatto abbastanza per un giorno solo», disse. «Finiremo domani».

Cortés entrò nella piazza principale di Potonchan con le ombre del pomeriggio che si allungavano e fece fermare le truppe davanti alle sinistre terrazze della piramide dove era piantato un gigantesco albero del cotone. Indicandolo col dito, chiese ad Aguilar se avesse un significato particolare e l'interprete rispose che era una pianta sacra per i maya. «È l'albero che collega gli inferi, la terra e il cielo».

«Bella idea», disse Cortés riflettendo fra sé. Alzò la testa per guardare un attimo fra i rami e si assicurò che il notaio regio Godoy, che aveva fatto chiamare di corsa dall'accampamento, fosse presente per assistere al suo gesto, poi sguainò la spada e fece tre tagli profondi nel tronco larghissimo dell'albero. Alzando la voce in tono deciso disse: «Io ho conquistato e ora prendo possesso di questa città e di questa terra, nel nome di Sua Maestà il Re. Se qualcuno ha qualcosa da obiettare difenderò il diritto del sovrano con la mia spada e il mio scudo».

Dalla moltitudine di uomini si levarono alte grida di «Bene! Bravo!» intendendo nel plauso generale che si sarebbero uniti a lui contro ogni sfidante. Alcuni amici di Diego Velázquez però, guidati dal macilento Juan Escudero che lo guardava in cagnesco, si erano radunati in disparte mostrandosi senz'altro offesi da Cortés che aveva platealmente trascurato di menzionare il governatore. «Guardate quell'arrampicatore», sentì abbaiare Escudero, «che usurpa i diritti di don Diego. Bisogna fare qualcosa contro questo tradimento». L'uomo non si era affatto preoccupato di abbassare la voce ma gli altri velázquisti attorno a lui, inclusi Diego de Ordaz, Cristobal de Olid e il cugino del governatore, Juan Velázquez de Leon, distolsero tutti lo sguardo quando si videro osservati.

Cortés sorrise allegramente e fece finta che non ci fosse nulla di male, ma la resa dei conti era vicina e non solo per gli indiani. Fiutando grane, i suoi più stretti alleati, Pedro de Alvarado, Juan Escalante e Alonso Hernández Puertocarrero si misero al suo fianco e, a quel punto, tutti udirono un lontano rullo di tamburi e gli ululati dei guerrieri nelle campagne limitrofe. «La città è nostra», disse Cortés dando pacche sulle spalle agli amici, «ma c'è ancora molto da combattere. È ora di portare i cavalli a terra e fargli fare un po' di moto. Scommetto che domani avremo bisogno di loro».

CAPITOLO 55

Tacuba, mercoledì 24 marzo 1519

Quattro giorni dopo aver delineato il piano con Huicton, Tozi lasciò Tenochtitlan e prese la sopraelevata per Tacuba nell'ora di punta del tardo pomeriggio. Era visibile ma invisibile, sporca giovane mendicante di nessun conto che andava e veniva come le pareva. Nessuno la notò in mezzo agli altri straccioni che camminavano nel labirinto di strade secondarie lontane dalla piazza centrale di Tacuba. Sul far della sera prese un vicolo stretto e buio, intasato di spazzatura, sbucando infine davanti a un cancello di incannucciato verde. Bussò e il cancello si aprì. Senza guardarsi a destra né a sinistra, Tozi entrò, accennò un saluto alla donna tarchiata di mezz'età che le aveva aperto, attraversò un cortile dove erano stese lenzuola, camicie, perizomi e un logoro mantello di cotone ed entrò in una casa modesta. Nell'unica grande stanza che fungeva da camera da letto, cucina, sala da pranzo e soggiorno tremolava una lanterna su un tavolo di legno spaccato al quale era seduto Huicton che l'aspettava bevendo una tazza di pulque.

«Allora, Tozi» disse. «Vuoi ancora fare colpo sul principe Guatemoc?»

«Farò del mio meglio», rispose lei.

Un'ora dopo era pronta, vestita di tutto punto nei panni della dea Temaz, le guance gialle dipinte con pigmento di axin, le labbra rosse di cocciniglia e le palpebre annerite col bitume.

«Per gli dèi!», commentò Huicton. «Persino io ti scambierei per Temaz. Hai l'aspetto di una ventenne saggia e bellissima, altro che quattordici anni! Sai cosa devi dire e cosa devi fare?»

«Mi hai preparata bene, Huicton. Vado alla villa di Cuitláhuac a Chapultepec, aspetto la mezzanotte, entro in casa, salgo al secondo piano e trovo la stanza di Guatemoc sull'ala sinistra. Farò tutto quello che...».

«Il tentato avvelenamento l'ha profondamente allontanato da Montezuma. Ormai non dovrebbe essere difficile lavorarselo per spezzare la sua lealtà al Supremo».

«Farò qualunque cosa in mio potere...».

«Ti chiedo solo una cosa, Tozi...».

La giovane si rabbuiò. «Ne abbiamo già parlato. Non vuoi che parli di Quetzalcóatl. Ma perché?». Si accorse di aver piegato il labbro inferiore all'ingiù in una smorfia infantile.

«È ancora presto. Potrebbe spaventarsi».

«Stanotte la dea sono io», rispose lei. «Gli parlerò di quello che voglio».

Huicton si arrese. «Sai come la penso; posso solo pregare che mi darai ascolto». Si chinò ad abbracciarla. «Buona fortuna, piccolina».

«Allora ci vediamo fra quattro giorni?».

Il piano, a meno di imprevisti gravi, era che Tozi avrebbe fatto visita a Guatemoc nei panni di Temaz quella sera e le due sere successive tornando poi a Tenochtitlan per fare rapporto a Huicton il quarto giorno. Le cose però erano cambiate. I piani di Huicton cambiavano spesso.

«Purtroppo no, piccola», disse. «Quando tornerai non ci sarò. Il mio padrone Ishtlil mi ha affidato una missione. Devo andare a Tlascala a conoscere il famoso re condottiero Shikotenka».

Tozi fece una smorfia: «Ho conosciuto un sacco di tlascaliane nella gabbia in cui aspettavo di essere sacrificata. Non mi sono piaciute per niente».

«A nessuno piacciono i tlascaliani! Sono violenti, permalosi, gente difficile, ma ormai hanno messo Montezuma alle strette e Ishtlil vuole allearsi con loro».

«Montezuma cadrà lo stesso, con o senza alleanza. Quetzalcóatl è tornato, Huicton. Sta venendo. Ti conviene dire a quei tlascaliani di stare con lui e non contro di lui».

Huicton le prese il viso tra le mani e le diede un bacio sul naso. «Io ti credo su Quetzalcóatl», disse. «Ma non lo farà nessun altro finché non ci saranno le prove. Per questo è meglio non parlare ancora di lui».

«Cioè vuoi che mi stia zitta con Guatemoc?»

«Esatto! Zitta come un gufo in volo. Me lo prometti, Tozi?»

«Promesso», mentì Tozi.

CAPITOLO 56

Mercoledì 24 marzo 1519

Melchiorre teneva il broncio e la bocca chiusa dalla notte a Cozumel in cui avevano partecipato all'omicidio di Muñoz e si erano sbarazzati del corpo. Pepillo pensava di sapere perché. Era la cosa detta dall'inquisitore sull'aver "avuto" Melchiorre per un *peso* – certamente sentita anche da Diaz, Mibiercas e La Serna – che l'aveva fatto vergognare e chiudere tanto in se stesso.

Ormai Pepillo sapeva benissimo cosa significava quel "avere" ed era una cosa orribile e disgustosa, ma anche se in passato Melchiorre aveva permesso a Muñoz di fargli quella cosa abominevole, lui non avrebbe mai guardato l'amico dall'alto in basso solo per quello. Solo Dio sapeva quali altre umiliazioni aveva dovuto subire da schiavo, ma era un ragazzo in gamba, sincero e coraggioso, contava solo questo.

Per tutto il lungo viaggio in cui avevano navigato sotto costa da Cozumel a Potonchan, Melchiorre si era concentrato sui compiti assegnatigli da Cortés senza le solite risate, le sue bravate e i suoi scherzi cinici e, ogni volta che Pepillo aveva provato a scambiare due chiacchiere, gli aveva sempre risposto con un "sì", un "no" o un grugnito, oppure semplicemente stando zitto. Ora invece, all'improvviso, era cambiato di nuovo qualcosa.

Certo, il motivo era sempre difficile da indovinare.

Da quando avevano calato l'àncora sulla foce del fiume Tabasco, domenica 21 marzo, le caravelle e le caracche della flotta, tra cui la *Santa Maria*, erano rimaste ferme e inoperose nella baia mentre i brigantini e le barcacce traghettavano a riva soldati, armi e viveri per rinforzare una testa di ponte che a quanto pareva Cortés aveva fissato sulla riva del fiume vicino a Potonchan. Pepillo aveva desunto tutto dai discorsi degli uomini che andavano e venivano ma ancora non era riuscito a chiedere conferma a nessuno, perché lui e Melchiorre erano rimasti confinati nella nave senza poter andare da nessuna parte né fare altro che sgranchire alla buona i cavalli indolenziti, anchilosati e spauriti sul ponte ballonzolante. Strano, pensò Pepillo: il morale dei cavalli sembrava rispecchiare perfettamente lo stato depressivo di Melchiorre.

Ad ogni modo, fin da quella mattina – era mercoledì 24 marzo – tutti quelli che erano a bordo avevano sentito gli spari di cannone e moschetto che parlavano di una battaglia concitata e ora, sul far della sera, arrivava una barcaccia da Potonchan. L'equipaggio portò notizie dal fronte dicendo che la città era stata conquistata e Cortés ordinava di preparare funi, carrucole e imbracature per calare i cavalli nei brigantini, così tutti si misero subito all'opera. Pepillo ebbe quasi un infarto sentendo che con Melchiorre dovevano accompagnare i cavalli, lui munito di pergamena, penne e inchiostro – perché c'erano alcune questioni che il caudillo voleva mettere nero su bianco – Melchiorre invece per prendersi personalmente cura di Molinero, il cavallo di Cortés. Con un'illuminazione improvvisa Pepillo capì che l'amico si era ripreso dal suo umore nero grazie alla sensazione di essere di nuovo utile, alla prospettiva di entrare in azione e, cosa non meno importante, all'idea di liberare i suoi adorati cavalli.

Dato che il ponte della *Santa Maria* era più alto all'incirca di un uomo rispetto al brigantino, abbassare i cavalli era un lavoro difficile e rischioso. Per fortuna il mare era calmo e la luna quasi piena e luminosa in cielo, tanto da rendere pressoché superfluo l'uso delle lanterne. Nondimeno Melchiorre ricoprì Molinero di attenzioni come una vecchia zitella maledicendo la ciurma come un cavallerizzo turco mentre quelli stringevano uno a uno i sottopancia alle armature in pelle dei dieci gran destrieri, sollevavano i bighi di carico e facevano dondolare verso il basso gli animali tremanti e bendati fino al vascello più piccolo ormeggiato vicinissimo alla nave.

Ai cavalli seguirono fascine di lunghe lance da cavalleria con le micidiali testate d'acciaio protette da foderi in pelle e tante pesantissime e grosse casse di legno che si dovevano maneggiare quasi con la stessa cura usata per i cavalli.

Mentre si faceva tutto questo, il secondo brigantino raccoglieva i cinque cavalli dalla *San Sebastian* di Alvarado e i tre dalla *Santa Rosa* di Puertocarrero, insieme ad altre lance e casse, e alla fine le due navi si diressero di nuovo nell'entroterra.

Mentre i brigantini infilavano la foce del Tabasco remando decisi controcorrente, Pepillo vide Melchiorre restare vicino a Molinero per asciugargli il sudore dai fianchi e calmarlo sussurrandogli paroline affettuose. A bordo c'era un'atmosfera di attesa muta e i moschettieri e i balestrieri venuti con loro per proteggerli tenevano d'occhio le sponde del fiume con aria feroce, come aspettandosi un attacco da un momento all'altro. Sul bordo dell'acqua si tuffavano grovigli di *manglar* strambi al chiaro di luna che agli occhi di Pepillo trasformavano il grande fiume in un luogo di ritrovo per demoni e spiriti. Poiché non parlava nessuno per un bel pezzo si sentirono solo gli spruzzi dei remi, i nitriti dei cavalli, gli strilli misteriosi che andavano e venivano da tutti gli angoli della notte e il raggelante rullo di migliaia di tamburi nativi in lontananza.

«Che significano i tamburi?», chiese Pepillo a Melchiorre. «Che sono queste urla?»

«Significano grane», rispose l'amico. «Li sentimmo anche venendo qui con Córdoba, poco prima che gli indiani ci saltassero addosso in diecimila».

Pepillo abbassò gli occhi sul ponte. Il brigantino aveva chiaramente già partecipato a degli scontri, i raggi della luna mostravano ancora sulle assi di legno frecce e macchie di sangue. «Sembra che qui abbiano già avuto un bel po' di grane», disse.

Melchiorre scrollò le spalle. «Certo. C'è stata una grande battaglia per Potonchan e Cortés ha vinto. Il nemico però ha città e villaggi in tutta la regione, centinaia di migliaia di persone, molti più guerrieri di quanto immagini. Staranno radunando tutti gli uomini per tornare all'attacco».

«Quindi possiamo anche lasciarci la pelle?», si stupì Pepillo.

Melchiorre sembrò non aver sentito la domanda e ricadde a lungo nel silenzio. Poi, aprì bocca di colpo. «A proposito di Muñoz», disse tanto sottovoce da non farsi sentire nemmeno dagli uomini a pochi passi da lui. «Voglio dirti una cosa».

Alvarado montò su tutte le furie quando fece irruzione con la lanterna in mano nelle sale vuote e rimbombanti, persino prive di arazzi e mobili, del grande edificio a due piani che i prigionieri gli avevano indicato come il palazzo del capoclan di Potonchan. Come nel santuario in cima alla piramide e nei tre templi puzzolenti che aveva già perquisito in piazza, non c'era un solo oggetto di valore in giro. Gli indiani avevano sfruttato il tempo perso da Cortés per rinforzare la testa di ponte portando via tutti i tesori dalla città!

Non solo. Tramite Aguilar i prigionieri avevano confessato che il selvaggio dipinto chiamato Muluc – che si era presentato come semplice emissario del capoclan – era invece il capoclan in persona! Quel porco era riuscito a gabbare Cortés e si era preso libertà che non dovevano ripetersi.

Con intenzioni omicide, Alvarado uscì come un tornado dal palazzo, attraversò la piazza, tornò all'albero del cotone sotto il quale Cortés stava ancora pazientemente interrogando i prigionieri e annunciò: «Niente, Hernan! Non c'è un gioiello, un anello, un piatto d'oro. Zero! Hanno svuotato la città prima di abbandonarla».

«Ah, bene», disse Cortés con aria mite, «me l'aspettavo. Ma non prendertela, Pedro, questo è solo l'inizio. Ho saputo che c'è una città ancora più grande a sud chiamata Cintla dove sta il capo dell'intera regione, un uomo molto più importante di quel Muluc. Sono certo che quando prenderemo Cintla ci tornerà in mano tutto quanto».

Tornò a occuparsi dei prigionieri che, con orrore da parte di Alvarado, sembrava in procinto di liberare. «Andate a Cintla», disse parlando tramite Aguilar, «e dite al capo che ho la chiave di molti grandi misteri e segreti e che sarà felice di sentirmi. Ditegli che non vogliamo la guerra. Ditegli che ci rincrescono le ferite e la morte che siamo stati costretti a infliggere sulla gente di Potonchan. Avremmo preferito non farlo ma è stata colpa loro, perché attaccandoci non ci hanno dato scelta. Ditegli che veniamo in pace per fargli conoscere il nostro Dio che ha il potere di dargli la vita eterna».

«Non li starai liberando davvero», disse Alvarado.

«Certo, così il gran capo di Cintla ha la possibilità di non ripetere l'errore che ha fatto oggi Muluc a Potonchan».

«E se sceglie di non approfittare di questa possibilità?», chiese sogghignando Alvarado.

«Sarò onesto con te, Pedro: spero proprio che vada così, perché allora le norme di guerra ci danno il diritto di distruggerlo. Oggi abbiamo affrontato migliaia di uomini e abbiamo avuto perdite bassissime: venti feriti lievi, chi di fiondate alla testa e pochi di frecce e lance, ma si riprenderanno tutti in fretta. Non è morto neanche un uomo, Pedro! Nessuno! Domani schieriamo i cavalli e diamo a questi selvaggi una lezione che non dimenticheranno mai!».

Passi. Un fruscio di vestiti aggiustati. Un lieve sussurro: «Don Pedro! Se posso vorrei scambiare una parola».

Dopo essersi allontanato dai fuochi di bivacco per andare a pisciare, Alvarado si trovò circondato al chiaro di luna da due uomini, tutti coi loro gingilli in mano, Juan Escudero a destra, Velázquez de Leon a sinistra.

«Signori!», commentò Alvarado sparando un grande zampillo ad arco fra i cespugli, «che strana combinazione».

«Non c'è niente di strano in una vescica piena», mormorò Velázquez de Leon dietro la barba mentre faceva anche lui un bel po' d'acqua.

Escudero non si era fatto uscire ancora un goccio. «Sembra che abbiate qualche problema, Juan», osservò Alvarado.

«Non sono venuto a pisciare», rispose il capobanda dei velázquisti con la voce piena di rancore. «L'ultima volta ci avete fatto credere di essere pronto a unirvi a noi, però stasera vi ho visto vicino a Cortés».

«Perché, ora non sto vicino a voi, Juan?». Alvarado si scrollò il membro assicurandosi di far volare le ultime grosse gocce in faccia a quell'uomo.

Lanciando una bestemmia Escudero fece un balzo all'indietro ma per un fatto di dignità mantenne la calma. «Vi abbiamo tenuto d'occhio, don Pedro», disse. «Non c'era oro nel palazzo…».

«Non c'è oro da nessuna parte», aggiunse Velázquez de Leon.

«È chiaro che Cortés ci ha portati qui per motivi tutti suoi», disse Escudero.

«E sarebbero?», chiese Alvarado.

«Potere? Gloria? Esaltazione personale? Vendetta? Chi lo sa. Sicuramente non nell'interesse di questa spedizione. Stiamo facendo la guerra a degli esseri primitivi che non hanno nessun tesoro. Stiamo perdendo sangue ed energie per niente. La pattuglia di ricognizione di Córdoba l'anno scorso ha trovato malloppi più ricchi e facili da agguantare nell'entroterra…».

«Allora, cosa volete da me?», chiese Alvarado. «Che assalga Cortés quando siamo circondati dai nemici? Che lo arresti? Davvero, signori, non credo sia il momento».

«Su questo siamo d'accordo», disse Escudero. «Cortés ci ha preparato questo bel letto e ora ci dobbiamo dormire sopra. Quando finiremo qui però, se Dio ci darà la vittoria su questi barbari, sarà il momento di scegliere. Cortés non è l'uomo adatto per guidare questa spedizione. In fondo lo sapete anche voi, don Pedro, perciò vi chiediamo di essere pronto a unirvi agli amici del vostro amico il governatore di Cuba e aiutarci a far rientrare la spedizione nel rispetto della legge».

«E io che ci guadagno?», domandò Alvarado.

«Oro, don Pedro. Tutto l'oro che può volere un uomo. Ridate legittimità a questa spedizione, convincete gli accoliti di Cortés a venire dalla nostra parte e vi faremo diventare ricco».

«Ci penserò», disse Alvarado. Stava già tornando indietro verso le luci dei falò. Con la coda dell'occhio vide Escudero e Velázquez de Leon andarsene nella direzione opposta, uno a destra, l'altro a sinistra. Presto, sparirono entrambi nel buio.

La sera prima, dopo che Malinal aveva graffiato Muluc in faccia, l'intervento di Raxca le aveva risparmiato la reazione violenta dell'uomo ma non gli aveva impedito di costringerla a far parte della colonna di schiavi domestici che portavano al sicuro gli oggetti di valore del palazzo da Potonchan a Cintla. Gli schiavi avevano raggiunto la capitale della regione alle prime ore del mattino ed erano stati messi al lavoro nel gran palazzo di Ah Kinchil, il vecchio e rugoso sovrano di tutti i maya chontal. Malinal era stata assegnata alle modeste faccende della cucina sotto la stretta sorveglianza di Ichick, il maggiordomo di Muluc, che le aveva legato le caviglie per impedirle di scappare.

Lo stesso Muluc si era fatto vivo a Cintla nel tardo pomeriggio e da allora si era piazzato con Ah Kinchil nella sala da pranzo del palazzo. Malinal non aveva nemmeno sfiorato l'idea di appellarsi al senso di giustizia del sovrano perché era lo zio di Muluc e aveva fatto parte del complotto per spodestarla cinque anni prima. Ma dato che la cucina era attigua alla sala da pranzo e i due uomini parlavano ad alta voce, non era difficile origliare la conversazione anche quando non entrava e usciva dalla sala con i piatti della cena in mano.

Sembrava che gli stranieri bianchi – i compagni di Quetzalcóatl, come era abituata a chiamarli Malinal – avessero inflitto una sonora sconfitta all'esercito di Muluc a Potonchan. Nel tempo guadagnato fra negoziati e combattimenti, però, Ah Kinchil aveva richiamato alle armi diecimila guerrieri in più da Cintla, Xicalango e da altri villaggi vicini. Alla fine, si era mobilitato e predisposto alla battaglia un esercito nuovo, una forza davvero eccezionale di oltre quarantamila uomini. «Con numeri del genere», esultò Muluc, «ce li mangeremo».

«A meno che», lo corresse Ah Kinchil, «non siano dèi».

«Non sono dèi!».

«Però le loro armi non sembrano di questo mondo, Muluc», disse il vecchio sovrano con una voce secca come le sue ossa. «Sono stato tutto il giorno a sentire il racconto di quello che hanno fatto agli uomini che hai lasciato a Potonchan dopo che sei fuggito anche tu».

«Io non sono "fuggito", zio!», rispose in tono spavaldo. «Ho tenuto duro, sono rimasto sul campo fino alla fine».

Ah Kinchil agitò una mano come per licenziarlo. «Mi hanno detto che hanno serpenti di fuoco», continuò, «che sputano fiamme uccidendo centinaia di guerrieri in un sol colpo. Mi hanno detto di bestie feroci con una pelle che le nostre lance non possono bucare, che gli ubbidiscono squarciando le gole e sventrando le pance ai nostri uomini. Mi hanno detto che questi uomini bianchi – o questi dèi – sono impenetrabili per le nostre armi e non si possono uccidere. Non è vero niente?»

«Hanno armi potenti, più che altro è vero questo, ma dall'anno scorso sappiamo che sono uomini, si possono uccidere come possiamo essere uccisi noi, e le loro armi sono di questo mondo, anche se forgiate con grande maestria e furbizia. Li abbiamo già sconfitti, li sconfiggeremo di nuovo!».

«Tu li hai già sconfitti, sì, ma sembra che questi siano più pericolosi dei loro predecessori. Se sul loro conto ti sbagli la pagheremo tutti cara».

Malinal, che stava portando a tavola un orcio fumante di cioccolata, vide la scintilla della vittoria nello sguardo di Muluc. Quell'essere malvagio, capì, aveva ancora una carta da giocare. «Non mi sbaglio, zio», disse. «L'anno scorso, quando sono venuti a Potonchan, gli uomini bianchi hanno catturato uno dei nostri guerrieri e l'hanno portato con le loro navi in alcune isole che avevano occupato lontano dalle nostre coste».

«Isole?». Ah Kinchil sembrò quasi offeso. «Non so niente di uomini bianchi che vivono sulle nostre isole».

«Non parlo di isole vicine che possiamo raggiungere in canoa, zio. Parlo delle leggendarie isole lontane dove si dice che vivano popoli chiamati taino e arawak. A quanto pare le leggende sono vere: gli uomini bianchi hanno trovato quelle isole venti anni fa. Prima hanno sterminato i taino e gli arawak prendendosi le loro terre, poi li hanno trasformati in coloni e portati a centinaia nel paese ancora più lontano che sta oltre il grande oceano, e ora sono tornati per farci fare la stessa fine».

«Non capisco come fai a sapere tutte queste cose». Ah Kinchil sembrò irritato ma anche, vide Malinal, spaventato.

Con un'aria disgustosamente compiaciuta invece Muluc batté le mani, le porte si aprirono e nella sala entrò un uomo basso di mezz'età con una gobba pronunciata, i lunghi capelli sciolti e gli occhi strabici, che fece le dovute riverenze ai gran signori e camminò a piedi nudi sul pavimento. «Questo è il guerriero che gli uomini bianchi ci hanno rapito l'anno scorso», annunciò fiero Muluc. «Si chiama Cit Bolon Tun».

«Non sembra affatto un guerriero», disse Ah Kinchil.

«Forse no, zio; ma con tutto il rispetto, non è questo il punto».

«Allora qual è il punto?».

Muluc sospirò. «Il punto è che questo Cit Bolon Tun ha passato molti mesi a contatto diretto con gli uomini bianchi! Gli hanno insegnato la loro lingua cercando di usarlo per comunicarci le loro richieste. L'hanno tenuto sotto chiave, ma oggi pomeriggio nel caos della battaglia è scappato ed è tornato dalla nostra parte. È per quello che mi ha detto di loro che so che gli uomini bianchi non sono dèi. Ti chiedo di ascoltarlo».

A quel punto toccò ad Ah Kinchil sospirare. «Nipote», disse, «sono confuso... In tutti i tuoi rapporti sugli uomini bianchi prima di stanotte, mi hai sempre detto che uno di loro parla fluentemente la nostra lingua e che tu hai parlato al loro capo tramite lui. Ora all'improvviso mi presenti questo Cit Bolon come-si-chiama e dici che l'interprete è lui. Qual è la verità?»

«Sono vere entrambe le cose, mio signore», lo interruppe Cit Bolon Tun, facendo un'altra riverenza. «Gli uomini bianchi mi hanno rapito quando sono venuti l'anno scorso. Mi hanno portato alle isole occupate dei taino e degli arawak. Hanno cercato di insegnarmi la loro orribile lingua. E mi hanno portato qui per fargli da interprete. Nel tragitto però hanno sentito che uno di loro, un uomo chiamato Aguilar, che viveva coi maya yucatechi...».

«Com'è possibile?», chiese Ah Kinchil.

«Otto anni fa una loro nave è affondata nel grande oceano e questo Aguilar è stato spinto dalle onde sulla costa nord dello Yucatan. È diventato prigioniero di Aquincuz, il signore di un piccolo villaggio che l'ha lasciato vivo e fatto schiavo. Gli spagnoli – questo è il nome con cui si fanno chiamare gli uomini bianchi – sono venuti a saperlo e hanno mandato i soldati a liberare Aguilar da Aquincuz. L'impresa è riuscita e lui è diventato il loro interprete al posto mio. Quando alla fine siamo arrivati a Potonchan ho colto la prima occasione, mi sono strappato i vestiti che mi avevano fatto mettere gli spagnoli, li ho appesi a un albero, sono scappato nudo e ho chiesto asilo a padron Muluc...».

«Capisco», disse Ah Kinchil grattandosi il mento, «capisco». I suoi occhi lacrimosi erano piantati su Cit Bolon Tun. «Molto bene», disse, «parlami di questi spagnoli».

«Quella cosa che Muñoz ha detto di me...». La voce di Melchiorre era tanto bassa che quasi non lo sentiva nemmeno Pepillo appiccicato al suo fianco.

«Mentiva!», sussurrò Pepillo. «So che mentiva...».

Melchiorre cadde in un altro lungo silenzio e poi: «Be', no... non è vero. Non proprio. Per questo voglio dirtelo».

Tu vuoi dirmelo, pensò Pepillo, *ma io non so se voglio sentire*. «Non serve parlarne», disse. «Non serve parlare di Muñoz! Era cattivo, ora è morto e non farà più male a nessuno».

Il viso di Melchiorre colse un raggio di luna quando scosse la testa come per negare qualcosa. «Il fatto è che», continuò, «il bastardo diceva la verità. Mi ha *avuto*. Ma non per soldi, come pensava lui. Non è stato per un peso!». Un profondo singulto gli scosse il petto e lui si sforzò di soffocarlo. «Mi hanno picchiato facendomi quasi perdere i sensi», disse alla fine, «e poi mi hanno avuto tutti e due».

Pepillo girò improvvisamente la testa con il viso in fiamme. Che diavolo diceva Melchiorre? «*Tutti e due?*», chiese. «Chi?»

«Cavolo, Muñoz e il suo paggio naturalmente, quel diavolo. Si chiamava Angelo! Ci credi? Era un anno più grande di me. Pure più grosso. Muñoz l'aveva corrotto, facevano tutto insieme e andavano a caccia di giovani indiani per far divertire l'inquisitore. Mi stavano sempre col fiato sul collo – cioè sul *culo* – ma ero riuscito a sfuggirgli ogni volta. Poi i maya hanno ucciso settanta uomini di Córdoba qui a Potonchan. È stata anche colpa di Muñoz: bruciare i "convertiti non praticanti". Povere anime! Come facevano a convertirsi con uno che gli parlava a gesti? E se non erano convertiti, come si poteva dire poi che avevano ripudiato la fede? Il suo zelo per Dio ha spinto quella gente al limite; è normale che alla fine ci abbiano attaccato. Siamo scampati in numero appena sufficiente a governare la flotta per la ritirata, e molti erano troppo malati o feriti per notare quello che stavano facendo il grande e potente inquisitore e quel bastardo del suo paggio con la faccia da topo. Eravamo in mare da diciotto giorni, abbastanza per cominciare a fare porcate. Una notte, quando in giro non c'era nessuno, mi hanno portato nella sua cabina, mi hanno picchiato finché non riuscivo a stare in piedi e mi hanno tenuto fermo sul tavolo. Ecco come mi ha avuto Muñoz! E dopo di lui, mi ha avuto anche Angelo».

Pepillo si sentì male per lui. «Oh Melchiorre», disse. «Ora capisco! È normale che odiassi tanto Muñoz...». Senza pensarci allungò una mano per accarezzare il braccio del suo amico.

«Frena!», disse Melchiorre scrollandoselo di dosso. «Non voglio la tua pietà, e poi non ho finito. Dopo che mi hanno stuprato volevo vendicarmi e ho giurato, Pepillo, ho giurato su tutto quello che c'è di santo che li avrei uccisi a tutti i costi: o loro o io. Due sere dopo – eravamo in alto mare – ho trovato Angelo da solo sul cassero di poppa. Abbiamo lottato ma la rabbia mi ha fatto diventare più forte e l'ho spinto fuoribordo. Non mi ha visto nessuno, come nessuno ha visto quello che è successo a me».

Pepillo ci restò secco. «Ma tu mi hai detto che... Tu dicevi...».

«Che Muñoz ha ucciso il suo paggio? Sì, quando Angelo è sparito tutti gli uomini della spedizione credevano che fosse andata così e io non ho sentito il bisogno di correggerli. Ma si sbagliavano! L'ho ucciso io, e ne vado anche fiero! Quanto a Muñoz, nel resto del viaggio non ho trovato il momento giusto e ho pensato che avrei dovuto aspettare anni prima che mi ricapitasse di incontrarlo di nuovo. Così, quando ho sentito che era stato nominato inquisitore di questa spedizione, non riuscivo a credere alla fortuna...».

Pepillo ripensò a tutto e rivisse i fatti delle ultime settimane. Il comportamento di Muñoz, l'odio chiaramente profondo di Melchiorre, il modo in cui lui stesso era stato trascinato nel complotto per uccidere l'inquisitore, tutto aveva perfettamente senso alla luce di quello che sapeva ora.

«Be'», disse Melchiorre quando il brigantino rallentò e in lontananza si profilò davanti a loro la luce della lanterna sulla riva buia del lungofiume di Potonchan, «ti ho detto la verità. Te lo dovevo, dopo che ti ho fatto quasi uccidere. Non me la prenderò se ora penserai che sono un poco di buono».

«Non lo penso affatto», disse Pepillo. «Penso che tu sia coraggioso e che abbia rimediato a un'ingiustizia e sono fiero di poterti considerare mio amico». Il giovane esitò, rivolse gli occhi alla grossa sagoma scura di Molinero che stava in silenzio lì accanto e aggiunse: «Mi hai fatto quasi uccidere, comunque… adesso il meno che puoi fare è insegnarmi ad andare a cavallo».

Origliando dalla cucina, Malinal sentì quasi ogni parola della storia di Cit Bolon Tun.

Si accorse di non riuscire ad accettarla e allo stesso tempo di esserne convinta.

Forse, immaginò, anche se aveva sempre dubitato, una parte di lei – quella ancora profondamente legata a Tozi – voleva davvero credere che quegli uomini bianchi, quegli "spagnoli", fossero realmente i compagni di Quetzalcóatl che tornavano a rimediare alle ingiustizie del mondo sotto la guida dello stesso Quetzalcóatl.

Le sue idee in merito cambiavano in continuazione. Prima aveva felicemente abbandonato i dubbi riconoscendo la mano degli dèi nel suo ritorno a Potonchan, coinciso esattamente con quello degli stranieri. Ora però, sentendo quello che aveva da dire Cit Bolon Tun, tutto il suo scetticismo la travolgeva con una nuova forza. Gli uomini descritti dalla spia infatti erano indubbiamente *uomini*, non dèi, e nelle isole in cui l'avevano portato aveva visto molte cose strane e meravigliose che, tuttavia, erano senz'ombra di dubbio opera di uomini; uomini intelligentissimi e molto astuti, ma certo non divinità. Quando Cit Bolon Tun raccontò come questi strani uomini bianchi avevano strappato vent'anni prima quell'isola ai nativi che ci abitavano, un popolo che nelle leggende maya si chiamava Taino e a quanto pare si chiamava ancora così, le raggelò il sangue perché, invece di portare pace, armonia e progresso, gli "spagnoli" avevano massacrato senza pietà e torturato i taino bruciandoli vivi in grandi fuochi, rubandogli tutte le terre e i possedimenti e cancellandoli quasi tutti dalla faccia della terra, se non per i pochi superstiti che avevano ridotto in schiavitù.

Non le sembrò che Cit Bolon Tun mentisse. Le sue parole avevano il timbro dell'esperienza diretta e della verità.

Per di più, le potenti, eccezionali e incredibili armi degli "spagnoli" erano appunto solo quello – armi, forgiate da mano umana – e non strumenti divini dotati di ignoti poteri sovrannaturali. La "pelle" splendente che le lance e le frecce con le punte di pietra dei maya non riuscivano a penetrare non era altro che un'armatura! Non c'era niente di divino e senza quelle, o se colpiti nelle parti vulnerabili e non protette dei loro corpi, gli uomini bianchi potevano essere uccisi come tutti gli altri uomini. Sia i maya che i mexica usavano armature di cotone imbottito, che non stupivano né incutevano timore a nessuno. L'unica differenza era che l'armatura degli spagnoli era migliore, più dura e più forte perché di metallo. Il problema non era nemmeno che i maya e i mexica non conoscessero i metalli, perché li conoscevano e anzi vantavano artigiani abilissimi col rame morbido e il bronzo. Soltanto che la metallurgia degli uomini bianchi era molto più avanzata della loro e si estendeva all'eccezionale lavorazione di metalli duri e duraturi chiamati ferro e acciaio, che i loro abili artigiani erano capaci di modellare non solo per farci le armature ma anche asce, punte di lancia, punte di freccia, pugnali e i terribili coltelli lunghi che chiamavano "spade".

Poi c'erano le armi che sputavano fuoco e morte e Ah Kinchil pensava fossero *Xiuhcoatl*, i letali "serpenti di fuoco" di cui, secondo la leggenda, erano armati sia gli dèi dei maya che quelli dei mexica. Di nuovo, spiegò Cit Bolon Tun, non c'era niente di divino in quelle armi degli uomini bianchi: si chiamavano "fucili". Non erano affatto serpenti di fuoco! Anzi, questi "fucili" non erano tanto diversi dagli archi e dalle frecce – che, per inciso, avevano anche gli spagnoli – o dagli *atlatl* usati per lanciare i dardi. Come gli archi e gli *atlatl*, i fucili erano solo armi progettate dagli uomini per fare volare proiettili a lunga distanza e altissima velocità. Avevano la forma di tubi di metallo e, invece di sfruttare la tensione di una corda d'arco, o la leva di un *atlatl*, raggiungevano lo scopo grazie a una polvere nera che se accesa col fuoco esplodeva, scatenava una grande energia e spingeva palle di varia misura fatte di metallo o pietra nei corpi dei loro nemici.

Quanto alle feroci bestie da guerra di cui aveva saputo nei vari rapporti Ah Kinchil, ce n'erano di due tipi e Cit Bolon Tun aveva sfruttato il tempo di convivenza con gli uomini bianchi per studiarli entrambi da vicino.

I primi avevano le dimensioni dei giaguari e sembravano degli esemplari anormali, più larghi e feroci, della razza canina. Avevano fauci enormi e denti affilati, e andavano in battaglia con l'armatura di metallo simile a quella degli uomini bianchi. Ecco perché i guerrieri di Muluc erano stati indotti a credere che le bestie non si potessero uccidere con le lance o le frecce. Falso! Togliendogli l'armatura o colpendoli in una parte non protetta del corpo, si potevano uccidere tranquillamente proprio come i giaguari, cosa che i maya sapevano fare bene. Tuttavia, c'era una cosa che rendeva questi "cani" molto più temibili di qualunque altra bestia, ed era che gli spagnoli li addestravano a ubbidire ai loro ordini e a fare la loro volontà. Erano velocissimi, avevano un fiuto eccezionale e stanavano la preda soltanto dall'odore quindi, anche se un uomo fosse fuggito lontanissimo nascondendosi in un posto remoto, i cani erano capaci di seguire il suo odore nel terreno, trovarlo e ucciderlo. Cit Bolon Tun aveva assistito a scene orribili in cui, solo per divertimento e sport, gli spagnoli avevano allestito una caccia ai taino nativi delle isole per farli sbranare dai loro cani.

Il secondo tipo di animale era più o meno come un grosso cervo e si chiamava "cavallo". I maya chontal non li avevano ancora incontrati in battaglia ma era solo questione di tempo perché il capo degli spagnoli, che si chiamava Cortés, era un grande esperto nel loro utilizzo in guerra e Cit Bolon Tun l'aveva sentito vantarsi spesso del fatto che i maya non sarebbero stati in grado di fermali.

Come i cani, questi "cavalli" indossavano armature di metallo e, se i cani correvano veloci, i cavalli erano ancora più veloci, veloci come il vento, veloci come una valanga. La cosa più incredibile era che gli uomini bianchi sapevano salire in groppa a quelle creature e attaccare i nemici restandoci sopra a una velocità terrificante usando le loro lance o le spade letali. «Dovete preparare i nostri guerrieri», li sollecitò Cit Bolon Tun, «al trauma del faccia a faccia col nemico che monta in questo modo. Io stesso ancora non ho mai visto gli spagnoli usare i cavalli in battaglia, ma li ho visti cavalcare spesso in allenamento. Quando battono gli zoccoli si sente il tuono nell'aria, quando vanno alla carica la terra trema e lo stesso enorme peso e lo slancio delle bestie diventa un'arma capace di schiacciare chiunque si trovi sul loro cammino. Ai nostri uomini basterà vederli o sentirli per perdersi di coraggio e, se dovessero credere di trovarsi davanti a creature sovrannaturali metà uomo e metà cervo, come ho creduto io stesso la prima volta che li ho visti, sarà ancora peggio. Sono spaventosi, sono formidabili, vanno molto al di là di qualsiasi nemico abbiano mai affrontato i maya in battaglia, ma *non sono sovrannaturali*. Sono uomini che montano sulle schiene di animali e, come gli altri uomini e gli altri animali, si possono uccidere».

Mentre si dicevano queste parole, Malinal entrò in sala da pranzo con brocche d'acqua e sigari di tabacco da far fumare agli uomini. Cit Bolon Tun era tutto sudato in faccia, senz'altro per lo sforzo di comunicare le cose terribili che sapeva. Muluc aveva la bocca spalancata. Ah Kinchil sedeva con gli occhi sgranati fissi davanti a sé, come se avesse visto un fantasma.

«Quanti sono?», chiese alla fine il vecchio sovrano a Cit Bolon Tun.

«Quanti sono cosa, signore?»

«Quanti sono i "cavalli"? Quanti, questi diabolici "spagnoli"? E che cosa mi consigli di fare con loro?».

Cit Bolon Tun assunse un'aria solenne. «Mio signore, vi consiglio di combatterli notte e giorno, senza pietà e senza paura finché non saranno talmente ridotti di numero da schiacciarli definitivamente. Ho contato i loro cavalli. Ne hanno solo diciotto! Ho contato gli uomini bianchi e tutto l'esercito non va oltre i cinquecento soldati, alcuni dei quali sono stati lasciati a sorvegliare le barche e sicuramente altri sono stati feriti oggi. Sono quasi certo che il signore chiamato Cortés non sarà in grado di schierare più di quattrocento guerrieri».

Sul viso di Muluc tornò il sorriso spettrale che Malinal odiava tantissimo. «Quattrocento!», disse ridacchiando. «Quattrocento! E noi siamo quarantamila». Si rivolse ad Ah Kinchil: «Ci siamo, zio! Vedete! È come vi ho detto io. Non sono dèi ma uomini venuti nelle nostre terre con una presunzione enorme: domani li affronteremo in battaglia e ce li mangeremo!».

CAPITOLO 57

Villa di Cuitláhuac, Chapultepec, prime ore del mattino di giovedì 25 marzo 1519

La luce della luna, calante ma quasi piena, entrava dalla finestra aperta della camera da letto di Guatemoc dove il principe era steso di schiena con gli occhi aperti a fissare il soffitto. Anche se la ripresa era stata eccezionale (i dottori l'avevano definita un miracolo) le ferite gli facevano ancora molto male e lui non riusciva a dormire, pensava in continuazione.

Quello che era successo nelle ultime settimane, da quando Shikotenka l'aveva fatto a pezzi su quel pendio a Tlascala, era stato straordinario, meraviglioso e inspiegabile.

Aveva incontrato Colibrì, il dio della guerra, e gli aveva detto che non era ancora la sua ora.

Aveva incontrato anche Temaz, la dea della guarigione, che l'aveva riportato in vita.

Impossibile credere che non ci fosse alcun legame fra questi incontri divini!

«Il tuo popolo dovrà affrontare una grande battaglia ma quello smidollato di Montezuma non è in grado di combatterla», aveva detto Colibrì.

Quanto alla dea Temaz, l'aveva messo in guardia dal complotto contro di lui e l'aveva spronato a trovare il vero responsabile.

Be', ormai sapeva chi era stato!

Era stato Montezuma in persona a cercare di avvelenarlo. Mecatl era solo un burattino nelle mani del re. Ovviamente lo zio aveva gridato allo scandalo quando Mecatl aveva detto la verità sotto tortura. Aveva ordinato di scuoiare vivo quel grassone di un dottore e di portare poi la pelle a Guatemoc; come se quel gesto potesse fare la minima differenza.

Nessuno osava sfidare il Supremo Signore, ma la verità era la verità e non si potevano cancellare delle parti. L'unica cosa adesso era decidere cosa fare in proposito.

Steso sul letto, zitto e immobile, per la prima volta nella sua vita Guatemoc stava prendendo seriamente in considerazione l'ipotesi di ribellarsi, quando a un tratto gli parlò una voce dal buio.

«Come va adesso, principe?», chiese la voce. La voce di una dea.

«Meglio di quanto sperassi», rispose Guatemoc non facendo trapelare dalla voce l'emozione improvvisa che provò. «Forse, meglio di quanto meriti».

La luna disegnava un sentiero di luce sul pavimento e in quella striscia la notte fu come disturbata da un'increspatura, un'oscillazione dell'aria vuota. Poi dal nulla emerse una figura bassa e snella, una mano si allungò per sfiorarlo e lui sentì irradiarsi di nuovo il mistero del potere divino.

Fu un momento di vera unione spirituale, quasi di beatitudine. Ecco cosa si provava a essere carezzati da una dea! Guatemoc cercò di alzarsi su un gomito, ma il suo corpo venne inondato da un piacevole calore che lo fece gemere e rimettere disteso.

«Riposa, principe», disse Temaz. «Non fare sforzi. Ti ho portato il dono della guarigione. Devi solo accettarlo».

Per diversi minuti la sentì occuparsi di lui, prima gli tolse le bende, poi lo esplorò sfiorandolo con le dita ed emanando quel fuoco incredibile, quello splendore, quel formicolante e vivificante calore nelle ferite. La dea non parlava ma modulava dolcemente la voce, fra il sussurro e il canto, continuando a curarlo con tenerezza e, poco a poco, fidandosi ciecamente di lei, il principe si addormentò.

Quando si svegliò erano passate delle ore, la luna era tramontata, l'alba grigia iniziava a schiarire e la dea Temaz era sparita.

Lasciando Guatemoc addormentato, Tozi era tornata alla casa sicura di Tacuba e adesso era stesa su un tappetino di canne a terra mentre la città in riva al lago apriva gli occhi fra i primi rumori del nuovo giorno.

Era andata dal principe con l'intenzione di parlargli di molte cose, soprattutto di Quetzalcóatl, pur avendo promesso a Huicton che non l'avrebbe fatto. Quando però aveva visto Guatemoc illuminato dalla luna, constatando quanto fosse ancora ferito e vulnerabile malgrado l'eccezionale ripresa dagli effetti del veleno e dalle ferite terribili, aveva capito subito di doverlo aiutare prima di parlargli di qualsiasi cosa.

E aveva capito subito anche che *poteva* aiutarlo. L'incantesimo della guarigione le era venuto spontaneamente, come da una profondità nascosta del suo retaggio, e lei l'aveva cantato per lui al chiaro di luna tutta la notte.

Strano. Pur odiando il principe mexica, rampollo di una famiglia crudele e assassina, assassino e sacrificatore egli stesso, provava comunque una forte, anzi, quasi irresistibile attrazione per Guatemoc. Solo ora capiva che tutto era iniziato la prima volta che gli aveva messo gli occhi addosso, qualche settimana prima, quando giaceva nudo e sciupato nell'ospedale regio, in bilico sulla morte. Avrebbe voluto tagliargli la gola ed era finita per salvargli la vita.

C'era del buono in lui, ecco cos'era!

Doveva averlo saputo fin dall'inizio, doveva averlo visto fin da allora.

E dato che in lui c'era del bene, decise, era suo compito alimentarlo e piegarlo alla causa di Quetzalcóatl.

Un attimo prima di addormentarsi fu colta da un pensiero. L'attrazione che provava per il principe, con quel bel viso che ricordava un falco e la meravigliosa pelle ramata e calda sotto le sue mani, era la stessa stupida attrazione che a volte prova una donna per un uomo?

«Gli dèi ce ne scampino!», mormorò Tozi chiudendo forte gli occhi. Non aveva tempo per simili sciocchezze.

CAPITOLO 58

Giovedì 25 marzo 1519

Giovedì 25 marzo, festa dell'Annunciazione della Beata Vergine, cominciò male.

Dopo una notte scomoda in cui gli spagnoli dormirono di nuovo con le armature addosso e le spade a fianco, tra il fracasso notturno dei tamburi e le grida di guerra dell'immenso esercito indiano riunito nelle campagne a sud di Potonchan, Cortés si alzò prima dell'alba per controllare i cavalli e li trovò indolenziti, fiacchi e non ancora pronti per la battaglia. «Sono stati a bordo per troppo tempo», si lamentò Melchiorre in sella a Molinero, «e ieri sera non abbiamo potuto farli esercitare come si deve al buio. Dateci qualche altra ora per farli correre e dargli un'altra manciata di quest'erba buona e staranno benone».

Almeno, l'erba buona in questione era ovunque in mezzo agli alberi del frutteto recintato – e ormai ben sorvegliato – che si stendeva per cinquecento passi dal retro del palazzo del capoclan fino al fiume. Tutti gli altri stallieri erano già in piedi e intenti al lavoro, chi a strigliare i cavalli dei loro padroni, chi a farli pascolare tenendoli per le redini, chi a cavalcarli. C'era anche il giovane Pepillo che ormai stava sempre attaccato a Melchiorre come un cagnolino al suo padrone. «Stasera avrò bisogno di te», disse Cortés al ragazzo. «Il Re Carlo deve sapere quello che abbiamo fatto qui per lui».

«Sono pronto, señor», rispose Pepillo. «E... señor... avreste nulla in contrario se provassi a cavalcare Molinero mentre lo facciamo riscaldare?».

Cortés rise: «Quello che penso io non conta, giovanotto! Molinero ragiona con la sua testa. È sua l'ultima parola sull'argomento».

Lasciando il frutteto al sorgere del sole e attraversando in fretta il palazzo per uscire nella piazza principale dove si stavano radunando gli uomini, Cortés fu fermato da Gonzalo de Sandoval che gli portò l'altra cattiva notizia di quella mattina. Il piccolo Julian era sparito: dopo la presa della città del pomeriggio precedente nessuno l'aveva più visto, ma di notte una sentinella aveva trovato la camicia dell'interprete e delle brache spagnole appese al ramo di un albero. Alla fine, la faccenda era stata riportata a Sandoval e ora lui era lì a riportala a Cortés. «Sembra che sia tornato dal suo popolo», ipotizzò Sandoval.

Cortés andò in escandescenze. «Dannazione!», disse. «Dovevo aspettarmelo e uccidere quella carogna strabica settimane fa. Come interprete non serviva a niente, ma dopo tanti mesi ha imparato i nostri punti di forza e i punti deboli, ci ha contati, sa quanti siamo e ora l'abbiamo fatto allegramente tornare dai maya a spiattellare tutto. È la spia migliore che potessero sognare».

«Una vera sfortuna», disse Sandoval. «In che modo si ritorcerà contro di noi?»

«Meno paura di noi, più comprensione delle nostre armi e delle nostre tattiche. Gli avrà detto tutto della cavalleria che io tenevo in serbo per fargli una sorpresa».

«Se non hanno mai visto un cavallo in azione, don Hernan, nessun racconto potrà evitargli il trauma».

Cortés rise, improvvisamente risollevato, e diede una pacca sulla schiena del giovane. «Speriamo che tu abbia ragione!», disse, poi chiese: «Com'è che non hai un cavallo tuo, Gonzalo?»

«Non posso permetterlo», disse onestamente Sandoval, «ma sono cresciuto a cavallo prima che arrivassero i tempi difficili in famiglia».

«Ti sei mai allenato con la lancia? Hai fatto prove di carica?»

«Sì, don Hernan, ormai ho perso il conto».

«Be', chissà, potresti trovarti in sella molto prima del previsto».

Con soli venti soldati lasciati di guardia sulle navi alla baia, recuperati da un gruppo che si era ammalato più una dozzina di feriti troppo gravi per tornare subito a combattere, le truppe radunate nella piazza principale di Potonchan contavano qualcosa come quattrocentottanta uomini sporchi, barbuti e determinati, in formazione di sedici file per trenta schierata ai piedi della piramide. Dopo aver sentito la messa di padre Bartolomé Olmedo, Cortés ricordò loro che era la festa di Nostra Signora, li ringraziò abbondantemente per gli sforzi del giorno prima, che erano stati coronati dal successo, e gli disse di guardare avanti alla vittoria ancor più importante che li aspettava quel giorno. Portandosi la mano all'orecchio verso i tamburi e gli ululati degli indiani fuori dalla città, disse: «Ascoltate il rumore dei pagani! Gliele abbiamo suonate e sono scappati, ma ora sono tornati pieni di fuffa e minacce vuote per darsi coraggio e attaccarci di nuovo. Io dico che non dobbiamo stare ad aspettare che ci aggrediscano ma attaccarli prima noi. D'accordo, uomini?».

Nell'acclamazione generale, alcuni soldati sbatterono le aste delle lance a terra, altri batterono le spade contro gli scudi.

«Molto bene», continuò Cortés. «Per chi si fosse perso le danze di stanotte, i nostri cavalli sono stati fatti sbarcare tutti dalle navi», gesticolò verso il palazzo, «e messi al pascolo per sciogliere i dolori alle giunture. Fra qualche ora saranno pronti a combattere, direi verso mezzogiorno. Nel frattempo, voglio due compagnie di cento uomini ciascuna – tutti volontari! – per una ricognizione armata che ci dica numeri e schieramento del nemico».

Dai rapporti delle spie che di notte si erano aggirate fuori dai fuochi di bivacco, Cortés sapeva che alcuni uomini della fazione di Velázquez si erano dati piuttosto da fare seminando il tarlo della paura e del dubbio sul coraggio delle sue truppe gagliarde. Più di tutti si era dato da fare per scoraggiarli Juan Escudero insinuando che ulteriori azioni contro i maya sarebbero state una mossa sconsiderata, che non c'era nessun oro da prendere e che era meglio andare da un'altra parte più che rischiare di essere annientati lì. Nella notte però Cortés si era fatto qualche giro tranquillizzandosi nel riscontrare la lealtà della maggior parte degli uomini nei confronti del loro caudillo e la loro fiducia sul fatto che gli avrebbe dato vittoria, onore e ricchezza. Pertanto gli venne l'ispirazione di concludere il suo discorso con alcuni versi dell'undicesimo salmo.

«Nel Signore mi sono rifugiato» recitò facendo risuonare la voce in tutta la piazza:

> Come potete dirmi: «Fuggi come un passero verso il monte»?
> Ecco, i malvagi tendono l'arco, aggiustano la freccia sulla corda
> per colpire nell'ombra i retti di cuore.
> Quando sono scosse le fondamenta, il giusto che cosa può fare?
> Ma il SIGNORE sta nel suo tempio santo, il SIGNORE ha il trono nei cieli. I suoi occhi osservano attenti, le sue pupille scrutano ogni uomo.
> Il SIGNORE scruta giusti e malvagi, egli odia chi ama la violenza.
> Brace, fuoco e zolfo farà piovere sui malvagi, vento bruciante
> toccherà loro in sorte.

I volontari per la squadra di ricognizione non mancarono. Dopo aver nominato Alonso Davila a capo di una compagnia e Alvarado a capo dell'altra, Cortés chiamò Francisco de Mesa, il capo dell'artiglieria, un uomo di mezz'età basso e tarchiato coi capelli radi, una barba nerissima e una faccia larga, impassibile e bruciata dal sole. Dopo lo sbarco dei cavalli della notte prima, era tornato con un brigantino alla baia a prendere i longobardi e i sessanta schiavi taino che servivano a muovere i pesanti cannoni ai posti di combattimento. Mesa fu impassibile come al solito: «Immagino che debba preparare i tizzoni ardenti e lo zolfo incendiario da far piovere su quegli indiani assatanati».

Bernal Diaz, giudicando superficiale la sua ferita alla coscia, si era rifiutato di ritirarsi sulla flotta e fu tanto motivato dal discorso del caudillo da offrirsi volontario per i cento di Davila. Mibiercas e La Serna si unirono a lui, per quel che La Serna definì "una gitarella in campagna".

In realtà, la faccenda si rivelò molto più impegnativa. A quasi cinque chilometri da Potonchan, la strada principale sull'asse nord-sud che stavano seguendo costeggiò una roccia sporgente dalle colline basse che li nascose dalla città e, dopo meno di due chilometri, furono avvicinati e aggrediti da una banda di un migliaio di guerrieri ululanti. Uno sproposito di frecce, dardi e fiondate di sassi iniziò a piovergli sulle armature e gli scudi facendoli ritrovare in poco tempo completamente accerchiati.

Avendo assaggiato l'acciaio di Toledo il giorno prima, Diaz capiva bene perché gli indiani evitassero il corpo a corpo e preferissero colpire gli spagnoli da lontano. E poi, la strategia stava funzionando: una mezza dozzina di uomini infatti aveva già riportato ferite minori e uno, che aveva perso i sensi per un sasso in testa, doveva essere trascinato dai commilitoni rallentando i movimenti di tutti. Facendo di necessità virtù, Davila fece bloccare il quadrato, ordinò a dieci dei venti moschettieri di spostarsi sui fianchi della formazione e di aprire il fuoco sul nemico. Tutti i proiettili andarono a segno ma la cosa notevole, e preoccupante, fu che il bagliore e il ruggito dei pesanti moschetti sull'orda che li assediava non fece nemmeno lontanamente l'effetto terrorizzante del giorno prima. Per l'esattezza, ora c'erano dieci indiani in meno ma ne restavano ancora novecentonovantanove, nessuno dei quali si era dato alla fuga come aveva sperato Diaz!

Altre scariche di moschetti e balestre non diedero risultati migliori, mentre su di loro continuavano a piovere frecce, lance e fiondate di sassi.

«Dannazione», Diaz sentì mormorare a Davila. «Dovevamo portarci una muta di cani». In realtà, se n'era anche parlato rinunciando in favore dell'agilità di movimento. Troppo spesso i cani si sarebbero fermati a mangiare la preda e per richiamarli ci sarebbero voluti tempo, calci e bastonate da parte degli addestratori.

«Facciamoli noi, i cani», urlò Mibiercas a Davila. «Lasciatemi radunare una squadra veloce e ci buttiamo nella mischia».

Davila annuì e, in pochi istanti, dopo un'altra scarica tonante di moschetti, Mibiercas, La Serna e altri dieci sguainarono le spade e saltarono addosso alla massa di indiani. Troppo lento per quella missione a causa della ferita alla coscia, Diaz si sentì un po' in colpa nel restare a guardare gli amici che se ne andavano.

Dato che la squadra di Davila era andata a sud, Alvarado fece una ricognizione dirigendosi a est. Percorse circa un chilometro e mezzo di foresta sullo stesso sentiero che avevano usato per entrare in città il giorno prima, ma dove la strada ripiegava a sud, lui tirò dritto e continuò come gli aveva ordinato Cortés, verso est. Per un altro centinaio di passi gli uomini dovettero crearsi un passaggio tagliando la boscaglia con le spade. Prima di risbucare all'aria aperta Alvarado fremeva già dalla voglia di impalare una manciata di indiani col nuovo spadino di Nuñez che si era portato di nuovo quel giorno per la prima volta da quando aveva battuto Zemudio a Cuba.

Peccato che la possibilità di infilzare qualcuno non sembrava tanto imminente. Davanti a loro si stendevano enormi campi di granturco verde che si perdevano a vista d'occhio nella foschia del mattino, senza lasciar intravedere una formazione nemica da nessuna parte.

Alvarado sbadigliò per la frustrazione. Di notte si era tolto la stecca e l'ingessatura al braccio sinistro confermando con grande sollievo di poter muovere l'arto, anche se quasi un mese di inattività l'aveva un po' asciugato. Strinse un pugno. Dio santo! Era debole! Ma aveva ancora abbastanza presa da tenere le redini di Bucefalo per l'attacco con la cavalleria che Cortés gli aveva promesso per il pomeriggio.

Meno male, pensò, visto che non c'era niente da fare lì in zona. Dopo un altro chilometro e mezzo per i campi era talmente annoiato che decise di continuare la ricognizione in forza da un'altra parte e fece voltare i suoi uomini nella direzione da cui erano venuti.

Se le palle o le mitraglie sparate dai falconetti pesavano circa mezzo chilo, le palle e le mitraglie dei longobardi pensavano più di trenta chili. Non per niente, pensò Cortés, quei levigati cannoni cilindrici si chiamavano "demolitori"! Ne aveva portati tre come pezzo principale dell'artiglieria della spedizione e ora due di questi stavano sulla piazza principale di Potonchan. In riga al loro fianco c'erano i diciotto falconetti che aveva già usato sui maya il giorno prima, ma mentre questi potevano essere gestiti e persino mossi, se necessario, dai due serventi dell'equipaggio, i longobardi erano talmente ingombranti che ognuno richiedeva una squadra di trenta uomini per il traino dei carri massicci e il trasporto delle loro prodigiose munizioni e delle bisacce di polvere da sparo.

«Se fossi in voi, non mollerei i falconetti», diceva Mesa. «Questa campagna è troppo segnata dai fossi dell'irrigazione per muovere i cannoni grossi, specie con quei manovratori riluttanti». Puntò il pollice sui sessanta schiavi taino seduti in perizoma sotto l'albero del cotone che li guardavano male e stupiti.

«Lo so», disse Cortés, «sarà dura, ma ci ho pensato. Oggi saremo in grande inferiorità numerica e gli indiani hanno già visto i falconetti in azione. Voglio qualcosa che li impressioni veramente e conto sui longobardi».

«Palla o mitraglia?», chiese Mesa senza commenti.

«Oh... tutt'e due», rispose Cortés. «Sai, a ciascuno il suo...».

La squadra di sfondamento di Mibiercas spezzò il cerchio di indiani con una formazione a cuneo e Diaz vide i suoi amici iniziare l'opera sanguinaria: Mibiercas, il cherubino a oriente del giardino di Eden col suo rotante e guizzante *espadon*, La Serna accanto a lui che assaggiava il nemico con la punta del suo spadone scintillante. Un indiano enorme, trasformato in demone pezzato dalla pittura a strisce sulla faccia, si presentò a Mibiercas con un'arma lunga a doppia impugnatura, uno di quei bastoni bordati con scaglie di ossidiana che Diaz aveva affrontato il giorno prima. Sembravano alla pari per stazza e potenza, ma Mibiercas era un maestro spadaccino, uno che aveva fatto della sua arma una ragione di vita, e si avventò sull'avversario come una slavina, gli spaccò in due la testa dalla calotta al mento in un sol colpo, estrasse la lama sporca di sangue e abbatté altri due uomini quando ancora il primo non capì di essere morto.

In questo modo i dodici valorosi spagnoli, finalmente faccia a faccia contro il nemico, fecero scempio degli avversari mentre gli arcieri e i moschettieri della compagnia ricaricavano e facevano partire un'altra raffica devastante. Eppure Diaz notò che gli indiani non erano meno coraggiosi e determinati degli spagnoli e malgrado le ingenti perdite non battevano in ritirata, anzi, si schieravano di nuovo e stringevano ancor più la morsa attorno a Mibiercas e ai suoi uomini, che a un tratto gli sembrarono scogli circondati ovunque da un'incontenibile e rombante mareggiata assassina.

Capendo che fra non molto sarebbero stati travolti, Davila gridò, «Santiago, all'attacco!», e guidò l'avanzata veloce dell'intera compagnia in loro soccorso. La corsa bruciò la ferita nella coscia di Diaz che batteva il terreno accidentato, pieno di buche e cosparso di steli di granturco. «Santiago, all'attacco!», urlò alzando la spada. «Santiago, all'attacco!».

Melchiorre issò Pepillo davanti a sé e con uno schiocco della lingua ordinò al potente stallone di farsi un giro. Intimidito dal tipico passo dondolante, Pepillo abbassò lo sguardo. La terra sembrava lontanissima!

«Tieniti stretto», disse Melchiorre quando passarono sotto un albero. Pepillo sentì i talloni dell'amico battere una, due volte sui fianchi di Molinero e a un tratto l'andatura si fece persino più strana, scomoda, tutta rimbalzi, e a ogni scatto sembrava quasi disarcionarlo perché fra un passo e l'altro la schiena dell'animale cadeva risalendo prontamente col passo dopo per poi precipitare di nuovo. «Questo è il trotto», disse Melchiorre, «al cavallo piace; al cavaliere non tanto». Stese entrambe le braccia davanti ai fianchi di Pepillo e mollò un po' le redini. «Ora proviamo un piccolo galoppo». I talloni spronarono di nuovo i fianchi del cavallo e immediatamente i due presero molta più velocità, gli zoccoli di Molinero batterono il terreno in un valzer di tre quarti e Pepillo strinse fortissimo il pomello sul davanti della sella, nervoso ma insieme eccitato e spinto a ridere. Durante il trotto si erano portati in fondo al frutteto e ora davanti a loro c'era un viale sgombero dal muro del palazzo agli alberi sul fiume. «Proviamo il galoppo?», disse Melchiorre.

«Sì!», urlò Pepillo col vento che già gli fischiava nelle orecchie.

Melchiorre mosse le mani con cui teneva le redini e allentò un po' la stretta su Pepillo. «Andiamo, allora», disse. Il cavallo fece un balzo in avanti e all'improvviso volarono.

Volarono!

La cavalcata abolì ogni asperità del terreno e il potente destriero si lanciò verso il fiume a una velocità incredibile, da fare sfocare tutti gli alberi e la parete del palazzo a fianco dei due amici che andavano sparati a un passo così leggero, libero e svincolato da tutto, tanto che Pepillo sentì ribollire il petto di gioia e non riuscì a smettere di gridare e urlare al vento per l'eccitazione. Poi, chissà come si ritrovarono già davanti alla fangosa distesa d'acqua marrone e per un istante il giovane pensò che si sarebbero alzati in volo come il Pegaso alato, finché Molinero non esitò appena, si piegò in un'impetuosa curva esilarante e si raddrizzò di nuovo nel magnifico passo mangia-chilometri in quattro quarti del galoppo che in un lampo si lasciava il fiume alle spalle. In una manciata di secondi si trovavano già davanti all'altro muro del palazzo; Melchiorre tirò delicatamente le redini lasciando cadere Pepillo all'indietro sulla sella e il cavallo rallentò l'andatura al piccolo galoppo, al trotto ballonzolante e infine si fermò.

«Santo cielo!», disse Pepillo un attimo dopo aver ripreso fiato. «Allora questo è cavalcare!».

Melchiorre stava scendendo a terra. «È quello che io da ex schiavo chiamo veramente libertà». Continuando a tenere le redini iniziò ad aggiustare la staffa. «Resta in sella se vuoi».

Il cuore già martellante di Pepillo cominciò a battere ancora più forte. «Da solo?», chiese.

«Sì, mammoletta. C'è qualcun altro lì sopra?». Melchiorre fece il giro del cavallo e aggiustò la seconda staffa. «Usa queste. Ti guido io per un po'».

Pepillo sistemò i suoi piccoli piedi nelle grosse staffe di ferro e scoprì che spingendo verso il basso poteva sollevarsi sulla sella come aveva fatto Melchiorre quando erano andati al galoppo. Sussurrando paroline dolci e incoraggianti allo stallone, Melchiorre si spostò davanti all'enorme animale e cominciò a guidarlo con le redini.

Posando gli occhi sulla immensa testa di Molinero, le orecchie tirate e la lunga criniera del sauro che sventolava a ogni passo, Pepillo provò un fortissima emozione e un moto d'orgoglio. Stava cavalcando! Quando gli entrò nelle narici l'odore del cavallo pensò che non ci fosse profumo più buono al mondo. Si chinò in avanti per dare una pacca al possente collo dell'animale e a un tratto, senza alcun preavviso, Melchiorre gli lanciò le redini in mano e si allontanò con un salto.

«Cosa?», fece Pepillo, mentre l'animale continuava ad andare al passo. «Perché?».

Melchiorre ghignò. «Restaci sopra finché puoi», disse dando a Molinero uno schiaffo sulle natiche.

Continuando a perdere abbondante sangue da un profondo taglio sulla faccia, Mibiercas stava tenendo disperatamente a distanza con La Serna una torba di indiani che cercavano di catturare e portar via un uomo caduto, mentre gli altri spagnoli del gruppetto si sforzavano di formare un cerchio difensivo quando a un tratto l'intera squadra di Davila li raggiunse di corsa e li inglobò velocemente riformando una sola compagnia per ripiegare insieme verso Potonchan a più di sei chilometri a nord, nascosta dietro la catena di colline basse da cui erano passati. L'attacco indiano non si interruppe, anzi continuò a farsi sempre più pressante sull'urto di centinaia – sembravano migliaia – di uomini che ululavano mostruose grida di guerra conficcando le lance feroci sulle zone esposte del viso e delle gambe e scaricando fendenti con le spade bordate d'ossidiana, mentre i picchieri lottavano con tutte le forze per respingerli e i moschettieri e i balestrieri al centro dell'unità si affrettavano a ricaricare.

Diaz era in prima linea – lo scudo a difendere l'uomo accanto a lui, lo spadone curvo sullo scudo dell'uomo alla sua destra, i muscoli doloranti per la tensione continua, il sudore che gli inzuppava camicia e brache sotto l'armatura – e menava colpi incalzando i nemici a distanza così ravvicinata da riempirsi le narici con l'odore straniero dei loro corpi scuri. La truppa continuava a battere in ritirata verso Potonchan, ma a ogni passo sembrava rallentare e perdere lo slancio come un carretto impantanato nel fango, quando tutti i moschetti spararono di nuovo a bruciapelo. Finalmente scoraggiati, o forse solo per ordine del loro capitano, gli indiani sembrarono perdere gusto per la mischia ravvicinata e si staccarono a una distanza di sicurezza iniziando a levare un baccano di tamburi, trombe, fischi e strilli prima di riprendere immediatamente la raffica di sbarramento con fionde, frecce e insidiosi dardi temprati a fuoco lanciati con gran forza dai tiratori scelti.

Sui campi si avvistarono altre frange nemiche che andavano a nutrire e rinforzare gli assaltatori e Diaz ritenne che, date le probabilità sempre più scarse di uscirne vivi, gli spagnoli non potevano più combattere continuando a muoversi verso Potonchan. C'era davvero il rischio di morire tutti lì a meno che non spuntasse Cortés a dargli il cambio, cosa inverosimile perché le collinette li tenevano nascosti e il forte vento che soffiava da nord portava i rumori della battaglia lontano dalla città. Essendo completamente accerchiati era anche impossibile mandare un velocista a chiedere aiuto, ma un grosso fabbricato simile a un granaio che stava a circa sette, ottocento passi a est sembrava offrire ancora una speranza per tirare il fiato. Era una costruzione di pietra piuttosto diroccata col tetto di paglia ancora quasi integro, ma sembrava difendibile, così, con rinnovata fiducia Diaz sentì Davila urlare a tutta la squadra l'ordine di ruotare lentamente e marciare verso l'edificio sotto una grandine incessante di missili implacabili.

I dieci minuti che seguirono – non saranno stati molti di più – a Diaz sembrarono un'ora, nel supplizio della gamba ferita che lo rallentava e gli dava un affanno crescente mentre la squadra combatteva una battaglia di spostamento contro l'orda nemica forzando ogni passo nell'impervia coltivazione di granturco. Per tre volte furono incalzati da brigate indiane che cercarono di sbarrargli la strada e interrompere la fuga, ma Davila aveva disposto una staffetta continua di tiratori, cinque moschettieri e cinque balestrieri su ogni lato del perimetro che entravano e uscivano dalle file per sparare e ricaricare, sparare e ricaricare, così, pur ostacolandoli, gli aggressori non riuscivano a fermarli e finalmente, ormai tutti sfiatati e almeno una quarantina sanguinanti di ferite superficiali, raggiunsero il riparo dell'edificio. Il posto era già stato occupato da qualche dozzina di indiani ma, ignorando le lance e le frecce, gli spagnoli li massacrarono in un delirio di picche e affondi di spada.

La struttura di cui prese possesso la truppa era spaziosa, vuota e rettangolare, lunga venti passi e larga dieci, con un pavimento di terracotta e travi oblique a reggere il soffitto di paglia alto circa il doppio di un uomo. Le pareti erano di pietra, parecchio malandate sui lati nord e sud, offrivano un buon riparo per i cecchini ma purtroppo erano abbastanza rovinate da consentire agli assedianti più determinati che avessero scelto di irrompere a frotte di crearsi un varco. C'erano anche molte aperture di finestre, dieci rintracciabili fra le macerie ai lati nord e sud, altre cinque a est e un'apertura enorme e sguarnita dove un tempo doveva esserci una porta sul lato ovest.

Tutto sommato, una postazione che si prestava bene alla difesa. Sarebbe stata un'ottima fortezza se l'avessero trovata ancora intatta, pensò Diaz, ma gli spagnoli potevano sperare di sfruttarla come rifugio per molte ore limitando al massimo le perdite e infliggendone di molto più gravi al nemico. Davila aveva già ordinato a moschettieri e balestrieri di schierarsi davanti a ogni buco del muro e da lì si vedeva che gli indiani si erano fermati e li avevano circondati tenendosi fuori dalla portata delle armi. Diaz trovò Mibiercas e insieme raggiunsero Davila davanti all'uscio, mentre La Serna con due moschettieri e balestrieri e pochi altri si arrampicarono sulle travi, facendo dei buchi nella paglia e uscendo sul tetto.

Il nemico vantava un gran numero accresciuto dai rinforzi arrivati per tutta la mattina. «Quanti ne vedi?», chiese Davila.

«Sto contando», rispose La Serna. Lo sentirono muoversi sopra la paglia.

«Sto contando», disse ancora un attimo dopo.

«Quanti?», insisté Davila.

«Duemila», rispose alla fine La Serna, «e volete saperlo? Senza un miracolo, siamo tutti uomini morti».

Mentre diceva quelle parole, i tamburi del nemico che prima erano caduti nel silenzio ripresero a suonare su uno stridore violento di trombe e fischi, e le prime file balzarono in avanti con urla che facevano raggelare il sangue.

Davila ordinò una raffica di dieci moschetti e dieci balestre, e mentre già veniva scaricata una seconda serie di colpi i primi uomini iniziarono a ricaricare febbrilmente.

Potonchan era a più di dieci chilometri a nord da Cintla e le staffette più veloci, che coprivano quella distanza in meno di un'ora, avevano corso per tutta la mattina avanti e indietro per tenere sempre informati Muluc e Ah Kinchil. Per una sorta di perversione personale, sembrava che Muluc volesse far assistere Malinal all'umiliazione degli uomini bianchi che insisteva a chiamare "i tuoi cosiddetti dèi", perciò continuò a tenerla a disposizione nella principale sala udienze del palazzo.

Di conseguenza lei seppe che ancora non era stato ordinato nessun attacco in piena regola. Durante la notte, nell'arco di un chilometro a sud di Potonchan, si erano accampati diecimila guerrieri ma verso l'alba Ah Kinchil li aveva fatti tornare a Cintla lasciandone sul posto solo qualche migliaio per tenere impegnati gli uomini bianchi se avessero deciso di spingersi sulla *sacbe* per raggiungere la capitale della regione.

Data la pericolosità degli "spagnoli", Malinal non poté fare a meno di pensare che avrebbe suggerito una strategia diversa schierando, per esempio, un esercito enorme e travolgente fin dall'inizio. Malgrado la spavalderia Muluc invece era prudente, persino codardo, mentre Ah Kinchil era anziano, indeciso e profondamente spaventato dagli uomini bianchi che in cuor suo credeva ancora fossero dèi, nonostante la consulenza di Cit Bolon Tun.

Pertanto avevano deciso di aspettare e vedere cosa facevano gli spagnoli.

Quello che fecero fu sorprendente e contraddittorio.

Da un lato rilasciarono i prigionieri catturati nella battaglia di Potonchan e li mandarono a Cintla di notte con un messaggio di pace per Ah Kinchil, al quale sembrò che volessero offrire la vita eterna.

Dall'altro lato, un'ora prima dell'alba, una stretta e disciplinata unità di uomini bianchi, composta da cento uomini, era uscita in marcia da Potonchan sulla *sacbe* evidentemente impaziente di combattere. Gli stranieri allora erano stati attaccati dalle poche migliaia di guerrieri rimasti sull'asse per la capitale a sei chilometri e mezzo a sud dalla città – appena cinque dalla stessa Cintla! – nel punto in cui le colline Xaman li nascondevano alla vista del principale esercito spagnolo.

«Questi cento hanno le armi chiamate "fucili" che fanno un gran rumore e uccidono a distanza?», aveva chiesto Ah Kinchil alla staffetta. La risposta fu sì, ma non sembrava trattarsi dei terrificanti grossi fucili sui carri con le ruote impiegati negli scontri del giorno prima. Nonostante tutto, gli uomini bianchi si erano difesi bene coi loro fucili più piccoli e i lunghi pugnali di metallo. Il distaccamento appostato sulla *sacbe*, a sua volta, aveva tenuto duro e fatto arrivare i rinforzi. Quando la staffetta aveva abbandonato il teatro di guerra, i cento spagnoli ormai combattevano da fermi ed erano completamente accerchiati in piena campagna da duemila guerrieri maya.

Muluc e Ah Kinchil discussero a lungo sulla prossima mossa da fare. Ah Kinchil era convinto che fosse una trappola. Quei cento dovevano essere l'esca tesa a fargli impiegare l'esercito principale che allora sarebbe stato distrutto dagli spagnoli. Muluc però gli ricordò le informazioni di Cit Bolon Tun. Le truppe spagnole non superavano i cinquecento uomini, di cui non più di quattrocento erano idonei alla battaglia quel giorno *e poi non avevano altre riserve a cui appellarsi*. Se dunque una squadra di cento non era riuscita a sconfiggere i loro duemila, ne seguiva che, *a prescindere da qualsiasi trappola disperata avessero intenzione di fare scattare*, quattrocento – persino cinquecento! – sarebbero caduti per forza come il grano alla mietitura se Ah Kinchil gli avesse scagliato contro i suoi quarantamila, ora, tutti in blocco.

La stessa Malinal non trovò alcuna falla nella teoria di Muluc e non si stupì quando alla fine, davanti all'insistente prepotenza del nipote, il sovrano diede il suo benestare. Essendo troppo anziano per andare in battaglia, Ah Kinchil sembrò quasi contento di passare il comando a Muluc e stabilì di muoversi nella retroguardia da semplice osservatore.

Prima di uscire in fretta e furia dalla sala udienze per guidare in massa l'esercito dei maya chontal a nord verso i campi di Potonchan, Muluc si rivolse a Malinal. «Ricordi il mercante mexica di cui ti parlavo», disse, «quello a cui ti venderò?». Ghignò davanti alla faccia di Malinal che si abbassava. «Bene, fra poco lo conoscerai».

Malinal pensò di non aver mai visto il patrigno tanto contento di sé.

Tornando al passaggio che si erano aperti con le lame nella boscaglia, Alvarado guidò i suoi uomini sul sentiero che aveva seguito il giorno prima nella manovra di fiancheggiamento. Il percorso continuava a tagliare la foresta per poco più di un altro chilometro, poi per circa altri due chilometri attraversava l'aperta campagna, fino a un punto a quasi cinque chilometri a sud di Potonchan, vicino alla bassa catena di colline, che incrociava la grande strada principale che stava perlustrando Davila. Il capitano pensava di attraversare lo stradone e tirare dritto a ovest per vedere se c'erano tracce del nemico verso la costa e le paludi di manglar ma, subito dopo essere entrato di nuovo nell'aperta campagna e aver avvistato davanti a sé la lunga striscia bianca dello stradone, iniziò a sentire degli spari di moschetto. I suoni arrivavano da qualche parte più a sud, oltre le colline, all'inizio molto lievi a causa del vento contrario che soffiava a nord. Eppure, non c'erano dubbi. Quel gentile bastardo di Davila che l'aveva salvato il giorno prima era finito nei guai con gli indiani.

Alvarado ordinò alla squadra di girare a sud tagliando per i campi. Camminando spediti a marcia forzata nel granturco e costeggiando le colline, si fece subito un'idea più chiara del pantano in cui era finito Davila. Meno di un chilometro davanti a loro, un po' più a est della strada, c'era una grande fabbricato completamente circondato da un'immensa orda nemica. Il fuoco del moschetto ormai era inconfondibile, così anche il frastuono di tamburi e zufoli con cui ai maya piaceva accompagnare ogni attacco, mentre fra una raffica di vento e l'altra gli arrivava anche qualche frammento di grida feroci.

«State giù, uomini», ordinò Alvarado. «Vediamo quanto riusciamo ad avvicinarci senza farci notare».

Era scomodo piegarsi quasi in due con le armi e correre in mezzo al granturco, ma lo sforzo valse la pena. I nemici, e ce n'erano a migliaia, erano tutti girati di schiena e così dediti alle ondate degli assalti che seguitavano a sferrare contro l'edificio ben difeso, che per un bel pezzo non si accorsero affatto della rapida e furtiva avanzata della squadra.

Alvarado alzò il braccio e fece fermare i suoi uomini a meno di cinquecento passi dalle file più esterne dell'accerchiamento nemico. Un manipolo di spagnoli presidiava il tetto del fabbricato assediato sparando a distanza ravvicinata sugli aggressori e respingendoli con affondi di picche, ancora ignaro come gli indiani dell'avanzata di Alvarado.

Tenendo bassa la voce, chiamò in avanti i suoi venti moschettieri e venti balestrieri e gli ordinò di schierarsi in una sola linea di contrasto col resto della squadra in formazione dietro di loro. «Sceglietevi un bersaglio», disse, «e a cento passi, o prima se ci scoprono, piantategli una scarica nelle schiene, moschetti e balestre insieme, poi ritiratevi di corsa nel quadrato e sguainate le spade».

«Niente ricarica, señor?», chiese uno dei cecchini.

«Raggiungeremo gli uomini di Davila facendoci largo con le spade. Quando saremo nel granaio che stanno difendendo puoi ricaricare quanto ti pare».

Alvarado estrasse lo spadino e tagliò soddisfatto l'aria con la lama. In effetti, avrebbe preferito la scimitarra. L'acciaio di Nuñez era troppo pregiato per la feccia maya.

Diaz notò che gli indiani stavano migliorando il tempismo degli attacchi negli intervalli fra le scariche di moschetto e balestra. Lui era appostato davanti a uno squarcio del muro a sud e ormai quella era la sesta o la settima ondata di attacchi che si avventava ferocemente sui punti deboli in tutti i lati dell'edificio, provando ripetutamente ad arrampicarsi alle pareti da cui li respingevano i cecchini e i picchieri sul tetto. Si sentirono di nuovo le grida e gli strilli degli assedianti; i muri furono di nuovo grattati da mani forti nei punti già sgretolati per buttare a terra l'intera parete una pietra alla volta; e dalla breccia fecero di nuovo capolino le ringhianti facce dipinte il cui alito arrivava fino a Diaz. Il quale fece un duro affondo di spada, la vide spaccare in un fiotto di sangue gli incisivi dell'uomo che gli stava davanti, la sentì penetrare il vuoto dentro la bocca e poi conficcarsi quando gli spaccò la colonna vertebrale. Un altro guerriero suicida si stava già arrampicando sulla schiena del primo e presentava la faccia alla lama che Diaz ritrasse per poi piantarla di nuovo.

Iniziava a non farcela più, era stremato. Stando alla posizione del sole erano circa le undici del mattino, il che significava che marciavano, correvano e combattevano solo da quattro ore.

Quattro ore! Sembravano più quattro giorni!

Quanto altro tempo avrebbero retto prima di farsi letteralmente travolgere dalla moltitudine nemica?

Stava già partendo un'altra carica quando, sulle grida degli indiani che si lanciavano contro il muro, Diaz udì delle urla entusiaste dal tetto e un dolce rombo di moschetti che non proveniva dall'interno della struttura assediata, ma da qualche parte a nordest oltre i ranghi di assalitori che li accerchiavano.

«Dio ti ringrazio», sussurrò mentre uccideva un altro uomo. «Siamo salvi».

A cento passi di distanza, i colpi dei venti moschetti e i dardi delle venti balestre spezzarono le schiene degli indiani sorpresi con una forza devastante, aprendo un varco enorme nella massa circolare degli assedianti. I cecchini si ritirarono nel quadrato e Alvarado guidò la carica della sua personale squadra di spadaccini provetti assetati di sangue che gli stavano dietro nelle seconde linee.

Gli indiani girarono a vuoto in preda al panico dopo il primo impatto del quadrato armato in corsa e delle lame di Toledo che staccavano arti e teste così come avrebbero affettato il pane. In pochi istanti cento – duecento! – nemici erano abbattuti, morti stecchiti o a terra che si contorcevano, calpestati dalla squadra che avanzava e infilzati dai picchieri mentre gli spagnoli finivano di attraversare il cerchio vuoto che circondava l'edificio.

«Da questa parte, da questa parte!», sentì gridare Alvarado vedendo facce sorridenti spuntare dai buchi nel muro e i difensori sul tetto invitare i suoi uomini a fare il giro sul lato ovest della ridotta. I gruppi di indiani che stavano assaltando le mura bisticciarono con loro e furono fatti fuori senza pietà, poi i rinforzi spagnoli fecero il giro dell'angolo a nordest, scalarono i cumuli di nemici trucidati dai difensori e si riversarono dentro la breccia scalcinata sulla parete ovest dove un tempo doveva esserci stato un portone.

«Olà, Davila!», fece Alvarado al capitano esausto e imbrattato di sangue che gli andava incontro per salutarlo. «Ti sei infilato proprio in una bella strettoia. Meno male che sono arrivato coi miei uomini a tirartene fuori».

«*Touché*», ammise Davila con un sorriso stanco. Con grande stupore di Alvarado il capitano fece un passo avanti e lo abbracciò calorosamente.

Bernal Diaz era davanti all'uscio pronto alla fuga con Mibiercas e La Serna al suo fianco. «È buffo come va il mondo», disse La Serna. «Un minuto prima guardi in faccia la morte e un minuto dopo ti arride una lunga vita».

«Non ce l'abbiamo ancora fatta», osservò Mibiercas affilando la lama su una pietra. Gli usciva ancora sangue dal lungo taglio obliquo che aveva sulla guancia.

«Però ora abbiamo qualche speranza», disse La Serna. «Quell'Alvarado è un osso duro. Che ne pensi, Bernal?»

«Ce la faremo», borbottò Diaz. Aveva i tremori, sintomo di cui in genere non soffriva per quanto fosse dura la battaglia.

«Stai bene?», gli chiese preoccupato La Serna.

«Non tanto», Diaz gli indicò la coscia ormai tanto gonfia da averlo già costretto a tagliare il cavallo delle brache.

«La freccia che hai preso ieri?»

«Sì. Non me ne sono occupato molto». Diaz tremò di nuovo. «Mi sta venendo la febbre».

«Hai scelto proprio il giorno sbagliato», disse La Serna. Era solo un dato di fatto.

«Me la caverò».

Mezza squadra di Davila era ferita ma tutti – *tranne me, forse*, pensò Diaz – erano abbastanza in grado di marciare. Anche chi era stato colpito dai sassi pestiferi delle fionde aveva ripreso i sensi e, grazie a Dio, non era morto nessuno. Dal canto loro, gli uomini di Alvarado erano freschi e avevano il morale alto. Soprattutto però, dopo un rapido inventario si era scoperto che i moschettieri e gli arcieri della sua squadra avevano polvere, palle e dardi sufficienti a rifornire le munizioni quasi esaurite dei cecchini di Davila.

Perciò La Serna diceva bene, pensò Diaz. Se pochi istanti prima una ritirata forzata di oltre sei chilometri a Potonchan era fuori discussione, adesso, dopo il tempestivo intervento di Alvarado, era un'opzione praticabile. Anzi, non era troppo sperare che la potenza combinata di entrambe le squadre, forti di quaranta arcieri e quaranta moschettieri, bastasse a respingere le poche migliaia di indiani che li circondavano.

Si passarono ghirbe d'acqua, polvere da sparo, munizioni e controllarono tutto un'ultima volta, qualcuno mormorò una preghiera e poi, con un gran boato, i duecento spagnoli schizzarono dal rifugio di pietra e iniziarono a sgambare per i campi.

Ogni scossa era un tormento, ma Diaz aveva sopportato ben di peggio nella sua carriera di soldato. Quando la grandine di proiettili indiani cominciò a piombare addosso alla squadra si portò lo scudo sulla testa, strinse i denti e continuò a correre.

Pepillo era caduto da Molinero quattro volte ed era ricoperto di lividi dalla testa ai piedi, ma finalmente sentiva di aver iniziato a farci la mano. «Ti faremo diventare un cavaliere», disse con un sorrisino Melchiorre.

Non vedevano Cortés dall'alba ma verso mezzogiorno arrivò un suo messaggero per ordinare di bardare subito Molinero. Il caudillo lo voleva pronto nel giro di un'ora. Le stesse istruzioni furono date agli altri stallieri che stavano nel recinto.

«Che significa "bardare"?», chiese Pepillo.

«Vuol dire mettergli l'armatura», rispose Melchiorre. «La bardatura è l'armatura dei cavalli – piastra, maglia e cuoio cotto; li protegge da lanci di frecce, punte di lancia, tagli di spada e roba simile... C'era la bardatura nelle casse che abbiamo scaricato ieri sera. Dai, aiutami».

Portarono Molinero a sud del recinto, subito dietro il palazzo, dove erano allineate tutte le casse che avevano portato dalla nave. Melchiorre ne puntò una in particolare. «Questa è di Cortés», spiegò aggiungendo con una punta d'orgoglio, «nella cassa c'è anche la sua armatura personale. È compito mio tenere l'armatura e la bardatura di Molinero sempre lucide e senza ruggine». Con un gesto enfatico fece scattare il fermo della cassa e alzò il pesante coperchio. Il sole che ora cadeva dritto sulla testa fece piombare i suoi raggi sugli splendidi pezzi d'acciaio luccicante.

«Iniziamo con lo *champron*», disse Melchiorre. «Serve a proteggere la testa e gli occhi di Molinero, anche se non gli piace molto – vero, ragazzo?». Accarezzò il collo fremente dello stallone e poi affondò le mani nella cassa tirando fuori una terrorizzante maschera d'acciaio.

«È una specie di elmo, ma per cavalli», disse Pepillo.

«Esatto». Sussurrandogli parole dolci e con molti schiocchi delicati della lingua, Melchiorre legò le cinghie dello *champron* alla testa di Molinero. Gli copriva dalle orecchie al muso e aveva delle giunture fino alle mandibole.

Melchiorre tornò alla cassa e prese un assortimento di piastre d'acciaio. «Queste si chiamano *crinet*», disse a Pepillo. «Vai dall'altra parte. Vanno sul collo di Molinero». Una volta messe a posto e assicurate dalle cinghie allo *champron*, Pepillo vide che le piastre del *crinet* proteggevano il collo e la gola dello stallone ma non del tutto: in mezzo infatti c'erano degli spazi vuoti che permettevano all'armatura di flettersi e a lui di muovere liberamente la testa, difendendolo comunque dalla maggior parte degli attacchi.

A quel punto Melchiorre tirò fuori piatti di corazza molto più grandi. «Ora tocca al *peytral*. È pesante – dovrai aiutarmi di nuovo; ecco, prendilo da qui – ma Molinero è così forte che quasi non si accorge nemmeno di averlo addosso». Con un lavoro di squadra affibbiarono il *peytral*, ideato per proteggere il petto di Molinero quasi fino alla sella, alle cinghie che pendevano dal *crinet*.

L'ultimo e più grande pezzo dell'armatura, un ingegnoso misto di cuoio e acciaio, si chiamava *croupiere* e proteggeva il posteriore del grande cavallo da guerra. «Ecco fatto, ragazzo», disse Melchiorre dopo aver finito, restando dietro a controllare lo stallone. «Ora sei spaventoso!».

Come se avesse afferrato il messaggio, Molinero rispose con un nitrito, soffiò l'aria dalle narici e scalpitò.

Era davvero spaventoso, pensò Pepillo.

Alzando la testa per guardare l'imponente animale agghindato nella lucente armatura e pronto per la battaglia, non riusciva a immaginare di essergli mai salito in groppa.

Il mercante, capì immediatamente Malinal da com'era vestito, apparteneva all'élite mexica nota come Pochteca, appena un gradino sotto la nobiltà. Oltre a essere i principali trafficanti di schiavi esotici, i mercanti pochteca trattavano anche cioccolato, pelli di giaguaro, piume di quetzal, metalli e altri oggetti di lusso dai più remoti stati vassalli dell'impero e dalle terre più lontane come lo Yucatan, che non erano soggette al dominio del Supremo Signore. Quel commercio su lunga distanza, sul quale esercitavano praticamente il monopolio, aveva reso i pochteca estremamente ricchi anche se la legge gli proibiva di ostentare le loro ricchezze a Tenochtitlan o in altre città dell'impero se non negli stretti confini delle loro dimore personali. Viaggiavano in grandi carovane con centinaia di servi e portantini, con distaccamenti di esperti guerrieri mexica per proteggersi da predatori e banditi fuorilegge, e spesso erano essi stessi abilissimi nelle arti marziali. Molti, in aggiunta, coltivavano relazioni coi sovrani stranieri servendo di nascosto Montezuma come spie e raccoglitori di informazioni.

Molti, pensò Malinal, come quel Cuetzpalli al quale Muluc aveva in mente di venderla l'indomani e che l'avrebbe riportata a Tenochtitlan, come le era successo cinque anni prima in una precedente visita dei pochteca. Ad ogni modo, quel pomeriggio Cuetzpalli era chiaramente in vena di spettacoli più che di affari, essendo stato invitato da Ah Kinchil per assistere alla distruzione degli uomini bianchi per mano del suo grande esercito di quarantamila guerrieri. Come molti sovrani maya, Ah Kinchil temeva il potere dei mexica e, nella speranza di non essere più obbligato a pagarne i tributi, avrebbe fatto di tutto per compiacere e far colpo sui loro rappresentanti. Perciò, oltre a essere senz'altro un ottimo intrattenimento per l'influente pochteca, l'imminente battaglia era anche una chiara opportunità per dimostrare all'ospite – e quindi a Montezuma di cui era certamente una spia – il gran livello di prontezza delle milizie maya.

In lingua nahuatl Cuetzpalli significava "lucertola" e, col suo sguardo socchiuso, i lunghi capelli profumati e il modo di fare strisciante, Malinal trovò quel nome perfetto per il mercante. Non lo conosceva, dato che i suoi servigi da cortigiana a Tenochtitlan erano stati riservati esclusivamente alla cerchia più alta della nobiltà, ma era molto più giovane dei suoi pochi corporati con cui era già entrata in contatto: poteva avere non più di ventisette, ventotto anni. Di certo aveva ereditato tutto dal padre, essendo il grado di pochteca ereditario. Il viso lungo e stretto, il naso prominente, gli zigomi alti, i denti buoni e la mascella pronunciata ne avrebbero fatto l'incarnazione perfetta della classica bellezza mexica, se non avesse avuto anche uno sguardo furtivo e sfuggente che non aveva mai più incrociato con quello di Malinal da quando Ah Kinchil le aveva ordinato di fare da interprete in quell'escursione di undici chilometri verso Potonchan.

Entrambi gli uomini viaggiavano in comode lettighe piene di cuscini portate a spalla, scortati da guardie del corpo disposte tutte attorno a loro; nel caso di Cuetzpalli, una dozzina di cuahchic mexica. Malinal camminava in mezzo alle lettighe traducendo le facezie e i commenti di circostanza del vecchio sovrano avvizzito e del giovane mercante sbarbato, ma con la mente quasi completamente altrove. Quello che la preoccupava in realtà era l'imminente confronto con gli uomini bianchi e la speranza, ancora parzialmente dovuta allo zelo profetico di Tozi, che stesse per succedere qualcosa di straordinario. Riusciva a sentire tutta la tensione e l'incertezza di Ah Kinchil mentre si vantava con Cuetzpalli della ferocia dei suoi guerrieri in marcia ad appena un chilometro e mezzo da loro, divisi in cinque reggimenti di ottomila uomini ciascuno.

Le loro quarantamila coppie di piedi avevano alzato una nuvola di polvere tanto grande che sembrava coprire l'intero orizzonte. Nonostante le colline Xaman che stavano lungo il tragitto, l'immensa nuvola doveva per forza vedersi anche da Potonchan, che ormai stava quasi a otto chilometri dalle truppe di prima linea.

Malinal si alzò in volo con l'immaginazione oltre le colline e volò al fianco del capo degli uomini bianchi. Era sicura: dopo quello che aveva sentito dire la notte prima da Cit Bolon Tun, doveva essere per forza un uomo come gli altri...

Eppure... eppure...

Le vedette avevano chiamato Cortés in cima alla piramide verso mezzogiorno, quando le squadre di Alvarado e Davila, unite in un solo grande quadrato, erano emerse dalle colline che le avevano nascoste a quasi cinque chilometri a sud di Potonchan e avanzavano in marcia forzata verso la città, tallonate da una immensa torba di nemici. Pur non capendo come mai le due squadre si erano congiunte dopo essere uscite in missioni separate, non sembravano correre alcun pericolo e marciavano in buon ordine. Dopo aver mandato comunque un rinforzo di cento uomini, alla sola vista della nuova truppa gli indiani avevano desistito immediatamente ed erano fuggiti indietro verso le colline. Nell'ultima mezzora Alvarado e Davila avevano già coperto la distanza rimanente, erano stati raggiunti dalla truppa di soccorso e già si avvicinavano alla periferia sud della città.

Ormai era chiaro che avevano affrontato uno scontro durissimo, perché c'erano molti feriti tra le file, ma per quanto fossero coperti di sangue sembrava che non avessero subito perdite.

Molto più preoccupante invece era l'enorme nuvola di polvere che aveva iniziato a formarsi più a sud quando Cortés era rimasto a guardare l'avanzata di Alvarado e Davila. Non vedeva reparti nemici perché la catena di collinette gli impallava la vista, ma calcolò che la nuvola fosse alzata da una testa di ponte a circa otto chilometri da Potonchan e dovesse coprire a ritroso almeno un chilometro a mezzo da lì, quasi fino a Cintla. Poteva essere prodotta solo da un immenso esercito in movimento, un esercito composto da decine di migliaia di uomini che andavano a fargli la guerra.

La buona notizia era che, dopo i leggeri esercizi del mattino, i cavalli sgambettavano vivaci, erano sazi di erba e non avevano più gli arti indolenziti. Cortés aveva già ordinato di bardarli per la battaglia. Si rivolse all'artigliere Francisco de Mesa, che gli stava a fianco.

«Se portiamo quassù i longobardi», disse indicando la grande piattaforma in cima alla piramide, «che gittata raggiungeranno?».

Mesa sgranò gli occhi. «*Quassù*, don Hernan?»

«Sì, quassù, mi hai sentito. Fai lavorare quei sessanta schiavi!».

Mesa alzò il sopracciglio. «Be', si può fare». Guardò la nuvola di polvere che si avvicinava facendo un paio di calcoli. «Direi che da quest'altezza, con i cannoni ad alzo massimo, saremo capaci di piantare la palla in mezzo alle schiere nemiche ovunque nel raggio di tre chilometri attorno alla città».

Cortés fischiò. «Tre chilometri, eh? Non si può chiedere di meglio! Diamoci da fare allora, Mesa; e di corsa. Non abbiamo molto tempo».

Cortés aveva già deciso chi avrebbe composto la cavalleria quel giorno e in nessun caso si trattava dei reali proprietari dei cavalli. Ortiz, per esempio, soprannominato "il musicista", e Bartolomé Garcia, erano proprietari di due notevoli destrieri che in quel momento si stavano esercitando nel recinto, ma erano entrambi dei pessimi cavallerizzi; le loro montature sarebbero andate a Miguel de Lares, che Cortés considerava un superbo cavalleggero, e a Gonzalo de Sandoval, la cui storia di una vita passata in sella prima della rovina famigliare sembrava vera. Allo stesso modo, Diego de Ordaz aveva un baio grigio velocissimo che però quel giorno sarebbe stato montato da Pedro Gonzalez de Trujillo, non perché in quel caso Ordaz mancasse d'abilità in equitazione, ma perché Ordaz, malgrado fosse un simpatizzante velázquista, era senza dubbio il migliore ufficiale in grado di comandare la fanteria nell'imminente battaglia mentre Cortés sarebbe stato impegnato a guidare la cavalleria. L'esperienza di Ordaz sul campo nelle guerre italiane non era seconda a nessuna, e poi quell'uomo era un eccellente spadaccino. Inoltre, Cortés sperava che dargli quel ruolo importante, che aveva accettato quella mattina con gradito stupore, l'avrebbe aiutato ad abbandonare la sua lealtà alla cricca pro-Velázquez.

Raggiunti i piedi della piramide, Cortés ordinò a Ordaz di convocare all'istante l'adunata di tutti gli uomini e, mentre aspettava che formassero le file e arrivassero anche Alvarado e Davila, radunò attorno a sé gli altri uomini della sua selezionatissima cavalleria: Cristobal de Olid, Alonso Hernández Puertocarrero, Juan de Escalante, Francisco de Montejo, Juan Velázquez de Leon, Francisco de Morla, Miguel de Lares, Gonzalo Dominguez, Pedro de Moran, Pedro Gonzalez de Trujillo, Juan Sedeno, Jeronimo Alanis, Pedro de la Mafla, Juan Rodriguez de Salas e il giovane Gonzalo de Sandoval. Qualche minuto dopo si unirono al gruppo gli eccellenti cavalleggeri Alvarado e Davila mentre nella piazza si aggiravano i duecento uomini guidati da loro negli scontri di quella mattina e i cento di soccorso che gli aveva mandato incontro Cortés. Gli uomini di Alvarado e Davila erano palesemente grati di trovarsi fuori pericolo, anche se solo per poco, a occuparsi delle ferite, mangiare e bere dalle loro sacche e raccontare al resto delle truppe radunate cosa gli era successo.

A quel punto Cortés salì i primi otto gradini della piramide, dove già Mesa dirigeva gli schiavi taino nel trasporto del primo dei due grandi cannoni in cima, e richiamò gli uomini al silenzio che cadde subito senza proteste sulla piazza. Persino i velázquisti si cucirono le bocche in quel momento topico.

«La faccio breve», disse Cortés. «Come alcuni di voi che sono saliti sulla piramide nell'ultima mezz'ora già sanno, un grosso esercito di indiani sta marciando verso di noi. Inutile glissare sul numero: direi che ci troveremo davanti trentamila uomini».

All'idea di trentamila guerrieri, che in cuor suo Cortés sapeva di aver sottostimato, un fremito d'allarme fece il giro della piazza. «Ma non sarà come affrontare trentamila esperti soldati saraceni sulle pianure di Granada», continuò agitando la mano per zittire di nuovo gli uomini, «o trentamila uomini di qualsiasi esercito europeo. Parliamo di trentamila selvaggi, muniti di armi di pietra e senza alcuna nozione di arte della guerra. Oltre alla nostra disciplina e all'*esprit de corps* che a loro manca, abbiamo tre vantaggi clamorosi che gli rivolteremo contro. Primo, i cannoni». Indicò l'enorme canna del longobardo nel groviglio di funi, sorretto da una trentina di schiavi, che in quel momento era a metà della ripida scalinata sulla piramide. «Secondo, i cani», disse gesticolando verso Vendabal e i suoi assistenti impegnati a stringere i sottopancia ai cani ringhianti. «Terzo, e credo sia il fattore che più di tutti farà pendere la bilancia dalla nostra, la cavalleria». Alzò la mano e salutò il gruppo di cavalleggeri radunati alla base della piramide.

Rivolgendosi di nuovo alla fanteria, Cortés fece una pausa e non disse niente per... venti... trenta secondi. Era una tecnica retorica che padroneggiava ormai da tempo e serviva a far piegare appena tutti gli uomini verso di lui, ansiosi di sapere cosa avrebbe detto. «Lo so», disse finalmente in un tono di profonda complicità, «alcuni di voi hanno già dato prova di coraggio nei duri scontri di stamattina, avete rischiato la vita e riportato ferite, e so di chiedervi molto aspettandomi che andiate sul campo circondati da uno sproposito di nemici rifacendo tutto da capo oggi pomeriggio. Però è questo quello che vi chiedo! Perché se oggi non combattiamo tutti con tutta la forza che abbiamo in corpo, moriremo qui». Altra pausa: «Ma combatteremo, e *non* moriremo!».

Gli uomini levarono un tripudio di ovazioni.

«Combatteremo e *non* moriremo perché siamo coraggiosi, siamo *tutti eroi*, e perché Dio e i Suoi santi e tutti i Suoi angeli combattono dalla nostra parte!».

Si levarono altre acclamazioni, più eccitate delle ultime, e Cortés vide tutta l'emozione che brillava negli sguardi dei suoi uomini che puntavano gli occhi su di lui, che si rimettevano a lui, che contavano massimamente su di lui come sul leader che li avrebbe portati alla salvezza e – a Dio piacendo – alla vittoria.

«Allora, ecco cosa faremo», disse. «Il nemico si avvicina velocemente da sud. In poco più di un'ora ci salterà addosso ma noi gli avremo teso una trappola. La fanteria farà da esca mentre l'artiglieria e la cavalleria formeranno una tenaglia».

Chiamò con un cenno la tozza figura barbuta di Diego de Ordaz che era lì vicino con una giubba in cotta di maglia, lo spadone appeso a una bandoliera e un piglio severo stampato sulla faccia. Ordaz annuì e salì i gradini per mettersi al suo fianco. «Oggi io guiderò la cavalleria», continuò Cortés, «e don Diego qui guiderà la fanteria. Uscirete marciando come *un sol uomo* fermandovi solo a raccogliere le scorte necessarie di polvere, munizioni e acqua, e sfiderete il nemico sbarrandogli la strada un chilometro e mezzo a sud della città. Qui rimarrà una batteria di otto falconetti per uccidere qualunque avversario che dovesse superare le vostre linee, ma gli altri dieci li porterete con voi insieme a tutti i cani, poi vi piazzerete lì e combatterete mentre gli indiani vi assaliranno a migliaia».

Cortés si interruppe di nuovo. Quasi cinquecento facce tirate, tutte sporche e in molti casi macchiate di sangue si piegarono verso di lui. «Mentre voi terrete botta impegnando il nemico, Francisco de Mesa, il nostro artigliere»m indicò Mesa che stava soprintendendo alla salita del secondo longobardo sulla piramide, «preparerà un bombardamento che gli indiani non sono nemmeno in grado di immaginare. Quei longobardi sparano palle di oltre trenta chili a tre chilometri di distanza: quando Mesa vedrà il nemico piombare su di voi inizierà a sparare sulle vostre teste in mezzo alle loro file, seminando il terrore e il panico. Molti cercheranno la fuga a sud tornando verso Cintla da dove sono venuti, ma a quel punto troveranno dietro di loro la nostra cavalleria – noi infatti saremo usciti dalla città a est dirigendoci a sud sul sentiero che hanno preso ieri Alvarado e Davila – li colpiremo al galoppo e li distruggeremo».

Mentre ordinava agli uomini di rompere le righe in mezzo a un rombante coro di acclamazioni, Cortés pensò a quanto gli sarebbe piaciuto essere davvero fiducioso com'era sembrato e sperò di potersi convincere dell'efficacia di quel semplice piano come gli sembrò che fosse riuscito a convincere gli altri.

In fondo al cuore infatti sapeva di aver abbozzato quel piano in fretta e furia e che era pieno di buchi come un calzino logoro. C'erano almeno una dozzina di modi in cui poteva sgretolarsi e lasciare esposti uomini e cannoni al rischio tremendo di farsi aggirare e travolgere, mentre la sua preziosa cavalleria sarebbe stata tagliata fuori da qualunque supporto in mezzo all'innumerevole massa nemica.

Levando in silenzio una preghiera a san Pietro, che in sogno gli aveva promesso spesso la vittoria, Cortés si rivolse ai suoi cavalleggeri con un sorriso. «Fratelli», disse, «la nostra sarà la prima carica a cavallo mai vista prima su queste terre nuove. Oggi facciamo la storia».

CAPITOLO 59

Giovedì 25 marzo 1519

Cortés temeva che i longobardi sulla piramide avrebbero prestato il fianco a un attacco a sorpresa degli indiani dopo che la fanteria fosse uscita in marcia da Potonchan a prendere posizione come "esca" della sua trappola. Però, se voleva attirare il nemico in uno scontro che durasse abbastanza da esporlo alla "tenaglia" della trappola (la sua cavalleria a sud, i longobardi di Mesa a nord), non poteva permettersi di ridurre il contingente dei quadrati di fanteria.

Gli schiavi taino che muovevano i grossi cannoni non erano affidabili – anzi avrebbero fatto più da impaccio che da risorsa – perciò era inutile considerarli per cercare di risolvere quel problema. Più di cinquanta uomini di Davila invece erano stati feriti nelle pesanti schermaglie del mattino, così Cortés decise di far scegliere a Mesa quaranta tra i feriti più gravi, quelli che sarebbero serviti meno a Ordaz in pianura, per presidiare la piramide. Affidò al comando di Mesa anche otto falconetti e gli disse di usarli sia per appoggiare Ordaz che per difendere i longobardi in caso di bisogno.

«Gli servono davvero otto falconetti?», ringhiò Ordaz. «Quando la battaglia si farà calda ce li sogneremo».

«La cosa più importante oggi è difendere i longobardi», insisté Cortés. «Senza quelli la trappola non funziona. E poi, hai dieci falconetti con te, un buon numero, e gli otto che restano con Mesa si possono indirizzare su qualunque truppa nemica che si mette fra voi e la città. Alla fine sarai contento anche tu della loro collocazione qui sopra».

Ordaz fece una smorfia acida ma calò la testa.

«Una domanda», disse Mesa. «Per quanto dovrò continuare il fuoco di sbarramento coi longobardi? Non voglio colpire la vostra cavalleria, don Hernan».

Cortés rise. «Credimi, Mesa, non lo voglio neanch'io!». Poi tornò subito serio. «Fai il massimo danno che puoi al nemico. Fermati quando ci vedi nella mischia indiana, non un secondo prima».

Si rivolse di nuovo ai cavalieri che lo aspettavano lì vicino. «Signori», disse. «Andiamo a prendere i cavalli?».

Guardare i diciotto cavalieri nelle loro armature, con le spade assicurate ai cinturoni, che toglievano dai foderi le punte delle lance, per Pepillo fu come vedere animarsi davanti agli occhi l'*Amadigi di Gaula*. Ecco la cavalleria! Ecco l'avventura! Ecco gli eroi! Era facilissimo scambiare Cortés per l'incarnazione di Amadigi, il cavaliere della Spada Verde che andava a uccidere il gigante Endriago col corpo mostruoso ricoperto di squame, il cortese, gentile, sensibile ma invincibile Amadigi che usciva vittorioso da ogni battaglia, fradicio del sangue dei suoi nemici.

Cortés stava già indossando la corazza ma, con l'aiuto di Melchiorre, la sfibbiò, tolse le placche sul torace e sulla schiena, indossò l'usbergo – una cotta di maglia che gli arrivava alle cosce – ci riattaccò sopra la corazza e legò il cinturone della spada. Anche se l'usbergo era fatto di lamine metalliche, ora gli aggiungevano altre placche in acciaio: gli *spallacci* per proteggere spalle e ascelle, i *cannoni superiori* per proteggere le braccia, giunture articolate di metallo chiamate *cubitiere* per proteggere i gomiti stessi, protezioni sugli avambracci chiamate *cannoni inferiori* e *manopole* fatte di un'ingegnosa combinazione di piastre, cotta di maglia e cuoio per proteggere le mani. A quel punto Melchiorre passò alle gambe del caudillo applicando *cosciali*, *ginocchielli* articolati e *schiniere* a protezione di cosce, ginocchia e stinchi, e affibbiò i *sabaton* di maglia metallica sulle punte degli stivali. Alla fine fissò una *gorgiera* di piastre di acciaio articolate attorno alla gola del padrone e gli passò il luccicante elmo aperto sul viso, chiamato *celata* e dotato di falde corazzate sui lati e sul retro a protezione del collo.

Nel frattempo Cortés, che era di ottimo umore, rideva e scherzava con gli altri cavalieri interrompendosi di tanto in tanto per spiegare nomi e funzioni dei vari pezzi dell'armatura a Pepillo, che sentì di avere gli occhi grandi e tondi come piattini mentre continuava a fissarlo. Poi, montando su Molinero, il caudillo mise la *celata* in testa, si abbassò per prendere la lancia di oltre tre metri e mezzo passatagli da Melchiorre e la appoggiò con disinvoltura sulla spalla destra. Tutto intorno gli altri cavalieri facevano lo stesso.

Cortés guardò i ragazzi. «Oggi vinceremo», disse, «ma c'è il rischio che il nemico entri in città prima che sia finita. In quel caso non voglio che voi due finiate a cuocere in pentola!». Rise, ma Pepillo capì che in parte diceva sul serio. «Perciò salite sulla piramide», continuò. «Rendetevi utili a Mesa e vedete se riuscite a trovare un'arma o due per difendervi da soli».

«Io ho il mio pugnale, señor», disse Melchiorre.

Cortés annuì con la testa. «Tienilo a portata di mano, ma fatti dare una lancia da Mesa».

Si rivolse a Pepillo: «E tu, ragazzo?»

«Io non sono armato, señor».

«Prendi questo allora». Cortés si allungò fino alla punta dello stivale e tirò fuori uno stiletto dall'aspetto micidiale.

«Non vi serve, señor?»

«Ne ho due», disse Cortés dandosi una pacca sull'altro stivale. Passò il pugnale a Pepillo. «Usalo su te stesso se devi». Con un dito alzato fece il gesto di tagliarsi la gola. «Credimi, sarà meglio che farsi catturare dagli indiani».

Pepillo inghiottì senza respirare. «Su *me stesso*, señor?»

«Sì, se devi». Ridacchiò con aria complice. «Ma non dovrai! Oggi vinceremo, vedrai. Voglio che guardi tutto quello che succede – la cima della piramide sarà un ottimo osservatorio – e stasera mi aiuterai a scrivere al re».

Il resto dello squadrone era già schierato in fila per due dietro di lui con le lucenti armature al sole. Cortés aspettò che lo affiancasse Alvarado, alzò la mano sinistra sulla testa, fece segno di andare avanti e spronò al trotto Molinero.

Impugnando il piccolo pugnale e provandone la lama affilata, Il pensiero di togliersi la vita con quell'arnese lasciò Pepillo senza parole a guardare i cavallerizzi che uscivano dal cancello del recinto sferragliando sulla piazza. Aumentarono il passo al galoppo sollevando la polvere e girarono sul viale principale che portava a est fuori da Potonchan.

Ah Kinchil e Cuetzpalli avevano deciso di guardare la battaglia dalle colline Xaman, composte da un'increspatura appena, una ruga sulle pianure. La cima più alta della piccola catena misurava trenta metri scarsi, ma garantiva un'eccellente punto d'osservazione sui campi di granturco che si stendevano a nord per quasi cinque chilometri da lì alla periferia di Potonchan. Sulla sommità del colle c'era un boschetto di antichi alberi di ahuehuetl che facevano ombra e anche un lieve accenno di primavera. Tutto sommato non poteva essere un posto più idilliaco.

«Ce li mangeremo», disse Ah Kinchil ripetendo il commento di Muluc della sera prima.

«Non ne dubito», rispose Cuetzpalli. Dopo essere stati portati lassù dai portantini sudati sulle lettighe, i due uomini adesso stavano fianco a fianco sulla soglia del boschetto con i loro servitori radunati nei paraggi e Malinal sempre in mezzo a tradurre ogni parola che si scambiavano. Ah Kinchil aveva distaccato duecento guerrieri dalla retroguardia dell'immenso esercito guidato da Muluc posizionandoli attorno ai piedi della collina e ordinando alle sue personali guardie del corpo di appostarsi in mezzo agli alberi. C'era anche Ichick, il maggiordomo di Muluc, principalmente – ritenne Malinal – per tenere gli occhi su di lei e assicurarsi che non scappasse prima di essere venduta a Cuetzpalli e rispedita a Tenochtitlan l'indomani. Oltre ai dodici cuahchic di Cuetzpalli, c'erano anche uno scriba e un artista che avevano avuto l'ordine di redigere una memoria delle fasi principali della battaglia.

Malinal non avrebbe mai potuto immaginare una situazione più disperata per gli uomini bianchi, a meno che non fossero stati veramente degli dèi. Tutto il loro esercito, che avevano diviso in quattro piccoli quadrati di un centinaio di uomini ciascuno formati da uno schieramento di dieci file serratissime per lato, aveva marciato per un chilometro e mezzo a sud di Potonchan prendendo posizione fra la città e l'avanguardia dell'esercito di Muluc. Ogni quadrato sembrava largo meno di dieci metri e lungo altrettanto e, anche se fra l'uno e l'altro c'erano varchi orizzontali larghi quasi il doppio, l'intera linea del fronte non copriva più di novanta metri di campagna. Oltre a questo, Malinal notò che i piccoli quadrati non formavano nemmeno una temibile linea unica ma due coppie di linee, con il secondo paio a una certa distanza dietro il primo e fuori asse in diagonale, a creare un fronte che invece di essere dritto era sfalsato. Perché, si chiedeva, gli spagnoli avevano messo in campo uno schieramento così vulnerabile? Quella divisione in quattro minuscole unità isolate non avrebbe solo reso più facile agli uomini di Muluc, uniti in un blocco unico largo oltre mezzo chilometro e profondo più di trecento metri, circondarli e "mangiarseli" uno a uno? Per di più, ciascuna delle ottanta file maya era formata da cinquecento uomini e da sola superava in maniera schiacciante di numero l'intero esercito spagnolo!

Sembrava quasi che gli uomini bianchi si offrissero per il sacrificio!

Con la coda dell'occhio, Malinal vide l'artista di Cuetzpalli che faceva un rapido schizzo della scena. C'erano loro sulle colline Xaman con l'esercito di Muluc a tre chilometri a nord che marciava rapido nell'aperta campagna e già si schierava in una immensa formazione convessa che aggirava e avvolgeva gli spagnoli. Dopo circa ottocento metri di campi vuoti c'erano – molto più piccole nel disegno di quanto fossero in proporzione nella realtà – le quattro squadre degli sventurati spagnoli.

Il primo indizio che le cose potessero anche non andare secondo i numeri e il senso comune arrivò un attimo dopo, quando Malinal vide cinque nuvole di fumo grigiastro alzarsi non lontano davanti a quei piccoli quadrati. L'interessante fenomeno fu seguito quasi immediatamente dall'increspatura di una perturbazione nelle prime file dei maya; pur non potendone afferrare la causa, era ovvio che quegli uomini fossero caduti. Alla fine, qualche secondo dopo la comparsa del fumo, la ragazza udì un boato tremendo e avvertì un'onda d'urto che le fecero pensare alle trombe tonanti del giudizio e allora capì di aver visto in funzione le armi che gli uomini bianchi chiamavano "fucili".

Gli uomini di Muluc però erano pronti. Essendo state girate a ciascuno di loro le informazioni portate da Cit Bolon Tun, ormai sapevano che non c'era niente di sovrannaturale in quei "fucili"; erano solo armi come le altre, per quanto pericolose. Dopo che sparavano dovevano essere ricaricate, il che richiedeva tempo, e in quegli intervalli gli uomini bianchi erano vulnerabili.

Come previsto infatti l'intero esercito maya, che si era avvicinato in fretta, balzò in avanti andando ferocemente alla carica. All'istante, si levarono dai quadrati altre cinque nuvole di fumo grigiastro.

Cit Bolon Tun aveva mentito?

No, pensò Malinal. La spiegazione più plausibile era che gli spagnoli avessero dieci "fucili" e stessero ricaricando i primi cinque avendo sparato ora con gli altri cinque.

Nelle file maya si vide di nuovo quella misteriosa perturbazione, stavolta più evidente di prima; sembrò che fossero caduti in molti e che quelle potentissime armi non danneggiassero solo chi le affrontava direttamente ma aprissero delle strisce strette e lunghe circa cinque o dieci file di seguito nella massa che li attaccava.

Malgrado questo, la carica non si fermò e non si spezzò per almeno un'altra manciata di secondi, quando Malinal fu raggiunta di nuovo del rombo devastante dei fucili.

Quello che era sempre più ovvio, ad ogni modo, era un netto ravvicinamento, una decisiva *compressione* dei quarantamila. Da quel che vedeva, a Malinal sembrò che le prime file avessero in un certo senso rallentato l'avanzata mentre le file più arretrate avessero invece allungato il passo, col risultato che l'intera forza armata lanciata in massa sui quadrati degli uomini bianchi adesso era più compatta e stretta in uno spazio profondo solo trecento metri.

Fu allora che Malinal vide gonfiarsi due nuvole di fumo molto più grandi dalla cima dell'antica piramide di Potonchan e colse una sbavatura nell'aria, come di due oggetti che volavano a una velocità incredibile andandosi a schiantare al centro esatto dell'esercito di Muluc.

Che cos'era? Sbatté gli occhi cercando di trovare un senso in quello che vedeva. Laggiù! Laggiù! Due oggetti scintillanti rimbalzavano e rotolavano con una forza incredibile falciando centinaia – centinaia! – di guerrieri maya in vivide pozze di sangue e seminando ovunque il caos e un terrore irrefrenabile. Cuetzpalli sussultò e si piegò in avanti facendosi ombra sugli occhi; il viso di Ah Kinchil si fece grigio e la mascella gli cadde spalancando la bocca senza denti.

Poi arrivò quel suono…

Un suono che andava oltre ogni immaginazione e incubo.

Come di fine del mondo.

Pepillo si stappò le dita dalle orecchie, scrollò la testa per riprendersi dalla scampanellata infernale e osservò il danno che la prima delle due palle da trenta chili dei longobardi aveva fatto al blocco dei nemici. Già visibilmente frustrati dalle dieci raffiche da mezzo chilo dei falconetti, ora li vide come afflitti, non tanto scoraggiati ma completamente privati della sicurezza aggressiva e della coesione che avevano mostrato pochi attimi prima.

Non avendo granché da fare, lui e Melchiorre continuavano a guardare stupefatti i serventi di Mesa che lavoravano come diavoli, ripulendo a fondo i grossi cannoni e inserendo nuove cariche. Sulla pianura sottostante, la linea del fronte nemico, ancora intento a piegarsi in blocco unico in uno schieramento a forma di corno, stava a quattrocento metri dai quattro quadrati spagnoli e andava all'attacco alla massima velocità. I falconetti però erano stati ricaricati e Ordaz li fece sparare tutti e dieci insieme, una scarica concentrata che si fracassò sull'avanzata indiana aprendo profondi varchi in mezzo alle file avversarie fra grida di terrore e confusione, costringendo alcuni uomini a fermarsi, altri a girarsi, e trasformando quasi all'istante la forza coesa e ordinata dell'esercito maya in una mischia caotica.

Nel frattempo i serventi avevano ricaricato i cannoni piccoli e d'ora in poi, spiegò Melchiorre, avrebbero sparato la mitraglia a distanza ravvicinata facendo il maggior danno possibile.

I maya però non mancavano di coraggio e ampie frange della loro oscillante linea del fronte continuarono a pressare spingendosi a trecento metri dai quadrati spagnoli. Dietro, nel fermento di una fascia scalmanata che si inarcava, profonda duecento metri e larga seicento, il resto dell'imponente esercito si dimenava al suo interno nello scontro fra chi avanzava e chi arretrava in un gigante flusso di quasi quarantamila uomini, in mezzo al quale, lanciando il più lontano possibile dagli spagnoli le palle da trenta chili, Mesa doveva concentrare il fuoco.

I longobardi erano pronti di nuovo. Melchiorre e Pepillo tornarono a tapparsi le orecchie.

Ah Kinchil, Cuetzpalli, lo scriba, l'artista, i cuahchic, le guardie e i servi di Ah Kinchil, Malinal, persino i portantini della lettiga e, in breve, tutti quelli che erano in cima alla collina, senza alcun rispetto del rango o della postazione assegnata, si erano accalcati sulla soglia del boschetto e stavano zitti, inchiodati sul posto da quello che vedevano succedere nella pianura sotto di loro. Se qualche attimo prima era sembrato ovvio che l'esercito di Muluc avrebbe spazzato via gli uomini bianchi come alberelli davanti a una valanga, adesso era chiaro che i quarantamila guerrieri maya si trovavano in guai seri per un evento sconosciuto e senza precedenti.

Malinal vide i pennacchi di fumo e seppe che i dieci fucili davanti ai quadrati spagnoli avevano sparato di nuovo, stavolta tutti insieme, poi sentì nelle viscere le martellate che travolsero le prime linee maya facendole ribaltare e avvertì il trauma che si irradiava come un'onda dal fronte e per tutto l'esercito fino alle retrovie, facendo inciampare e cadere gli uomini lontani dal punto di impatto come se fossero spinti da mani invisibili e giganti mentre gli altri – a migliaia! – si voltavano accecati dal panico e fuggivano.

«Combattete!», gracchiò Ah Kinchil, «Combattete!», come se potessero sentirlo; come se facesse differenza se l'avessero sentito! Forse invece il fiacco sovrano era riuscito in qualche modo nell'intento, vide Malinal, perché quelli che correvano verso gli spagnoli erano ancora più di quelli che cercavano di disertare.

Cuetzpalli sussurrava qualcosa in tono concitato all'artista – «Dipingi tutto! Il Supremo Signore ti ricompenserà!» – quando Malinal vide due immense colonne di fumo salire di nuovo dalla cima della lontana piramide e in quell'istante, con un presentimento orribile, notò lo stesso bagliore di prima nell'aria presagendo lo stesso fenomeno misterioso delle lucenti sfere metalliche che infatti squarciarono le file dei maya, fecero rotolare venti, trenta file di uomini, ne schiacciarono qualcuno, decapitarono o smembrarono altri, rimbalzarono in alto, si schiantarono a terra e rimbalzarono e rotolarono di nuovo.

«Combattete!», urlava ancora Ah Kinchil sputando e facendosi colare la bava sul mento. «Combattete per l'onore dei maya chontal!». Cuetzpalli continuò a guardare coi pugni tanto chiusi che le nocche gli erano diventate bianche. Malinal vide moltiplicarsi in maniera incontrollata il caos in mezzo alle file mentre le sfere metalliche seminavano morte e rovina e quelli che scappavano sbattevano con quelli che correvano in avanti. Eppure, talmente grande era l'esercito che ancora decine di migliaia di guerrieri in campo erano spinti in avanti dal potente slancio della carica, lanciati come onde di un immenso oceano che doveva infrangersi su quei minuscoli e apparentemente indifendibili quadrati spagnoli per spazzarli via dalla faccia della terra.

Bernal Diaz sapeva che avrebbe dovuto restare indietro con gli altri feriti assegnati alla difesa della piramide, ma quando Mesa aveva fatto la selezione aveva prevalso l'orgoglio e il suo infernale senso dell'onore. Invece di ammettere che riusciva a stento a camminare, e ancor meno a stare in piedi e combattere per ore sulla pianura, aveva abbassato la testa e lasciato che l'arcigno capo dell'artiglieria scegliesse altri, più adatti di lui al presidio.

Come se non bastasse, aveva detto sì quando Ordaz l'aveva scelto per guidare i cento uomini nel quadrato più a ovest dei quattro. Be', come rifiutare? Molti ufficiali erano impegnati in cavalleria – anzi, dove diavolo *era* la cavalleria? – lasciando pochi preziosi veterani in grado di comandare grossi gruppi di fanteria.

Ah, l'orgoglio! Ah, l'onore! Diaz sussultò e chiuse un attimo gli occhi per un forte attacco di vertigini quando un'altra fitta lancinante di dolore gli trafisse la gamba incredibilmente gonfia. Quando li riaprì sull'arrembante massa di indiani che si alzava ormai ad appena centocinquanta metri come una marea turbolenta e impetuosa fra grida, fischi laceranti e spaventosi rulli di tamburi che rintronavano le orecchie, vide la spada di Ordaz tagliare l'aria verso il basso per dare il segnale agli artiglieri e i dieci falconetti schierati davanti ai quadrati spararono di nuovo all'unisono in mezzo a nuvole di fumo lanciando prima gli echi soffocanti delle detonazioni e poi a ruota le cariche di mitraglia che schizzarono fuori demolendo il blocco nemico e riducendolo in strisce minuscole come se gli avessero scagliato addosso migliaia di coltelli affilati. L'assalto fu indebolito ma non interrotto e i serventi ritirarono di corsa i piccoli cannoni, tre al riparo del quadrato di Diaz, due in quello successivo, tre in quello ancora accanto e due nell'ultimo, proprio mentre la prima linea indiana si avventava sulle picche spagnole con furia suicida.

Dio! pensò Diaz, deviando una lancia e piantando lo spadone in una faccia dipinta che urlava. *Sono uomini o demoni?* E all'improvviso il suo quadrato fu travolto – tutti i quadrati furono travolti – dalle incalcolabili migliaia di nemici. Lo scontro fu così veemente, cruento e serrato che Diaz dimenticò il dolore invalidante alla gamba, dimenticò la febbre e la nausea che lo facevano tremare e si batté come un pazzo per salvare la pelle, consapevole, mentre parava e dava colpi, che i serventi dei tre falconetti dentro il suo quadrato stavano ricaricando freneticamente.

«Moschettieri!», gridò. «Scarica! Scarica, *ora!*».

Per Cortés non fu facile restare calmo. Era da un quarto d'ora che lui e i suoi cavallerizzi sentivano il fuoco dei cannoni, ma erano rimasti incollati al sentiero che andava a est e poi a sud fuori da Potonchan, curvando per tre chilometri nella foresta e nella fitta boscaglia prima di raggiungere l'aperta campagna. I moschetti non avevano ancora sparato, il che significava che le prime linee di maya e spagnoli non si erano ancora scontrate, ma sapeva che l'impatto non avrebbe tardato ancora molto. Imprecò a mezza bocca quando, per la settima o ottava volta dopo aver lasciato la città, tutta la truppa fu costretta a smontare per rimuovere gli alberi che erano caduti sul sentiero.

Era un brutto segno. Sia Alvarado che Davila avevano usato quel sentiero il giorno prima, e Alvarado anche quella mattina, e tutti e due avevano detto che era stretto ma senza alcun tipo di ostacoli e adatto al passaggio dei cavalli in fila per uno. Perciò era evidente che i nemici – Cortés non aveva idea di quanti – erano entrati nella foresta nelle ultime ore. Erano in numero sufficiente a tendergli un'imboscata? Gli uomini scesi da cavallo erano vulnerabili. Oppure stavano pianificando un attacco laterale alla città?

Cortés non scartò nessuna delle due ipotesi; l'ansia maggiore era comunque dovuta al tempo che stava impiegando la cavalleria per raggiungere il campo di battaglia; molto, molto più di quanto gli avessero detto! Una volta che gli scontri davanti alla città fossero arrivati al culmine, i soldati della fanteria non avrebbero retto all'infinito lo schiacciante numero dei maya. I cannoni potevano ritardare l'inevitabile ma solo una carica decisiva della cavalleria poteva far pendere la bilancia e demoralizzare il nemico regalando la vittoria agli spagnoli ormai alle strette.

Sandoval ed Escalante lottarono per scostare l'ultimo tronco caduto e la truppa montò di nuovo in sella.

«Non mi piace», disse Puertocarrero lanciando un'occhiata nervosa alla massa scura degli alberi che si riversavano sul sentiero. «La foresta non è adatta alla cavalleria».

«Chi se ne frega se ti piace?», grugnì Alvarado sfiorando con il tallone il fianco di Bucefalo e facendo impennare lo stallone bianco sul posteriore del baio grigio argento di Puertocarrero.

«Silenzio, prego, signori», disse Cortés. Tutti sentirono abbaiare in lontananza i moschetti.

Dov'era la cavalleria? Era la domanda in cima ai pensieri di Diaz. Nonostante la carneficina fatta dai cannoni, il torrente gigantesco e ululante di guerrieri maya aveva inghiottito tutti e quattro i quadrati scorrendogli attorno come un fiume in piena con le isole in mezzo, martellando gli spagnoli da ogni lato. Sentiva il loro odore, rancido, fetido come di carne morta; vedeva i loro sguardi inferociti, i denti scoperti e affilati in punta, la pelle marrone lustra di sudore, i corpi snelli e dipinti, lo splendore barbaro delle piume e degli stendardi, il lampi e il bagliore delle loro primitive armi di pietra – qui un'ascia, qui un pugnale, qui una lancia – scagliate e abbattute sui suoi uomini, fracassate sulle armature o deviate dagli scudi spagnoli. Fu assai tentato di liberare i venticinque cani da guerra tenuti ancora al guinzaglio che davano strattoni e abbaiavano al centro del quadrato, ma il segnale concordato con Ordaz, tre squilli di corno, non era ancora stato lanciato e ancora c'era da fare molto altro lavoro di fucile e spada.

Eseguendo i suoi ordini, i suoi dodici moschettieri si erano spinti in avanti, tre a nord, tre a sud, tre a est e tre sul lato ovest del quadrato, e ora sparavano all'unisono una raffica bucando la pressione nemica, creando punti deboli e caotici in cui gli spadaccini andavano alla carica con affondi e fendenti feroci. Nel furore della battaglia che leniva il tormento della ferita alla gamba, Diaz si accorse che anche lui era schizzato fuori dalla copertura del quadrato per attaccare le scompaginate file nemiche, lo scudo nella mano sinistra, la spada nella destra, un affondo nella gola di un uomo, un fendente su un addome nudo, una cozzata di scudo nella faccia di un altro, una mozzata di gamba all'altezza del ginocchio...

All'improvviso fu tagliato fuori e restò solo, circondato da un capannello rotante di nemici, e allora sentì una lancia sbattere e spezzarsi contro la corazza. Un istante dopo, un pugnale di selce si insinuò in qualche modo nel suo *spallaccio* conficcandosi nell'ascella sinistra con un dolore acuto e bruciante, mentre una grossa mazza si fracassò sul suo elmo buttandolo a terra in preda a conati di vomito e vertigini e facendogli vedere le stelle.

Cos'era? *Cos'era?* Piedi nudi luridi, gambe marroni senza peli, il cavallo di un uomo in perizoma, mani robuste che gli afferravano le braccia e lo trascinavano via, voci eccitate che blateravano senza senso nella barbara lingua maya.

Diaz iniziò a capire di essere stato catturato. *Buon Dio! Mi sacrificheranno! Mi strapperanno il cuore!* Ma proprio allora sentì urlare a squarciagola «Santiago, all'attacco!» e vide falciare e rotolare la testa di un indiano, il collo troncato che zampillava sangue, i lunghi capelli neri che giravano come una ruota di carro, vide una mano mozzata, un braccio amputato alla spalla e un altro guerriero dipinto letteralmente tagliato in due mentre Mibiercas, come l'angelo della morte, faceva una terribile opera di macelleria con la sua spada lunga lanciando insulti furiosi a ogni pesante colpo e creando attorno uno spazio in cui La Serna e altri tre caricarono e sollevarono Diaz per riportarlo dentro il quadrato.

Non ci fu alcuna interruzione, la pressione nemica riprese immediatamente ma poi qualcuno gridò «*Ora!*» e Diaz, più che vederli, sentì i tre falconetti muoversi pesantemente in avanti alle estremità del quadrato, udì il ruggito della loro percussione, il fischio della mitraglia e le terribili urla dei suoi commilitoni che scaricarono il turbine di fuoco.

A distanza ravvicinata, le schegge della granata piombarono sui maya causando i disastri di una calamità naturale. Nelle file nemiche si aprirono immensi varchi larghi una dozzina di uomini in cui, ancora una volta, si riversarono le squadre volanti degli spadaccini spagnoli, con Mibiercas in testa. Menarono fendenti senza pietà ai nemici storditi fino a radunarsi di nuovo e ritirarsi al riparo dei quadrati.

Ignorando il dolore pulsante alla gamba, ignorando il sangue caldo che gli colava da sotto il braccio sinistro, Diaz si rimise in piedi quasi al centro del quadrato dove l'avevano messo giù i suoi amici e sfruttò la sua altezza per farsi un'idea di come procedeva la battaglia. Vide che i maya restavano disciplinati ovunque e si avventavano in buon ordine contro le file più esterne della formazione spagnola schiantandosi sulle solide pareti di scudi dalla cui cima spuntavano e gli venivano piantate in faccia lance e picche brandite dai secondi ranghi, mentre gli uomini che li affrontavano direttamente li sbudellavano e li azzoppavano con lame di spada. Nel frattempo i moschettieri e i balestrieri, sparando in sequenza a gruppi di sei, creavano raffiche fulminanti quasi continue scavando altri buchi nelle file maya, nuovamente sfruttati dai gruppi di spadaccini finché i falconetti non erano di nuovo pronti a sparare e ricominciare l'intero ciclo di morte e distruzione.

Diaz fu orgoglioso dei suoi compagni, così orgoglioso da versare qualche lacrima e frenare il fiato in gola. Erano tutti uomini dalla tempra d'acciaio, uomini che non sarebbero mai crollati davanti a qualsiasi probabilità di soccombere, uomini che non avrebbero mai gettato la spugna, uomini che non conoscevano il significato della parola sconfitta.

Eppure, anche uomini del genere non potevano sopravvivere a quell'attacco furibondo. Quanti nemici potevano avere già ucciso fra cannoni, moschetti e schermaglie, un migliaio? Duemila? Non importava. Potevano ucciderne anche tremila, persino cinquemila e le probabilità di vittoria sarebbero rimaste di cento a una: l'esito della battaglia era scontato.

A meno che non si spezzasse la determinazione del nemico e – Diaz ne era certo – soltanto la cavalleria poteva farlo.

Mesa era pronto ad azionare di nuovo i longobardi e Pepillo si tappò di nuovo le orecchie. Si accorse che l'artigliere aveva sempre più difficoltà nelle operazioni di puntamento, perché il nemico si era ulteriormente avvicinato agli spagnoli. Eppure, dietro le prime linee c'era ancora una massa caotica di guerrieri che si stendeva per almeno centocinquanta metri a sud dei quadrati.

I due enormi cannoni sputarono fuoco e fumo facendo fischiare le micidiali palle da trenta chili che si schiantarono in mezzo alle file maya ad appena trenta metri dalle formazioni spagnole.

Santo cielo!, pensò Pepillo, *questa sì che era vicina!* Ma le palle di cannone e il boato imponente dei grossi pezzi d'artiglieria frastornarono il nemico, costringendo di nuovo a fermarsi e guardare in alto persino quelli che erano impegnati nello scontro diretto con i quadrati.

Alcuni puntarono il dito su di lui! Allora fu attratto da un'orda di un migliaio di indiani che lasciava il nucleo centrale della battaglia e, spostandosi a nord sul chilometro e mezzo frapposto al teatro di guerra, puntava dritto sulla città.

Puntavano dritto sulla piramide.

«Capitano Mesa!», strillò. «Laggiù! Guardate laggiù!».

Accortosi della minaccia, l'artigliere si precipitò con un gesto goffo sulla manovella per abbassare i cannoni mentre i serventi li ricaricavano freneticamente.

Malinal guardava ammaliata le varie fasi della battaglia. Se non erano dèi, quegli spagnoli stavano dando prova certa di estremo coraggio e di straordinaria, anzi, quasi sovrumana capacità bellica. Contro ogni logica e previsione, i loro quadrati non si rompevano ancora davanti alle moltitudini travolgenti dei maya e, chissà come, continuavano a respingerli nella mischia feroce degli scontri corpo a corpo.

«Guardate», farfugliò a un tratto Ah Kinchil a Cuetzpalli. «Guardate!». Nonostante l'età avanzata il sovrano dei maya chontal aveva un'ottima vista e ora ballava e saltava di gioia puntando il dito su Potonchan. «I miei guerrieri vanno a riconquistare la piramide del re Ahau Chamahez presa dagli invasori! Gli uomini bianchi lassù moriranno tutti! Le loro terribili armi verranno gettate!».

Vecchio idiota! pensò Malinal. *Che ne sai tu?*

Fu strano accorgersi di essere ormai così poco fedele ai maya da *volere* davvero che vincessero gli spagnoli! Be', perché no? Che aveva fatto la sua gente – madre compresa! – per lei? L'avevano ridotta in schiavitù fra umiliazioni e pericoli e al suo ritorno l'avevano fatta schiava di nuovo! Meritavano il castigo inflitto dagli uomini bianchi. Meritavano di perdere la battaglia!

Tranne per il fatto che sembrava impossibile: l'immenso esercito maya non poteva perdere, persino nel caos in cui lo stavano riducendo i fucili degli uomini bianchi, perché Ah Kinchil aveva ragione. Almeno un migliaio di guerrieri si erano schierati in blocco unico e stavano tagliando le campagne a nord del campo di battaglia diretti in città. Non ci avrebbero messo molto a raggiungere la piramide e gli uomini bianchi appostati in cima.

In pochi minuti coprirono metà distanza. Malinal restò in ansia a guardare mordendosi le nocche delle mani e osando sperare che dalla città uscissero a fermarli altri spagnoli; ma non vide nessuno e le risuonarono in testa le parole trionfanti di Muluc: «*Non hanno altre riserve!*». Quando sembrò che ormai niente potesse bloccare l'attacco alla piramide, i fucili in cima al monumento sputarono di nuovo fumo e lei per poco non esultò vedendo la luccicante morte piombare sui guerrieri alla carica, stritolarli, schiacciarli, annichilirli e separare i superstiti come il grano dalla pula.

Tuttavia, pur ammirando gli spagnoli, non poté che essere orgogliosa del coraggio della sua gente quando vide che alcuni uomini della colonna dispersa ripresero a correre verso la piramide, mentre altri si tiravano in piedi e li seguivano.

«Bel colpo, capitano Mesa!», gridò Pepillo. Anche se valeva sempre la pena tentare, non credeva che l'artigliere riuscisse a colpire anche solo con un cannone la colonna rapidissima dei maya, ma in entrambi i casi era andato perfettamente a segno seminando un caos sanguinario.

Malgrado tutto, centinaia di guerrieri nemici continuavano a correre avvicinandosi sempre di più – ormai stavano a meno di quattrocento metri – in un raggio che non poteva più essere coperto abbassando i longobardi.

Mesa aveva piazzato quattro dei suoi otto falconetti attorno alla base della piramide, schierando gli altri quattro nella periferia sud di Potonchan in direzione del campo di battaglia. Non sembravano affatto sufficienti a fermare quel che restava di quell'attacco, ma i maya dovevano essere demoralizzati dalle ingenti perdite subite e tutto era possibile. I pezzi di artiglieria erano nascosti alla vista di Pepillo dagli edifici al confine della città ma adesso il giovane sentiva il loro ruggito soffocato e, quando quattro palle da mezzo chilo si andarono a schiantare sul nemico, vide l'avanzata impetuosa vacillare.

Finirono a terra dozzine di uomini ma ancora non bastava, neanche lontanamente. «Ricarica!», gridò senza accorgersene Pepillo. «Ricarica di mitraglia!». Ma proprio in quel momento sopraggiunse Melchiorre, afferrò Mesa per un gomito e gli indicò il lato est.

A pochi minuti di distanza, fra grida di guerra già udibili e in avvicinamento sull'asse est-ovest che collegava il centro di Potonchan, c'era un'altra brigata di indiani, almeno duecento, armati di lance, mazze e lunghe spade bordare d'ossidiana.

Mesa lanciò l'allarme ai serventi dei falconetti attorno alla base della piramide, richiamò alle armi la squadra dei quaranta feriti in attesa all'ombra del tempietto sulla piattaforma in cima e fece strada scendendo dalla scalinata a est.

Melchiorre aveva trovato da qualche parte due scudi tondi di legno e due lance di quasi due metri e mezzo, così ne passò una al volo a Pepillo. «Sai come si usano?», chiese.

Pepillo scosse la testa senza dire una parola.

«Be', ti conviene imparare in fretta», disse l'amico.

Finalmente, dopo aver scostato altre tre barriere, Cortés sbucò in testa alla cavalleria nelle campagne. Più volte aveva notato i guerrieri dipinti muoversi fra gli alberi ma ancora non si era concretizzato nessun attacco: forse perché cavalli e cavalieri rivestiti d'acciaio erano parsi agli indiani troppo sconosciuti e minacciosi. La cosa certa, comunque, era che Potonchan era completamente sguarnita sul fianco est e che la truppa che si era mobilitata attraversando la foresta doveva essere andata ad attaccare la città su quel fronte. Per la centesima volta, Cortés si pentì di aver lasciato Mesa solo con quaranta uomini – tutti feriti! – a difesa dei longobardi. Gli spagnoli però erano troppo pochi per poterne impiegare di più e ormai l'unica speranza per tutti era una brillante mossa della cavalleria.

Cortés vide la battaglia imperversare a soli tre chilometri a nordest, dove gli spagnoli erano ormai accerchiati da tutte le parti, ma i campi che si aprivano davanti a lui alla fine della foresta erano irregolari e infidi, tagliati da fossi per le irrigazioni che i cavalli non potevano saltare senza rischiare di ferirsi. Qualsiasi tentativo di carica su quel terreno era destinato a fallire. Imprecando fra sé, ordinò alla truppa di cavalcare per un altro chilometro e mezzo a ovest, verso i piedi di una bassa catena collinare dove il sentiero incrociava la strada principale che andava a Potonchan da sud.

Da lì, finalmente sarebbero potuti piombare senza alcun impaccio sullo sciame nemico il cui assedio minacciava di sommergere i quattro quadrati spagnoli.

Malinal aveva visto i mille guerrieri maya – lanciati alla carica sui campi verso Potonchan – ridursi a poche centinaia per la scarica dei grossi fucili che sparavano dalla piramide. Pochi istanti dopo, erano stati colpiti di nuovo mentre altri pennacchi di fumo svelavano quattro fucili più piccoli posizionati sul confine a sud della città. Alla fine i sopravvissuti erano stati bersagliati una terza volta in maniera devastante cadendo quasi tutti, meno un centinaio che ora portavano a termine l'attacco ma che lei perse di vista in mezzo alle strade e alle case.

Sentì una vibrazione incalzante, come il veloce rullo di un grande tamburo e poi il sussulto di un cuahchic della guardia di Cuetzpalli che si lasciò sfuggire in nahuatl le parole "uomini d'argento" mentre un altro diceva, "uomini-cervo!". Guardò dove stavano guardando loro e posò gli occhi su qualcosa di straordinario, di incredibile, come un incantesimo frutto della magia più potente, qualcosa che apparteneva davvero al mondo degli dèi. Questo qualcosa che non riusciva bene a decifrare prese la forma di quindici o venti figure giganti serrate in gruppo che correvano a una velocità sovrannaturale verso le colline Xaman, figure che si muovevano su quattro gambe somigliando in parte a cervi dalla coda bianca, tranne per i corpi che erano tre volte più alti dei più grossi esemplari di quella razza e si drizzavano al centro della schiena – anche se era difficile capire se stavano seduti o fossero effettivamente un'unica creatura – prendendo forme umane giganti. Sia la parte animale che quella umana delle creature, che dovevano essere i "cavalli" di cui aveva parlato Cit Bolon Tun, erano rivestite dalla testa ai piedi di un metallo che luccicava più dell'argento lucido e nelle mani umane tenevano lunghe lance con punte dello stesso materiale scintillante.

Dall'inizio del pomeriggio Ah Kinchil era sempre più sconvolto, ma a quel punto gli scappò uno strillo acutissimo e si buttò a terra coprendosi la testa con le braccia e scalciando in modo forsennato con le sue gambe scheletriche. I cuahchic, che di solito sapevano cosa fare in qualsiasi frangente, sembrarono frastornati e confusi in modi totalmente difformi dal loro status di guerrieri feroci. L'artista aveva smesso di dipingere ed era rimasto immobile a guardare, non tanto per la paura, quanto per la soggezione e lo smarrimento suscitati in lui dall'avanzata di quello strano gruppo di creature. Cuetzpalli era inciampato indietreggiando al riparo degli alberi nel tentativo evidente di sottrarsi alla vista il più in fretta possibile, con il bel viso segnato dallo spavento e il naturale piglio ambiguo e sfuggente dello sguardo trasformato in terrore manifesto e sfacciato. Seguendo l'esempio del sovrano, le guardie di Ah Kinchil sollevarono di peso il padrone e si tuffarono con lui nel boschetto, seguiti dai suoi servitori e dal maggiordomo di Muluc, Ichick. Le guardie ai piedi della collina erano fuggite e sembrava che niente potesse fermare la carica degli esseri metallici che scalavano il fianco ripido del colle per sterminare chiunque.

Malinal rimase all'aperto rifiutandosi di nascondersi. «Qui!», gridò. «Venite qui! Sono qui per voi!». Per un attimo le sembrò che il leader di quelle creature avesse sentito le sue parole, perché girò la testa metallica verso di lei mostrandole così la faccia bianca e barbuta – la faccia di Quetzalcóatl! – e gli occhi che la guardavano fissi riempendo il suo corpo di fuoco e inchiodandola sul posto.

Dopo un istante però, con un rombo di tuono che alzò una tempesta di polvere, passò oltre, passarono tutti oltre, svoltando sulla *sacbe* per lanciarsi a nord alla carica verso Potonchan con le lance spiegate.

«Mirate alle facce!», gridò Cortés. «Infilzateli ma non perdete tempo a colpire gli uomini caduti. Caricateli senza fermarvi mai e mettetegli addosso il timore divino, rompete le formazioni, disperdeteli, calpestateli!».

Lanciò un'occhiata alla superficie bianca e liscia della strada che correva sotto gli zoccoli di Molinero e vide la formazione a cuneo dei suoi arditi cavalleggeri che sgroppavano dietro di lui, frementi dalla voglia di combattere, e spronavano i cavalli a una velocità tremenda. In pochi minuti avevano già accorciato le distanze e l'enorme blocco nemico si stendeva a poco più di centocinquanta metri davanti a loro, già in tumulto e in un caos ribollente per lo scempio fatto dai longobardi. I cannoni adesso sputavano fuoco per l'ultima volta dalla cima della piramide mandando un paio di palle da trenta chili nella mischia che rimbalzarono e schiacciarono i guerrieri falciandoli come grano maturo sotto la trebbia mentre i falconetti a loro volta seminavano morte nelle prime linee al riparo dei quadrati.

I maya erano tanto impegnati negli scontri davanti a loro, a un passo dalla vittoria per la schiacciante superiorità numerica malgrado il terrore dei cannoni, che nessuno di loro sembrava essersi accorto della rovina che gli stava piombando addosso da dietro. «Santiago, all'attacco!», urlò Cortés mentre Molinero tuonava per i campi divorando il poco spazio che ancora li divideva dall'orda indiana finché, a un certo punto, il cuneo della cavalleria investì con uno schianto terrificante le retrovie nemiche già in preda al caos. Sentì il contraccolpo della lancia che prese metà faccia di un uomo nell'atto di girarsi e provò una gioia brutale per gli strilli e gli ululati atterriti che si levarono tutto intorno trasmettendo rapidamente il panico alla calca di uomini che giravano a vuoto davanti a lui. Liberò la lancia, infilzò un altro uomo e spronò Molinero all'avanzata mentre gli zoccoli ferrati del gran destriero calpestavano i caduti, Alvarado in sella a Bucefalo schiacciava l'accozzaglia nemica alla sua sinistra, Escalante alla sua destra e lì Puertocarrero, laggiù Lares, dall'altra parte Olid e poi Morla sul suo grigio pezzato, più in là Montejo e ancora il giovane Sandoval, avanguardia di uomini armati che spazzavano via qualunque cosa aprendo una grossa scia nel cuore dell'esercito maya e mettendo in fuga orde di guerrieri dipinti e impazziti in tutte le direzioni. La lancia di Cortés affondò ancora; di nuovo la liberò mentre con la pesante staffa di ferro fracassava la faccia di un nemico e ne impalava un altro con tale violenza sul torace che la lancia sbucò dalla schiena dell'uomo quasi di un metro facendogli temere per un attimo di non poterla più recuperare...

Alvarado vide Cortés che faticava a tirare indietro la lancia. Lui aveva già perso la sua piantandola nella testa di un selvaggio da qualche parte nella mischia, ma non gli importava. Quando si erano bardati insieme ai cavalli nel recinto, aveva messo da parte lo spadino di Nuñez, che non poteva mai fungere da spada per la cavalleria, e si era portato dietro la scimitarra. *Ottima scelta!* pensò, *ottima scelta!*: quell'arma lunga e pesante si stava mostrando maledettamente efficace nella carica con cui stavano martellando e pestando un blocco nemico irrimediabilmente indisciplinato. Molti avevano perso ogni fiducia e scappavano ovunque a gambe levate ma qualcuno, scoprì con piacere, gli girava ancora intorno e aveva il fegato di combattere. Con un colpo a destra aprì un grosso fiotto di sangue sulla faccia urlante di un guerriero, dallo zigomo alla mascella, con uno a sinistra staccò la testa dalle spalle di un uomo, poi sentì una pietosa lama di pietra infrangersi sulla sua coscia corazzata, atterrò il nemico che gliel'aveva scagliata addosso e rise a crepapelle di una gioia autentica, folle e omicida spronando Bucefalo in avanti…

Gonzalo de Sandoval vide l'eccitazione, l'autentico piacere sul volto di Alvarado e capì che non avrebbe mai amato uccidere in quel modo straordinario, micidiale e quasi malato. Pur non avendo mai ucciso nessuno fino a poche settimane prima, Sandoval si stupì della calma e della concentrazione che riuscì a mantenere mentre uccideva di nuovo, non perché volesse, non per una soddisfazione o un gusto personali, ma semplicemente perché era il suo lavoro, quello per cui era venuto al mondo e, ora che il caudillo gli aveva dato quell'opportunità, aveva deciso di farlo al meglio. Si lanciò in avanti impalando un uomo alla gola, strappò via la lancia liberandola con un gesto fluido e fece ruotare il sauro per colpire un altro guerriero affondando la punta dell'arma in verticale sulla carne molle e vulnerabile fra collo e clavicola e fino al cuore.

Aveva provato quelle mosse un centinaio di volte in addestramento, quando la sua famiglia di hidalgo aveva ancora scampoli di patrimonio e di prestigio, e si meravigliò di come ora gli tornasse tutto alla mente. L'altezza superiore che si raggiungeva in sella a un gran destriero dava al cavallerizzo vantaggi eccezionali sui soldati a piedi, specie sugli indiani che non avevano mai affrontato uomini a cavallo, anzi, che non avevano mai visto prima d'ora dei cavalli e di cui per lo più avevano una paura cieca e superstiziosa.

Non tutti però! A venti passi da lì, due selvaggi violenti e mezzi nudi, che sembravano aver identificato il leader in Cortés, si stavano arrampicando su di lui in mezzo a una fitta paccottiglia nemica; uno gli era saltato addosso da dietro e gli stava segando la gola con un pugnale di selce – senza alcun risultato, vista la *gorgiera* d'acciaio – mentre l'altro gli si era appeso al braccio sinistro e cercava di disarcionarlo. Sandoval spronò il cavallo al galoppo sfollando nemici a destra e a sinistra, spiegò la lancia e uccise il guerriero a terra con una stoccata durissima che lo fece schizzare lontano mentre Cortés, col braccio sinistro finalmente libero, si allungò fino allo stivale, tirò fuori uno stiletto e lo usò per cavare gli occhi all'uomo che aveva sulla schiena facendogli zampillare una fontana di sangue.

«Ottimo, Sandoval!», gridò Cortés. Sollevandosi sulle staffe per far cadere a terra il moribondo, che schizzò fiotti di sangue sulle spalline dell'armatura, la visuale aumentata da quell'altezza mostrò al caudillo tutti e quattro i quadrati spagnoli, il più vicino dei quali stava a cento passi, ancora assediati da tutti i lati e tutti letteralmente sommersi da gigantesche orde di indiani. A quel punto, però, si sentì suonare il corno e dai quadrati zomparono come demoni dell'inferno in mezzo a latrati e fauci ringhianti quattro mute di cani, trattenuti fino a quel momento critico. Le cento bestie crudeli e fameliche fecero scintillare l'armatura d'acciaio e spalancarono le enormi bocche piene di denti aguzzi sprizzando bava ovunque, abbaiando e ringhiando impazzite per la sete di sangue che li aizzò sul nemico sgomento. In un attimo, furono squarciate gole, dilaniate e cavate budella da pance nude, azzannate e sventrate cosce e inguini, maciullate e schiacciate teste.

Cortés partì alla carica, lancia in resta verso i quadrati, intuendo vagamente di avere intorno gli altri cavalleggeri, abbattendo e calpestando interi gruppi di indiani in fuga disperata dai cani; indiani che, in realtà, non costituivano più una forza propriamente militare da nessuna parte in tutto il campo di battaglia.

Di punto in bianco, come alimentato da un misterioso legame telepatico, il loro coraggio si spezzò all'unisono e quella che era iniziata come una battaglia, ormai a un passo dalla schiacciante vittoria dei maya, stava finendo in disfatta.

Ah Kinchil, Cuetzpalli, Ichick, le guardie e i servitori emersero dai loro nascondigli fra gli alberi subito dopo che gli uomini d'argento gli erano sfrecciati accanto. Dopo di che, Ah Kinchil si era seduto crollando a terra e sputando fesserie dalla bocca per far finta di niente, mentre Cuetzpalli si era ricomposto subito ed era rimasto a guardare con passione le fasi finali della battaglia, facendo una rapida cronaca allo scriba e all'artista che trasponevano alacremente qualsiasi cosa accadesse.

Quando fu chiaro, contro ogni previsione, che gli spagnoli avevano vinto la partita e l'immenso esercito maya si era dato alla fuga in tutto il campo di battaglia, inseguito, caricato e trafitto a piacere dalle spaventose creature d'argento, Cuetzpalli si mise in piedi, scrollò l'erba e qualche foglia dalla tunica pregiata e schioccò le dita per farsi portare la lettiga. «Porgi le mie scuse al sovrano», disse a Malinal gesticolando verso Ah Kinchil, «e digli che non posso restare. Affari urgenti mi richiamano a

Tenochtitlan». Un sorriso allusivo: «Digli che ho molto apprezzato lo… spettacolo di oggi pomeriggio. È stato – come dire? – alquanto istruttivo. Sono certo che il Supremo Signore dei mexica sarà entusiasta quando glielo racconterò».

Il mercante si girò per andare e Ichick, il maggiordomo di Muluc, si lanciò in avanti afferrando Malinal per il polso. «Ma, signore, non volete comprare questa donna? Avete fatto un accordo col mio padrone per levargliela di torno».

«Il tuo padrone», disse freddamente Cuetzpalli, «ha guidato quarantamila uomini in battaglia contro quattrocento… e ha perso. Risultato incredibile, non credi? Ha disonorato il nome dei maya chontal e se è ancora vivo, cosa di cui dubito molto, dovrebbe uccidersi. È una sua scelta, certo, ma in ogni caso il mio accordo con lui è saltato».

E con questo saltò sulla lettiga facendosi portare giù per la collina verso Cintla, con i cuahchic della sua guardia personale che gli sgambettavano intorno.

Ah Kinchil rimase in uno stato catatonico ma i servitori non persero tempo e impacchettarono sulla lettiga anche lui. Su ordine di Ichick legarono le mani a Malinal, le misero un cappio al collo e due soldati di guardia. Poi, l'intera colonna imboccò in fretta e furia il sentiero che lasciava il cocuzzolo, diretta anch'essa a sud verso Cintla.

Non c'era tempo da perdere, i maya sconfitti nelle pianure stavano scappando allo stesso modo verso sud a migliaia. Gettando un'occhiata alle sue spalle, Malinal vide gli uomini d'argento interrompere *ex abrupto* la caccia e voltarsi indietro sfrecciando verso Potonchan. «Vieni a prendermi», sussurrò quando perse di vista il leader nella nuvola di polvere alzata dalla carica. «Vieni a prendermi».

Tanto vendicativi erano stati i suoi cavalleggeri, tanto feroci nella caccia selvaggia, che Cortés ebbe grossi problemi per convincerli a interromperla. La battaglia però era vinta e lui temeva per gli uomini rimasti a Potonchan. Aveva sentito degli spari dalla batteria di falconetti lasciati a Mesa, ma i cannoni adesso tacevano non lasciando presagire niente di buono, e già si vedevano gli indiani risalire a sciami i fianchi della piramide.

Davanti a lui ora c'era la tozza figura di Ordaz con la spada inzaccherata di sangue fino all'elsa che guardava la disfatta nemica con la vittoria stampata in faccia. Cortés lo affiancò tirando le redini e puntò la lancia verso la piramide. «Non è ancora finita», gridò. «Vieni con duecento uomini. Presto!». Mentre spronava il cavallo vide Vendabal e fece uno scarto per avvicinarlo. «Cani!» urlò. «Mi servono i cani. Staccali dal nemico e fagli soccorrere i nostri compagni». Vendabal seguì lo sguardo del caudillo fino alla piramide, sgranò gli occhi e chiamò gli assistenti.

Cortés lanciò Molinero al galoppo sfrenato, infuriandosi nel vedere Alvarado e qualche altro cavallerizzo restare indietro a ciondolare, tanto presi a castigare le migliaia di fuggitivi sul campo di battaglia da non rendersi conto del pericolo che c'era in città. Escalante, Puertocarrero e Morla alla sua sinistra, Sandoval, Velasquez de Leon e Dominguez alla sua destra, invece avevano visto quello che aveva visto lui e insieme ad altri si stavano schiodando per unirsi alla carica.

«Santiago, all'attacco!», gridò Cortés stendendo la lancia. «Santiago, all'attacco!».

Guizzando qui e lì dietro la linea, Pepillo vedeva tutto e non poteva fare niente. Vide un guerriero dipinto in bianco e nero con la faccia sfigurata dall'odio sfruttare un varco nel fitto di lance appuntite, saltare gli ultimi tre gradini e fracassare il pugnale di pietra sull'usbergo di maglia di un soldato barbuto, mentre alla sua destra si era infilato un altro assediante che ora si aggrappava alle anche di uno spagnolo e lo strattonava per fargli perdere l'equilibrio. In pochi secondi entrambi gli aggressori erano morti, il primo con un affondo di pugnale al cuore e uno spintone che l'aveva fatto inciampare e ruzzolare sul fianco della piramide; il secondo con un colpo secco di martello che gli aveva aperto il cranio e fatto saltare le cervella.

Seguendo l'esempio di Melchiorre, Pepillo tenne il pesante scudo sopra la testa per proteggersi dai missili – frecce, dardi infuocati, sassi di fionda – che piombavano di continuo sulla piattaforma correndo avanti e indietro con le palpitazioni al cuore, pronto a infilzare chiunque avesse attraversato la linea difensiva.

Era successo tutto all'improvviso. Un attimo prima, lui e Melchiorre erano stati solo spettatori, al sicuro in cima alla piramide a guardare la pioggia di morte dei longobardi sul nemico; un attimo dopo, Melchiorre aveva avvistato da est duecento indiani all'arrembaggio sulla piazza e Mesa e i suoi soldati si era precipitati di sotto per fermarli. Purtroppo, subito dopo aver puntato a est i falconetti per colpire d'infilata gli assalitori, sulla piazza erano apparsi i serventi dell'altra batteria appostata sul lato sud della città, inseguiti a ruota da un altro centinaio di nemici, superstiti della larga colonna che aveva marciato da sud ed era stata fatta a pezzi – seppur non completamente distrutta – dai longobardi. Questo cambiava tutto e Mesa fu solo in grado di liberare una scarica di mitraglia a est prima di abbandonare i cannoncini, spingere i suoi uomini a difesa degli artiglieri in fuga e muovere di corsa in ritirata sui gradini della piramide contro la forza congiunta delle due bande indiane.

Oltre a sé e agli schiavi taino che erano stati ammassati dentro il tempio e non avrebbero preso parte alla difesa, Pepillo contò al raduno sulla piattaforma in cima sessanta difensori: quaranta soldati feriti, sedici serventi delle batterie di falconetti, altri sei artiglieri che avevano azionato i longobardi ormai muti, il capo artigliere Mesa e Melchiorre.

Nonostante le molte ferite riportate negli scontri di quella mattina, stando in alto i soldati erano in posizione di vantaggio e meglio armati ed equipaggiati dello schiacciante numero di indiani che cercava di assalire la piattaforma della piramide. Anche il morale era alto, perché malgrado si stessero battendo allo stremo delle forze per evitare che la cima fosse travolta, e per salvarsi dunque la vita, tutti i difensori avevano visto la disfatta dell'immenso esercito maya schierato in pianura che si era aperto in due all'ingresso in campo di Cortés e dei suoi cavalleggeri e allo scioglimento dei cani dai quadrati. A un certo punto, poi, si levò un'ovazione e qualcuno gridò: «Il caudillo ci ha visti! Sta arrivando». Un altro disse: «Grazie Signore, sapevo che Cortés non ci avrebbe lasciati nei guai».

«Ancora cinque minuti», li incitò Mesa affondando una lancia di tre metri sulla faccia di un altro assalitore. «Fra cinque minuti la cavalleria sarà in piazza e questi diavoli scapperanno».

Pepillo guardò il fante accanto a Mesa sul lato sud della piattaforma deviare una grossa ascia a due mani mandando altri due indiani a schiantarsi fra le urla sui gradini scoscesi e giù fino a terra. «Inizio a credere che ne usciremo vivi», disse Melchiorre. Ma proprio allora, forse avendo visto anche loro cosa accadeva in pianura, gli indiani intensificarono l'assalto aumentando immediatamente la pressione sui gradini mentre i difensori sul lato ovest cedettero all'improvviso rompendo la linea difensiva; un soldato con la gamba fasciata fu messo a terra e un selvaggio impazzito gli saltò addosso, pugnalò un altro uomo sul collo con la punta di selce e si aprì un varco seguito da altri assedianti. Un gruppetto di circa sei guerrieri maya raggiunse la cima in un lampo alzando feroci grida di guerra e sferrando colpi all'impazzata con mazze e lame bordate d'ossidiana.

Melchiorre non esitò, gli corse incontro con la lancia e la conficcò sotto le costole del guerriero che aveva spezzato per primo la linea. Lo colpì con una tale forza che l'uomo fu scaraventato oltre la piattaforma inciampando e sparendo dalla vista, ma portando con sé la lancia mentre già un altro indiano smilzo, dipinto e imbrattato di sangue gli si avventava contro. Melchiorre estrasse il pugnale e fu accerchiato da altri due assalitori che agitavano in mano le lame di pietra. Per un altro istante Pepillo rimase paralizzato, le spalle appoggiate al muro del tempietto al centro della piattaforma e le mani tremanti; poi l'incantesimo si spezzò, andò alla carica e sentì l'impatto della sua lancia di due metri e mezzo che si conficcava in un osso e gli scivolava dalle mani. Dov'era Melchiorre? Per un attimo non riuscì a localizzarlo fra le urla e gli strepiti della mischia di corpi; poi però lo vide a terra che ruotava la lama arrugginita del suo vecchio pugnale fra le costole di un guerriero capelluto a cavalcioni sopra di lui che in cambio lo pugnalava più volte con una lama di selce. Pepillo sentì correre qualcuno, udì il ruggito di Mesa e vide gli uomini del lato sud, dove ancora la linea teneva, precipitarsi sulla piattaforma per rispedire indietro gli invasori. Ma lui pensava solo a Melchiorre. Quando si lanciò in corsa sullo spazio che lo separava dall'aggressore del suo amico, col pugnale di Cortés stretto al pugno, sentì un grosso e pesante oggetto sbattergli con tremenda forza sulla tempia e di colpo cadde nel buio più totale.

Quando Pepillo si svegliò e sbatté gli occhi, con il sapore di sangue in bocca e le urla che gli tornavano nelle orecchie, non sapeva quanto tempo era passato e, per i primi secondi, nemmeno dove fosse. Si alzò a sedere barcollando e vide un immenso cane lupo che banchettava su un indiano morto a cui aveva squarciato la gola. In giro c'erano altri cani e altri indiani caduti; per lo più morti, alcuni feriti: erano loro che urlavano. Riconobbe Sandoval in armatura, con lo spadone grondante sangue in mano, che parlava tranquillamente con Mesa. C'era anche Cortés, la schiena e le spalle zuppe di sangue rappreso, chino su una figura immobile accasciata a terra.

Melchiorre!

Pepillo si trascinò e si arrampicò sui corpi preso dal terrore, strattonò un mastino ringhioso e si spinse al fianco dell'amico.

Gli occhi di Melchiorre si girarono a guardarlo. «Pepillo!», sussurrò. «Ottimo lavoro. Ti ho visto infilzare quell'indiano…».

«Volevo aiutarti», disse singhiozzando Pepillo. «Poi mi hanno colpito alla testa e sono svenuto. Ma grazie a Dio sei vivo».

Melchiorre allungò la mano, la posò sul braccio di Pepillo e lo strinse fortissimo. «Mammoletta!», disse. «Certo che sono vivo. Sennò chi ti insegna a cavalcare?».

CAPITOLO 60

Giovedì 25 marzo 1519 - domenica 18 aprile 1519

Dopo la battaglia, pur avendo riportato una strabiliante vittoria contro ogni pronostico, pur avendo spazzato via gli indiani da Potonchan come gli aveva chiesto di fare san Pietro, Cortés fu travolto da una stanchezza infinita e da un improvviso calo di umore. Era quasi come dopo aver fatto sesso, pensò, quando si prevedono le gioie del corpo di una donna, la si corteggia a lungo, la si possiede fra le coperte e poi si manda il proprio seme dentro di lei solo per scoprire, a cose dette e fatte, che l'atto è stato un po' meno piacevole di come lo si immaginava.

Come un senso di caduta più che di culmine.

Come una malinconia e una vaga, insaziabile e assillante, sete di qualcos'altro...

Qualcosa... di meglio.

In quello stato, lasciando ad Alvarado il comando dell'opera di rastrellamento, senza neanche lavarsi o cenare Cortés si buttò a letto al calar della sera nell'ex palazzo del capoclan di Potonchan, ormai requisito e trasformato in quartier generale, cadendo all'istante in un sonno profondo.

Profondo, ma non senza sogni.

Sembrò passare pochissimo tempo – o non sembrò passarne affatto – prima che l'adorata figura di un uomo alto e forte di mezz'età, bellissimo e autorevole, coi capelli d'oro e una pelle splendente, gli apparisse e gli cavasse l'anima dal corpo per sollevarla in alto, in alto fino al cielo della sera sotto le stelle tremolanti, in volo sul campo di battaglia dove giacevano miriadi di morti. «Il Signore Dio ti sorride», disse san Pietro. «Egli celebra la tua vittoria. Come tutti noi».

«*Tutti*?», chiese Cortés.

«Noi, i santi e l'assemblea degli angeli. Il Signore si compiace di te, Cortés. Io mi compiaccio di te. Siamo tutti compiaciuti».

Ed era vero. Il detentore delle chiavi del Paradiso, la pietra stessa su cui Cristo aveva edificato la sua chiesa, era raggiante di gioia mentre i due scendevano sul campo di battaglia e passeggiavano accanto affondando i piedi nelle pozze di sangue in mezzo a cumuli di morti e mutilati. «Guarda, Cortés», disse ridacchiando san Pietro, «guarda cosa hai fatto per il tuo Dio. Guarda là, là e là». E così dicendo gli mostrava i corpi, alcuni sbranati dalle fauci dei cani da guerra, altri calpestati dai cavalli, alcuni trafitti e infilzati a morte dalle spade, dalle picche e dalle lance spagnole, altri con le teste mozzate, molti dilaniati e senza più gli arti o ridotti in frammenti irriconoscibili di carne e ossa, dove li aveva colpiti la tempesta della mitraglia e le scariche del moschetto, o dove erano rimbalzate in modo micidiale le pesanti palle di cannone sparate dai longobardi in mezzo alle linee abbattendoli in scie come di falce nel grano. «Hai vinto», disse il santissimo, «hai riportato una vittoria straordinaria sui pagani; hai fatto cadere la mia vendetta su di loro come ti avevo chiesto e ora meriti la tua ricompensa».

Nella mente di Cortés prese forma l'immagine della città sul lago circondata dalle montagne che san Pietro gli aveva già mostrato settimane prima, la città brillante di gioielli edificata sull'acqua, con un immensa piramide in oro massiccio che si stagliava al centro esatto dell'abitato.

«Sì», disse il santo con un sorriso incoraggiante, «è quella. È il tuo premio. Vuoi ridargli un'occhiata?»

«Sì, padre santo, avete letto i desideri più reconditi del mio cuore».

«Tu non hai segreti per me, io conosco tutti i tuoi desideri, le tue speranze, i tuoi sogni e li soddisferò uno per uno nella pienezza del tempo». Detto questo, il santo portò Cortés ancora più in alto nel cielo e gli mostrò la via, un centinaio di chilometri e un altro centinaio, e ancora un altro centinaio, e altrettanto per giungle, fiumi, montagne innevate, planando fra due immensi vulcani e poi giù nella valle lontana e verdeggiante fino al lago luminoso che stava al centro della valle e alla città splendente in mezzo al lago, con la piramide massiccia che si ergeva nel cuore della metropoli.

Ma come?

«La piramide non è più d'oro come mi avevate fatto vedere prima, santo padre».

«Oh», disse san Pietro, «davvero?»

«Guardate voi stesso», fece Cortés con un certo disappunto nella voce indicando la costruzione enorme sotto di loro. Pur se di mirabile fattura e mostruosamente grande, era di normalissima pietra, con quattro livelli dipinti rispettivamente in verde, rosso, turchese e giallo.

«Ah», disse il santo. «Hai ragione».

Allora, voleva chiedergli Cortés, *che si fa?* Parte del suo piano per tenere a bada le pretese e le insurrezioni dei velázquisti comprendeva la piramide d'oro. Essere in condizione di proporre la spartizione di una tale ricompensa, al momento giusto, avrebbe rabbonito tutti i dissidenti. Ma una piramide di pietra? Che se ne facevano, sia lui che loro?

«Qui c'è oro in abbondanza», disse san Pietro come leggendogli nel pensiero. «C'è oro nei forzieri dell'imperatore, oro nei templi, oro intorno ai colli dei nobili, oro negli empori dei mercanti – più che sufficiente a soddisfare l'avidità dei tuoi oppositori, più oro di quanto tu possa mai immaginare – e io farò avere tutto a te».

«C'è un imperatore?», chiese Cortés.

«Un grande e ricco imperatore, che ti consentirò di depredare per la gloria del Signore, con templi da abbattere, idoli da distruggere e una piramide da fare a pezzi mattone per mattone».

«Ma perché mi avete mostrato la piramide d'oro se in realtà è di pietra dipinta?», domandò Cortés.

Il sorriso del santo aveva un che di spaventoso, con quegli occhi neri scintillanti. «Questo è un mistero», disse, «che scoprirai a tempo debito».

A quel punto si udì lo scoppio di un tuono, i cieli si aprirono in due, le tenebre calarono sulla scena come una macchia di inchiostro, Cortés si svegliò sul letto requisito nel cuore della notte e per un lungo istante non ebbe idea di dove si trovasse.

La seconda visita di Tozi a Guatemoc nella camera da letto di Chapultepec iniziò esattamente come la prima. Entrando nella stanza buia dopo la mezzanotte la ragazza si materializzò e gli offrì le sue cure.

Sembrava un bambino per come si fidava di lei. Lei diceva, «girati» e lui si girava; diceva «faccia qui» e lui ubbidiva gemendo di piacere tutto il tempo, mentre le dita di lei lo sfioravano delicatamente e gli esploravano le ferite.

L'incontro divenne spaventoso e imprevedibile solo verso l'alba. Tozi pensava che si fosse addormentato e stava per lasciarlo riposare, quando a un tratto lui allungò un braccio e la tirò a sé. «È permesso», chiese con la sua dolce pronuncia aristocratica, «a un mortale baciare una dea?».

Lei si innervosì, ebbe paura, iniziò a tremare in tutto il corpo, le venne il sudore alla fronte. Fu tutto quello che riuscì a fare per non rendersi immediatamente invisibile e svanire come fumo tra le sue mani. «No, principe!», esclamò. «È impossibile. Ti trasformeresti in pietra!».

«Sarei felice di restare per sempre una statua», disse, «in cambio di un assaggio delle vostre dolci labbra».

Era molto convincente, doveva ammetterlo. Tozi sentì il cuore del principe, sentì che diventava rossa. Per fortuna era troppo buio perché la vedesse. Però disse: «Come? Anche una dea trema?»

«Tremo al pensiero che tu muoia per questo sacrilegio! Lasciami subito, principe, o non mi vedrai mai più!».

Guatemoc annuì. «Così snella», sussurrò, «così calda…». Poggiò la fronte su di lei prima di lasciarla andare. «Così bagnata… Così umana…».

Sentendo allentare la presa alla vita, Tozi si allontanò subito di un passo dal letto e tornò invisibile.

«Eppure non umana», sentì aggiungere al principe mentre spariva, «nessun mortale ha questi poteri».

«Sennò chi ti insegna a cavalcare?».

Quelle parole, così piene di speranze e di promesse, furono le ultime pronunciate da Melchiorre. Pochi istanti dopo scivolò in uno stato di incoscienza, allentò la presa, e non si svegliò più. Pepillo restò a vegliare su di lui tutta la notte nell'ospedale da campo improvvisato che il dottor La Peña aveva messo in piedi per i feriti, ma all'alba l'amico emise un ultimo penoso respiro e morì.

«È andato in un posto migliore, ragazzo», disse Bernal Diaz sullo stuoino accanto, la coscia destra tumefatta e infettata per un colpo di freccia di due giorni prima, la parte sinistra del torace bendata e fradicia di sangue per un pugnale che negli scontri del giorno prima gli aveva trapassato l'armatura.

«Che c'è di tanto migliore nell'essere morti?», gridò con rabbia Pepillo. «Niente è meglio di essere vivi!». Poi ricordò che se non fosse stato per Diaz, lui e Melchiorre sarebbero morti entrambi per mano di Muñoz settimane prima. «Mi dispiace», disse tirando su col naso. «Non volevo gridare».

«E a me dispiace che tu abbia perso il tuo amico», disse Diaz. «Era un bravo ragazzo, coraggioso. Non se lo meritava».

«Mi stava insegnando a cavalcare», disse Pepillo. All'improvviso le emozioni che era riuscito a trattenere per tutta la notte cercando di essere forte, cercando di essere un uomo, lo travolsero e senza neanche accorgersene si piegò in due singhiozzando distrutto dal dolore, col muco che gli colava dal naso. «Mi ha messo in groppa a Molinero. Ieri! Appena ieri, don Bernal. Abbiamo cavalcato, siamo stati benissimo e Melchiorre era felice. Anche dopo quello che gli aveva fatto Muñoz – i brutti ricordi, l'orrore, il dolore – era andato avanti. Aveva superato tutto, stava sorridendo di nuovo. E quanto amava i suoi cavalli, don Bernal. Li amava davvero. Mi ha raccontato di quand'era schiavo e per lui la vera libertà era cavalcare come il vento. E ora è morto. Morto! Non è giusto! Non è leale! Che razza di Dio fa morire in questo modo una persona buona come Melchiorre?»

«Lo stesso Dio che ha lasciato vivere per tanti anni una persona come Muñoz», disse sottovoce Diaz. Pepillo alzò la testa e negli occhi dell'alfiere vide solo gentilezza e premura, ma quando l'abbassò di nuovo a terra non era cambiato niente, perché Melchiorre era lì, freddo, immobile.

Fuori era già mattina e un nuovo giorno era iniziato.

Durante la notte seguita alla battaglia, Ah Kinchil era tornato in sé e ora rifiutava la richiesta di Muluc di radunare un altro esercito dalle città limitrofe per combattere di nuovo gli uomini bianchi.

«Sei pazzo?», sbottò il vecchio sovrano incredulo mentre Malinal serviva la colazione a entrambi nel palazzo di Cintla. «Ho visto tutto. Ho visto come ti hanno sconfitto. Non dimenticare che ero *lì*, Muluc! Ho assistito alla battaglia dall'inizio alla fine ed è stato incredibile. Impossibile persino da immaginare. Uomini o dèi, è chiaro che non possiamo batterli».

In quel momento le guardie di palazzo fecero entrare Cit Bolon Tun, l'ex prigioniero strabico degli spagnoli. Il naso dell'uomo era stato rotto da un colpo violentissimo e stava ancora perdendo sangue.

«Eccoti!», disse Ah Kinchil. «Tu sapevi che ci avrebbero battuti e ci hai detto di affrontarli comunque. Traditore! Sei un *traditore*, hai sentito? Sei stato tu a ingannarci e portarci alla rovina. Senza i tuoi consigli non sarei mai andato in guerra».

«Non sono un traditore, sire», disse Cit Bolon Tun cadendo in ginocchio e piangendo miseramente, con le gocce di sangue che gli colavano dal naso spiaccicandosi intorno a lui sul pavimento lucido. «Gli spagnoli sono molto pericolosi. Non l'ho mai nascosto! Ma vi ho dato i migliori, i più onesti e leali consigli quando vi ho spinto ad affrontarli, perché ancora sono pochi. Aspettate qualche mese e ce ne saranno molti di più. Aspettate un anno e ce ne saranno migliaia. L'unica occasione che avevamo era una vittoria rapida e decisiva ora…».

«Bugiardo!», sbraitò Ah Kinchil sputando. «Non avevamo nessuna occasione! Per me l'hai sempre saputo».

«No, sire. Lo giuro…».

Ah Kinchil fece un cenno secco a una guardia, che estrasse un lungo pugnale dalla cintura, avanzò alle spalle di Cit Bolon Tun, tirò all'indietro per i lunghi capelli la testa del disgraziato e fece scorrere la lama avanti e indietro sulla gola come se scannasse un cervo. Quando furono recise le arterie principali il sangue uscì a fiotti, le urla e i gorgoglii orribili della vittima furono zittiti bruscamente tagliandogli le corde vocali e la guardia non si fermò prima di decapitarlo. L'intera procedura richiese un minuto. Quando tutto finì, Ah Kinchil si rivolse a Malinal e alle altre serve. «Be'», disse. «Cosa aspettate? Pulite subito questo scempio».

Nessuna sorpresa, dunque, se dopo quell'episodio i piani di Muluc su un'altra battaglia con gli uomini bianchi sfumarono come la nebbia e lui fu pronto ad assecondare l'intenzione di Ah Kinchil di mandarlo immediatamente a Potonchan alla testa di una delegazione di pace, per farsi portare dal leader spagnolo Cortés e offrirgli la resa totale e incondizionata dei maya chontal.

«Vorrà dei doni», disse Muluc.

«Portagli i doni», rispose Ah Kinchil con un gesto sufficiente della mano. «Svuota pure le casse del palazzo».

«Solo gli dèi sanno perché, ma questi uomini bianchi sono fissati con l'oro», disse Muluc.

«Allora portagli tutto quello che abbiamo», replicò Ah Kinchil con un gesto nauseato. Il puzzo del sangue di Cit Bolon Tun aveva impregnato l'aria. «Non che ce ne sia molto». Altra zaffata orrenda. «Perché vogliono l'oro, comunque?»

«Dicono che è il rimedio specifico a una malattia del cuore di cui soffrono loro. A quanto pare funziona anche l'argento».

«Spero che non se la prendano se abbiamo poco di entrambi». Ah Kinchil si voltò assorto nei suoi pensieri e posò gli occhi anziani e lacrimosi su Malinal, impegnata a scrostare il pavimento. «Quella donna è bellissima», disse. «Porta pure lei. Anzi, prendi venti donne, le più belle che trovi e offrile tutte agli spagnoli. Tutti gli uomini, persino gli dèi, soffrono di un particolare bisogno» – ghigno lascivo e senza denti – «le donne sono il rimedio specifico».

«Hai detto che sei tornata per conoscere gli uomini bianchi», disse allegramente Muluc a Malinal, «ora il tuo sogno si avvera: finalmente ci liberiamo di te. Spero che gli darai tanti problemi quanti ne hai dati a me».

Per Malinal fu difficile nascondere la gioia. Dopo aver fatto tutta quella strada da Tenochtitlan per trovare gli "dèi" bianchi era stata bloccata da Muluc, e invece ora il destino la trasformava in tramite per arrivare a loro!

La delegazione di pace, con le venti donne e gli schiavi che trasportavano cinquanta fagotti di pelli di giaguaro, duecento fagotti di tessuti ricamati e tre grosse casse di preziosi, fu pronta a partire a mezzogiorno e raggiunse Potonchan, undici chilometri a nord, tre ore dopo. Il tragitto, seguendo la *sacbe*, portava direttamente al campo di battaglia fra le colline Xaman e alla stessa Potonchan, così finalmente Malinal poté vedere da vicino gli effetti della devastazione a cui aveva assistito da lontano il giorno prima.

I "fucili" degli spagnoli avevano fatto gli uomini letteralmente a pezzi, li avevano fracassati, schiacciati e rivoltati. Le crudeli sfere scintillanti lanciate dalla cima della piramide avevano scavato lunghi sentieri di cadaveri tra le fila dei maya: qui era stata falciata una fila di dieci, venti, persino trenta guerrieri; lì c'era una voragine dove era rimbalzata in aria la palla, lì un altro sentiero di corpi demoliti e tutti già in putrefazione per il caldo sole del pomeriggio. Più vicino agli appostamenti dei quadrati degli spagnoli c'erano miriadi di feriti di spada, ascia e lancia. Dappertutto c'erano lembi di carne insanguinata degli uomini dilaniati dagli animali da guerra spagnoli, con le budella uscite dalle pance in pile disgustose, viscide e circondate dalle mosche. Come li aveva chiamati Cit Bolon Tun, specie di cani? Specie di demoni o draghi piuttosto, pensò Malinal, a giudicare dalla strage raccapricciante dei feriti.

E che dire degli animali simili ai cervi, chiamati "cavalli", le immense bestie su cui Malinal aveva visto sfrecciare ai piedi delle colline Xaman il condottiero spagnolo e la sua truppa diretti alla battaglia? Le impronte lasciate dagli zoccoli di quelle creature erano ovunque, nel terreno smosso e segnato dai corpi e dalle facce dei caduti, nel punto in cui avevano caricato il blocco più cospicuo dei maya, dove ora c'era una moltitudine di cadaveri incurvati e ammassati gli uni sugli altri, tantissimi uccisi mentre scappavano accecati dal panico, tantissimi altri abbattuti dalle armi degli spagnoli.

La scia di corpi portava fino a Potonchan senza interrompersi mai, lungo le strade strette e fino alla piazza dove si ergeva l'antica piramide sul sacro albero del cotone. Molto prima di arrivarci, la delegazione maya era stata pedinata e fiancheggiata dai ricognitori spagnoli, uomini dall'aria dura con la barba e gli occhi chiari che portavano armature di metallo, spade e lance di metallo – anche alcuni terrificanti "fucili", notò Malinal – ma Muluc aveva comunicato a gesti di avere intenzioni pacifiche e la carovana era stata fatta passare.

Finalmente, a metà pomeriggio arrivarono nella piazza dove, dritto davanti a loro, seduto all'ombra dell'albero del cotone su un trono regale, rilassato, sicuro di sé e bellissimo – dèi del cielo, quant'era bello! – li aspettava il leader spagnolo. Malinal lo riconobbe subito e sentì di nuovo il legame speciale che aveva sentito di avere con lui il giorno prima vedendolo cavalcare in battaglia. Il modo in cui aveva girato il viso barbuto verso di lei, il modo in cui i suoi occhi l'avevano fissata inchiodandola sul posto, l'avevano riempita di speranza e di uno strano desiderio e ormai la donna aveva la sensazione, piuttosto ricorrente nell'ultimo mese, che facesse davvero parte di un disegno divino e che il suo destino stesse per compiersi.

Ma come fare a parlargli? Questo era il problema. Come comunicargli le sue intenzioni? Come fargli sapere che era stata scelta dagli dèi e risparmiata dalla morte per portarlo a Tenochtitlan e porre per sempre fine al regno crudele e ingordo di Montezuma?

Stranamente – come una mazzata alla convinzione di Malinal sull'imminente compimento di un disegno divino – quest'uomo, se era un uomo, o questo dio, se era un dio, questo Cortés la ignorò del tutto quando fu lasciata arrostire al sole con le altre venti donne, fra portatori di tesori, pelli di giaguaro e tessuti, mentre Muluc entrava da solo all'ombra dell'albero del cotone. Con l'intermediazione dell'interprete dalla barba nera, l'Aguilar di cui aveva parlato Cit Bolon Tun, seduto su uno sgabello alla destra di Cortés, seguì una lunga conversazione. Molto lunga. Malinal fu l'unica in grado di carpire stralci di quello che dicevano, mentre l'odiato patrigno si umiliava e ricopriva di vergogna. A un certo punto un altro spagnolo, persino più bello di Cortés, un uomo che sembrava si chiamasse Alvarado ma che somigliava al sole sceso in terra con la sua barba e i capelli gialli, fece un passo avanti e col piatto della grossa spada di metallo diede un colpo sul sedere di Muluc.

Era tutto molto piacevole e divertente da vedere, ma niente di questo avrebbe avvicinato Malinal a Cortés, incarnazione del dio Quetzalcóatl – aveva ancora ragione di sperare – per cui aveva fatto tanta strada prendendosi altrettanti rischi.

Naturalmente, la soluzione era l'interprete Aguilar. Malinal doveva solo parlargli nella lingua maya che mostrava di conoscere perfettamente, dirgli della sua missione; lui avrebbe subito tradotto tutto nella lingua degli spagnoli e Cortés avrebbe capito.

Fece un passo avanti. Una guardia spagnola le sbarrò la strada ma lei si scostò, lo superò e fu subito circondata da spade – *swish, swish, swish* – trovandosi in ginocchio ai piedi di Cortés che con le sue mani fortissime le teneva giù la testa.

«Come *osi*, donna?», strillò Muluc allungandosi per colpirla, ma subito bloccato dallo spagnolo Alvarado che gli si lanciò addosso con la mano sull'elsa della spada e gli occhi chiari e luminosi che diceva cose incomprensibili nella sua lingua straniera. «Lasciala stare, Muluc», sbottò il traduttore Aguilar. «Stai indietro! I miei padroni vogliono sentire cosa ha da dire».

Ringhiando e serrando i denti, Muluc si fece indietro.

«Come ti chiami?», disse Aguilar in un maya impeccabile.

«Chi, io?», chiese Malinal.

«Sì, tu. Chi sennò?»

«Malinal».

«D'accordo, Malinal, dicci che sei venuta a fare».

«Devo parlare con il padron Cortés», disse. «Lo cerco da trenta giorni. Ho fatto tutta la strada da Tenochtitlan per trovarlo. Io… noi… la mia amica e io, crediamo che sia il padron Quetzalcóatl, tornato a riprendersi il suo regno. Sono qui per guidarlo fino alla sua patria».

«La sua patria? La sua patria è la Spagna».

«No, signore. Noi crediamo che sia l'incarnazione umana del grande dio Quetzalcóatl, la cui patria legittima è Tenochtitlan, capitale del regno mexica. Sono venuta per portarlo lì. Sono venuta ad aiutarlo a rovesciare l'usurpatore Montezuma e reclamare il suo trono».

«Sciocchezze, donna. Solo un mucchio di sciocchezze!».

«Ho sentito dire», disse Malinal nel disperato tentativo di ingraziarsi l'insulso traduttore dalle cui grazie dipendeva totalmente per parlare con Cortés, «che voi spagnoli avete bisogno di molto oro. Qui fra la mia gente maya ne troverete pochissimo, per noi l'oro non significa niente. Se volete oro, intere camere piene d'oro, una città d'oro, lasciate che vi porti a Tenochtitlan e vi consegnerò tutto l'oro che volete. Vi prego, vi scongiuro, padron Aguilar, riferite quello che ho detto a padron Cortés».

Aguilar sembrò pensarci su. Gli venne un tic nella guancia barbuta. Si videro gli incisivi con cui si morse il labbro inferiore. «Tu parli», chiese, «la lingua dei mexica?»

«Benissimo», rispose Malinal, «come la mia lingua madre. E tramite me, e tramite voi, padron Aguilar, potrà parlarla anche padron Cortés e trasmettere i suoi ordini a loro. Voi tradurrete quello che dice in maya e io lo tradurrò nella lingua dei mexica. Poi tradurrò le loro rispose in maya e voi tradurrete le mie parole in spagnolo. È un buon piano, no?»

«No», rispose crudelmente Aguilar, «è un pessimo piano, un piano stupido e io non voglio averci niente a che fare». Si rivolse bruscamente a Cortés e gli parlò a lungo in spagnolo, poi le guardie strattonarono Malinal e la trascinarono di nuovo al sole buttandola a terra e lasciandola in mezzo alle altre donne, mentre all'ombra dell'albero del cotone il perfido Muluc la guardava con aria di trionfo.

Quello che seguì, se possibile, fu ancora peggio. Nonostante il legame che era certa di avere con lui, il legame speciale che li aveva fatti incontrare in uno sguardo nel momento in cui si lanciava a cavallo in battaglia, il padron Cortés continuò a ignorare Malinal – completamente, come se neanche esistesse – per il resto del pomeriggio.

Il suo primo interesse era il tesoro che avevano portato e che in realtà non sembrava soddisfarlo molto. Le balle di tessuti ricamati e pelli di giaguaro non significavano niente per lui. Le guardò come se fossero escrementi.

Lo attirarono solo tre casse di legno e, quando furono aperte, rovistò il contenuto prima di fare un profondo sospiro e voltarsi dall'altra parte disgustato. Dietro di lui c'era lo spagnolo Alvarado che, se possibile, sembrò persino più in collera e frustrato davanti ai doni di Muluc.

Fu allora che i due notarono di nuovo le donne. Le raggiunsero, le toccarono, ne strinsero i seni, diedero pacche sul sedere e in altri posti, parlandosi nel frattempo l'un l'altro nel tono ruvido e crudele della loro misteriosa lingua straniera. Poi si fecero intorno anche altri spagnoli, magri e vogliosi, che guardarono le donne come avvoltoi sulle carogne, e ci furono grasse risate, spintarelle e gesti indecenti, tutti perfettamente comprensibili per Malinal.

Si trattava di sesso, l'eterna ossessione degli uomini.

Alla fine si divisero le donne, questa a quell'uomo, quella a un altro. Cortés continuò a non mostrare alcun interesse per Malinal e alla fine la diede a una bestia volgare con una folta barba rossa.

Ci volle poco a capire che si chiamava Alonso Hernández Puertocarrero.

Melchiorre era morto di notte, come aveva previsto Cortés non appena viste le sue ferite, ed era stato sepolto poche ore dopo, il mattino di venerdì 26 marzo. Quattro bravi spagnoli che avevano perso anche loro la vita nelle pianure di Potonchan furono sepolti accanto a lui in una cerimonia commovente durante la quale Cortés fece un discorso alla presenza di tutti quelli che erano in grado di camminare. Tutto sommato le perdite erano state pochissime, ma nella grande battaglia di giovedì erano stati feriti oltre un centinaio di uomini, di cui alcuni in maniera tanto grave che, nonostante gli sforzi del dottor La Peña, non si sarebbero salvati. Però c'era tantissimo per cui ringraziare, concluse Cortés. Il caudillo aveva umiliato e sconfitto un esercito gigante mentre la sua piccola truppa era ancora quasi completamente illesa.

Quello stesso pomeriggio di venerdì 26 febbraio comparve una delegazione di indiani guidata da quel Muluc che ora Cortés sapeva essere il capoclan di Potonchan, anche se si era finto qualcun altro. Venne con il sigillo di Ah Kinchil, il sovrano di tutti i maya chontal, a offrire la resa totale e incondizionata che Cortés fu felice di accettare. I suoi uomini avevano preso una bella batosta negli ultimi giorni e avevano maledettamente bisogno di riposarsi.

Come simbolo di pace, Muluc portò venti donne belle e pulite offrendole agli spagnoli come schiave o, disse con un ghigno lascivo, «qualunque altra cosa vogliate». Fra loro, notò Cortés, c'era la stessa splendida donna che aveva visto il pomeriggio prima appostata sulle colline a sud di Potonchan a osservare la battaglia. In quel momento era stato molto attratto da lei, il suo magnetismo l'aveva catturato mentre sfrecciava in sella a Molinero, e adesso ne sentiva di nuovo il fascino ma gli resistette anche quando gli si lanciò ai piedi con un gesto melodrammatico frignando per qualche minuto con Aguilar nella sua lingua esotica.

Era completamente pazza, lo assicurò l'interprete. Sembrava convinta che fosse una sorta di dio pagano! Secondo Aguilar era meglio ignorarla se non voleva avere problemi. Cortés fu tentato di approfondire la questione, ma alla fine decise di no. Con la rivolta dei velázquisti all'orizzonte bisognava tenersi buoni gli amici e una schiava così bella con cui poter fare sesso era un modo facile per soddisfare Puertocarrero, che amava le donne almeno quanto l'oro.

A questo proposito, i doni di pace presentati da Muluc erano meno soddisfacenti. Oltre alle pelli di animali sconosciuti e a duecento balle di tessuti ricamati, pregiati ma inferiori alla seta, aveva portato solo tre casse, onestamente grandi, con dentro per lo più statuette, maschere, pettorine, cinture, decorazioni per labbra e orecchie, armi ornamentali, piatti e vassoi da portata, tutti fatti della curiosa e trasparente pietra verde che gli era già stata offerta sul lungofiume di Potonchan. Poi c'erano un buon numero di perle, varie gemme che somigliavano a rubini, corniole, smeraldi, agate, topazi e così via, ma disgraziatamente poco oro: quattro diademi, qualche gingillo a forma di lucertola, due a forma di pesce con squame finemente intagliate una a una, cinque a forma di anatre, una manciata di orecchini e collane, due suole d'oro di sandali e qualche oggetto d'argento, belli esteticamente ma di scarso valore. Alvarado ritenne che l'oro, l'argento, le perle e le gemme non valessero più di quindicimila pesos, un gruzzolo – dichiarò con una brutta smorfia – che non valeva affatto la battaglia affrontata per averlo. Suggerì di torturare Muluc e bruciare la città di Cintla dove risiedeva Ah Kinchil. «È l'unico modo per fare sganciare il loro tesoro a questi porci».

Aguilar però non era d'accordo. «I maya non hanno il nostro stesso concetto di tesoro», disse. «Non danno molto valore all'oro». Prese una pietra verde intagliata dalla cassa. Somigliava a quella a forma di lama d'ascia che Alvarado aveva gettato nel fiume qualche giorno prima. «Questa è la roba che conta per loro. Si chiama *ik* e la considerano più preziosa di qualsiasi altro gioiello o metallo. Per loro rappresenta l'ispirazione, la fertilità, i campi di granturco e la vitalità. È il loro più alto simbolo di ricchezza».

«Per me è merda», disse Alvarado. «Bruciamo qualche città. Sganceranno subito l'oro».

Quando fu interrogato, Muluc dichiarò che nelle casse c'era tutto l'oro di Cintla e di Potonchan. In quelle due città non ce n'era più e, anche se potevano trovarne qualche altro pezzo nelle altre città e nei villaggi della regione, per qualità e quantità sarebbero stati comunque inferiori a quelli.

«Questo lo vedremo», ringhiò Alvarado.

A quel punto Muluc attaccò un lungo racconto su un altro popolo, un popolo chiamato mexica che era dominato da un grande imperatore chiamato Montezuma e la cui capitale, Tenochtitlan, stava su un'isola in un lago al centro di un'immensa valle a centinaia di chilometri a nordest, protetta da catene di montagne altissime coperte di neve.

Cortés fu subito rapito; si sporse in avanti sul trono e ascoltò tutto molto attentamente mentre scendeva la sera e nel cielo in penombra comparivano le prime stelle.

I mercanti mexica, continuò Muluc, visitavano spesso i maya e alcuni maya avevano viaggiato fino a Tenochtitlan. Anzi, Muluc affermava anche di esserci stato personalmente. Disse che era una città ricchissima e influente. Se gli spagnoli volevano l'oro era lì che dovevano andare, perché lì tutti i templi e i tesori erano zeppi d'oro e di tutti gli altri oggetti preziosi che desideravano. Anzi, tutti i gingilli d'oro che gli aveva portato in dono quel giorno, i maya – che non avevano miniere d'oro – li avevano acquistati dai mexica.

«Sta mentendo», disse Alvarado, «ci prende per il culo per spedirci il più lontano possibile da qui».

Quando però la delegazione maya fu licenziata e rispedita a Cintla, mentre gli spagnoli cenavano e qualcuno andava subito dopo a letto a godersi la donna assegnata, Aguilar disse che la storia di Muluc era essenzialmente vera. Anche nella regione dello Yucatan in cui era stato fatto schiavo lui passavano ogni tanto i mercanti mexica. Tutti sapevano che la terra lontanissima da cui venivano era incredibilmente ricca e che l'imperatore, Montezuma, regnava su vasti territori popolati da milioni di persone ed era a capo di un grande esercito.

Tozi era agitatissima quando entrò per la terza e ultima notte nella camera di Guatemoc a Chapultepec: era l'ultima occasione per fare del principe "il nostro uomo". Non aveva ben capito cosa intendesse Huicton con quella strana frase ma era decisa a raggiungere un obiettivo, a fare un importante passo avanti prima di tornare a Tenochtitlan l'indomani e riprendere a ossessionare e torturare Montezuma.

Mentre guardava Guatemoc al chiaro di luna, con gli occhi chiusi, il petto che respirava regolarmente e un aspetto più vigoroso rispetto alle due notti precedenti, anzi positivamente *raggiante* di salute e vitalità, le venne in mente che forse aveva già ottenuto un buon risultato. In fondo, aveva ridato al principe la salute liberandolo dal dolore delle ferite e guadagnandone la fiducia, risultati che si potevano sicuramente barattare con un vantaggio prezioso quando sarebbe arrivato il momento.

Si accostò al letto in silenzio e si materializzò osservando Guatemoc ancora un po' prima di svegliarlo senza sapere bene che fare. Il tentativo di baciarla la sera prima l'aveva colta di sorpresa ma, doveva ammettere, non era stato del tutto sgradito. Era un bell'uomo, persino *stupendo* a modo suo, e lei era lusingata di risultare attraente a una persona così potente e importante.

Anche se, certo, doveva ricordare che non era attratto da lei, Tozi, ma da lei nei panni della dea Temaz, patrona della guarigione e della medicina; una bella differenza. Un principe che si abbassava e faceva cose stupide per attirare le attenzioni di una dea non avrebbe concesso un solo sguardo a una piccola mendicante!

Sentendo un bruciore di stizza e rancore, allungò la mano e gli toccò la muscolosa spalla nuda.

«Ehilà, mia dea», disse lui immediatamente. «Vi aspettavo». Aprì gli occhi e con un solo gesto leggiadro si mise a sedere facendo scivolare i piedi nudi sul fianco del letto e sistemando il lenzuolo – appena un po' – per coprire le parti maschili.

Ah! Allora non stava dormendo affatto. Era una finta. Faceva il furbo, capì Tozi. Doveva stare attenta. «Non devi provare più a baciarmi», gli disse.

«Altrimenti mi trasformate in pietra?».

La prendeva in giro?

«Non io, principe, sarà l'universo stesso a punirti se violi la santità degli dèi. Ora stenditi di nuovo, per favore. Lasciami completare la guarigione».

«No», disse. «Non ancora. Prima voglio parlare».

«Possiamo parlare mentre lavoro».

«Oh, benissimo», borbottò. «Non ho nulla in contrario».

Si stese di schiena. Quella sera non aveva più nessuna benda. Le ferite si erano pulite e asciugate senza segni di infezione. Mentre gli esplorava le cicatrici con le dita per l'ultima volta, le chiese: «Perché fate questo per me?»

«È in arrivo una grande battaglia», disse. «Il mondo per come lo conosci non esisterà più e un nuovo mondo sorgerà al suo posto. Tu sei una figura autorevole per la tua gente, principe Guatemoc, una figura importante, uno a cui guardano in molti. Ti converrà stare dalla parte giusta».

«Strano», disse Guatemoc. Si interruppe: «Queste ferite me le ha fatte Shikotenka di Tlascala». Abbassò la mano per sfiorarle le dita che si erano posate sulla serie di grandi fori che si erano rimarginati sulla pancia. «Poi, mentre stavo quasi morendo su una collina, mi è apparso il dio della guerra Colibrì e mi ha detto anche lui che è in arrivo una grande battaglia».

Tozi era sbalordita. Colibrì, il dio che aveva sospeso la sua esecuzione sulla pietra sacrificale e l'aveva sfiorata col suo fuoco! E Shikotenka di Tlascala, l'uomo da cui era andato Huicton per negoziare un'alleanza! Messi tutti e due nella stessa frase di Guatemoc! Non poteva essere un caso.

«Immagino», disse Guatemoc, «che abbiate il privilegio di vedere il volto di Colibrì ogni giorno nell'assemblea degli dèi, dea Temaz, giusto?»

«L'ho visto», rispose Tozi, «e non mi piace. È un dio crudele che ha sete di sofferenza...»

«Mentre il vostro lavoro è guarirle?»

«Io guarisco dalle ferite della guerra...».

Guatemoc sembrò ignorarla. «Colibrì mi ha detto», continuò, «che Montezuma è uno smidollato e non è in grado di combattere la battaglia che ci aspetta».

«Esatto», concordò Tozi.

«E mi ha detto – credo mi abbia detto – che mi ha riportato in vita dalla morte per combattere la battaglia al posto di Montezuma».

La mente di Tozi correva velocissima. «Sono stata io, non Colibrì, a portarti indietro dal mondo dei morti», esclamò, «e sono qui per dirti un'altra cosa...».

Il principe la guardò in trepidante attesa.

«Il dio della pace è tornato», continuò Tozi, «il dio Quetzalcóatl, il Serpente Piumato. È con lui e la sua schiera di dèi che Montezuma si troverà presto in guerra, Montezuma perderà la battaglia e sarà gettato via per sempre. Guatemoc, tu non devi, *non devi* metterti contro Quetzalcóatl! Devi stare dalla parte giusta. Devi stare dalla parte della pace».

«Pace?». Il principe era sinceramente confuso. «Pace? Io sono un guerriero, mia signora. Non potrò mai stare dalla parte della pace. E poi», uno sguardo malizioso gli segnò il bel viso, «che razza di dio della pace combatterebbe una guerra? Se spera di liberare il mondo da Montezuma sarà capace di trovare il modo di farlo con mezzi pacifici, no?».

Tozi ci pensò. Aveva senso! Ma non avrebbe mai funzionato. «Montezuma è cattivo», disse, «a volte il male supera il bene e quando capita non si può sperare di allontanarlo pacificamente. Dev'essere combattuto, dev'essere fermato e Quetzalcóatl è tornato per questo».

«Allora Quetzalcóatl è un dio della guerra come Colibrì?»

«No... Sì!».

«Quale delle due, mia signora? Il vostro Quetzalcóatl è un dio della pace? O è un dio della guerra?». Il principe rise. «Non può essere entrambi!».

«Allora è un dio della guerra! Ma la sua guerra è contro lo stesso Colibrì, il perfido signore e dominatore del mondo invisibile che contamina e infetta quello che tocca col male e l'oscurità, che ha per burattino Montezuma, come Mecatl lo è stato per Montezuma nel tentativo di avvelenarti... La vera domanda che devi farti, Guatemoc, allora è: anche tu sarai il burattino di Colibrì nell'imminente grande conflitto o combatterai dalla parte del bene e della luce?».

Il viso magro e bellissimo di Guatemoc si fece serio. «Mia signora, Temaz», disse, «se mi chiedete di combattere contro Montezuma vi dico che sono pronto a farlo adesso! È uno smidollato, un pazzo, e ha cercato di uccidermi! Ma se mi state chiedendo di combattere contro Colibrì, mia signora... be', è tutta un'altra storia e non è affatto facile».

«Verrà il momento in cui dovrai scegliere, principe», disse Tozi. «Spero che sceglierai con saggezza». Pressò ancora una volta le dita sulle ferite che gli rigavano la pancia snella e nuda diffondendo il calore della guarigione in tutto il suo corpo. «Ci rivedremo», gli disse raddrizzandosi e staccandosi da lui, «ora devo tornare ad Aztlán».

Veloce come un serpente in agguato, Guatemoc si mise a sedere e con uno scatto mise un braccio attorno alla vita di Tozi e l'altro attorno al collo. «Non così in fretta, dea Temaz», disse. «Voglio ancora il mio bacio».

«Non lo avrai, stupido! Io sono una dea e tu un semplice mortale. Vuoi essere trasformato in pietra?»

«Correrò il rischio», disse Guatemoc e le avvicinò il viso spingendo le labbra contro le sue. Tozi aveva la bocca aperta, forse per lo stupore, forse per qualcos'altro. Sentì entrare la lingua, passare la barriera dei denti e – *come?* – la sua lingua che rispondeva! Per un attimo si perse in un calore delizioso, torbido e umido assaggiando quell'uomo, odorandolo e mescolandosi a lui, poi ricordò chi era, si concentrò sulla missione e *whoosh*, con un bisbiglio di ritrosia si dissolse in una voluta di fumo e svanì lasciandolo abbracciare l'aria vuota...

Per qualche altro secondo restò ancora in camera con lui, lo vide guardare attonito le proprie mani, le braccia e premersi le dita sulle labbra.

«Be', almeno», disse infine, «non mi ha trasformato in pietra».

All'alba Guatemoc stava davanti alla finestra aperta della sua camera ad ascoltare il coro degli uccelli del mattino fra gli alberi della villa di suo padre.

Cos'è successo?, pensò. *Chi è lei? Una dea come dice di essere? O qualcos'altro?*

Si toccò di nuovo le labbra calde, vive, ancora formicolanti. Quando tolse le dita vide che erano macchiate di rosso.

Corrugò la fronte. Come? Sangue? Sentì il sapore sulle labbra con la lingua. No! Non sangue! Qualcos'altro. Qualcosa di familiare.

Trovò uno specchio di ossidiana e si controllò. Quella roba rossa, qualsiasi cosa fosse, non l'aveva solo sulle labbra ma lo macchiava tutto intorno alla bocca. La assaggiò di nuovo e a un tratto capì. Tintura di cocciniglia! Rara ed esotica, certo, ma senza dubbio un trucco di donna.

Che ci faceva una dea con del trucco femminile?

Mentre sorgeva il sole di un nuovo giorno rifletté sulla cosa senza arrivare a nessuna conclusione.

Mentre sorgeva il sole del nuovo giorno, Huicton fu introdotto alla presenza di Shikotenka.

Il re condottiero di Tlascala – fu piacevolmente sorpreso di scoprire – non aveva alcun tipo di vanità. Invece di incontrarlo in una pomposa sala udienze del palazzo reale, l'aveva invitato in casa sua dove la bellissima e giovane moglie Zilonen, occhi da cerbiatta, zigomi alti, labbra punte da un'ape, capelli scuri setosi che le pendevano sul petto, sedere sbarazzino, fianchi perfetti, stava preparando la colazione con le sue mani. «Hai gli occhi velati, padre Huicton», gli disse lei notando il suo esame minuzioso, «secondo me ci vedi benissimo».

Quindi... non era solo uno schianto; era anche intelligente, combattiva e diretta!

«Vedo quello che devo vedere», rispose.

Shikotenka entrò nella stanza. Indossava solo un pezzo di stoffa coloratissima avvolta attorno alla vita che gli copriva le gambe appena sotto le ginocchia. Sulle spalle larghe gli pendevano ciocche annodate di lunghi capelli neri. Aveva uno sguardo penetrante e intelligente e lo stava usando per valutare il suo ospite. Non era bello come la moglie ma aveva un candore furfantesco che gli dava un certo fascino, mentre il corpo duro e muscoloso era inciso da pittogrammi di centinaia di vecchie cicatrici, tutte sul davanti, notò Huicton, nessuna sulla schiena. Ergo: era un uomo che si fermava a combattere. Un uomo che non scappava.

«Buongiorno, ambasciatore Huicton», disse Shikotenka. «A cosa dobbiamo l'onore?».

Huicton decise di essere onesto. «Al vostro notevole successo nei recenti scontri coi mexica, padron Shikotenka. Il vostro annientamento del grande esercito di Coaxoch ha attirato l'attenzione del mio padrone Ishtlil di Texcoco. Se foste d'accordo, vorrebbe proporre un'alleanza fra il vostro popolo e il suo».

«Hai detto il "suo" invece che il "nostro". Deduco che tu non sei un texcocano, giusto?»

«Sono un mexica».

«E lavori per Ishtlil contro gli interessi del tuo popolo?»

«Come ho lavorato anche per suo padre Neza prima di lui. Io non mi considero né un mexica né un texcocano, ma un cittadino dell'unico mondo e in questa veste mi batto lealmente, sinceramente e con tutto il cuore per l'equilibrio. Ormai da una generazione il potere dei mexica è diventato troppo grande. Ha generato distorsioni nell'unico mondo. Ha creato una nazione di bulli crudeli e arroganti a Tenochtitlan. Ho fatto del mio meglio, ho fatto la mia parte secondo il volere degli dèi per ristabilire quell'equilibrio».

«Per questo ora vuoi un'alleanza con Tlascala?»

«Il mio padrone Ishtlil vuole l'alleanza. Io sono solo il suo messaggero».

Zilonen aveva messo a tavola una serie di torte di mais e una pentola con della carne di cervo molto speziata in cui galleggiavano dei peperoncini verdi. C'erano calici di cioccolata fumante e piatti di frutta succulenta. «Siediti», gli disse, «fai colazione. Non si fanno buoni affari a pancia vuota».

Huicton si leccò i baffi. «Verissimo, mia signora». Prese posto al tavolo, spezzò un po' di pane e prese un gran boccone di stufato. «Ah, eccellente», commentò masticando e schioccando le labbra. «Davvero eccellente».

«Perciò, quest'alleanza», chiese Shikotenka, «a che serve?»

«Come? A sconfiggere Montezuma, naturalmente, una volta e per tutte. Anche per i suoi vassalli più fedeli e lecchini», un accenno di scuse a Zilonen, «le sue continue richieste di sacrifici umani sono diventate un peso troppo oneroso da sopportare. E a voi di Tlascala che non vi siete mai sottomessi al vassallaggio è toccato il fardello più crudele delle guerre e dei continui saccheggi dei mexica, cioè, finché non avete schiacciato l'esercito di Coaxoch». Huicton si servì da solo un altro boccone gocciolante di stufato. «Avete dato un bel grattacapo a Montezuma, ve lo dico io!».

«Già», disse Shikotenka, «il nostro senato crede che non ci darà fastidio per molto più di un anno. Da qui la domanda: se ci siamo scrollati Montezuma dalle spalle, perché dovremmo fare un patto con Ishtlil? Come sai, Huicton, qui a Tlascala andiamo per la nostra strada. Non siamo mai stati tanto inclini alle alleanze».

Huicton masticò in silenzio per un po'. Non voleva parlare di Tozi e dei suoi discorsi profetici. Un uomo pragmatico come Shikotenka non ci avrebbe mai creduto. Adesso però non poteva fare a meno di tirare in ballo Quetzalcóatl. Era impossibile capire le motivazioni di Montezuma, la sua crescente e insaziabile sete di vittime sacrificali, senza parlare delle leggende sul Serpente Piumato e il suo ritorno nell'anno Uno-Canna!

«Temo che non sia così semplice, Shikotenka. Neanche un po'. E mi dispiace molto informarvi che la vostra vittoria su Coaxoch non porrà fine alla questione "per molto più di un anno", come immagina ingenuamente il vostro senato. C'è qualcos'altro in gioco, qualcosa di cui non sapete niente ma che mi fa credere che voi e il vostro popolo dovrete affrontare molti altri attacchi dai mexica nei mesi a venire, e lo stesso vale purtroppo per il popolo di Ishtlil e molti altri. Dunque, malgrado la vostra posizione lodevolmente orgogliosa e indipendente, la verità è che non c'è mai stato un momento più opportuno e degno di questo per stringere un'alleanza...».

Shikotenka prese un lungo sorso di cioccolata e si asciugò la bocca. «D'accordo, vecchio, ti ascolto».

Huicton immerse un altro pezzo di pane nel tegame con lo stufato e lo trasferì in bocca schioccando le labbra soddisfatto. «È una lunga storia», disse, «ed essendo un vecchio come avete giustamente detto voi mi dilungo spesso, perciò vi prego di avere pazienza mentre ve la racconto...».

Melchiorre era stato sepolto con tutti gli onori accanto agli altri quattro spagnoli uccisi negli scontri di giovedì. Le tombe giacevano in un angolo all'ombra del frutteto dietro il palazzo, lo stesso frutteto in cui si erano esercitati i cavalli prima della battaglia, e la mattina di sabato 27 marzo Pepillo tornò sul posto con lo stiletto che gli aveva dato Cortés. Si inginocchiò, sussurrò, «Mi manchi, Melchiorre», e poi incise con cura quattro parole sulla croce di legno che portava il nome del suo amico. Le parole erano:

CAVALCA NEI PASCOLI ERBOSI

«Un epitaffio azzeccato», disse una voce rauca alle sue spalle. Pepillo si girò e vide Bernal Diaz in piedi appoggiato a un bastone. La coscia dell'alfiere sembrava meno gonfia di prima e le bende attorno al petto erano pulite. Fra le mani aveva una sacca di iuta con qualcosa dentro.

Pepillo si era messo di nuovo a piangere, rinfoderò il pugnale e si stropicciò gli occhi con il dorso della mano. «Don Bernal. Sono felice di vedervi in piedi».

«Il dottor La Peña ha fatto un buon lavoro», rispose Diaz con un sorriso. «Dice che potrò tornare a combattere fra pochissimo».

Pepillo rabbrividì. «Io spero che non si combatta più!».

«Temo che succederà, ragazzo, siamo qui per questo... Ora, guarda...». Nella sacca si mosse qualcosa e lui la guardò. «Potresti fare una cortesia a un povero orfanello... se vuoi».

«Una cortesia, señor? Non capisco».

«Hai presente i nostri cani da guerra». Un altro scatto dentro la sacca. «Quando siamo salpati da Santiago c'era una lupa incinta. Durante il viaggio ha partorito sei cuccioli, si stava occupando di loro ma Vendabal l'ha portata via giovedì per inserirla nella muta che ha combattuto. Era una delle sue bestie più forti, così ha detto, ma è stata uccisa. I cuccioli hanno solo poche settimane, dargli da mangiare è un problema, così Vendabal e gli altri addestratori li hanno fatti fuori tutti...».

Pepillo scrollò la testa.

«...tranne questo qui, che sono riuscito a salvare. Pensavo che forse tu hai il tempo di stargli dietro. Mi hanno detto che il latte di capra è un buon sostituto per nutrire un cucciolo che ha perso la madre. E, be', noi abbiamo ancora un sacco di capre vive. Una vera fattoria! Lo so perché la notte in cui siamo partiti le ho requisite io al mattatoio di Santiago! Vieni, dai un'occhiata».

E con questo l'araldo si chinò goffamente in avanti, infilò la mano nella sacca e tirò fuori per la collottola un cucciolo sorprendentemente grande, peloso e pezzato che aprì la bocca senza denti per sbadigliare e lo leccò con la sua lingua rosa. «Ecco, ragazzo, è tuo se lo vuoi», disse Diaz lasciandosi sfuggire l'animale. «Non è un lupo di razza. Dall'aspetto, Vendabal dice che forse è un incrocio con un levriero».

Pepillo cullò il cucciolo. Era già bello pesante, lungo quanto il suo avambraccio e meravigliosamente caldo. Gli sentiva battere il cuore. Fece un altro sbadiglio e un piccolo guaito.

«Allora?», fece Diaz. «Lo prendi?».

«Oh, sì, señor!».

«Come pensi di chiamarlo?».

Pepillo aveva già la risposta. «Melchiorre», disse con orgoglio. Accarezzò il pelo soffice sulla testa del cucciolo. «Si chiama Melchiorre».

Domenica 28 marzo non fu un giorno rilassante per Cortés. Dopo una messa mattiniera lasciò Potonchan due ore prima dell'alba con duecento uomini e arrivò a marcia forzata a Cintla al sorgere del sole per fare una visita a sorpresa ad Ah Kinchil. Sia il sovrano che Muluc furono messi in stato di fermo e controllati a vista dalle guardie, mentre il palazzo reale veniva saccheggiato. Oltre a un paio di ninnoli di poco valore, comunque, oro non ce n'era.

Stessa storia in tutte le altre città e i villaggi saccheggiati nei giorni seguenti: magri bottini o niente completamente. Un po' alla volta, dopo aver concesso ad Alvarado di usare la tortura (Muluc era stato accecato in un occhio con un ferro caldo, mentre Ah Kinchil era morto con la schiuma alla bocca su una ruota improvvisata), fu chiaro persino ad Alvarado che le cose erano due: o i maya erano assai coraggiosi, testardi e bravi a nascondere il loro tesoro, o – più facilmente – dicevano la verità e non ne avevano. Questo, almeno, era quello che Aguilar, sempre più stremato dal suo ruolo di interprete negli interrogatori, continuava a dire fin dall'inizio. I maya, secondo lui, erano un popolo decaduto i cui regni un tempo grandiosi e fiorenti erano caduti nell'ombra, nella povertà e nella barbarie centinaia di anni prima. Ormai non restava più niente della gloria passata se non le imponenti piramidi e i templi, molti già in disfacimento, che avevano ereditato dai loro antenati.

Fra le rabbiose lamentele della fazione di velázquisti sul fatto che la storia della spedizione rivale di Pedrarias era stata un trucco per convincerli a partire in tutta fretta da Santiago e le pretese incalzanti di sapere perché perdessero ancora tempo in quella terra dimenticata da Dio e priva di oro, Cortés iniziò a sentirsi sempre più attratto dall'impero tanto favoleggiato, anzi quasi leggendario, dei mexica. Cavolo, stando alle voci, avevano tanto oro che persino i giocattoli dei bambini erano fatti col prezioso metallo! In più, nonostante il ritornello su quanto fosse lontana la misteriosa città di Tenochtitlan che stava sul lago oltre le montagne innevate, i ripetuti interrogatori ai mercanti avevano chiarito che era raggiungibile a passo di marcia in poco meno di trenta giorni.

E poi c'era una cosa molto più importante, significativa e *vitale* da considerare.

Da quando Muluc aveva iniziato a parlare sotto l'albero del cotone, Cortés aveva capito che Tenochtitlan era la città che gli aveva mostrato san Pietro in sogno. Le montagne coperte di neve che si dovevano attraversare per raggiungerla e la particolarissima posizione, al centro di un lago nel cuore di una immensa vallata erbosa, non lasciavano spazio ad alcun dubbio. Era la città splendente di gioielli che gli sarebbe stata donata in ricompensa.

Pertanto, mentre ancora Alvarado imperversava in lungo e in largo nelle terre dei maya chontal nella sua infruttuosa caccia all'oro, Cortés mandò in ricognizione sulla sua caracca l'amico Juan de Escalante. Anche se Tenochtitlan stava nel profondo entroterra, si diceva che avesse alcuni stati e città vassalle lungo la costa, di cui una era Cuetlaxtlan, insediamento mexica dominato da un governatore che, dicevano i maya, era stato nominato direttamente dal grande imperatore Montezuma in persona. Molti mercanti di Potonchan conoscevano bene Cuetlaxtlan, così Escalante ne prese due che dicevano di potere identificare la città dal mare.

Mentre lui era via, Cortés raddoppiò gli sforzi che stava già facendo per compiere la volontà di Dio convertendo i maya chontal al Cristianesimo. In tal senso, parlando tramite Aguilar, fece molti lunghissimi sermoni ai popoli di Potonchan e Cintla riunito in assemblea, incitandoli a distruggere gli idoli che non erano dèi ma oggetti e immagini maligne di Satana. Da quel momento in poi, disse, dovevano adorare il Signore

Gesù Cristo e credere solo in lui. Poco tempo dopo, forse agevolato dalle attività di Alvarado che aveva seminato un gran terrore in tutta la regione, procedette alla distruzione generale degli idoli fracassando quelli di pietra che ruzzolarono dalle scalinate della piramide e bruciando in grandi falò quelli di legno. Centinaia e centinaia di persone, fra cui molti nobili, chiesero anche di essere battezzati dalle mani di padre Olmedo che celebrò i riti confidando comunque a Cortés di non credere alla longevità di quelle conversioni. «Stiamo correndo troppo», disse. «Lo fanno solo perché ci temono, non perché la fede ha attecchito nei loro cuori».

«Che dovrei fare allora, padre?»

«Insegnare dando il buon esempio. Mostrategli cos'è l'amore cristiano».

Cortés gettò un'occhiata alla folla di convertiti. «Per ora dovrà bastarci quello che abbiamo ottenuto finora, Olmedo. Queste Nuove Terre sono immense, il tempo stringe e questo è solo l'inizio delle nostre conquiste. Lodiamo il Signore, tutto ci arriderà e ovunque andremo semineremo la parola».

Dopo un viaggio di appena otto giorni, Escalante tornò. Anche se i maya avevano detto che ci volevano venti giorni per arrivare a piedi a Cuetlaxtlan attraverso la fitta giungla dello Yucatan, il viaggio per mare si era dimostrato molto più breve. Escalante non era sceso a terra ma aveva osservato le strade ben ordinate e i grandi edifici della città mexica dal ponte della sua caracca, stimandolo un luogo ricco e molto più fiorente di Potonchan e Cintla, segnato da ottimi assi viari che la collegavano a molti altri notevoli insediamenti lungo la costa.

Cortés abbracciò l'amico. «Ben fatto, Juan», disse. «Questa sì che è una notizia!».

«Allora ci andiamo?», chiese Escalante.

Cortés annuì. «Per Dio, sì! E da Cuetlaxtlan marceremo sulle ottime strade che hai visto per la città d'oro di Tenochtitlan!».

In effetti quella notizia era arrivata appena in tempo. Durante l'assenza di Escalante, i velázquisti non avevano mai smesso di mugugnare e seminare il dissenso e gli uomini iniziavano a ribellarsi incrociando le braccia e lamentandosi che Cortés gli aveva fatto attraversare il mare per fare la guerra ai selvaggi senza alcuna ricompensa. Finalmente, ora aveva un obiettivo con cui distrarli e l'oro dei mexica con cui ipnotizzarli.

Era giovedì 15 aprile. «Salpiamo domenica», disse Cortés. Sarebbe stata la domenica delle Palme. Un giorno propizio.

Puertocarrero si girò nel sonno, allungò una gamba pelosa, mormorò una cosa incomprensibile e lasciò partire un'altra colossale scorreggia riempiendo di un orrendo fetore nocivo la camera che Malinal era stata obbligata a dividere con lui nel palazzo di Potonchan. Dopo l'assegnamento a quell'uomo, in parte era ancora rimasta aperta alla possibilità che lui e i suoi compagni spagnoli fossero dèi, ma ormai ne sapeva molto di più. Anzi, anche se Puertocarrero non avesse avuto quei modi rozzi e una continua voglia di sesso, sarebbe bastato il puzzo delle sue scorregge a farle capire che era un uomo come tutti gli altri, con tutte le debolezze, la follia e la stupidità tipiche del sesso maschile. Per la verità, erano molto diversi dai maya o dai mexica e la loro lingua – che Malinal aveva già iniziato a imparare – non somigliava a nessuna di quelle che aveva già sentito. Bisognava anche riconoscere che avevano usanze e atteggiamenti strani, che erano insolitamente disciplinati e decisi e che le loro armi e gli animali addestrati erano straordinari. Detto questo, erano comunque uomini, nient'altro che uomini e, in quanto tali, non importa quanto sembrassero spaventosi e diversi: li si poteva comprendere, abbindolare e manipolare tutti.

Tutti, cioè, tranne il loro grande condottiero Hernan Cortés, che passava la maggior parte del tempo fuori Potonchan, spesso in compagnia del suo crudele ma bellissimo vice Pedro de Alvarado. Dai servi che Muluc aveva mandato a lavorare per loro a palazzo, Malinal apprese che stavano mettendo sottosopra tutte le città della regione in cerca dell'oro che sembrava ossessionarli quanto ossessionava i mexica. Si diceva pure che Ah Kinchil e Muluc erano stati torturati per fargli mollare i depositi d'oro che gli uomini bianchi credevano nascondessero ma che, naturalmente, non esistevano. Malinal non sapeva, né le importava, se fosse tutto vero; i due reggenti avevano cospirato per rovinarle la vita e meritavano tutto il male che potesse capitargli.

Quando non era a caccia dell'oro, l'attività preferita di Cortés – per la quale mostrava gran dedizione – era distruggere gli idoli degli dèi nei templi e fare prediche alla gente di Cintla e Potonchan sulla sua strana e incomprensibile religione. Visto che tutti lo temevano, era riuscito a convertire molte persone.

Quando non era impegnato in queste attività, Malinal aveva chiesto spesso l'aiuto di Aguilar per avvicinare Cortés e parlargli. Come era successo la prima volta, però, l'interprete spagnolo continuava a respingerla sdegnosamente.

Quella sera, per la prima volta, aveva capito perché.

Cortés aveva fatto un annuncio all'esercito riunito, tradotto per suo ordine da Aguilar a beneficio delle venti schiave che li avrebbero accompagnati, dicendo che gli spagnoli avevano concluso i loro affari con i maya chontal e presto si sarebbero diretti verso le terre dei mexica. Prima sarebbero andati con la nave alla città costiera di Cuetlaxtlan – tutti dovevano essere pronti a imbarcarsi in soli tre giorni – e poi da lì avrebbero proseguito nell'entroterra per Tenochtitlan, la capitale mexica. L'avrebbero conquistata con la forza, preso Montezuma "vivo o morto" e si sarebbero impossessati dell'enorme scorta di oro che si diceva avesse accumulato il suo impero.

Si diceva? pensò Malinal. *Si diceva!* Se le avessero permesso di parlare con Cortés, gli avrebbe potuto dire settimane prima che non era qualcosa che "si diceva". I mexica erano davvero il popolo più ricco del mondo, Tenochtitlan traboccava d'oro e i forzieri di Montezuma erano zeppi fino all'orlo di quel metallo.

Chiaramente Aguilar aveva agito in quel modo strano perché sapeva che Malinal parlava benissimo il nahuatl – di cui lui non spiccicava una parola – e si era accorto che era tanto sveglia da imparare il castigliano, e pure alla svelta. Dato che la sete d'oro degli spagnoli li avrebbe inevitabilmente portati ai mexica prima o poi, quello stupido doveva temere che allora lei avrebbe usurpato la sua posizione privilegiata al fianco di Cortés. Pur non avendo mentito fino in fondo con Cortés sulla straordinaria ricchezza di Tenochtitlan, l'interprete aveva fatto comunque il possibile – soprattutto tenendogli lontano Malinal – per deviare e ritardare l'arrivo di quell'informazione fondamentale impedendogli di scoprire quanto lei sarebbe stata utile alla causa spagnola.

Forse Aguilar aveva persino sperato che le schiave potessero rimanere lì quando gli spagnoli avrebbero continuato il viaggio, ma l'annuncio di quella sera aveva risolto la questione una volta e per tutte! Non c'era alcuna possibilità che Puertocarrero o qualunque altro ufficiale a cui era stata data una donna facessero a meno della loro tuttofare, cuoca, cameriera e compagna di letto, e Cortés aveva chiarito la faccenda confermando che avrebbero accompagnato l'esercito nell'avanzata su Tenochtitlan.

Così Malinal si accorse di essere stata ricongiunta di nuovo al suo destino. Molto presto Cortés avrebbe conosciuto i signori dei mexica e scoperto di non poter comunicare con loro. Allora, non importa quanto Aguilar cercasse di bloccarla: lei sarebbe stata lì a prendere il suo posto legittimo nella storia.

Era la domenica delle Palme, 18 aprile 1519, e Pepillo stava sul ponte della *Santa Maria de la Concepción* con Cortés e il timoniere Alaminos mentre la grande ammiraglia issava le vele sotto una fuga di nuvole guidando la flotta a nord fuori dalla baia di Potonchan.

Erano passati due mesi esatti, si accorse Pepillo, da quando aveva lasciato Cuba in una notte di tempesta per iniziare il viaggio che l'aveva portato lì in quel momento.

Ricordò come se l'era immaginato: una nobile ricerca per le terre lontane in compagnia di prodi guerrieri concentrati su un obiettivo sacro. Invece, aveva preso parte all'omicidio di un frate malvagio, visto svendere la cavalleria alla sete dell'oro e trovato un vero amico che gli era stato strappato via con tale crudeltà da pensare di non potersi mai più riprendere.

Quel viaggio era finito a Potonchan. La ricerca non era stata affatto nobile, la cavalleria era un gran polverone e Melchiorre era morto e sepolto ma lo schiaffo delle onde sulla chiglia, il fischio del vento nel cordame, il cigolio e la frusta delle vele parlavano sul dolore di Pepillo di un'avventura che era appena iniziata.

«Allora, giovane», disse Cortés. «Che te ne pare? Il grande imperatore Montezuma che stiamo andando a trovare è a capo di un esercito di duecentomila uomini. Dici che li batteremo?».

Pepillo accarezzò le orecchie del nuovo Melchiorre. Mezzo lupo e mezzo levriero, il cucciolo aveva preso il latte di capra, mangiava già la carne coi suoi nuovi denti aguzzi e nelle ultime tre settimane era tanto cresciuto da essere ormai irriconoscibile. Si stava rivelando un compagno perfetto: forte, coraggioso, sempre curioso e leale. Non lo avrebbe mai fatto andare in guerra con il resto della muta.

Pepillo rifletteva su quella domanda. A volte riconosceva ancora nel caudillo qualche traccia del Cortés incontrato sulla strada del porto di Santiago, ma da allora era diventato duro e crudele, soggetto a improvvisi cali d'umore e pericolosi accessi di rabbia. Non era sempre saggio dirgli la verità. Meglio indovinare cosa voleva sentirsi dire e dirgli quello.

«Possono anche esserci duecentomila uomini, señor», rispose alla fine Pepillo, «pure il doppio. Non cambia niente. Voi guidate l'esercito di Dio: nemmeno il più grande impero di queste terre può fermarlo».

Cortés restò un attimo sovrappensiero. Poi annuì con la testa. «Forse dovrò andarci pesante con Montezuma», disse a bassa voce, quasi a se stesso, «ma ho saputo che chi è in missione per Dio non commette peccati. Per te è vero, Pepillo?»

«Dev'esserlo per forza, señor», rispose Pepillo. «Se Dio è buono, i suoi servitori non possono fare niente di male, no?».

Era la cosa giusta da dire.

CONTESTO STORICO, SCENARI E PERSONAGGI PRINCIPALI

Contesto storico e soggetto

La guerra degli dèi. La profezia del Serpente Piumato si sviluppa i due mesi fra il 18 febbraio e il 18 aprile 1519. Il libro tratta i primi episodi della conquista spagnola del Messico. Cinquecento avventurieri spagnoli guidati da Hernando Cortés si mettono contro la potenza dell'impero mexica (azteco). L'impero è dominato con mano di ferro dal pavido Montezuma, a capo di duecentomila guerrieri violenti ed esperti.

Scenari principali

(1) **Tenochtitlan**, capitale dell'impero **mexica** (azteco) dell'antico Messico, dal 1325 al 1521. Edificata su un'isola al centro di un immenso lago salato (il lago Texcoco) nella Valle del Messico. La Valle del Messico è circondata da lontane montagne innevate. Nel cuore della valle c'è il lago Texcoco. Nel cuore del lago Texcoco c'è l'isola su cui sta Tenochtitlan, alla quale si accede da tre imponenti sopraelevate (di varia lunghezza, fra i tre e i nove chilometri) che si stendono fino alle rive sud, ovest e nord del lago. Nel cuore di Tenochtitlan, chiusa da una grande cinta muraria (il grande piazzale, o sacro recinto) c'è la Grande Piramide, sormontata dal tempio di Huitzilopochtli ("Colibrì"), dio della guerra al quale i mexica offrono ogni anno decine di migliaia di sacrifici umani.

(2) **Santiago**, capitale e principale porto di **Cuba** nel primo periodo della colonizzazione spagnola del Nuovo Mondo. È da lì che parte la spedizione per il Messico.

(3) Paesaggio montuoso entro i confini di **Tlascala**, principato indipendente in guerra coi mexica. I tlascaliani catturati nelle incursioni e nelle battaglie sono la fonte primaria di vittime sacrificali per i mexica.

(4) **Cozumel**, isola al largo della costa nordest della **penisola dello Yucatan**, in Messico. Primo luogo di sbarco degli spagnoli nella conquista del Messico.

(5) **Potonchan**, città sulla costa sudovest della penisola dello Yucatan, in Messico. Secondo luogo di sbarco degli spagnoli nella conquista del Messico e teatro delle prime importanti battaglie. Gli avversari in queste prime (e disumane) battaglie campali non sono i mexica ma i maya.

Personaggi e punti di vista

(1) **Tozi**. Strega. Quattordici anni. La incontriamo fra le vittime che vengono fatte ingrassare per il sacrificio nella gabbia per l'ingrasso delle donne al margine del

piazzale di Tenochtitlan. Tozi non ha mai conosciuto suo padre. La madre era una strega ma è stata linciata a morte da una folla quanto Tozi aveva sette anni, età in cui l'addestramento di Tozi era appena iniziato e i suoi poteri non erano ancora del tutto sviluppati. È sopravvissuta mendicando per le strade di Tenochtitlan per sei anni, finché non è stata catturata e messa nella gabbia a quattordici anni in attesa del sacrificio. Tozi ha doti magiche, la più importante delle quali è rendersi invisibile. Purtroppo, le manca ancora esperienza e se prova a restare invisibile per più di qualche secondo soffre conseguenze fisiche disastrose. Le origini di Tozi sono misteriose. La madre le ha detto che vengono da **Aztlán**, leggendaria terra d'origine non solo dei mexica ma anche dei tlascaliani e degli altri popoli "nahua" che parlano la lingua chiamata nahuatl. Aztlán però è un luogo mitico e fantastico, terra degli dèi, dove si crede vivano i signori della saggezza e i maghi; i mexica dicono che i loro antenati vengono da Aztlán ma nessuno sa più dove sia o come fare a trovarla.

(2) **Malinal**. Stupenda cortigiana e schiava da letto dei mexica. Ventun anni. Malinal è d'origine maya e parla bene sia il nahuatl, la lingua dei mexica, che il maya. La incontriamo nella gabbia per l'ingrasso di Tenochtitlan dove, come Tozi, è stata rinchiusa in attesa del sacrificio. Come e perché ci sia finita diventa chiaro al lettore durante la storia. Quando apprendiamo i motivi del suo odio sfrenato per Montezuma e i mexica capiamo anche perché, scappata dalla gabbia, parte per lo Yucatan dove è sbarcato Cortés, intenzionata a usarlo come strumento per distruggere Montezuma.

(3) **Pepillo**. Spagnolo, quattordici anni. Orfano, è stato accolto, cresciuto, istruito a contare e a leggere dai monaci domenicani che lo hanno portato dalla Spagna al Nuovo Mondo, prima all'isola di Hispaniola e poi a Cuba, dove ha lavorato come contabile e copista nel monastero domenicano. Quando lo incontriamo è stato appena nominato paggio e assistente del misterioso **padre Gaspar Muñoz** (personaggio numero 8) l'inquisitore domenicano che viaggerà con la spedizione di **Hernando Cortés** (personaggio numero 9) in Messico – di cui si parla come "Nuove Terre" – con la missione di conquistare ed evangelizzare.

(4) **Montezuma**. Imperatore – il titolo ufficiale è Supremo Signore – dei mexica. Cinquantatré anni. Lo incontriamo mentre compie sacrifici umani sulla piattaforma in cima alla Grande Piramide davanti al tempio del dio della guerra Huitzilopochtli (Colibrì). Gli olocausti sono perfettamente visibili dalla gabbia per l'ingrasso, sul bordo del piazzale, in cui sono chiuse Malinal e Tozi in attesa del loro turno. Montezuma entra spesso in trance dopo aver usato funghi allucinogeni e così comunica direttamente con il dio della guerra – il demone – Colibrì. Il demone, il cui intento è portare al massimo grado l'infelicità umana e il caos sulla terra, spinge Montezuma a compiere sacrifici di massa sempre più crudeli e brutali.

(5) **Shikotenka**. Re condottiero di Tlascala, nemico giurato dei mexica. Trentatré anni. Lo incontriamo nascosto sul fianco di un monte a Tlascala (a due giorni di marcia da Tenochtitlan) che spia un gigantesco esercito mexica radunato per attaccare il suo popolo. L'esercito è lì per catturare migliaia di vittime tlascaliane da mandare al sacrificio. Shikotenka ha un piano per fermarli.

(6) **Guatemoc**. Principe dei mexica. Ventisette anni. Nipote di Montezuma (è il figlio del fratello di Montezuma, Cuitláhuac).

(7) **Pedro de Alvarado**. Trentatré anni. Amico intimo e alleato di **Hernando Cortés** (personaggio numero 9). Alvarado è bello e smodatamente crudele, un affascinante psicopatico. È anche un brillante spadaccino e un famigerato amante dell'oro. Quando lo incontriamo, Alvarado sta con **Diego de Velázquez**, il governatore di Cuba, che cerca di corromperlo per tradire Cortés. Velázquez spera di rimuovere Cortés dal comando della spedizione in Messico e rimpiazzarlo con **Panfilo de Narváez**, figura molto più malleabile. Vuole l'aiuto di Alvarado per questo piano.

(8) **Padre Gaspar Muñoz**. Quasi quarant'anni. Frate domenicano che è stato nominato (da Diego de Velázquez) inquisitore della spedizione in Messico. Muñoz si è fatto una reputazione perché brucia gli "eretici" alla prima occasione. E anche un pedofilo sadico e un assassino seriale e sfrutta la posizione di inquisitore per indulgere ai suoi perversi appetiti.

(9) **Hernando (Hernan) Cortés**. Comandante della spedizione spagnola in Messico. Trentacinque anni. Brillante militare e ottimo politico, è intelligente, machiavellico, manipolatorio, estremamente determinato, vendicativo e audace, ma con una paradossale vena di cristianesimo messianico. Odia Diego de Velázquez, il governatore di Cuba, che ha raggirato facendosi dare il comando della spedizione e che ora intende tradire. Qualche anno prima, Velázquez ha imprigionato Cortés inventandosi delle accuse per obbligarlo a sposare sua nipote Catalina. Cortés ha acconsentito al matrimonio per scappare di prigione, ma da allora pianifica di vendicarsi di Velázquez.

(10) **Bernal Diaz**. Ventisette anni. Soldato spagnolo coi piedi per terra, onesto e navigato a bordo della spedizione in Messico. Di origini contadine, nessuna pretesa di diventare nobile, ma letterato, tiene un diario (anche se parla di sé in maniera spregiativa come un idiota illetterato). Ammira Cortés che ha riconosciuto il suo potenziale e lo ha promosso al grado di alfiere.

(11) **Gonzalo de Sandoval**. Ventidue anni. Originario di una famiglia di *hidalgo* (piccola nobiltà) caduta in disgrazia. Appena reclutato per la spedizione in Messico. Promosso al grado di alfiere nella stessa cerimonia con Diaz. A differenza di Diaz, Sandoval ha un'istruzione universitaria e ha fatto l'accademia militare da cavalleggero, ma non ha alcuna esperienza di guerra.

Personaggi sovrannaturali

Huitzilopochtli (chiamato in tutto il romanzo Colibrì), dio della guerra dei mexica. La traduzione per esteso del nome Huitzilopochtli è "Il colibrì che siede alla sinistra del sole". Come tutti i demoni tramandati da tutti i miti e le leggende umane, l'obiettivo di questa entità è moltiplicare la sofferenza umana e corrompere tutto ciò che è buono, puro e vero nello spirito dell'uomo. Appare a **Montezuma** quando l'imperatore mexica è in trance per l'assunzione di funghi allucinogeni. Tentatore e manipolatore, Colibrì soffia apposta sul fuoco del conflitto fra mexica e spagnoli e in ultimo spalleggia gli spagnoli perché sa che renderanno la vita in Messico ancora peggiore di quella che è stata sotto i mexica. È un fatto storico che nei cinquant'anni di conquista spagnola, i popoli indigeni del Messico sono stati decimati dalla guerra, dalla carestia e dalle nuove malattie che li hanno portati da trenta milioni ad appena un milione.

San Pietro, santo a cui è devoto Hernan Cortés. Da bambino Cortés è stato investito da una febbre micidiale che lo ha fatto quasi morire. La sua infermiera, Maria de Esteban pregò san Pietro di salvarlo e il giovane Cortés si riprese per miracolo. Da quel momento, Cortés sente di avere un legame particolare con questo santo e crede di essere guidato da lui in tutti i principali e tremendi episodi della sua vita di adulto. Come Montezuma, Cortés incontra san Pietro in uno stato visionario, nel suo caso, in sogno.

Quetzalcóatl, "Il Serpente Piumato", il dio della pace della vecchia America Centrale. Descritto con la pelle bianca e la barba, secondo un'antica profezia era stato espulso dal Messico dagli eserciti del male in un tempo remoto della preistoria, ma sarebbe tornato nell'anno *1-Acatl* ("Uno-Canna") a bordo di navi che "si muovono da sole senza pagaia" per rovesciare un re perfido, abolire il rituale sanguinario del sacrificio umano e fare giustizia. L'anno 1519 del nostro calendario, quando Cortés arrivò nello Yucatan a bordo di navi che "si muovono da sole senza pagaia", era proprio l'anno Uno-Canna del calendario mexica. Pura coincidenza o un imperscrutabile disegno divino che fosse, **Malinal** avrebbe insegnato a **Cortés** come sfruttare il mito di Quetzalcóatl. Quella che seguì fu una campagna durissima e vittoriosa per il dominio psicologico su Montezuma molto prima che gli spagnoli lo affrontassero in battaglia.

Accadde davvero in qualche modo misterioso, come sospetto io, o solo nella mente di Montezuma e Cortés, Colibrì e san Pietro, e la profezia del ritorno di Quetzalcóatl, giocarono un ruolo chiave di mistificatori negli episodi legati alla conquista.

Personaggi spagnoli secondari che appaiono spesso

Melchiorre. Africano, circa sedici anni. Ex schiavo. Liberato da Hernan Cortés e ora suo valletto. Diventa il migliore amico e alleato di Pepillo.

Diego de Velázquez. Cinquantacinque anni. Governatore di Cuba. Nomina Hernan Cortés capitano-generale della spedizione in Messico (che ha co-finanziato), ma cambia idea e pianifica di rimuoverlo prima che la flotta parta da Santiago per rimpiazzarlo con Panfilo de Narváez, uomo molto più facile da manipolare.

Zemudio. Spadaccino esperto e guardia del corpo di Diego de Velázquez.

Garcia Brabo. Quarant'anni. Sergente rude, guida una squadra di uomini devota a Hernan Cortés. Fa il lavoro sporco di Cortés ogni volta che ce n'è bisogno.

I velázquisti. Nome che Cortés dà agli altri ufficiali della spedizione in Messico che restano fedeli al suo nemico e rivale Diego de Velasquez, il governatore di Cuba. Cortés deve o corromperli e manipolarli, o costringere la fazione di Velasquez a passare dalla sua parte. Questi comprendono **Juan Escudero** (capobanda dei velázquisti), **Juan Velázquez de Leon**, cugino di Diego del Velázquez, Francisco de Montejo, **Diego de Ordaz** e **Cristobal de Olid**.

Alleati importanti di Cortés sulla spedizione. Oltre a **Pedro de Alvarado** (personaggio numero 7) Cortés può contare su **Alonso Hernández Puertocarrero** e **Juan de Escalante**. Poi c'è **Alonso Davila**, che almeno è neutrale: non gli piace Cortés ma non gli piace nemmeno Diego de Velázquez.

Alonso de La Serna e Francisco Mibiercas. Soldati della spedizione. Amici di Bernal Diaz (personaggio numero 10).

Dottor La Peña. Medico assoldato da Diego de Velázquez per drogare e rapire il caudillo. Cortés invece cattura La Peña e lo sequestra facendolo diventare il dottore della spedizione.

Anton de Alaminos. Timoniere e capo ufficiale di rotta della flotta di Cortés.

Nuno Guiterrez. Marinaio.

Padre Bartolomé de Olmedo. Frate dell'ordine dei Mercedari, uomo gentile e di cuore che partecipa alla spedizione in Messico. Contrario alle conversioni forzate.

Jeronimo de Aguilar. Naufrago spagnolo nello Yucatan. Ha passato gli ultimi otto anni da schiavo in mezzo ai maya e ha imparato benissimo la loro lingua. Liberato da una squadra mandata da Cortés e guidata da Sandoval, Aguilar si unisce alla spedizione e diventa il primo interprete di Cortés e, più tardi, rivale di Malinal per questo ruolo.

Francisco de Mesa. Capo dell'artiglieria di Cortés.

Diego de Godoy. Notaio della spedizione.

Telmo Vendabal. Responsabile della muta di cento feroci cani da guerra della spedizione.

Personaggi secondari mexica che appaiono spesso o hanno rilievo nella storia

Coyotl. Bambino di sei anni, castrato alla nascita. Portato nella gabbia delle donne con Tozi e Malinal in attesa del sacrificio. Protetto di Tozi.

Ahuizotl. Sommo sacerdote dei mexica e devoto al dio della guerra Colibrì.

Namacuix. Vice sommo sacerdote dei mexica.

Cuitláhuac. Quarantotto anni. Fratello minore di Montezuma e padre di **Guatemoc** (personaggio numero 6).

Coaxoch. Quasi cinquant'anni, detiene il titolo di "Donna Serpente". Secondo più alto di grado nella gerarchia mexica dopo lo stesso Montezuma, e generale più importante dell'esercito mexica. Lo incontriamo alla testa di un'immensa forza di trentaduemila uomini a Tlascala volta a catturare vittime per il sacrificio umano. È l'esercito che **Shikotenka** (personaggio numero 5) progetta di distruggere.

Mahuizoh e **Iccauhtli**. Primogenito e minore dei figli di Coaxoch. Tutti e quattro sono generali dell'esercito mexica, nominati per nepotismo e non per reali capacità.

Acolmiztli, Chipahua, Albero, Etzli, Ilhuicamina. Comandanti della squadra di guerrieri **tlascaliani** di Shikotenka che incontriamo mentre stanno per attaccare Coaxoch.

Tochtli, "Coniglio" (cugino di **Shikotenka**). Anch'egli nella squadra che attaccherà **Coaxoch**.

Shikotenka il Vecchio. Re civile dei tlascaliani (**Shikotenka**, suo figlio, è il re-condottiero).

Maxixcatzin. Vice sia di **Shikotenka** che di **Shikotenka il Vecchio**.

Huicton. Spia che opera per distruggere **Montezuma**. Huicton ha passato i sessanta e si aggira inosservato per le strade di Tenochtitlan sotto le mentite spoglie di un vecchio cieco mendicante. Per quanto non sia affatto cieco. Mentore e tutore di **Tozi** (personaggio numero 1).

LA GUERRA DEGLI DÈI E LA STORIA

La guerra degli dèi è un romanzo che tratta un momento straordinario della storia ma non è un libro di storia. È più un lavoro di fantasia e un'avventura epica sulla tradizione dell'*Amadigi di Gaula*, il poema cavalleresco post-arturiano in cui i conquistadores degli inizi del sedicesimo secolo vedevano riflesse le gesta pericolose e i fatti realmente accaduti a loro nelle strane e terribili terre del Messico[1]. Perciò, ogni volta che lo ritenevo utile al racconto, non ho esitato ad allontanarmi dalla stretta osservanza ai fatti storici. Eccovi qualche esempio.

Malinal (conosciuta anche come Malinali, Malintzin e La Malinche, che i conquistadores chiamarono Doña Marina) fu molto probabilmente una donna nahua della costa del Golfo del Messico che imparò la lingua maya, più che una donna maya – come l'ho resa io – che imparò bene il nahuatl. D'altra parte, la mia versione della sua biografia – figlia di un capoclan, destituita e venduta in schiavitù dalla propria madre dopo la morte del padre (perché la madre preferì un figlio del suo secondo matrimonio) – è conforme ai fatti per come ci sono arrivati fino a noi.

Allo stesso modo, mentre io scrivo della disastrosa spedizione di Córdoba che andò nello Yucatan prima di Cortés, non parlo – avrebbe preso troppo spazio – della seconda spedizione, sotto Juan de Grijalva, che precedette anch'essa Cortés. Comunque, ho fatto confluire alcuni dettagli delle spedizioni di Córdoba e Grijalva e in questo non credo di essermi troppo allontanato dallo spirito degli eventi.

Per gli stessi motivi di economia narrativa, ho inserito la storia della partenza della flotta di Cortés da Cuba nell'unica drammatica notte del 18 febbraio 1519, quando in realtà l'intera faccenda si trascinò per molto più tempo. La flotta lasciò davvero Santiago in tutta fretta, Velázquez cercò davvero di evitarlo e Cortés lo affrontò davvero in una barchetta, più o meno come l'ho descritto io[2]. La storia di Velázquez che manda un messaggero per rimuovere Cortés dal comando e sostituirlo con un altro uomo, l'assassinio di quel messaggero *en route* da parte di uno degli alleati di Cortés e la consegna allo stesso Cortés delle carte che stava portando è ampiamente attestata dalle fonti storiche. Lo stesso vale per l'irruzione al mattatoio e la requisizione da parte degli uomini di Cortés di tutta la carne e le scorte vive[3]. Questi fatti comunque non avvennero il 18 febbraio 1519 ma il 18 novembre 1518, Bernal

[1] Si veda, per esempio, Hugh Thomas, *Conquest: Montezuma, Cortés and the Fall of Old Mexico*, Simon & Schuster Paperbacks, New York and London 1993, pp. 61-62 e 702.
[2] Ivi, pp. 141-142.
[3] Ivi, p. 141.

Diaz non dice nelle sue memorie di aver guidato l'irruzione al mattatoio[4], mentre l'uccisione del messaggero non fu opera di Alvarado (anche se lui era certamente capace di un atto del genere e fu responsabile in vita di molti altri gesti simili), ma di Juan Suarez, un altro sodale di Cortés[5]. È corretto dire che la flotta alla fine lasciò le acque di Cuba il 18 febbraio 1519, come sostengo in *La guerra degli dèi*, e che fu una notte segnata da una brutta tempesta[6], ma prima c'erano voluti tre mesi di navigazioni attorno a Cuba, per sfuggire all'autorità di Velázquez in vari modi mentre Cortés radunava altri viveri, uomini e cavalli. Non ho ritenuto necessario appesantire e complicare la storia con questi dettagli.

Si potrebbero citare altri esempi (per esempio, Guatemoc fu probabilmente il cugino di Montezuma, più che il nipote) ma nell'insieme si può dire che, rispondendo sempre alle esigenze narrative di un'epopea d'avventura, ho lavorato sodo per muovere la storia su un robusto impianto di fatti storici. Questo non significa che l'elemento fantastico e sovrannaturale non sia rilevante in *La guerra degli dèi* – lo è pienamente! – ma anche in questo non c'è niente di "non-storico". Certe superstizioni riguardavano sia gli spagnoli che i mexica. Anzi, il Messico di Tenochtitlan è stato a ben ragione descritto dal premio Nobel J. M. G. Le Clezio, come "l'ultima civiltà magica"[7].

Si prenda la strega Tozi, uno dei personaggi centrali. Alcuni possono pensare che un'ossessione per la stregoneria, i demoni animali (persino la trasformazione in animali), la capacità di rendersi invisibile, il misto di incantesimi e pozioni erboristiche fatte dalle donne e la loro persecuzione per queste pratiche riguardassero solo gli europei; invece, in questo ambito – come in moltissimi altri – gli spagnoli del sedicesimo secolo avevano molto più in comune con i mexica di quanto non pensassero. La stregoneria era diffusissima in America centrale e molto radicata nella cultura della regione[8].

Poi c'è la questione dei sacrifici umani, un tema ricorrente in tutto *La guerra degli dèi*. Ne ho messi troppi? Gli ho dedicato uno spazio troppo lungo non giustificato dai fatti? Onestamente, no. Non credo. I fatti, compreso l'ingrassamento dei prigionieri e la loro reclusione in apposite gabbie prima del sacrificio, sono così ripugnanti, ben avvalorati e tanto forti che l'immaginazione ne è uscita davvero scossa. Nel dirlo riconosco che la scrittura compassata e politicamente corretta degli ultimi anni ha cercato in parte di nascondere lo scempio e l'orrore stravagante

[4] Bernal Diaz, *The Conquest of New Spain*, tradotto da J.M Cohen, Penguin Classics, London 1963, p. 49.

[5] Thomas, *Conquest*, p. 141.

[6] Ivi, pp. 157-158.

[7] J .M .G. Le Clezio, *The Mexican Dream: Or The Interrupted Thought of Amerindian Civilizations,* tradotto da Teresa Lavender Fagan, The University of Chicago Press, Chicago and London 2099, p. 41.

[8] Si veda, per esempio, Jan G. R. Elferink, Jose Antonio Flores e Charles D. Kaplan, *The Use of Plants and Other Natural Products for Malevolent Practices amongst the Aztecs and their Successors*, Estudios de Cultura Nahuatl, vol. 24, 1994, Universidad Nacional Autonomo de Mexico. Si veda anche Daniel G. Brinton, *Nagualism; A Study in Native American Folklore and History*, MacCalla and Co, Philadelphia 1894. Si veda poi David Friedel, Linda Schele e Joy Parker, *Maya Cosmos; Three Thousand Years on the Shaman's Path*, William Morrow and Co., New York, pp. 52, 181, 190, 192-193, 211, 228. Si veda infine Le Clezio, *The Mexican Dream*, pp. 104-108.

dei riti sacrificali dei mexica sotto il tappeto della storia alludendo al fatto che le testimonianze oculari degli spagnoli fossero esagerate per scopi propagandistici o religiosi. Ma non può essere così. Lasciando stare l'enorme quantità di reperti archeologici e le rappresentazioni giunte fino a noi di sacrifici umani, ostensori di teschi, scuoiamenti e smembramenti delle vittime, cannibalismo, eccetera nell'arte e nella scultura mexica, abbiamo resoconti dettagliati di queste pratiche fatti da cronisti affidabili nei primi anni della conquista e dagli stessi mexica. Sia Bernardo de Sahagun, nella sua *General History of the Things of New Spain*[9], che Diego Duran nella sua *History of the Indies of New Spain*[10], hanno basato i loro resoconti sulla testimonianza di informatori nativi ed entrambi danno ampie descrizioni dei macabri riti sacrificali che erano parte integrante della società mexica fin dai primordi, di come fossero cresciuti in maniera esponenziale negli ultimi cinquant'anni prima della conquista e del fatto che li videro gli stessi conquistadores al loro arrivo. Lo storico Hugh Thomas riprende in maniera equilibrata l'intera questione nella sua superba monografia sulla conquista[11]. «Quanto ai numeri», scrive, «per l'altissimo valore rituale che accompagnava gli spettacoli teatrali annessi e l'importanza rivestita nella religione ufficiale, i sacrifici umani in Messico erano unici»[12].

Il politicamente corretto ha cercato di spazzare via anche il mito del dio bianco e barbuto Quetzalcóatl che per le profezie doveva tornare nell'anno Uno-Canna e la manipolazione di quel mito da parte di Cortés, definendola una montatura creata per lo più dai conquistadores; ma nemmeno questo può essere vero. Ancora una volta, l'immenso contributo di Sahagun nel suo *General History* contiene troppi dettagli impossibili da ignorare[13]. Ma a riguardo ci sono molte altre fonti, troppe per essere citate qui, e non si può dimenticare l'iconografia universale del "Serpente Piumato" presente in tutta l'America centrale. Ci sono esempi – come La Venta nel Golfo del Messico – davvero antichissimi (1500 a. C. o più vecchi) di raffigurazioni di individui con barba e lineamenti chiaramente caucasici più che nativi americani[14]. Gli altri aspetti "fantastici" della mia storia, come gli incontri visionari di Montezuma sotto effetto di funghi allucinogeni con il dio della guerra Huitzilopochtli (Colibrì) e la convinzione di Cortés di essere guidato da san Pietro, sono tutti ampiamente supportati da numerose fonti storiche.

Non meno importante, infine, è la questione dell'incredibile disparità di forza fra le poche centinaia di spagnoli e gli enormi eserciti maya e poi mexica con cui si scontrarono i conquistadores riportando una vittoria apparentemente miracolosa.

9 Fray Bernardo de Sahagun, *General History of the Things of New Spain* (Florentine Codex), tradotto dall'azteco all'inglese da Arthur J. O. Anderson e Charles E. Dibble, School of American Research, University of Utah, 1975. Si veda per esempio il libro 12, capitoli 6, 8 e 9.

10 Fray Diego Duran, *The History of the Indies of New Spain*, tradotto da Doris Heyden e Fernando Horcasitas, Orion Press, New York 1964. Si vedano, per esempio, le pp. 99-102 (da cui è tratta l'orazione fatta alle vittime sacrificali nel capitolo 28 di *War God*), 105-113, 120-122, 195-200 e molti altri passaggi simili.

11 Thomas, *Conquest*, pp. 24-27.

12 Ivi, p. 27.

13 Sahagun, *General History*, si vedano per esempio i capitoli 2, 3, 4, e 16.

14 Si veda per esempio Graham Hancock e Santha Faiia, *Heaven's Mirror: Quest for the Lost Civilisation*, Michael Joseph, London 1998, pp. 38-42.

In realtà, come faccio vedere in *La guerra degli dèi*, quel "miracolo" era la scienza. I fucili e i cannoni che gli spagnoli furono in grado di schierare, i loro terrificanti cani da guerra[15] e l'impatto sbalorditivo della cavalleria gli diedero un vantaggio decisivo. In America centrale, fino ad allora non si erano mai visti cani più grandi dei chihuahua e, mentre la fanteria europea aveva accumulato migliaia di anni di esperienza (sviluppando tattiche e armi speciali) per resistere alle cariche dei pesanti cavalli, gli eserciti del Messico erano totalmente impreparati agli apparenti poteri sovrannaturali e alle bestie dall'aspetto demoniaco che Cortés gli sguinzagliò addosso.

Ma fu un'altra cosa, più importante di queste, a regalare la vittoria agli spagnoli. Se Montezuma fosse stato un re diverso, se avesse avuto un briciolo di cortesia o di decenza, se fosse stato minimamente capace di amare, di certo non avrebbe logorato i popoli limitrofi in cerca di vittime per i sacrifici da offrire al suo dio della guerra e ne avrebbe guadagnato la devozione e il rispetto più che l'astio generalizzato, così da potersi trovare magari in condizione di guidare un fronte unito contro i conquistadores e annientarli in poche settimane dal loro sbarco. Montezuma però non fu niente di tutto questo e Cortés riuscì quasi subito a sfruttare l'odio suscitato dal suo comportamento per trovare alleati fra quei mexica che aveva terrorizzato e sfruttato, alleati che furono cruciali per la riuscita della conquista. In questo senso, particolarmente utili furono i tlascaliani che avevano patito i saccheggi dei mexica molto più di qualsiasi altro popolo ed erano guidati da Shikotenka, un generale tanto coraggioso e retto che, malgrado l'offerta di Cortés di liberarli dalla tirannia di Montezuma, all'iniziò combatté gli spagnoli con le unghie e coi denti. Solo quando Cortés schiacciò Shikotenka in battaglia l'ardito generale alla fine si piegò alla richiesta del senato tlascaliano di fare un'alleanza con gli spagnoli, alleanza che in breve mise sotto il comando di Cortés diecimila soldati ausiliari e i suoi conquistadores sulla strada per Tenochtitlan…

Questi fatti, e molti altri ancor più rilevanti, saranno al centro del secondo volume della serie, *La guerra degli dèi. Il ritorno del Serpente Piumato*.

[15] Un'ottima fonte sull'uso che i conquistadores facevano dei cani addestrati alla guerra si può trovare in John Grier Varner e Jeannette Johnson Varner, *Dogs of the Conquest*, University of Oklahoma Press, 1983.

RINGRAZIAMENTI

Innanzitutto sono grato alla mia compagna, mia moglie Santha, la mia critica più severa che mi è sempre stata accanto e ha letto ogni parola di questo libro e dei due volumi successivi, senza lasciarmi mai prendere scorciatoie davanti ai problemi. I miei figli, Sean, Shanti, Ravi, Leila, Luke e Gabrielle, i miei generi e le mie cognate Lydia, Simone, Jason e Ayako, sono stati tutti di grande aiuto e ispirazione coi loro incoraggiamenti e i loro consigli seguiti alla lettura di tutte le stesure.

Il mio editor Mark Booth alla Coronet è stato fantastico come sempre, capiva cosa andava fatto in ogni fase della scrittura e mi riportava sul sentiero con un intuito e una professionalità straordinari.

I miei contatti sulla pagina autore facebook (www.facebook.com/Author.GrahamHancock), sul profilo personale (www.facebook.com/GrahamHancock.Com) e anche la comunità del sito (www.grahamhancock.com) sono stati un supporto incredibile in tutti gli anni in cui *La guerra degli dèi* ha dominato la mia scrittura e la mia creatività.

Infine, voglio mettere altrettanto per iscritto la mia gratitudine per gli spagnoli e i mexica del sedicesimo secolo che furono coinvolti negli episodi della conquista e ne scrissero di loro pugno lasciando testimonianze luminose dello spirito e dell'orrore del tempo e permettendomi di trasporli in questo libro, a volte con le parole esatte della persona in questione messe in bocca al suo personaggio. Tanti altri studiosi moderni hanno scritto lavori importanti sui fatti della conquista, senza i quali non sarei mai stato in grado di sviluppare un giudizio critico sul periodo e, di nuovo, sono riconoscente a tutti loro per il magnifico lavoro svolto. Inutile dire che nessuno di loro è in alcun modo responsabile delle imperfezioni di *La guerra degli dèi*, ma se il libro ha una sua forza in gran parte lo si deve a loro. Si potrebbero citare molte altre opere di consultazione a cui ho attinto, ma metto in elenco i testi che seguono perché sono quelli a cui ho fatto riferimento più volte usandoli come fonti primarie e secondarie per il primo volume della trilogia *La guerra degli dèi*.

Fonti primarie

Hernan Cortes, *Letters from Mexico*, tradotto e con una nuova introduzione di Anthony Pagden, New Haven and London, Yale University Press, 1986 (trad. it. *Anáhuac, ovvero la Conquista del Messico / testi di Hernán Cortés e di un anonimo conquistador*, Milano, F.M. Ricci, 1994).

Bernal Diaz, *The Conquest of New Spain*, tradotto da J.M. Cohen, London, Penguin Classics, 1963.

The Bernal Diaz Chronicles, tradotto e pubblicato da Bernard Idell, New York, Doubleday, 1956.
Fray Diego Duran, *The History of the Indies of New Spain*, tradotto da Doris Heyden, e Fernando Horcasitas, New York, Orion Press, 1964.
Patricia Fuentes (trad.), *The Conquistadors: First Person accounts of the Conquest of Mexico*, New York, The Orion Press, 1963.
Francisco Lopez de Gomara, *Cortes: The Life of the Conqueror by his secretary*, tradotto da Lesley Byrd Simpson, University of California Press, 1966.
Fray Bernardo de Sahagun, *General History of the Things of New Spain* (Florentine Codex), tradotto dall'azteco in inglese da Arthur J.O. Anderson e Charles E. Dibble, School of American Research, University of Utah, 1975.
Miguel Leon-Portilla (a cura di), *Broken Spears: The Aztec Account of the Conquest of Mexico*, Boston, Beacon Press, 1990.

Fonti secondarie

J.M.G. Le Clezio, *The Mexican Dream: Or The Interrupted Thought of Amerindian Civilizations*, tradotto da Teresa Lavender Fagan, Chicago and London, The University of Chicago Press, 2009.
David Friedel, Linda Schele and Joy Parker, *Maya Cosmos: Three Thousand Years on the Shaman's Path*, New York, William Morrow and Co., 1995.
C. Harvey Gardner, *The Constant Companion: Gonzalo de Sandoval*, Southern Illinois University Press, 1961.
John Eoghan Kelly, *Pedro de Alvarado, Conquistador*, Port Washington, N.Y., and London, Kennikat Press, 1932.
William H. Prescott, *History of the Conquest of Mexico*, New York, The Modern Library (trad. it. *La conquista del Messico*, Newton Compton editori, Roma 1992).
Karen Sullivan, *The Inner Lives of Medieval Inquisitors*, University of Chicago Press, 2011.
Hugh Thomas, *Conquest: Montezuma, Cortés and the Fall of Old Mexico*, New York, and London, Simon & Schuster Paperbacks, 1993.
Id., *Who's Who of the Conquistadors*, London, Cassell & Co., 2000.
John Grier Varner and Jeannette Johnson Varner, *Dogs of the Conquest*, University of Oklahoma Press, 1983.

INDICE